BELLUM CANTABRICUM

JOSÉ MANUEL APARICIO

BELLUM CANTABRICUM

Cantabria se enfrenta a Roma

Consulte nuestra página web: https//www.edhasa.es
En ella encontrará el catálogo completo de Edhasa comentado.

Diseño de la sobrecubierta: Estudio Calderón

© Mapa e ilustraciones de Loli Fernández Lázaro
Dibujos incluidos en mapa © flaticon (Frepik, Dreamstale)

Primera edición: marzo de 2020
Primera reimpresión: septiembre de 2020

© José Manuel Aparicio, 2020
© de la presente edición: Edhasa, 2020
Diputación, 262, 2.º1.ª
08007 Barcelona
Tel. 93 494 97 20
España
E-mail: info@edhasa.es

Quedan rigurosamente prohibidas, sin la autorización escrita de los titulares
del *Copyright,* bajo la sanción establecida en las leyes, la reproducción parcial o total
de esta obra por cualquier medio o procedimiento, comprendidos la reprografía
y el tratamiento informático, y la distribución de ejemplares
de ella mediante alquiler o préstamo público.
Diríjase a CEDRO (Centro Español de Derechos Reprográficos,
www.cedro.org) si necesita fotocopiar o escanear algún fragmento de esta obra
o entre en la web www.conlicencia.com.

ISBN: 978-84-350-6361-6

Impreso en Liberdúplex

Depósito legal: B 5128-2020

Impreso en España

Dedico esta novela a mi padre, fallecido durante su creación.
A ti, que me regalabas las novelas de Julio Verne.

A mi madre, mujer de espíritu creativo, de quien he heredado la capacidad de imaginar.

Esta historia se basa en hechos y personajes reales, entrelazados con otros ficticios.

Cantabrum indoctum iuga ferre nostra.
(… el cántabro, no enseñado a llevar nuestro yugo…)

Horacio (65-8. a. C.)
Carmina, II, 6, 1-2

La República no es nada,
es solo un nombre sin cuerpo ni figura.

Gayo Julio César (100-44. a. C.)

ÍNDICE

Introducción 15
Mapa de los escenarios principales. 17

    I - Desobediencia. 19
    II - Aracillum 31
    III - Turennia. 49
    IIII - Nuberu 73
    V - Asamblea 97
    VI - Recompensa. 117
    VII - *Decimatio* 133
    VIII - Confesión 163
VIIII - Anuncio 189
    X - Destacamento 209
    XI - Desembarco 237
    XII – Cantabra 273
    XIII - *Oppugnatio* 295
    XIIII - Reclutamiento. 315
    XV - *Expugnatio* 337
    XVI - *Exterminatio*. 353
    XVII - Salvaje 359
    XVIII - Vaelico. 369
    XIX - Perímetro 389
    XX - Manada 407
    XXI - Nave 417
    XXII - Infamia 445

Nota del autor 459
Dramatis personae. 465
Glosario geográfico 469
Bibliografía 471
Agradecimientos 475

INTRODUCCIÓN HISTÓRICA

A finales del siglo I a. C. la *res publica* romana ha sucumbido al creciente poder de Gayo Julio César Octaviano, hijo adoptivo y heredero de Julio César. Su dictadura militar disfrazada de democracia rige los destinos de Roma y las provincias mediante una política expansiva con la que quiere obtener nuevas tierras y tributos.

La conquista de la Península Ibérica había comenzado dos siglos antes. Sin embargo, un último bastión se opone a la dominación romana en el norte: los pueblos montañeses aún no han sido subyugados. Astures y cántabros se enfrentan a los ejércitos republicanos con singular determinación.

El eco de su resistencia llega nítido hasta Roma. No es solo una revuelta, es ya una guerra. El nuevo César necesita ganar prestigio y afianzar su poder como cabeza indiscutible del Estado romano. Para lograrlo, debe hacer olvidar a sus ciudadanos las recientes guerras civiles contra Marco Antonio y los asesinos de Julio César y obtener una gran victoria militar contra un enemigo extranjero. La oposición de Cantabria y Asturias representa la mejor oportunidad. Las causas esgrimidas para declarar oficialmente el conflicto son sus continuas incursiones expansionistas en las fértiles tierras de vacceos, turmogos y autrigones, pueblos vasallos de Roma. La ocupación requiere ingentes recursos económicos que el César no duda en financiar de su propio erario. El resto se lo proporcionarán Cantabria y Asturias (en la novela «Asturia», por su nombre en las fuentes). Su suelo es rico en hierro, plomo y oro.

La operación militar es tremendamente complicada. A las dificultades geográficas se añade la reputación bélica de ambas naciones: astures y cántabros son considerados dos de los pueblos más fuertes de Hispania. Pero Roma las conoce bien. Ha estudiado cuidadosamente durante años sus difíciles regiones. Augusto y su Estado Mayor planifican de forma meticulosa la invasión recurriendo a toda la documentación disponible. Revisan los itinerarios confeccionados por los geógrafos, estudian los informes de los administradores e infiltran militares para explorar las comarcas montañesas, sus costas, sus cordales, su población... Fraccionan el terreno y evalúan las mejores vías de penetración hacia el litoral. Será necesario movilizar al menos tres legiones en el frente astur y otras tres en el cántabro, junto a sus auxiliares. Cerca de cincuenta mil hombres. Una cifra extraordinaria. Ni siquiera Julio César necesitó tantos soldados para iniciar la pacificación de un territorio mucho más extenso como la Galia.

Roma está preparada para lanzar la gran ofensiva. Cuenta con un ejército homogéneo y muy agresivo formado en su mayor parte por veteranos, soldados curtidos, disciplinados, con un arraigado sentido de la patria que lo hace aún más temible. Se disponen para una contienda en el terreno, un enfrentamiento basado en el control paulatino de las alturas. Tomarán un poblado tras otro, una aldea tras otra, maniobras rápidas o asedios más pausados en función del enemigo. Hostigarán hasta la rendición o la aniquilación.

En el año 27 a. C., con el título de Augusto concedido por el Senado, el César manda abrir las puertas del templo de Jano en señal de guerra. Él mismo se pone al frente de las legiones y viaja a la Península Ibérica para dirigir personalmente la campaña definitiva contra los últimos pueblos libres de Hispania. Y los cántabros son los más belicosos entre ellos.

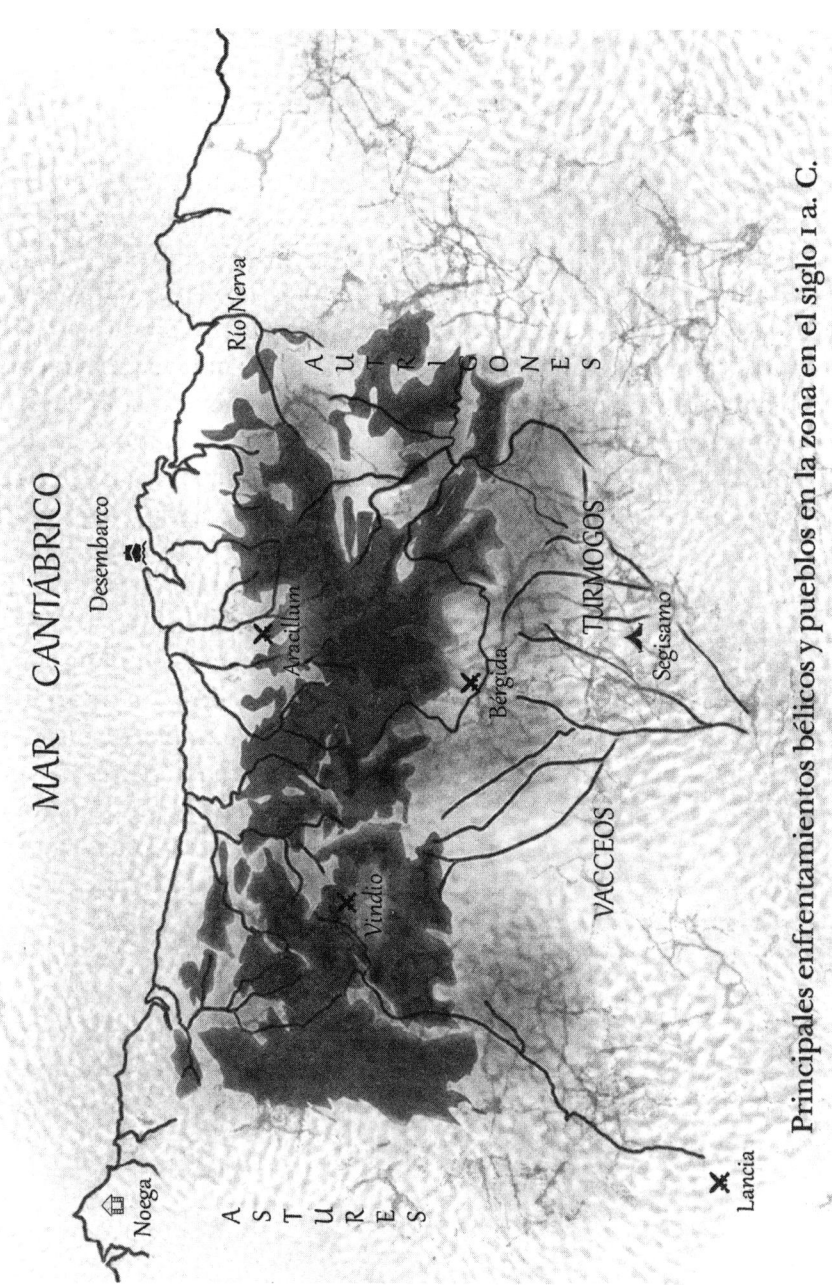

Principales enfrentamientos bélicos y pueblos en la zona en el siglo I a. C.

I
DESOBEDIENCIA

Campamento romano principal,
frente a la ciudad fortificada de Bérgida.

26 a. C.

Arde Bérgida.
　Los restos del poderoso enclave se queman en el ocaso como una pira monstruosa. Ruge el incendio sobre el cerro, ocupado ahora por llamaradas que escupen chispas coléricas hacia el firmamento. Frente a la ciudad del drama se alza otra vasta colina protegida por la empalizada y los fosos que rodean el gigantesco campamento para tres legiones. Gime el viento al soplar el humo negro, saturado con el olor de la madera, los animales y los humanos consumidos por la quema. La devastación es absoluta. Entre la ladera sur de la ciudad y el campamento se extiende un vallejo y el llano donde nativos y romanos acaban de enfrentarse. La luz de la luna va cubriendo con su túnica los pliegues grotescos de los cadáveres, y los cuervos, que no pueden resistirse a semejante festín, oliéndose la carnicería, aplazan su vuelta a los dormideros, limpian sus picos y caen sobre las partes blandas tiznando la atmósfera con su coro de chasqueos y graznidos. Es el eco ruin de la gran tragedia cántabra.
　Los romanos retiran las innumerables balistas y escorpiones ligeros que han facilitado el asalto y destrucción final de la plaza tras el choque de tropas. Parte de la muralla y el baluarte que defendían la puerta sur han sido arruinados.

* * *

Bérgida no era un poblado, tampoco un núcleo menor. Bérgida era una ciudad primordial para la defensa de la frontera meridional de los cántabros, y las legiones de Augusto la habían arrasado. Ni sus terraplenes en las faldas, ni sus parapetos, ni sus estacadas, ni sus líneas de fosos, sus esviajes o sus torres de flanqueo, ni siquiera sus potentes muros habían logrado detener la descomunal fuerza de asedio invasora.

Roma había ofrecido su amistad antes de emplear la fuerza. Los montañeses no quisieron pactar. Tampoco los romanos buscaban en realidad otra cosa que la rendición sin condiciones o la toma del enclave al asalto. No quedaba sino matarse.

El Estado Mayor de Augusto planteó primero batalla cuerpo a cuerpo fuera de la ciudad, el terreno más ventajoso para ellos. Una vez derrotado el enemigo, iniciaría un ataque a gran escala con artillería para garantizar la caída total del núcleo. Cantabria, bajo el mando de sus estrategos, logró oponer cerca de diez mil hombres venidos de todo el territorio a un ejército que casi los doblaba en número, buena parte agricultores y ganaderos que solo empuñaban las armas en caso de guerra.

Fue un combate memorable que se alargó durante horas. La coalición indígena soportó las descargas iniciales de flechería y buscó ganar rápida ventaja empleando infantería de línea con grandes escudos para intentar quebrar el frente de la fuerza principal romana. Percutieron a las legiones hasta el extremo, en un contacto cuerpo a cuerpo casi continuado; pero el ejército romano, una máquina de hacer trizas, soportó el envite y la intensidad cántabra se desgastó progresivamente.

Enemigos de rendirse, una acción desesperada de la caballería montañesa para desarbolar los costados de las cerradas formaciones romanas les permitió vivir el espejismo de la victoria. Las élites ecuestres lo dieron todo. Por un momento, Bérgida se vio vencedora. La gran ciudad apretaba los dientes desde sus murallas, invocando a los dioses para que los ayudaran a batir al colosal adversario. Quedaría en el recuerdo de la gloria de las batallas la carga de los escuadrones de caballería cántabra con los jinetes sobre las grupas y los infantes ligeros que los acompañaban agarrados a las crines de los caballos, corriendo parejos con ellos.

Silencio en el cerro indígena. La espeluznante visión de las cohortes romanas pivotando en cuadros terminó por aplastar sus esperanzas. Hileras de soldados se movían como uno solo, escorándose, apoyados por su propia caballería para ayudarlos a girar con orden y situarse frente al enemigo. La flexibilidad de las tácticas romanas se impuso.

Cantabria combatió hasta la extenuación. Muchos jefes murieron aquel día. Los que quedaban aún en pie se retiraron a su ciudad dispuestos a defenderla del ataque que habría de suponer su final. Fue una defensa mermada y traumática que no sirvió más que para entregar Bérgida a su destrucción.

Los supervivientes seguían entrando por la puerta pretoria, de cara al enemigo. Aquí y allá, montoneras de caetras, corazas y cascos; espadas, lanzas y hachas de doble hoja; estandartes rojizos como la sangre con símbolos equinos y esvásticas; crecientes lunares y ruedas solares... Eran los despojos de los derrotados. Las armas y las enseñas cántabras yacían pisoteadas como trapos sucios, fascinante botín para la moral romana. Muchos de los prisioneros llegaban con heridas punzantes, amputaciones y desgarros, víctimas del ensañamiento legionario posterior al del propio combate, útil para masacrar la resistencia mental de los demás montañeses. Los romanos incluso destripaban a sus animales y se los mostraban con las entrañas abiertas, para profundizar aún más en su sufrimiento. Porque para Roma ya no había perdón posible.

No se salvaron ni los ancianos, que por débiles se convertían en macabro pasatiempo de unas legiones rabiosas por el durísimo combate.

En esto se entretenía una unidad de ocho legionarios borrachos de la segunda cohorte de la Primera legión, mientras veían entrar en parihuelas a sus compañeros con las carnes ensangrentadas y los huesos tronchados. Sin pensárselo, sacaron de la columna de prisioneros a un hombre y su mujer y los arrastraron a varazos hasta un lugar entre las tiendas en el que desquitarse.

El viejo montañés, con el costado izquierdo perforado por una flecha que aún llevaba clavada, no sobreviviría. Tirado en el suelo, agarró el astil para intentar arrancársela. Emitió un aullido de dolor al notar cómo la punta del proyectil lo desgarraba por dentro. Quiso la mujer ayudarlo, pero la habían azotado con tal crueldad que apenas podía moverse.

–Tiene coraje la vieja –se mofó el legionario más bebido. Empinó el pellejo de vino aguado que sostenía en una mano y echó un trago sin apenas acertar a echar el caño dentro de la boca–. ¿Qué hacemos con ellos?

–Podemos cortarles las manos –sugirió uno.

–Eso ya lo hicimos la última vez. Mejor los ponemos en pie y que se peleen. Al que gane lo dejamos vivir.

–¿Que se peleen? ¿Tú has visto cómo están?

–¿Y si echan a suertes entre ellos a quién le cortamos la cabeza? –opinó un tercero.

El suboficial al mando del pelotón, fruncía la barbilla como si ideara algún juego. Se metió en la boca un mendrugo de pan y masticó con vulgaridad de soldado, en apariencia sin escuchar al resto, casi despreciando la absurda simpleza de sus propuestas.

–Busquemos a alguien que los acabe de matar –dijo con la boca llena.

–¿Qué alguien? Nosotros nos bastamos.

–He dicho que no. Busquemos a alguno para que nos entretenga.

Requirió el pellejo, bebió y se limpió la boca con el brazo. Lo devolvió y se dio la vuelta para buscar con la vista entre la muchedumbre de auxiliares hispanos que descansaban un poco más allá, sentados junto a sus escudos oblongos y sus pequeñas caetras. Se fijó en un destacamento de autrigones, pueblo fronterizo con Cantabria, guerreros al servicio de Roma reclutados de manera forzosa.

—Traed a uno de esos —decidió—. Ya que debemos compartir el campamento con ellos, que nos diviertan un poco...

Dos de los soldados marcharon entre eructos atronadores y chistes soeces. Hablaron con gestos imperiosos al capitán de la compañía autrigona para hacerse comprender mejor y regresaron con uno de sus hombres, perteneciente a una unidad auxiliar de infantería ligera adscrita a la Primera legión. El suboficial lo miró de arriba abajo y apuntó una sonrisa maliciosa. El auxiliar hispano era un veterano como él al que le asomaban algunas puntas de barba blanquecina. Se protegía el torso con un peto de piel gruesa. A la cintura, un cuchillo curvo pendiente del tahalí que le cruzaba el pecho, espada corta envainada en una sencilla funda de cuero y metal. Sobre la espalda, sago negro hasta medio muslo. La capa pendía abrochada al hombro derecho con una fíbula de bronce en forma de anillo.

—¿Con tanto joven como hay me habéis traído a este?

—Los veteranos están tan hartos como nosotros. Seguro que nos entretiene.

—Vamos a comprobarlo... —Arrojó el mendrugo a los pies del hispano—. ¿Cómo te llamas?

—Sekeios —contestó el aludido tras un momento de duda.

—¿Se... qué? Por los dioses que tenéis nombres impronunciables. ¿Sabes para qué estás aquí?

Esta vez el tal Sekeios no respondió.

—No entiende lo que le dices —intervino uno.

—Entiende más de lo que parece... —El romano se encaró con el autrigón y señaló a los dos viejos—. Verás, autrigón, dicen que los montañeses prefieren morirse antes que ser esclavos. Lo que queremos es que te asegures de que estos dos cumplen con su tradición.

Sekeios, acostumbrado a recibir los órdenes en su propia lengua, solo captó algunos vocablos, pero fue suficiente para interpretar la idea. El romano le puso un dedo renegrido en el hombro con el ánimo de amedrentarlo y el hispano dio un paso atrás para evitar que lo tocase.

—¡Vaya con el autrigón! —se burló el legionario, y su cara adquirió un matiz severo—. Escúchame bien, no te conviene ponerte bravo conmigo. Esta gentuza lleva años saqueando vuestras tierras y ahora te doy la oportunidad de devolverles el golpe.

–Te digo que no te entiende –insistió el otro.

–Pues si no me entiende se lo explicaré de otra forma. –El romano se alejó con su puñal en la mano y se acuclilló junto al viejo. Le movió la cabeza, dejó al descubierto su cuello y fingió cortárselo con movimientos cortos y rápidos–. Ris-ras, es muy sencillo, ¿lo ves?

El suboficial hizo una mueca guasona al suponer que ahora sí lo comprendía. Estaba en lo cierto. Sekeios extrajo lentamente su espada de la funda, un arma de doble filo en cuya hoja relucían ronchones resecos de sangre que no había limpiado bien. Echó un vistazo al montañés, que no dejaba de mirar a su mujer. Se arrodilló a su lado mientras el romano se apartaba, lo tomó de un brazo y lo volteó hacia sí. Pudo ver la laceración de la flecha abierta entre las costillas. Había alcanzado el pulmón. El autrigón adelantó su espada, pero no se decidió, esperando quizá que la muerte por desangramiento le llegara antes a aquel hombre para evitarle la tortura. Advirtió entonces que el moribundo lo contemplaba con un rescoldo de entereza en las pupilas. Emergía de ellas el furor de una bestia salvaje, aquel que daba fama de imbatibles a los cántabros.

–Tú, autrigón –le susurró–, tú que vives en las mismas montañas que nosotros, avergüénzate de luchar para los romanos.

Fue apenas un silabeo mortecino en una lengua céltica similar a la suya. Sekeios se enderezó un poco, en tensión por las palabras inesperadas del prisionero. El viejo mantenía intacto el orgullo y el convencimiento de la resistencia de su pueblo. Roma no doblegaría su espíritu ni a fuerza de tormentos.

Los romanos oyeron a su espalda el chirrido de unas ratas que merodeaban en el umbral de las hogueras del campamento. Los dientes largos y blancuzcos destacaban entre las sombras, paladeando el inminente sabor de la muerte.

–¡Tú, espabílate o se te muere!

Como el hispano no reaccionaba, el suboficial levantó la mano con los dedos bien abiertos y la dejó caer a plomo sobre la nuca. El manotazo restalló en la cabeza de Sekeios. Un escalofrío recorrió su columna vertebral. Se incorporó con agresividad animal, evidenciando la ebriedad de los otros, que reaccionaron con poco más que un intercambio de miradas. Sekeios contuvo la tentación de devolver el golpe. El ritmo de su respiración se había acentuado; su puño se apretó en torno al mango de la espada. Se irguió el romano para imponer respeto.

–Vamos, sé amable con nosotros. ¿Tanto te importa la vida de unos sucios bandidos?

–Este perro autrigón no es más que un rebelde. Habría que desollarlo vivo –exclamó uno de los legionarios.

–¡Acabemos también con él!

–¡Eso es! –voceaban los soldados, cegados por la bebida, sin darse cuenta de que su agitación llamaba la atención más allá, donde otros legionarios, oficiales y suboficiales abrían un rápido y respetuoso pasillo cediendo el paso a la silueta marcial que emergía entre ellos.

Se aproximaba hacia a los alborotadores, la capa escarlata oscilando con decisión. El jefe del pelotón, sin percatarse de su llegada, empujó a Sekeios a un lado y sacó su gladio.

–Aparta, lo haré yo mismo y luego lo seguirás tú.

Se disponía a atravesar el cuello del cántabro cuando el autrigón lo aferró de la muñeca para impedirlo. Las cejas del romano se elevaron.

–¿¡Cómo te atreves?! –aulló–. ¡Estás muerto!

–¡Soldado!

Al suboficial se le encogieron hasta los huesos al reconocer la voz intimidatoria que lo reclamaba. Se zafó de Sekeios bruscamente y corrió a cuadrarse con sus compañeros, erguidos ya con tal pulcritud castrense que ni en una revista ante Augusto se hubieran estirado tanto.

Sekeios se volvió muy despacio para descubrir la identidad del militar. Algunos soldados que salían y entraban de sus tiendas, con sus forcas y jabalinas al hombro, se petrificaron como si acabaran de ver al mismísimo Júpiter. Hasta las bocas de los capitanes autrigones, que discutían a lo lejos acerca de si debían intervenir en la reyerta, se cerraron de golpe. Mejor callar y que su paisano se las arreglara.

Gayo Antistio Veto, gobernador de la provincia Tarraconense y general al mando del frente cántabro junto a Augusto, echó un vistazo indiferente a sus hombres. Se detuvo junto a los montañeses y miró al autrigón, las manos a la espalda bajo la capa militar, muy visible la empuñadura de marfil de su espada. Había un punto de natural suficiencia en el proceder del romano, en su forma disciplinada de moverse.

Los ocho legionarios, que habían perdido el color, trataban de alinear en el gobernador sus ojos zumbados de borrachos.

Gayo Antistio Veto se pasó dos dedos por el puente de su soberbia nariz, un montículo en medio de una faz cuadrada y sólida como una roca. Repasó los uniformes de batalla de los soldados, las lorigas anilladas y los petos de cuero reforzados con escamas de bronce. Algunas anillas y placas se habían perdido en la dureza del combate. Olfateó el hedor a vino que desprendían sus hombres.

–No me importa lo que hagáis con estos cántabros si os sirve de desahogo –dijo–. Lo que sí me importa es que vuestra bulla se alargue. El *princeps* ha vuelto a enfermar y no quiere que nada lo irrite.

Veto hablaba sin necesidad de exasperarse, con una calma que lo hacía sonar aún más amenazador.

–Nada haríamos que molestase a nuestro *princeps* –se disculpó el suboficial.

–¿Y qué hace este autrigón aquí?

–Tiene que acabar con estos viejos, pero se niega.

–¿Se niega?

El gobernador tasó a Sekeios. Era un mercenario, individuos con frecuencia problemáticos y despreciados por las tropas regulares. Veto reparó en la piel de su puño, veteada de marcas y cicatrices de garras, habituales en los hombres que se dedicaban a la caza. Le habría parecido otro auxiliar cualquiera de no ser porque entre su barba y su cabellera castaña despuntaba una mirada desafiante. Había en él algo más que esa apariencia fría y poco expresiva propia de las gentes del norte peninsular. Emanaba un aire de serena intimidación, como un lobo observando el campo, distante y reflexivo. Sus ojos glaucos se mantenían fijos en los del gobernador.

–¿Sabes quién soy?

–Tú, gobernador.

Sekeios habló con su acento céltico en un latín muy pobre. Veto señaló a sus hombres.

–Esta banda de soldados borrachos son una vergüenza para mi ejército, pero estos soldados son Roma. Y, cuando Roma manda, solo cabe cumplir.

Sekeios tomó aire profundamente. Comprendía el tono imperativo. El gobernador sospechó que aquel sujeto sabía lo que se demandaba de él, pero el arma continuaba en su mano y no daba la impresión de estar dispuesto a finalizar la tarea.

–Veo que mis hombres no mentían –corroboró–. Tengo ante mí a un insubordinado.

Se tomó su tiempo para ver si el hispano reconsideraba su actitud. Viendo que Sekeios permanecía inmóvil, los hombros subiendo y bajando al compás de la respiración, el gobernador, con mucha pausa, sin alardes, dejó caer una mano al costado, muy cerca de la empuñadura de su gladio. Intentó escudriñar en la mente del indígena el motivo por el que se negaba a obedecer, la razón por la que no lograban doblegar su voluntad.

–Sería más fácil para ti cumplir y evitarte problemas. Cualquier otro ya lo hubiera hecho y estaría de vuelta con los suyos.

–Problemas no.

–Claro que no quieres problemas... –Un repentino destello de perspicacia iluminó el rostro del gobernador–. Pero algo me dice que preferirías usar tu espada contra mí... Es eso, ¿verdad?

Veto alzó el mentón para ofrecerle un blanco fácil en la yugular. Los soldados pestañeaban, incrédulos.

El autrigón suspiró desalentado y devolvió la espada a su funda.

–No, no eres tan estúpido... –Se sonrió el gobernador–. Veo en ti la sensatez por encima del odio.

–Marchar –pidió Sekeios.

–¿Quieres marcharte? Bien, podrás marcharte cuando cumplas.

Veto le conminó con un movimiento de la mano a que ejecutase a la mujer. El viejo acababa de fallecer y un par de ratas le mordisqueaban los labios. El rencor mantenía un hilo de vida en la anciana, que murmuraba plegarias con el brazo estirado hacia él, suplicando un último contacto con su cuerpo.

Sekeios apretó los dientes. Ponderaba. El único medio para evitar un estricto castigo era acatar la orden del gobernador. Debería de resultarle algo fácil tras la locura de Bérgida, en la que había cercenado no pocas vidas. Sekeios asesinaba porque en la guerra el instinto se imponía. Matar o morir, así de simple. Lo de aquella mujer indefensa era diferente.

Gayo Antistio Veto arrugó el entrecejo ante la vacilación de su inferior.

–¿A qué vienen tantos remilgos? La montañesa morirá de todos modos.

No mentía el gobernador. Sekeios solo tenía que darle el golpe de gracia, nada más. Pero un reparo incontrolable lo reprimía. No era la piedad, ni las palabras musitadas por el montañés acusándolo de combatir junto a los romanos, ni siquiera el bestial pescozón del legionario, que le había dejado un pitido sordo en los oídos. Lo que en verdad hacía arder la sangre en sus venas era la actitud represora, primero de los soldados y, sobre todo, del gobernador. Otros altos mandos se hubieran desentendido de la gresca o habrían terminado ellos mismos con los moribundos para no desperdiciar su tiempo con las estúpidas distracciones de la tropa. Veto vibraba de placer ejerciendo la tiranía con un insignificante auxiliar del que, en nada, ni recordaría su procedencia. Sekeios tomó plena conciencia de que no podía actuar por sí mismo, de su falta de libertad, la misma de la que habían carecido otros autrigones muertos aquel día por combatir en una guerra que les era ajena. Y él ya era un mercenario desgastado que había pasado toda su vida soportando órdenes, asumiendo como normales los tratamientos vejatorios de sus superiores, perdiendo la dignidad. Demasiadas veces.

La expresión de Sekeios se endureció. Fue entonces cuando Gayo Antistio Veto consiguió leer en el corazón y en el semblante retador del autrigón la auténtica causa de su titubeo.

–No eres un hombre libre para decidir –lo coaccionó–. Tu única función aquí es hacer cuanto se te diga, te guste o no, y cualquier cosa que hagas contraria a mis deseos no te la perdonaré ni en cien vidas.

La gravedad con la que había expresado su sentencia hubiera hecho temblar las rodillas de cualquiera de los oficiales bajo su mando. Pero Sekeios ya no iba a echarse atrás. Su negativa era irrevocable, sin importar las consecuencias, porque Gayo Antistio Veto lo castigaría igualmente por su desobediencia. Formuló su decisión en el vacío en llamas de sus ojos.

El mercenario echó una ojeada por detrás del gobernador en busca de alguna salida. Comprobó que había algunos legionarios y auxiliares de distintas naciones pendientes de ellos. No muchos. La presencia de Veto los atemorizaba. El gobernador no le concedió más tiempo.

–Se acabó la espera.

Veto se volvió para dar la orden de arrestarlo. El corazón de Sekeios batía con violencia bajo su pecho. Fue entonces cuando todo se precipitó de un modo imprevisible. Aprovechando que los romanos mantenían su atención en el hispano, la anciana, en un último arrebato de ira, logró incorporarse lo justo para abalanzarse con un quejido agónico sobre las piernas del legionario más borracho. Lo derribó con el peso de su cuerpo, le arrebató el *pugio* de la funda y le metió un palmo de hoja en el muslo. Gritó el soldado y se la quitó de encima de un empujón. Gayo Antistio Veto, creyendo al autrigón responsable del revuelo, rotó en un reflejo mecánico, desenvainó su gladio y le tiró una punzada. Sekeios esquivó la acometida con una finta, desenfundó su espada y devolvió la agresión. Chocaron los metales. Veto reculó un paso para contener la potencia del impacto.

La segunda ofensiva del autrigón trazó su destino: una cuchillada de abajo arriba, casi a ciegas, a la cara del gobernador. El romano apenas tuvo tiempo de gruñir y sentir que un trozo de oreja se le desprendía como una rebanada. Era la derecha. Se palpó el destrozo, la boca abierta de pasmo. Sekeios se arrancó como un toro contra él y lo abatió con el hombro. No había tiempo para otra cosa que no fuera huir. Eso o una muerte segura. Orientó su carrera hacia la puerta principal del campamento. Una galopada, perderse en el trajín de soldados y escabullirse al amparo de la noche, deslizándose por las laderas de la colina. Los legionarios, todavía bebidos y presos del más absoluto desconcierto, no atinaban a sacar sus armas ni a correr con la debida agilidad tras el fugitivo. La que a ellos les faltaba le sobraba a Sekeios, que ya se desvanecía como una centella entre las sombras sin que casi nadie hubiera llegado a apreciar bien lo ocurrido.

La mujer aprovechó la confusión para clavarse el puñal del soldado en el pecho.

El gobernador de la Tarraconense cayó de rodillas. Se tocó lo que le quedaba de oreja, el calor denso de la sangre chorreándole por la patilla. No lograba encontrarse la parte superior.

–¡Traédmelo! –chilló–. ¡Traédmelo vivo!

La noticia del desastre brincó de boca en boca.

–¡Han herido al gobernador!

Gayo Antistio Veto soportaba el abrasador tajo con el estoicismo del muy curtido general que era. A sus pies, el trozo de cartílago curvado. Alzó la vista hacia el resplandor del incendio que enrojecía el cielo negro de Bérgida.

–Juro por Marte que cazaré a ese autrigón... –farfulló–. ¡Lo llevaré muerto a Roma como trofeo!

II

ARACILLUM

–Nuestras patrullas han batido el terreno toda la noche. No hay rastro de él.

Casio Longino, lugarteniente de Gayo Antistio Veto, lo informaba en el pretorio sobre las evoluciones de la persecución. Hablaba muy rígido, la vista vuelta hacia otro lugar, evitando el morbo de mirar el estropicio en la oreja del gobernador.

–¿Y los perros?

–Ladran y ladran, nada más. Ese autrigón es escurridizo y nos saca ventaja.

El médico griego de Veto terminaba de aplicarle un vendaje desde el cráneo hasta la barbilla. El gobernador no quería que le suturara el corte y tan solo se lo habían cauterizado. Prefería motivarse con el recuerdo vergonzoso de la afrenta que mostrarse entre sus hombres con media oreja cosida a la otra.

–Intentará ocultarse en las montañas –observó Veto–. Que sigan buscando.

Casio Longino se despidió con un saludo marcial. Cuando el médico hubo terminado, el gobernador se incorporó en la camilla e inspeccionó el arreglo en un espejo de mano. Había tenido suerte de que el autrigón no le abriera media cara. Bajo el lino, la herida le abrasaba como un hierro candente. El corazón le palpitaba en la quemadura. Era una más en la multitud que tachonaba su cuerpo, todas recibidas en el honor del combate, no en la deshonra de una reyerta entre legionarios y un infame auxiliar. Aprobó la cura con un movimiento de cabeza.

El médico recogió su instrumental y se inclinó para despedirse primero de él y luego, de Augusto.

–Que los dioses te sean propicios, *princeps*.

Veto se giró hacia el comandante en jefe de los ejércitos romanos, cabeza del Estado.

–Puede que los dioses me hayan abandonado... –le confesó.

Augusto, con apariencia distraída, picoteaba higos y un poco de pan.

–Confías demasiado en tu autoridad.

–Un general sin autoridad no es nada.

–Pero se preserva mejor si lo acompaña su guardia.

Junto a la entrada del cuartel, Turbantu y Umarilo, los miembros más veteranos de la guardia berona del gobernador, escuchaban en silencio. Para no soliviantarlo, se abstuvieron de mostrar su disgusto por la soberbia con la que su patrón había actuado al no contar con ellos en la trifulca con el autrigón. Habrían evitado la desgracia.

–¿Creéis que el *princeps* tiene razón? –les preguntó Veto.

Umarilo se aventuró a responder en un digno latín:

–Tarde o temprano ese autrigón pagará por lo que ha hecho.

–Yo nunca me separo de mis vascones –apuntó Augusto. Señaló fuera de la tienda, donde aguardaba vigilante su guardia personal de calagurritanos–. Haz tú lo mismo con tus hombres, Veto, porque te necesito en las mejores condiciones para terminar con esta guerra.

El gobernador de la Tarraconense aceptó la advertencia fingiendo no estar molesto por la aparente indiferencia con que Augusto había escuchado de su boca el incidente con el hispano. El *princeps* volvió su atención al mapa de Hispania grabado en una lámina de oro que pendía de la pared. Camafeos incrustados indicaban las principales ciudades. Por toda la estancia había innumerables candelabros, lucernas y lámparas que hacían refulgir la placa dorada. Bajo las luces humeantes, el cabello algo rizado y rubio del *princeps* destacaba como un sol.

–Que nunca fallen la disciplina ni la autoridad –continuó Augusto–. Recuerda tratar a los soldados como lo que son: soldados. Y solo así has de llamarlos. –Veto asintió. Tosió el *princeps*, flemoso–. No me importa que destines hombres a la caza de ese autrigón. Los demás auxiliares han de saber que la República no tolerará ningún desacato de los pueblos sometidos. Es más, nuestros propios soldados deben saberlo.

El fresco verano del norte obligaba al *princeps* a vestir un par de túnicas sobre una gruesa toga para no enfriarse. Se le notaba algo mejorado de su última dolencia, un intenso dolor de vejiga del que solo se había recuperado tras arrojar cálculos con la orina.

–¿Qué te han parecido estos cántabros luchando en el llano? –interpeló.

El gobernador oía la voz de Augusto como si le hablara desde el otro extremo de una galería. Había bajado la vista y repetía en su mente, una y otra vez, el ultraje del enfrentamiento con el autrigón, la visión de su espada corta ascendiendo hacia su oreja.

–He dirigido a los hombres contra buenos ejércitos –contestó con voz hueca–, y te aseguro que pocas veces he luchado con un pueblo tan fiero como este. No se van a rendir.

–Esos montañeses no son más que animales incivilizados que viven en los confines de la naturaleza; pero yo sé, querido Veto, que no me defraudarás.

–No lo haré.

Sonrió Augusto, sombrío. Enseñó sus dientes, pequeños y algo separados. El *princeps* apreciaba la experiencia militar del gobernador, que ya había desarrollado guerra de montaña ante los salasos en los Alpes. El propio Augusto y su general Agripa habían ensayado con éxito unos años atrás acciones similares en la campaña contra los ilirios. Ahora replicaban las mismas tácticas contra los cántabros.

–Has de estar a la altura, porque nos queda afrontar la parte más compleja de la campaña. –Augusto cabeceó hacia la cordillera tallada en la lámina de oro; una sacudida le cruzó la espina dorsal–: Combatir a este pueblo hosco de las montañas dentro de su selva.

Veto no comentó nada. Apenas lo atendía. Augusto se quedó un rato pensativo, casi brumoso, repitiendo en voz baja sus propias palabras. Se agarró el abdomen para intentar reducir un repentino pinchazo de preocupación. Después dio orden de reunir a su Estado Mayor con el fin de evaluar las siguientes acciones.

* * *

Cántabros concanos. Gente ruda que habitan el noroeste de Cantabria. Los romanos cuentan que en sus rituales beben la sangre de sus caballos mezclada con leche y enloquecen con su furor, volviéndose muy agresivos. Dicen de ellos y de los demás montañeses que dejan pudrir sus orines en cisternas y que los hombres y las mujeres se lavan con ellos los dientes. Aseguran los romanos que el salvajismo de sus costumbres proviene no solo de las guerras, sino de la aspereza de los montes en los que habitan y de vivir apartados de otros pueblos, y que por faltarles comunicación carecen también de sociedad y humanidad. Así los presenta la maquinaria de propaganda del Estado romano, capaz de moldear a su antojo el pensamiento de los ciudadanos.

* * *

Fuera en mayor o menor medida una visión deformada de los cántabros, Sekeios sí que comprobó la crudeza de sus costumbres al caer preso de una banda de guerreros concanos procedentes de Bérgida, uno de tantos grupos que cruzaban los montes hacia los enclaves del norte, escapando de los romanos para preparar una nueva defensa. Su fuga del campamento solo había durado dos días. Guiado por la luz lechosa de la luna, el autrigón se había adentrado en tupidos bosques de robles y encinas, tan cerrados que apenas sí se distinguían las lindes. Descartó encaminarse hacia los pasos al este y el oeste, suponiendo que estarían controlados por los romanos, y buscó distanciarse todo lo posible dirigiéndose hacia las entrañas arrebujadas de cumbres del norte cántabro, aún no quebrantadas por Roma. Transcurrió una jornada sin que lograra trazar un rumbo definitivo, procurando no desorientarse y conduciéndose a través de las trochas abiertas por los rebaños, jabalíes y otras bestias; trataba de esquivar los espinares con que los mayorales protegían a sus cabras y ovejas de las alimañas, y se alejaba de los poblados fortificados que moteaban la selva. Rodeado de peligros, al menos ya no oía a las jaurías de perros del ejército romano.

Al abrigo de los peñascos, se escondió de los lobos e hizo noche en una cueva de pastores que encontró desocupada. Iniciado el nuevo día, cazó un corzo que bebía distraído de un aguadero, lo despedazó y esparció los restos por distintos puntos, tras untar las cortezas de los árboles para que su olor despistase a sus depredadores. Después se lavó el olor de la sangre y reemprendió la marcha. Ocultándose en la umbría vegetación, burló a algunas bandas de guerreros cántabros y evitó a las cuadrillas de pastores armados que apacentaban su ganado. Sekeios se manejaba bien en aquel terreno, pero no era el suyo, sino el de sus vecinos, a los que él mismo combatía en aquella guerra larga y ruin. Se vio sin escapatoria, porque si los montañeses lo apresaban sería su final. Y estaba convencido de que los hombres de Gayo Antistio Veto jamás dejarían de buscarlo. El gobernador no se olvidaría de él.

«Cualquier cosa contraria a mis deseos no te la perdonaré ni en cien vidas».

Sekeios también había leído en el alma vengativa y aviesa del gobernador, más allá de sus ojos, por eso aquellos legionarios borrachos habían palidecido al verlo surgir de entre las sombras como una maldición. El miedo a su mando los mantenía bajo control, y él no era más que un auxiliar hispano que lo había humillado ante sus hombres, alguien a quien su orgullo lo impediría perdonar.

Pero ahora la supervivencia de Sekeios no era solo cuestión de eludir a los nativos y a los romanos, sino de cómo salir de aquel territorio hostil. Se sabía encerrado, a pesar de haberse distanciado de ellos. Y así el correr del tiempo, la fatiga y la confusión le fueron desgastando los sentidos y, cuando quiso darse cuenta, la banda de concanos, aprovechando que bebía de un riachuelo, saltaba sobre él y lo capturaba como a una fiera. Lo inmovilizaron por el cuello y las extremidades y lo desarmaron. Imposible zafarse. Sekeios intentó justificar su presencia. Los otros estaban tan excitados y eran tantas las ganas de pagar con él su frustración que le cerraron la boca a palos. Solo cuando el desquite aplacó su ira sintieron curiosidad por saber más. Sekeios apenas balbució media palabra.

–Este ya no vale ni de comida para perros.

Al no obtener respuestas claras, se deleitaron pensando en la forma más macabra de acabar con él. Era un adversario autrigón rendido ante ellos y no les valdría cualquier muerte.

–Yo digo que lo untemos con manteca y lo enterremos...
–¡Eso es, hasta que se lo coman los gusanos!
–Pero antes saquémosle los ojos para que no lo vea...

Unos se le lanzaron al cuello para sujetarlo mientras otro se acercaba con la punta del cuchillo adelantada, relamiéndose, imaginándose las cuencas vacías con los ojos colgando y al prisionero vivo clamando por su vida. Sekeios quiso hablar, pero la zurra lo había dejado tan baldado que apenas pudo emitir una voz incomprensible.

Iban a comenzar la escabechina cuando el jefe de la cuadrilla se opuso.

–Será mejor que no lo toquemos.
–¿Que no lo toquemos? Pero ¿qué dices?
–Lo llevaremos ante Corocotta.
–¿Para qué?
–Este huele a guerra, mira sus armas. Podría tener información.
–Tonterías, ya le hemos preguntado y no dice nada.
–¿Qué nos va a decir?, si casi lo matamos.
–Merece morir.
–He dicho que se viene, así quedaremos bien ante Corocotta.

El interés por ganarse el favor del caudillo hizo recapacitar a los otros. Renegando por no poder darle la puntilla al autrigón, lo ataron por las muñecas a la reata de mulas que cargaba el fardaje y lo forzaron a caminar entre ellas, arrastrándolo por el barro cuando la extenuación le hacía hincar la rodilla. Al anochecer recibieron cobijo en una aldea habitada aún por los más fanáticos, que aún no habían abandonado la población en busca de la aparente seguridad del norte.

Sekeios pasó la noche tirado entre los fardos, atado de manos y pies como un bulto más. Las extremidades le dolían tanto que ni con ellas libres hubiera podido huir. Apenas logró dormir, aunque simuló conciliar el sueño. Escuchó durante la vigilia que se trasladaban a la fortaleza de Aracillum, donde el caudillo Corocotta había convocado a los cabecillas locales, aconteciera lo que aconteciese en Bérgida, para reforzar la estrategia ante el invasor romano.

* * *

Augusto recibió a los oficiales de su Estado Mayor vestido con uniforme militar y manto rojo de general. El primer ciudadano estudiaba el mapa desplegado sobre una mesa con el esquema de operaciones previsto para la invasión de Cantabria y Asturia. Incluía el territorio galaico, en fase de conquista muy avanzada. Pasó un dedo por la meseta hasta el aspa que señalaba Bérgida. Por encima, todo el piedemonte de la cordillera que lindaba con el mar Cantábrico, desde el cabo Céltico hasta el Pirineo, prieta, enmarañada como una oruga. Un frente enorme que solo podían abarcar por fases. De cuando en cuando, las muecas de satisfacción de los oficiales mutaban al hastío y la prevención. La toma de Bérgida representaba el primer gran paso para completar la campaña cántabra con éxito, pero había llegado en un momento en que la propia Roma dudaba de su capacidad para someter a los montañeses tras varios años de guerra.

Gayo Antistio Veto, junto al *princeps*, se esforzaba para centrarse en el mapa. Sacudió la cabeza para rechazar el negro pensamiento que atormentaba su mente: la silueta del autrigón segándole la oreja ante sus soldados. No lograba desprenderse de ella. Los oficiales notaban su ausencia y ojeaban de soslayo el vendaje del gobernador. Veto consiguió devolver la atención al Consejo.

–No tardarán en caer las poblaciones vecinas –declaró.

Estaba en lo cierto. El resto de grandes núcleos del sur había menguado su población tras el desastre de Bérgida.

Asintió el *princeps*, complacido.

–Los perseguiremos y podremos al fin acceder a los pasos de montaña.

Augusto, el hijo de un dios, que ejercía su octavo consulado a los treinta y seis años, disimulaba su aire de débil fortaleza con su atractivo natural y unos miembros bien proporcionados. Una divinidad humana que calzaba suelas con alzas para aparentar más estatura y aumentar su aura de poder. El *princeps* se alejó para recostarse en el diván decorado con incrustaciones de marfil que hacía transportar en todos sus viajes. Desde él, con todos los demás de pie, adquiría una presencia casi sobrenatural, expresándose y moviéndose con una cautivadora sensación de autoconfianza. Advirtió que sus oficiales lo miraban y fijó la vista en ellos con vehemencia, como si al hacerlo fuera capaz de controlarlos.

A su lado, el busto en mármol de Julio César remataba una columna acanalada. El conquistador supremo, el magnífico estratega. Ahora era el tiempo de Augusto, que buscaba emular a su padre adoptivo con una gran victoria en el extranjero, una victoria esquiva que se hacía esperar más de lo previsto.

Cada vez que el primer ciudadano detectaba un mohín sombrío en los mandos principales, optaba por recordarles lo que había costado iniciar la fase definitiva de la guerra cantábrica, la planificación, las campañas periféricas para estabilizar el norte de la meseta y asentar los campamentos para la invasión. Había invertido mucho tiempo y dinero propio, y no debían olvidar que su presencia en el frente cántabro reclamaba una victoria. Ni él ni Roma aceptarían otra cosa. La ofensiva se había iniciado con un avance de tropas en tres columnas que partieron del campamento base de Augusto, levantado junto al asentamiento turmogo de Segisamo. El objetivo, abrazar toda Cantabria para derribar la defensa sur de los grandes enclaves cántabros. El operativo no tardó en fracasar. Las tres legiones con sus auxiliares se vieron forzadas a detener el ataque y replegarse en busca de posiciones seguras.

La táctica de guerrilla montaraz empleada por los cántabros funcionaba. Asaltos fugaces para entorpecer la construcción de los campamentos de marcha, brutales emboscadas con contingentes de pie y a caballo en hondonadas y estrechos caminos por donde habían de pasar las columnas, ataques fulminantes contra los convoyes de suministro de grano... Aguijoneaban sus retaguardias y dañaban la tremenda logística de abastecimiento que acompañaba a las legiones, y así habían ido haciendo mella en los romanos, que, a pesar de la firmeza con que habían llegado al norte de Hispania, comenzaban a rumiar si sería imposible someter a aquellas sombras negras que aparecían y desaparecían entre los bosques y las nieblas como fantasmas. Invisibles a los destacamentos de exploración, los montañeses se fusionaban con su entorno, disimulándose entre la tupida vegetación, las rocas y los arroyos. Los nativos habían optado por una guerra de desgaste que evitaba en todo momento un enfrentamiento en campo abierto. Cantabria golpeaba como una cobra, capaz con una sola mordedura de acabar con un elefante asiático, y de poco les servía a los romanos la comunicación mediante jinetes mensajeros entre las columnas central, occidental y oriental. Las fuerzas indígenas daban la sensación de ir siempre por delante.

Pronto surgieron entre los legionarios los primeros conatos de insurrección por el creciente temor a aquellos terribles incivilizados. Incluso la ambición del propio Augusto comenzaba a agrietarse, y su endeble salud a deteriorarse, ante una campaña lejos de Roma que se alargaba en exceso, en un territorio duro y abrupto, luchando a la par bajo un clima nefasto ante gentes oscuras e irracionales que no dudarían en morir antes que perder su libertad. Roma se hallaba en una situación de bloqueo, sin posibilidad de avanzar y con una escasez creciente en las reservas de trigo. La amenaza de la hambruna obligó a traer cereal por mar desde Aquitania, llegado con enormes dificultades a causa de la naturaleza montañosa de la región.

Fue entonces cuando Augusto, ante la imposibilidad de romper la red de ciudades fortificadas del sur cántabro, urdió una doble treta para hacer salir de sus escondrijos a los condenados indígenas y conducirlos a una batalla campal. Hizo correr por los campos el bulo de que él, jefe principal de los romanos, incapaz de soportar la dureza de la penosa campaña, se retiraba aquejado de una grave enfermedad. Dejaba a su segundo, un hombre de rango menor, como único general al mando, con la orden de intensificar las acciones bélicas para finalizar la conquista cuanto antes. La manera de conseguirlo: disponer un desembarco para atacar la retaguardia cántabra y someter a la ciudad de Bérgida.

Augusto jugaba dos bazas. Una, el miedo de los montañeses a quedar trizados en dos frentes tras el desembarco; la otra, que percibiesen la retirada del jefe romano como un síntoma de debilidad. El primer ciudadano confiaba en que, con esta o con aquella, persuadiría a los nativos de que su mejor opción era enfrentarse con las legiones en campo abierto.

Para fortalecer la treta, el *princeps* consideró oportuna la realización de pequeñas operaciones de inspección del litoral, desde el mar, con el fin de que los indígenas lo vieran. Maniobras de intimidación para que no dudasen de que, en verdad, Roma desembarcaría en sus costas.

El rumor de la invasión naval por su retaguardia fue el que más cuajó. Los montañeses interpretaron la noticia como una acción definitiva. La táctica de escaramuzas y veloces hostigamientos no sería suficiente para oponerse a la presión de dos frentes. Con la costa invadida, las poblaciones del interior carecerían de una zona a la que retirarse. Una mezcla de arrojo y pánico se apoderó de ellos. Solo el principal cabecilla de la resistencia cántabra, Corocotta, mantuvo la distancia con las posturas frenéticas que saltaban de valle en valle y de cima en cima.

–Ese desembarco no es más que un engaño –aseguraba.
–O una certeza.
–La desesperación nos llevará a un error.
–O una acción decisiva a la victoria.

Los más proclives a enfrentarse cara a cara con las legiones visitaron las Fuentes Tamáricas en busca de presagios. Las aguas del manantial manaban caudalosas y propicias. A pesar de la oposición de Corocotta, Cantabria decidió en una multitudinaria asamblea abandonar la táctica montaraz. Debían arriesgar. Reunirían un formidable ejército, saldrían al encuentro de las tres legiones y plantarían cara en el llano, bajo las murallas de Bérgida, para el mayor de los combates. Una única gran batalla con la que trazar el destino de su pueblo.

El propio Augusto hizo sacrificar un carnero antes de la lucha. Él mismo ofició como sacerdote para asegurarse de que el examen de las entrañas ofreciese augurios favorables; así las mentes rústicas de los legionarios, y de no pocos oficiales y suboficiales, se prendieron de confianza.

Cantabria había caído en la trampa. Bérgida fue destruida; la coalición montañesa, masacrada.

Y a pesar de la victoria, el Consejo de Oficiales, reunido ahora con Augusto y Gayo Antistio Veto, contenía la respiración, recelando de los cántabros igual que siempre. Si se habían opuesto durante tres años al avance romano, ¿qué no soportarían en el resguardo aventajado de sus montes, macizos y picachos?

–¿Qué dicen las unidades de reconocimiento? –inquirió el *princeps*.

El gobernador cruzó las manos a la espalda.

–Creemos que muchos de los refugiados huyen hacia los grandes picos nevados del noroeste.

Las primeras informaciones de los jinetes exploradores aseguraban que los indígenas habían quemado el grano para que los romanos no lo pudieran tomar y que escapaban hacia los grandes macizos cántabros del Vindio, como llamaban en su lengua céltica a toda la cordillera, próxima a territorio astur, buscando encomendarse a la protección de las alturas.

–Bien, que se escondan allí–celebró Augusto–. Los encerraremos hasta matarlos de hambre y frío.

* * *

Sekeios se revolvió cuando un chorro de orina oscura le empapó la cara para espabilarlo. La extenuación lo había traspuesto. Volvió a caer sobre los fardos, obedeciendo a los quejidos de sus huesos, desencajados de tanto golpe. No le habían dado nada de beber y tenía la boca pastosa por la sed. La banda emprendió la marcha acompañada por los habitantes de la aldea, decididos a abandonarla tras meditar bien su situación: la poderosa sandalia de Roma los aplastaría en cuanto llegasen a ellos. Enfilaron un cordal; caminaron durante horas, dejando a un lado el valle del río Atura y al otro el del Bellunte y, cuando el anochecer se aposentaba sobre los montes, alcanzaron un pequeño asentamiento muy fortificado de los cántabros blendios, levantado en una estrecha cumbre de aquella sierra. Era el poblado que llamaban Aracillum. Sekeios conocía aquel nombre, lo había oído pronunciar en el ejército en más de una ocasión. Una fortaleza fundamental para la defensa del interior de Cantabria. Ululaba siniestra una lechuza en la oscuridad montañesa mientras lo entraban encadenado a la reata de mulas. Un ídolo de piedra del dios supremo Lucobos custodiaba el acceso. No tuvo tiempo de reconocer más que los alrededores de las cabañas, erizados de lanzas, dardos y hachas insertados en tocones, armeros y lanceros, por si tocaba salir a rebato.

Uno de los miembros de la banda, aún rabioso por no haber podido enterrar vivo al prisionero, se desfogó propinándole un puñetazo en la sien con los nudillos. Fue tal la violencia del golpe que la oscuridad se apropió de Sekeios.

El despertar no fue mucho más amable. Abrió los párpados sin fuerzas y sintió las muñecas reprietas con cordones. Lo habían arrojado sobre un suelo cubierto de paja y una muchedumbre de caras fieras le hacían corro, mujeres y hombres de cabellos largos que discutían la mejor forma de sacarle las tripas, sin el menor interés en averiguar nada sobre él. El vocerío se redujo cuando alguien surgió entre ellos y se plantó ante el cautivo.

—¡Levanta!

Un par de guerreros tuvieron que agarrarlo de los sobacos para ponérselo delante. La indumentaria del que le había ordenado incorporarse hizo suponer a Sekeios que lo habían conducido hasta la élite del poblado. La rica funda del cuchillo con incrustaciones de plata y cobre, la placa de bronce de su cinturón profusamente ornamentada, el ancho brazalete y el torque cincelado con destreza de artesano que decoraba su cuello... A pesar del lustre de los atavíos, sus maneras solo evidenciaban mediocridad. De estatura inferior a Sekeios, tenía las piernas combadas como arcos, el pelo le caía grosero sobre la cara y sus ojos se hundían bajo una frente ancha y huesuda. Lo peor era el olor insoportable que desprendía, una peste a bebida que alarmó aún más al preso. Algo le dijo que estaba en el peor lugar de la tierra.

—Soy Arquio, príncipe de los blendios —se presentó el hombre.

—Agua...

—El agua para las plantas.

—Dame de beber...

—No hay duda, es un perro autrigón.

El acento y la forma de pronunciar del prisionero delataban su procedencia. Los concanos habían entregado a los blendios las armas autrigonas. El príncipe sujetaba la espada corta. Tocó la afiladísima punta.

—¿De dónde vienes?

—De Bérgida.

El corazón de Arquio dio un vuelco al escuchar el nombre de la gran ciudad derrotada.

—¿Qué hacías solo en las montañas?

—Me había perdido.

—¿Te habías perdido?

—Huía.

—¿De quién?

—De los romanos...

—¿Y cómo es que huías de tus amigos?

—Intentaba volver a mi tierra...

Sekeios hacía esfuerzos para hablar. Pronunciaba las palabras sin vigor, como si le pesaran, sin aparente intención de esforzarse en mentir. Arquio estiró el cuello hacia él, tan largo y con la nuez tan marcada que lo hacían parecer un buitre.

—¿Por qué? Cuéntame más, ¡vamos!

—Yo...

Sekeios no halló fuerzas para seguir explicándose. Una carcajada estalló en la boca del príncipe.

—Intentabas volver a tu tierra... —repitió lentamente, como si no supiera qué más preguntar.

Ambato, padre del príncipe y régulo principal de los blendios, irrumpió entre el gentío de curiosos que seguían entrando en la casa. Arquio no tardó mucho en hacerse a un lado y cederle el sitio.

—¿Por qué huías? —interrogó el régulo.

Sekeios tampoco contestó. El agotamiento y la angustia le provocaban tiritonas y un sudor frío empapaba su cuerpo. Arquio sonrió, ladino.

—No lo molestes con tus preguntas, padre, ¿no ves que está helado?

—Y eso que ha llegado bien caliente —ironizó uno.

—Creo que lo mejor será... —empezó a decir Ambato.

Su hijo levantó una mano para interrumpirlo.

—Lo que mi padre iba a decir es que debemos acogerte como mereces.

Arquio mandó hacer un hueco. Se abrió un espacio y el fuego de la hoguera que bullía en el centro de la casa alumbró al autrigón. Sekeios sintió el contraste entre el frío y el voraz calor de las llamas.

—Vamos, calentadlo un poco más; nos lo agradecerá.

Arquio hizo una mueca y los que sujetaban a Sekeios lo arrastraron hasta el círculo de piedras que rodeaba el fuego. Arrodillado, las muñecas retorcidas a la espalda, una mano se asió a su nuca como una tenaza mientras otra hacía chisporrotear los maderos con un atizador. El resto jaleaba.

–¡Quemadlo! –gritó Arquio con los brazos en alto.

Empujaron a Sekeios hacia las llamas. Sus cabellos se prendieron y un tufo a quemado inundó la estancia. El prisionero gritó y el terror de morir abrasado le dio una descarga de vida. Se alzó cuanto pudo y se tiró contra el que le agarraba la nuca. Ambos cayeron de espaldas con estrépito. El cántabro se incorporó, dispuesto a meterlo en el fuego de una patada. Arquio reculó, vacilante.

–¡Que lo queméis!

–Mejor será que lo dejemos vivir –proclamó alguien tras él–. Ese hombre me pertenece.

El príncipe y los demás se volvieron. Un calambre en las tripas paralizó al primero. Era la voz resuelta de Corocotta, el veterano caudillo montañés capaz de encabezar la resistencia cántabra y aterrorizar a los romanos. Se hizo un silencio de respeto entre los congregados al ver su espesa melena y su barba. El color de sus cabellos, de un intenso rojo cobrizo, despuntaba sobre sus cabezas. Venía acompañado de dos de sus soldurios armados hasta el cuello. Arquio, encogido, intentó henchirse para parecer más alto y se dirigió a él procurando sonar con autoridad:

–¿Y quién eres tú para decir lo que haremos con él?

–Por lo visto el único con interés en seguir sacándole información.

–¿Qué información? Lo que deberías es preocuparte de que tú y t... tus hombres eviten derrotas como la de Bérgida.

Arquio tartamudeaba. Corocotta rio, letal como una hiena, y lo atravesó con su mirada depredadora. Sus mejillas se arrugaron. Sus cejas puntiagudas perfilaban una expresión furiosa y decidida.

–Nuestros hermanos cometieron un error al enfrentarse a Roma en campo abierto, ya lo advertí –dijo.

–Los auspicios eran favorables.

–Los auspicios son para los inseguros.

Aquella afirmación tan tajante como sacrílega provocó un murmullo.

—Me pregunto c... cuál es la verdad por la que el gran Corocotta no quiso participar en la batalla.

—Nadie duda de las razones por las que tú no lo hiciste.

—¿¡Insinúas que soy un cobarde!?

—No insinúo que lo seas. Lo afirmo.

—Corocotta —medió Ambato, molesto, los puños sobre las caderas—, el pueblo blendio necesita perdurar si quiere oponerse a sus enemigos. No tiene sentido arriesgar a sus jefes.

—Me congratulo por tu buen juicio...

—Guarda tus impertinencias para los romanos, te lo ruego.

Arquio, con la cara grana, explotó:

—Tú dices que dejemos vivir a este autrigón que estuvo en Bérgida, y..., y... yo digo que lo abramos en canal aquí y ahora —insistió, y echó una ojeada a la multitud en busca de apoyos.

Vacilaban. Las tripas requerían venganza, era lo justo; pero el carisma de Corocotta se interponía entre Sekeios y la necesidad de dejarse llevar por la cólera.

Tras valorarlo, Ambato distendió los brazos.

—Escucha, Corocotta, mi hijo es impetuoso —reconoció.

—Mal rasgo si algún día la asamblea lo elige como régulo y jefe del ejército blendio, cosa que dudo.

Arquio traspasó al caudillo con las pupilas turbias de desprecio.

—¿Cómo te atreves? ¡No eres más que un guerrero sin linaje!

—El único que ha logrado inquietar a Roma...

La disputa penetraba confusa en los oídos de Sekeios, colgado de nuevo de los brazos de sus verdugos. Le ardía la cara. Emitió un lamento y la atención regresó a él.

Ambato echó un vistazo al preso, luego a Corocotta y al príncipe. Alzó una mano conciliadora y retomó la palabra:

—No sé si tienes razón, Corocotta, pero ya habrá tiempo de pensar en la forma de sacrificar a este puerco autrigón.

El régulo no se atrevió a mirar a su vástago, que gruñía como un perro enjaulado.

—Sabia elección —aplaudió Corocotta sin disimular la sorna.

El caudillo se encaminó hacia la salida y detuvo sus pasos en el umbral para hablar con una mujer que había permanecido apartada y retraída todo aquel tiempo.

–Turennia, atiende al prisionero y encárgate de que se recupere. Más le valdrá contarme mañana todo lo que sabe o yo mismo lo desollaré y quemaré sus restos.

III

TURENNIA

Tras el desastre de Bérgida, el resto de grandes ciudades fortificadas del sur no tardaron en desmoronarse. Con todo, tal y como Roma esperaba, costó sudores hacerlas caer. La mayoría se enfrentaron a la potencia extranjera con enorme valor y asaltaron sus campamentos. Solo unos pocos optaron por el pacto y entregaron a jefes e hijos como rehenes para garantizar su cumplimiento. El resultado fue para todos el mismo: la derrota, por destrucción o sumisión. Gayo Antistio Veto había acertado con su predicción, el sistema de fortalezas se desintegraba y el meridión del país de los cántabros pasó a dominio romano en poco tiempo. Los vastos páramos, los sobrecogedores farallones y los espolones y acantilados que lindaban con los pueblos vecinos de la meseta y sus llanuras cerealísticas vieron sustituidos los símbolos nativos por los del conquistador. Nunca más volverían a saquearlas.

Arrasados también los poblados y las aldeas, segadas las mieses y talados los campos hasta que no quedaron más que rastrojeras, los ejércitos de Augusto dejaron guarniciones en cada núcleo tomado e iniciaron la persecución de los cántabros del llano, que buscaban la protección natural de los picos del noroeste y el apoyo de sus hermanos montañeses. La Primera y la Segunda legión, encabezadas por Veto y el primer ciudadano, iban tras ellos. La Cuarta permaneció en la zona sur con el fin de ganar posiciones en su avance para penetrar por los cordales hasta las entrañas del territorio. Pronto las poblaciones del interior conocieron la proximidad de la amenaza. Roma recobraba el ánimo y avanzaba imparable.

Los huidos hacia las alturas del Vindio aseguraban que antes llegarían a ellas las olas del mar que las armas de Roma. Puede que lo creyesen por verdadero convencimiento, o quizá como una afirmación que, repetida una y otra vez, mantendría intacta la fe en la resistencia contra los ejércitos del Imperio. La moral indígena había sufrido el primer descalabro con Bérgida. A pesar de Corocotta. Pero aquel nombre incivilizado de sonoridad estrepitosa, casi impronunciable para los romanos, seguía causando el mismo efecto al saltar de legionario a legionario como una maldición. Era escucharlo y los soldados se revolvían inquietos bajo sus corazas anilladas.

Fue la llegada de los romanos a la frontera cántabra de la meseta la que movió a actuar a Corocotta, como astuto campeón guerrero. Pronto comprendió que la única forma de hacerles frente era agrupar la mentalidad de las gentes aisladas que conformaban el pueblo montañés, carente de una conciencia definida sobre su identidad común; unas decenas de miles de habitantes dispersos que combatían separados, protegiendo cada uno sus propios valles y poblados en lugar de centrarse en la defensa conjunta de sus plazas principales. La mayoría eran partidarios de la guerra total; otros, de pactar con los conquistadores, reconocer su gobierno y obtener cierta posición de privilegio a cambio de tributos. Corocotta engrosó su ejército con hombres dispuestos a tenerlo como caudillo y seguirlo como a un dios. Su objetivo: luchar contra Roma con un mando unificado capaz de coordinar y dirigir a toda la masa de guerreros; combatir como los propios romanos, de forma homogénea, disciplinada, patriótica. Supo desde el principio de la guerra que, si Roma superaba la barrera sur, las sierras centrales de Cantabria, corazón del territorio de los blendios, serían tarde o temprano el objetivo del invasor en su progresión hacia los valles de la costa. Justo en una de ellas se encontraba Aracillum, ubicada en una cumbre larga y estrecha como una espina, adaptada a la forma de la montaña. El mejor paso para el avance romano y el punto estratégico desde el que evitarlo. Por eso él estaba allí.

Para buena parte de los cántabros, Corocotta era el único caudillo con el carisma y audacia necesarios para oponerse a Roma. Pero para el Imperio no era más que un bandido. Y para otros, como Arquio, representaba un problema. Cocorotta era un luchador de origen concano y vida marginal, un peligroso y egoísta aventurero sin linaje con intereses particulares en aquella guerra, pues solo buscaba su propio beneficio. Su llegada a Aracillum para atraer a sus gentes a la causa de la unificación debilitaba la posición de Arquio y Ambato, cuyo mando era inestable. Padre e hijo mantenían serias diferencias acerca de cómo debía ser gobernado el pueblo blendio, y tal falta de fuerza reforzaba la posición de Corocotta, un jefe que justificaba su arrogancia con victorias sobre los romanos. No tardó en dar la sensación tácita de que parte de Aracillum se ponía bajo su protección. En un momento en el que los blendios no acababan de resolver quién debía liderar a su ejército, ni si debían unirse a los demás pueblos cántabros para luchar como uno solo, las asambleas de notables para dirimir sobre tales cuestiones acababan a menudo entre insultos y advertencias. Pero la caída de las ciudades del sur apremiaba a decidir quién habría de dirigirlos. La pericia demostrada por Corocotta y el éxito de sus actuaciones guerreras, contra la noble estirpe de Arquio. Solo uno de ellos sería nombrado jefe militar.

* * *

–Corocotta, conozco ese nombre.

Fue lo primero que el autrigón dijo tras despertar y echar una ojeada atribulada a su alrededor. Sekeios era una herida tendida en una yacija. Su cabeza reposaba sobre el cabezal que le habían colocado bajo la nuca. Doblado por el dolor, resopló y fijó la vista en el techo de cañas secas ennegrecidas de humo.

–Todos lo conocen y lo temen –respondió Turennia.

Sekeios sintió una calidez heladora en un brazo cuando la mujer le aplicó un emplasto de abrojo para cicatrizarle un profundo corte en la mano. Había pasado toda la noche a su lado por orden del caudillo. Guardaban la entrada dos hombres armados con lanzas y cuchillos. Amanecía, y unas pocas candelas proyectaban sus sombras alargadas sobre el convaleciente. Sekeios ya no apestaba. A su derecha, un caldero de agua templada con el que la mujer lo había lavado desprendía esencias herbales.

Turennia se removió en el taburete e hizo una señal con un dedo a su hermana, Dovidena, para que le acercase un cuenco depositado en una mesa de tabla.

–Sigo vivo gracias a él –valoró Sekeios.

–No te conviene alegrarte. Has tenido mucha suerte. No dudará en separarte la cabeza del cuerpo si no le cuentas algo útil.

Sekeios calló ante la rudeza de la mujer. No es que esperase delicadeza de aquellas gentes, pero el tono arisco que acababa de emplear contradecía el tacto amable con el que le dispensaba sus cuidados.

–¿Qué casa es esta?

–La de mi hermano Urbigo.

–¿Y el otro...?

–Arquio –le ayudó Turennia a terminar–. No hubiera dudado en matarte, ni él ni los demás.

–Soy un enemigo de vuestro pueblo. Yo habría hecho lo mismo. –La mujer continuó extendiendo el emplasto–. Y ese Arquio... –continuó Sekeios.

–Dovidena, acércame eso. –Turennia apuntaba a una cantarilla en el suelo.

Lo dijo muy alto, como si quisiera evitar que el herido continuase hablando. Sekeios bajó la vista hacia sus manos, grandes y suaves. Las deslizaba con ligereza y decisión sobre su piel dura de guerrero. Sekeios se tensó, incómodo, más hecho a recibir golpes y heridas que a sutilezas. Dovidena entregó a Turennia la cantarilla. Era una pieza rica, decorada con la pintura de un hombre domando a un caballo.

Sekeios observó con desconfianza el contenido seboso y negruzco en el recipiente.

–Es miel y correhuela –explicó Turennia.

—¿Solo eso?

La mujer ignoró la pregunta, vertió un poco en un vaso de madera de buena labra y depositó la cantarilla en el suelo.

—Te quitará el dolor de cabeza. Descansarás mejor.

—¿Eres la remediadora del poblado? —Turennia meneó la cabeza para negarlo—. ¿Y por qué me atiendes?

La mujer se encogió de hombros.

—Me lo ha mandado Corocotta —respondió.

El autrigón escrutó en los ojos de Turennia, y de nuevo el vaso. Dovidena, de pie al otro lado del lecho, con los brazos cruzados como una guardiana, los observaba, desabrida. Tenía la cara cuarteada como la corteza de un árbol, los labios rodeados de hendiduras. Sekeios se incorporó y torció el gesto al crujirle de dolor la espalda y los hombros. Dovidena no lo ayudó, pero Turennia se inclinó sobre él y le echó un brazo en torno al cuello. Los mechones de pelo de Sekeios cayeron sobre el rostro. La mujer se los retiró y volvió a descubrir los pómulos fuertes y marcados del cautivo. Contempló sus rasgos esquivos, su mirada suspicaz de lobo. Ahuyentó de un manotazo la mosca que revoleteaba traviesa sobre su frente. Después le dio de beber, a sorbos. Mientras el autrigón tragaba, Turennia percibió su olor masculino. Olor a cansancio, a esfuerzo, a hartazgo. Hedía a guerra, como los cántabros, pero en él Turennia pudo distinguir un aroma insondable, un toque a salvaje timidez, como si guardara cierta distancia con cuanto le rodeaba. Era un matiz casi inapreciable. Había algo que apaciguaba su imagen de peligroso guerrero.

Sekeios también había intuido un perfume distinto en ella. Un toque floral que se le metió en las entrañas cuando ella se le acercó de nuevo. El perfume hermoseaba más aún su pelo largo y castaño. Entre sorbo y sorbo, Sekeios, sin poder evitarlo, aspiraba el aire con disimulo. Su vista acarició la faz redondeada de la mujer, su piel clara, su naricilla chata y alegre, la boca pequeña y carnosa. Se ojearon en silencio, intensos y huidizos. El autrigón intuyó sus caderas anchas, su cuerpo gentil y torneado. Después se apartaron el uno del otro, asustados por sus emociones.

Turennia retiró el vaso de los labios resecos de Sekeios y comprobó cuánto líquido quedaba. Él se dejó caer. Ella se agachó para verter más líquido en el vaso y aprovechó la falta de contacto visual para preguntarle:

−¿De dónde eres?
−De un poblado sobre un gran río.
−¿A qué te dedicas?
−Soy cazador.
−¿Lobero? −Sekeios asintió. Turennia volvió a rodearlo con un brazo para que se incorporara y darle de beber un poco más. Dovidena sorprendió en su hermana un ademán sensual, pero no tuvo tiempo de disuadirla−. ¿Te espera alguien en tu casa?

Sekeios contempló atenazado a la mujer, levemente inclinada sobre él para incitarlo a responder.

−¡Turennia! −la reprendió Dovidena.

La aludida se detuvo al escuchar unos pasos firmes a su espalda. No eran de su hermana.

−Hablas demasiado con este extranjero.

La voz reprobadora de Corocotta resonó tras ella. La figura del caudillo se recortaba rotunda en la puerta. Su melena y barba rojas se encendían como fuegos a medida que se aproximaba. Sekeios recobró su talante distante y reflexivo. Sondeó al tremendo guerrero que venía con él, un gigante rubio que había tenido que agachar mucho la cabeza para no golpearse con el dintel de madera. Un soldurio, uno entre las decenas de devotos de Corocotta, consagrados por el juramento de la *devotio* a seguirlo como patrón y a morir con él si caía en combate.

Sobre el hombro, un hacha de doble hoja, fuera de lo común, un arma de aspecto sobrecogedor, propia de cántabros, que había causado estragos en Bérgida. Hacha y soldurio encajaban aterradores la una en el otro como si fueran uno solo. Corocotta le hizo una indicación con la mano para que permaneciera tras él.

−Dovidena, tú eres aquí la mujer de más edad, la guardiana de este poblado. No seas condescendiente con tu hermana, y menos con esta piltrafa.

–Mi hermana no ha hecho nada –quiso disculparse ella.
–Se acabó la charla. Vamos, salid –mandó Corocotta.

Dovidena se quedó con ganas de replicar. Recogió las hierbas y cuencos. Turennia ofreció un último sorbo al cautivo y, cuando ya se levantaba con el vaso entre las manos, Sekeios le cogió una muñeca.

–Agradezco tus cuidados, mujer –dijo, y la liberó.

Turennia bajó la cabeza para corresponder a su agradecimiento. Después se marchó junto a su hermana.

–Te has arriesgado mucho, autrigón –le recriminó Corocotta.

Se había acercado al lecho y había puesto un pie sobre un tocón, el codo derecho apoyado en la rodilla, engreído como un volcán bajo la capa roja. Sekeios no replicó; no parecía demasiado impresionado por la presencia del famoso caudillo. Se tanteaba, indiferente, la cura aplicada por Turennia en el brazo.

–Este es Bovecio –presentó Corocotta al soldurio. El devoto, los brazos cruzados, alzó la cabeza con orgullo–. Si intentas cualquier cosa te arrancará la cabeza y la pondrá junto a una de esas.

El caudillo señaló con el mentón la testa cornamentada de un macho cabrío clavada en un madero. Sus cuencas vacías como covachas asistían tenebrosas a la presentación.

–Agradezco tu hospitalidad –dijo Sekeios con supuesta sinceridad, viéndose aún vivo.

–No tiene nada que ver con la hospitalidad.

–Pero me dejas vivir.

–¿Quién ha dicho que voy a dejarte vivir?

Sekeios levantó la vista del ungüento.

–Si quisieras matarme, ya lo habrías hecho.

La sagacidad del prisionero hizo reír a Corocotta.

–Eso es lo que me gustaría y lo que todos desean que haga. –Sonrió enigmático–. Pregúntale a Navia por qué sigues respirando. –Sekeios optó por no indagar en la alusión a la divinidad acuática, pero el caudillo insistió–. ¿Dónde te capturaron?

Su tono denotaba que conocía la respuesta. Sekeios hizo memoria.

–Junto a un riachuelo.
–¿Lo ves?, es Navia quien te ha traído ante mí.
–Navia... –repitió el cautivo intentando comprender.
–Diosa de las aguas... y de la suerte.

Sekeios ignoró el comentario. No era suerte lo que había tenido los últimos días. Bajó la vista y continuó examinándose el emplasto.

–¿Mis armas? –quiso saber.
–Aquí soy yo el que hace las preguntas. –La voz de Corocotta se endureció. Dejó a un lado los prolegómenos–. ¿Escapaste de Bérgida?

Sekeios asintió con un movimiento vago de cabeza.
–¿Qué orden incumpliste?
–Me negué a combatir en el llano.
–¿Por qué?
–Mi hermano acababa de morir.
–¿De qué?
–Cayó de su caballo.
–¿Y?
–Fue culpa de un romano borracho.
–¿Qué hizo ese borracho?
–Se cruzó delante de él.
–Y tú acabaste con él.
–Eso hice.

Sekeios respondía con voz rotunda y veraz. Podría haber contado la verdad, pero el reposo le había permitido pensar y preparar la historia durante la noche. La intuición y la desconfianza lo prevenían, pues no podía ser franco con quien era su enemigo. El concano movía la mandíbula a izquierda y derecha, despacio, valorando con minuciosidad lo que decía el autrigón por si detectaba indicios de mentira, indagando en busca de contradicciones.

–¿Y no se te ocurrió otra cosa que entrar en nuestro territorio?
–El norte me pareció más seguro...
–¿Te buscan?

–¿Por qué iban a buscarme?
–Porque pareces un desertor.
–No soy ningún desertor –respondió Sekeios, contundente.
Corocotta meditaba. Apretó los labios y entrecerró un poco los párpados. Las arruguillas se fruncieron como garras. Bajó el pie del tocón.
–Yo tampoco lo creo. Lo que sí creo es que has sido capaz de llegar hasta aquí sin morir. Eso es destreza y suerte, una poderosa combinación. Y yo no ahuyento a quien la trae consigo.

Sekeios comprendió que Corocotta concedía verdadera importancia a los designios de la diosa Navia, y que aquello era un motivo para mantenerlo vivo, al menos de momento. Optó entonces por asentir y darle la razón.

El veterano caudillo dirigió de nuevo el interrogatorio hacia el invasor:
–¿Qué sabes del jefe romano?
–¿Augusto? Poco.
–¿Cómo de poco?
–Es un hombre decidido.
–Ha de serlo, si es capaz de enfrentarse a nosotros.
–Cuenta también con buenos generales.
–No tan buenos. Bérgida cayó por nuestra culpa.

Sekeios sintió el impulso de discutir su afirmación; no por sentirse enemigo, sino porque, indomable o no, Cantabria había caído en la trampa del *princeps* y había errado al plantear el choque de infantería. Se refrenó. Por eso y porque hablar le provocaba un dolor intenso en el esternón. Tampoco parecía adecuado llevar la contraria a quien, de momento, lo mantenía con vida.

–Vuestro orgullo no será suficiente para detenerlo –se limitó a decir.
–¿Dudas de nosotros?
–De quien no dudo es de Roma.

Bovecio soltó un rugido disconforme. Corocotta apuntó con un dedo a Sekeios:
–No te conviene provocarme.

–No lo hago. Los romanos me gustan tan poco como a ti. Pero el destino de tu pueblo no puede ser otro que un pacto de derrota o la aniquilación.

–Habla por tu pueblo, autrigón.

–Mi pueblo sirve a Roma para perdurar, igual que lo ha hecho Cantabria en otras ocasiones.

–Un pueblo de cobardes, el tuyo.

Corocotta rechazaba todos los argumentos sin valorarlos. No cabía esperar otra cosa del azote de los romanos.

–Roma siempre vence... –insistió el autrigón con pesar.

Sekeios se tragó un gemido. Tanto hablar le provocaba pinchazos en las costillas. Se llevó una mano al pecho para masajeárselo y dedicó al caudillo una ojeada casi comprensiva. No se apreciaba rastro de hostilidad en su juicio, tan solo emitía una certeza, como ayudando a hacer entender la inútil resistencia del país montañés. Aplicaba un razonamiento sensato, sin mal tono pero sin ambages. Ningún pueblo se oponía a Roma eternamente. Y no podría ser distinto con Cantabria.

Al escucharlo, Corocotta contuvo la respiración. Aquellas palabras lo enfurecieron mucho más que su disputa con Arquio. No perdía la postura decidida ni la sensación de imbatibilidad que emanaba de su presencia, pero la perspectiva de la derrota le crispaba el rostro. Bovecio vigilaba a su patrono. Corocotta parecía a punto de incendiarse en llamaradas rojas. Incluso la casa se advertía más pequeña, más bajo el techo, más reducido el espacio entre las paredes. Corocotta habría abierto a Sekeios a cuchilladas allí mismo, pero se dominó. El guerrero autrigón mantenía la serenidad e infundía valor y respeto, y aquello lo atraía. Era un veterano, como él, un guerrero difícil de encontrar, cuando pocos superaban las guerras y las enfermedades. Sekeios y Corocotta se hacían frente el uno al otro sin enzarzarse. La hiena y el lobo se engancharon la mirada, casi con contenida admiración mutua.

El caudillo se rio, escandalosamente.

–Puede que estés en lo cierto, autrigón: quizá Roma acabe con todos nosotros, aunque no lo logrará con pactos. Y tú te quedarás aquí para comprobarlo.

* * *

El avance de las tropas romanas hacia el Vindio para establecer el dispositivo de asedio al gran macizo lastraba los planes de Gayo Antistio Veto. Iniciada la marcha hacia los afilados picos, menguaban las escasas posibilidades de capturar al autrigón. El gobernador no había dejado de enviar patrullas ni un solo día desde el incidente, obligándolas a incursionar en zona enemiga con tal de apresarlo o, al menos, localizar algún indicio sobre su paradero que mantuviera viva la esperanza de restaurar su honra, porque eso era lo que en verdad había perdido junto con la oreja.

Los exploradores regresaban huérfanos de noticias tras peinar terrenos que previamente parcelaban en un mapa con el fin de cubrirlos del modo más eficaz. Ni siquiera el afilado olfato de sus perros, capaces de rastrear presas a enorme distancia, facilitaba la menor conjetura sobre la situación del fugitivo.

–No tengo duda de que daréis con él.

Con esta sentencia recibía a los patrulleros, una combinación de aliento y amenaza que les erizaba el vello de pavor. Se enfrentaban a una misión estéril en un territorio cerrado y hostil. Cada vez más lejos de Bérgida, descubrir el menor hallazgo resultaría un milagro.

–¡Esto es absurdo! –protestaban en privado.

–No vamos a jugarnos el pellejo por una obsesión que ni nos va ni nos viene. Que se enfrente Veto a las bandas de perturbados cántabros ocultos en estos malditos bosques.

–Además, si no lo han asesinado ya esos montañeses, lo habrá hecho alguna otra bestia. Nadie puede subsistir tantos días ahí fuera.

En las primeras batidas las patrullas pusieron todo su empeño; pero, temerosos de no regresar vivos de un rastreo de notable riesgo, poco a poco comenzaron a reducir su campo, adentrándose en menor medida en el territorio cántabro, haciendo sin hacer, cumpliendo sin cumplir, con la esperanza de que, hastiado ante la falta de resultados, el gobernador abandonase su anhelo.

Lejos de renunciar, Gayo Antistio Veto redobló los esfuerzos. Encargó la formación de patrullas más grandes y ordenó a los oficiales que les proporcionasen mayores medios.

–Ese hispano no escapará de mí ni de Roma, lo he jurado por Marte, ¿queda claro?

Augusto transigía con el empecinamiento de su gobernador, aunque lo impelía a no olvidar su principal misión:

–El servicio a mí y, por encima de mí, a Roma.

Veto aceptaba la consigna con convicción, no solo por Roma y por el primer ciudadano, sino por su propio beneficio, para ascender en la escala social del Imperio. Mas a pesar de su sentido romano del compromiso con la patria, su malestar se palpaba en la atmósfera como una sombra negra que hacía marchitar la hierba a su paso. La oreja, envuelta en un abultado vendaje, se conducía taciturna entre los legionarios, rumiando para sí la intolerable vejación a la que se había visto sometido su dueño. El autrigón no quedaría impune. Eso jamás.

Así continuaron infructuosas las batidas en tanto la Primera y Segunda legión avanzaban tomando fácilmente las poblaciones que encontraban a su paso. La mayoría habían sido evacuadas y sus pobladores o huían al Vindio o se dirigían a los poblados de montaña en busca de refugio. A pesar de la aparente falta de resistencia durante aquellas jornadas, las avanzadillas romanas informaban de la existencia de infinidad de puntos vulnerables, multitud de estrecheces que obligarían a las columnas a adelgazar, volviéndose más largas y frágiles, más fáciles de atacar. Las legiones se adentraban paulatinamente en un territorio mucho más plegado, recortado como una sierra. Las tinieblas de los grandes picos, afilados como cuchillos, comenzaban a tragárselos.

* * *

Las curas de Turennia y el suceder de las jornadas favorecieron la recuperación de Sekeios. Las marcas de las quemaduras en los pómulos y la frente se disipaban y las moraduras que mortificaban todo su cuerpo se habían amarilleado. Ya era capaz de levantarse de la yacija y estirar los músculos con energía renovada. Cojeaba de la pierna derecha, pero Corocotta mandó que no se le facilitara ningún apoyo la mañana en que le concedió permiso para salir de la casa.

Durante el tiempo que duraron los cuidados, el caudillo persuadió a la mayoría del Consejo de Notables de la idoneidad de permitir que el cautivo autrigón siguiera viviendo. Que hubiera llegado hasta ellos huyendo del enemigo romano solo podía significar que aquel hombre atraía a la suerte y que los dioses lo habían puesto en su camino. No le costó demasiado convencerlos. Hasta ahora, las decisiones y acciones del concano habían hecho mucho más bien que mal. Aquietó la oposición de los más reaccionarios asegurando que, si sospechaba el menor amago de rebelión, él mismo le arrancaría la cabeza y la pondría ante ellos en una bandeja. El notable Urbigo, hermano de Turennia y Dovidena, acordó con Corocotta que el prisionero permaneciera en su casa.

–Es lo más conveniente, Corocotta. Su presencia no debe alterar al poblado más de lo imprescindible. Mis hermanas lo atenderán, y yo lo mantendré ocupado.

El peso de su venerable juicio se hizo valer. El caudillo advirtió a Sekeios:

–No hagas ninguna estupidez si quieres seguir viviendo.

Turennia le había lavado la túnica y el sago negro. Le proporcionó unas viejas sandalias remendadas para sustituir su calzado de guerra.

Sekeios abrió la puerta de varas de avellano. Un chorro de luz matinal lo forzó a llevarse una mano a los ojos. Procuró abstraerse y echó una ojeada a su alrededor, aturdido por el reclamo farragoso de los gansos que correteaban ante él. Las percepciones alteradas por la ansiedad lo incomodaban. Advirtió que el gigante Bovecio lo esperaba con el semblante rígido de desprecio, el hacha de doble hoja al hombro, dispuesto a seguirlo allá donde se dirigiese. Le concedió unos pasos de distancia. Corocotta deseaba saber de su comportamiento sin demasiadas ataduras, como un perro con una correa larga.

Sekeios plantó un pie en el exterior. Al percatarse de su presencia, un hombre greñudo que desprendía olor a ovejero se detuvo ante él, arrancó de la garganta un gargajo y lo escupió entre los pies del prisionero. Sekeios rehusó siquiera esbozar una mueca de indignación. Aguardó a que se hubiera marchado con su peste a otra parte y solo entonces se decidió a ir un poco más allá.

Se alejó con torpeza de la vivienda, mendigando cada paso, desvalido por la cojera. Cuando el tenue sol incidió sobre su figura forastera, Aracillum se detuvo, acechante. Sekeios se sintió fustigado por el repudio. Procuró abstraerse y se adelantó para obtener una perspectiva del poblado en el que era prisionero. Se encontraba en la ciudadela, la parte más alta de la población, un pequeño recinto fortificado por una empalizada en el que residían las clases rectoras. Sintió una punzada que cruzó su espalda al reparar en la casa del régulo Ambato. Más grande y sólida que las otras. Muros de piedra. Puerta gruesa de madera. El edificio donde había estado a punto de ser abrasado vivo.

El viento continuado del noroeste azotaba a ráfagas la cima. Con los mechones ondeando y el andar cauto, se encaminó hacia el acceso que conducía al segundo recinto y descendió por el camino que discurría como eje de norte a sur. Apenas descubrió traza urbana más allá de unas pocas edificaciones adosadas a la muralla y reducidas aglomeraciones de cabañas cuadradas o rectangulares. El muro, rematado con un parapeto de madera, se alzaba más allá de la altura de un hombre de buena talla y protegía con bastiones el resto del enclave. Parejas de lanceros vigilaban los montes de los alrededores, abombados como muelas, atentos a las señales ópticas o sonoras de los otros emplazamientos en altura que vertebraban y controlaban el paso por las sierras altas. El dominio visual del territorio era tan amplio que en los días luminosos se divisaban las punzantes entrañas plegadas de Cantabria, los crestones calizos refulgentes de nieve. Las alturas del Vindio en las que buscaban refugio sus hermanos del sur.

Completaban la estructura defensiva con rampas, fosos y portillos concebidos para frenar un ataque. El sistema protegía principalmente las laderas sur y oeste. Las pendientes norte y este ejercían de amparo natural al desplomarse violentas como taludes. La concepción de Aracillum era muy clara: no era una población al uso, sino una fortaleza permanente para controlar el paso por la sierra y detener una fuerza de ocupación en su avance hacia la costa.

Cuando Sekeios llegó a la zona más llana de la población, captó la voz de un boyero, que había detenido su carro atestado de piedras sin labrar e intercambiaba opiniones con un comerciante acerca de las posibilidades del poblado para resistir un ataque romano.

−Espero que no llegue ese día. Pero, si llega, desearán no haber venido.

A pesar de Bérgida, el cántabro mantenía su ánimo natural. El paisaje desolado que dejaba la guerra empujaba a los mercaderes hacia el norte y el poblado borboteaba de inquieta vida, floreciendo como un vergel en los lugares más hostiles. Algunos trajinantes y buhoneros venidos de otras poblaciones y valles ofrecían sus productos sobre esteras y bandejones de esparto. Lanas, alimentos, cerámicas... pasaban de unas manos a otras a cambio de guarniciones, salazones o bebidas. Se formalizaban trueques y se intercambiaban mercancías, se probaban muestras y se regateaban los precios. Unos pocos pagaban con láminas de plata, otros tantos ofrecían monedas de los pueblos vecinos. También se adquirirían medidas de trigo traídas por tratantes a precios abusivos debido a su escasez y la situación de guerra. El poco disponible lo almacenaban en un pequeño granero de madera levantado sobre pilones para evitar que las plagas de roedores, que de cuando en cuando asolaban Cantabria, lo devorasen.

La actividad del poblado se extendía al horno comunal para la cocción de cerámica, al de reducción del hierro, al molino, la herrería y otros talleres de artesanos, donde sus dueños trabajaban en bancos a pie de calle en torno a los cuales fluía la vida pública, aparentemente ajena al estado de tensión militar que desprendía la muralla exterior.

No serían mucho más de cien habitantes naturales, superados ahora por la llegada de los desplazados procedentes del sur que, día tras día, aumentaban la población. Llegaban bandas de guerreros con sus patrones y gentes libres, algunas de las cuales paraban allí solo para proveerse de bienes, rendir culto a la imagen de la diosa Amma y entrevistarse con el gran Corocotta. Después emprendían la marcha para refugiarse cerca de la costa, obligados por los romanos a habitar en una franja de terreno cada vez más reducida. Los contingentes armados acudían también para ofrecerse al caudillo, que seleccionaba a una parte mientras que a los demás los persuadía de marchar a los poblados cercanos con el fin de reforzarlos por si llegaba el lance de tenérselas con Roma. Su participación en la defensa de Aracillum sería indispensable.

El prisionero no lograba pasar desapercibido entre el ir y venir de lanzas y mercaderías, que se detenían al verlo pasar. Muecas negras, corros insidiosos, voces acechantes... El abucheo se incrementaba en las puertas de los talleres y junto a los vallados de los rediles, al pie de los abrevaderos y entre los que carpinteaban los improvisados refugios para alojar a las nuevas tropas.

Un escultor que labraba exvotos de piedra para los oferentes que visitasen el cercano santuario de la diosa Amma detuvo el golpeteo mecánico de su cincel.

–¡No vuelvas por aquí, rata asquerosa! –le advirtió.

Una pandilla de niños que peleaban con palos para imitar a sus mayores se burlaron de él, fingiendo apalearlo. La sombra de Bovecio y su hacha doble era lo único que los disuadía de hacerlo. Sekeios decidió volver sobre sus pasos con un ojo sobre el hombro.

El autrigón se deslizó prudente junto a los pequeños huertos de berzas, habas y guisantes. Una hortelana se apoyó sobre su azada al verlo pasar. Otra, que cultivaba lino, le volvió la espalda.

De nuevo en la ciudadela, Sekeios se detuvo, cerró los párpados y tomó aire, aliviado.

–Quita de en medio, ¿no ves que molestas? –le espetó una voz. Sekeios abrió los párpados. Un leñero con un haz sobre el hombro y un hocino en el otro se le había aproximado tanto que estuvo a punto de cortarle la cara con la punta de la hoz. Era un sirviente del notable Virono, a quien acompañaba.

Sekeios se abstuvo de responder.

Virono, un hombre menudo, tasó al prisionero.

—¿Dando un paseo? —El interpelado asintió con la cabeza—. Yo que tú no saldría mucho por ahí, solo puedes buscarte problemas.

Sekeios volvió a afirmar, cauteloso, e hizo ademán de marchar. El leñero se interpuso en su camino.

—Aquí no aceptamos a la gente como tú.

El autrigón bajó la vista para evitar que su respuesta sonara demasiado agresiva:

—Vuestro caudillo, Corocotta, me ha permitido salir.

Virono meneó la cabeza.

—No te equivoques con él —dijo—. Aquí la ley la dictamos los notables. Mi nombre es Virono. Acuérdate bien, porque bastará con que yo abra la boca en la próxima asamblea y lo que disponga Corocotta para mantenerte con vida no servirá de nada. ¿Queda claro?

—Lo tendré presente.

Virono tenía la cabeza grande y los rasgos exagerados. Por barba, rastrojos grises del pelo que un día pobló su mandíbula. Al hablar dejaba entrever los dientes, separados por huecos negros como barrotes que le conferían un cariz malicioso.

—Recuerda bien lo que te he dicho, extranjero —repitió—. Y que te asee mejor la hermana de Urbigo, apestas a marrano.

Sekeios suspiró. Por alguna razón, aquel comentario sobre la hermana lo había molestado más que las insinuaciones contra su integridad física.

Virono y el leñero reanudaron su camino. Los vio alejarse. Con el corazón palpitando por la riña, se condujo de nuevo hacia la vivienda donde lo había cuidado aquella mujer, Turennia. Allí al menos lo atendían, aunque fuera por propio interés. Encontró al notable Urbigo, su dueño, subido a lo alto de una escalera, aplicando ramaje de varas de avellano a la cubierta vegetal a dos aguas. Se dirigió hacia él como por instinto, por no quedarse quieto en ninguna parte. Cuando Urbigo fijaba un pie en el peldaño anterior para bajarse, reparó en el autrigón. Descendió y se sacudió la suciedad de las manos. Tomó asiento pesadamente en el borde del zócalo de piedra que sustentaba la vivienda. La edad lo fatigaba.

–Un buen invento para sentarse, este de los romanos –dijo, las manos sobre las rodillas.

Sekeios escuchó a aquel hombre de rostro de barbas sabias y mirada limpia, expresión afable y aspecto juicioso. Nada que ver con el tal Virono. Era otro de los miembros del Consejo del poblado, y jefe de una de las familias con más arraigo.

Urbigo resopló, las manos en las rodillas.

–Tendría que haber enfoscado el techo hace un par de años –prosiguió el notable–. Se filtra la lluvia, pero los romanos nos han tenido demasiado ocupados como para estar pendientes de estas tareas.

Un esclavo reparaba un tramo de pared desconchado manteándolo con barro. El entrelazado de zarzo que conformaba su armazón asomaba como una herida.

Sekeios echó una ojeada al tejado y se agachó al sentir el tacto húmedo de una lengua canina lamiéndole la mano izquierda. Una perra agitaba alegremente la cola y frotaba la cabeza en su pantorrilla. Era un animal típico de montaña para el cuidado del ganado: grande, musculoso y esbelto, con un pelaje frondoso, blanco con unas pocas manchas de un amarillo fogoso en las patas y la quijada. La cabeza, grande; el hocico, corto. Le llegaba casi hasta la cintura. Una correa de cuero la mantenía sujeta a un estacón. Sekeios le susurró palabras amistosas. La hembra reaccionó con un gemido cariñoso.

–Se llama Leal. Nada como esta perra guardiana para saber si quien tienes enfrente es de fiar –opinó Urbigo, que se había vuelto hacia ellos.

El can mantenía abierta la boca, la lengua descolgada de satisfacción rozaba sus rodillas desnudas.

–Jamás te traicionan –agregó Sekeios.
–Demuestran que la convivencia entre diferentes es posible.

Sekeios emitió con la garganta un ruido afirmativo. Se masajeó la mandíbula, entre curioso por las palabras del notable e incómodo por el entorno en el que le tocaba desenvolverse.

Urbigo le hizo un gesto con las cejas a Bovecio para que se distanciara de ellos. El soldurio dudó un poco, pero finalmente se perdió entre las cabañas.

–Te lo agradezco –dijo Sekeios.

–¿El qué?

–Que me atiendas en tu casa.

–No he sido un buen anfitrión para nuestro prisionero. –Urbigo esbozó una sonrisa–. Ni siquiera me he asomado a verte si no era cuando estabas dormido, que es como has estado casi todo el tiempo.

Sekeios se encogió de hombros.

–Te doy las gracias igualmente.

–Sería más apropiado que se las dieras a mi hermana Turennia. Ella insistió en que permanecieras aquí, y yo convencí a Corocotta para que accediera.

Sekeios no supo qué decir y se limitó a asentir.

Pasó junto a ellos un guarnicionero con un juego de correas de cuero bajo el brazo. Los sacó de la conversación con una palabra hosca dedicada al cautivo. Urbigo levantó las cejas.

–Es un insulto muy nuestro –explicó.

–¿Qué ha dicho?

–No lo quieras saber. Es lo más suave que vas a escuchar. Aquí vas a tener pocos amigos.

En su situación lo de «pocos» era todo un alivio. Sekeios se frotó las manos, incómodo, sin saber muy bien qué hacer o dónde ir. Advirtiendo su incomodidad, Urbigo emitió un chasquido con el paladar para que la perra se apartara. Se agachó sobre una montonera de paja a sus pies.

–¿Me ayudas? –preguntó, y apuntó a una horca apoyada sobre la pared–. Ya estoy demasiado mayor como para encargarme de estas tareas.

El autrigón iba a echarle una mano cuando intuyó a lo lejos la bien torneada figura de Turennia. Se quedó muy quieto, enderezado, casi tenso. Un cosquilleo en el abdomen y en el corazón lo atravesó al verla. No podía apartar la vista de ella. Sacudió un poco la cabeza, como para desprenderse de tal emoción. Urbigo miró de reojo a su hermana y luego a Sekeios. Amagó una sonrisa y se desentendió de la situación acariciando la frente de la perra. Turennia se dirigía hacia ellos. Al ver a Sekeios, sus sandalias aminoraron el ritmo. Bajó un poco la mirada y desvió la atención hacia otro lado. Con una mano sujetaba contra su abdomen un mandil cargado de castañas; con la otra, un cenacho de esparto rebosante de bellotas y avellanas. Traía con ella su aroma floral y el ambiente grisáceo de la mañana de otoño se embelleció de flores.

Urbigo escondió una mueca al notar el nerviosismo de Sekeios. Consideraba si cambiar de tema para devolverle la serenidad, cuando un alboroto en la rampa de la puerta principal captó su atención. Dos guerreros abrían hacia fuera el doble portón. Tintineo grueso de cencerros apartándose, rebufos de caballos, voces altas que ordenaban a la gente hacerse a un lado.

No tardó en percibirse el hedor irascible de Arquio y su tropa privada. El hijo de Ambato entraba a caballo en la ciudadela con su asombrosa mediocridad propia de la clase regente, centelleando de bronce y plata. Las pezuñas de las bestias levantaban chispazos de tierra.

—¡Apartad!

Hombres y mujeres, partidarios y detractores del príncipe, se hicieron a un lado. Un gato veteado de gris saltó disparado para ocultarse. Arquio encabritó al caballo y, al caer, las pezuñas delanteras estuvieron cerca de pisotear a un chiquillo. Su madre lo retiró a tiempo y huyó con él en brazos.

El hijo del régulo descabalgó de un salto y mandó al esclavo que había corrido a atenderlo que cepillara con esmero a su montura y la alimentase con el mejor de los piensos. Se despidió del animal con palmaditas afectuosas en el cuello. Tras el príncipe aparecieron los *comites* de su tropa, cuatro miembros jóvenes de las élites pertenecientes a familias menos importantes que la suya. Reforzaba la comitiva una manada de guerreros malencarados. Arquio se recolocó el cinto y se encaminó a la casa de Urbigo seguido por algunos de ellos.

–Será mejor que entres –sugirió este a Sekeios.

El autrigón se escabulló en su interior.

–¡Urbigo, mi buen amigo!

El notable ya tenía a Arquio encima. Urbigo procuró apaciguar con un siseo a su perra, que tiraba de la correa, gruñía y enseñaba los dientes.

–Príncipe –saludó.

–Has hecho un buen trabajo con la cubierta, viejo. Turennia tendrá al fin un techo decente bajo el que dormir.

–Como mínimo tan decente como el tuyo.

–No tanto, Urbigo. Una techumbre manda y las otras obedecen.

El aliento a bebida del príncipe penetraba fétido en las fosas nasales del notable. Arquio bajó un poco la cabeza con sarcasmo. Tenía las manos sobre las caderas y el sago al caer sobre los codos, se abría a los lados como dos alas. Mostraba el cuchillo repujado al cinto. Aquello y su postura encorvada resaltaban su aspecto de buitre.

–Has vuelto a salir de patrulla bebido –lo acusó Urbigo.

–Incluso bebido valgo el triple que tú, viejo.

–¿A qué debo tu visita?

–Quiero hablar con tu hermana.

–Turennia no está aquí.

Una mirada rápida y esquiva de Urbigo hacia Turennia, que había cambiado el rumbo al ver llegar a Arquio y los suyos, la delató. El príncipe se dio la vuelta. Sus párpados se estrecharon lujuriosos ante la atractiva imagen de la hermana del notable.

–Mientes muy mal, viejo.

–Lo que hayas venido a decir, dímelo a mí.

–¿Crees que algún día Turennia aceptará casarse conmigo? –Urbigo rehusó contestar. Leal emitió un gruñido largo al oír la respiración fatigada y ansiosa de su dueño, que se echaba la mano al pecho–. Ya no te quedan ni fuerzas para hablar, Urbigo. Deberías ir pensando en el suicidio.

—Me iré gustoso el día que Corocotta se haga con el mando del ejército blendio.

Arquio apretó las mandíbulas al escuchar el nombre del concano. Su ascendente le pesaba como una roca colgada del cinto.

Turennia optó por no amilanarse y retomó el camino a la casa. Quiso mantener el paso firme, pero las rodillas le temblaban bajo la túnica.

—Ve pensando en tragarte de un golpe todas tus semillas de tejo, Urbigo. Nos harás un favor a todos si no tenemos que alimentar a un viejo inútil incapaz de coger un arma.

Arquio se frotó sediento la entrepierna cuando la hermana de Urbigo llegó a su altura

—Guardaré mi veneno para ti —dijo Urbigo—. Entra, Turennia.

—¿A qué tanta prisa? —lo refrenó Arquio.

El príncipe tomó de la muñeca a Turennia. La mujer quiso desasirse, pero Arquio la sujetaba con fuerza.

—Suéltame.

—He tenido la sensación de que huías de mí.

—No tengo motivos para huir de mi casa.

Arquio elevó una ceja.

—Te ofrezco la mía.

—Entra, Turennia —repitió Urbigo con el pecho encogido de desaliento.

Leal ladró cuando el séquito del príncipe se cernió sobre ellos para acobardarlos.

En ese instante, la puerta se abrió y Dovidena emergió tras ella. A punto estuvo de tropezar con el escalón que daba acceso a la vivienda. Traía con ella el olor grasiento del rebozado de sémola que cocinaba.

—¡La otra amargada de la familia sale a recibirnos! —se burló el príncipe—. ¿Todavía vienes a preparar la comida al inservible Urbigo? Si nunca has sido buena cocinera...

—Ni tú buen jinete —respondió sagaz Dovidena. Le echó una mano a la fíbula en forma de dios jinete con que se abrochaba el sago al hombro derecho—. Un borracho como tú no debería montar solo.

—Ni tú deberías dejar solo un instante a tu marido enfermo por ayudar a este vejestorio.

—Mi marido enfermo sería capaz de vencerte en un desafío con las manos atadas.

El estómago de Arquio se encogió de ira.

—Ya te llegará tu turno... —Los vecinos se iban congregando en pequeños grupos y observaban la situación con cautela. Arquio alzó la voz para hacerse valer ante ellos–: Y ahora, Turennia, agáchate y limpia el suelo con tu mandil para que el hijo del régulo entre en la casa del noble Urbigo con la debida dignidad.

—Antes me clavaré un cuchillo.

—Eso puede arreglarse... —Arquio se echó la mano al cinto–. Apartad al viejo.

—¿Cómo te atreves? —se revolvió Urbigo–. ¡Ni siquiera tu padre te perdonará esta ofensa!

Lo tenían previsto. Fue todo fue muy rápido. Uno de sus hombres inmovilizó al notable retorciéndole un brazo a la espalda. Leal se arrancó en ladridos desaforados, incapaz de desprenderse del estacón. Tiraba de la correa. El madero, bien clavado, aguantaba.

Dovidena no tuvo tiempo de escabullirse en busca de ayuda. Otros dos guerreros ya se le habían echado encima y forcejearon hasta arrodillarla. Turennia, paralizada, se vio entre la pared y el brazo extendido del príncipe, que apuntaba a la garganta con su cuchillo. El cenacho cayó de sus manos y los frutos rodaron por el suelo, pero el orgullo de Turennia le impidió amilanarse.

—Esta es la casa de Urbigo. No me arrodillaré ante ti por muy príncipe que seas.

—¿Ah, no?

Arquio le asió la nuca con la otra mano y pegó su boca pestilente al oído. Le restregó cuánto la odiaba, la vida calamitosa que le esperaba si no se humillaba ante él delante de todo el poblado, el sufrimiento que infligiría a Urbigo y Dovidena; le susurró un futuro negro de insultos y abusos; le reveló que deseaba tener hijos, vástagos de una estirpe que en el futuro continuase rigiendo a los blendios, y le aseguró que los tendría con ella.

Los ojos de Turennia chispeaban de rabia.

Ningún vecino se atrevió a intervenir. El miedo a la opresión del poderoso aseguraba su inacción, apenas rota por algún murmullo tímido. Incluso los que lo apoyaban por intereses familiares contenían su espanto.

Turennia aparentaba firmeza, pero su mano delató el pavor al descender muy despacio hacia el borde del mandil. Prefería plegarse a la vergüenza con tal de evitar los males que auguraba para los suyos. Una mueca de regocijo adquirió forma en los labios de Arquio.

–¿Lo ves, Turennia? No tiene sentido resistirse.

El príncipe rompió a reír, hasta que la sombra inquietante de un sago negro en el umbral de la casa emergió ante él. La risa se le atragantó.

Sekeios, desarmado, lo desafiaba.

IIII

NUBERU

Los ojos claros y sigilosos de lobo al acecho atrajeron la atención del príncipe. Destacaban en la penumbra recortados como dos abismos. Arquio y Sekeios se tantearon. Aquel devolvió el cuchillo a su funda.

–¿Lo veis? –dijo, aún aprisionando la boca de Turennia–. Ese carroñero de Corocotta deja vivo a nuestro enemigo y nuestro enemigo se mete en asuntos privados.

Los hombres del príncipe se revolvieron, indecisos, al ver que el gigante Bovecio venía contra ellos a grandes zancadas. Más y más curiosos se congregaban cerca de la casa.

–Deja a la mujer –pidió Sekeios.

Las cejas de Arquio se elevaron.

–¿Que deje a la mujer?

–Déjala.

El príncipe no daba crédito. Aquel tipejo se atrevía a darle órdenes. O era un completo demente o la valentía anulaba su cordura.

–¿Cómo te atreves, majadero?

Sekeios consiguió que Arquio se abstrajera de Turennia. La mujer le lanzó una mirada de agradecimiento. El hacha doble de Bovecio retó a la manada del príncipe.

–¿Alguno tiene ganas de danzar?

Los *comites* de Arquio se lo pensaban. El respeto al devoto más temido de Corocotta mantuvo las armas en su sitio.

–¡Perro de Corocotta! –Arquio hacía aspavientos con los brazos, como si pretendiera ahuyentarlo–. ¿Te pones a favor de este miserable autrigón?

–Sekeios, no te metas en esto –dijo Urbigo–. Si lo haces, no te dejarán tranquilo jamás.
–No me dejarán tranquilo en cualquier caso.
–Ya te has metido hasta el cuello, autrigón –admitió Arquio.
Sekeios cogió aire.
–Ahora deja a la mujer –insistió.
–¡Tú no eres nadie para ordenarme nada!
–¡Bovecio, acaba con este loco! –rogó Dovidena.
–¡Si vuelves a abrir la boca, mato al viejo!
Sekeios dio un paso al frente.
–Inténtalo conmigo si puedes.
Los arrestos del autrigón enmudecieron al propio Urbigo, que lo calibraba entre absorto y admirado.
–¡¿Cómo te atreves?! –chilló el príncipe, fuera de sí–. ¡Vas desarmado, estúpido!
La osadía que concede la bebida no fue suficiente para que diera la orden de acribillarlo. Aquel sago negro y el aspecto de lobo lo hacían vacilar. El autrigón movía los dedos de la mano izquierda. Un movimiento pausado, intranquilizador e hipnótico, que inutilizaba la voluntad de Arquio, como si en verdad el prisionero estuviera dispuesto a ir más allá.
El príncipe cedió a la presión y se encaró al cautivo.
–Ya ajustaremos cuentas tú y yo, extranjero.
Una rociada de saliva impactó en la mandíbula de Sekeios. En la mirada del cántabro prendió el fuego renegrido de un rencor atroz e irreconciliable.

* * *

Aquella noche hubo borrachera colectiva en Aracillum. Asaron y comieron jabalí, bebieron *zythos* de trigo en enormes cantidades, cantaron al son de las conchas y los panderos, los cencerros y las flautas de doble caño, y danzaron ante las puertas de las casas hasta el amanecer bajo la claridad de la luna llena, deidad a la que llamaban «la luz de los muertos» por estar prohibido pronunciar su nombre. Bajo su resplandor divino, los guerreros difuntos continuaban cazando y combatiendo en la cúpula celestial. Durante el ritual festivo, una procesión de jinetes con cascos encornados marchaba junto a una hilera de guerreros vestidos con botas de media caña y mantos pardos de lana, semejando cabras salvajes, que portaban calderos rebosantes de agua. En su interior nadaban pececillos que serían devorados por los caballos. Estrechaban lazos. Los más jóvenes, los que ni siquiera habían realizado aún el ritual iniciático que los transformaría en lobos y guerreros de su pueblo, aullaban enardecidos por el exaltado jolgorio de los adultos. Se embriagaban con su espíritu bélico, berreaban frenéticos que serían ellos en lugar de sus compañeros los que alcanzarían la jefatura de sus bandas cuando les llegara el momento de marchar con ellas y demostrar su valía alejados de su pueblo, enfrentándose a la hostilidad de la naturaleza y a los enemigos.

El caudillo Corocotta fue el único que no participó de la celebración. Había ofrecido su tajada de costillar a los muchachos antes de apartarse en busca de soledad. Su silueta se recortaba oscura en la distancia. Acababa de arrojar a un lado las fauces de oso con que cubría su cabeza y contemplaba la nívea cara de la diosa Luna iluminando la noche. Sus cabellos rojos destacaban como una ascua plateada por el plenilunio. Se llevó a la boca el cuenco que sostenía entre las manos y bebió sediento la sangre aún caliente de un caballo sacrificado. Dejó que le chorreara por las barbas. Tiró el cuenco a sus pies y procuró fijar sus pupilas turbias de furor en un bulto negro y redondeado que nacía en la noche y se deslizaba sobre el cielo. Una nube tempestuosa. Un ser espantoso de mirada perturbadora que cabalgaba sobre las nubes vestido con pieles de carnero. El bulto entorpeció la visión de la luna.

–Nuberu, creador de tormentas, has venido hasta mí... –farfulló entreabriendo la boca. Sus dientes brillaban teñidos de sangre–. Pronto tu rayo caerá sobre Roma...

* * *

Al filo de la estación de las lluvias, mientras los rumores húmedos de la naturaleza anunciaban en el aire el olor a tierra mojada y reverberaban desastrosas las primeras tormentas, los legionarios levantaban el campamento de marcha hacia el Vindio. Grupos de soldados esparcían en torno al recinto tierra traída de la isla baleárica de Ebusus para impedir la cercanía de las serpientes. Cuando acabaron de cavar la trinchera, formar un parapeto con la tierra y enraizar el muro de estacas para fortificar el lugar, Augusto se paseó entre los hombres y los alentó a un descanso que se estaban ganando por las largas marchas forzadas. Comprobó cómo, mientras unos entretenían su tiempo apostando sus ingresos sobre escudos o en ruletas fabricadas con ruedas de carros en las que habían marcado números o símbolos, otros jugaban a los dados, arrojándolos a través de rampillas escalonadas en busca de la combinación que agrandara sus ingresos. Los había que preferían las tabas y los que optaban por juegos de tablero y fichas que fabricaban limando huesos o cerámicas rotas.

Echada la noche, el *princeps*, estimulado por la diversión de los legionarios, dispuso que se preparara en su cuartel un banquete para los oficiales. Mandó también que se unieran su sobrino Marcelo y su hijo adoptivo Tiberio, jóvenes de diecisiete años, tribunos destinados en el frente cántabro para ampliar su formación militar. Lucían las barbas desaliñadas propias de los adolescentes romanos, en contraste con los adultos y, sobre todo, con el primer ciudadano, que se había hecho afeitar con un singular apurado. Los acompañaba el joven rey de Numidia, Juba, de quien Augusto era protector.

Los oficiales disfrutaron de manjares aliñados con garum y vino, gachas con aceite de oliva, pasteles de trigo y miel. Durante el banquete, Augusto simuló ser Apolo, coronado de laureles, acompañado de un arco de mano y una cítara, que cedió a una esclava para que amenizara el convite porque la torpeza de los dedos de su mano derecha, acentuada por las humedades del clima montañés, le impedía tocarla. Se deleitó con su música mientras cenaba, con su habitual frugalidad, algo de queso y un poco de pescado, alejado del exceso que cabía esperar de su posición. Finalizado el convite, algo pasado de vino para aplacar sus dolores, se interesó por la búsqueda de Sekeios.

–¿Cómo va lo de ese autrigón?

El gobernador de la Tarraconense cruzó los brazos.

–Daré con él.

–Cuando lo encuentres, consérvalo bien en una tinaja y llévatelo a Roma.

Augusto era el único de la mesa capaz de curiosear la oreja con naturalidad. Ni siquiera el segundo del gobernador, Casio Longino, se atrevía a poner un ojo en ella. Le habían retirado el vendaje y el apéndice aparecía hinchado y deformado, con una costra negra. La cara cuadrada de Veto, de labios comprimidos y mandíbula prieta, como si estuviera siempre de mal humor, se avinagró aún más con el recuerdo al que lo conducía la pregunta del *princeps*. Tomó su copa e introdujo el extremo redondeado de su voluminosa nariz para husmear en el interior. Olisqueó el vino, agitó el líquido y, cuando los efluvios aromáticos ascendieron hasta sus fosas nasales, sorbió un poco y cambió de tema.

–¿Y cómo va tu biografía?

El primer ciudadano se arrellanó en su silla curul.

–Tengo algunos borradores. Poca cosa.

–Conocer tus actos será de utilidad al pueblo romano, divino Augusto –intervino Marcelo.

–Y para quien sea su futuro guía y centinela –agregó Tiberio, con la pronunciación algo farragosa por su desmedida afición al vino.

El *princeps* sonrió vagamente a Tiberio y replicó a Marcelo:

–Sin duda lo será, mis queridos Marcelo y Tiberio. El pueblo no rige bien y necesita luz. Es tosco y envidioso. Hueco de entendederas. Sus razonamientos provienen solo del odio y necesita que uno de los suyos –alzó un dedo en referencia a sí mismo– ejerza de centinela de su destino.

–Supongo que si yo pasara hambre también se me ahuecarían las entendederas.

Rio Augusto, divertido con la ocurrencia de Marcelo. Y bebió de uno de sus innumerables y ricos vasos de bronce corintio antes de contestar:

–Joven Marcelo, me temo que aún no entiendes que saciar el apetito no vuelve a uno más capaz ni elimina de su cabeza la estupidez. Las mentes rudimentarias funcionan solo bajo la perspectiva del dinero. Haz rico a un pobre y verás qué pronto olvida sus rabietas contra los que más tienen. El pueblo carece de moral, por eso no debe gobernar por sí solo.

–Por algo es el Senado el que habla por el pueblo, que...

Augusto no lo dejó seguir. Miró brevemente a Tiberio y se centró en Marcelo:

–Los senadores no hablan por el pueblo, sino por ellos mismos. Andan tan escasos de moral como aquellos a los que dicen representar. Esas sabandijas han traído el caos. Recuerda siempre que una clase acomodada se sirve de la confusión y de las situaciones extremas para perpetuarse en el poder. Mientras a ellos nada les falta, hurgan en la agitación de los desesperados. Los alientan y les prometen grandes mejoras. Prometen y prometen lo que no les pueden dar. Las posiciones radicales son el fruto de la emoción, nunca de la reflexión. Por eso las mentes populares las apoyan, creyendo, ¡pobres infelices!, que al hacerlo ser convertirán en individuos del mismo estatus que los senadores.

Marcelo bajó la vista, como si procurase entender primero y asimilar después cuanto Augusto le decía.

–Supongo que por eso no han sido capaces de aliviar las necesidades del pueblo romano –concluyó el joven tribuno.

El *princeps* le sonrió.

–Así es, Marcelo. Si esa jauría no ha sido capaz, más idóneo será que lo haga un solo hombre, ¿no crees? Un hombre del Imperio al servicio de Roma, por su propio bien y el de sus ciudadanos. Nuestra amada patria ha perdido el respeto a las tradiciones y la moral. Cuando sean recuperadas y el caos desaparezca, me retiraré.

El cuartel se silenció por la incertidumbre ante la supuesta abdicación del *princeps*. Nadie se movió. Tan solo algunos roces inquietos de brazos al cruzarse. No era la primera vez que lo afirmaba y, aunque muchos lo dudaban, y no pocos despreciaban sus argumentos y supuestas buenas intenciones como centinela de la nación, la idea de que Augusto dejase de regir los destinos de Roma producía síntomas de intranquilidad. Se había hecho con su control por la fuerza militar, pero sus acciones políticas comenzaban a mejorar las condiciones de los ciudadanos y el funcionamiento del Imperio. Roma, que despreciaba la monarquía, se dejaba seducir por la estima a un hombre que aseguraba traer el orden a cambio de controlarlo. Sin un guía sólido, Roma regresaría al caos en las manos de la miríada de políticos ambiciosos que, sumidos en sus rivalidades, se olvidaban de los problemas de sus compatriotas. Percibir la preocupación de buena parte de los oficiales le infundió un embriagador cosquilleo de confianza en sus doctrinas. Año tras año, su figura se hacía más y más imprescindible para Roma.

—Tirano me llaman algunos —continuó con afectada exaltación—. ¿Acaso es tiranía buscar el bienestar de tu pueblo?

—¿Entonces por qué se oponen a ti?

—No olvides nunca que toda ideología política nace del resentimiento. No es más que una pataleta para intentar derribar la del oponente.

—¿Y no es mejor que sean varios los hombres que guíen a su pueblo en lugar de que todo el peso recaiga sobre uno solo?

No preguntaba Marcelo con malicia ni discrepancia, sino con el tono de curiosidad intelectual que requería su posición como posible heredero del *princeps*.

—¿El Senado quieres decir? —cuestionó Augusto retórico—. El Senado no es más que el lugar en el que el ser humano intenta controlar su auténtica naturaleza: la destrucción del contrario.

La atención de Tiberio y Marcelo se desvió a las armas que unos y otros llevaban como una parte más de su cuerpo.

—El éxito de la democracia es solo relativo —concretó el rey Juba—. Y con frecuencia, inútil.

Gayo Antistio Veto contempló al monarca númida.

—El joven rey está en lo cierto —dijo con sequedad—. La falta de disciplina conduce al desconcierto; la subordinación, al orden.

La imagen de Sekeios incumpliendo su mandato cruzó su mente. Veto bebió más vino.

Las palabras del monarca, de educación muy romana, dieron pie a Augusto para continuar con su exposición:

—¿Cuántos hombres excelentes conoces, Marcelo?

Titubeó el joven tribuno. Tiberio quiso intervenir, pero Augusto levantó una mano para silenciarlo.

—¿En cuántas manos puede ponerse el gobierno del Estado? —preguntó ahora el primer ciudadano.

Marcelo resopló y dijo:

—Supongo que en pocas.

—En menos que pocas. ¿No será entonces más fácil encontrar a uno solo de ellos?

Encogió un poco los hombros Marcelo, procurando seguir el juicio de Augusto.

—¿Es que quiere alguien ser como esos cántabros, que luchan separados? —sugirió el *princeps*. Hizo una pausa—: Dime, Marcelo, ¿por qué crees que resiste Cantabria?

—Por su valentía.

—No —negó Augusto con un movimiento de la cabeza—. Porque tienen un líder.

—Corocotta.

—Exacto. Corocotta no es más que un bandido, pero sin él Cantabria no sería nada. Un puñado de pueblos luchando cada uno por su cuenta. Corocotta es la argamasa que los unifica, la verdadera amenaza. ¿Alguien lo vio en Bérgida?

—No —intervino Tiberio—, pero...

—No hay peros —interrumpió el *princeps*, agrio, casi reprendiéndolo—. Por eso fueron derrotados.

Algún oficial disimuló una mueca de disconformidad. Tampoco nadie habría osado hacer insinuación alguna acerca de las inoportunas enfermedades de Augusto cuanto tocaba entrar en batalla. Menos aún delante del hosco gobernador de la Tarraconense, que asistía al aleccionamiento con porte enturbiado, como si sus pensamientos se encontraran a infinidad de millas de allí.

Augusto pasó el dedo por el rico labrado del vaso de Corinto, uno más de los obtenidos en sus primeros años de gobierno. Un tiempo plagado de asesinatos en masa de sus enemigos políticos, de innumerables proscripciones y confiscaciones, sobre todo contra los que menos tenían, que eran los que menos se podían quejar.

Marcelo se rascó la nuca con actitud de querer saber más.

–Ese bandido de Corocotta –empezó a decir– no lucha solo, igual que nosotros contamos con auxiliares vascones o autrigones en nuestras filas.

Gayo Antistio Veto, ensombrecido el gesto, alzó la vista hacia el sobrino de Augusto al escuchar la mención a los segundos. Sintió un escozor repentino en la oreja. El *princeps* meneó una mano, entre jovial y molesto, como si le incordiasen los razonamientos del muchacho.

–¿Y bien?

–Que al igual que Corocotta necesita el apoyo de los suyos, nosotros necesitamos el de los nuestros.

–¿Y ese apoyo es el del Senado?

–Es el que representa al pueblo romano.

Una sonrisa casi maliciosa se insinuó en los labios de Augusto. Dejó ver sus dientes separados antes de continuar.

–Precisamente. Pero lo malo de tener senadores es que hasta los tontos y los necios pueden opinar...

Marcelo y Tiberio rieron. Fresco y natural el primero, más fingido el otro. El *princeps* se cruzó de brazos.

–Dime, Marcelo, ¿conoces a algún senador pobre?

El joven contestó que no.

–¿Crees que están dispuestos a disponer parte de sus riquezas para entregárselas a los que menos tienen?

–No lo creo.

Augusto asintió, despacio y seguro. Marcelo quiso seguir con la exploración de perspectivas:

–Entonces ¿por qué el pueblo dice necesitarlos?

—El pueblo se deja antes guiar por la ilusión que por la experiencia. Esos antiguos magistrados les prometen todo y después no hacen nada. No importa las veces que incumplan sus promesas. El pueblo, básico e irracional como es, volverá a apoyarlos. Por eso el pueblo, en realidad, jamás gobernará, aunque crea tener a los suyos en el poder.

Augusto se levantó de la silla. Miró fijamente a los oficiales. Al verlo de pie, vestido como Apolo, con los laureles sobre la frente, daba la impresión de que era capaz de flotar sobre ellos, divino y superior.

—Te demostraré, Marcelo, en cuánta estima nos tienen todos esos violadores de la moral romana, cuánto valoran los avatares por los que tenemos que pasar en esta tierra inhóspita, incluido tú —hizo una pausa y dijo enseguida—: Han llegado noticias de Roma. El Senado solicita la rápida finalización de la campaña.

Gayo Antistio Veto escuchó la noticia, impávido. Volvió Augusto a Marcelo:

—Ahora que hemos logrado una gran victoria nos vienen con prisas. ¿Lo entiendes, Marcelo? ¿Entiendes que ellos no entienden nada?

El sobrino sacudió la cabeza, afirmando.

—Pero hay que apresurarse despacio. —El *princeps* frunció los labios—. Siempre lo digo: lo que se hace deprisa no se hace bien.

El semblante de Augusto se había empañado. La natural alegría a la que le incitaba el vino se había evaporado ante las contingencias de la campaña y los requerimientos senatoriales.

El gobernador abandonó su asiento y merodeó por la estancia, las manos a la espalda, la vista en el suelo. Un viento furioso pareció atravesar el comedor.

—Las prisas se les quitarán cuando sepan que hemos arrinconado a los cántabros en sus picos —aseguró.

Augusto jugueteaba ahora con el arco y la flecha de Apolo.

—Tres años de guerra y astures y cántabros continúan independientes. Eso es lo que no los deja dormir.

–Les puede el temor a la fama de estos incivilizados, nada más.

–Han leído demasiadas historias sobre ellos. No hacen más que hablar de su intervención en la resistencia de Numancia.

Marcelo y Tiberio se echaron un poco adelante, intrigados por las palabras del *princeps*. Augusto les relató que los escritos aún recordaban cuando, algo más de cien años antes, el rumor de que los cántabros acudían en socorro de la ciudad arévaca, sitiada por los ejércitos de la República, provocó el pánico y su rápida retirada.

–Mi propio padre conoció su furor cuanto tuvo que enfrentarse a ellos en sus guerras contra ese pirata de Pompeyo... –finalizó Augusto.

–Aquel tiempo ya pasó –zanjó Veto, duro pero cortés–. Ahora esos montañeses huyen como ratas. No habrá más destino para ellos que la rendición o la muerte.

Las recientes noticias desde el frente astur presionaban a Veto en tal sentido. Publio Carisio, gobernador de la Lusitania, ganaba posiciones y no tardaría en conquistar la gran ciudad fortificada de Lancia, puerta de entrada al territorio y principal objetivo de su campaña. Construirían tres campamentos para expugnar la plaza, bloqueando los accesos con el fin de impedir la llegada de refuerzos o la huida. Si el enclave caía, el resto de Asturia lo haría detrás. Un excelente informe para concluir el banquete.

Hubo un tiempo para el reposo de la digestión y las conversaciones indiferentes, los corros y las bromas vulgares sobre las longitudes de sus penes en relación a sus narices, con mucho cuidado de que el prominente apéndice nasal del gobernador de la Tarraconense no se enterara. Augusto había querido celebrar aquella cena para la distensión de los mandos, porque no importaba que los cántabros huyeran. Seguían vivos y en su territorio. Continuaban siendo un obstáculo, y ahora Roma se enfrentaría no solo a ellos, sino a la crueldad de la naturaleza montañesa. Todos lo sabían.

Poco dado a la bebida, el sopor se adueñó del *princeps* tras vomitar la cena. Aconsejado por su médico, se retiró a reposar.

No logró conciliar el sueño. El vino y los esfuerzos por inculcar su propaganda en la mente de la generación que habría de sucederlo lo habían dejado exhausto y no le permitían ni cerrar los párpados. Algo más le preocupaba. Se acercaban a los grandes macizos. Vislumbraban ya su caliza refulgente, silenciosa y desnuda. Las nieves espejeaban como garras aferradas a las cumbres. El frío se dejaba sentir, desprendiéndose lenta y sediciosamente por sus laderas como un cuchillo. Escuchó en la lejanía un retumbar bronco de truenos. Augusto se estremeció bajo las mantas y mandó que le trajeran sus textos sibilinos para buscar en ellos auspicios favorables.

* * *

Una noche, Urbigo invitó a Sekeios a cenar a solas con él. Por una vez el prisionero de Aracillum no tuvo que pasar la noche engrilletado a su yacija.

–Intuyo que podemos confiar en ese hombre –había argumentado Urbigo ante Corocotta.

–Si te equivocas, tú serás el primero en pagar por el error.

El notable se levantó del escabel y removió las ascuas bajo la olla. Las tripas del autrigón ronroneaban a su lado en la paz penumbrosa de la casa. El olor del guiso lo hacía salivar.

–Ya veo que tienes hambre –dijo Urbigo.

Mientras este cocinaba, Sekeios se dedicó a valorar las pertenencias de su anfitrión. Había una escalerilla para trepar a un pequeño sobrado con alimentos. Colgados del techo, se oreaban un par de jamones, algunas morcillas y una ristra de embutidos. Un cestón con plantas medicinales y aromáticas desparramadas sobre el borde endulzaba la vivienda. Distinguió un telar, buenas pieles, vasijas trabajadas con esmero... Era la casa de un hombre de abolengo, aunque flotaba en la atmósfera un toque de austeridad. La curiosidad lo empujó a interesarse:

–Eres alguien importante.

–La importancia no se mide por las posesiones, se mide por la dignidad.

Sekeios regresó a su asiento. Consideraba la afirmación del notable.

Tras calentarse el paladar y el esófago con un caldo de pollo, Urbigo introdujo en el puchero el cazo de madera, removió el humeante guiso y sacó dos buenas porciones para el cautivo. Saciaron su apetito con un potaje de berza con guisantes, tortas de harina de bellota cocidas a la piedra y untadas en manteca y tacos de jamón aderezados con una porción de queso. Se acompañaron de una tinaja de *zythos*.

Terminaron y hubo un silencio. Urbigo atizó el fuego y la atmósfera se endulzó con el chisporroteo de la savia. El acogedor aroma ahumado de la leña los envolvió.

Leal, la perra de Urbigo, yacía enroscada junto a las sandalias del autrigón. Sekeios le masajeó las orejas, grandes y suaves como un paño de lana.

–Se ha encariñado contigo –observó el notable.

–Se la ve dócil.

–No quieras verla enfadada –comentó Urbigo entre divertido y certero.

Sekeios emitió un sonido para aceptar la broma.

Conversaban en susurros, pues Turennia dormía al otro lado de una pared medianera. Latían las ascuas en el lar, bajo la lumbre casi extinta. Sekeios tomó una paneta y avivó los rescoldos levantando una ligera polvareda de ceniza. Urbigo cortó una porción más de queso y se la ofreció. El invitado rehusó con la mano.

–Aún no te he dado las gracias por ayudarnos a mí y a mis hermanas.

–Uhm.

Se calentaron las manos sobre el fuego. Volvieron a callar, pensativos, escrutando encorvados el palpitar enrojecido de los leños. Urbigo se irguió un poco.

–He visto cómo miras a Turennia –espetó.

Sekeios se removió en su asiento, incómodo. Se llevó el jarro a los labios y apuró su *zythos*. Tomó la vasija, bellamente decorada con líneas grabadas con las uñas, se sirvió otro poco y esquivó el escrutinio expectante del notable.

–Se ve una buena mujer –opinó.
–Lo es. Creo que ella también te ve un buen hombre.
–¿Te lo ha dicho?
Urbigo meneó la cabeza.
–No me hace falta preguntarle...
Una mueca de agrado se insinuó en la boca de Sekeios.
–Y su...
–¿Su hombre?
–Sí.
–Murió.
–¿Cómo?
–Un accidente. Se despeñó con su caballo.
–Lo lamento. Y...
–¿Sus hijos? –Urbigo se anticipaba sagaz a las inquietudes de Sekeios. El autrigón asintió–. Turennia era joven y, a pesar de sus ofrendas a la Diosa Madre, no llegó a preñarse.
–¿No hubo otro hombre después?
–Jamás ha querido entregarse a ningún otro. Ni siquiera tras la oposición de las demás mujeres a su soltería. –La voz de Urbigo languideció, indignada, como si le acabara de revelar un escabroso secreto del que hubiera preferido mantenerlo al margen–. Desde entonces reside en mi casa, la de su linaje.
–Parece un buen lugar.
–Eso intento, pero no es suficiente para ella, porque no había vuelto a sonreír... hasta que llegaste tú.
La franqueza del sentimiento que el notable le exponía hizo enmudecer a Sekeios.
–Me alegra saberlo –admitió.
–No debes alegrarte. Has ofendido en público a Arquio. Y, peor aún, delante de ella. No te lo perdonará.
–No sé si tengo mucho que perder.
–Es un tirano. Si un día hereda la jefatura de su casa y del pueblo blendio, mandará sacarte los pulmones y colgártelos de la espalda.
Sekeios no pareció asustado.
–Para aspirar a eso necesitará buenos apoyos.

–Los tiene, pero hay otras familias con méritos que aspiran a regirnos, aunque el régulo Ambato cuenta con el apoyo de Virono y algún otro casi tan poderoso como él.

–Virono..., creo que lo he conocido... –recordó Sekeios.

–Es el jefe de la familia más importante de Aracillum tras la de Ambato. Un notable muy respetado e influyente. –Una mueca de preocupación se perfiló en el notable–. Todo un lenguarudo. Sería capaz de convencer a un caballo de que es un marrano.

–¿No le arrebata el mando?

–Tarde o temprano lo intentará. Por ahora prefiere servir a los intereses de Ambato para asegurarse su consideración. Fíjate si lo ha conseguido que su casa es la única con reservas propias de cereal.

–¿No son comunales?

–Es tiempo de guerra. Busca asegurar lo suyo por si vienen mal dadas.

Sekeios reflexionó acerca de aquello.

Urbigo le refirió la llegada a Aracillum de Ambato y su familia con su pequeño ejército privado tras abandonar la capital de los blendios ante la llegada de los romanos. Algunas familias de alcurnia los siguieron. No veían claro si pactar con los invasores o hacerles frente, y optaron por ganar tiempo instalándose en el interior del territorio.

El autrigón escuchaba atentamente. Eran jefes inseguros apoyados por parte de la población: mal asunto para el gobierno, bueno para la discordia. La indecisión de un cabecilla tiende a convertirse en crueldad para los gobernados. La conversación regresó a la figura de Arquio.

–Con él cerca, mi hermana siempre está en peligro –concluyó Urbigo–. Y ahora, más.

Sekeios se reclinó, contrariado.

–No lo digo por ti –lo tranquilizó Urbigo–. Ojalá hubiera por aquí más como tú.

–¿Y Corocotta?

–Él es quien lo mantiene bajo cierto control, pero...

Urbigo dudaba.

—¿Pero?

—Corocotta es un radical. Un hombre ambicioso, un revolucionario, y no antepondrá nuestra defensa particular a su único interés, que es acaudillar a los blendios y unirlos a los demás montañeses.

—¿Un radical? Tu gente lo respeta.

—La defensa de un pueblo no puede ser enviarlo a su exterminio. Los grandes jefes son elogiados de padres a hijos, pero ¿a qué coste? Nadie les cuenta lo que se pierde en el camino.

—¿No crees en él?

—Creo en el futuro de mi pueblo... El de uno que sobreviva.

Sekeios se frotó las manos lentamente, meditabundo.

—Eres partidario de pactar... —consideró retórico.

Urbigo sonrió, sombrío.

—No acepto que un pueblo invada a otro por la fuerza con la excusa de civilizarlo, pero no puedo dejar de pensar que un pacto nos beneficiaría: nos mantendría con vida y evitaríamos la esclavitud.

—Corocotta... —pronunció su nombre en voz alta.

—Creo que le tienes alguna estima.

—Estoy vivo gracias a él.

—Y eso te hace tenerle alguna estima.

—Yo no diría tanto.

—Sus creencias te han salvado la vida.

—Navia.

—Sí, me lo ha contado. Está convencido de que le traes suerte, y Navia protege al pueblo en caso de guerra. Eso es lo que le interesa de ti, que atraigas la fortuna para Cantabria.

Sekeios suspiró, abrumado por el supuesto poder que el caudillo le arrogaba.

—Me cuesta creer que un hombre como él se guíe por algo así.

Urbigo cruzó los brazos y le relató el motivo por el que el concano confiaba tanto en los designios de la diosa. Su madre había muerto al dar a luz a solas junto a un río. Sus cuerpos cayeron al agua y unos pastores que daban de beber a sus rebaños los encontraron en la orilla. Él seguía con vida cuando debería estar muerto, y en cuanto la edad le dotó de raciocinio consideró que solo Navia había sido capaz de semejante milagro.

Sekeios comprendió entonces, aunque dedujo en el rictus escéptico del notable que otras razones lo movían.

–Diría que, aparte de Navia, le gusta demostrar a los demás que quien manda es él. Decidir que vivas y eliminar toda oposición da una medida de su autoridad.

–Ha nacido para el mando. Su táctica trae de cabeza a Roma, yo lo sé bien... A estas alturas, lo más probable es que ya no os ofrezcan la posibilidad de un acuerdo.

–Puede, pero si hay una oportunidad conviene aprovecharla.

–Perderéis vuestra identidad.

–¿Eso piensas? –Sekeios se encogió de hombros, como si solo expusiera lo que era un pensamiento común en los pueblos–. El mundo está en constante cambio. Las generaciones venideras serán igualmente cántabros; de otro tipo, nada más.

Sekeios escuchaba con atención a aquel hombre de aspecto sabio y mensaje claro. Se atusó la barba bajo la mandíbula.

–Nunca me he sentido demasiado de ningún lugar –admitió.

–El apego a la tierra es una prisión si no te permite ver más allá. Alguien verdaderamente libre no necesita más identidad que la suya.

–Eso no es fácil de hacer entender a un pueblo, y menos con un enemigo extranjero tan poderoso como Roma frente a él.

–Si te despojas de tu nombre, de tus símbolos y de tus ropas, solo quedas tú, desnudo de patria. –Sekeios tomó un sorbo de *zythos* y aguardó a que Urbigo continuara–. Créeme, Sekeios. No hay mayor patria que uno mismo. –Se llevó un dedo a la frente para apoyar su razonamiento–. La mayor libertad a la que uno puede aspirar es a la de su propio pensamiento. Esa nadie la puede perseguir.

–Hablas como si no te considerases cántabro.

–Soy cántabro, comparto con mis hermanos muchas costumbres y creencias, pero he conocido a otras gentes y te aseguro que más allá de nuestros poblados hay lugares y costumbres apasionantes. –Sacudió la cabeza, pesaroso–. Vivimos tan encerrados en nuestra concepción del mundo que no somos capaces de ver más allá. Nuestras tradiciones no son tan únicas ni especiales como nos creemos.

Sekeios apuntó una sonrisa.

–Pensando así tendrás aquí tan pocos amigos como yo.

Urbigo correspondió a la broma poniéndole una mano sobre el hombro.

–Lo sé, cuando vas contra el pensamiento general corres el riesgo de ser marginado. Pero no te preocupes por mí, no le cuento esto a nadie que no me ofrezca la confianza para hacerlo.

–No te sería fácil convencer a nadie, y menos a Corocotta.

–Si te he convencido a ti, me basta. Será un principio.

Sekeios no respondió. Incapaz de expresarse con la misma soltura dialéctica que el notable, su reserva se adivinaba como la aceptación de sus juicios. Urbigo era un hombre por encima de las creencias naturales de su pueblo, por encima de su idiosincrasia y su cultura. Se había liberado del peligroso yugo de las tradiciones, que no por prolongarse en el tiempo han de ser correctas y aceptables.

–La naturaleza es sabia al ofrecer a tu pueblo a alguien como tú –lo halagó Sekeios.

–La naturaleza no tiene nada de sabia. ¿Qué sabiduría es esa de traernos sin preguntar y llevarnos del mismo modo? –Urbigo suspiró–. La muerte es una traición al cuerpo. Mírame, Sekeios. Me consideras un hombre lúcido, lo veo. Sin embargo, mi cuerpo, viejo y débil, ya no responde a los deseos de mi mente. ¿Qué tiene eso de sabio?

Sekeios frunció el ceño. Quizás el notable se desahogaba con él porque hablaba poco y atendía con sinceridad.

–Supongo que nada.

–Así es, nada de nada, como la guerra, otra tradición que a pesar de ser inútil se repite.

–No ha acabado una y ya empieza la siguiente. Lo único que he visto desde que tengo recuerdos ha sido el sufrimiento de los hermanos perdidos, de los padres, de los amigos...

El rostro de Sekeios se ensombreció al rememorar su pasado.

—Nos han educado para ello, nada más. Hay algo en todos nosotros que nos conduce a la violencia, pero no se contribuye a la mejora de un pueblo pintarrajeándose el cuerpo con sus símbolos y matando al que se te pone por delante, sino ayudando a la convivencia de sus habitantes. Debemos desconfiar de aquellos que gobiernan basándose solo en el orgullo.

Sekeios lo escuchaba embelesado mientras observaba al viejo con curiosidad. Las palabras acudían a su boca precisas y contundentes. Le hablaba en términos reposados, impropios de los pueblos indígenas, más amigos de las bravatas que de amplios razonamientos. Aquella concepción del mundo lo enmudecía. La mente de aquel hombre, de aspecto rudo al entender de un romano, discurría al uso de los filósofos griegos de los que había oído hablar en el ejército; por lo que decían, personas de conciencia elevada que discurrían sin dejarse seducir por las emociones. Acostumbrado a los insultos y a las injerencias de los superiores, Sekeios se distendía junto a aquel hombre sensato.

—Creo que Corocotta va más allá de los símbolos —dijo—, de lo contrario no me habría dejado vivir.

—Eso espero, Sekeios. —Declinaba la jornada. El cansancio hacía mella y las palabras se disipaban. El notable ofreció a su invitado un vaso de vino. Sekeios lo rechazó amablemente con una mano en alto—. ¿Seguro? No hay mucho por estas montañas, y el poco que nos llega del sur nos lo venden bien caro.

—En otra ocasión. —Urbigo dejó la cantarilla de vino en el suelo. La conversación regresó a Turennia—. Puede que Corocotta sea el único capaz de garantizar la seguridad de tu hermana.

—Lo dudo. Que respete mi casa no lo convierte en nuestra sombra. En algún momento, Turennia quedará desprotegida y temo que alguna de las borracheras de Arquio acabe mal.

—Es un hombre demasiado mezquino para atreverse, o ya lo hubiera hecho el otro día.

—No lo menosprecies, Sekeios. Los hombres ruines gobiernan a través del miedo. No saben hacerlo de otro modo. La desesperación los hace capaces de cualquier cosa.

–No parece un gran guerrero.

–No lo es. Nuestro príncipe no está dotado ni para las armas ni para el mando. Se rumorea que al pasar a la edad adulta asesinó a uno de los compañeros de su banda por conseguir méritos que le hacían sombra.

–¿Se demostró?

–¿Demostrar? ¿Quién va a tener redaños para acusar públicamente al hijo del régulo? Un joven que podría heredar la jefatura de los blendios no puede permitirse pasar por la deshonra de verse superado por compañeros de estirpes menos importantes, y menos aún por muchachos sin linaje.

–Hay demasiados hombres débiles gobernando. He conocido a algunos, y no hay nada peor.

Urbigo resopló.

–Pues has terminado en un pésimo lugar para conocer al siguiente. Arquio cree que su destino no puede ser otro que acaudillar al ejército blendio. Imagina a alguien como él controlando las tropas, imponiendo sus tributos en todo el territorio, gobernando con su insensatez sobre hombres más capacitados que él...

–He oído que habrá una asamblea para decidirlo.

–Será dentro de dos noches. Arquio o Corocotta. El príncipe quiere tratar con Roma de forma independiente, sin responder ante los demás pueblos. Corocotta ansía tenernos bajo su único mando junto a los otros pueblos que lo siguen.

Sekeios cruzó los brazos.

–Sería lo más prudente –consideró.

–Arquio no aceptará una derrota. Lo que se disponga en la asamblea marcará nuestro destino... –El notable inhaló una bocanada de aire, pesaroso–. Y quizá también el de mis hermanas y el mío.

* * *

Se avecina una tormenta. Las filas infinitas de legionarios avanzan por una senda pedregosa. El paso es lento y pesado. Una losa de recelo ante un posible ataque pesa en cada zancada. Se escucha el eco del estruendo de los miles de clavos de las cáligas retumbando entre las cumbres, el choque de los faldellines al golpear los muslos con cada paso, el rumor metálico de las cotas chocando entre sí las anillas con el avanzar de la columna. La tierra se quiebra. Los montañeses sabían que las legiones están ahí, aunque no puedan verlas. Las humaredas en las atalayas anuncian su llegada. Augusto corre un poco la cortina de su litera y ojea el exterior. A su lado, uno de sus esclavos blande una antorcha. Su luz aceitosa hace centellear el anillo de oro del *princeps*, una pieza con esmeralda engastada que luce su sello: Capricornio con cola de tritón, la esfera universal y un cetro. Refunfuña porque esa mañana otro esclavo le ha cambiado de lado un zapato. Mal augurio. Y lo siente en las tripas, que se le aflojan, obligando cada poco a detener la columna para hacer sus necesidades. Aún es de día, pero las sombras de los nubarrones se van derramando sobre las cimas. Llegan con ellas ráfagas húmedas que hacen que el primer ciudadano se recoja en su capa. Percibe el viento helado en las mejillas y observa sobrecogido los brutos contornos de los montes recortados contra el cielo. Se aprecia en su rostro la turbación ante las imponentes Montañas. En apenas unos instantes, la luz de la tarde se ha encharcado y el cielo se rasga con rayos encrespados que alcanzan la tierra. Reverbera, atroz, un trueno y Augusto se lleva una mano al pecho, falto de respiración. Se pregunta en voz baja cómo pueden esos cántabros vivir ahí arriba, y se responde que es buen lugar para ellos, gente celosa de su libertad y enemiga de la servidumbre.

    Irrumpe una lluvia repentina en torno a la litera. Un relámpago le descubre la silueta ennegrecida de una nube. Manda que aprieten el paso.

    La vanguardia de auxiliares, caballería y legionarios no tarda en estirarse. Al poco, los esclavos que portan la litera casi trotan en lugar de caminar. Gayo Antistio Veto y el resto de oficiales de alto rango cabalgan por delante de ella y de los caballeros que custodian al *princeps*. Por detrás, en adelgazada columna, se alarga la guardia, seguida por cientos de soldados de infantería y, tras ellos, las máquinas de asalto, más caballería, oficiales, estandartes del águila y los signos de cada legión... No queda mucho para el final de la jornada, cuando los topógrafos y el prefecto buscarán el lugar más apropiado para levantar el campamento de marcha, uno de los últimos antes de llegar a las inmediaciones del Vindio, donde construirán las fortificaciones de asedio. Permanecerían acampados durante algunas jornadas para disponer los pormenores finales de la operación. El prefecto del campamento quiere barrearse bien en previsión de ataques y ha ordenado proveerse de varales tostados a raigón, garrochas y tablados para las torres y parapetos de zarzo entretejido.

Que las legiones aceleren la marcha encoleriza a los cielos. Pronto los fantasmagóricos fogonazos alumbran al ejército y el resplandor hace que a los ojos de Augusto los flancos emmarañados del camino aparezcan desfigurados como demonios. La tormenta ha alcanzado su cénit y brama sobre sus cabezas.

Gayo Antistio Veto conoce la congoja que estos fenómenos provocan en el *princeps*. Lo ha visto otras veces: pierde la entereza, la dignidad; berrea como un niño asustado, las manos como garfios enganchadas la una a la otra contra el regazo. De cuando en cuando echa la vista atrás y comprueba cómo la litera traquetea a trompicones guarnecida por su guardia de vascones calagurritanos. Veto no es capaz de concentrarse en Augusto. Rápidamente, su interés regresa a la oreja mancillada. No se acostumbra al estigma de la deshonra y su crispación crece al ritmo de la tormenta.

Una explosión de luz salvaje ciega al gobernador de la Tarraconense. Un crujido hace que pierda el sentido del oído, le revienta los tímpanos como si le introdujesen clavos en el cerebro. Su caballo se encabrita y a punto está de derribarlo. Relinchan despavoridas las bestias de los otros oficiales. Huele a quemado. Oye chillidos aterrados. El mundo parece hundirse en los abismos del averno.

–¡¿Qué ocurre?! –grita.

Apenas recupera un poco la vista, acierta a intuir, nebulosa, la imagen de la litera del primer ciudadano envuelta en llamas. También a esclavos de rodillas con las manos sobre la cabeza. No logran aullar otra cosa:
–¡El *princeps* ha muerto! ¡Augusto ha muerto!

V
ASAMBLEA

Cantabria entera habría rugido de gozo si el comandante en jefe de los ejércitos romanos, Augusto, hubiera muerto por la caída de un rayo. Corocotta habría danzado borracho bajo la nube de Nuberu por su intercesión en el envío de la tormenta contra su enemigo. No tuvieron esa suerte. El creador de tormentas había decidido que el rayo cayera en tierra sobre un simple esclavo, el que portaba la antorcha que alumbraba la litera del *princeps*. Quizás en verdad Augusto era hijo de un dios. Puede que sus divinidades fueran más poderosas que las de Cantabria. Nada más comprender que había salido vivo de la tormenta por designio divino, Augusto prometió que se erigiría en la colina Capitolina un templo consagrado a Júpiter Tonante, el tronador, para agradecer que se hubiera interpuesto entre él y la malicia cántabra.

* * *

Todo está en manos de los dioses. Ellos deciden el futuro de las gentes, el futuro de las naciones. Se acerca la hora de celebrar la asamblea en la que se decidirá si los blendios combaten de forma independiente, bajo el mando de Arquio, o de manera unificada con los otros pueblos, dirigidos por Corocotta. Ese día Elguismio, responsable del sacerdocio en el poblado, habrá de regresar para presentar al Consejo sus augurios sobre Cantabria. Ayudará a los notables a determinar la decisión más sabia.

El sacerdote, líder del pueblo en una época ya pasada, había esquivado la mortandad natural de la vida, las enfermedades, las maldiciones y los excesos de las guerras, alcanzando una edad tan notoria como poco habitual.

La magia vívia en él. Se le asignaron funciones sacerdotales para encargarse del culto, de la adivinación y de los castigos por faltas a los dioses. Contaba con la consideración del poblado y sus predicciones eran respetadas, aun cuando Arquio insistía en discutirlas si no eran favorables a sus intereses. El príncipe nunca se había excedido con él por temor a airar a los más beatos, hasta que solicitó sus vaticinios para saber si algún día lograría ser padre y continuar con su estirpe.

Elguismio no tuvo dudas:

–Tu simiente jamás obtendrá el fruto que deseas.

Arquio ni siquiera preguntó la razón de su infortunio. Los dioses habían hablado y Elguismio era el mensajero, el único al que exigir responsabilidades. Al poco, su cabaña ardía solitaria en la noche, como una mecha. El sacerdote asumió su desdicha sin aparente enfado ni preocupación y solicitó a la comunidad la construcción de una nueva vivienda. No pudo acusar al príncipe de la desgracia, pero desde entonces no volvió a cruzar su mirada con él, ni este volvió a solicitar sus presagios.

En soledad, fuera de los muros de Aracillum, Elguismio se empapaba de la naturaleza otoñal, entraba en contacto con su más profunda esencia, pendiente de cuanto lo rodeaba, buscando en la Madre Tierra respuestas a sus preguntas. Cerraba los párpados y acogía en sus oídos el susurro de la hojarasca, como viejos cabellos arrastados por el aire borrascoso. Era el tiempo en que las trochas y majadas cencerreaban con el regreso de los pastores desde las praderías de montaña, donde alimentaban a sus rebaños con los pastos jugosos del verano. Elguismio abrió los párpados y absorbió cuanto acontecía a su alrededor. En la abundancia de la lluviosa estación, los arrendajos rebuscaban bajo las hojas muertas bellotas y hayucos y castañas… Sobre sus cuerpecillos alados, la cúpula boscosa despuntaba en verdes, ocres y rojizos, ajena a la bruma sediciosa que, poco a poco, envolvía la foresta. Un trueno reverberaba en la lejanía. Eran las primeras tormentas.

Elguismio se estremeció. Guiado por los sonidos del ambiente, el sacerdote abandonó la tierra y se centró en los cielos. Observó el vuelo de las aves para obtener los primeros indicios. No fueron concluyentes. Apoyado sobre su báculo, descendió por la falda hasta media ladera. Lo aguardaba una cofradía de diez guerreros mayores, pendientes de su aspecto marchito, encorvado como una rama bajo el manto ceremonial.

La comitiva religiosa emprendió la marcha y procesionó por una vereda hacia el sitio sacrificial. Unos iban a pie, cubiertos con cabezas de caballo; otros, sobre celdones. Todos decoraban sus cuellos con torques rituales. Portaban calderos y una pátera. El guerrero sacrificador, a pie, apoyaba su gran hacha en el hombro y azuzaba a la yegua blanca para que no se detuviera. Rebasaron la pequeña necrópolis, ubicada en un aterrazamiento del terreno en las cercanías del poblado, y dejaron atrás los túmulos y las lajas de piedra que marcaban el lugar donde reposaban las cenizas de los difuntos. Sobre la breve tapia del cementerio asomaban dos estelas bajo las que descansaba la memoria de grandes jefes locales. Representaciones solares del paraíso astral decoraban los monolitos circulares. Una racha de viento del noroeste silbaba entre las tumbas y removía la neblina. Elguismio percibió el olor necroso de la vegetación.

Se detuvieron al alcanzar un claro. El monumento del dios Corono los recibió, mudo. Era una formación rocosa alta y estrecha que emergía aislada en el centro como un capricho moldeado por los dioses. Estaba ornamentada con el relieve de un guerrero en actitud indómita. Blandía grandes armas y su aspecto era monstruoso, como de bestia salvaje. Mostraba la boca abierta como si gritara, pues el furor es dueño de su voluntad. Imposible resistir su mirada. Era un destructor de enemigos y no conocía más ocupación que la guerra.

Ni siquiera Corocotta, el gran caudillo a él consagrado, podía participar ni presenciar el ritual. Debía respetar las costumbres y aguardar el resultado de la ceremonia, igual que los demás.

A los pies del dios, un guerrero depositó uno de los calderos y la pátera sobre una losa. Piedras esparcidas en grupos de tres o cuatro rodeaban el conjunto litúrgico. Los miembros de la hermandad que iban a caballo descabalgaron y dieron la vuelta a las piedras para que los caminantes realizaran una libación con agua en torno a ellas. Después las reintegraron a su posición original.

    Elguismio levantó su báculo y profirió el salmo ritual. El sacrificador cedió los correajes de la yegua blanca a otro de los fratres. Los ojos negros del animal reflejaron cómo el viejo guerrero del hacha se adelantaba hacia la losa y danzaba en torno a Corono. Sus hermanos canturreaban rítmicamente, subiendo y bajando la voz para acompañar el baile. El viejo levantó los brazos ante Corono e invocó su furor. Luego cedió el espacio a Elguismio. La yegua blanca cabeceó mientras se aproximaba a su fin junto al sacerdote y el guerrero que asía las riendas. Cuando su testa se encontró sobre el caldero, los cofrades formaron un corro en torno a ellos e iniciaron un murmurar ronco, que no eran palabras, sino murmullos infernales. Se aproximaron a la yegua, la acorralaron y posaron sus manos sobre el lomo, la grupa, las ancas. Ataron sus cañas por encima de los menudillos. Los susurros la mantenían relajada; la nuca, flexionada; la cabeza, baja, ofrecía la primera vértebra, el punto muscular más blando para decapitar. Su ojo sumiso reflectó inconscientemente cómo el verdugo elevaba el hacha a dos manos por encima de la cabeza y descargaba el arma a la altura de la nuca. Las patas se removieron con rigidez instantes después, como si comprendieran lo que acababa de ocurrir, pero los cordones y las manos férreas de los cofrades no lo permitieron. La sangre manó y Elguismio, arrodillado, mantuvo la vasija elevada hasta que se llenó. El animal dejó de moverse y entonces el sacerdote devolvió el recipiente a la losa, que se tiñó de rojo. Extrajo de entre sus vestimentas un puñal votivo con mango de asta de ciervo, una antigua arma ritual enfundada en una rica vaina con incrustaciones y cuatro discos en el extremo decorados con esvásticas. La empuñadura tallada representaba un varón en actitud de sacrificar un carnero. Desenfundó el cuchillo y lo cedió a uno de los guerreros. Los otros habían volteado al animal descabezado y mantenían las patas en alto, al tiempo que el que portaba el cuchillo abría al animallo en canal. Crujió el esternón. Sus entrañas exhalaron un golpe vaporoso de calor. Depositaron los órganos y vísceras en los calderos. Mientras tenía lugar el ritual, sus gargantas no dejaban de murmurar su runrún negro.

Elguismio había permanecido callado en todo momento, concentrado en observar la forma de caer del animal tras el descabece. Con la yegua vaciada, el sacerdote retomó el recipiente y bebió su sangre sagrada. Dio de beber a los guerreros, que se mojaron los labios y exhalaron al percibir el furor que se apoderaba de ellos. Elguismio procedió al examen: auscultó las vísceras, palpó los órganos. Sus manos brillantes resbalaban, tocaban las viscosas tripas, los intestinos, los pulmones...

Los cofrades prepararon una hoguera para cocinar la carne de la yegua. Ya se disponían a consumirla junto a Elguismio, pero el sacerdote aún no se había pronunciado.

Ante la ausencia de veredicto, Elguismio decidió visitar el cercano recinto sagrado de Amma, madre de los dioses y de la tierra.

El lugar era un abrigo rodeado de vegetación, abierto en una ladera, a la orilla del camino. Un tosco chamizo de madera, ramas y hierbas servía de cobertura y acceso a la covacha, junto a un manantial. El agua emergía cristalina de las rocas e iba a remansarse en un hueco entre ellas.

Pasaron la noche junto a la choza. Salvo la santona que custodiaba el lugar sagrado, nadie podía ocuparlo, pues estaba reservado en la madrugada para la Diosa Madre.

Cuando el amanecer llameó tras las cimas, los guerreros ancianos entregaron al sacerdote la pátera con la sangre coagulada que no habían consumido y el cuchillo votivo, con la sangre seca formando una costra sobre el filo. Debía entrar solo. La boca del chamizo era estrecha. Elguismio se adentró en las sombras y el abrigo lo acogió con un repentino y lánguido perfume. El espacio era suficiente para servir de resguardo y morada a la imagen de Amma y a su guardiana. Sobre la cabecera brotaban entrecruzadas como culebras las raíces terrosas de los árboles. Olía a frondosa humedad. La silueta de la diosa se insinuaba sobre un altarcillo, escuetamente alumbrada con candelas que difundían su luz alrededor del pedestal. A sus pies se intuía la forma encogida de la santona que alimentaba con hojas secas y ramillas aromáticas los rescoldos que resplandecían en un pebetero. Eran Dovidena y otras mujeres principales de la comunidad quienes le proporcionaban leña y se cuidaban de proveer de todo lo necesario a la mujer sagrada encargada de cuidar el lugar y velar por el culto a la Diosa Madre.

La guardiana regresó a su lugar, una peña junto a la diosa. Elguismio se adelantó en actitud oferente, las manos tendidas con la pátera y el cuchillo. A ambos lados del abrigo, exvotos de bronce, cerámica y piedra. Eran las ofrendas de quienes acudían a rogar a la diosa para que intercediera por ellos en la solución de algún mal o para aclarar con la mediación de la santona las incertidumbres del futuro. Un firmamento de candelas depositadas junto a ellas creaban una atmósfera espectral alumbrando las inscripciones talladas en la roca, que aludían a la diosa como «la muy alta». Adornaban las paredes, tiznadas de hollín, las esfinges grabadas de jabalíes, corzos, caballos y otros animales sagrados.

Por su solemnidad, el escueto lugar sobrecogía. Un silencio sacro se adueñó de la cavidad. Los pasos de Elguismio murmullaban, casi irrespetuosos.

La mujer, oculta bajo una mantilla, no pronunció ni una sola palabra. Sus ojos blancos de ciega destacaban en la sombra cavernosa. Intuyó al sacerdote y señaló con un largo dedo la imagen de la Diosa Madre. La santona intercedería por Elguismio ante ella. El sacerdote se postró y depositó el cuchillo votivo y el recipiente sobre una loseta consagrada al pie del altarcillo. Contempló la imagen de la divinización de la Tierra, Amma, sacralizadora de Cantabria, personificada en una escultura femenina muy alta, de largos cabellos. Una figura frontal, rígida, seria. Un lunar decoraba su pecho.

Elguismio realizó una libación con el agua pura del manantial en torno al recipiente y al cuchillo. Mostró las palmas de las manos a la diosa sin decir nada. Cerró los párpados y afinó el oído. Transcurrió un tiempo indeterminado hasta que pudo escuchar el rumor de la santona levantándose del poyo. Percibió en las mejillas el calor venerable que desprendía su cuerpo y escuchó el susurro de su voz agrietada deslizando palabras adivinatorias, vocablos descarnados, predicciones ofrecidas por la deidad. Elguismio acogió cada verbo, tradujo los matices de cuanto Amma trasladaba por boca de la guardiana y tan solo abrió los párpados cuando su voz se volvió un lamento y se elevó en un clamor de espanto que lo ensordeció. La mujer regresó veloz como una lagartija hacia su poyo. Se acoquinó en la esquina y su dedo señaló la boca de la covacha para instarlo a abandonarla. Debía llevar al poblado el mensaje de la diosa.

* * *

En Aracillum, el edificio comunal de las asambleas, erigido en piedra en la ladera oeste del poblado, rebosaba de dudas y murmullos. Notables del poblado, élites ecuestres de las demás aldeas y poblaciones blendias, caudillos locales que dirigían a sus propios contingentes y hombres libres en edad de portar armas decidirían el nombre del estratego que habría de acaudillar al ejército blendio y, con ello, la forma de afrontar el momento crucial de la guerra. Quien obtuviera el mando lograría un poder casi absoluto. Ni el régulo Ambato ni los mayores del Consejo podrían oponerse fácilmente a sus designios. Se ausentaron aquellos que habían demostrado amistad con los romanos, otros por hallarse demasiado lejos y los había también que no acudieron porque no les importaba quién fuera el caudillo con tal de que siguiera haciéndose la guerra.

Aguardaban unos sentados y otros de pie. Urbigo, en su asiento cerca de Corocotta; el príncipe Arquio y su padre Ambato, en un extremo preeminente de los bancos de piedra adosados a la pared, cubiertos con pieles de vaca para evitar el frío. El régulo lucía para la ocasión su mejor vaina, trabajo de un orfebre de nivel, con doble disco en la contera ornamentado con círculos concéntricos. Nadie se molestó en disimular su angustia en la espera de que Elguismio regresara con augurios sobre Cantabria. Cruzaban y descruzaban los brazos y resoplaban ansiosos por conocer los vaticinios del anciano. La abundante simbología montañesa contribuía a aumentar la lóbrega solemnidad de la espera. Cornamentas y cráneos de animales ensartados en lanzas; escudos recubiertos con pieles, espadas cortas, hachas y mazos atados al techo. Un estandarte enastado, fabricado con cuero, mostraba dos cabezas de caballo contrapuestas. Ricas pieles de castores, jabalíes y verracos cubrían parte del suelo apisonado de arcilla y grava.

Cuando vieron entrar a Elguismio apoyándose sobre su báculo se hizo el silencio más absoluto. La hoguera danzante en el centro pareció detenerse. El anciano vestía una túnica, empapada por la lluvia torrencial; el pelo largo goteaba revuelto sobre la frente, las mejillas, la nuca. Jorobado y circunspecto, orientó su camino hacia las llamas. A su paso, muecas de nerviosismo y tamborileo de dedos. El fuego despidió un resplandor cuando el oficiante lo alimentó con ramilletes de brezo. Las chispas ascendieron violentas hasta el parachispas de cañas que evitaba el incendio de la techumbre. Elguismio se acuclilló junto a la lumbre y calentó sus manos. Canturreó un bisbiseo ininteligible y, al finalizar la letanía, se pronunció sin apartar la vista de la hoguera.

–Cantabria se muere.

Hubo algún suspiro ahogado entre los miembros del Consejo. Los corazones se desbocaron. Ambato se removió en su asiento tras escuchar el pronóstico. Fuera, las corrientes provocadas por las atroces precipitaciones arrastraban borbotones de tierra y piedra ladera abajo. Algunos temieron que el poblado se viese arrastrado por las aguas.

–¿Estamos a tiempo de salvarla?

Elguismio se alejó hacia su escabel para moderar las deliberaciones de la asamblea.

–La Diosa Madre deja en manos de los hombres esa respuesta. Si el Consejo no es sabio en la elección de hoy, esta tierra se extinguirá, y nuestro recuerdo vivirá siempre la pesadilla del olvido.

Elguismio no proporcionaba una respuesta clara y fiaba el futuro de su tierra únicamente en ellos. Urbigo quiso ser el primero en decir algo, pero la lengua, seca de inquietud, se le había pegado al paladar. Ambato, compungido, tampoco dijo nada. Fue Arquio quien intentó tomar posiciones decisivas en tan fundamental cónclave:

–Somos montañeses y nada debemos temer.

El argumento insustancial del príncipe consiguió despegar los labios del notable Urbigo:

–¿Y con qué vas a combatirlos? ¿Con tu identidad?

–Nuestro orgullo cántabro no es poca cosa.

–No será suficiente.

–¿Y qué sugiere el viejo Urbigo?

El aludido hizo una pausa, bajó la vista y se llevó una mano a la rodilla, meditabundo. Cerró los párpados unos instantes para decidir en la intimidad de su pensamiento si le convenía manifestar su juicio. Se irguió con decisión.

–Que pactemos con ellos.

–¿Cómo dices?

–No seríamos los únicos. Otros valles y fortalezas ya lo han hecho, y otros pueblos como los vascones han sabido alcanzar acuerdos que evitarán su aniquilación.

Arquio se llevó las manos a la cabeza.

–¡¿Ser súbditos de Roma?! ¡¿Lo habéis oído bien?!

Un rumor receloso brotó de entre los miembros del Consejo.

–Viviríamos con cierta libertad –argumentó Urbigo.

–¿Cierta libertad?

–¿Prefieres que tu gente muera?

–¡Ya sabía yo que no eras de fiar!

–Somos un pueblo poderoso, es cierto, pero Roma lo es aún más.

–¡Estás contra todos nosotros, Urbigo, eso es lo que pasa!

Al príncipe le bastó lo mínimo para exaltar el debate, aprovechar la rendija de aparente debilidad del notable e introducirse por ella.

–Déjame hablar, Arquio.

—¡Pactista!

Elguismio golpeó con el báculo el tabladillo situado junto a sus pies para imponer orden. ¡Tac, tac, tac!

—¡Moderación!

Arquio señalaba a Urbigo con el dedo como un fuelle, una vez tras otra. Había algo en su cara como de histérico; la mandíbula se le había descolgado y toda ella parecía despedir llamaradas.

—¡Pactista! –insistía–. ¡Eso es todo lo que eres, un pactista!

Corocotta, una mano apoyada sobre la rodilla izquierda, estimaba las reacciones de los asamblearios.

—Urbigo habla siempre con sabiduría –terció con respeto–. Y todos, incluido él, recordamos la llegada de los romanos y cómo algunos de nuestros hermanos decidieron pactar con los invasores. Otros, en cambio, decidimos luchar. Los que alcanzaron acuerdos con Roma no han conseguido otra cosa que caer bajo su yugo. Sabéis tan bien como yo que muchos de los que están en edad de combatir han sido torturados o muertos para asegurar que no se rebelen. Así es como Roma aplica sus pactos. Urbigo habla por el bien de su pueblo –volvió a valorarlo–, pero se equivoca. Lo que él llama pactar no es más que sumisión. Y no me importan los presagios. Los dioses nos ayudan, pero no combaten. Recordad Bérgida. –El concano se adelantó, retador, hacia Arquio–. Bajo mi mando eso no volverá a pasar.

Se postulaba sin dar pie a réplica, como si ya estuviera todo decidido. Al verlo tan confiado, algunas cabezas asintieron, seducidas por los bravos argumentos del caudillo. Los partidarios de Ambato y su familia, menos receptivos, negaban con las suyas.

—¿Debo recordarte que las divinidades han de ser escuchadas y respetadas? –discrepó un anciano.

—Eres un blasfemo –lo acusó otro.

—¿Debo yo recordaros todas las ofrendas y sacrificios realizados cuando Cantabria supo de la llegada de Roma? Que alguien me diga cuál sirvió para ahuyentarlos.

Urbigo, apesadumbrado, sabía derrotada su postura. Optó por romper el debate centrando su discurso en el caudillo para dejar de lado a Arquio. Prefería dar voz a un temerario que a un demente.

–No estoy a favor de la sumisión, como asegura Corocotta –dijo con sosiego–, sino en contra de una guerra que solo traerá más muertes a nuestra gente.

–Y a la suya –matizó el caudillo.

–¿Crees que podrás con todos?

–Uno tras otro... Cuantos menos romanos, mejor.

Algunos consejeros se rieron. Urbigo y Corocotta intercambiaban puntos de vista sin llegar a la discusión.

–Reconozco tu valía, Corocotta, pero temo que la guerra haga más mal que bien.

–Hace bien cuando yo la dirijo –alardeó–. Nadie puede negar que mis ataques contienen a los romanos. No he perdido ni un solo combate, ni una simple escaramuza, y ese es el camino que debemos seguir hasta la victoria final.

–¡Es cierto! –vociferó un tercero.

Lo reconocieran sus detractores o no, en verdad tan solo Corocotta había logrado infundir miedo en las legiones. Arquio menguaba, anulado por la sensación de poderío que irradiaba su oponente.

–La cuestión no es si los podremos contener –participó Ambato–, sino cuánto tiempo tardarán en someternos.

–¿Qué insinúas, Ambato, que debemos ofrecer nuestra sumisión?

El régulo agitó un brazo, airado.

–Me ofendes, Corocotta. Lo único que busco es el bien de mi pueblo.

–¿Tú te ofendes, Ambato? Más me ofendo yo cuando pienso que lo que te mueve es la influencia de tu hijo, deseoso de acaudillar a los blendios. Urbigo busca el bien de su pueblo, y él lo acusa de querer pactar y esconde su verdadera cara, que no es otra que fingir una respuesta armada y enseguida postrarse ante Roma. –Elevó las cejas puntiagudas con sarcasmo–. Tú debes contener a este hombrecillo, no le interesa más que lucrarse con la esclavitud de su gente. Le faltan redaños y sesera para dirigir a una masa de guerreros consistente. Cantabria haría el mayor de los ridículos. Bérgida sería un triunfo en comparación. Pelee o pacte, será la más absoluta humillación para la memoria de nuestro pueblo, ¿es eso lo que queréis?

—¡No te tolero este desacato!

—¿Cómo te atreves? —Arquio saltó de su banco—. ¿Vas a permitir q... que nos hable así, padre?

El régulo no alcanzó a responder. Los ojos de su hijo relampagueaban ahora contra él.

Corocotta apuntó una sonrisa.

—Notables de la asamblea y demás miembros —los llamó—, está en vuestras manos decidir si los blendios combatís junto a los otros pueblos o si permitís ser arrastrados al desastre.

—¡D... desastre s... será si estamos en tus manos! —trastabilló Arquio—. ¿Es que tú garantizas la victoria final sobre Roma, estúpido engreído?

Corocotta se permitió una pausa para dilatar la respuesta. Despreció al príncipe y habló de nuevo al Consejo:

—Debéis saber que si este tartajoso es elegido hoy, yo no seguiré sus órdenes.

La asamblea murmuró, sorprendida. El golpe del caudillo había funcionado. Les aterrorizaba más la ausencia de Corocotta que su insubordinación.

—¡¿Vais a escuchar a este protector de autrigones?! —continuó Arquio—. ¡Un def... fensor de los enemigos de nuestro pueblo!

—Mucho peor eres tú, Arquio, un cántabro borracho que oprime a su propia gente.

Los planteamientos opuestos se sucedían y los asamblearios se ahogaban en la arena movediza de la duda, saltando de una emoción a otra en función de los posibles destinos para su pueblo.

Virono bufaba como un caballo. Aún no había intervenido, porque prefería evitarse un ataque del caudillo concano que lo dejase en mal lugar ante los otros, pero la verborrea belicista trenzada en la boca de Corocotta funcionaba e invalidaba a Ambato y a su hijo, escasos de argumentos y dialéctica.

–¿Y este es quien nos llevará a derrotar a los romanos? –se manifestó–. ¿Un aventurero sin linaje que insulta a nuestro futuro régulo?

–El lenguaraz Virono habla al fin. –Corocotta dio una palmada insolente.

–No más lenguaraz que tú, Corocotta. –Virono mostró sus dientes separados–. Recuerda que aquí no tratas con tus soldurios. Tu única función en este espacio es presentarte y acatar lo que dictemos, nada más.

–En este espacio, noble Virono, tú lo has dicho con acertado criterio, como siempre.

–No tienes argumentos más allá de unas cuantas victorias que solo han valido para retrasar el avance romano. Puede que servirte del escarnio y la ofensa chistosa funcione con tus guerreros para motivarlos, pero aquí no eres más que un siervo.

–Si el príncipe se ha ofendido con las acusaciones de este siervo, siempre puede retarme a un desafío –respondió Corocotta, desviando la cuestión para acallar la hábil retórica de Virono–. No le será difícil vencerme...

Un escalofrío cruzó el espinazo de Arquio solo con imaginarse frente a él.

–¡Ni tú ni ese Sekeios sabéis quién soy yo! –contestó.

–Sí que lo sabemos, yo y todos los que estamos aquí, aunque algunos callen. Por mucho que Virono se dedique a convencer a la gente para que te apoye, no eres más que un borracho incapaz de mantenerse sobre su caballo. Un cobarde, y no hay mayor peligro para la gente que la cobardía de su jefe.

Desbordado por la frustración, el príncipe no encontraba palabras en su mente animal. Arquio apretaba los dientes, babeaba como un perro. Era la visión deprimente de un individuo superado por la situación y sus propios complejos.

–¿Por qué proteges a ese autrigón, Corocotta? –volvió a cargar Virono.

–No es un prisionero cualquiera. Hay algo especial en él.

Virono insinuó una mueca de disconformidad.

–¿Qué es lo que tiene de especial, si puede saberse?

—Lo acompaña la suerte, solo así se explica que haya llegado hasta nosotros con vida y que no haya intentado huir de aquí.

—¿Y eso te parece motivo suficiente para mantenerlo con vida?

—¿Has tratado alguna vez con él?

—No trato con enemigos.

Corocotta dedicó a Virono una mueca de depredador.

—Ahora tendrás ocasión de hacerlo –dijo.

La asamblea estalló en murmullos.

—No se atreverá –decían.

—Ya lo creo que sí.

Corocotta mandó a Bovecio que trajera a Sekeios. El soldurio, que aguardaba junto a la puerta, desapareció. Detractores y partidarios discutían sobre la idoneidad de que un extranjero, más aún, un adversario, interviniese en su sagrada asamblea.

—¿Qué haces, Corocotta? –El propio Urbigo se había acercado a él con calma y le recriminaba al oído su actitud–. Los pondrás a favor de Arquio.

—Cantabria tiene más enemigos dentro de esta asamblea que fuera, y hoy lo demostraré.

Bovecio regresó con el autrigón. Sekeios aguardó en el umbral de la puerta, muy quieto.

—Entra –mandó Corocotta.

La expectación se apoderó del Consejo. Todas las miradas confluyeron en Sekeios. El autrigón detectó en ellos un rastro de oscuro recelo. El soldurio lo empujó levemente para que avanzase y él se adelantó, cauteloso, hasta el caudillo. Se ojearon. Corocotta, con firmeza; Sekeios, contrariado al no comprender qué ocurría y sentir el menosprecio que provocaba su presencia. Urbigo ocultó un gesto afable.

—¿Qué más pruebas hacen falta para entender que Corocotta es una amenaza? –cuestionó Arquio con insidia–. ¡Ni respeta a los dioses ni a esta noble asamblea! ¡El prisionero y él deben ser expulsados!

Corocotta prorrumpió en una carcajada displicente; desdeñó al príncipe y llevo a Sekeios ante Virono.

–Aquí lo tienes, Virono. Ahora pregúntale por qué cree él que lo mantengo con vida.

–Eres una vergüenza para este Consejo, Corocotta. ¡Ese hombre no puede estar aquí!

–Se debe permitir hablar al prisionero –consideró Urbigo.

–Que hable y salga de aquí –permitió Ambato, que presenciaba la asamblea estupefacto, casi como un simple oyente.

Elguismio echó un vistazo al rabioso Arquio y dio también su venia.

–¿Qué puedes tú aportar, un enemigo de nuestro pueblo, para oponernos a los romanos? –interrogó Virono.

Sekeios se humedeció los labios.

–Vamos, responde –le conminó el caudillo.

–Roma jamás se detendrá hasta que os arrodilléis.

–¿Alguna cosa que no sepamos? –ironizó Virono.

–Solo hay algo que Roma teme realmente de Cantabria.

–Instrúyenos, autrigón...

–Al caudillo Corocotta.

–¡Qué dices! –tronó Arquio, aún de pie–. ¿Vais a hacer caso de este autrigón? ¡Si ni siquiera habla bien nuestra lengua!

–Su acento no distorsiona su mensaje... –se burló Corocotta.

La afirmación de Sekeios no era desconocida para el Consejo, pero que proviniera de quien había combatido junto a Roma y conocía su sentir de primera mano le otorgaba una carga mayor.

Virono cruzó los dedos frente el pecho. Amagó con decir algo más. No encontró palabras solventes.

Arquio respiraba frenético.

–¡Este... autrigón no puede ser tomado en serio! ¡Ha corrompido la mente de Corocotta y ahora pretende corromper la nuestra! –El príncipe agitaba los brazos con vehemencia. A pesar de su gesticulación agresiva para amilanar al cautivo, el fantasma del miedo a perder al veterano caudillo, si escogían a Arquio, adquiría forma en los semblantes sombríos de los asamblearios. Arquio se volvió hacia Ambato–. ¡¿Padre?!

Los dedos anillados del régulo rascaban su frente, sumidos en la misma inseguridad que su hijo. Urbigo lo conminó a que manifestara alguna valoración. Había que resolver el enquiste.

Ambato apoyó las manos sobre los muslos, titubeante.

–El Consejo ha venido a decidir –dijo–, pues que cada uno emita su juicio.

Arquio exhaló un quejido de desazón. Si no existía unanimidad ni forma alguna de obtener el apoyo mayoritario de la asamblea para su nombramiento, la diferencia entre Corocotta y él se dirimiría por las armas.

Elguismio, el notable de mayor edad, tosió y solicitó que le trajeran un poco de *zythos* para aclararse la voz. El sacerdote bebió, golpeó la tablilla con su báculo e instruyó a los presentes sobre el procedimiento.

–La decisión se tomará a pluralidad de votos, como exigen nuestras costumbres.

Haría recuento de manos alzadas. Votarían los notables de Aracillum y los representantes de las principales estirpes blendias. El resto no tendría derecho a voto, pero sus cuchicheos y ademanes condicionarían el de los que sí lo ejercieran.

El Consejo deliberaba, intercambiaban airados puntos de vista.

Elguismio solicitó calma e instó a los presentes a que emitiesen su voto. Brazo diestro alzado para apoyar a Arquio, izquierdo para los partidarios de Corocotta. Ambato y Virono levantaron los suyos casi al unísono a favor del príncipe. Hubo entonces una pausa en espera de ver quién era el siguiente en sugerir una tendencia. Las bocas se arrimaban a las orejas para verter en ellas sus opiniones. Fue Urbigo quien elevó con lentitud la mano izquierda a favor del concano. El movimiento contrario al príncipe fue animando al resto. Brazos peludos y fibrosos, tersos y arrugados se espigaron aquí y allá, de uno y otro lado. Elguismio se inclinó sobre el báculo. Hizo un lento recuento, silabeando las cifras, y sacudió la cabeza. Ambato aguardaba el resultado, pero Elguismio no lo reveló. Volvió a contar, uno a uno, mientras Arquio se mordisqueaba las uñas. Gotas de sudor resbalaban por la frente del príncipe. Corocotta mantenía una postura de falsa confianza. La rigidez de su ademán desvelaba su inquietud por conocer las cifras.

Elguismio finalizó la segunda ronda y se arrimó a Ambato para declarar el resultado de la votación. Los párpados del régulo se estiraron en extremo. Vio que su hijo seguía comiéndose los dedos.

—Hay igualdad —musitó.

—¿Cómo?

Ambato se aclaró la garganta:

—¡Hay igualdad! —voceó.

Ni un suspiro. El equilibrio de fuerzas no dejaba opciones y los votantes, desconcertados, se volvían hacia los hombres sin derecho a voto como si en ellos pudieran encontrar la forma de deshacer la paridad. Arquio se anticipó:

—¡Notables y principales, habéis ejercido vuestro derecho y el resultado n... no es concluyente! —Se esforzó por atemperar su tono y dominar el tartamudeo—. Se hablaba de Corocotta como si fuera nuestro salvador, pero ha quedado muy claro que no. —Sacó pecho—. Yo soy el hijo del régulo de los blendios, yo pertenezco a una noble estirpe. ¡Yo, no este aventurero sin arraigo! Debe primar el sentido común y la tradición: ¡nombradme vuestro caudillo y tened por seguro que los blendios sobreviviremos a Roma!

Corocotta dejó escapar una carcajada.

—Pactando, quieres decir.

—Muestra respeto, Corocotta —exigió Virono.

—¿Respeto? ¿A quién? ¿A este desequilibrado? —Corocotta se reclinó contra la pared y se acomodó el ancho cinto con porte despectivo—. Quienes levantáis la mano a su favor lo hacéis por miedo o por codicia. No sé qué es peor. Sabéis tan bien como yo que es un líder incompetente.

Las fíbulas, los torques, los tahalíes decorados con láminas metálicas se removieron ante el desaire del caudillo.

—¡Los romanos tienen razón al considerarte un bandido sin lealtad a tu pueblo! —increpó Arquio.

Ambato intentó recuperar el control de la asamblea. Se levantó y abrió los brazos para acogerlos a todos.

—Amigos y hermanos, todo sabemos lo importante que es esta decisión. No es algo que podamos tomar a la ligera. Si la votación no ofrece un resultado definitivo, debemos...

—Que decida el sacerdote —interrumpió una voz.

Los torques se movieron a uno y otro lado, incapaces de reconocer el origen de la sugerencia.

—¿Quién ha dicho eso? —preguntó Ambato.

Sekeios, olvidado por todos, una figura distante en su sago negro, dio un paso al frente para que lo identificasen.

—Que decida vuestro sacerdote —repitió con firmeza—. Será lo más justo.

Voces de desconcierto prendieron en la asamblea.

—¿Cómo se atreve ese extranjero?

—¡Ni siquiera es de un pueblo amigo!

—¡Si no se calla, cortadle la lengua!

El príncipe había perdido el color, mudado las facciones. Las palabras del prisionero de Aracillum se adentraban en su organismo como un veneno. Corocotta dio grandes palmadas, con cinismo.

—De modo que hace falta la sabiduría de un foráneo para aclararos la mente...

—Tratas demasiado bien a ese foráneo, como tú lo llamas —replicó Virono.

—Si no sabéis qué hacer, yo estoy de acuerdo con lo que dice, y que sean los dioses quienes decidan.

—¡Expulsadlo! —bramó Arquio. Se arrojó sobre Elguismio—. Expulsa al extranjero, sacerdote. Sus palabras son sacrílegas e indignas de tu atención.

Elguismio pudo ver en el pozo de sus pupilas el ardor de una advertencia. Lo apartó con una mano, aferró su báculo y abandonó su asiento para apreciar mejor lo que barruntaba la asamblea.

Arquio se volvió hacia su progenitor:

—Padre, haz valer tu supremacía como régulo. Ni ese extranjero puede estar aquí ni Elguismio debe decidir por la asamblea.

–Ya lo creo que puede... –instigó Corocotta para turbarlo más aún.

–¡Tú calla, desgraciado!

–Hijo, ante un Consejo dividido los dioses están por encima, y los dioses hablan a través del venerable Elguismio.

–¡Los dioses no hablan por boca de este viejo desdentado! –El rostro deformado de Arquio reventaba de ira–. ¡Os tiene c... confundidos con sus profecías, no es más que un charlatán que vive de su palabrería sin aportar nada al poblado!

–¡Hijo!

Los hombres libres, los jefes de las familias, los notables, incluso los defensores habituales de la familia de Ambato desaprobaron las palabras del príncipe. Discutir entre hombres podía saldarse con un desafío a muerte, pero ofender a las divinidades solo podía traer desgracias.

La hoguera rugía solitaria en el centro de la estancia. Arquio examinó las caras alumbradas y solo descubrió turbación y asombro. Intentó recomponer su postura antes de dirigirse a los que habitualmente lo apoyaban.

–¿Es que no vais a decir nada? –Uno bajó la vista. El príncipe fue a por otro–. ¿Y tú? –El interpelado tampoco respondió. Al tercero lo agarró del brazalete ornamentado que le rodeaba el bíceps y lo zarandeó–. ¿Tampoco tú me apoyas, viejo? ¿Has olvidado la vaca que iba a regalarte? –Se dirigió a un cuarto, cabeza de una familia secundaria–. ¿Y tú? ¿Ya no quieres que una noche arda la casa de tu enemigo Urbigo con él dentro como tantas veces me has pedido?

El hombre enrojeció de furia.

–¡A mí no me toques!

–¡Basta, Arquio! –Ambato se había puesto en pie–. ¡Vuelve a tu sitio!

Arquio se quedó encorvado como un buitre sobre el hombre, las piernas arqueadas, la cara descompuesta, resollando. Mencionar las prebendas y los odios no ayudaría para su nombramiento.

Urbigo renegaba. Se erigió en portavoz del silencio para aplacar los ánimos.

—Este extranjero ya ha dicho cuanto tenía que decir y debe abandonar la asamblea de inmediato.
—Expulsado y sacrificado –añadió Virono.
Sekeios desveló en el mohín sociable y cómplice de Urbigo que buscaba protegerlo del rencor del Consejo. El caudillo hizo una indicación a Bovecio para que lo sacase de allí antes de que los ánimos se exaltasen contra él.
—Sin embargo, sabéis que lo que propone es válido –prosiguió Urbigo mientras Sekeios abandonaba la sala, cabizbajo, vigilado por los montañeses–. Elguismio nos ha guiado con sabiduría en muchas ocasiones. No hay razón para no hacerlo ahora.
Nadie se opuso. Se hacía necesario salir del atolladero y la práctica resultaba propicia.
—Me parece justo –opinó Corocotta.
—Veamos qué tienen que decir los dioses... –fustigó Arquio al sacerdote mientras regresaba a su asiento.
El viejo Elguismio volvió a dejar reposar su túnica sobre el asiento. Cerró los párpados, amarró el báculo con ambas manos e inició una enrevesada letanía de promesas y ofrendas, indescifrables para el resto.
Bovecio conducía a Sekeios hacia la casa de Urbigo cuando un vitoreo y batir de armas procedentes del edificio comunal alborotaron el mediodía. Los dioses habían decidido.

VI
RECOMPENSA

Elguismio mostró la palma de la mano para silenciar la aclamación del Consejo tras el nombramiento del estratego definitivo del contingente blendio.

–Para ir a la guerra los dioses eligen a Corocotta... –repitió solemne; su voz envejecida retumbó–: Navia y Corono están con él. Dirigirá nuestras fuerzas junto a las de los otros pueblos.

El Consejo volvió a vitorear y batir armas en señal de aprobación. El nombramiento dirimía una cuestión vital, necesaria para centrarse definitivamente en las acciones concretas que habrían de decidirse en adelante.

Ambato aceptó la designación con la voz magra de quien está en desacuerdo pero debe cumplir con las formalidades de su cargo. El régulo se adelantó hacia él y dejó caer una mano laxa sobre su hombro.

–Corocotta, el mando del ejército blendio es tuyo. Nos encomendamos a tu audacia para expulsar a Roma de nuestra tierra.

–La asamblea y los dioses han elegido con sabiduría –pronunció este, muy recias sus primeras palabras como jefe militar de todos los blendios–. Son ya mayoría los pueblos cántabros que van a la guerra contra Roma bajo mi mando. Desde hoy, pelearemos junto a nuestros hermanos en los bosques, en las alturas y en las hondonadas, ¡pelearemos con ellos en las profundidades del mar, si hace falta! –Hubo una sonora aclamación mientras el príncipe Arquio se arrastraba hacia su asiento, hundido el mentón sobre el pecho, el rabo entre las patas como un perro apaleado. Corocotta tomó su primera decisión irrefutable–: Dos legiones se dirigen al Vindio para acosar a nuestra gente. Yo os prometo que, antes de llegar, habrán sufrido una gran derrota.

* * *

Las copas de los árboles parecen rumorear en el atardecer que algo traman los montañeses. Se lo huele la larga columna romana que avanza en orden de marcha. En el ambiente se percibe un susurro oscuro, un frío aterrador que no augura un tránsito tranquilo. En esta ocasión, no sirve evitar en lo posible los abismales y peligrosos valles y progresar por los cordales. Los soldados de la Primera y Segunda legión detectan un hedor a muerte en los picachos, en los riscos, en las cumbres... Una llovizna pertinaz hace aún más pesados los grandes escudos ovales de cuero enfundados a la espalda de los soldados. La forca al hombro con todo el equipo se vuelve más incómoda. Avanzan ralentizados por la infranqueable senda indígena, cargados como mulas, entre la maraña de lodos, zarzas y matorrales. El resbaladizo y terroso suelo enfanga sus sandalias y embarra los udones de lana que defienden sus pies y tobillos de la gelidez. El ejército se abre paso desbrozando la fronda y derribando árboles, mientras sus ojos prevenidos brincan entre las copas de hayas y robles. La niebla emerge de las vaguadas y, de cuando en cuando, los exploradores trepan a los árboles de aquel bosque espectral para ubicar puntos de referencia entre el follaje, mapeando mentalmente la zona. Un rebeco revuelve el sotobosque y emprende la huida tras detectar la vanguardia de la columna romana.

A pesar del esfuerzo de los gastadores para allanar el camino, la marcha, abierta por las tropas auxiliares, es lenta. Junto a las legiones, todo un ejército civil de variadas profesiones, cuyo fin es abastecer las necesidades básicas de los legionarios: una reata de animales, artesanos, prostitutas y vivanderos ansiosos de que se levanten los próximos campamentos estacionales, su lugar natural en las campañas.

Aún no lo saben, pero varios centenares de guerreros montañeses ligeros aguardan ocultos en los costados del camino, prietas las lanzas, listas las espadas cortas de dos filos y los cuchillos de hojas curvas, las hachas dobles de mano y las de una sola hoja colgando al cinto. Esta vez no son unas pocas decenas de hombres, como en otros golpes de mano. El ataque tiene que ser brutal para que Roma entera se estremezca. Recogidos en sus capas, los muslos cubiertos con bracas para conservar el calor y protegerse de la maleza, los montañeses han desmochado y doblado las ramas tiernas, entretejiendo con ellas zarzas y espinos a lo ancho para construir un seto que hace de muro y los mantiene bien ocultos. Otros se camuflan en los árboles, colgados de sus ramas. Corocotta se remueve para desprenderse las hojas pinchudas de un acebo madurado de drupas rojas que se ha enganchado a sus prendas.

    Esta vez no emplean caballería ligera. Las estrecheces boscosas no les permitirían maniobrar bien. El gran caudillo prefiere entablar un cuerpo a cuerpo. Los romanos ni los verán ni podrán superar sus barreras. Mimetizados con el follaje, los cántabros asisten al paso interminable de la columna. No les intimida el buen porte de los legionarios. Engullidos en su territorio, no parecen tan temibles.

    Hay cerca un río. Los soldados de vanguardia ya lo están vadeando con las armas en alto sobre sus cabezas. No es en exceso caudaloso y no es necesario tender puentes para que crucen personas, mulas y los carros de impedimenta y administración. Aun así, la gran columna se frena, torpe como una babosa e incapaz como un escarabajo boca arriba. Cantabria lo sabe, Corocotta lo sabe. Han de aprovecharse de semejante impericia para asestar un golpe que haga tambalear la moral romana antes de que alcancen el Vindio. Por eso el caudillo ha enviado mensajeros para convocar a los guerreros de los pueblos más cercanos a los picos nevados. Cántabros concanos, vadinienses, camáricos y avariginos se han reunido en el lugar convenido. No sienten temor. Saben que su tierra está con ellos. Han ofrendado armas a la diosa Navia, divinidad de las aguas, arrojando hachas a estanques y ríos. Si la deidad cántabra escucha sus súplicas, los romanos estarán perdidos. Y las ha escuchado.

* * *

De nada sirven las precauciones. Ni la guardia avanzada de escaramuzadores ni la de los flancos. Nadie alcanza a darse cuenta de que los montañeses se han acercado a ellos en las últimas jornadas, avanzando con la ligereza propia de las gentes que conocen su país. Siempre por detrás, guiándose por el rumor de los soldados al avanzar, siguiendo la pista de las tachuelas mal claveteadas que se desprenden de las suelas de sus sandalias, pendientes de su retaguardia para caer sobre ella cuando queden bloqueados por el río, allá donde el camino es tan estrecho que la columna se adelgaza. La ocasión ha llegado.

En ese momento en que la luz de la atardecida distorsiona la capacidad visual de los legionarios, Cantabria se les viene encima.

Salen a rebato de sus escondrijos, divididos en pequeños grupos. Se sucede un primer ataque a los huecos entre las unidades de la Segunda legión, rápido, fugaz, despiadado. Rayos y truenos que sorprenden las espaldas de los soldados, aún desordenados. Impedidos para reaccionar con rapidez, desatan las cinchas con que atan al pecho el escudo colgado a la espalda. Enseguida, una granizada de venablos de hierro y dardos contra la retaguardia de la Segunda legión. Caos y retirada. Roma responde con jabalinas. La columna se agita como una onda expandiéndose en un estanque. Su cola comienza a descolgarse. No ha llegado la señal de un extremo a otro cuando los montañeses acometen de nuevo.

Metido el miedo en el cuerpo de los legionarios, Cantabria busca masacrarlos en un último cuerpo a cuerpo. Roma intenta dividirse sin éxito. No hay espacio para formar unidades menores con retaguardia, vanguardia y guardia de flanco capaces de oponerse de forma organizada.

–¡Ensanchad las filas!

Es absurdo. Imposible escuadronarse, ni siquiera apiñarse en torno al estandarte. Solo aquello les hubiera dado una oportunidad. Desprovistos del terreno necesario para extraer la máxima potencia a sus formidables cualidades, buena parte de los hombres se vuelven frágiles como hojas. Tan pegados unos a otros que apenas pueden manejar sus armas. Algunos tiran el bagaje para moverse más rápido, dejando en ellos el pan y heno que cada legionario lleva para varias jornadas.

Los cántabros se mueven con velocidad sobrenatural. Sus manos liberan las hachas arrojadizas de una y dos hojas. Zumban como vendavales, impactan en los romanos, sin tiempo para protegerse.

Los soldurios de Corocotta causan estragos. El gigante Bovecio, una bestia imparable, destaca sobre todos ellos con su colosal hacha. Su doble hoja desmiembra y descabeza sin piedad. Los romanos más jóvenes y menos experimentados huyen despavoridos al verlos caer sobre ellos desde los costados del camino, un terrible mosaico cántabro de cascos con carrilleras y penachos, casquetes de cuero y petos de lino y corazas metálicas y lunáticas melenas...

Gayo Antistio Veto intenta auxiliar a sus hombres. Nada puede hacer, poco más que enarbolar el estandarte para tomar las armas y señalar con las bocinas. Está demasiado lejos y la senda es tan angosta que imposibilita cualquier maniobra distinta a seguir avanzando. Su caballo corcovea. Le arde la oreja. Pierde el control de su montura y cae con estrépito sobre el barrizal. Los oficiales insisten en vano en ensanchar las filas. La columna aprieta hacia la vanguardia, y la retaguardia de la Segunda legión se va descolgando, como la gota pendiente de una rama que se estira hasta desprenderse. Quienes defienden los carros los abandonan, con la esperanza de que los atacantes se entretengan con el saqueo del grano. De algo les sirve, aunque les conceden más de lo debido. Los montañeses quiebran sus ruedas y capturan varios transportes.

Los que tienen la mala suerte de cruzarse en el camino de Corocotta es al último hombre al que ven. Sus soldurios lo anuncian a gritos y los romanos se estremecen al escuchar su nombre. Una sombra indígena emerge entre la foresta. Su figura recortada contra los haces de luces se filtra, letal, entre los troncos y ramas. La expresión salvaje de hiena oscurecida en el contraluz; la cinta guerrera en la frente, al uso de Cantabria, sujetándole furiosa los cabellos. Ha despreciado el casco empenachado y su cabeza flamígera llamea como un incendio. Es apenas una visión fugaz, ni tiempo tienen sus víctimas de atisbar su coraza circular al pecho, las bandas de cuero cruzadas a la espalda que lo ciñen. El miedo les hace percibirlo como si se acercara a ellos con irónica lentitud. Todo acaba muy rápido. La torpe oposición de los grandes escudos romanos no es suficiente para detener sus ataques de tajo y punta con espada. Ni las protecciones ni los huesos pueden resistir la singular dureza de su hierro.

No logran controlar el pánico, ni siquiera ejercer su oficio: matar sin dejarse matar. Los centuriones son los únicos capaces de mantener la entereza legionaria, al menos durante un tiempo. Grandes luchadores, a la cabeza de los suyos, apenas ceden un paso. Sus crestas transversales se abren espacio en un cuerpo a cuerpo inhumano y devastador. La espada de doble filo de los hispanos contra el gladio, la hábil imitación que los romanos hicieron de aquella tras comprobar su efectividad. Uno de los centuriones se descompone, valeroso, al intentar socorrer a su hijo, ya traspasado de heridas, mientras grita su nombre. El oficial pisotea los cadáveres amontonados a sus pies hasta llegar a él. Muere sobre su cuerpo, protegiéndolo, llevándose a dos montañeses por delante antes de que una pedrada de honda le reviente la cara.

La escaramuza duró hasta caer la noche. Después, los montañeses se disolvieron como espíritus en el entorno. No se volvió a oír su vocerío. Tan solo quedó el llanto de los asustados, los aullidos de los mutilados, las órdenes de los mandos para recuperar el control y la dignidad. Exterminados los centuriones, muerto el alférez, perdido el estandarte. Dos cohortes completas aniquiladas. Parte de la caballería ligera de auxiliares también arruinada. Algo más de mil hombres despedazados y una legión mermada. Y entre los que aún vivían eran tantos los heridos que no servirían de mucho en otro combate. Pero aún estaban vivos, y el cirujano del Estado Mayor tuvo que afanarse para intentar suturar heridas y destrozos que se le hacían irreparables. Muchos habían perdido la mano derecha como trofeo de guerra. Los médicos y auxiliares no daban abasto; rasgaban sin césar pantalones y túnicas para realizar torniquetes y ligaduras. Ayudados por legionarios y esclavos, tuvieron que exprimir toda su destreza médica cosiendo heridas e hilvanando arterias, extrayendo proyectiles y aplicando apósitos...

Hubieran preferido un ataque sorpresa durante la construcción del campamento de marcha, como otras veces. Al menos habrían podido defenderse de las embestidas cántabras en los atrincheramientos. Pero no. Corocotta y Cantabria golpeaban como mejor sabían: por la espalda.

Augusto apenas llegó a enterarse. El incidente del rayo lo había traumatizado, alelado el entendimiento, y a duras penas lograba apartar sus recuerdos de él. No lograba dar órdenes ni escuchar las de Veto ni las de los demás oficiales. Su mente se había aturdido. Sus males físicos se habían agudizado hasta extremos tan alarmantes para su médico griego que apenas sabía qué remedios aplicar para reducir la diarrea que amenazaba con deshidratar al *princeps*. Tampoco los paños húmedos en la frente ayudaban a reducir los dolores y el sofoco mental. Augusto se creía morir y, por un momento, llegó a barruntar si no serían más que conjeturas sin fundamento todos los augurios favorables emitidos en su niñez y juventud, como aquel del astrólogo Teógenes que, tras estudiar en Apolonia su día de nacimiento, se postró ante él para adorarlo como a un dios.

Gayo Antistio Veto ordenó a los oficiales que mintieran a los legionarios. El primer ciudadano se encontraba bien, recuperado y vigoroso como un fénix, tan furioso por la imprudencia de los dioses de Cantabria que sería él mismo, en su divinidad, quien acabaría con todos ellos. Cántabros. Cobardes guerreros sin el coraje suficiente para atacar de frente.

* * *

Corocotta fue recibido a su regreso como el dios Corono al que se consagraba. Celebró con los suyos la victoria en la gran emboscada; pero, a pesar de la gloria, no rio como otras veces. Había extraviado su espada corta en un mal lance y, aún peor, Bovecio no estaba en el festejo. Había perdido un ojo y casi la vida. Al tremendo soldurio le extirparon los restos del globo ocular hasta que la cuenca quedó vacía como un pozo. Se hizo fabricar un parche de cuero y tatuó en él la cabeza de un halcón con sus ojos torvos y su pico ganchudo y afilado. El ave que todo lo ve desde lo alto. Bajo la rapaz, una rueda cósmica, una esvástica y una doble espiral, los tres emblemas del dios Candamo.

–Así seguiré teniendo dos ojos –animó a su patrón.

El caudillo lo tenía en tanta estima que aguardó a que se recuperase para mostrar ante todos la joya del botín incautado a los romanos, junto a las importantes cantidades de cereal. Corocotta decidió exhibirlo frente a la entrada del chozón en el que vivía con sus soldurios. Permaneció oculto bajo unos centones de cuero hasta que la curiosidad atrapó a los vecinos. Cuando se hubo congregado un nutrido grupo, ordenó destaparlo.

El *scorpio* se les ofreció como una aparición. Lo habían montado en secreto con notables esfuerzos, tras innumerables pruebas para conseguir ensamblar las piezas. El efecto alentador de ver la pieza de artillería ligera montada sobre su soporte, en lugar de mostrar sus partes separadas, sería muy superior. Un murmullo de sorpresa y admiración se elevó en el aire turbio del mediodía.

El corro de guerreros y hortelanas, artesanos y notables, se ceñía en torno a la catapulta. Poco a poco, se congregó más gente, atraída por el tumulto. Murmuraban estupefactos, con una mezcla de satisfacción y respeto ante la compleja sencillez de sus mecanismos de torsión. Habían conocido estos lanzadores de munición como mercenarios o como víctimas, pero siempre a cierta distancia y en manos de los legionarios romanos.

–Traedme al autrigón –solicitó el concano–, quiero saber qué le parece.

Se abrió un pasillo y las voces se silenciaron, antipáticas, al ver al prisionero de Aracillum avanzar prudentemente junto a un par de devotos de Corocotta.

Sekeios se detuvo ante el caudillo, que, con los brazos cruzados, le señaló la catapulta.

–Un *scorpio*. –El prisionero se limitó a constatar la evidencia.
–Eso ya lo veo.
–Es un lanzaflechas mejorado.
–Le disteis buen uso en Bérgida…

Sekeios ignoró la provocación. Descansó una mano en el canal de tiro y estudió el mecanismo de corredera que controlaba la potencia, el listón dispuesto para ser tensado como un arco. Echó un vistazo distante a la munición apoyada sobre el soporte. Las cabezas cuadrangulares y cónicas de los proyectiles asomaban de un bolsón.

–Bastarán un par de hombres para emplearla.
–Bien, tú te encargarás de adiestrarlos.

Sekeios se incorporó.

–Eso no es necesario, conocéis estas máquinas igual que yo.
–Igual que tú, no. Has convivido con ellas y dices que las han mejorado.

Sekeios tragó saliva. Eran artefactos de nuevo cuño, más pequeños, más precisos, más potentes, aptos solo para los especialistas romanos en la guerra a distancia. Pero lo peor no era que él no estuviera preparado para adiestrar, sino la imposibilidad de negarse, de tomar su propia decisión. Evitó discutir. Se apartó del escorpión bajo la mirada suspicaz del gentío, que runruneaba por la obstinación con la que Corocotta hacía partícipe al autrigón de cuanto acontecía en el poblado.

* * *

Se sucedieron los días con sus noches. Los habitantes de Aracillum departían sobre el fortísimo golpe de mano de Corocotta, ya como caudillo unificador de Cantabria. Unos cuantos se distanciaban de su hegemonía, centrándose en la inapropiada decisión del cabecilla de asignar una función militar al cautivo autrigón. Según ellos, no obedecía más que a su capricho de concederle protagonismo para enfurecer a Arquio y sus partidarios. Aquel proceder era propio de un presuntuoso que osaba menospreciar a las clases rectoras. Eso nada bueno podía traer a los blendios.

–Qué desastre servirse de ese prisionero.

–Y qué vergüenza emplear ese artefacto romano para evitar el cuerpo a cuerpo.

–Que los dioses los confundan.

Aun incisivas como cuchillos, las insidias no calaron bien más allá de su entorno. La fama del concano se ensanchaba con victorias y la confianza en él crecía. Cada día los montañeses picoteaban al gigante romano buscando menguar el aprovisionamiento de víveres procedentes del interior.

Solo dos individuos vivían en una realidad ajena a los comentarios de guerra que prendían por todo el poblado. Turennia y Sekeios se tanteaban en la distancia, evitándose, cercanos, como dos animalillos juguetones ocultos entre las briznas de hierba. Apenas habían vuelto a cruzar palabra desde que el autrigón interviniera en el altercado con Arquio ante la casa de Urbigo, pero sí miradas tímidas y huidizas, miradas sonrojadas de las que hacen palpitar el corazón y hormiguear el abdomen.

Una mañana, ella se dejó querer. Quiso el capricho de la naturaleza que aquel día un cielo raseado de azul iluminase el poblado. Turennia hilaba con huso y fusayola de hueso, pensando ya en la crudeza del invierno, apoyadas sus caderas sobre la valla de madera que protegía el redil de la vivienda. A sus pies, un cesto de mimbre repleto de copos de lana y una pequeña pala de madera. Mientras, Dovidena esquilaba una cabra, y el animal balaba sin cesar. Leal se entretenía pisoteando un reguero de hormigas.

Corocotta había mandado que se diera más libertad a Sekeios sin que Bovecio dejase de sombrearle el camino. El autrigón mantenía su actitud remota. Se escondía en una burbuja impenetrable, como si flotara en el centro de una tormenta, y se ocupaba en ayudar a Urbigo en la elaboración de quesos y *zythos*.

Mantenerse activo le permitía al menos desenvolverse con comedida soltura ante el notable y ante sí mismo. Sekeios encontró a Turennia vestida de largo hasta los tobillos, resplandeciente bajo ese sol fresco del otoño que devuelve al paisaje los verdores perdidos bajo los calores veraniegos. Olía a cuajo y le sudaban las manos. Esta vez no se cohibió, y se acercó a ella. Turennia advirtió de reojo cómo el sago negro se aproximaba. Un cosquilleo le recorrió el pecho y se giró un poco, ofreciéndole la espalda y la melena, esbelta y sensual. Sekeios tardó una eternidad en cubrir el poco espacio que los separaba. Se detuvo a un paso de ella. Aspiró su fragancia limpia y femenina. Leal, como si supiera del lugar que no debía invadir, lo saludó con un ladrido alegre y continuó vigilando a las cabras.

Hubo un silecio largo e incómodo. Fue ella quien decidió lanzarse:

–Te has ganado el respeto de mi hermano –comenzó.

–He notado que me aprecia.

–También Corocotta te respeta.

–Lo que respeta es el interés que tiene hacia mí.

–Eso es mucho más de lo que tienen otros... –La forma siniestra del príncipe Arquio se esbozó ante ellos. Rehuyó pronunciar su nombre–. Otros que no perdonarán que los hayan derrotado en la asamblea.

–¿Lo temes?

Turennia tardó en contestar. Temblequeaba apasionado el huso entre sus dedos. Dejaron que el silencio asentase la respuesta.

–Ahora ya no –musitó ella.

El corazón de Sekeios vibraba con un desenfreno olvidado desde hacía años.

–Nadie me espera –dijo de improviso.

–¿Qué dices?

–En mi casa nadie me espera. Me preguntaste por ello.

–¿Hubo alguien?

–Sí, lo hubo. Murió por enfermedad, junto a mis dos hijos.

El huso, atribulado, se deslizó entre los dedos de la mujer. Cayó a sus pies, arrastrado por el peso de la fusayola. La similitud con la pérdida de su esposo a punto estuvo de hacer que se diera la vuelta para contemplar los rasgos de cazador de Sekeios, para intimar con sus ojos glaucos de lobo, con el temple de su mirada. Reprimió la tentación.

–Lo lamento –dijo.

Un par de mujeres mayores que colgaban ropa en un tendal de la casa contigua los desollaban a chismorreos. Dovidena, que ya se había apercibido de la presencia del autrigón, lanzó a su hermana un vistazo de reproche. En cuestiones de guerra, la valoración de las montañesas no era muy tenida en cuenta, pero en otros ámbitos se solicitaba y se respetaba. Nada bueno podía traer a Turennia que Dovidena, la mujer de más edad y además su hermana, reprobase también la relación de intimidad que fraguaba con el cautivo. Por no avergonzarla ante las otras, optó por callar y dejó que su hermana y Sekeios continuaran sus requiebros.

–Urbigo cree que puedo ser útil a la causa cántabra –cambió Sekeios de conversación.

–¿Y qué crees tú?

–Que quiero quedarme.

–¿Estás seguro?

–¿Por qué me lo preguntas?

–Arquio te odia. Tanto como a Corocotta.

Hablaban en susurros, sin elevar la voz. Sekeios sonrió, mustio, ante el peligro que suponía para él el hijo del régulo.

–¿Y tú, Turennia? ¿Tú me odias?

Cuando ella se agachó para recoger las herramientas de hilar, su cuerpo rozó la cadera de Sekeios. Percibió entonces sus formas imprudentes y masculinas.

–No sé quién eres –contestó–. Llegaste un día, de repente, y quizá te vayas otro, de repente también.

–No me iré si tú no quieres.

Turennia recuperó la postura recta. Sekeios entrelazó su mano izquierda con la de ella. Los dedos juguetearon con la ternura y ligereza de dos aves encariñadas en su nido. Se amaron sin necesidad de contemplarse en el rostro del otro, solo con su presencia y leves bisbiseos. Embobados en sí mismos, inconscientes de que Arquio los observaba desde un ventanuco de su casa.

Este sentía cómo el resentimiento le retorcía las tripas al ver a la mujer deseada rozándose con el autrigón, un enemigo, un prisionero que lo había ridiculizado a él, príncipe de los blendios.

* * *

La cólera de Augusto despertó un anochecer. Las jornadas de desasosiego y miedo se desvanecieron por alguna suerte de indescifrable designio. Pasó la última jugando a dados por la mañana, aún turbado por el incidente del rayo, y después entregó su cuerpo a una sesión de masajes aplicados con aceites aromáticos. Por la tarde practicó la redacción de textos en griego. Puede que no quedara muy satisfecho con la calidad de lo escrito y que aquello lo encendiera, o que el enojo respondiese a la insoportable torpeza con que movía los dedos de la mano derecha. Imposible escribir con soltura. Ablandaba su tablilla de cera una y otra vez para dejarla en blanco y volvía a intentarlo. No hubo manera. Terminó partiendo por la mitad el estilo de hueso que empleaba para grabar sus relatos. Entonces se excedió con el vino, buscando apaciguar la ansiedad, pero lo único que logró fue aumentar su irritación. El verdadero motivo para su ira percutió entre las paredes de su cráneo con fuerza; tres palabras adquirieron forma en la mente del primer ciudadano: cohortes, aniquilación, Corocotta.

Estalló sin aviso ante el gobernador de la Tarraconense, que había venido a informarle acerca de los avances en la construcción del campamento principal de asedio al Vindio, haciendo una mención previa al estado del ejército y el número de bajas.

–¡Quiero su cabeza! ¡Traedme la cabeza de ese bandido!

Del susto, a uno de los esclavos que acicalaban al *princeps* se le escurrió el rascador con el que eliminaba las impurezas de sus brazos. El otro, que retiraba restos de suciedad de sus orejas, casi le clava el limpiador en el oído. Una esclava que vertía un chorrito de aceite aromatizado en una lucerna derramó el líquido fuera de la lámpara.

Veto asintió marcial, más con aire de secundar su ira que por convencimiento de poder satisfacer su orden.

–¡Yo, que vencí en Accio! –voceó el *princeps*–. Yo, que acabé con Marco Antonio y vengué la muerte de mi gran padre, Julio Cesar. ¡Yo, centinela de la patria, me veo sometido y avergonzado por un bandido montañés!

–Hay que acabar con Corocotta.

–¡Con él y con sus ideas! ¡Un ladrón unificador con una piara de locos detrás, dispuestos a morir por él!

–Si acabamos con él, se acabarán sus ideas.

–¡Más vale! ¡No hay nada más peligroso que una idea! ¡Las ideas son contagiosas, sobre todo las malas!

Hablaba Augusto con tal exaltación que sus esclavos se fueron apartando, temerosos de que mandara quebrarles las piernas o cualquier otro castigo propio de sus repentinas y habituales explosiones. Parecía una pantomima de sí mismo, revueltos los pelos rubios, el torso fino y lechoso expuesto, una toalla blanca atada a la cintura.

–¡Malditos cántabros! –chilló, arrodillado ahora, y se golpeó la cabeza contra el busto de mármol de Julio César–. ¡Yo los maldigo!

–Serán aniquilados, *princeps*.

–¡Oh, serán aniquilados, dice el gobernador! –Ahora se tiraba de los rizos–. ¡Dos cohortes destrozadas por ese bandido!

El aludido calló. Su rostro impasible se había oscurecido ante la vergüenza de la pérdida de las dos unidades. Un brasero cerámico con el pie de bronce humeaba entre ambos. Ni se olía ya su perfume a tomillo.

–¡Estoy harto del infortunio que me causa, de sus encerronas, de que me robe el grano y el reposo que mi cuerpo necesita! –continuó Augusto con su arrebato, aún estirándose del pelo–. ¡Recompensaré a quien me traiga su cabeza! ¡Por los dioses que lo haré rico! ¡¿Y mis hombres?! ¡¿Qué dicen mis hombres?!

–Hay cierta tensión entre los soldados.

—¡¿Cierta tensión?! ¿Y qué hacen los centuriones? ¿Por qué no la contienen? ¡Quemaré todas las coronas! ¡Ya se pueden olvidar de distinciones! ¡No concederé ni una sola!

—Yo contendré su miedo.

—¡Más vale, gobernador! —Augusto se había acercado a él. Echaba chispas de rabia—. ¡No sé de qué vale tanta planificación si no logras detener sus ataques! ¿Ya tomas las precauciones oportunas en cada marcha, Veto? ¿Ya lo haces? ¿Conoces bien los caminos? ¿Te has servido de las fuentes correctas? ¿Has comparado unas con otras? ¡Porque yo diría que no, general! —Lo agarró de la nuca. Un dolor frío se irradió por la oreja cortada del gobernador. Intentó mantener la expresión ilesa—. ¡Hace tiempo que te veo lento de reflejos! ¡Desde lo de ese autrigón! ¡Hasta los soldados lo dicen! ¿Cómo vas a conducir la campaña al éxito si no eres capaz de controlar tu obsesión por ese hombre? ¡Creo que lo que mereces es un castigo propio de la soldadesca, que te haga pasar un día entero de pie delante de mi tienda con una percha colgando de las manos! ¡Desnudo! —Augusto tomó una bocanada, fatigado—. ¿No dices nada, gobernador? ¿Te quedas blanco y me miras con cara de lelo? ¡Sé que no tienes ni un simple indicio de ese fugitivo que te ha avergonzado! ¡Esa búsqueda tuya es una estupidez! ¡Jamás podrás vengarte! ¡Nunca lo encontrarás, si es que sigue vivo! ¡Pero a ese bandido sí que me lo vas a traer! ¿Me oyes? ¡Gayo Antistio Veto! ¡Me has oído! ¡Quiero su cabeza!

VII

DECIMATIO

Los legionarios de la Segunda legión pagaron con creces la ira del gobernador tras la humillación del *princeps*. Los exabruptos acerca de su incompetencia para dar siquiera con una pista acerca de Sekeios terminaron por agriar definitivamente la sequedad castrense de su carácter.

La corneta tocó a reunión; el gobernador se disponía a aplastar el motín levantado por la cuarta y quinta cohortes de la Segunda legión, la más damnificada por Corocotta, antes de que se contagiase a las otras. Aterrorizadas tras la encerrona, se negaban a adentrarse aún más en las selváticas montañas. Era tal el temor que algunos aseguraban haber visto al ejército fantasmal nocturno de combatientes cántabros del Más Allá desfilando con sus lanzas y hachas, envueltos en sombras grises y nebulosas de luz alrededor del campamento. Veto había convocado a las unidades en la plaza abierta entre el pretorio, las tiendas de los oficiales y el altar de los estandartes. Bajo un cielo teselado de nubes, un mutismo ensordecedor se había adueñado del foro. Formaban por regimientos, en escuadrones, perfectamente uniformados, con los *vexilla* bermejos de cada cohorte y los *signa* de oro y plata de cada centuria flotando solemnes sobre sus cabezas. No se movía ni un pelo de las pieles de lobo y oso que cubrían las cabezas y espaldas de los portadores. Algunos roedores y ratas toperas, gordas y pulgosas, ocultas entre los hierbajos o escondidas en túneles bajo la tierra, correteaban traviesas entre sus pies. Los bichos, preludio de las enfermedades, se detenían a mordisquear las tiras de cuero de las cáligas. Los soldados aguantaban, impávidos, las ganas de salir corriendo al escuchar cómo las roían.

Fue primero Augusto quien pasó revista a las unidades con el objetivo de no ceder todo el protagonismo punitivo al gobernador. Se lució ante los hombres montando un esbelto caballo, castaño oscuro, de aspecto terso y espigado como un ciprés. Guio a la montura de extremo a extremo de las formaciones, firme y exuberante, sin aparentar males ni enfermedades. Vestía de gala, espléndido como un sol, pectoral repujado de divinidades, personificaciones, alegorías; los apliques metálicos de las franjas de cuero que protegían su vientre, relumbraban; grebas de metal a la usanza griega le protegían las espinillas, tan decoradas y relucientes como el peto, armado con gladio y pugio enfundados en vainas de metal con ricos grabados y piedras preciosas. El manto rojo de general raso sobre la grupa. El *princeps* se conducía ante ellos con la flamante seguridad de un dios.

Arrancó con aparente tono conciliador:

–Hay pocas cosas tan despreciables en Cantabria como las plagas de ratas que nos invaden. Son un enjambre tan escurridizo que se atreven a introducirse en los silos para devorar nuestro grano. Os he preguntado, y me aseguráis que no hay quien las encuentre porque solo salen a la superficie para comer. ¡Pues ahí están, entre vuestras sandalias! –Hizo una pausa–. He hecho cuanto he podido para estimularos a menguar su número, y ni siquiera ha servido a tal propósito el concurso de caza que os propuse con premios para los mejores cazadores. –Alzó la voz para que los del fondo se enterasen bien de la parte fundamental de su mensaje–: ¡Qué decepción! ¡Hubiera sido mejor traerme un ejército de gatos monteses para acabar con la epidemia! –Tiró del freno y detuvo al caballo en el centro de la explanada. Endureció mucho el gesto–. ¡Unos gatos que habrían sido más útiles que vosotros plantando cara a esa rata escurridiza de Corocotta y su chusma de guerreros! –Las dos cohortes resoplaron al escuchar el nombre del caudillo. Bastó con esto para que el silencio se acentuase tanto que un gusano se hubiera escuchado reptando sobre la tierra–. ¡Legionarios! –prosiguió Augusto–.

Cantabria es una tierra inhóspita e ingrata, pero más ingrato es aún que no queráis combatir por vuestro *princeps* y por la patria romana por temor a ese Corocotta. Mi gobernador Gayo Antistio Veto es un hombre celoso de la disciplina. ¡Él sabrá haceros entrar en razón!

Con esta desazón, el primer ciudadano abandonó a los legionarios. No tenía intención de presenciar el castigo del gobernador.

Veto no se estiraría mucho en palabras. Entre soldados resultaba mucho más eficaz un escarmiento duro e impío que un discurso recargado de promesas si combatían bien. Al gobernador no le importaba que sus hombres lo odiasen y temieran más que al enemigo, si con ello cumplían sus órdenes.

Los cerca de mil hombres que formaban las dos cohortes, hilados en filas como uno solo, con sus jabalinas apuntando al cielo, sus cascos semiesféricos con penachos y los escudos ovales de extremos curvos apoyados en tierra, palidecieron cuando el narigón del gobernador empezó a pasearse en silencio frente a ellos. Su capa se agitaba con gravedad al andar. Ese fue el primer castigo, someterlos a su áspera presencia, que hacía tragar salivas y apretar esfínteres. Hubiera sido el día más adecuado para rogar a su *genius* que los cuidase, pero el espíritu guardián no les serviría de nada en aquella ocasión.

Ya nadie quería recordar que la jornada anterior había entre ellos quien chismorreaba, incauto por el vino, que tendría que ser el cobarde Augusto quien cerrase las formaciones de marcha, sin guardia que lo protegiese y armado solo con su cetro. El terror y la bebida calentaban las bocas y, como no hay bravata más imprudente que la que se profiere contra el primer ciudadano de Roma, habían decidido ellos solos su destino.

–He sido demasiado laxo –la voz agria del gobernador retumbó en el foro–. Necesitáis una buena dosis de eléboro para curaros el trastorno mental que os ha vuelto tan débiles a juicio de los dioses y del divino Augusto. No sé quién de vosotros ha sido el inductor de esta revuelta, pero no me importa el nombre. La bajeza de vuestro carácter es general, una epidemia que hay que sofocar. –Alzó la barbilla–. ¡Algunos pagaréis y los demás aprenderán!

Mantenía el tono sobrio y contundente característico de su habla castrense, aquella modulación capaz de arrugar una roca. No sonaba despótico, tan solo firme.

–¿Alguien tiene algo que decir? –preguntó.

Un legionario de la primera línea de la segunda cohorte, la cara y las manos tan jaspeadas de cicatrices blanquecinas que era imposible adivinar sus verdaderos rasgos, asintió. Los ojos de sus compañeros bajo los cascos se orientaron hacia él.

Gayo Antistio Veto comprobó que era un soldado ya veterano. No le quedaría mucho para licenciarse.

–¿Qué tienes tú que decir?

–No justifico el miedo de mis compañeros, y mucho menos que hayan llegado a hablar de rebelión –expuso con notable serenidad–. He combatido durante casi veinticinco años contra los más grandes enemigos, he ayudado con mi sangre a someter a los galos, he tenido la suerte de servir bajo el mando del gran Julio César, el mejor de los comandantes que Roma tendrá, y ahora bajo el de Augusto. –Dudó un instante antes de proseguir–. Pero nunca había pasado tanta hambre. Jamás nadie nos había robado tanto grano como estos malditos montañeses. Y un ejército sin comida no es nada. Tendremos que alimentarnos haciendo caldos con los cueros de las tiendas. Eso..., y otras debilidades..., puede hacer que algunos flaqueen.

El desprecio implícito a la figura del *princeps* no pasó desapercibido para el gobernador.

–¿Quiénes son esos que flaquean?

–No puedo decirlo.

–¿Faltas a la lealtad debida a tu comandante?

–Mi lealtad es para mi comandante..., tanto como para mis compañeros.

Veto se quedó largo rato observando al hombre que con tanto arrojo le respondía. Exagerase o no, cierto era que los cántabros habían causado muchísimo daño a las líneas de suministro, algo habitual cuando se enfrentaron con otros pueblos en anteriores campañas. Pero la capacidad montañesa para frenar el abastecimiento de provisiones y la llegada de moneda de la ceca de Calagurris Iulia con la que pagar a las legiones, junto con el azote de los roedores, había vuelto crítica la situación.

El gobernador se apartó del legionario.

—No morirás hoy, soldado —le aseguró—. Aprecio la fidelidad a tu compañía, pero, ya que el apetito de tus compañeros te preocupa más que someter a los montañeses, pasarás el resto de la campaña alimentado con cebada. Tu ración será repartida entre los hombres, así les quitarás el hambre.

El viejo legionario acogió la sanción con respetuosa indiferencia, sin ademán de réplica ni mueca alguna de disconformidad. Veto se distanció para obtener una perspectiva de los dos regimientos. Mandó a los centuriones formar grupos de diez hombres. Nada más mencionar la cantidad de soldados de cada grupo, el gobernador adivinó el tembleque horrorizado de las rodillas de los soldados, sus ruegos y sollozos resonando en sus rudimentarias cabezas. Impartía el más atroz, el más brutal y cruel de los castigos: la *decimatio*. Ninguno de los oficiales se apresuró a cumplir la orden. Tampoco se negaron, pues serían ejecutados.

El gobernador llamó al veterano que había hablado por sus compañeros. Le entregó un pequeño saco de cuero.

—Que los hombres decidan su suerte.

No le quedó otra que tragar con la carga. La bolsa contenía nueve piedras blancas y una negra.

Lloraban los desgraciados que tuvieron el infortunio de meter la mano y que les tocara la negra. Entre ellos un optio y un suboficial de seguridad. No había consideraciones con el rango. Las piedras se escurrían de los dedos y caían entre las sandalias. Varios de los elegidos para morir mantuvieron el aplomo y el orgullo intacto al salir de las formaciones de diez; otros cayeron de rodillas y rogaron al gobernador que los dejara vivir, que ellos ninguna culpa tenían de que algunos indujesen a la rebelión.

—No, por los dioses, yo no he hecho nada... —balbuceaba uno de ellos—. ¿¡Por qué yo, gobernador?!

–Mantente firme –le dijo al oído su centurión–, pronto nos encontraremos en los Campos Elíseos.

Fueron sus propios compañeros quienes los arrastraron hasta la puerta decumana, en la parte trasera del campamento, para proceder a la ejecución. Los lapidaron hasta que no quedó de los diezmados más que una masa de carne machacada a pedradas, repulsivo banquete para los roedores, arremolinados en tropel en torno a los cadáveres. Solo un legionario resistió el linchamiento. Herido de muerte, fue expulsado con deshonor y abandonado a su suerte fuera del campamento.

* * *

En Aracillum continuaban los festejos para celebrar el triunfo de Corocotta sobre Augusto y sus legiones. Se organizaban competiciones a caballo y carreras, combates simulados y peleas entre púgiles, se preparaban banquetes rituales para los guerreros y se disponían sangrientos sacrificios... Roma no detendría su avance, pero su moral mermaría. Cuanto menos atesorara el invasor, más posibilidades de expulsarlo de su territorio. Pronto llegaría el frío glacial, y la mayor parte de las legiones se retirarían a sus cuarteles de invierno, dejando guarniciones para mantener las posiciones ya ganadas. Mejor que lo hicieran con el ánimo roto y escasas ganas de regresar. Cantabria contaría con tiempo para reforzarse y recuperar el suyo. Con todo, Virono no perdió la ocasión para reprochar a Corocotta que no hiciera rehenes, a lo que el caudillo replicó:

–No hay mejor romano que el romano muerto.

Sekeios asistió con discreción a las borracheras colectivas. Quiso Corocotta que se integrase en ellas con el simple ánimo de demostrar a los demás que debían acatar cuanto él dictase. A medida que su influencia aumentaba, cada vez eran menos los que desaprobaban en público sus decisiones, incluso si implicaba incorporar al enemigo autrigón a la vida del pueblo. Hasta Arquio ocultaba su parecer. El hijo del régulo iba de borrachera un día sí y al siguiente también. El cerebro acusaba los excesos y ya no se aclaraba con sus propias ideas. Virono se aprovechó de ello instigándolo con palabras perniciosas envueltas en supuestos consejos. El astuto notable, poco acostumbrado a que su autoridad se redujese, tal y como había ocurrido en la última asamblea, necesitaba recuperar su prestigio para cuando Corocotta fuese derrotado por los romanos. Él mejor que nadie sabría cómo obtener una posición de privilegio para negociar con los conquistadores tras el descalabro de su pueblo. Por lo pronto, debía manejar a los fantoches a su antojo.

Una tarde solicitó la presencia del príncipe Arquio en su casa. Lo sentó a la mesa y lo nutrió con el agasajo más apropiado: una buena dosis del mejor vino que se podía adquirir. No se anduvo con divagaciones:

—Corocotta no tendría que haber sido elegido caudillo de Cantabria.

—Ya lo creo que no.

—Llega un concano e impone su criterio en tierra de los blendios. ¿Estamos mal de la cabeza? ¿No hay justicia para el hijo del régulo?

—Corocotta cree estar por encima de las costumbres.

—La asamblea no fue más que una broma. La mayoría teme a su compañía de guerreros, eso es lo que lo hace fuerte.

—¿Es que nadie se ha fijado bien en él? ¡Viste con harapos, ni siquiera es uno de los nuestros!

—He hablado con algunos, y no todo el mundo está tan contento con su nombramiento como él se cree.

—Y ahora ese nuevo amigo suyo, Sekeios. ¡Aún no me puedo creer que le sirviese para convencer al Consejo!

—Ese estúpido engreído cree que le trae suerte. Corocotta y la diosa Navia, a la que tanto adora...

Virono bajó la voz. Se apoyó sobre los antebrazos y arrimó su ancha cara a la del príncipe. Una candela sobre la mesa mediaba entre ellos. El humo se enroscó violentamente al ascender. El notable abrió la boca y mostró los huecos negros que separaban sus dientes.

–Corocotta te ha quitado un mando que era tuyo por derecho. Has sido infravalorado por el criterio de un preso. –Virono bajó la vista, aparentando aflicción–. Estoy harto de ver cómo se ningunea a nuestros jefes, cómo se les deja de lado.

–¿Y qué puedo hacer? –Arquio se llevó las manos a la cabeza–. Corocotta es el que manda, nadie me escucha, y mi padre..., mi padre...

Los puños del príncipe, prietos de resentimiento, golpearon la mesa. Virono asentía, ofreciéndole toda su comprensión.

–Tu situación es muy complicada.

–¿Qué puedo hacer, Virono? Por los dioses..., ¿qué harías tú en mi lugar?

–Se me ocurren muy pocos remedios.

«Pocos» era mucho para un hombre desesperado. Se apoyó en la mesa.

–Habla, Virono, ¿qué se te ocurre?

–Ve contra él.

–¿Contra Corocotta?

Virono se aupó sobre los antebrazos aún más.

–No, contra Corocotta, no...

Arquio lo escuchaba embobado. Tenía el estómago vacío y sus ojos chispeaban exaltados por el efecto de la bebida.

–¿Qué insinúas?

–Arrebátale su suerte.

Arquio entrelazó las manos y se las llevó a la boca, entreabierta por la indecisión.

–¿Cómo? Bovecio siempre está encima de ese autrigón.

Virono emitió un suspiro de superioridad, como si lo que proponía fuera una cuestión evidente que no requería explicación. La llama de la candela se agitó, feroz.

–El buen gobierno exige astucia y paciencia, amigo Arquio. –Tomó la vasija de vino por el gollete y vertió un chorro en el vaso del príncipe–. Solo has de esperar a que las piezas se muevan en tu beneficio. Observa y aguarda. El momento llegará.

Arquio se bebió de un trago el contenido, echó la cabeza atrás, los brazos cruzados, suspendida la mirada en el penumbro-

so parachispas. La calidez del alcohol se aposentó en el estómago. Su cuerpo se relajó. Ahora lo veía más claro.
–El momento llegará... –repitió.

* * *

Espoleado por Virono, el príncipe se dedicó a extender la idea de que Corocotta aceptaba a un asesino de cántabros entre los suyos y que aquello no podía ser tolerado. Virono lo hubiera hecho de manera más astuta y silente, aunque no podía pedir mucho más a un beodo empedernido. El asunto consistía en mantenerlo con el resentimiento elevado para que le hiciera el trabajo sucio. Los principales del poblado escuchaban al príncipe por mantenerle el respeto, especialmente quienes lo respaldaban, pero empezaban a guardarle cierta distancia tras su actuación en la asamblea, donde los había calumniando en público. Al menos el caudillo Corocotta, aunque no fuese de su agrado, proponía un plan más fiable. Arquio percibía el rechazo y su rabia se recrecía tanto que una noche se le fue de las manos. Intentó pegar fuego a la casa de Urbigo con Sekeios dentro, pero le salió mal. Tan borracho estaba que tropezó con un abrevadero y cayó dentro, sofocando la llama que blandía.

A diferencia de Arquio, Corocotta compartía su tiempo con los adolescentes de las élites guerreras para elevar su motivación y cautivarlos con historias de lucha. Narraba a los más empecinados en tomar las armas cómo sería su iniciación bélica cuando llegara el año nuevo, y con ello el fin del caos y el renacimiento del mundo. Contó con Sekeios, a quien exigió que explicase a los suyos los pormenores del rito en su tierra. A pesar del recelo mutuo, las similitudes entre cántabros y autrigones eran evidentes.

El prisionero tuvo que esforzarse para alargar su intervención ante aquellos zagales que lo evaluaban en torno al fuego con una mezcla de curiosidad y rechazo. Evocó con inesperado orgullo en la voz la liturgia en la que él, un muchacho sin linaje, había sido aceptado en una de las fratrías iniciáticas, reservadas a las castas guerreras. Una gracia concedida por los maestros de iniciación, que habían descubierto sus asombrosas virtudes como cazador. Así se convirtió en guerrero adulto, tras dar caza a un lobo, desollarlo y secar la piel antes de cubrirse con ella para consagrarse a Vaelico, dios infernal del lobo. Dos marcas blancas de colmillos en su brazo izquierdo rememoraban la lucha entre el joven guerrero y la bestia, una mordedura que a punto estuvo de desgarrarle la extremidad. Los jóvenes montañeses la palparon con entusiasmo. No eran pocos los que morían devorados tras errar en su ataque, ni demasiados los que se atrevían a enfrentarse al mítico animal. Muchos demostraban su valía con animales como osos o jabalíes. El interés por el prisionero de Aracillum se acrecentó. Era un guerrero mágico. Un cazador oscuro. Un hombre lobo.

Sekeios refirió detalles sobre el rito en el que se emborrachaban con el licor místico que les permitiría alcanzar el éxtasis, el trance enfurecido y rabioso, hasta transformarse en hombres lobo. Astutos licántropos, almas inmortales sin miedo a la muerte que aterraban a sus enemigos.

Corocotta les habló también de la *devotio*, el más extremo de los juramentos por el que un guerrero pactaba con su patrono la consagración eterna a su persona, como devoto, hasta la muerte. El común entre los pueblos de Hispania y más allá.

Fueron días de bullicio y comunión.

* * *

Una noche, la alegre algarabía en el poblado se tornó inesperado temor. Siguiendo el mandato de Augusto, Gayo Antistio Veto había hecho pregonar por los campos que el *princeps* pagaría una gran recompensa a quien le trajera a Corocotta. La noticia encontró rápido eco y no tardó en llegar a oídos del caudillo. Fue Ambato, el régulo, quien quiso comunicársela con moderado regocijo en la voz:

–Augusto ha puesto precio a tu cabeza.

–¿Cuánto valgo?

–Doscientos mil sestercios.

–¿Nada más? ¿Eso es todo lo que Roma me teme?

—No te extrañe que alguno de los partidarios de pactar con los romanos que hay entre nosotros quiera secuestrarte para cobrarlos...

—Estaré esperándolos...

Los únicos que no se impresionaron por la noticia fueron el propio Corocotta y Sekeios, quien conocía como nadie la determinación romana. Este comentó con Turennia que la decisión de Augusto no solo no lo sorprendía, sino que la esperaba.

—A veces pienso que Corocotta no es consciente de la superioridad de Roma.

Se lo dijo entre susurros, al oído, mientras la ayudaba a verter el agua de un odre en un dornajo para que bebieran los animales.

—Déjanos creer en él.

—Enciende a un pueblo de hortelanos y ganaderos para que no decaiga su rebelión, pero eso solo le servirá para despeñarlo.

—No sigas hablando, Sekeios.

Este detectó una penumbra de tristeza en su mirada ante la presión de cuanto aún le quedaba por vivir. No volvió a tratar la cuestión.

A la mañana siguiente, Sekeios se encontró a Turennia asomada en la ventana. El jolgorio de la pajarería saludaba al sol amable del otoño.

Ella lo avistó y le pidió con una sonrisa que se acercara. Lo tomó de la muñeca.

—Pasemos el día fuera.

—Soy un prisionero.

—Urbigo lo ha arreglado con Corocotta. Bovecio nos seguirá para asegurarse de que no intentas nada. —Sekeios sacudió la cabeza con lascivo descaro—. Entra —ofreció ella—, prepararé algo de comer.

Turennia ya había horneado pan de bellota entre ceniza y el aroma cálido y algo dulce que impregnaba la vivienda hizo salivar a Sekeios. La pobreza cereal de los cántabros no impedía la producción de alimentos agradables al paladar. Un hoyo revestido de greda blanquecina rebosante de grano ofrecía a la casa de

Urbigo el sustento necesario. Turennia cercenó el pescuezo a un pollo, lo evisceró y depositó los restos en un pocillo excavado en el suelo para los desperdicios del día a día. Descolgó un par de morcillas y preparó un puré de berzas y una salsa de avellanas para aliñar la carne de ave.

Sekeios, sentado en un poyo, la observaba hacer. Una sonrisa se elevaba en su boca al verla moverse con la soltura emocionada de quien se prepara para un hermoso día. De cuando en cuando la veía de perfil con una sonrisa de chiquilla insinuada en los labios.

Turennia depositó los trozos de pollo crudos en dos fuentes de cerámica. Tomó una espátula de madera y los rebozó en manteca. Luego cubrió las tajadas con paños.

—¿No los cocinas?

—Llevemos leña, así tendrás algo que hacer —dijo ella, divertida.

Sekeios guardó una piedra lisa de cocinar en un macuto e hizo acopio de ramaje, mientras ella amasaba unas tortas de harina de bellota y se aprovisionaba con un buche de *zythos* fresco que tomó de la despensa.

Al salir Sekeios de la casa con la gavilla de ramas acordonada al hombro, se encontraron con el hacha doble de Bovecio. Turennia se burló de él con cariño.

—Traigo suficiente para un glotón como tú, no te morirás de hambre.

—Mejor morir en batalla que con las tripas vacías.

Salieron del poblado perseguidos por los chismorreos de los vecinos. Turennia los guio hasta un castañar en el que solía recoger frutos. Se detuvieron a la vera de un arroyo, donde las aguas se amansaban en un remanso de grandes cantos. En sus riberas crecían hierbas, musgos y helechos. Una brisa reposada agitaba las copas de los árboles, y sus hojas rumoreaban apacibles. La naturaleza burbujeaba dócil en sus ríos y arboledas.

Desplegaron una estera sobre las hojas desprendidas. Sekeios se encargó del fuego. El perfume de la madera de encina centraba su atención y la de Bovecio, que observaba extasiado el crepitar de las llamas. Cuando estas descendieron, Sekeios colocó las piedras de cocinar sobre las ascuas. Turennia calentó la salsa y el puré en una y cocinó las tajadas de pollo y las morcillas en la otra. Envueltos en el aire lleno de aromas asados, los estómagos se removían hambrientos. El olor de la manteca churruscándose los hizo salivar. Turennia tendió un par de vasos de *zythos* a los dos hombres. Cuando la comida estuvo lista, entregó una generosa ración de comida al gigante, que se apartó a una peña para degustarla.

Sekeios y Turennia se acomodaron en la estera y saborearon los alimentos sin apenas intercambiar más que unas pocas frases y monosílabos valorando los alimentos. Sus dedos y sus miradas, sus palabras y sus silencios se urdían alejados de voces críticas y quisquillosas. Frente a ellos, dos mariposas revolotean entrelazadas en una danza ritual.

Con el estómago reposado por la comida, Sekeios se tendió sobre la hierba con las manos unidas bajo la nuca. Turennia se recostó a su lado, apoyada sobre un codo. Cantó un pechiazul mientras un abejorro bordoneaba en torno a ellos. Sekeios lo espantó de un manotazo y el insecto escapó zumbando. Al compás de la brisa, la bóveda boscosa aleteaba alegre y ocre sobre sus cabezas. Ajenas a su vista, en el cielo, nubes mofletudas parecían impulsarse soplándose unas a otras. En ese momento a Sekeios, mecido por la compañía de Turennia, aquel poblado del que era cautivo y aquel paisaje asfixiante y abrumador se le hacían más amplios, más amables. Aspiró el efluvio fértil de la floresta y volvió la cabeza hacia Turennia. La mujer lo contemplaba con sus ojazos negros dilatados de amor.

Viéndolos tan íntimos, Bovecio fue a sentarse en otra peña alejada y se puso a lanzar cáscaras pinchudas de castaños al regato.

–¿Nunca has sido feliz?

Sekeios se alzó sobre los codos sin contestar. La pregunta a bocajarro de Turennia lo había pillado desprevenido.

–¿Por qué dices eso?
–Me lo ha parecido.

–Tu gente me retiene. Como para estar alegre.

–Me refiero a antes.

Sekeios manoseaba una piedrecilla húmeda que había arrancado de la tierra. Sus dedos se apretaron sobre ella. Callaban, tensos, la respuesta. Turennia lo escrutaba como si pudiera leer en su interior. De nada valía evitar la respuesta.

–Echo de menos la niñez, aquel tiempo en el que poco más tenía que hacer que divertirme.

–¿Fuiste feliz entonces?

–Lo fui –admitió–. Quisiera algún día volver para revivir aquel tiempo.

A medida que Sekeios se liberaba, le relató momentos de su infancia, el tiempo de los fecundos valles de la pubertad. Las traviesas carreras entre peñas y los baños alborozados en el río Nerva, la caza inquieta de animalillos y las peleas con amigos entre la gamberrada y la preparación guerrera. La etapa en la que todo era un juego que precedía las obligaciones del adulto, el periodo en el que aún no eran conscientes de que sus mayores los entrenaban para perder la libertad y convertirlos en esclavos de las creencias y las tradiciones. Dejar de vivir tu propia vida para vivir la de los demás.

No mencionó nada sobre su mujer fallecida y sus hijos. Turennia fue prudente y tampoco indagó. Sekeios continuó desnudándose ante ella hasta donde el anhelo le permitía sin entrar en recuerdos demasiado dolorosos.

–Quiero volver a ser ese niño, Turennia. No quiero tener que dar explicaciones a nadie, ni pedirlas. Solo ir y venir y que me dejen vivir en paz...

Sekeios hizo una pausa insegura. Se había ido incorporando casi sin darse cuenta y ahora estaba de rodillas frente a Turennia. Descubrió un suspiro de confianza, de serenidad en sus grandes ojos.

–Y lo que más quiero ahora...

–¿Qué quieres, Sekeios? Dímelo.

–Quiero verte sin temor a que nos hagan daño, sin que nadie nos vigile. Quiero ser libre, Turennia, nada más.

Ella condujo un dedo a los labios del hombre para que callase.

–Pides lo justo, pero es tan complicado conseguirlo...

–¿Y qué hay de ti?

Turennia bajó la vista.

–Soy todo lo que ves.

–Una hermosa mujer.

Sekeios rastreó otra sombra de tristeza en su semblante. Fue también prudente sobre su pasado y no preguntó acerca de su anterior hombre.

–Una mujer repudiada por no tener descendencia, eso es lo que soy. Sé que muchos se lo callan por respeto a mi familia y a mi hermano Urbigo. Pero es su silencio lo que más miedo me da; que no me hablen, que no me miren, que hagan como si no estuviera. Y me siento tan sola...

Hablar de desdichas la había ido apocando. Sekeios acogió sus palabras con una caricia de sus nudillos secos en las mejillas de ella.

–Sonreír te sienta mejor.

Las palabras de Sekeios sedaron su tristeza. Las comisuras de sus labios se elevaron tímidas.

–No quiero sentirme sola nunca más.

–Nunca más estarás sola.

Sekeios echó un vistazo a Bovecio por encima del hombro de Turennia. El soldurio se entretenía ahora haciendo nudos con ramilletes de enredadera. Levantó la cabeza hacia el autrigón y volvió a lo suyo, concediendo intimidad al cortejo.

Sekeios se giró hacia el macuto y rebuscó en su interior bajo la mirada curiosa de Turennia. Se volvió hacia ella y le entregó un paño anudado.

–Esperaba un momento adecuado para dártelo.

La mujer recogió el paño entre sus manos, lo desanudó y abrió las puntas como pétalos que decoraban el envoltorio. Dos arracadas de oro resplandecieron en la faz de Turennia.

–¿De dónde las has sacado?

–Se le cayeron del asno a un buhonero.

Turennia sonrió con una mezcla de picardía y ternura. Le acarició la cara. Sekeios sintió un calor tímido en los pómulos.

–Son preciosas...

Las sujetó por el cuarto creciente que se prendía de las orejas. Eran unos bellos pendientes, decorados con filigranas y terminados en un racimo formado por esferas.

–Dignos de una diosa.

–Si la gente me los ve comenzarán las habladurías. –Sekeios pareció esperar alguna aclaración–. Mi familia ya no es lo que en su tiempo fue. Visto con humildad porque acepto que lo más importante en ella es la dignidad que le otorga mi hermano Urbigo, no las riquezas.

Sekeios tasó sus vestiduras. La túnica sencilla de lino sin ribetes en las mangas y el cuello; el simple cordón para ceñirla a la cintura; las sandalias sin colorear que se había quitado y reposaban discretas a un lado de la estera. Jirones de vida en las ropas de Turennia. Su mundo se dibujaba delicado en la mente de Sekeios. Quizás era la irrefrenable atracción por ella la que le hacía percibirla así. Pero había algo más. Una indefensión con su mirada, ese bajar la vista desvalida, la forma cohibida con que lo escuchaba, cubriéndose media cara con una mano, el modo servil de moverse al cocinar, acurrucadita junto al fuego. Había un temor callado e íntimo en sus ademanes. Le entraron ganas de abrazarla y meterse dentro de ella, pero se contuvo.

Turennia se percató de cómo la contemplaba.

–No me mires así.

–¿Cómo?

–Como si fuera una mujer frágil. No lo soy.

Sekeios admitió que la observaba de ese modo. La acarició con una sonrisa.

–No tienes por qué ponértelas –se refirió a las arracadas–. Escóndelas como nuestro secreto.

–Y tampoco quiero hacer nada que llame la atención de Arquio...

Un pinchazo pellizcó el estómago de Sekeios. Turennia notó la turbación y optó por no volver a mencionarlo. Guardó las arracadas en su talega y se puso a lavar los utensilios de la comida en el arroyo. Se retiró una lágrima de la mejilla con el dorso de la mano e introdujo la piedra de cocinar en el regato para desprender la suciedad.

Refrescaba, y el atardecer montañés apagaba el bosque. El sol se ocultaba tras las cumbres y el horizonte se adormecía sonrosado. Una brisa perfumada de humedad anunció la cercanía de las lluvias. Repicaron sobre las hojas de los helechos sus primeras gotas. Sekeios recogió los útiles de cocina y enrolló la estera mientras Turennia se ajustaba las sandalias. Bovecio los aguardaba ya en pie, orientado hacia el camino de regreso. El soldurio se había mostrado respetuoso con ellos, a pesar de que, en su supuesta indiferencia, no les había quitado el ojo de encima.

Regresaron sin prisas, enredados en la luz perezosa que se disipaba para dar paso a la noche. El bucólico tintineo metálico de los cencerros les anunció la cercanía del poblado.

Al poco de entrar se toparon con Corocotta. Iba acompañado por dos de sus guerreros, armados con lanzas y cepos. Colgaban la caza de los cinturones, conejos, aves y una culebra descabezada de aspecto apetitoso. Sobre un asno, el cervatillo con los párpados aún abiertos de pánico que acababan de cazar. La gente ya se recogía a sus casas en la claridad deshilachada del crepúsculo. Turennia detectó una ligera señal de desaprobación cincelada en los labios del caudillo.

–Déjanos. –El concano hizo al autrigón una seña con los dedos para que se alejara. Sekeios dudó un instante, discreto como solía, y se encaminó a casa de Urbigo. Corocotta clavó sus ojos en Turennia–. Cuidado con tus sentimientos hacia ese hombre –le advirtió.

–¿Por qué me has dejado salir entonces con él?

–Porque me lo ha pedido tu hermano, pero si veo el menor problema se acabarán los encuentros.

–No habrá problemas si nadie los busca.

–¿Te atrae?

–Me sienta bien estar con él.

–No te confundas. Tan solo es que lo encuentras desvalido. Si vas a intimar, que no te vean. Nadie lo aprobará.

–Con que yo lo apruebe es suficiente. –La mujer lo traspasó con una mirada ofendida.

–No olvides con quién hablas, Turennia.

–Tú también aprecias a Sekeios.

–Lo que aprecio de él es que se enfrente a Arquio.

Corocotta volvió a reprenderla y marchó con sus hombres. Turennia paseó hasta su vivienda con el andar alegre y cándido del amor, por completo olvidadas las amonestaciones.

* * *

Al día siguiente, Corocotta ocupó su mente con cuestiones de mayor enjundia que los amoríos de Turennia y el prisionero de Aracillum. La idea de que Augusto hubiera puesto precio a su cabeza le provocaba una risa sincera. Aquellas actitudes tan engreídas, que en ocasiones tanto molestaban, esta vez fueron admitidas con gozo. Un jefe fuerte y sin miedo era mejor visto que uno timorato y con tendencia a esconderse.

–Imaginaos si hubiera puesto precio a la alta cabeza del príncipe Arquio... –se mofó ante sus soldurios en el chozón–. Habría entregado a alguno de sus *comites* para que se hiciera pasar por él. –La máxima prueba de su soberbia llegó cuando el caudillo abandonó la cabaña para airear su determinación al respecto–: Iré a cobrar esa recompensa.

Al principio fue asumida como una más de sus bravatas. Pero enseguida comprendieron que hablaba en serio y que retaría a Augusto en su propio terreno. Surgió entonces el pánico de perderlo y se propuso tratar la cuestión en asamblea de notables. Corocotta aceptó sin reparos asistir al cónclave.

Fue Arquio quien abrió el Consejo cuando los mayores ni siquiera se habían aposentado aún en sus asientos:

–¡Quiere pactar con él! ¡Se cambia de bando!

El príncipe caminaba furibundo de un lado a otro ante la actitud indiferente del aludido, los ademanes contrariados de los notables y el mohín incómodo de su padre, que le reclamaba con gestos contenidos que se sentara. A cada paso, Arquio dejaba el rastro hediondo de su adicción a la bebida.

Urbigo tomó la palabra.

–¿Qué quieres conseguir con ello, Corocotta?

–El príncipe está en lo cierto, pero no como él cree... –Lo escuchaban todos con irrefrenable expectación–: Me presentaré ante el romano y le propondré un acuerdo.

–¿Un acuerdo? ¿Qué acuerdo? –intervino Ambato meneando la cabeza, suspicaz.

–Dejar de encabezar la resistencia cántabra y poner mis armas a su servicio a cambio de botín.

–¡¿Lo veis!? –exclamó Arquio.

–¿Y cómo lograrás que te crea? –preguntó Virono.

–Porque voy a engañarlo.

–Explícate.

–Para los romanos no soy más que un bandido. Sabéis de sobra que nada les causa más temor que yo en toda Cantabria. –Levantó orgulloso una de sus puntiagudas cejas–. El jefe romano anda desquiciado, y solo así se entiende que haya puesto precio a mi cabeza. Si piensa que voy a desaparecer, su miedo también desaparecerá. Y, cuando crea que ya no soy una amenaza, volveré a caer sobre Roma con toda Cantabria detrás. No conseguirán reponerse del engaño.

El Consejo no se atrevió a discutir la fe del caudillo en su plan, siempre certero en sus predicciones y acertado en sus acciones. Todos los ataques emprendidos contra las líneas de suministro romano habían supuesto un desgaste para estos, tal y como previó al inicio de la guerra; sus vaticinios sobre Bérgida se cumplieron, para desgracia de Cantabria, y la última emboscada, con la que estaba seguro de que Roma se tambalearía, había causado tal efecto a juzgar por la reacción de Augusto. No existían razones para dudar de Corocotta. Los notables asentían meditabundos. El propio Ambato se mordía la lengua ante la elocuencia del concano. Arquio sí que encontró una razón para zancadillearlo:

—Te apresará, lo quieras tú o no. ¿Quién te has creído q… que eres? ¡No te permitirá marchar!

—Sí que lo hará…

—¿Por qué haría tal cosa?

—Porque se quedarán un rehén.

—¿Qué rehén?

Corocotta cruzó los brazos con suficiencia y aguardó unos momentos para aumentar la expectación del Consejo.

—Sekeios, el autrigón.

El príncipe sacudió la cabeza, confuso. Corocotta haría pasar a Sekeios por su hermano y lo entregaría a Augusto como garantía de cumplimiento. La lógica de Corocotta sedujo a buena parte de la asamblea, que miraba siempre con natural recelo al autrigón y no tendría que perder a ninguno de los suyos en la artimaña.

Virono intentó despreciar su plan.

—¿Vuelves a servirte de ese extranjero?

—¿Ahora resulta que te preocupa su vida?

—Lo que no quiero para mi gente es que nuestro veterano y aclamado caudillo ponga el futuro de los blendios en manos de quien no quiere otra cosa que vernos muertos a todos —dijo con ironía—. Porque te aseguro, Corocotta, que ese Sekeios nos arrancará la cabeza si tiene ocasión.

—Puede que empiece por la tuya.

Bufó Virono, indignado.

—Más te vale que esto salga bien, Corocotta; una cosa es que esta honorable asamblea te acepte como su caudillo y otra que te burles de ella con tus imprudentes planes.

—Descuida, noble Virono, jamás osaría tal cosa, menos aún ante nuestros magníficos Arquio y Ambato. —La sorna del concano hizo reír a los críticos con su gobierno. Se dirigió a la puerta para salir—. Y basta de tanta palabrería. Ya sabéis que soy hombre de acción.

Ahora solo faltaba que el futuro rehén se enterase.

* * *

El caudillo hizo llamar a Sekeios al chozón circular que compartía con sus soldurios. El prisionero de Aracillum accedía por primera vez a la vivienda, construida fuera de la ciudadela y separada así de las élites. Un aroma profundo a paja seca lo envolvió. Cuando su vista se acostumbró a la parca luz interior, se vio envuelto por un arsenal como no había visto en ninguna otra cabaña guerrera. Mazos y escudos colgaban de escarpias sujetas a las paredes junto a yelmos y corazas; espadas, hachas y hoces destacaban en sus armeros; juegos de lanzas largas, dardos y venablos con asas de cuero espigaban los lanceros... No había más mobiliario que aquel, ni siquiera un cajón sobre el que depositar objetos. Lo rodeaba la austeridad de una vida asceta consagrada a la guerra.

Al otro lado del fuego que calentaba en el centro de la cabaña, una mano femenina descorrió un cortinón. Sekeios sorprendió dos senos enhiestos. La esclava se puso en pie y abandonó la casa sin atender al recién llegado. Corocotta, con el torso desnudo, tapado hasta el vientre, se rascaba el pecho. Levantó la cabeza al intuir la presencia de Sekeios.

—Yo también tengo derecho a disfrutar un poco, ¿no? —lo recibió.

Dormía y se desfogaba en el mismo suelo, sin mediar más que una simple estera entre la frialdad de la arcilla y su piel. Desnudo ante él, Sekeios descubrió un cuerpo lastimado de cicatrices, hendiduras y costurones. Era la carne de un combatiente, aunque la cantidad de marcas abrumaba. No era un cabecilla cualquiera. Aquel hombre no era un pastor convertido a caudillo, ni un guerrero obligado por linaje a combatir. Aquel cuerpo había sido concebido para la guerra. Corocotta abandonó la dureza del suelo, se calzó las sandalias y se vistió con unas bracas y su túnica grana. Ciñó la hebilla del cinturón, una pieza sobria, sin ornamentos.

—Bienvenido a mi morada.
—Una morada humilde.
—Mucho mejor así. El lujo debilita la sesera.

Corocotta y Sekeios se examinaron por encima de la lumbre. Negro frente a rojo. Flotaba en el ambiente el punto de respeto y fascinación implícita que se profesaban.

Corocotta descolgó de un gancho su tahalí y se lo cruzó al pecho por el hombro derecho. La funda de cuero reforzada con hierro estaba vacía.
—Hoy es un día importante, para ti y para mí.
Salió del chozón y Sekeios lo siguió. Pasaron junto a algunos talleres. Una curtidora que desraizaba sobre un banco restos de pelaje de un animal con un cepillo de hueso saludó al caudillo con un puño de victoria en alto. Los encerraderos de ganado y los establos bullían de verracos y bueyes, cabras y ovejas, esperando a que les echaran el pienso. Un hombre domaba a un caballo de gran talla. Corocotta y el prisionero atrajeron la atención de los numerosos guerreros que pululaban por el poblado cuando el concano se detuvo en la entrada de la herrería, un patio semicerrado por un murete de piedra. El clanc, clanc, clanc del martilleo sobre el yunque se detuvo cuando la cabeza pelirroja de Corocotta penetró en la forja. Sekeios lo siguió al interior. El olor acre de la fundición impregnaba la atmósfera. El fuelle resoplaba con mecánica cadencia. Las impurezas se acumulaban en un costado y en las paredes enmugrecidas de hollín.

El herrero, tiznado de humo, brillaba rojizo bajo el resplandor candente de la fragua. Una cinta la recogía el pelo en la frente. Valoró el refinado de la hoja del hacha en la que trabajaba. Indicó a su ayudante que dejase los moldes y continuara él con el proceso de liberación de las escorias.
—¿Está lista? —inquirió Corocotta.
—Lo está.
El herrero condujo al caudillo y a su acompañante al cobertizo trasero, separado de la fundición por una cortina prendida de un travesaño. Se detuvieron junto a un cajón lleno de tierra y arena, en el que el artesano enterraba láminas de acero para que la herrumbre devorara las partes más débiles hasta dejar solo las más resistentes, adecuadas para fabricar armas de calidad. Se acercó a una artesa y tomó con cuidado una pieza larga envuelta en un paño. Corocotta extendió las manos; el herrero depositó el envoltorio sobre ellas y deslió la tela. Las retinas ávi-

das de Corocotta se impregnaron con la visión flamante de la falcata, protegida por una base de piel. El gris impoluto de la espada despedía orgulloso su lustre natural. La pericia del herrero, a pesar de su poca experiencia en la forja de un arma más propia de los pueblos del sur hispano, había alcanzado su cénit.

–¿Empleaste el hierro adecuado?

–El más puro que he podido conseguir.

La longitud era levemente superior a la de su propio brazo. Encajó la mano en la empuñadura. Tenía forma de cabeza de ave, el largo pico actuando como guarda para los nudillos. Su ojo metálico insertado en las cachas de hueso le devolvía fiero la mirada. Deslizó un dedo sobre el dorso romo de la hoja y se deleitó con la pureza del filo. En cada cara de la hoja, un par de estrechas y profundas acanaladuras con el fondo plano arrancaban desde el enmangue y se extinguían en paralelo cerca de la punta. Una espada semicurva de factura impecable, sin ornamentos ni damasquinados de plata. Sobria y brutal.

Corocotta la colocó en horizontal en línea recta con su nariz, con la muñeca girada hacia arriba, y cerró un párpado para tasar la curvatura de la hoja. Perfecta. Ni la menor ondulación.

–Veamos si es tan buena como parece.

Sekeios y el herrero se apartaron un paso. Corocotta afirmó la mano derecha en torno a la empuñadura y colocó la hoja transversal sobre la cabeza. Llevó la palma de la zurda al otro extremo y tiró con ambas manos combándola, hasta casi los hombros. Al soltarla volvió a su situación natural. Probó algunas veces más y la hoja respondió con flexibilidad. Permanecía recta como la línea del horizonte. No quedaban dudas sobre su excelencia.

–Envidio tu pericia.

–No ha sido nada fácil.

–Bien valen tu esfuerzo las piezas de oro que te embolsas.

–Dudo que tenga tiempo de emplearlas. Se avecina mucho trabajo.

–¿Y tú qué opinas? –preguntó a Sekeios.

–Será la envidia de los demás caudillos.

El herrero recibió la aprobación con una somera inclinación de cabeza. Corocotta introdujo con sutileza de amante la espada en su vaina. La boca de la funda la acogió hambrienta.

—Ningún escudo ni casco ni hueso resistirá sus golpes... —declaró con pasión.

Una mueca de satisfacción se esbozó en los labios del herrero.

—Eso espero —dijo.

—Vuelve al trabajo. Tu maestría nos hará falta.

Sekeios y Corocotta se quedaron solos. Al poco, el percutir del maceo sobre el metal y los resoplidos rítmicos del fuelle llenaron sus oídos. El caudillo apoyó un pie sobre el borde de un cajón con tierra y arena.

—Urbigo me ha dicho que vas a intentar engañar a Augusto con una treta —se anticipó Sekeios con el tono intranquilo de quien se huele noticias poco favorables.

—Para hablar de eso te he traído.

—¿Qué quieres de mí?

Sonrió Corocotta ante la perspicacia del autrigón.

—Que vengas conmigo.

—¿A dónde?

—A hacer una visita de cortesía a Augusto.

Una punzada de alerta aceleró el corazón de Sekeios. La sola idea de verse cerca de Gayo Antistio Veto, o de poder ser reconocido por algún otro, sacudió su mente como un latigazo.

—¿Y si me niego?

—No te lo estoy pidiendo.

—¿Por qué quieres que vaya yo?

Los párpados del concano se entrecerraron. Indagaba a ciegas en el interior del prisionero.

—¿Por qué te inquieta tanto volver a ver romanos?

—Podrían reconocerme.

—No lo harán, no eres nadie para ellos. —La imagen de Gayo Antistio Veto cruzó la mente de Sekeios y su pulso se aceleró—. Vestirás como uno de nosotros. Te harás pasar por mi hermano, y nadie podrá reconocerte. Esos lerdos romanos se cagarán encima con solo verte la cara tiznada de ceniza como un fantasma.

Tampoco es que tuviera opción real de negarse a acompañarlo, pero el silencio de Sekeios otorgaba un hilo tenue de razón al ingenio de Corocotta. Las pinturas de guerra indígena aterrorizaban a los legionarios.

–No voy a sacrificarte –continuó el caudillo–, puedes estar tranquilo. La diosa Navia quiere que siga contando a mi lado con el hombre que trae la fortuna consigo.

Aquello no escampaba el nubarrón que Corocotta, sin saberlo, abatía sobre el autrigón.

–¿Qué dice la asamblea? –preguntó Sekeios.

–La asamblea cree que te entregaré como rehén y pactaré con Augusto para poner mis armas a su servicio a cambio de su recompensa.

–¿Les has mentido?

–La asamblea aceptará cuanto yo haga y deshaga si alcanzo victorias. Lo que decida hacer después es cosa mía.

–Si crees que vas a engañar a Augusto fácilmente, te equivocas.

–No pretendo engañarlo. –Sekeios no necesitó preguntar por el motivo de aquella aparente incoherencia. El propio Corocotta, con una mueca de altanería elevándole las facciones, bullía deseoso de contárselo–. Lo que quiero es humillarlo.

–Demasiado riesgo para tan poco botín.

–En el riesgo está la victoria, y el botín es mayor que el que sospechas.

–Augusto no es un jefe cualquiera.

–Hablas de él como si fuera un dios.

–Para muchos romanos, lo es.

–Un dios enfermo.

–Enfermo o no, continúa avanzando sobre Cantabria.

–¡Basta de respetar tanto a Roma! Cuando ese Augusto me vea sabrás que es un hombre como cualquier otro. Quiero que tiemble ante mí y ante los suyos, que mi presencia le sirva para entender que no lo temo y que no logrará conquistar nuestro territorio. Será vencido sin armas, en su propio campamento, incapaz de acabar conmigo ni siquiera acompañado de todo su ejército. Será incapaz de soportar la humillación. Y si Augusto cae, Roma caerá con él.

Era inaudito. Arriesgar su propia seguridad para empequeñecerlo, para reducir su divinidad, para aterrorizarlo ante sus propios hombres. Corocotta carecía de la precaución propia de los grandes generales, pero demostraba así que si alguien en Cantabria podía frenar a los romanos no sería otro más que él.

Superada su reticencia inicial, más por imposibilidad de negarse que por convencimiento de hacer lo que se le exigía, Sekeios, como si el mensaje hubiera calado en él de alguna forma, se le arrimó.

–Una cosa es llegar hasta allí y otra es salir –objetó.

Corocotta se rascó la barba, pensativo, casi ocurrente, como si especulara sobre la marcha:

–Secuestraremos a alguno de los suyos y no se atreverán a seguirnos...

Cerca del campamento principal de bloqueo al Vindio

A la luz incierta del atardecer, acuclillado sobre una peña, Sekeios se antoja un repliegue sombrío en su sago. Cuelga un saquito de convólvulo al cinto, un antídoto herbáceo contra las picaduras de serpiente. Contempla, inmóvil, junto a Corocotta y el grupo de soldurios que los acompañan, el gran campamento del ejército de ocupación. Es solo una parte del extremo acorralamiento al que los romanos someten a los cántabros refugiados en el Vindio para aislarlos e impedir que huyan en invierno. Las tropas del Imperio ocupan los valles próximos y los puertos, controlando todos los pasos con fosos, fortines y campamentos estacionales situados a notable altitud, impidiendo cualquier posibilidad de huida. Un bloqueo ideado por Gayo Antistio Veto, a quien ya le había funcionado en los Alpes contra los salasos.

Exiliados en las alturas, son testigos de cómo Roma ha llegado hasta ellos a pesar de su fiera resistencia. Sin posibilidad de avituallarse, sin sal con la que mantener los alimentos, fustigados por las gélidas temperaturas, los montañeses no tendrán otra salida que la rendición o la muerte por hambre y frío.

Sobrecoge la magnitud del recinto. Su doble foso, abierto con los picos del odio y la ambición, escarba cuelmente la tierra; imponen sus terraplenes, su empalizada y atrincheramiento de estacas cruzadas de tres en tres en forma de abrojo, sus torreones de tres cuerpos a lo largo de todo el perímetro y sus bastiones para la artillería. Un conjunto fortificado que desafía al escabroso territorio, adaptado a la irregularidad del terreno con singular eficacia romana. Para llegar hasta los macizos, Roma había sido capaz de superar ríos y desfiladeros, de acondicionar caminos en pliegues del terreno tan inaccesibles que los legionarios se habían visto obligados a avanzar en columnas de a uno al borde de los abismos...

El autrigón y el concano escuchan el eco lejano y disminuido de voces extranjeras, con esa sonoridad elegante y cruel de la lengua que traen los conquistadores consigo. Es incesante el trajín de los legionarios y auxiliares entrando y saliendo de los establos, yendo y viniendo entre las tiendas de cuero, alineadas con precisión, estructuradas por tipos de tropa. Destaca majestuoso, en la intersección de las dos calles principales, el cuartel de Augusto. Se escucha el graznido de los buitres, largo y tétrico, retumbando entre los afloramientos rocosos, en las cárcavas y covachas, en los peñascales que salpican de piedra el verde montañés. Las sombras se deslizan funestas sobre los páramos rocosos, se vierten sobre las muelas de caliza, se ciernen frondosas sobre el paisaje de robles, hayas y fresnos, sobre los picachos afilados de inquietante quietud. Es una estampa poderosa la de la audacia romana, que se alza orgullosa en tan abrumador entorno.

Pronto los dos, indomable guerrero y prudente cazador, se sacuden el asombro. El caudillo echa una ojeada al perfil fiero de Sekeios, sus rasgos serios, la concentración de sus ojos verdes.

Evalúa con la expresión confiada del hombre acostumbrado a su oficio. Punteado el rostro de barba, recortado el pelo a la mitad, embadurnada de negro la cara con ceniza tintada, es un hombre nuevo e irreconocible. Aparenta serenidad. Lo que Corocotta no sabe es que el corazón de Sekeios bombea la sangre con brusquedad; más aún que el suyo propio.

El caudillo emite un siseo e indica a Sekeios que sigan acercándose. Dejan atrás sus caballos, de patas anchas, fuertes en la trepa y rápidos en el llano, que les han permitido cubrir la distancia desde Aracillum con la rapidez de centellas. Corocotta los encabeza. Acostumbrado desde niño al picacho, a la roca y al risco, sus dedos encallecidos y largos como látigos se aferran como garras a las piedras. Marcados en los brazos y los gemelos los haces musculares y tendones, se desliza de peñasco en peñasco con la destreza de un lagarto. Sekeios le sigue a buen ritmo, aunque de cuando en cuando tropieza. Corocotta insinúa una sonrisa y le tiende el brazo para ayudarlo. No hablan mucho, ni en ese momento ni durante el trayecto desde Aracillum. El rictus de Sekeios es el de un hombre concentrado y parco, siempre sometido a los designios de terceros, cuyo pensamiento es difícil adivinar; el de Corocotta, de uno intrépido e imprudente. Ambos firmes y resueltos. No tardarán en verse las caras con el mismo dios Augusto.

* * *

El primer ciudadano de Roma contempla desde una de las torres de vigilancia el campo nocturno. Considera la turbadora masa de la más alta cima del macizo ascendiendo negra y escarpada hacia el cielo; sus crestas destellan oscuras, desgarrando el cielo a dentelladas. A su lado, los hombres resultan minúsculos e insignificantes, como insectos a punto de caer machacados bajo una suela. Augusto, ensimismado, observa la tenebrosa sierra habitada por los pobladores del Vindio, gentes extremas hechas al estremecedor frío que ha acogido a sus hermanos montañeses del sur. Siente una gelidez alarmante cuando una ráfaga helada remueve la nieve en las cumbres, se desliza desde lo alto, desciende por las ásperas laderas calizas y se clava en su rostro. El pelaje de la sobrecapa que protege su cuello y hombros se agita débil como una brizna de hierba. El aire entra cortante en sus pulmones y se libera caliente, convertido en densas nubes de vaho. La nariz del *princeps*, anegada por el taponamiento, sorbe ruidosa. Augusto mueve los dedos. Los sabañones que hinchan sus nudillos apenas le permiten flexionarlos, y el agua caliente en la que los introduce a diario no le sirve más que para templar sus manos. El bálsamo que emplea para mitigar la irritación ocular no evita la congestión de los párpados. Es un ambiente perverso para su delicado organismo, un clima homicida que se abre paso entre su carne con la suavidad asesina de una cuchilla. No podrá resistirlo mucho tiempo. Cuando llegue el frío glacial, las tropas deberán replegarse a los cuarteles de invierno. No lograrían aguantar un acuartelamiento continuo a semejante altitud.

A unos respetuosos pasos, un guardia se estremece bajo el poncho de lana teñido de negro. La capa de aceite vegetal que lo impermeabiliza brilla por el relente. Los dedos de sus pies se aprietan en las cáligas, acolchadas y reforzadas para resistir el durísimo clima.

Casio Longino, siguiendo órdenes de Gayo Antistio Veto, asciende al torreón y le informa:

—Salve, César. —Augusto lo interpela con un silencio prolongado—. Han llegado dos montañeses.

El primer ciudadano mueve un poco la cabeza, en ademán de escucha. No logra desprender su atención de la silueta del Vindio. Se deja seducir por el misterio negro de la montaña. La brisa helada agita sus rizos dorados. Cerca se escucha el rumor de unos cañaverales. Una rana croa en una charca.

—¿Qué quieren? —pregunta.

—Ofrecer un pacto al *princeps*.

No parece impresionado. Regresa el pretorio y ordena tanto a Casio Longino como a Veto que permanezcan con él durante el encuentro. Quiere también que estén presentes los jóvenes tribunos Marcelo y Tiberio. Han de aprender a manejarse con estos incivilizados indígenas.

—No olvidéis tratar a esta gente como lo que son: bandidos —los alecciona.

Mide hasta el último detalle antes de recibirlos. Él, sentado en su silla curul, en el centro, con uniforme de campaña y capa roja de general. Se coloca sobre los rizos la corona de laurel de Apolo. Bajos las nalgas, dos cojines para ganar estatura y a los pies, suelas con alzas con el mismo fin, por si le toca levantarse. Ornamenta el espacio la estatua de Dea Roma, la diosa guerrera, victoriosa, que asegurará la paz y la prosperidad del pueblo romano. A su derecha, de pie, Tiberio y Marcelo; al lado contrario, Casio Longino y Gayo Antistio Veto, alineados, firmes y marciales. Parte de la guardia vascona del *princeps* está presente, al igual que Turbantu y Umarilo, los guardias berones del gobernador.

La agitación es evidente en el de la Tarraconense, que no deja de tocarse la nariz, como si se oliera algo extraño, y luego se lleva la mano a la oreja. El apéndice le escuece. Se hace necesaria la presencia de un traductor y Veto ofrece a su intérprete habitual, Lucio, un comerciante gaditano sobrado de carnes, habituado a desempeñarse con los pueblos fronterizos del norte en sus propias lenguas, con gran pericia en el habla céltica de los cántabros.

El primer ciudadano pide que los hagan pasar. Entran los dos. Uno, más cauto y templado; el otro, decidido y arrogante. Es este último el que se dirige a Augusto sin aguardar permiso:

—Aquí me tienes, yo soy Corocotta; ahora págame lo que me debes.

VIII

CONFESIÓN

Abrió Augusto los párpados y examinó con intensidad sobrehumana al hombre que le hablaba en lengua indígena. Solo entendió «Corocotta». No esperó a que el traductor finalizase:
—Tú no eres Corocotta.
—¿Eso crees? Pregunta a tus soldados. Ellos te lo dirán.
El *princeps* se tomó unos segundos. Jugueteaba con una moneda entre los dedos de la diestra, indiferente. Decoraba el anverso un grabado con su efigie de perfil y la corona cívica. Su maestría en dejarse ver tranquilo y despreocupado impidió a los otros percibir la rigidez de sus músculos. Ladeó un poco la cabeza, atento al cántabro que tan soberbio le hablaba. Estimó su capa áspera y rojiza. Rezumaba el aspecto grosero e irracional propio de los montañeses.
Corocotta sonrió provocador ante la figura frágil de aquel hombre. No parecía un guerrero, a pesar de su vestimenta militar, aunque había algo en su forma de gesticular, en la vehemencia de su postura, que lo dignificaba y lo hacía estar por encima de los otros romanos.
—¿Tú crees que este es Corocotta? —preguntó a Veto.
—No lo creo.
—Ya cambiarás de opinión —aseguró el caudillo.
—No lo veo tan feroz como dicen —dudó Augusto.
—Para mí que no es más que un embustero. Un afeminado, con esa pelambrera tan larga.
El *princeps* y el gobernador hablaban entre ellos como si el montañés no estuviera allí.

Marcelo y Tiberio se mantenían en un segundo plano, discretos, el primero más curioso, el otro con un punto de desprecio y altanería, estudiando de arriba abajo a los dos incivilizados.

–Dicen que hasta se beben sus propios meados para enjuagarse la boca –expuso.

Casio Longino, firme como una estaca, cerca su mano del gladio, daba la sensación de esperar la orden para traspasarlos de pecho a espalda allí mismo. Veto centró su atención en el otro cántabro. Sekeios no había podido evitar lanzar una ojeada rápida a la oreja seccionada, y el otro se había percatado. Intentó ralentizar el ritmo acelerado de su corazón. El autrigón lucía diferente, quizás irreconocible. El gobernador de la Tarraconense, no; llevaba la misma armadura, la espada con que se le había enfrentado y la capa, aquella capa que se movía con una cadencia imponente, distinta a la de cualquier otro mando. Sekeios alzó la cabeza. No se achicó al sentir la mirada férrea y escrutadora del gobernador. Debía ofrecerse calmo y hermético, no amagar el menor gesto de nerviosismo.

–Traed a algún soldado de la encerrona –mandó Augusto. Corrió el tribuno Longino a hacer cumplir la orden del primer ciudadano. En aquel entretiempo, quizá por no querer dar demasiada importancia al cántabro que decía ser Corocotta, Augusto se dirigió a Sekeios–: ¿Y quién eres tú?

–Mi hermano. –Corocotta respondió por Sekeios.

–¿Es que no sabe responder él mismo?

–Degeio –contestó esta vez el propio aludido.

–¿Y tú también mientes igual que este que dice ser el bandido Corocotta?

–No mentimos.

Lucio, el gaditano, transmitía a unos y otros las palabras con rapidez.

–Me repugna el habla de esta gente –intervino Tiberio–. No entiendo cómo los dioses permiten que exista una lengua tan indecorosa. Falta al buen gusto.

Fue lo último que se dijo hasta el veloz regreso de Casio Longino. Traía con él dos legionarios. Dedicaron un saludo marcial al gobernador y al *princeps*. El más grueso, al advertir la presencia de Corocotta, perdió el color hasta quedarse blanco como una toga. Jamás podría olvidar el rojo cobrizo de su cabellera. Aún resonaba en sus oídos el grito escabroso de Corocotta, que voceaban todos los soldurios para amedrentar a los legionarios. Un cosquilleo ebrio recorrió el abdomen de Corocotta al presenciar el terror del romano.

–¿Es este hombre Corocotta? –preguntó Augusto.

El otro soldado confirmó con un cabeceo fugaz, incapaz de articular la respuesta. Sus manos transpiraban y le temblaban hasta las escamas de bronce del peto. Al ver que apenas mantenían la compostura, Gayo Antistio Veto les dio permiso para marchar.

–Así que no mentías –admitió Augusto–. Tú eres el bandido Corocotta.

–Soy lo segundo.

–¿Y vienes a cobrar la recompensa que ofrezco por tu cabeza?

–Nadie te la habría traído, te lo aseguro. Págamela a mí.

El *princeps* alzó una ceja con curiosidad. Corocotta demostraba la enigmática gallardía de poner en riesgo su vida y presentarse ante él. No muchos mandos romanos habrían sido capaces de comportarse de modo similar. Puede que ni él mismo.

–Este es mi gobernador, Gayo Antistio Veto –presentó Augusto–. Seguro que lo conoces bien: preparó el asalto y destrucción de vuestra Bérgida. Él también quiere dar caza a un hombre, aún no sabe cómo, pero estoy seguro de que lo logrará. Sin embargo, tú vienes a mí. –Una sacudida helada cruzó la espalda de Sekeios. Se mantuvo firme, sereno, concentrado en aplacar las palpitaciones de su corazón, sin dar un paso atrás. Corocotta se limitó a sonreír, despectivo, ante la provocación del *princeps*–. Has de saber que mi secretario está enfadado conmigo –continuó Augusto–. Dice que doscientos mil sestercios son demasiados por un ladronzuelo como tú.

Le echó la moneda a los pies con el desprecio con que se tira un hueso a un perro vagabundo para que deje de molestar.

–Confórmate con esto.

–Solo con ver cómo tiemblan tus soldados deberías saber que valgo mucho más de doscientos mil.

Corocotta pateó la moneda. Chocó el metal contra la bota del gobernador. El rostro cuadrado de Veto lo fulminó.

–Son simplemente eso, soldados. –Augusto sacudió una mano para rechazar la valoración del caudillo–. Dime a qué has venido.

–Ya te lo he dicho, a cobrar la recompensa.

–¿Lo veis, Marcelo, Tiberio? –El *princeps* se dirigió a los jóvenes sin apartar la vista del indígena. De paso evitó que al girarse un dolor agudo en la cadera le arrugase la cara ante él–. Los cántabros son gente escasa de entendimiento. Su afición al robo les hace incurrir en estos disparates.

Augusto quería que el traductor transmitiese todos los mensajes, palabra por palabra, sobre todo los ofensivos.

–Deberías acabar con él –contestó Tiberio.

Esto también lo tradujo. Corocotta escuchaba casi plácido.

–Puedes intentarlo tú mismo, muchacho.

–Ladrones y, a lo que se ve, muy cobardes, al inducir a un simple joven a la pelea. –Augusto atrajo de nuevo sobre sí la atención del caudillo.

–Yo no soy un simple joven –rezongó Tiberio.

–Silencio, Tiberio –lo acalló el *princeps*.

–Mi madre no toleraría que un sucio indígena le hablase en ese tono –continuó su hijastro.

–Sin duda, pero hoy Livia no está aquí para alumbrarnos con sus artes.

Como Lucio no trasladó el cruce de reproches entre romanos, Corocotta dio un paso al frente para interrumpirlos. Casio Longino amagó con sacar de su funda el gladio.

–Dicen de ti que eres un dios, y de tus legiones que son invencibles. Pero yo solo veo a un hombre enfermo y a nuestras tierras libres.

–Ya veo que tu lengua es tan afilada como tu espada.

–No tanto. Pregunta otra vez a tus soldados.

—Vuestra resistencia es inútil, montañés.

—Inútil es vuestra presencia. Bérgida fue solo un error. Engañaste a mis hermanos, pero no a mí.

—¿Tus hermanos? ¿Esos que ahora se ocultan en los picos nevados? —Augusto hizo una seña con la mano hacia las cimas del Vindio—. Pronto perecerán de hambre y frío. En poco tiempo, vuestro país nos pertenecerá.

—Confías demasiado en tus legiones.

—Y tú en tu arrogancia.

La temperatura aumentaba en el cuartel. También en Sekeios. Veto no rebajaba su interés en el supuesto hermano del caudillo. Encontraba algo particular en él. El gobernador se adelantó hacia el nativo, las manos a la espalda, y lo rondó como si sopesara la calidad de un esclavo. Los iris claros del indígena se acentuaban en su cara ennegrecida por la ceniza.

—¿Cómo has dicho que te llamas?

—Degeio.

—Degeio..., ¿te conozco de algo?

—A mí me parecen todos iguales —opinó Tiberio.

—Su cara me resulta familiar.

—Sí, que está pintada, como tantos de los suyos —ironizó el joven tribuno.

La papada grasienta de Lucio ondeaba traduciendo a unos y otros.

—Pareces nervioso, montañés.

—No más que tu jefe, Augusto.

—Ya veo que sois todos unos insolentes. Cuando hayamos sometido vuestro país, quizá combatas en nuestro ejército en alguna lejana nación, y entonces Roma te enseñará modales y respeto a tus superiores.

—Soy lento aprendiendo.

Corocotta soltó una risotada. El autrigón estaba a la altura del lance.

Evitó Sekeios seguir hablando, pues cualquier palabra podría delatarlo. Ladeó la cabeza para esconder la gota de sudor que resbalaba por su sien ennegrecida de hollín.

—Deberíamos lavarle la cara con un raspador para saber qué gesto tiene —propuso Tiberio.

—Montañés —retomó la palabra Augusto, atento a Corocotta—. Un ladrón que viene a cobrar una recompensa solo puede ser por traición a su pueblo.

—Te equivocas.

—No debes avergonzarte. No serías el primer cántabro que se arrodilla ante mí. Algunos de tus hermanos no dudaron en pactar, y les irá mejor que enfrentándose a nosotros.

—Yo no soy uno de ellos.

El *princeps* dibujó una mueca de curiosidad.

—¿Siempre es tan obstinado? —preguntó al acompañante de Corocotta.

Sekeios se encogió de hombros, confirmando sin afirmar, mientras procuraba mantenerse indiferente a Veto.

Augusto se frotó la barbilla, fina, suave, relucientes los cabellos entre los laureles. Cavilaba.

—Tendrás tus doscientos mil sestercios si te retiras de la lucha.

La oferta del *princeps* logró desviar la atención del gobernador, que se volvió contrariado hacia él. Sekeios tragó saliva.

Corocotta soltó una risotada.

—En verdad que me tienes miedo, romano.

El *princeps* sintió que el vello de la espalda se le erizaba de rabia.

—Di entonces a qué has venido.

—Eres corto de entendederas... Te lo repito: a llevarme tu recompensa.

La insaciable insistencia de Corocotta logró que, por primera vez, Augusto se removiese en la silla. El concano jugaba con él.

—Escúchame bien, montañés. Te conviene llegar a un acuerdo conmigo. Jamás estarás en mejor posición que ahora para evitar el fin de tu pueblo.

—¿El fin? ¿No habéis venido a civilizarnos?

Augusto le tendió una mano blanca y amistosa y ofreció su tono más moderado y político:

—Te brindo la oportunidad de ser el único caudillo de Cantabria. No rendirás cuentas a nadie más que a mí. Tu pueblo conocerá una época de luz como no imagina.

Corocotta lo escuchaba, impávido de incredulidad, pero a la propuesta le siguió un mutismo prolongado. Las respiraciones se detuvieron. Tiberio y Marcelo intercambiaron una mirada. El primero se tapó la boca con disimulo para ocultar una sonrisa.

Por un momento, el caudillo pareció vacilar. Puede que una imagen fugaz de su pueblo floreciendo y expandiéndose mediante acuerdos cruzase su imaginación. Algunos como el noble Urbigo fantaseaban con la idea de una Cantabria más próspera que la que conocían. Era razonable, y él, el gran Corocotta, gobernaría sobre ellos para favorecer el engrandecimiento de un nuevo país. El cabecilla montañés echó un vistazo dubitativo a Sekeios. El autrigón se lo devolvió, como si le instara a aceptar la oferta, una derrota aceptable con el triunfo implícito de evitar el genocidio de su pueblo.

Augusto advirtió en el titubeo del concano la llama de la ambición.

—De ti depende que termine esta guerra, aquí y ahora —insistió.

Corocotta se humedeció los labios. Que Sekeios dudara, que él mismo hubiese valorado siquiera por un instante la conveniencia de aceptar, lo devolvió a su natural convicción:

—Ya soy caudillo de toda Cantabria, romano. Antes prefiero beberme mil veces todos los meados de Roma que rendirme a tu soborno.

Augusto retiró la mano. Un aguijonazo le recorrió el hígado.

—Tú has decidido el destino de tu pueblo. Tu estúpida insolencia te costará la vida. Serás crucificado en una de estas cimas y Cantabria entera será testigo de cómo su única esperanza no era más que un iluminado sin seso.

—No serás tú, hombrecillo, quien lo consiga.

Lucio, el traductor, se trastabillaba al transmitir las amenazas.

—Da la orden, *princeps* —conminó Veto. Se había separado un poco de Sekeios. Ya no tenía las manos atrás, sino que el puño prieto se posaba en torno al mango de la espada, conteniendo el ansia de atravesar primero a ese Degeio y luego a Corocotta.

Asintió grave Augusto y todo se precipitó. Corocotta fue más rápido. El caudillo saltó sobre Marcelo, extrayendo a un tiempo una cuchilla sin empuñadura del brazalete que rodeaba su brazo izquierdo. El joven tribuno no tuvo tiempo de echarse la mano al *pugio* para defenderse. Corocotta, a su espalda, le había puesto la zurda en el cuello y la cuchilla se apretaba contra su barba aún adolescente.

Casio Longino hizo ademán de ir hacia él. Turbantu, Umarilo y los guardias vascones del primer ciudadano, discretos hasta entonces, sacaron sus espadas cortas de doble filo.

–¡No! –bramó Augusto, las manos levantadas. Había brincado de la silla curul–. ¡Deja al joven y podrás marcharte!

Por primera vez, el *princeps* se mostraba exaltado, endeble, en toda su levedad humana. Los cojines en el suelo, el cuerpo encogido, repentinamente fustigado por sus males.

Sekeios permanecía quieto, flexionadas las rodillas en posición de pelea. Sin armas, no tenía otra opción que recurrir a los puños. Escudriñó en el rostro de Corocotta, como preguntándole qué hacía. Dos soldados centinelas entraron al notar el revuelo y apuntaron con sus lanzas hacia él, listos para atravesarlo.

–¿«Deja al joven y podrás marcharte»? ¿Tan estúpido me crees? –se opuso el caudillo.

–¡Suéltalo o tu compañero morirá! –Apuntó Augusto con un dedo a Sekeios.

Se carcajeó Corocotta.

–Mátalo si quieres, pero, si lo haces, este joven no verá un nuevo día.

–¡Di lo que buscas!

Tiberio se había apartado. Asistía indolente, casi insensible, a la visión angustiada de Marcelo, hecho un gurruño de terror.

–Ya te lo he dicho. Querías al bandido Corocotta. Aquí lo tienes, págame lo que me debes.

–¡Preparad el dinero! –mandó Augusto para que alguno corriera a ejecutar la orden. Casio Longino la atendió, veloz.

–¿Lo ves, Augusto? No eres más que un hombre asustado.

–¡*Princeps*! –Incluso la sobria dureza en la voz de Veto había desaparecido y sonaba chillona. Su tono replicaba, recriminaba, desobedecía la actitud rendida de Augusto.

El primer ciudadano había perdido la dignidad. Los ojos fuera de sí, el semblante contraído, la corona de laureles torcida sobre la frente, como una deidad burlada.

Transcurrió en frenesí un tiempo sin palabras, un tiempo para el resuello y el sondeo mutuo. Respiraciones agitadas, pendientes de las armas. Nada más. Hasta que el mismo secretario de Augusto compareció junto a varios esclavos del *princeps* cargando los sacos con el dinero. Al depositarlo sobre las pieles que cubrían el suelo, las bolsas tintinearon, impetuosas.

–Abridlos –mandó Corocotta.

El secretario se arrodilló y los desencordó uno a uno. Sonrió el caudillo al ver la montaña esparcida de monedas, las efigies romanas a sus pies. Mandó a Sekeios que las comprobara. El autrigón atendió la solicitud disimulando con solvencia su confusión. Eran buenas, de plata. Corocotta dio instrucciones de que condujesen la recompensa al lugar convenido con sus soldurios. Debían trasladarla dos civiles, sin escolta de legionarios. Uno de ellos volvería con ellos para confirmar la llegada de la recompensa donde sus soldurios se apostaban. Solo entonces liberaría a Marcelo, fuera del campamento, sin que nadie los siguiera.

–No se te ocurra dar orden a tus arqueros ni legionarios de herirme. Mi cuchilla será más rápida y verás cómo tu joven romano se desangra como un cochinillo.

–Si te lo llevas, lo matarás –se negó Augusto.

–No lo haré.

–Tú permanecerás aquí hasta la vuelta de Marcelo –dictó Augusto a Sekeios.

–Mi hermano se viene conmigo.

–¡No hay trato!

–¿Estás seguro? –Augusto vio que el puño de Corocotta se disponía a tajar la garganta de Marcelo–. Este cuello es tierno, su carne se abrirá como manteca.

El muchacho aguantó el impulso de quejarse al percibir que la presión del filo aumentaba. A pesar del horror que le descomponía el gesto, mantenía intacto el honor romano con su mudez.

–¡Está bien! –Alzó el *princeps* las manos para contener el empuje asesino del concano. Marcelo valía demasiado para arriesgarlo–. Veto, ordena a los soldados que se retiren. No quiero que nadie los vea salir del campamento ni que reconozcan a Marcelo. Dejad el camino libre al cántabro.

Gayo Antistio Veto apretó los dientes, rechazando que el primer ciudadano se ridiculizara ante aquella vulgar bestia. Salió a cursar las órdenes.

–Marcelo, tápate la cara y aguanta, pronto estarás de vuelta.

–Ahora ya sabes cómo pacto yo, romano –se mofó Corocotta.

Así procedió Roma a cumplir las condiciones del incivilizado caudillo cántabro. Así el gran Corocotta cobró la recompensa ofrecida por el divino Augusto, centinela de la patria, comandante en jefe de los ejércitos romanos.

Campamento base de Augusto
Cerca de la ciudad turmoga de Segisamo

Mi muy querido Marco Vipsanio Agripa:
 Esta carta que te despacho es lo más agradable que he hecho en bastante tiempo. Escribir me place y me da confianza para expresarme. De sobra conoces mi tendencia a preparar por escrito incluso los discursos, y de último no he podido hacerlo tanto como quisiera. Esta tierra me trastorna. El frío ya se nos ha echado encima y los cuarteles de invierno nos acogen con la calidez que una nodriza procura a un niño en brazos. El día a día es más amable rodeado de civiles que satisfacen a nuestros legionarios, y el hospital atiende con los mejores medios a los heridos. Los soldados requieren cuidados superiores para mantener alta la moral y la esperanza. La mayor parte de las tropas se ha retirado y nuestros aliados hispanos ayudan en la vigilancia de las posiciones ganadas durante el invierno para evitar que estos pérfidos indígenas cántabros y astures se

rebelen. Especialmente los primeros, son un pueblo muy nervioso. Cantabria es oscura y perversa, al igual que Asturia, tierras pobladas por ladrones que se rigen por costumbres tan depravadas y arcaicas que a menudo me pregunto si los dioses, aburridos en sus tronos, decidieron entretenerse creando a esta deleznable raza para castigar a Roma por la falta de tradición y moral que ha caracterizado a nuestro gran pueblo en los años anteriores a nuestro gobierno. No conocen ningún buen hábito ni se rigen por normas justas, solo por leyes arbitrarias e inhumanas que removerían al mismísimo Jove. Ni bajo el influjo de Dionisos logra uno sacudirse el espanto que provoca cruzarse con estas gentes horrendas, atrincheradas en sus peñones. Son maníacos de la guerra. Por eso de ningún modo pueden permanecer libres e independientes. Me pregunto si no debería haber continuado con la idea de conquistar la Britannia en lugar de venirnos aquí. Intuyo que sus pueblos se habrían rendido antes. Armonía, orden y razón. Nuestras pragmáticas para dirigir con criterio son aquí como palabras deshilachadas por una tormenta. En este confín de la naturaleza carecen de sentido, de significado. Por eso obtener la paz es tan difícil. La paz es un niño frágil y débil. Un niño que cae fácil en manos del odio y la sinrazón de los hombres. Pero todo esto bien lo sabes ya, Agripa. Todo se civilizará cuando hayan sido sometidos. Si te lo repito es porque confesarlo una vez más me ayuda a aplacar los desánimos que se estremecen dentro de mí. Menos mal que estás tú a mi lado, vigoroso y capaz, gobernando en Roma, una ciudad ahora pacificada. Como tanto te gusta decir: «Si la paz hace que las pequeñas cosas crezcan, la discordia desgarra grandes cosas». Mantengámosla así, regándola poco a poco. El tiempo de la guerra entre romanos ya pasó. Ahora es tiempo de pueblos oscuros. Por esto, te confieso que habría querido que estuvieras aquí cuando el bandido Corocotta se postró ante mí. Sí, Corocotta. Has leído bien, amigo Agripa. Esa especie de Espartaco dispuesto a todo, ese ser mezquino y miserable vino a arrodillarse ante mí con la osadía de solicitar la recompensa que ofrecía por su cabeza a cambio de poner sus armas al servicio de Roma. Son alimañas, animales sin palabra, de fácil traición a su pueblo, en verdad te lo digo. Pero este Espartaco conducirá a su gente al mismo final al que aquel esclavo tracio condujo a sus gladiadores. Ya lo dijo el sabio Platón, que solo de la semilla muerta surgen el árbol y el fruto. Del mismo modo, Cantabria renacerá civilizada. Y en cuanto esté postrada ante nosotros, junto a la vecina Asturia, sus puertos controlados y dominado el mar Cantábrico, podremos al fin llevar a cabo el plan de ampliación de las fronteras que nos ha traído hasta aquí: la ocupación de los oscuros e indómitos territorios de Germania.

De todo esto daré cuenta en mi biografía. Si decidí pagarle la recompensa no fue para otra cosa que humillarlo. El muy estúpido pensará que con esa suma podrá contratar mercenarios, o adquirir trigo, o puede que hasta lo guarde para sobornar a alguno de los nuestros, qué sé yo... Así nos creerán débiles, y esa debilidad se volverá contra él cuando caiga en nuestra trampa: su arrogancia es su flaqueza, lo he comprobado. Nos creen fáciles de vencer; ahora lo creerán más aún y, cuando su engreimiento debilite su ardor combativo, Roma los aplastará. Y no seré magnánimo. No debo serlo, no puedo serlo, no quiero serlo. Lo que quiero es vengarme de ellos, porque este clima me causa mucho daño, recrudece mis males, lacera mis órganos y mis huesos como un látigo. Incluso me falla la garganta y he de recurrir a mis subordinados para impartir las órdenes. Es tal la humedad, Agripa, que ,cuando el frío arrecia, las yemas de los dedos se me ponen moradas como uvas y me asusto. Pero lo peor es el hígado... Sufro unos dolores insoportables, como si me lo atravesaran con un cuchillo, y mi médico y sus dichosos paños de agua fría y caliente no sirven más que para verme sudar absurdamente en medio de este clima helado, temeroso de mí, incapaz de dar con alivio alguno. Hay días que me entran ganas de crucificarlo. Otros, en cambio, siento una extraña lástima por él. Sé que se esfuerza, pero su ciencia no da para más. Por ello he decidido retirarme a Tarraco. De allí partí al frente de las legiones tras mi llegada a Hispania y allí pretendo volver. Su clima benigno me hará bien. Me llevo conmigo a Marcelo y a Tiberio, y también al rey Juba; no quiero que tan jóvenes promesas para Roma tengan que soportar la crudeza de esta guerra. Viven con la intensidad de la juventud y vendrán de mala gana, pero mejor no arriesgarlos.

Dejaré la campaña en manos de mi gobernador. Gayo Antistio Veto es un buen romano, hombre de tradición y moral, y un gran militar. Es lo que Roma y este conflicto necesitan. Creo que se ha tomado como una ofensa personal la presencia de ese Corocotta. Y no es para menos. Algunos de nuestros soldados se acobardan con solo oír su nombre. Veto no tolera las indecisiones y ha decidido diezmar las tropas. Nunca ha sido amigo de blanduras y descarta los azotes y la degradación de ciertos hombres al cuerpo de transportes o a otras unidades inferiores. Considera que es mejor romper los lazos entre los compañeros, y que el miedo a él y a los centuriones sea la argamasa que los una y evite nuevos amotinamientos. No se lo recrimino. Estoy seguro de que tú hubieras hecho lo mismo, Agripa. Con todo, no tengo duda de que, disponga lo que disponga, sus hombres lo adorarán.

Ganas tengo de poder escribirte mi próxima carta desde casa, bajo el emparrado, contemplando el estanque de las carpas a la sombra de los árboles frutales, cuidándome de que las plagas no les hagan mal alguno, maravillándome con el azul soleado de nuestro mar mientras rujen las cigarras en las ramas. Allí me espera ansiosa mi esposa Livia, con el deseo de cuidarse de mí. En sus manos pronto me recuperaré. Necesito recuperar fuerzas para conducir a Roma a la gloria perdida, al restablecimiento de sus verdaderas tradiciones. No seré un nuevo rey, ni un tirano, como muchos claman. Seré el primero de sus senadores, nada más. El bienestar de los ciudadanos será mi prioridad. Sé que multitud de ellos me atosigarán día y noche con sus interminables quejas y enfados. Atenderé sus peticiones de buen grado, hasta lo que mi delicada salud permita. Al resto, los más imbéciles y zoquetes, los despachará Livia con su habitual dulzura y diligencia. No han podido los dioses concederme la gracia de una esposa mejor, tan bella por fuera como honesta, limpia y virtuosa por dentro. Ella representa el ejemplo de la grandeza que Roma debe recobrar.

Por cierto, cuéntame, querido Agripa, qué ocurre en nuestra amada ciudad. Ponme al día, amigo mío. Espero que el ardor constructivo siga su curso y continúe creciendo el empleo público. Un pueblo ocupado es un pueblo leal, un pueblo entregado al vicio y al desprecio a sus dioses y costumbres es un pueblo indigno. Los hombres han de ser ante todo respetuosos con ellas. Que todos piensen igual y cumplan con sus deberes, porque tan solo una sociedad con un sentido identitario uniforme logra mantener intacta la estructura del Estado. Por eso decidí cambiar la faz de la urbe, por ellos. Heredé una ciudad de ladrillo. Yo entregaré a las próximas generaciones una de mármol que los inflame de orgullo.

Hablando del deber y la lealtad, quiero también escribir al poeta Virgilio para conocer de su propia mano cómo avanza la Eneida. *Es hombre de verbo apasionado cuya poesía es la más bella manifestación de la lengua latina. Solo él sabrá igualar, si no superar, a la gran* Ilíada *y la* Odisea *de Homero. Su talento permitirá, más aún que los discursos políticos, dejar en Roma el sello de la necesidad de nuestra política para la restauración de nuestra grandeza. Desde Eneas hasta su descendiente Rómulo. El recuerdo de nuestro amado fundador despertará la luz en el corazón aún marchito y corrupto de muchos romanos. Acabará con el abominable lupanar inflamado de gemidos en el que habita su impudicia. Le pediré que me envíe algún fragmento. ¡No soporto la espera!*

Mientras aguardo tu respuesta, calma al Senado, al que también escribiré, y asegura a todos en Roma que volveré victorioso como Hércules. Tú eres allí mi voz. Hazla valer, buen amigo, y acalla las malas lenguas, que mienten facinerosas y todo lo desvirtúan para dañarnos. La historia se tergiversa cuando quien la escribe lo hace desde el rencor o cuando busca más la adulación y aprobación de los poderosos que la exposición fehaciente de los verdaderos hechos históricos, gusten estos o no. Por eso mis palabras han de llegar tal y como las escribo.

No olvides saludar a mi fiel consejero Mecenas; lo hecho mucho en falta, pero Roma lo necesita allí, a tu lado. ¡Espero que su gusto por el lujo no le apoltrone las ideas!

Las mentiras que Augusto enviaba a Roma serían bien y necesariamente creídas por todos. Los que habían presenciado la deshonrosa entrevista entre Augusto y Corocotta callarían sin necesidad de que aquel se lo ordenase. Unos, por la altura de su posición, pues su dignidad personal y militar no podía quedar en entredicho de ningún modo; otros con menos grandeza, como Lucio y los guardias del gobernador y del *princeps*, para que simplemente no los encontrasen degollados en una zanja si se iban de la lengua. Nadie debía siquiera insinuar la menor cobardía del primer ciudadano, cuya presencia de ánimo y determinación rara vez se veían doblegadas.

* * *

Aracillum recibió con estupor el regreso de Corocotta por el Vindio junto a Sekeios. Era tal el sobresalto que había causado en

Augusto, que este, perturbado y enfermo, había aceptado entregarle el dinero para que lo apartaran de su vista. Pronto la perplejidad se volvió jolgorio al comprender la cuantía del tesoro robado a Roma, y la figura del veterano caudillo adquirió un halo de supremacía aún mayor. Comprendieron entonces que no sería necesario ningún pacto. Roma sucumbiría ante Cantabria si el concano seguía al frente de la resistencia. Relató la vuelta junto a Sekeios, que lo guardaba la salida, mientras atravesaba el campamento con Marcelo a rastras. Corocotta cumplió la palabra dada y liberó al sobrino de Augusto.

Quiso enseguida reconocer ante todos que la presencia del autrigón, un enemigo natural de su país, le había traído buena suerte para salir con vida y que era señal de que Navia, Corono y todos los demás dioses estaban con ellos. El poblado admitió con moderado gozo que haber vuelto con él en lugar de dejarlo como rehén agrandaba el mérito de la ofensa a Roma y a su jefe.

–He humillado al jefe romano y he regresado, ¿lo veis los incrédulos? –se jactó.

Sekeios tampoco reveló a Turennia la verdad. Le insinuó que los dioses de Cantabria se habían aliado con Corocotta aquella vez. Dudaba de que eso ocurriera siempre.

–Su valentía me asombra –admitió–, pero es demasiado impulsivo y eso puede acabar con él.

Fue el príncipe Arquio quien recibió con suspicacia la vuelta de Sekeios y el incumplimiento de la palabra dada por Corocotta. Mascullaba su resentimiento en soledad, día tras día, trago tras trago.

Una noche reventó ante su padre cuando la casa familiar era un pozo de penumbras. El olor infeliz de las tajadas de pollo en salsa que habían cenado dejó paso a un tenso olor a vacío, a rencor, a insoportable distancia. La rudimentaria pompa de aquel espacio era una carga demasiado pesada para las paredes, para el techo, para el mismo aire que respiraban. Destacaba el cráneo de un antepasado en el centro de una balda. A un costado, una figurilla de bronce de Lugubranos, el cuervo del dios Lucobos; al otro, la estatuilla de un hombre con los brazos extremadamente largos extendidos a ambos lados y un disco con radios curvos grabado en el pecho. Otra representación del dios supremo para custodiar la calavera. Una candela en la cavidad craneal iluminaba las cuencas vacías. Cerámicas decoradas con formas geométricas, perfiladas con lujoso esmero, reposaban sobre un largo vasar. En la pared opuesta, las panoplias guerreras de Ambato y su heredero relucían siniestras al fulgor de un brasero de bronce que caldeaba el ambiente en el centro de la vivienda. La casa se antojaba un ascua.

Una esclava retiró los restos de la cena y los dejó a solas. El hijo del régulo, enajenada la mente por el alcohol, mantenía sus párpados estrechos como dos grietas, las pupilas extraviadas en el fuego de la casa, casi metidas en él. Entretenía el tiempo haciendo agujerillos sobre una tabla con la punta de su cuchillo. Se mordía la lengua entre los dientes, pueril, mientras giraba la muñeca para agrandar las mellas. La llama de un sebo hacía relumbrar el nervio que cruzaba la hoja. Arquio levantó la cabeza, sombreada de suspicacias. La media luz de la lámpara le escarbaba una oquedad negra en la cuenca del ojo, como si tuviera un parche.

–Todo esto es culpa tuya –acusó de pronto a su padre.

El régulo le daba la espalda. Ambato, sentado sobre un poyo frente a un caballete, manipulaba el bocado de uno de sus caballos en busca de defectos en las anillas. La pieza se quedó quieta entre sus dedos.

–¿Qué dices, hijo?
–Tú nunca me has defendido.

Ambato se irguió.

–Estás borracho.
–¿Y qué más da?
–Ya lo creo que te he defendido, Arquio. Si no hubiera intercedido ante Elguismio por tu insubordinación, quién sabe cuál habría sido el castigo.

–Desde que madre murió no has sabido qué hacer con tu vida. Ni siquiera me has dado hermanos que me ayuden.

–Eras muy pequeño para acordarte de lo que hice o dejé de hacer.

–Has sido tan cobarde que ni siquiera te buscaste otra mujer.

Ambato se pasó los dedos por las mejillas, dos grumos blandos de un hombre desgastado por los años y la incertidumbre de gobernar. Tenía la cara consumida, llena de hendiduras, como si no tuviera huesos bajo la piel. Se sintió viejo y acabado.

Arquio continuó presionando a su padre en busca de un culpable con que el que apaciguar sus fracasos:

–Eres un hombre débil al que ya nadie respeta... Ni siquiera eres capaz de cobrar el tributo a los que pasan por nuestro territorio.

–La guerra ha debilitado el comercio.

–Excusas de perdedor. Antes de la guerra con los romanos, era igual.

–Imponemos castigos a los que no pagan.

–Deberían ser más severos.

–¿Y qué quieres que haga?

Ambato resopló, vencido de tanto justificarse ante su hijo.

–Si te impusieras a Corocotta, ahora yo comandaría al ejército blendio y las cosas serían distintas.

–Eso no depende solo de mí. Tu ira te pierde. Te has desacreditado ante todos como jefe.

–¡Claro que depende de ti! ¡El régulo está por encima de todos!

El príncipe había agotado el vino y sus entrañas suplicaban otro trago. Se asomó furibundo a la despensa fresquera y volvió a su asiento con una cantarilla llena. Derramó un chorro en el interior del vaso, se enjuagó con él y se lo bebió de una vez. El líquido acarició su paladar y le proporcionó una sensación de sosiego al descender por su garganta. Exhaló, satisfecho, y vertió el poso que restaba en el brasero. Las brasas sisearon, el aire se llenó con el olor seco del vino.

Su padre observaba apenado el declive de su hijo, su adicción a la bebida.

–Tantos años educándote y ni siquiera has aprendido a controlarte.

–Tú nunca me has enseñado nada... Siempre te avergonzaste de mí, y quiero saber por qué.

—¡Porque nunca quisiste aprender ni obedecer! —exclamó Ambato, y golpeó la mesa con la palma de la mano. Pareció de pronto que se le iban a salir las tripas por la boca—. ¡Ni antes ni ahora! ¡Mírate, siempre borracho, berreando como un buey! ¿A quién vas a gobernar así?

La frustración se apoderó de Arquio. Si no hubiera estado delante de su padre habría dejado que el nudo que se formaba en su garganta reventara en llanto.

—¡Este borracho sí que te ha obedecido!
—¡Mentira! ¡Jamás lo has hecho!
—¿Y por qué tengo yo que obedecer?
—¡Tu actitud nos perjudica, debilita mi mandato!

Los ojos turbios de Arquio se elevaron del fuego para perderse en la negrura amorfa de la pared.

—Entonces retírate y proponme como nuevo régulo. Mi mandato sí será fuerte.

Arquio sonó más ambicioso que convincente. Ambato no se mostró sorprendido por la repentina solicitud de su hijo. Incluso se vio aliviado, como si la perspectiva de dejar el mando en manos de otro, aunque fuera su hijo, lo aligerase de una insoportable carga.

—Gobernar no es fácil, hijo —bajó el tono.
—Tú solo dime qué hacer para conseguirlo, y yo lo haré.
—Solo serás aceptado como régulo si te ganas el respeto de la gente y los notables.
—Hasta ahora, el respeto de los notables se compra con mercancías y favores.
—Te equivocas, se gana con su perdón.
—¿Su perdón?
—¿Crees que los notables te aceptarán de un día para otro después de tus insultos? —Dudó el príncipe. El régulo insistió—: Si quieres gobernar, preséntate ante el Consejo e implora su perdón.
—¡¿Implorar yo?!
—Por una vez harás lo que yo te diga
—No lo haré...

Ambato apretó los puños. Las aletas de su nariz se inflaron. La rabia contenida tras tantos años de una relación imposible con su hijo explotaba aquella noche.

–¡Sí que lo harás! No pasaré por la vergüenza de que mi vástago sea rechazado antes siquiera de proponerlo como futuro régulo.

El fuego del sebo que penumbraba la mesa de Arquio se extinguió. Ocultó su rostro perverso en la negrura.

–Yo no me arrastraré como tú, un cobarde que baja la voz cada vez que Corocotta le discute. Tu tiempo ya ha pasado. Ahora es el mío, viejo...

* * *

Pasan los días, se suceden los ciclos lunares y, a orillas del invierno, las primeras nieves blanquean espesas los tejados de Aracillum, arrebatando a los campos su colorido. En el tiempo congelado, el gorgoteo de los manantiales y las lagunas se cristaliza, los osos se entregan al sueño y los armiños se desperezan, confabulando su blanco pelaje con la albina naturaleza para burlar el acecho de sus depredadores. Los castores acuden a la protección de sus madrigueras y las garzas alzan su vuelo suntuoso en busca de tierras más cálidas. Es la estación de la escasez. Piaras de jabalíes en las vaguadas hociquean infructuosas entre la nevisca acumulada por el viento; manadas de rebecos en las alturas recorren las crestas y los riscos al encuentro de un exiguo sustento. Los pastores abandonan las brañas y descienden a las zonas bajas para proporcionar pastos al ganado.

Todo es dificultad. Cantabria entera se pregunta cuánto resistirán sus hermanos del Vindio. La marcha temporal de las tropas conquistadoras no supone ventaja alguna. A las guarniciones allí dejadas por los romanos se les unen los contingentes hispanos que aseguran el bloqueo, un control mortalmente favorecido por la simpar furia de la naturaleza invernal, tan tenaz como el ocupante romano. Si el Vindio cae, la siguiente fase de la conquista situaría a Aracillum como la principal posición que Roma debe rebasar para alcanzar la costa. La confianza de los blendios en que Corocotta encontrará el modo de evitar el desastre logra que se sientan aún libres y vitales, como si los ejércitos de Augusto no fuesen más que una pesadilla que se esfumaría con un chasquido de dedos del gran caudillo.

Entretanto, Sekeios había adquirido cierta destreza en la producción de quesos como aprendiz de Urbigo, quien le aseguraba que el trabajo lo dignificaría ante los suyos. Dominaba el proceso de coagulación de la leche de cabra, el moldeado, el prensado, la maduración... Resultó ser hábil también en el trabajo de la madera. Tallaba casi tan buenas queseras como su anfitrión. Eran actividades que lo entretenían y moderaban su imagen de prisionero. Concentrado en ellas, se le veía como un montañés más. Algún curioso se había atrevido a preguntarle a partir de qué día volteaba cada pieza de queso. El autrigón no se explayaba en palabras, pero procuraba atender con gentileza a quien le consultaba. Incluso había logrado algunas ventas entre los más proclives al diálogo.

–Si hablaras un poco más cuando te preguntan, serías un buen comerciante –le recriminó un día Urbigo con tono amable.

–Lo mío es la caza... –respondió Sekeios mientras traspasaba un bolo a otro recipiente y sopesaba la consistencia del cuajo.

–Eres tozudo.

–Perseverante.

–No hay mucha diferencia.

Aracillum lo dejaba hacer. Lo aceptaba con indiferencia, salvo aquellos que todavía mantenían la cerrazón, siempre cuchicheando, confabulando en las penumbras... El príncipe Arquio, obsesionado con él, se comportaba como un desecho, desatendiendo sus obligaciones para seguirlo como una sombra allá donde se dirigiese. Necesitaba comprobar a qué se dedicaba, con quién estaba, de qué hablaba; esa era su mayor ocupación, para bochorno de Ambato y escándalo de los notables. El hijo del régulo constató que Sekeios empleaba su tiempo libre fundamentalmente a charlar con Urbigo o verse con Turennia; abrigándose el uno al otro, se acurrucaban como avecillas frente al cercado de su casa, huelleando como niños las nieves endurecidas por las heladas nocturnas, siempre lejos de insidias e impertinencias.

Y cuantos más arrumacos presenciaba Arquio, más bebía; y cuanto más bebía, más le corroían la inquina y el resquemor. El declive lo llevó a desahogarse buscando riñas entre los más viejos o insultando a las mujeres, borracho día y noche, incapaz de proferir una frase cabal, acobardado en cuanto se olía la presencia de Bovecio cerca de él, que continuaba con la vigilancia del autrigón, cada vez más flexible. El príncipe proclamaba a voces que el enemigo autrigón vivía ahora como un artesano, amparado por una familia de perdedores que, por voluntad propia, no contaba ni con un solo hombre que la defendiera. Un destino demasiado favorable para un gusano como Sekeios. Alguien debería arrancarle los testículos y hacérselos tragar hasta asfixiarse.

En vista de los desvaríos de Arquio, Urbigo decidió adecentar el cobertizo aledaño a su casa, que empleaba como despensa y almacén de los útiles de su ganadería, para que su hermana y Sekeios pudieran intimar a solas. Aceptaba su relación con franqueza, pero prefería que sus encuentros se produjeran en privado. No eran pocos los que reprobaban la relación de la hermana de un notable con el autrigón. Aun aquietados los ánimos hacia él, siempre sería percibido como un peligroso forastero, por mucho que aparentase integrarse. Sekeios ponía en riesgo la imagen de la familia y su propia vida. Turennia lo volvía insensato, lo inducía a arriesgarse más allá de su instinto precavido de cazador.

La prudencia sucumbía a la atracción.

Bajo una noche colgada de estrellas, se entregaron el uno al otro por primera vez. Sus pieles se habían rondado a menudo, tanteado la fragancia ardiente de la carne. Se habían contenido hasta entonces para evitar que los vecinos se soliviantaran si consumaban la tentación. Pero la naturaleza no puede ser contenida. En aquel lugar retirado, Sekeios, con delicada fiereza, fue desnudando a Turennia para unir sus cuerpos, y ella se dejó hacer.

Guarecidos del frío montañés por un pequeño brasero separado de un catre de paja cubierto con pieles, se unieron, desbocados y enloquecidos. Y se amaron hasta que él quedó vacío dentro de ella.

Extasiados y ardientes, la luz distante de una lamparilla dibujaba sus cuerpos. Sekeios deslizó su mirada por el perfil risueño y delicioso de Turennia. La espesa melena recogida sobre la espalda, las amplias caderas, los muslos tersos como un metal bien bruñido... La acogió en su regazo, jugueteó con su ombliguillo y luego paseó sus dedos sosegados hasta los cabellos. Los retiró y besó su espalda con ternura. Turennia sonrió, pizpireta, se giró y le manoseó un muslo cerca de su pene desnudo. Su torso tachonado de marcas, cicatrices y hendiduras reflejaba una vida de caza y guerra en el umbral de la muerte y la supervivencia. Turennia serpenteó sus labios de lado a lado sobre el costurón que atravesaba los pectorales del lobo. Respiraron la fragancia animal de sus cuerpos.

Sekeios se colocó boca arriba y anudó las manos bajo la nuca. Distrajo su atención en un trío de estantes sujetos con vástagos que rebosaban de recipientes cerámicos, queseras y cestos. Un cuero se oreaba colgado de una percha e inundaba el sotechado con su olor agrio. En el silencio, el viento del noroeste penetraba silbante en la población. Rumoreaban las techumbres vegetales.

–¿Qué será de nosotros cuando todo esto acabe, Sekeios? –preguntó Turennia.

La cuestión sacó al hombre de su embeleso. Se echó a un lado.

–No lo sé –respondió. Cubrió a Turennia con un tejido de pieles de castor–. Ni siquiera sé si sobreviviremos.

–No digas eso...

–De nada vale engañarse, Turennia. Roma vence siempre.

–A Cantabria, no.

–A Cantabria, también.

–Eso no lo sabes. Tú no eres cántabro. –Sekeios emitió un suspiro, molesto–. Perdóname –rogó ella.

—Es verdad, no soy cántabro. No soy más que un cautivo de tu gente, forzado a hacer cuanto le dicen.

—Para mí, no.

—No importa lo que pienses. Solo importa la realidad.

—Pues luchemos para evitar el destino.

—No quiero volver a luchar.

—Somos guerreros, Sekeios.

—¿Guerreros contra quién? Al primero que destruye la guerra es a uno mismo. —Turennia notó que la voz de Sekeios se ablandaba. Le acarició un brazo, comprensiva, como para ayudarlo a liberar sus pensamientos—. La guerra me lo ha quitado todo —se sinceró Sekeios—. Me exigían combatir, y yo combatía. No tuve el valor de oponerme, ni siquiera cuando mi esposa y mi hijo se morían. Los dejé y me fui para cumplir con la obligación que me imponía mi pueblo. —El lobo esquivó un quebranto de su voz. Hablaba de la tradición con el menosprecio de quien no cree en las acciones que solo responden a las imposiciones del colectivo y acallan las opiniones del individuo—. Y siempre benefician a los mismos: a los que más tienen. Eso no volverá a pasar. No quiero seguir odiando solo porque me enseñaron a hacerlo. Quiero retirarme y vivir tranquilo, cazando, haciendo quesos o qué se yo...

Sekeios calló, extenuado. Había pronunciado de una sola vez más palabras de las que solía.

—Es el mundo en el que nos ha tocado vivir.

—Yo no lo quiero para mí. No sabes cuántas veces he imaginado qué sentiría aquella persona a la que acababa de acuchillar. He visto desangrarse a muchachos recién entrados en la guerra. He imaginado el llanto de sus madres o de sus hermanos...

—Si no vamos a pelear, entonces huyamos...

—¿Huir a dónde?

—A donde sea...

—A donde sea... —repitió Sekeios—. ¿No ves que ni yo mismo he intentado escapar de aquí? Ahora somos presos del invierno, y después lo seremos de Roma. No hay adónde ir.

—¿Por qué estás tan seguro? Corocotta...

–Corocotta no es más que un hombre, solo eso. Lo único que consigue es retrasar el fin, nada más.

Estuvieron callados algún tiempo, atenuadas las emociones por la quietud de la noche. Una repentina tentación se adueñó de Sekeios. Se frotó la frente como si ordenara sus ideas antes de volver a hablar:

–Hay algo que debo contarte –anunció. La mujer se giró hacia él y arrellanó la cabeza entre su axila y su pecho, dispuesta a escuchar–. He mentido, Turennia.

–¿Qué dices?

–A todos.

–¿De qué hablas?

–No le conté la verdad a Corocotta.

–Sekeios, no te entiendo... ¿Qué ocurre?

Turennia se incorporó sobre los codos. La melena le cubría media cara.

–Yo estoy tan en peligro como Cantabria.

–¿Qué peligro? ¿Qué dices, Sekeios?

– Gayo Antistio Veto me busca.

–¿Quién?

–El romano más importante en Cantabria después de su líder, Augusto.

Sekeios había pronunciado el nombre del gobernador con un deje funesto.

–¿Cómo que te busca?

–No lo sé, quizá no sea más que un temor absurdo –meditaba Sekeios en voz alta–. Pero un general como él no tolerará lo que ocurrió. Su honor no se lo permitirá. Estoy seguro.

El recuerdo de la advertencia del gobernador le agarrotó los músculos. Había entendido lo suficiente de su mensaje.

«Aquí no eres un hombre libre para decidir. Cualquier cosa contraria a mis deseos, no te la perdonaré ni en cien vidas».

–No entiendo nada, Sekeios. –Turennia lo tomó de la barbilla. El autrigón pudo ver en sus pupilas un brillo incierto reclamando alguna aclaración.

–Me enfrenté a él y el asunto terminó demasiado mal.

–¿Por qué?

–Ni siquiera lo sé... Eso no importa. Lo que importa es que lo herí ante sus soldados, y que no lo olvidará.

–Pero ahora estás lejos de él. La suerte está contigo, como dice Corocotta.

Sekeios retiró los mechones de la cara a Turennia. Ella hizo lo mismo con los de él.

–Mi única suerte es haberte conocido... –se sinceró Sekeios.

Turennia encogió un poco los labios, pensativa.

–¿Por qué me cuentas esto?

–Mereces conocer al hombre con el que estás. No quiero mentirte, a ti no. Os pongo en riesgo y, si algo sucediera, al menos tú debes saber la razón.

Turennia echó la vista atrás. Al otro lado de la pared, los ligeros ronquidos de Urbigo indicaban que dormía.

–No me importa lo que hayas hecho antes de conocerme, pero a Corocotta... Si se entera, te arrancará la piel él mismo.

–No tiene por qué enterarse.

–¿Por qué no dijiste la verdad?

–Turennia... –Sekeios negó con la cabeza–. ¿Qué crees que hubiera pasado si digo que el segundo al mando de las legiones romanas me está buscando?

No fue necesario que la mujer respondiera para comprender que Corocotta habría permitido a Aracillum deshacerse de él con las peores torturas y tirar su cuerpo a los pies de Roma.

–Yo soy un peligro para tu gente, Turennia –concluyó–. Si hay una posibilidad de que ese romano esté detrás de mí, Aracillum es la población que más peligro corre. Y quien esté a mi lado, también.

La mujer bajó la cabeza.

–Nada de esto me importa, Sekeios. Lo único que quiero es que estés conmigo.

Él se recostó hacia el otro lado y cerró los párpados. Había en él una especie de calma, como si la confesión le hubiera quitado un lastre de encima.

Acoplados sus cuerpos bajo las pieles, pensaron los dos amantes que sus oídos eran los testigos mudos, y únicos, de su secreto. Así hubiera sido si una sombra ladina de piernas arqueadas que había saltado el cercado del redil no hubiera escuchado entre las junturas de las tablas del cobertizo la confesión del extranjero. La revelación le erizó el vello.

Arquio se llevó un puño a la boca y sonrió, taimado, antes de escabullirse en la noche.

VIIII
ANUNCIO

25 a. C.

La mayoría de los cántabros refugiados en el Vindio perecieron de hambre y frío. Y entre los que resistieron algunos optaron finalmente por el suicidio. Fueron pocos, muy pocos; las mujeres con hijos pequeños, los enfermos o viejos ya sin coraje para luchar quienes, no soportando más tanta penuria, decidieron descender de las heladas cimas con la absurda esperanza de que los romanos les perdonasen la vida. Si para imponer la disciplina, Roma diezmaba a sus propios hombres, qué no haría con estos nativos por mucho que se entregasen... Todos los que se doblegaron ante ella fueron masacrados. Algunos, recobrando en el último momento de vida su demencia cantábrica, viéndose clavados en cruces por sus enemigos, entonaron antes de morir cánticos alegres y enajenados que dedicaban a los legionarios para exasperarlos.

Aun así, Cantabria tampoco había sido fácil de derrotar esta vez. Antes de su final, contingentes montañeses movidos por el ansia de libertad plantearon combates en glaciares y mesetas congeladas. Roma no rehuyó los choques y envió destacamentos para evaluar y neutralizar a las fuerzas indígenas. Los enfrentamientos fueron estremecedores. Cantabria, tras la protección de sus picachos, empleó sus hondas y dardos con destreza. Los romanos se defendieron, aprisionados entre laderas profundas como fosos. Roma se reafirmó en lo que ya sabía: no importaba lo adversas que fueran las condiciones; Cantabria nunca, jamás, se rendiría.

Vencido el inexpugnable Vindio, la Primera legión permanecería para controlar la conquista. La Segunda ya apuntaba a los pasos centrales de la cordillera en apoyo de la Cuarta, atascada en su avance hacia el litoral tras la victoria en Bérgida. Gayo Antistio Veto decidió que fuera aquella la que acudiera con el fin de restaurar la dignidad severamente perdida ante Corocotta. Los informes previos a la guerra que los romanos manejaban eran acertados, y los batidores determinaron que la mejor vía de comunicación para alcanzar el gran océano se encontraba hacia el este del Vindio: un estrecho cordal en la divisoria de dos valles que los asomaría a la gran bahía de Cantabria. Roma evitaría en lo posible las hondonadas, y procuraría controlar primero las elevaciones; por eso veía con desconfianza el acceso por la cuenca del Bellunte, una trampa de desfiladeros y fortalezas encumbradas desde las que los emboscarían con facilidad.

* * *

En el albor de la primavera, mientras las nieves luchaban por aferrarse a las cumbres y las yeguadas y rebaños ascendían en procesión por las laderas de los montes buscando los pastos frescos, la Cuarta legión aguardaba ansiosa en su campamento estacional la llegada de refuerzos. El recinto se levantaba en una colina frente a la sierra que debían ocupar. Representaba el punto de enlace que suponía el fin de la campaña del Vindio y marcaba el inicio de la etapa de conquista de los valles interiores, hasta alcanzar la costa atravesando el indómito corazón de Cantabria. El rebullir de la naturaleza desbocada en los campos se marchitó con la llegada de Gayo Antistio Veto. La mano del gobernador golpeó la mesa al recibir los informes de la Cuarta: la red de fortificaciones indígenas que controlaban los pasos entre valles había bloqueado el avance con sus constantes ataques y retiradas. Imposible internarse y tomar las cimas. Con el deshielo, los soldurios y guerreros de Cantabria volvían a golpear sin descanso, a pesar de los atrincheramientos construidos por los romanos para limitar el impacto. Siguiendo las instrucciones que Corocotta había enviado a los mejores caudillos locales, el ejército fantasmal caía como un mazo sobre las líneas de abastecimiento llegadas desde el sureste, siguiendo el curso del río Hiberus Flumen, y menguaba la llegada de trigo, cebada y demás bastimentos para soldados y bestias. Entrenados en la vida de montaña, su agilidad y destreza física les permitían aventajar a un poderoso contrincante que solo los superaba en campo abierto. Señores de las alturas, en las cumbres mandan los montañeses.

Gayo Antistio Veto conocía de antemano la obstrucción de la Cuarta, pero no esperaba encontrarse un ejército tan decaído. Los oficiales le transmitieron el sentir de sus soldados: aseguraban que la suma sacerdotisa responsable del culto en el templo del dios Jano tendría que mantener sus puertas abiertas mucho más tiempo del esperado, hasta que se firmase la paz, si es que llegaba a rubricarse. Tanto era así que la idea de que, en verdad, eran ciertas aquellas historias que se contaban sobre un ejército cántabro de muertos guiados por un caudillo divino regresaba a la influenciable imaginación de los legionarios. Temerosos de cruzarse con ellos, por las noches imploraban a sus talismanes; unos, a los de la diosa Hécate, para invocar su poder contra los fantasmas; otros, a los colgantes fálicos que los protegían de los maleficios. Cualquier amuleto servía para protegerse de aquellos montañeses escurridizos como culebras.

La llegada del gobernador para estudiar la mejor estrategia de desbloqueo amordazó, al menos de momento, el pánico.

* * *

Cantabria mantenía pactos con Asturia desde el inicio de las guerras. Eran pueblos hermanados que compartían costumbres y entrecruzaban sus territorios. Al conocer el retorno de la Segunda legión, Corocotta decidió encabezar una delegación de montañeses para reunirse con una embajada en la ciudad astur de Noega, en la costa. Buscaba establecer una táctica para que los ayudasen en la defensa de Aracillum. Luggones, zoelas y amacos recibieron al caudillo cántabro con el honor de compartir su *zhytos*, del que eran grandes productores, mientras asistían a un baile al son de flautas y cuernos. Los danzantes iban y venían, daban saltos y se agachaban. Noega finalizó los ritos de bienvenida con un sacrificio caballar.

Clutos, uno de los principales jefes astures, ejerció como portavoz en el edificio comunal. No tenía buenas noticias.

–Lancia ha caído.

Corocotta solicitó que le detallase la desgracia.

Clutos narró cómo aquella gran ciudad de Asturia había sido tomada por Roma. A punto de finalizar el invierno, hubo primero una gran ofensiva indígena junto al río Astura, la barrera natural que da nombre al territorio. Habían planeado un ataque en tres columnas con cerca de diez mil hombres contra los cuarteles romanos de invierno. Era un despliegue tan audaz y bien dispuesto que Roma no se lo esperaba. Y cerca estuvieron de tener éxito, de no ser por la traición de parte de los suyos, los habitantes de Brigaecium, que alertaron de las intenciones de sus hermanos a Publio Carisio, gobernador de la Lusitania, al mando en aquel frente. Carisio tuvo tiempo de reunir más tropas y logró sorprender al contingente nativo junto al río. Desbaratado el plan gracias a los brigecinos, Roma presentó batalla al ejército astur, que repelió el ataque. La contienda finalizó con la derrota indígena y muchas bajas en ambos bandos.

Lo que quedaba de los astures se replegó hasta encontrar refugio en la inconquistable cumbre de Lancia. Indígenas y romanos intercambiaron fuego por fuego hasta que la ciudad, tras una defensa tan valerosa como desesperada, no pudo resistir más y pactó la rendición a cambio de no ser arrasada. El gobernador de la Lusitania procuró conservar ilesa la urbe en recompensa a su victoria, pero no logró impedir que los legionarios la incendiasen, como desquite tras tantos padecimientos. Después de asolarla, obligaron a los derrotados a establecerse en los campamentos romanos.

El propio Clutos, que había combatido en Lancia y logrado huir hacia la costa tras la toma de la ciudad, mostraba la cara desmadejada por unas heridas que aún le hinchaban las facciones. Tenía la cabeza pelada como una luna y, bajo la frente arrugada por el odio, su mirada refulgía ansiosa de venganza.

—Los galaicos ya han sido sometidos —dijo— y nosotros, los astures, nos tememos lo peor.

—Eso no ocurrirá con Aracillum —aseguró tajante Corocotta.

—¿Cómo lo evitarás?

—Como hemos hecho hasta ahora: cerraremos todos los pasos e impediremos que tomen las alturas.

—Eso ya lo sabemos. Hemos maniobrado igual aquí y ya conoces el resultado.

Ante el escepticismo de Clutos, algunas voces propusieron la posibilidad de contratar mercenarios para engrosar las fuerzas montañesas.

—El oro astur no será suficiente reclamo —razonó Corocotta, y aludió sin pormenores a la recompensa arrebatada a Augusto—. Nuestros cajones están llenos de monedas romanas, pero nadie las aceptará. Si Roma los tienta con mayores riquezas, se volverán contra nosotros. Estamos solos.

Clutos no quiso despreciar la buena disposición del cántabro, que quizá representase la única esperanza de victoria si unían sus fuerzas en la defensa de Aracillum.

—Contarás con nuestros mejores hombres —ofreció.

La fragilidad del momento exigía la implicación directa de Asturia en la causa cántabra. Corocotta buscaba un gesto para impresionar a Roma y motivar a sus propios hombres, que verían como un acicate la presencia astur. Si Cantabria aguantaba, supondría también una esperanza para sus vecinos y un revés para los conquistadores.

Sellaron el pacto grabándolo en una lámina de plata con forma de manos entrelazadas por los pulgares. Después sacrificaron reses en honor del dios Taranis, habitante de las montañas, y danzaron mientras se emborrachaban para robustecer el entendimiento y la hospitalidad, sin saber que, tal vez, celebraban la última de sus comuniones.

* * *

Sekeios acogió distante toda aquella incertidumbre. Corocotta le había dicho que era ahora cuando más necesitaba de su suerte. Él bajaba la vista, caviloso, y asentía, como para conformar al concano. Mudo. No quería decirle que lo que le hacía mantenerse absorto en sus propios pensamientos no era la llegada de Roma. Eso ya lo esperaba. Lo que en realidad le preocupaba era que Turennia le evitaba las palabras. Sin malas formas, solo lo miraba, confidente, pero no le decía nada. Se distanciaba cercana, como si le diera repentino apuro hablar con él.

Una mañana de cielo azul iluminado por un sol de primavera, en el periodo en el que las cornamentas perdidas de los ciervos salpicaban los campos tras aparearse con las hembras, Urbigo le pidió que lo acompañara a casa. Cuando Sekeios entró, se encontró a Turennia sentada en un tocón frente a la puerta, con un vestido blanco ribeteado de vivos colores y motivos sinuosos, los codos sobre la mesa y la cara encajada entre las manos, como si lo aguardara. La acompañaba Dovidena. Su figura inflexible permanecía a su lado, los brazos cruzados, callando el mensaje que no le tocaba transmitir. Era dura como la piedra e impetuosa como una catarata, ejemplo de las mujeres de Cantabria, que se caracterizaban por ofrecerse para la guerra cuando era necesario. Dovidena rezumaba aquella fuerza propia de las montañesas que ahora dirigía contra él.

Sekeios calibró a Turennia y a su hermana. Después, al notable.

–¿Qué ocurre? –preguntó.

Urbigo se hizo a un lado. Dejó en manos de las mujeres la respuesta.

–Mi hermana tiene algo que decirte –comenzó Dovidena con sequedad.

–Pues que lo diga –respondió Sekeios.

Hubo un silencio. Sekeios se acomodó el sago negro, inquieto.

Turennia sonrió, tímida, y se llevó una mano al vientre.

–Hace más de dos lunas que no mancho –anunció.

Sekeios no pestañeó. Demandó con la mirada el consejo de Urbigo. El notable se rascaba la coronilla, entre confuso y divertido.

Turennia se puso en pie.

–Voy a ser madre, Sekeios –repitió.

–¿No te alegras, autrigón? –intervino Dovidena descruzando los brazos.

Sekeios no le prestó atención. Cruzó sus ojos con los de Turennia e insinuó una sonrisa lóbrega. Había un punto de feliz infortunio en su expresión.

–Dejadnos solos –pidió.

Urbigo consintió con una indicación de la cabeza y solicitó a Dovidena que se retirara con él. La hermana suspiró, de mala gana. Antes de salir, se detuvo junto a Sekeios.

–Cuida de ella –le exigió.

Cuando Sekeios escuchó a su espalda el golpe de la puerta al cerrarse, su sonrisa se acentuó un poco. Turennia se le acercó y tomó su cara entre las manos. Los cabellos de Sekeios volvían poco a poco a crecer y cosquillearon sobre sus dedos.

–¿No te alegras, Sekeios?

–Claro que me alegro.

–¿Entonces por qué esa cara?

–Por lo que va a suceder.

Turennia bajó la vista.

–Esos romanos no nos quitarán a nuestro hijo –dijo, aguerrida. Sekeios no contestó–. ¿Verdad? –insistió ella.

–Corocotta me ha ordenado que lo acompañe a partir de ahora a todas las escaramuzas y encerronas.

Turennia retiró las manos de su hombre. Un frío repentino inundó a Sekeios al perder su tacto.

–Si él lo quiere, sus razones tendrá.

–Ya lo sabes. Cree que le traigo suerte. Yo no estoy tan seguro.

–Espero que tenga razón, así nuestro hijo vivirá.

Sekeios se dio la vuelta, pensativo. Observó los haces de luz que se filtraban como cuchillas entre el entramado de varas de la puerta. Cerró los ojos. No había tristeza en su actitud por la noticia del futuro alumbramiento, tan solo un mohín pesaroso al imaginarse el sufrimiento que cabía esperar para la criatura.

–Eso espero yo también.

* * *

En cuanto las patrullas blendias descubrieron que las avanzadas de la Segunda legión tanteaban su actitud, Corocotta inició fulgurantes golpes de mano por toda la sierra. En cualquier punto por el que asomase la vanguardia de una columna romana, Cantabria caía sobre ella y la forzaba a retroceder. El veterano caudillo reservaba a Sekeios en retaguardia para que ejerciera como amuleto y lo invadiese con el influjo mágico de la fortuna que le atribuía. No se enfangaba en la lucha. Solo lo seguía como un fuego negro que le alumbraba el camino y le guardaba las espaldas.

Pronto los legionarios de la Segunda, duchos en saber lo que suponía enfrentarse al cabecilla cántabro, comprendieron lo que ya sabían los de la Cuarta: que tomar sus recónditas cumbres sería tan descabellado como lograr que Gayo Antistio Veto se mostrase afectuoso con ellos. Aquella era una guerra de montaña total, sin espacio. Ningún ejército cuya táctica fuese el despliegue en formación de batalla se sentiría capaz ante la hostilidad del terreno y sus habitantes. Los montañeses, en cambio, combatían hábiles en su estilo montaraz, llevado al límite en las entrañas de su territorio. El gobernador de la Tarraconense sentía que el azote del concano lo golpeaba, y con tal ferocidad que la tiniebla de una nueva sublevación entre los legionarios se esbozó una madrugada en sus sueños. No lo toleraría.

Una noche, tras un choque entre un cuerpo de escaramuzadores romanos y una avanzadilla cántabra, Veto se reunió con el tribuno Casio Longino.

–Todo esto es culpa de Augusto –lamentó el gobernador–. No debió permitir que ese Corocotta se riera en nuestra cara.

—Ya sabes lo que dice, que es mejor un general precavido que uno osado.

—¿Precavido? Lo suyo ha sido cobardía.

—Sabes cuánto aprecia a su sobrino Marcelo; no quería arriesgarse a que lo degollara.

—Ningún individuo está por encima de Roma.

—¿Ni siquiera el *princeps*?

—Sobre todo el *princeps*, que dice estar solo al servicio de nuestra patria hasta que pueda valerse por sí sola. —Gayo Antistio Veto apuntó a Casio Longino con un dedo—. No lo idealices, Casio. Si lo haces, lo convertirás en más grande de lo que es.

Sonó más a orden que a observación. Su segundo probó un sorbo del vino de la Bética que sostenía y dejó que Veto le hablara del despacho que el propio Augusto había enviado al frente cántabro y que el gobernador manoseaba en ese momento con evidente molestia.

—Augusto no es un verdadero soldado —continuó el gobernador—. Un par de menciones sobre la campaña y el resto solo es para hablar de Agripa y su consejero Mecenas, de lo bien que marchan las cosas en Roma.

En sus explicaciones a Casio Longino sobre lo que refería el despacho, el gobernador pasó muy por encima los comentarios sobre Publio Carisio. Augusto alababa al gobernador de la Lusitania por la toma de Lancia, y enfatizaba sus cualidades como negociante para lograr que los propios nativos astures traicionaran a los suyos. Carisio sí hacia prosperar la campaña a favor de los intereses romanos.

El resquemor del gobernador hacia el *princeps*, desde que este lo acusara de incapaz de localizar al autrigón, aumentaba con el paso del tiempo. Aquella derrota individual ante un ser inferior como Sekeios se revelaba como una metáfora del estancamiento en la campaña de los valles interiores de Cantabria por los que Augusto preguntaba en su carta. Avanzar por los pasos de montaña se convertía en una hazaña. Allá donde las legiones se internaban, una selva de guerreros cántabros caía sobre ellas y los obligaba a retroceder. Mientras eso sucedía, Augusto se explayaba en el despacho acerca de la restauración de los templos de Roma, de lo bien que funcionaba la política constructiva que había emprendido. Los motines iban a menos, las arcas del tesoro resplandecían y por primera vez muchos ciudadanos tenían la confianza de poder alimentar a sus familias sin recurrir a la delincuencia. Tan espléndidas debían de marchar las cosas que el riesgo de rebeliones armadas encabezadas por la Agrupación de Gladiadores también se había desvanecido. El pueblo apreciaba todo aquello y comenzaba a alabarlo como guía del Estado. Y, si los dioses estaban de su lado, tal y como parecía, no habría en mucho tiempo inundaciones ni terremotos ni malas cosechas. Roma comenzaba de nuevo a caminar gloriosa, un paso tras otro, como el lisiado tocado por una mano divina que vuelve a levantarse y progresa con la ilusión del niño que descubre y asienta sus primeros pasos.

Pero eso no se notaba en el frente cántabro. Aquella realidad urbana que Augusto le transmitía nada tenía que ver con el desfavorable entorno en el que las legiones debían desenvolverse para alimentar un esplendor del que ellos apenas participaban, necesario para que Augusto se estableciese definitivamente en el poder.

–Ni una sola palabra sobre Corocotta –farfulló el gobernador.

–Acabaremos con él –intentaba sosegarlo Casio Longino.

–Tuvimos la ocasión y el *princeps* la dejó escapar –volvió a lamentar Veto.

La irritación del gobernador no disminuyó tras mandar al tribuno que abandonara la comandancia. Maldijo, y se dispuso a realizar una libación en honor de la diosa Envidia para que el destino de la venganza se aliase con él. Ante los soldados, su cólera respondía solo a la resistencia montañesa. En privado únicamente obedecía a la necesidad de resarcir su honor y acabar con el auxiliar hispano que lo había deshonrado.

Apagó todas las lucernas, salvo un par de su escritorio, y tomó asiento. Gayo Antistio Veto contempló el anillo que lucía en su mano izquierda, la cornalina ovalada que empleaba para sellar documentos. El timón del buen gobierno y el tirso de Baco que representaban la fertilidad, el águila de Júpiter tutelar de

Roma y la cornucopia de la diosa Fortuna... Le pareció que aquellos emblemas de distintas divinidades, grabados sobre la superficie plana, habían perdido el lustre, el significado. No representaban más que formas vacuas sin contenido ni grandeza.

No hablaba de sus sentimientos con nadie. Era demasiado doloroso y no se correspondía con su forma de proceder. Un militar, incluso de baja graduación, jamás debe divulgar sus miserias, o será visto como un débil. Sin embargo, la arrebatadora necesidad de expresar lo que sentía lo llevó a desahogar sus tribulaciones en un escrito:

Nunca he sido amigo de lamentos y lloriqueos. No se los tolero a mis soldados y tampoco lo haré conmigo mismo. Pero por primera vez siento que me enfrento a un enemigo mayor del que podía imaginar. Si algo comparto con el primer ciudadano, lo único ya, es la constatación de que difícilmente volveremos a enfrentarnos a un rival tan enconado como el cántabro. No me preocupa demasiado; más tarde o más temprano el norte de Hispania será nuestro. Lo que me quita el sueño, lo que me atormenta es la imagen ignominiosa que se aparece a cada momento en mi cabeza: ese autrigón humillándome, cortándome la oreja para convertirla en esta broma que me cuelga de la cara. El invierno me ha obligado a posponer las batidas y eso me abruma, pero el paso del tiempo no disminuirá mi determinación, todo lo contrario. Casio Longino sugiere con mucho tiento, para que no me enoje, que lo olvide, que no es honorable que un gran romano como yo se desgaste, que es concederle una importancia que no merece. Cree que ya estará muerto hace mucho tiempo, que nadie puede sobrevivir en territorio enemigo. Se equivoca, ¡no está muerto!

Me aconseja también que comparta la comida con el resto de oficiales, que me estoy encerrando en demasía y que eso nada bueno puede traer a la campaña. Los soldados no encuentran nada más aterrador que un hombre que no sabe divertirse. Pensamientos mezquinos. Yo no estoy aquí para entretenerme, y si algo me ha permitido obtener la atención de los soldados es precisamente el respeto que les infundo, sin darles lugar a confianzas que solo mermarían mi autoridad.

No recuperaré mi oreja, pero sí que recobraré mi dignidad, cueste lo que cueste. La campaña del Vindio y el invierno me obligaron a detener las batidas. Los destacamentos que envié para darle caza agradecieron la pausa, aunque se equivocan si creen que cejaré en mi empeño. He dispuesto que reinicien las labores de inmediato y no se detendrán hasta que me presenten un indicio de él, por minúsculo que sea. Hemos regresado a los territorios centrales del país cántabro, donde ese autrigón cambió el curso de mi vida. No puedo explicarlo, presiento que está cerca...

Gayo Antistio Veto detuvo la redacción y alzó la cabeza. Su corazón galopaba bajo el pectoral de combate.

–Sé que estás ahí, Sekeios. No he olvidado tu nombre y Envidia logrará que dé contigo...

* * *

Arquio no estaba en condiciones de participar en los choques armados, tampoco tenía opinión sobre tema alguno. Había mutado tanto en las últimas semanas que incluso su inclinación a la violencia y a desacreditar las acciones del concano se había, en apariencia, desvanecido. No parecía preocupado por el avance romano ni por su precaria situación de borracho. La indiferencia, salvo en sus cada vez más escasos seguidores, era el pago que recibía por su impudicia. No expresaba otra cosa que una sonrisa sórdida y aviesa. No hizo ninguna mención acerca del secreto de Sekeios; lo custodió como un tesoro que usaría en el momento propicio. Incluso su inquina se había, aparentemente, adormecido. Ya no lo seguía ni preguntaba por él a los suyos. Callaba y observaba al verlo pasar, e invocaba al dios supremo Lucobos para que le concediera todo su vigor. Le haría falta para lo que tenía planeado. Ambato comunicó a los notables que su hijo se había corregido, que el ímpetu de su juventud dejaba al fin paso a la reflexión natural de la madurez. Lo escucharon, pero no se pronunciaron.

Para llevar a cabo su propósito, Arquio aguardaría a una nueva partida de Sekeios y Corocotta. Su marcha no tardó en producirse, porque las legiones se preparaban para poner en práctica una nueva táctica de monte. Gayo Antistio Veto destacaría tres cohortes en el cordal y fingiría asegurar el paso levantando bardas con la leña de los bosques para defender los costados, simulando estar descuidados y sin más armas a mano que las dolabras con que atrincheraban el camino.

Los cerca de mil quinientos soldados se desplazarían sin apenas bagaje para ocupar menos espacio y que el enemigo los considerase más asequibles. Un cebo para atraer a Corocotta. La pieza iba a ser demasiado jugosa como para dejarla escapar. Si actuaba como hasta entonces, rechazando cualquier intento romano de internarse por la sierra, se vería atraído por el movimiento y apostaría a sus hombres ocultos en las faldas. Pero esta vez las tres unidades romanas no presentarían batalla. Tocarían a retirada, incitando a los nativos a perseguirlos para hacer una escabechina. La razón era que un importante número de efectivos ocultos en los bosques avanzarían en línea cerrada para acorralar a los cántabros, sorprenderlos por la espalda y exterminarlos. La doble operación resultaba compleja, pero, si funcionaba, mermaría la confianza cántabra; y si Fortuna les procuraba su divina suerte, puede que acabasen allí mismo con la vida del caudillo. La campaña estaría decidida.

El hijo del régulo inició su propia acción un día después de la partida de Corocotta y el autrigón. Envenenó al perro pastor de su padre, Ambato, y lo convenció de pedir a Urbigo que le prestara a Leal para cuidar de su rebaño hasta que encontraran un sustituto adecuado. Urbigo lo interpretaría como un gesto de concordia y confianza. Además, el notable apenas tenía cuatro ovejas flacas y unas pocas cabras que atender, escuálido recuerdo de otros tiempos de bonanza ganadera que terminó por abandonar en busca de su libertad ideológica, alejada de la abundancia. Para Urbigo, Leal era mucho más un animal de compañía que una guía de ganado. Ambato aceptó la idea y Arquio acertó con su criterio. Urbigo dejó a un lado su escepticismo y consintió en cedérsela unos días.

–Devuélvemela pronto, Ambato.

Eliminada la amenaza de Leal como guardiana de la casa de Urbigo, Arquio volvió a emborracharse junto a sus cuatro *comites*, escondidos detrás del horno comunal. Bajo un cielo desolado de nubes, bebieron lo suficiente como para que el coraje se enervara por encima de la duda sin perder la conciencia de lo que hacían. No podían cometer errores.

Dormía el poblado. Un contingente armado había partido con Corocotta y la menor presencia militar confería al lugar una sensación calma taciturna, ajena a la invasión que se estrechaba sobre ella. Arquio, apoyado sobre la pared ya fría del horno, se puso en pie con un suspiro, se acomodó las bracas y se ajustó el cinturón con torpeza. Se aseguró de que el cuchillo iba bien seguro en la vaina y ordenó que lo siguieran.

Si Urbigo se hubiera esperado un acto tan vil en aquel momento en el que el príncipe parecía aletargado, quizás habría pedido a Corocotta que dejara un par de centinelas vigilando su casa. O que Sekeios hubiese permanecido en el poblado. Sus principios acerca de no contar con guerreros a su servicio se volvieron en su contra. Pero nadie podía suponer que tanto...

Uno de los hombres de Arquio aporreó la puerta. El notable terminaba de perfilar el interior curvo de una quesera. Dejó la gubia que empleaba para darle forma y acudió a la llamada.

–¿Quién va?

–Me envía Ambato –respondió la voz menguada al otro lado.

La luz noctámbula no permitía apreciar bien la silueta imposible que se esbozaba al otro lado de las rendijas. Sería algún vecino, como en otras ocasiones. Confiado, abrió la puerta después de descorrer el pasador de palo.

El *comite* propinó a Urbigo una patada en el abdomen con la planta del pie. El notable cayó de espaldas y se arrastró sobre las manos para distanciarse del tropel que entraba en la casa, desbocado como una manada.

Los compañeros de Arquio se apartaron y los cuernos de carnero vaciados que Urbigo empleaba como lámparas alumbraron la burda figura del príncipe. La hebilla del cinto, decorada con un disco solar y cinco rayos curvos, refulgió mugrienta. Traía consigo el peligroso olor de la bebida. Arquio penetró en la vivienda encorvado como solía. Cerró de un portazo. La cornamenta de ciervo que decoraba la entrada rebotó.

Urbigo se echó una mano al corazón. El hijo del régulo se adelantó.

—¿Dónde está Turennia?

Arquio rebuscó con la mirada. No tardó en descubrir la túnica larga para dormir de Turennia corriendo desde el otro extremo de la casa con el pelo recogido en la nuca y una mano en el vientre.

—¡Arquio, por favor, no! —imploró.

Turennia quiso armarse con una horca apoyada sobre la pared. Uno de los hombres de Arquio le quitó la idea de un empujón y se hizo con el apero. Otro la cogió por detrás, le retorció una muñeca a la espalda y con la otra mano le tapó la boca.

—No te conviene gritar.

Ella sollozaba y se revolvía al ver cómo amordazaban a su hermano y le acordonaban los tobillos y las muñecas a la espalda. El notable apenas logró resistirse, y quedó atado a una silla de madera con ruedas que se había hecho fabricar por si algún día la fatiga de la vejez le impedía caminar.

Arquio se acuclilló y propinó un cachete a Urbigo.

—Ahora vas a ver lo que hemos preparado para tu hermana —dijo, y se plantó ante Turennia—. Esta vez Sekeios no está para protegerte.

Sin nadie para hacerle frente, el príncipe desplegaba sus palabras con vehemencia, henchido por la ficticia seguridad del cobarde.

—No necesito que nadie me proteja.

—Lo sé, porque vengo a congraciarme contigo —continuó.

Desanudó el cordón que ceñía una bolsita de cuero prendida del cinto y entre sus dedos surgió un colgante elaborado con alambre cuadrado de oro torcido. Pendía de él una moneda áurea de buen tamaño, con representaciones e inscripciones romanas grabadas en el anverso y el reverso, botín de una escaramuza con las legiones.

–Seguro que perteneció a algún romano realmente importante. –Arquio hacía girar el colgante ante los ojos de Turennia–. Observa bien su pureza. Ni siquiera con todo su oro los astures tienen algo de tanto valor. Será tuya, si me aceptas como tu hombre.

–¿Estás oyendo lo que dices?

–Te ofrezco la oportunidad de recobrar tu dignidad y la de tu casa.

–¿Pides mi aprecio a cambio de una joya? ¿Lo pides atacando la casa de mi hermano? ¿Así es como quieres conseguir mi afecto?

–No quiero tu afecto, Turennia. Quiero tu amor.

–Nunca lo conseguirás.

–Ya tienes el del autrigón, es eso, ¿eh? –Turennia no contestó a las ideas estrambóticas del príncipe. No tenía sentido hacerlo. Aquel despojo humano no buscaba razonar. Rechazaría todos sus argumentos, opacos, sin contenido útil para él. Imposible arañar un resquicio de cordura. Arquio reparó en la mano de Turennia sobre el abdomen–. ¿Y por qué te agarras el vientre todo el tiempo, eh? ¿Hay algo que no sepamos?

Urbigo creía morir. Siempre supo que su familia acabaría sufriendo la enajenación de aquel inmundo, dijeran lo que dijesen, callaran lo que callasen.

Turennia aflojó los dedos y contuvo el aire. Ella y Sekeios habían acordado no dar la noticia de su maternidad hasta que la naturaleza lo anunciara por sí misma. Pero ahora, más que la prudencia, pudieron la emoción y la rabia de hacer daño al príncipe.

–En mi vientre crece un hijo de él.

La declaración de Turennia fluyó de sus labios como un latigazo. Los hombres del príncipe intercambiaron miradas. El colgante de Arquio se detuvo. Este no fue capaz de contestar. Se quedó como un pasmarote ante ella mientras los músculos se le tensaban y un golpe de ira le enrojecía la cara a medida que asimilaba la noticia.

—Yo también tengo algo que desvelarte. —Se guardó el colgante en la bolsa sin apartar la vista de la mujer—. Tu esposo no murió en un accidente. Fui yo quien asustó a su caballo para que se despeñara.

Arquio hurgó con fruición en las llagas del pasado. Urbigo gimió tras la mordaza. Turennia perdió el aliento y se desplomó contra la pared. La debilidad se extendió por su cuerpo, sinuosa como un veneno. Ya no existía la menor posibilidad de entendimiento entre ellos, ninguna opción de que el príncipe retrocediera en las intenciones que había venido a satisfacer.

Arquio desprendió la vaina del cuchillo, suspendida del cinturón, tomó el puñal por el pomo, lo desenfundó suavemente y depositó la funda sobre una artesa. Pasó un dedo por el nervio de la hoja, desde la guarda hasta la punta. El tipejo que retenía a Turennia se hizo a un lado.

—Tenía que haber hecho esto mucho antes de que ese autrigón pusiera sus ojos en ti...

—No eres ni la mitad de hombre que él...

La hoja del cuchillo brilló enérgica. Arquio estampó a la mujer contra la pared, le arrancó la túnica a cuchilladas y dejó expuesto su vientre. Con la otra mano le tapó la boca y la nariz. Los párpados de Turennia, abiertos de espanto, derramaban lágrimas mudas. Sintió ganas de vomitar al notar los dedos peludos y repugnantes de Arquio manoseándole el vientre. El príncipe percibió el abdomen ligeramente abombado.

—Así que es verdad...

Se apartó, y Turennia se acurrucó en el suelo medio desnuda. Arquio se recreó al ver el cuerpo convulsionado de la mujer. Le hubiera faltado babear como un perro. Los otros ya se agarraban el bulto que les crecía entre las piernas. Uno la obligó a levantarse y fingió que la penetraba por detrás, apretando las caderas contra sus nalgas, gruñendo como un verraco.

—Habría sido más fácil para ti no rechazarme, Turennia. No digas que no te lo advertí. Siempre me has rechazado, y no entiendo por qué. Conmigo lo habrías tenido todo. —Urbigo se revolvía en la silla. Gruñía y se entrecortaban insultos ininteligibles tras la mordaza–. No maté a tu esposo por gusto, Turennia –siguió Arquio–. Si hubieras comprendido cuál es tu lugar, eso no habría ocurrido. No sabes la vida que te has perdido a mi lado...

Arquio hizo una indicación y dos de sus *comites* la arrastraron de los brazos hasta el centro de la cabaña.

–La Diosa Madre dice que eres mujer fecunda –hablaba con la vista fija en el suelo, aproximándose a Turennia por un costado–. Es bella, como tú; y cruel, como tú. Despeña a los hombres en su cueva después de abusar de ellos, como tú...

Turennia se desvanecía y apenas oía la voz mugrienta y trastornada de Arquio como un siseo, sus pasos retumbando vacíos. El príncipe le descargó un bofetón y luego la golpeó en la cara con el puño cerrado. Su cuerpo resonó frágil al estrellarse contra los estantes. Cayeron desfloradas las bandejas de hojas de helecho, chillaron las vasijas al quebrarse contra el suelo.

Urbigo lloraba en su silla. Turennia no se levantó. Los anillos le habían hendido el pómulo izquierdo. Encogida, temblorosa, hinchados los labios, se agarraba el vientre para proteger su futuro. Arquio sacudió la cabeza con satisfacción y le propinó un patadón. Aulló la mujer de dolor al sentir sus entrañas rotas.

El hijo del régulo hizo una mueca a los suyos. La pusieron en pie como a un fardo.

–Y ahora, Turennia, me vas a dar lo que tantas veces me has negado...

Le acabó de rasgar las ropas con el filo del cuchillo, de abajo arriba, y dejó a la mujer desnuda como una cervatilla rodeada de linces. Las carnes blancas de su vientre se habían amoratado.

Los otros retiraron las pieles y esteras y tumbaron a la mujer sobre el frío suelo de tierra. Le abrieron las piernas y la sujetaron por los pies y las manos. Arquio se quitó la capa, la túnica y las bracas con la rapidez enrevesada del borracho. Sus piernas combadas como arcos quedaron a la vista. Tiznones de vello negro ensuciaban su espalda. Se arrodilló, se humedeció con saliva la punta inflamada de la verga y la forzó.

Urbigo se creía morir al ver al hijo del régulo apretándose contra su hermana con repugnante frenesí. Turennia apenas sentía dolor, tan solo un calor perverso sobre ella, aún más desgarrador. Había vuelto la cara, desolada, mientras intuía las lenguas repulsivas de los otros relamiéndose ante su turno. Cuando Arquio se hubo vaciado en ella, hubo también festín para los demás. Arquio asistió a las violaciones mientras se vestía, sonriente, vigilando de cuando en cuando a Urbigo, que había sucumbido a la tensión y contemplaba la escena callado y descompuesto.

–Viejo, ¿ves cómo disfruta tu hermana?

No esperaba Arquio que el notable, en lugar de fijarse en él, dirigiese de pronto su atención suplicante a la puerta. Se volvió con brusquedad para descubrir qué miraba y se quedó con las bracas a medio poner; su padre, Ambato, lo observaba desde el umbral, la boca abierta y las cejas alzadas hasta el extremo.

La cara del príncipe mudó de la maldad al estupor. Se abalanzó sobre él y lo obligó a entrar. Echó una rápida ojeada fuera y cerró la puerta.

–¿¡Qué haces aquí!?

Ambato no supo qué responder. Venía con intención de influir en Urbigo para que apoyara a su hijo ante la supuesta mejora de su comportamiento y a decirle que Leal no aceptaba sus órdenes y que se la devolvería de inmediato. Turennia elevó una mano débil hacia el régulo. El patán que la acometía se había dado la vuelta y buscaba sus ropas, azorado. Ambato bajó una mano hacia los dos globos que decoraban la empuñadura de su puñal.

–¿Qué has hecho?

–Todo esto es culpa tuya...

–¿El qué es culpa mía?

–Me has arruinado la vida. Eres d... débil, padre, y yo lo he heredado.

–Hablemos, hijo.

–¡Todos se ríen de mí a mis espaldas! ¡Cuchichean, yo los veo!

–¡Nadie cuchichea!

Ambato retrocedió un paso al ver que Arquio se encaraba con él.

–¡Eres tan torpe que has tenido que aparecer ahora!
–¡Basta de locuras!
–¡¿Locuras?!

Arquio no pudo controlar el impulso de sus brazos. Se abalanzó hacia su padre y lo empujó con toda su furia contra la puerta.

Se escuchó un «chac». Siguió un silencio funesto.

Los hombres del príncipe contuvieron el aliento. Turennia se arrastraba hasta su túnica para cubrirse las vergüenzas.

Puede que no hubiera sido la intención de Arquio, pero Ambato ya nunca lo sabría. Un candil de la cornamenta sujeta a la puerta se le había clavado en la nuca. El príncipe hizo un rebujo con las manos y se las llevó a la boca. El régulo era un colgajo suspendido en la entrada intentando desprenderse del gancho. Los goznes gruñeron cuando la cabeza y los brazos se desplomaron. Arquio, paralizado por la conmoción, contempló a su padre muerto babeando sangre. No se oían en la casa más que los sollozos de la mujer.

El príncipe logró a duras penas volverse hacia sus hombres, la vista extraviada por el espanto.

–Coged a Urbigo –dijo–. Nos vamos con él.

X
DESTACAMENTO

El poblado reventó con los últimos sucesos. La muerte del régulo Ambato, la desaparición de Urbigo y la supuesta huida de Arquio y su tropa privada colmaban todas las conversaciones. Los vecinos se volcaron con su casa en un dramático goteo de visitantes para intentar paliar el sufrimiento de Turennia. Dovidena los recibía con el habla decaída y agradecía con monosílabos las manifestaciones de rabia y pesar ante el espeluznante trance que había atravesado su hermana. La vivienda de Urbigo se transformó en una hoguera capaz de canalizar en un único lugar el fuego de todos los males del poblado. Atraídos por ella, los días posteriores, torbellinos de gente se arremolinaban para tratar los acontecimientos. Un tumulto de notables, miembros de las principales familias, guerreros y ciudadanos libres se llevaban las manos a la cabeza, en corros grandes y pequeños, y se acusaban de no haber hecho lo suficiente por controlar el desgobierno que en verdad subyacía bajo el gobierno de Ambato. Una sensación de derrumbe se abatía sobre Aracillum. El régulo había muerto a manos de su propio hijo, según declaró Turennia. Era una locura.

Ambato fue incinerado en una abarrotada y fastuosa ceremonia oficiada por Elguismio, en la que se cantaron sus proezas guerreras de juventud y se bailaron danzas funerarias. Sus cenizas, depositadas en una urna trabajada con esmero por el ceramista, ocuparon un lugar preeminente en la necrópolis. Enterraron los restos de Ambato con un rico ajuar y señalaron la sepultura con una gran estela en la que figuraban cuatro crecientes lunares enfrentados rodeados por un círculo dentado. La luna, morada de los muertos, recibiría al régulo.

Desaparecido Ambato, las ambiciones por ocupar su lugar y hacerse con el poder brotaron sedientas entre las principales estirpes blendias. A su vuelta, Corocotta las cercenó de inmediato ante el Consejo:

–El único mando lo ejerceré yo hasta que termine esta guerra.

Ni siquiera Virono, bien posicionado para la elección, alegó nada en contra. El vacío de poder que imponía Corocotta era, al menos de momento, la mejor opción para evitar un enfrentamiento entre las familias que pudiera debilitarlo. Debía mantenerse firme para luego llegar a un pacto con la fuerza ocupante. Entonces el sagaz Virono alcanzaría el cargo de régulo de los blendios con el amparo del poderoso Imperio.

* * *

Sekeios había regresado con vida de la encerrona tramada en el collado por Gayo Antistio. Desde la retaguardia, avistó cómo los romanos, fingiéndose sorprendidos, enarbolaban el estandarte y tocaba las bocinas para llamar a las armas. Intentaban sin éxito congregar a los hombres desperdigados que buscaban fajina y a los que trabajaban en las bardas para intentar escuadronarlos y darles las órdenes. Cuando la fuerza encabezada por Corocotta comprendió que la flojera de las formaciones y la indecisión de los mandos no eran más que una representación, ya fue demasiado tarde. La máquina de destrucción romana que aguardaba oculta en el bosque se ensambló con pericia y se lanzó a por ellos.

Sekeios mantuvo la frialdad del soldado experimentado y ayudó a algunos heridos en el retroceso laderas arriba. Aún perturbado por el caos de la lucha, el verdadero aturdimiento cayó sobre él al descubrir el horror que Turennia había vivido en su ausencia.

Nadie tuvo noticias acerca de Sekeios durante los días en que se organizó el funeral de Ambato, ni siquiera Corocotta cuando mandó a buscarlo y Sekeios se negó a acudir a su llamada. Se había encerrado en casa de Urbigo junto a Dovidena. Fue la primera vez que Sekeios no obedeció al caudillo, su único valedor, quien lo mantenía en el privilegio de un cautiverio relativo. Corocotta se resistió al impulso de castigarlo por respeto al atroz sufrimiento de Turennia, que necesitaba de su hombre, y porque su cabeza bullía de rabia rumiando el desastroso enfrentamiento en el cordal. Ni siquiera prestó oídos a las murmuraciones que asomaron al saberse de la preñez de Turennia. El progenitor no podía ser otro que Sekeios, ese extranjero protegido por él que hacía y deshacía a su antojo como si fuera un jefe. La defección del prisionero y sus motivos eran ahora una cuestión menor para el concano.

Los primeros días, con el poblado consagrado a la casa de Urbigo, Sekeios procuró mantenerse al margen de aquella vorágine, oculto en el cobertizo. Huía de la atmósfera de asfixia que se había apelmazado como lodo en torno a aquella y solo cuando las visitas remitieron permaneció de continuo en su interior, sin separarse de Turennia. La primera tarde de cierto sosiego, tras despedir Dovidena al orfebre y a su mujer, Sekeios emergió de su escondrijo y fue a apoyarse en la puerta, vencido, como si pretendiera librarse de nuevas visitas. Un nudo lo apretaba con saña en el pecho y apenas le permitía respirar. Se asomó a un ventanuco y contempló la luz moribunda de la tarde, revuelta y gris, que entristecía el aspecto de las cabañas, de los talleres y de los transeúntes bajo el cielo arañado de nubes. Vio pasar a un grupo de criadores de bellotas con sus sacos repletos a la espalda mientras se oía el gruñir hambriento de unos marranos. Un porquero les rociaba alimento en un dornajo. La vida ansiosa del poblado discurría fugaz e indiferente ante él. Era la soledad la que acompañaba al prisionero, observando a través de su mirada, la mirada de un hombre que contemplaba el mundo no con el ánimo de comprenderlo, algo imposible, sino de asumirlo. Ojalá estuviera en su mano decidir las alegrías y las desgracias. Su lucha interior por cambiar la inmutable situación de Turennia era estéril.

Las mujeres que la atendían ya habían recogido los objetos desperdigados para recolocarlos en sus lugares. Sekeios echó una ojeada al eco de los destrozos. Eran las mismas piezas, pero no lucían igual. Yacían muertas. Se agachó a recoger una vasija con el borde quebrado en la que nadie había reparado y la devolvió a la alacena. Bajo sus pies, la sangre de Ambato se había vuelto un cuajarón. Leal se había refugiado en su cesto de helechos, junto al camastro de Urbigo, y apenas se movía de allí, enroscada de tristeza. Olisqueaba de cuando en cuando la zalea con la que aquel se cubría las noches de frío, gimoteaba y echaba una ojeada a Sekeios, como si le preguntara por qué.

Turennia reposaba un poco más allá, atendida por Dovidena. Su hermana le pasaba una mano ligera por las mejillas y le aplicaba una decocción de cardo con un paño de lino en la cara, en los pómulos y en el cuello, para ayudar a cicatrizar sus heridas. Una lumbre crujía en la quietud de la mañana.

El declinar del atardecer que entraba por el ventanuco incidía sobre las facciones mustias de Turennia. Sekeios pidió a Dovidena que le permitiera refrenarla con el agua que él mismo había traído de un manantial cercano en la esperanza de que su ninfa quisiera curarla. En la melancolía de la tarde, su mano solitaria le masajeó el vientre, como si buscara proteger al hijo que habían engendrado. Elguismio, el sacerdote, aseguró que el nacimiento quedaría en manos de los dioses. Turennia había sangrado, y esperaban lo peor.

Sekeios solicitó a Dovidena que lo dejara a solas con su hermana. Esta vez la mujer no emitió reproche alguno. Le cedió el taburete antes de salir.

Sekeios tomó asiento. Turennia dormía.

–Tampoco a ti he sabido protegerte –le dijo.

Hablaba con voz culpable. Mojó el paño en un balde, lo escurrió y humedeció la frente de la mujer. Turennia no había perdido su fragancia floral, mas ahora penetraba en el pecho de Sekeios marchita y vulnerable. Sekeios apreció la sinuosidad de su perfil; su nariz, su boca, su barbilla. El pómulo izquierdo hinchado sobresalía entre ellas. Sekeios, con el gesto endurecido, deslizó el paño por las heridas con delicadeza. Cuando el hombre se inclinó de nuevo sobre el balde con las aguas curativas, se detuvo al ver su faz reflejada en el líquido. Descubrió su expresión asqueada, como si le oprimieran sus propios pensamientos, la responsabilidad de lo ocurrido.

Leal se aproximó con las orejas plegadas y apoyó la mandíbula sobre su muslo. Sekeios le pasó un dedo por la cabeza y fue bajando por el lomo. A pesar de su aparente docilidad, percibió en la yema de los dedos la crispación en los músculos del animal. La misma que recorría el cuerpo del cautivo de Aracillum. Una sensación reconocible, muy parecida a la que activaba todo su organismo cuando la inminente acción de la caza se aproximaba. Era un estado de alerta continua que lo hacía sentir vivo y asesino. Leal alzó la cabeza. Sus ojos oscuros se cruzaron con los verdes del autrigón. El perro y el lobo fusionaron sus miradas salvajes.

De qué sirve reprimir el impulso. A veces la guerra lo busca a uno.

***

La derrota de Corocotta no contribuyó a otra cosa que a alterar aún más el estado de crispación del poblado. Caer en la trampa de Gayo Antistio Veto había sido un fracaso relativo. No es que lo hubiera engañado, pues el conocimiento de su territorio era muy superior al de los romanos y previó posibles contingencias. Hizo construir atrincheramientos y cavar caballones en los lugares más ventajosos y se sirvió de lagunas y arroyos como trabas naturales. Al comprender la argucia de los romanos, retiró a los suyos sirviéndose de las defensas y los cursos de agua para poner distancia sobre sus perseguidores, aunque perdió a buenos guerreros por el camino. El mismo había vuelto deshecho. Pese a todo, salir con vida de la encerrona junto a la mayoría de sus hombres podía considerarse, a su manera, una forma de victoria. Los romanos disponían de suficiente ingenio para batir a Corocotta, pero no para acabar con él.

Gayo Antistio Veto, exasperado ante la limitada utilidad de su acción, incapaz de descabezar la resistencia cántabra y apresar a su poderoso caudillo, no asimiló el resultado de la contienda. Era un fracaso, igual que lo era desconocer el paradero del autrigón. Dos inmundos indígenas, dos seres ínfimos y despreciables se burlaban de él, gobernador de la Tarraconense, grande de Roma. Le robaban el sueño. Una frustración incontenible tomó el control de su voluntad. Mandó reunir con urgencia a sus oficiales en el pretorio.

–Si un engaño no es suficiente para acabar con ese sucio montañés, si cree que puede escapar de mí, no sabe cuánto se equivoca. –Ni siquiera les consultó antes de comunicarles su decisión definitiva–. Se acabaron las avanzadas y las escaramuzas. Rodearemos su fortaleza hasta el norte y los mataremos de hambre.

Ni los legados de la Segunda y la Cuarta legión ni sus tribunos y prefectos abrieron la boca. Replicar la técnica de bloqueo que tan efectiva se mostraba en el asedio a plazas más complicadas por tamaño no acabó de convencerlos. Aracillum representaba un escollo, por su ubicación clave en el estrechamiento del cordal, pero era un núcleo menor en cuanto a tamaño y número de efectivos.

–Deberíamos aplastarlos sin necesidad de sitiarlos –se atrevió a objetar el primer centurión de la Cuarta legión.

–Efectivamente, centurión –replicó el gobernador–, eso deberíais haber hecho sin que la Segunda tuviese que atravesar media Cantabria para venir hasta aquí a socorreros. Vuestros intentos por ganar posiciones han sido estériles por una cuestión elemental: falta de confianza.

–Ejecutar un cerco completo en estas condiciones quizá sea demasiado arriesgado.

–¿Por qué arriesgado?

–Esto es alta montaña –se explicó con respeto.

–Precisamente, mi especialidad.

–El terreno es muy accidentado y nuestras fuerzas deberán cruzar un valle para cerrar la tenaza por el norte, justo lo que buscamos evitar.

—Las complicaciones orográficas son cosa mía.
—Pero...
—No hay aquí más inconvenientes que en el Vindio.
—Aquello fue un bloqueo a...
—¡No pienses tanto, centurión! —lo acalló Veto—. Solo tienes que hacer lo que se te ordena, nada más. Ya estamos otros para pensar.

El oficial asintió con la cabeza y evitó nuevas discrepancias. Casio Longino argumentó con voz precavida una cuestión que quizá su superior, preso de la indignación, había pasado por alto.

—Los hombres no verán bien volver a internarse en el cordal, y menos aún pasar por el valle.

—¿Y tú cómo lo ves, Casio?

El narigón de Veto fulminó a su lugarteniente. Casio Longino tragó saliva y rebuscó en su mente una respuesta rápida.

—Eres el gobernador, y tu experiencia en la guerra de montaña te precede.

Veto apoyó los puños sobre la mesa que circundaba junto a sus oficiales.

—Se terminaron las prevenciones y las operaciones intermedias. No han servido más que para perder el tiempo. Habrá bajas, lo sé, pero contribuirán a una rotunda victoria. Cuando los hombres sepan que marcharemos en gran número dispuestos a acorralar al enemigo, no dudarán más.

El gobernador de la Tarraconense estaba en lo cierto; el operativo fue asumido por los legionarios con ánimos renovados, vislumbrando la posibilidad de acabar de una vez por todas con la incansable resistencia indígena. Los montañeses no podrían huir ni acceder a recursos. Sería su fin.

El Estado Mayor estudió con tiempo y detalle suficiente el diseño del dispositivo de campamentos que habría de ceñir Aracillum y su función. Una vez conquistada la fortaleza, no quedarían peligros por el sur que pudieran amenazar la retaguardia romana en su camino hacia el litoral. Claras las disposiciones, valorada la estrategia, Gayo Antistio Veto ordenó incendiar el campamento estacional en el que se habían acuartelado y avanzar para establecer el cerco.

* * *

Pronto se confirma en Aracillum la noticia que nadie, salvo un notable, quiere anunciar. Virono, en asamblea ante Corocotta, se emplea con tono dramático para agudizar el temor y abrir una brecha de desconfianza:

—Roma viene hacia nosotros.

El concano acoge la noticia con mucho aplomo y una dosis de vanidad.

—¡Al fin! Me estaba hartando de tener que salir a por esos cobardes comecueros.

En realidad, la información que presenta Virono no es necesaria. Las patrullas que transitan por los límites del territorio blendio habían anticipado el suceso: las dos legiones romanas abandonaban el campamento y dirigían su cabecera hacia ellos. Zumban bramaderas y soplan caracolas, agitan cencerros y chocan cornamentas... La estridencia del aviso reverbera de valle en valle, de monte en monte, de crestón en crestón... No es que Cantabria piense en su exterminio; confía en Corocotta, pero la impresión de verlos acercarse en gran número es abrumadora, y planea sobre ellos el recuerdo del desastre de Bérgida y la caída del Vindio.

—Querrán rendirnos por hambre.

—Nos atrincheraremos y defenderemos el paso —determina el caudillo.

—¿Y si intentan pasar por el valle del Bellunte?

—No se atreverán.

—¿Y si lo hacen?

—Caeremos sobre ellos como una tormenta —insiste Corocotta.

Es más un deseo que una certidumbre, pero es tal la rotundidad de su tono, la fuerza de su verbo, que nadie la pone en entredicho. Tiene que ser como él dice. Necesitan que sea como dice. Porque Aracillum, bastión fundamental de la resistencia cántabra para evitar la llegada del conquistador a sus costas, tendrá que hacer frente, cara a cara, a las legiones de Augusto.

No estará sola. Clutos, jefe astur, cumple su palabra y envía un contingente de los mejores de su territorio junto a sus capitanes, encabezado por él mismo. Aracillum celebra su llegada con un copioso banquete, cediendo al astur un lugar destacado junto a Corocotta. Los agasajan con un cocido montañés de garbanzos y berza acompañado de tocino y oreja de cerdo; costillar de cabrío ahumado, filetes de jabalí aromatizados con hierbas, quesos, pan de bellota, *zythos* y vino...

No hay tiempo para mayores festejos. Roma, Cantabria y Asturia se ojean como fieras. Ya se escucha el eco bronco de las miles de tachuelas romanas aproximándose. Pequeñas bandadas de arrendajos sobrevuelan el ejército de cabezas cubiertas por cascos de bronce; trinan aterrados como si imitaran el fragor de las sandalias para advertir a sus vecinos indígenas.

* * *

La Cuarta legión, al frente de la marcha, levantaba defensas de campaña intermedias a medida que tomaba posiciones a lo largo de la sierra. Era la primera zona de relevancia que debían proteger para coartar el acecho de los montañeses, que no podían tardar en venírseles encima. No se equivocaban. Clutos y Corocotta reaccionaron con la rapidez de relámpagos y distribuyeron pequeños grupos armados en distintos apostaderos con el fin de picotear la columna romana. Ocultos en las enramadas, cayeron sobre la Cuarta. El primer enfrentamiento de importancia se saldó con bajas para ambos bandos. Los montañeses fueron rechazados y retrocedieron para atrincherarse de nuevo en la estrecha cumbre de Aracillum.

La moral de las legiones rejuveneció con el plan del gobernador y, tan envalentonadas como temerosas de no cumplir las órdenes cursadas por aquel, no acusaron los golpes. Continuaron su camino, dispuestas a iniciar los trabajos de fortificación en torno al poblado. Corocotta y el jefe astur enardecieron a su gente, los centuriones motivaron y disciplinaron a los suyos. Las sospechas de los indígenas fueron acertadas: una de las legiones se internó en el valle del Bellunte con la intención de flanquear el núcleo montañés. Cayeron sobre ella como truenos y le causaron cierto daño, pero solo consiguieron ralentizar su progresión. Debían volver rápido al poblado para no dejarlo desprotegido, y así era imposible evitar que iniciasen las construcciones. Guiados por la misma precaución, las fuerzas de las otras fortalezas de la zona también se retiraron. Los posteriores asaltos a las obras no sirvieron más que para retrasar lo inevitable. La primera batalla de Aracillum acabó en victoria romana: las legiones finalizaron las fortificaciones de asedio.

Clutos blasfemaba al comprender las descomunales proporciones del bloqueo con el que pretendían a someterlos. Roma había organizado un cerco de grandes dimensiones. Al frente de una patrulla, Corocotta estimó las medidas adoptadas en el campamento principal, situado a poco más de una milla al sur de Aracillum, en una zona extremadamente peligrosa para los romanos; un recinto de montaña poco común, adaptado a la forma estrecha de una gran cima, en la misma línea de cumbres que el poblado, listo para alojar a una legión con todos sus auxiliares. Fosos, empalizadas y terraplenes defendían sus lados más accesibles. El flanco situado de cara a Aracillum estaba especialmente bien protegido, con abrojos, hileras de fajinas enraizadas y erizos unidos a lo largo de las zanjas y doble valla. Una maraña infranqueable como un gran zarzal.

–No hay forma de superarlo sin engancharse con algo –constató el veterano caudillo.

El grupo de montañeses inspeccionó las puertas. Salvo en la decumana, la más elevada, al lado opuesto al enemigo, las otras entradas se encontraban defendidas con dos torres de tres cuerpos y prolongaciones de las paredes hacia el interior y el exterior, a modo de pasillos curvos cubiertos con tablas, para encerrar y dificultar el acceso de atacantes en tromba. Puentes cubiertos con parapetos de mimbre unían las torres por encima del portón de madera. De trecho en trecho, plataformas para artillería destacaban cerca de los accesos, ángulos y torres.

Al oeste del campamento principal, las legiones habían construido un recinto menor, con espacio para dos cohortes de infantería. Su función: controlar el ramal que ascendía a Aracillum, estrangular la fortificación indígena evitando la huida de sus defensores y frenar la posible llegada de refuerzos.

En una cumbre al norte del poblado se erigía otro campamento, donde albergaba a la otra legión y sus auxiliares. Lo habían emplazado a considerable distancia, tras superar el valle del Bellunte. Roma buscaba atemorizar a los nativos cercanos a la costa. Fortines ubicados en las sierras completaban el dispositivo romano.

–Tu fama es bien merecida, Corocotta –le felicitó el astur–. Es cierto que Roma te teme.

El resultado del operativo decantaría de forma decisiva la guerra, y Veto solo la afrontaría empleando los mayores medios. No quedaba margen de error, y consideraba que la capacidad de intimidación de semejante ejército haría tambalear la más sagaz de las resistencias. Una vez tomado el enclave, los cántabros del litoral rogarían por sus vidas. El alcance de los valles costeros quedaría para Roma a un paso.

Decían los oficiales, viendo de nuevo a los legionarios motivados, que, de haber estado allí, Augusto se habría sentido orgulloso de participar en un sitio cuya magnitud algunos se atrevían a comparar con el de la mítica Numancia de los celtíberos arévacos. Las consecuencias para vencedores y vencidos y la grandiosidad de culminar la conquista de Hispania no eran cuestiones menores. Por eso, todas las operaciones que Roma se veía forzada a desarrollar en Cantabria, ante el extremo furor montañés y la indomable región, tenían que ser a la fuerza titánicas.

A la vuelta de Corocotta, tras evaluar las fuerzas de asedio, los más excitados y los opositores, viendo que tenían a los romanos encima, se apresuraron a increparlo en la asamblea.

–¡¿Y qué vamos a hacer, Corocotta?!

–¡Sí, eso! ¿Qué haremos?!

—Sabed que Roma nos teme. —Buscaba el concano sosegar las incertidumbres—. Se han tomado muchas molestias.

Virono se cruzó de brazos.

—¿Estás seguro?

—¿Lo dudas?

—Me preocupa tu engreimiento.

—No finjas más, noble Virono. Todos saben que te relames ante la idea de verme derrotado. Ya te imaginas el camino despejado para sentar tus viejas posaderas en el lugar de Ambato.

—Serás miserable...

Algunos notables salieron en auxilio del caudillo.

—¡Sin Corocotta ya estaríamos todos muertos!

—¡Muertos, así es como acabaremos! —exclamó un opositor—. ¡Pactemos!

—¿Pactar?

—¡Sí, pactar antes de que este loco nos lleve al desastre! ¡Aún estamos a tiempo!

Unos y otros se habían puesto en pie. Gesticulaban, agresivos; se voceaban, se asesinaban con sus palabras.

Un calor volcánico encendió al caudillo al verse perder el control del Consejo. Desenfundó su espada de hoja curva y apuntó a seguidores y rivales, sin distinción.

—¡Se acabaron las discusiones! —zanjó—. ¡No quiero volver a oír hablar de temores ni de pactos! ¡Que cada uno vuelva a lo suyo!

Disolvió la reunión y mandó que lo dejaran solo. Virono salió el último, sonriendo con fruición al ver al concano tan ofuscado. Cuando el silencio se hubo apoderado del edificio comunal, Corocotta devolvió la falcata a su funda y cerró los párpados. No hacía calor, y sin embargo transpiraba. Nunca antes se había sentido así, ni siquiera en sus agrias disputas con Arquio. Experimentaba un vacío incomprensible, una vulnerabilidad desconocida para él. Tomó asiento en uno de los bancos, se dejó caer contra a la pared y permaneció allí largo tiempo, mudo y taciturno.

Corocotta no había mentido a la asamblea por fatua vanidad. Roma ofrecía señales contrapuestas. Avasallaba con toda su potencia militar al tiempo que demostraba que el cabecilla aún le provocaba escalofríos al requerir semejantes medios para protegerse de él. Pero, más allá de esa evidencia, el halo de imbatibilidad de Corocotta había amagado con fracturarse ante los notables como un hueso viejo. Quizás el gran caudillo no era tan poderoso como creían. Quizá su espíritu invencible solo fuera una ilusión tan merecedora de alabanza como caduca y vana.

Puede que Sekeios fuera el único que en verdad reconociera las emociones que en aquellos días tan adversos desbordaban la mente de Corocotta. Había olido su temor cuando tuvo que acompañarlo junto a Clutos para calibrar las defensas romanas. Él también estuvo allí, y leyó en el fondo de sus ojos. Lo observó oteando el paraje crestado de cumbres, perdida la vista en el gran campamento principal, conteniendo la respiración al descubrir los contingentes de auxiliares lusitanos contratados por Roma para engrosar su ejército. Una fuerza abominable se echaba sobre ellos. Su talante soberbio no era el mismo. Había en él una sombra de sumisión, de repentina conciencia de la inutilidad de hacer frente a las legiones de Augusto. Y, en ese momento, apoyado el pie derecho sobre una roca, la capa rojiza cayéndole vigorosa sobre la espalda, las manos apoyadas en torno a un grueso bastón, viendo estrechadas las cumbres, cortados los caminos, el aterrador caudillo Corocotta, aquel capaz de presentarse ante el *princeps* de Roma, sintió por primera que le flaqueaban las rodillas como si se le doblara el alma.

Poco se notó aquello en Aracillum, porque el concano jamás admitiría que el temor lo había desbordado. Su autoridad e influencia no se lo permitían. Aplastó sus tribulaciones internas y volvió a mostrarse enérgico e intratable.

Encerrado el poblado, sin acceso a nuevos recursos, la única estrategia posible consistía en estorbar a las legiones en los accesos, atrincherarse en la población y hostigar con rápidas acciones contra los campamentos para entorpecer su asedio, en espera de que sus hermanos del norte acudieran a auxiliarlos. Hostigar y hostigar y hostigar hasta masacrar su moral, y así día tras día y semana tras semana, confiando en que el agotamiento terminara por expulsar a los romanos.

Corocotta convenció de ello a Aracillum. No se doblegarían. Vivían para la guerra y morirían por ella.

Campamento principal de bloqueo a Aracillum

Arquio estudió sobrecogido bajo la lluvia el campamento militar que controlaba su poblado por el sur. Los fosos, los terraplenes, las empalizadas emergían de la tierra como una mandíbula dentada de colmillos.

Desde que huyera de Aracillum con la ayuda de los centinelas que lo servían, el príncipe se había ocultado en una gruta junto a sus *comites*, expectantes ante el posible avance romano y las acciones de Corocotta para contrarrestrarlo. Enroscados como serpientes en su escondrijo, discurrieron durante días cómo actuar con una pieza como el notable Urbigo y, sobre todo, qué hacer con el valioso secreto acerca de Sekeios que Arquio poseía. El príncipe, desquiciado por la inesperada muerte de su padre, no terminaba de aclararse. Fue el rápido alzamiento del cerco romano contra su poblado lo que disipó toda indecisión. Por primera vez en su vida, Arquio atinaba con sus acciones. Incluso Lucobos se había aliado con él, tal y como le rogó. Ya no era necesario ir a buscar a los romanos para presentar una oferta; ellos se acercaban, como si quisieran brindarle facilidades en la ejecución de su plan.

La presencia de arqueros sirios en las torres de madera que encuadraban la puerta pretoria no contribuyeron a tranquilizarlo. Podrían acribillarlos de una andanada sin ni siquiera atender a su petición de audiencia con el gobernador Gayo Antistio Veto para proporcionarle una información de alto interés. El siseo grave de la puerta al abrirse le hizo tragar saliva.

Cuando descubrió la figura negra del gobernador de la Tarraconense aproximándose hacia él, recortada en medio de la franja fogosa que se proyectaba entre hoja y hoja, envolviendo su silueta con un halo de superioridad, dio un paso atrás y reprimió un gemido de congoja. Arquio echó un vistazo a sus hombres, calados hasta el tuétano, y procuró mantenerse firme. A medida que Gayo Antistio Veto se acercaba, le pareció tremendamente grande. Lo escoltaban Turbantu y Umarilo, sus veteranos guardias berones. Lucio, el orondo intérprete gaditano de Veto, acongojado entre los dos guerreros, cubierto con una capa encapuchada, resoplaba maldiciones. Hacía frío y las cabezas de unos y otros, envueltas en las nubes de vaho que exhalaban sus pulmones, conferían al encuentro una atmósfera siniestra. La lluvia repicaba sobre el barro.

Arquio y su tropa habían arrojado las armas a sus pies para avisar de que venían en son de paz.

El gobernador se echó la capa a un costado y mostró el pomo de la espada. Aquel gesto inhóspito bastó para que el príncipe cántabro hincase las rodillas en tierra y extendiese las manos, como si suplicara.

—Está claro que tú no eres Corocotta... —ironizó Veto.

—Soy Arquio, príncipe de Aracillum —se presentó.

—Y un traidor que apesta a borracho.

—Un borracho que puede serte mu... muy útil.

Reparó el gobernador en el sujeto maniatado que traían consigo. A diferencia de los otros, reflejaba cierta distinción. Urbigo alzó la cabeza, magullado y orgulloso, y devolvió la atención al general romano.

—¿Por qué podría serme útil alguien como tú?

—Porque yo sé algo que tú deseas conocer.

—¿Qué puedo esperar de una raza de bandidos como la tuya?

—Información de mucha u... utilidad, como digo.

Veto ojeó de arriba abajo al montañés que se decía príncipe y tartamudeaba. Su aspecto miserable, encogido como un gurruño, no le infundía más que desprecio, pero el anzuelo de la información prendió su curiosidad.

—Habla.

—¿Qué me ofrece el gran g... gobernador de Roma a cambio de lo que he venido a contar?

El gobernador cruzó las manos a la espalda. El príncipe bajo la vista, cohibido. La ocurrencia de exponer condiciones desde su posición de inferioridad no le auguraba una acogida diplomática. Mejor no presionar demasiado. Se reintegró a su postura en pie, buscando una pose más acorde a su rango; hizo una pausa dramática y desveló su secreto:

–Sé dónde está el autrigón al que buscas.

Por primera vez desde que llegara a Hispania junto a Augusto, una nítida sonrisa se dibujó en los labios de Gayo Antistio Veto.

* * *

Cuando no pueden imponer su voluntad, las minorías recurren al descrédito del contrario y a la violencia más pertinaz. Sin el príncipe Arquio como herramienta de discordia, el notable Virono buscó aprovecharse de la sombra que Roma proyectaba sobre ellos para inocular la crispación. Con un Corocotta intocable respaldado por casi todos, fue a por Sekeios.

Por oposición a la idea del caudillo, Virono aseguraba que el autrigón había traído la desgracia consigo. Solo así se explicaba que hubiera llegado a ellos justo después de la caída de Bérgida y que a aquella le hubieran sucedido las calamidades que ahora los atormentaban. Ni el gran Corocotta, a pesar de su soberbia guerrera, las había impedido. La desaparición de Urbigo era un mal presagio, y la huida del príncipe Arquio nada bueno podía acarrear. No dudaron en vocear que Turennia era tan responsable como Sekeios de generar discordia en el poblado. Si esa insensata mujer hubiera sabido mantener el orden natural de la tradición y se hubiese dejado cortejar por Arquio, las cosas irían mucho mejor.

–Ese al que tanto admira Corocotta debería andarse con cuidado...

Virono destinaba la advertencia a los oídos más mozos, los más fáciles de engañar y encender. Los alentó a defender a su pueblo de cualquier enemigo, no solo los romanos; los instigó arguyendo que no hay peor adversario que el que reside en tu propia casa, y que Arquio carecía de responsabilidad, pues actuaba con el juicio nublado por culpa de ese extranjero autrigón que había llegado para perturbar la convivencia. El argumento solidificó en sus mentes imberbes. No hizo falta mucho más para que les hirviese la sangre. Eran jóvenes guerreros recién iniciados, ansiosos por defender Aracillum y demostrar su valía.

Sekeios, refugiado en atender las necesidades de Turennia junto con Dovidena, se percató de ello. Su proceder se volvió más instintivo, más alerta de cuanto acontecía a su alrededor, como el lobo agazapado con las orejas enhiestas.

El asalto se produjo en una suerte de plazuela cuando las brumas del atardecer recogían a los vecinos en sus casas y a los guerreros al descanso, y solo los centinelas de las puertas y murallas mantenían los ojos y oídos abiertos hacia el exterior de la fortaleza. Un sexteto de sombras zagales abordó a Sekeios en el momento en que este regresaba de reparar las goteras del establo comunal de los caballos, que él mismo se había prestado a arreglar. Al hombro, una talega de cuero con cuerdas y herramientas.

Le hicieron corro.

–¿Dónde vas, extranjero?

Sekeios se volvió hacia la voz. Un muchacho de buena estatura, un poco adelantado de los otros, calentaba sus hombros con giros y ladeaba la cabeza a un lado y a otro, haciendo crujir el cuello, en actitud de pelea. El jefe de la banda. Sekeios calibró la situación. Los jóvenes portaban pequeños cuchillos al cinto. Echó de menos el peso de su espada corta en el suyo y, sobre todo, que Corocotta le hubiera retirado la vigilancia de Bovecio, que ya no consideraba necesaria. Una contradictoria deferencia, pues le llegaba en mal momento.

–No quiero problemas.

–Demasiado tarde para ti –se regodeó el joven montañés.

–Esto no va a traer nada bueno ni para mí ni para vosotros, te lo aseguro.

–Corocotta es un gran guerrero, pero se equivoca contigo.

–Puede.

—Me gustaría saber cómo lo has engañado para que te mantenga con vida.

—¿Quién te ha dicho eso?

—Lo digo yo.

Sekeios resopló al imaginarse a Virono adoctrinándolos vehementemente.

—Escúchame bien, no dejes que nadie te diga a quién tienes que odiar. Insúltame si quieres, pero no malgastes tu energía con alguien insignificante como yo. Te hará falta para un enemigo mucho mayor.

—¡Diría que tienes miedo, autrigón!

Sekeios negó con la cabeza ante el pueril argumento del muchacho, que, a pesar de su altura, aún necesitaba madurar sus pensamientos.

—Ya lo creo que lo tengo. Mientras perdéis vuestro tiempo conmigo, ahí fuera se encuentra el verdadero horror para vuestro pueblo.

—No te preocupes por eso, pelearemos y venceremos.

—Eso espero —respondió Sekeios con resignación.

El muchacho se golpeó con un puño la palma de la otra mano.

—Pero antes de los romanos estás tú...

El cabecilla del grupo se relamía. Sekeios comprendió que no podría razonar con ellos. El experto Virono había realizado su trabajo de manipulación con insuperable insidia y las ganas de hacerle daño hervían en sus miradas.

Sekeios probó a reanudar el regreso a casa de Urbigo e intentó cruzar entre ellos. Un joven corpulento se interpuso en su camino.

—Déjame pasar —pidió Sekeios.

—¿No has oído a mi amigo? Tú no vas a ninguna parte.

Sekeios no se dejó arrastrar por la provocación e insistió en abrirse camino. Su actitud moderada recibió a cambio un empujón. Trastabilló, y tuvo que apoyarse sobre una mano para no caer en el centro del corro. Apretó el puño, sus párpados se entrecerraron, se avivó su respiración. Recolocó la talega y las cuerdas sobre el hombro y se encaró con el joven.

–Quita de en medio, muchacho, o no tendrás ocasión de volver a tocarme.

Esta vez ya no sonó tan templado. El del empujón se mantuvo firme, pero se le había atragantado la respuesta. Tenía ante sí a un veterano más difícil de intimidar de lo que pensaba.

Sekeios se debatía entre emplear una de sus sogas para ahorcarlo o buscar otro hueco por el que escabullirse. Si se hubiera dejado llevar por lo que le dictaba su instinto asesino, habría elegido la primera opción. Estaba harto. Él quería evitarla, pero la violencia lo encontraba allá donde se dirigiese. Quizá fuera tan fácil como dejarse arrastrar por ella. Pensó en Turennia, en su sufrimiento, en que escoger la opción menos agresiva ante unos jóvenes le evitaría problemas posteriores. Fue lo único que lo contuvo. Buscó sortearlos por otro espacio. Las piernas se cerraron también allí. No le dieron tiempo a otra intentona. Los asaltantes cargaban pedruscos ocultos en las manos. La primera pedrada lo golpeó en la columna vertebral. Un impacto seco, como si lo atravesaran. Después la granizada de piedras.

–¡Fuera de nuestra tierra!

Sekeios se cubría la cabeza con las manos. Doblado por el intenso dolor, embistió con el hombro al más corpulento, que no lo vio venir, sorprendido por la fuerza y agilidad del extranjero. Sekeios saltó con habilidad por encima del zagal y se alejó a la carrera.

Decidieron no perseguirlo. Ya se llevaba suficiente descalabro y de ahora en adelante se pensaría dos veces andarse por el poblado como si tal cosa.

* * *

Virono se apresuró a restar peso al asunto cuando algunos testigos aseguraron haber visto al autrigón corriendo entre la bruma, como si huyera.

–Disturbios sin importancia...

En el poblado se asentó un mutismo pernicioso. Los padres de los miembros de la joven cuadrilla aclamaban a Corocotta, pero se resistían a manifestarse en contra de sus hijos, cántabros al fin y al cabo, no como ese Sekeios. Sembraban así la complicidad que necesitan los agresivos para moverse a sus anchas. Corocotta interrogó a Sekeios y este le refirió un encontronazo con unos exaltados, guardándose los detalles del apedreamiento para no aumentar la crispación ante el trance con Roma. En vista de ello, el caudillo optó por un castigo liviano para imponer el orden entre los muchachos.

–Pelearán uno a uno solo con sus manos contra Bovecio. Un par de leves luxaciones a tiempo los espabilarán y se les quitarán las ganas de molestarte.

El autrigón asintió, conforme. Corocotta necesitaba a todos sus guerreros motivados y un escarmiento excesivo causaría el efecto contrario.

Sekeios no relató a Turennia nada sobre el asalto. Pidió a Dovidena que tampoco lo hiciera. Sus ropas ocultaban los moratones y no había necesidad de torturarla con más sufrimiento. Ajeno a cuanto se organizaba para oponerse al bloqueo de las legiones romanas, Sekeios continuó cuidando de Turennia hasta que esta pudo valerse por sí misma. Elguismio, el sacerdote, aseguraba que las ninfas habían hecho pasar lo peor y que el vástago nacería.

El día que la mujer abrió los párpados, apreció que había algo distinto en el lobo. Interpretó en su semblante una tiniebla de culpabilidad. Una contradicción descrita en él. Sus rasgos dóciles, de cuidador embelesado, se habían embrutecido. La atendía todo el tiempo, entre sorbo y sorbo de sopa, entre caricia y caricia, como para no perderla de vista; pero escudriñaba más allá, en algún abismo. Sekeios había tenido suerte. Un mal golpe en la nuca o una pedrada en la sien podrían haberlo matado. Todo por culpa del príncipe y su odioso entorno.

–¿Qué te pasa, Sekeios?

–Arquio. Tendría que haberlo destripado cuando pude. Tu hermano me advirtió acerca de él.

–Eso ahora no importa.

Turennia, débil el tono, volvió la cabeza hacia el taburete vacío frente al fuego en el que su hermano Urbigo pasaba buena parte del tiempo. Leal, decaídas las orejas, yacía acurrucada junto al asiento mientras barría el suelo con la cola.

—¿Crees que lo habrá asesinado? —preguntó aquella.

—No lo sé.

Había algo distante en su forma de contestar. Turennia le tomó una mano.

—Hay algo que no me estás contando.

Sekeios se puso en pie.

—Corocotta me ha permitido vivir, es cierto, pero su obsesión conmigo solo ha servido para impedirme estar a tu lado.

—Solo hay un responsable de esto, Sekeios.

—Un responsable al que no puedo castigar.

—Su castigo es ser como es, vivir con sus propios miedos. No imagino nada peor. Si hay algún momento para la venganza, le llegará de lo más alto.

—Ni Lucobos ni ningún otro dios tienen nada que ver con esto.

—No te tortures, Sekeios.

—¿Que no me torture? No soy más que un prisionero, no hay nada que pueda hacer para cambiar las cosas. Ahora que Corocotta me concedía algo parecido a la libertad, Virono me ha recordado cuál es mi lugar.

Turennia no supo qué decir. Sekeios la contemplaba, una franja acuosa contenida en los párpados. Ella vio la ternura en la mirada del cazador, alguna firme decisión esculpida en los labios que no quiso pronunciar. Un ansia de matar cada vez más incontrolable que no supo descubrir.

—Descansa, Turennia, solo eso, y no hablemos más.

* * *

Fue Corocotta el primero en saber lo que ocultaba su corazón salvaje. A la mañana siguiente, Sekeios salió de la casa de Urbigo y sorteó a empellones a los aguerridos cántabros y astures que hormigueaban por el poblado. Grupos de guerreros, hombres y mujeres, practicaban maniobras militares y simulaban batallas de tiro en formaciones cerradas. El poblado bullía de actividad militar. Sekeios avanzó en su sago negro, recluido en su burbuja, sin detenerse ante nadie. Descendió por el camino hasta alcanzar el chozón del caudillo. Bovecio guardaba la puerta. Sekeios se plantó ante él.

–Déjame entrar.
–¿Qué quieres?
–Tengo que ver a Corocotta.
–Él no te ha llamado.

Sekeios sondeó la estatura del soldurio, sus armas.

–Dile que estoy aquí –insistió.

Bovecio frunció los labios con evidente indecisión. Se agachó para entrar en la cabaña y al poco regresó con el permiso para que accediera.

Encontró al concano de espaldas, en el centro, acuclillado en círculo junto a algunos de sus devotos, sus potentes gemelos de trepador marcados bajo la piel. Corocotta mantenía sobre el hombro un bastón. Había trazado sobre el suelo arcilloso un rudimentario mapa del poblado, las cimas colindantes y los campamentos enemigos. Puso especial esmero en la descripción visual del fortín y las dos líneas de terraplenes y fosos de enormes proporciones ejecutados por los romanos al sur de los campamentos meridionales, en un importante estrechamiento de la sierra. Barreras para cortar el paso y entorpecer las presumibles acometidas montañesas. El caudillo levantó la cabeza al presentir a Sekeios.

–Has estado muy ausente –dijo.

–Quiero hablar contigo.

Los devotos se miraron, atónitos por la brusquedad del autrigón. Corocotta se incorporó.

–Dejadnos.

Cuando estuvieron a solas, Corocotta se sirvió en un vaso *zythos* de una vasija sin decoración y le ofreció sentarse con él sobre una estera. Sekeios rechazó la invitación y se mantuvo en el sitio.

–¿Ves a mis hombres? –dijo el concano–. Jamás discuten una orden. –Dio un tiento a la bebida. Observaba al prisionero por encima del borde–. Un jefe fuerte necesita seguidores cuya lealtad esté por encima de su propio criterio personal.

–¿Y si alguno decidiera no cumplirla?

–Significaría que piensa demasiado y habría que quitarlo de en medio. –Sekeios emitió un bufido de discrepancia, casi provocándolo–. Estoy seguro, autrigón –prosiguió Corocotta–, de que no has venido a hablar de mis soldurios.

–Así es.

–Pues di a qué has venido.

Sekeios fijó la atención en su pequeño cuchillo de filo curvo y su espada corta, envueltos en un hato sobre un arcón. Al lado se alzaba la panoplia del caudillo, coronada por el llamativo casco con doble emplumado y penacho central.

–Quiero que me las devuelvas.

Corocotta ojeó las armas autrigonas.

–¿Para qué las quieres?

–Devuélvemelas, Corocotta.

–Olvídalo. Los culpables han sido escarmentados.

Sekeios apretó los dientes.

–Es mucho más que eso.

–Turennia...

–Mataré a cualquiera que se acerque a ella, o a mí.

–Lo de Turennia ha sido una desgracia. –Corocotta intentó sonar inflexible pero compasivo.

–Protege a tu gente y no habrá desgracias.

Corocotta dejó el vaso de *zythos* en el suelo, despacio. Sus mejillas se endurecieron. Sekeios se dirigía a él con esa serenidad tajante propia de un glaciar; palabras gélidas, casi inertes, atemorizantes.

–Aquí las órdenes las doy yo, autrigón, ¿queda claro?

–Tú da las órdenes y yo me encargaré de Turennia y de mí.

Escupió Corocotta su risa de hiena.

–¿Y cómo piensas hacer eso?

–Con mis armas –repitió.

Corocotta advirtió que la intensidad de su mirada se acentuaba.

–La ira no te deja pensar, autrigón.
–Pensar es lo que me ha traído hasta aquí.
–Pues ya sabes lo que les pasa a los que usan demasiado la cabeza...
–No usarla es aún peor.
–Eso no es propio de alguien de tu condición.
–Procedo de una familia de servidores, no de estúpidos.

Corocotta arqueó una ceja.

–Tampoco lo suficientemente listos como para prosperar.
–Teníamos deudas, y nunca pudimos negarnos a cumplir las órdenes de los patronos.
–El miedo a las represalias.
–Cuando me hice hombre, fue igual. Roma exigía reclutas, y yo no supe negarme.
–Una cobardía razonable si los romanos te amenazan con hacer rehenes entre tu gente.

Sekeios dejó pasar la burla. Mantuvo el aplomo y la postura imperturbable.

–Pero ahora ya no estoy con Roma y ya no tengo patrono a quien deba obedecer.
–Los hombres como tú no valéis para ser libres. La libertad os queda grande, os sentís perdidos en ella.
–Te equivocas.
–¿Y me eliges a mí para demostrarlo?
–No quiero problemas contigo, Corocotta.

El caudillo se acercó a una tabla de la que sobresalían los puños de hueso de los cuchillos insertados en ella. Tanteó uno de ellos.

–Olvidas con demasiada facilidad que sigues respirando gracias a mí –dijo.
–Con mis armas, no te necesitaré.
–Me lo estás poniendo difícil.
–Hagámoslo fácil.

Corocotta sorprendió una mueca de desprecio en los labios del autrigón.

–Harás lo que te mande para que yo pueda ganar esta guerra.

–Esta no es mi guerra.

–Tu guerra será con quien yo diga.

–Entrégame las armas –insistió.

Corocotta echó un trago largo y se limpió la boca con el brazo. La pose impasible de Sekeios confirmaba que no iba a echarse atrás.

–Si las quieres, ahí están.

Sekeios no dudó. Cuando arrancaba hacia ellas, el concano se interpuso en su camino.

–Aparta, Corocotta.

Sus hombros se rozaron, quedaron enfrentados. El voraz depredador cántabro frente el sigiloso cazador autrigón. Respiraban ambos con la pausa controlada de los asesinos de raza. Corocotta lo agarró de una muñeca, intuyó la violencia a punto de explotar en el otro. La consideración mutua que se tenían fue quizá lo que evitó el choque.

–Conozco esa mirada –declaró el caudillo–. Tú eres un asesino, como yo. No intentes contenerlo o acabará contigo. –Calló Sekeios. Caviló Corocotta. Un hombre de pocas palabras resulta siempre más peligroso que aquel que ladra cada día cuánto mal está dispuesto a causar–. Puede que actúes bajo el influjo de Corono, y si es así ni siquiera yo podré detenerte.

Sekeios asintió. Corocotta dio un paso atrás y sonrió, engreído, como para hacerle ver que ni con el dios de la guerra actuando de su parte lograría salir vivo de allí si él no lo permitía.

–Tendrás tus armas –ofreció el caudillo. La promesa relajó un punto los ánimos. Sekeios asintió con lentitud–. No tan rápido. Te las entregaré a cambio de algo. –El autrigón interpeló a Corocotta con un resuello. Estaba dispuesto a escuchar–. Me jurarás fidelidad como mi servidor y combatirás para mí contra Roma.

Sekeios bajó la vista. Tasaba la oferta, tan opuesta a su intención de no volver a doblegarse ante nadie. Aceptar significaría convertirlo en su patrón, serle fiel en todo cuanto dictase, seguir cumpliendo los dictados de los demás en detrimento de los propios, entregarle su voluntad, enjaularse en un destino de guerra y sufrimiento. Y ni siquiera creía en Corocotta. Sekeios seguía sosteniendo que la fe del caudillo en la derrota de los ejércitos romanos no era más que una ilusión, una visión tan noble como baldía. Roma no se retiraría jamás. Que algunos quisieran pactar era razonable. Al menos continuarían vivos..., siempre que Augusto y sus gobernadores así lo quisieran. Obedecer a Corocotta lo alejaría de Turennia y de su hijo. O puede que no, puede que arrodillarse ante él y contar con su protección como patrono le permitiera defenderlos mejor... Había tantos futuros como perspectivas. Tan posibles todos como impredecibles. Una rueda en constante movimiento.

No existían decisiones seguras, pero aceptar la oferta le permitiría satisfacer el apetito primario de recuperar sus armas.

Al fin, Sekeios dio un paso atrás.

–Entrégamelas, Corocotta, y combatiré para ti.

* * *

Llegan días de ardorosos preparativos para acosar el cerco romano. Una mañana Corocotta recibe extrañas noticias de la patrulla que vigila los movimientos en el campamento principal: un destacamento romano se había detenido a medio camino del poblado. Cerca de ochenta hombres, legionarios y mercenarios hispanos, una compañía de jinetes y un carro. Urbigo está con ellos. Le informan de que un oficial de alto rango encabeza la marcha. Los auxiliares vocean que el gobernador de la Tarraconense quiere tratar un asunto de gran importancia con el caudillo Corocotta. Solicita un lugar intermedio en el que entrevistarse. Corocotta ni medita la respuesta:

–Si pretende algo de mí, que venga aquí a proponérmelo.

Los patrulleros cántabros acercan el mensaje y advierten de que el encuentro únicamente tendrá lugar ante las murallas del enclave. Tienen que presentarse sin gente de a pie, solo una ligera guardia montada puede acompañar al gobernador. Antistio Veto desestima las condiciones y responde que no arriesgará su seguridad. Solo accederá si lo acompaña toda su guardia personal y el resto del destacamento. El recelo es aceptado e interpretado por Corocotta como señal de temor hacia él y que, en verdad, algo importante viene a proponerle.

Se verían las caras al amanecer.

* * *

Aracillum pasó la noche sumida en el insomnio impaciente de la espera. Corocotta apenas pudo conciliar el sueño. Tampoco Sekeios. Aquel por la presión del encuentro, este porque la angustia de proteger a Turennia lo mantenía despierto.

No hizo falta soplar los cuernos para congregar a los guerreros. Antes de que clarease la mañana, la muralla exterior de Aracillum ya se perfilaba encrespada de lanzas. La niebla matinal no permitía distinguir a la unidad romana. Pero se oían sus pasos firmes y rotundos rompiendo la bruma, pasos que se acercaban disciplinados entre rebufos de caballos. Poco a poco sus siluetas confusas se fueron desvelando.

La columna romana se detuvo donde la línea de cumbres se ensanchaba, en un lugar próximo al acceso sur del poblado. Se desplegaron en filas con intimidatoria precisión. Aunque fueran pocos, había algo en los romanos que imponía; sus elaboradas protecciones y armamento, su organización, su sensación de superioridad militar. Las élites guerreras de Cantabria, armadas hasta los dientes, relucían humildes frente a ellos. Simples legionarios romanos estaban mejor equipados que algunos jefes cántabros. La destreza para desarrollar los movimientos sin fisuras impresionó a los jóvenes montañeses recién iniciados en la guerra, que sondeaban de reojo a sus mayores, rasgados de marcas y cicatrices, más sobrios, menos sensibles al espectáculo romano.

La figura de Gayo Antistio Veto sobre su caballo de batalla blanco despuntaba de forma extraordinaria. Una capa carmesí caía sobre las nalgas de la bestia, peto musculado, casco ático encrestado con frondosas plumas rojas de general, carrilleras encuadrándole las mejillas... No era más alto que los demás, ni iba más armado que los otros. Era su forma distinguida de moverse, la seguridad apabullante de sus ademanes la que imponía.

Veto echó una ojeada con desdén al ídolo de piedra de la altura de dos hombres que guardaba la entrada sur del poblado sobre un zócalo blanco. Labrado en un monolito, el dios supremo Lucobos lo recibía con sus largos brazos extendidos a los lados. Una lanza en una mano, una honda en la otra. Sus ojos pétreos oteaban a la nada. Un cuervo se posó sobre el ídolo. El ave negra emitió un graznido.

El gobernador no tardó en descubrir la cabeza pelirroja de Corocotta sobre el puente que protegía el acceso. El concano también hizo por dejarse ver, los brazos cruzados sobre la coraza circular, la postura impertinente, bien visible la falcata en su tahalí. No hubo presentaciones.

—¡¿A qué has venido?!

Gayo Antistio Veto se destacó unos pasos, dejando atrás a Lucio sobre su mula. El gobernador de la Tarraconense ensartó sus pupilas en el caudillo cántabro.

—¡Quiero que me entregues al autrigón!

XI

DESEMBARCO

Aracillum enmudeció. El cielo ajironado de nubes se detuvo sobre sus cabezas. Corocotta cruzó los brazos.

—¡Entra solo y hablaremos!

—¡De modo que está contigo!

Era evidente que el caudillo conocía el paradero de Sekeios. Arquio no había mentido al gobernador. Corocotta, práctico, no invirtió tiempo en negarlo.

—¡¿Qué quieres de él?!

—¡Quiero verlo! —repitió el gobernador.

Lucio se pasaba un paño para retirarse el sudor de la frente a cada transcripción.

Veto dio una orden y sus guardias berones Turbantu y Umarilo saltaron del carro situado tras la formación. Trajeron consigo a un hombre maniatado a la espalda, la túnica manchurroneada de sus propias inmundicias. Rebasaron al gobernador y lo arrodillaron ante las pezuñas del caballo. Los belfos de la bestia desprendían espumarajos sobre la cabeza del preso.

Un murmullo de conmoción y espanto estalló entre los cántabros.

—Es Urbigo...

El nombre del notable se propagó de boca en boca.

—¡Nuestro noble *princeps* Augusto no debió malgastar doscientos mil sestercios para encontrarte! —dijo Veto—. ¡Yo lo he logrado sin coste! ¡No has sido tan difícil de descubrir! ¡Pero ese autrigón al que proteges sí que es escurridizo! ¡Entrégamelo y recuperaréis a vuestro notable!

El respeto de Aracillum por Urbigo no era una cuestión menor. Arquio había asegurado al gobernador que Aracillum no dudaría en entregarle a Sekeios si con ello rescataba a uno de sus hombres más reverenciados. Que Corocotta tardara en dar una respuesta demostraba que el argumento del traidor era sólido. Dio órdenes a Bovecio para que acudiese a buscar a Sekeios.

El soldurio llegó a casa de Urbigo a grandes zancadas. El aire tufaba a sebo. Encontró al autrigón afinando el doble filo de su espada corta con una piedra de amolar.

—Corocotta te reclama.

El aludido no levantó la vista del arma. Limpió la hoja con un mechón de cordero untado en manteca de vaca y lo depositó en el suelo sobre un paño. Acabó de repasar la espada y la alzó para comprobar la precisión del afilado. Ni una muesca. El nervio central brillaba como si fuera nueva. Sekeios asintió circunspecto, al comprobar la robustez de su arma. Resistente y letal. El metal se ensanchaba en el centro como una hoja de laurel y se estrechaba al llegar a la guarda. Un pequeño arco con dos casquillos cerraba la empuñadura para asegurar el agarre al cerrar la mano en torno a ella. Posó la yema del índice sobre la afiladísima punta. Fue rozarla y el extremo penetró en la piel con precisión. Una gota de sangre se infló sobre ella. La espada estaba lista para perforar y descargar tajos con ambos filos. Sekeios se limpió la sangre con el pulgar y devolvió el arma a su funda.

—Corocotta no espera —lo apremió el soldurio.

Turennia dedicó una mirada conmovedora a Sekeios. El prisionero sabía que Aracillum aguardaba la llegada del destacamento romano con un militar de importancia a la cabeza. Ella sospechó que el nombre del gobernador se esbozaba en la mente de Sekeios. Se levantó del escabel sobre el que molía sal púrpura en un mortero.

—Voy contigo.

—No estás en condiciones.

—No te lo estoy preguntando, Sekeios.

Turennia había recobrado fuerzas y la redondez de su embarazo se perfilaba bajo el vestido. Sekeios, enternecido por su apoyo, asintió con la cabeza.

El soldurio los guio hasta el caudillo, que los recibió sin inmutarse.

—Sabía que ocultabas algo —desveló.

El autrigón ignoró el reproche. Corocotta escrutó en sus facciones en busca de una respuesta sobre el interés del romano en él. No halló más que una expresión escueta y sin contenido.

Gayo Antistio Veto, gobernador de la Tarraconense, lo había al fin localizado. Sekeios no experimentó un temor profundo, más allá de un pinchazo en el vientre. Había recuperado su arma y ahora era un hombre entregado a la lucha y a la protección de Turennia. Lo único que le importaba, por encima de sí mismo. Turennia se había arrimado a su brazo; una mano en el abdomen; la otra, afligida, tapándose la boca al ver a su pobre hermano de rodillas, viejo y desamparado, a merced de quién sabe qué propósito. Se alegró de que Dovidena hubiese decidido quedarse cuidando de su marido, aquejado de una enfermedad de las piernas que a diario empeoraba y lo mantenía postrado en la cama. Puede que su hermana, tan impetuosa como sensible, hubiera preferido ahorrarse el dolor de ver a su hermano en manos de la crueldad romana. Turennia comprendió que había hecho bien.

Corocotta tomó la palabra.

—¡Aquí lo tienes!

Un hormigueo de satisfacción se extendió por las entrañas del gobernador al ver a Sekeios, el auxiliar hispano que lo había avergonzado y mutilado ante sus legionarios. La diosa Envidia respondía al fin a su empeño.

—¡Vamos, entrégamelo!

—¡Eres más estúpido de lo que imaginaba, romano! ¡¿No lo reconoces?! ¡Él me ayudó a humillar a Augusto!

Los poros de Lucio borboteaban goterones mientras transmitía semejante mensaje. Se lo comunicó con el tono dócil de un corderillo.

Un espasmo tensó al gobernador. El jinete trasmitió la irritación al animal, que empezó a resollar y a patear la tierra. Ya sabía que aquel Degeio, el supuesto hermano de Corocotta, le sugería algo familiar. Lo había tenido ante él y lo dejó escapar... El gozo de Veto se tornó furia. Si no se hubiera controlado, se habría arrancado la cara a arañazos, por estúpido.

Las cejas del concano se elevaron. Volvía a disfrutar humillando a un romano.

–¿¡Quieres recuperarlo!?

–¡Limítate a traerlo hasta aquí!

–¡Primero tendrás que contarme por qué este hombre es tan importante!

El gesto tirante del gobernador traslucía el rechazo que le provocaba Corocotta, sus compatriotas, Cantabria toda.

–¡Deberías preocuparte por saber por qué vuestro príncipe os ha traicionado!

Veto mandó que fueran a buscarlo al carro. El príncipe había insistido en que su presencia en el parlamento era innecesaria, pero el gobernador se había negado, y lo ocultó en el transporte a la espera del momento oportuno para que interviniera y valorar la respuesta de su gente, el grado de distanciamiento entre ellos.

Los berones Turbantu y Umarilo arrastraron a Arquio y lo plantaron al lado de Veto. Sus piernas arqueadas temblaban. Quiso salir corriendo al verse ante su pueblo junto a los conquistadores.

Los dientes de Sekeios rechinaron. El hombro de Turennia tiritaba sobre su brazo. Deseó esconderse tras él.

–Di algo a los tuyos, príncipe.

La voz del gobernador se clavó en sus oídos como un proyectil. Arquio se aclaró la garganta antes de comenzar su alegato:

–¡Di la verdad, autrigón! ¡Di que el gran gobernador de Roma te persigue! ¡Reconoce que m... mentiste a Corocotta, el hombre que tanto te estima! –Desplegó los brazos para abarcar al conjunto del poblado–. ¡Corocotta, esta es la suerte que ese hombre te trae: ha llevado a Roma a las puertas de nuestras casas!

Corocotta contempló con desazón a Sekeios; no por conceder credibilidad a la sabandija que hablaba, sino por el engaño del hombre que acababa de jurarle servidumbre.

–¿Es cierto lo que dice? –Asintió Sekeios. La decepción enfureció las facciones del caudillo–. Debería arrancarte la lengua y entregársela al romano.

El autrigón encogió los hombros, asumiendo el destino con frialdad. Los dedos de Turennia se enredaron entre los suyos.

–¡Lo que reclamas es justo, romano! –reconoció Corocotta.

–¡Entonces acabemos con esto!

–No... –musitó Turennia.

Arquio respiró aliviado y se inclinó para apoyar las manos sobre las rodillas.

Corocotta examinó a Sekeios.

–¿Qué voy a hacer contigo, autrigón? Primero me mientes, después te insubordinas y ahora traes al general romano a las puertas del poblado.

–Haz lo que tengas que hacer, y yo haré lo mismo.

Sekeios, insensible, no apartaba la vista de Corocotta. Había a su alrededor un rumor de voces que lo alentaban a prepararlo para la entrega. Su espada corta parecía emitir un fulgor cauteloso bajo la vaina.

–Puede que el cretino de Virono tenga razón, después de todo –admitió Corocotta.

Legionarios y nativos se ojeaban, atentos a las armas, expectantes ante el desenlace.

El gobernador alzó un poco la cabeza, el porte victorioso.

–¡Traedlo hasta aquí y os llevaréis a vuestro notable!

Corocotta se irguió.

–¿Traedlo? ¡Sois vosotros quienes debéis entregar a Urbigo!

Veto se golpeaba impaciente el muslo con una mano. Sopesó la contestación.

–¡Que salga por su propio pie hasta medio camino! ¡Mis guardias lo recogerán!

–¿Estás sordo, romano? ¡Liberad al notable!

Arquio levantó los brazos, rogando atención.

–¡Hermanos, tenéis que escucharme! ¡No confiéis en Corocotta! ¡Roma ya está a las puertas y él no ha podido evitarlo!

Gayo Antistio Veto volteó con brusquedad su montura para apartarlo. El acuerdo se desmadejaba. El odio entre los dos pueblos se imponía a las ambiciones personales.

–¡Dadme ya ese autrigón y puede que viváis! ¡Os conviene más tener al pueblo romano como vuestro amigo que como enemigo!

–¿¡Nuestro amigo el pueblo romano!?

–¡Podéis elegir ser nuestros aliados o un pueblo sometido, vosotros decidís!

–¡Es preferible trabajar nuestros miserables campos que atragantarnos con vuestro rico grano!

–¡A cambio, vuestro poblado no será arrasado! –Veto continuaba con sus estipulaciones, flemático y marcial, como un trámite previo a sus verdaderas intenciones–. ¡Cantabria no perecerá, vuestras costumbres serán respetadas! ¡Pagaréis tributos a Roma y a cambio obtendréis un bienestar que no habéis conocido hasta ahora! ¡¿No prefieres que tu pueblo viva en paz?!

Resopló Corocotta, hastiado de tanta imposición y presuntas ventajas.

–¡Ahora escucha tú lo que más conviene a Roma: retira tus legiones! ¡Si permanecéis en nuestra tierra un solo día más, juro ante Lucobos que no quedarán vivos ni vuestros animales!

Lucio jadeaba al ritmo frenético de la traducción.

–¡¿Y qué dicen vuestros notables?! ¡¿Son tan estúpidos como tú?!

–¡Los notables hablan a través de mí!

Virono, unos cuantos hombres a la derecha de Corocotta, meditaba la posibilidad de solicitarle que cerrara un pacto. El autrigón a cambio de Urbigo, en las condiciones que requería el romano. Rescatarlo era más que justo. Nadie le reprocharía la propuesta y se cosecharía una imagen de mediador ante el gobernador para facilitar futuros acuerdos. Tras un titubeo, descartó la idea. Con Arquio en el lado romano, su opinión quedaría en entredicho. Ningún otro se pronunció en voz alta a favor del intercambio. Urbigo tampoco lo habría aceptado, no en esas condiciones de absoluto sometimiento, con Arquio, que había mancillado a su hermana, del lado romano. La dignidad y el amor propio lo impedían.

—¿¡De verdad quieres ser responsable de la aniquilación de tu pueblo por ese autrigón!?

Corocotta se enfrentó a Sekeios.

—Qué le habrás hecho a ese cerdo romano para que venga hasta aquí a por alguien como tú.

—Peleé con él —reveló Sekeios.

—¿Cómo dices?

—Incumplí sus órdenes y luchamos.

—¿Luchaste con su mayor general? —Sekeios asintió sin demostrar ninguna vanidad por su osadía. Corocotta emitió un gruñido de sorpresa—. Eso no debió de gustarle nada... —murmuró.

Corocotta paseó la vista por la formación romana. Se centró entonces en el gobernador, tan abrumador y seguro de sí mismo. Un contrincante de altura que no se detendría ante nada.

El caudillo se volvió hacia sus soldurios. Bovecio ni siquiera estaba pendiente de él ni de su decisión. Toda su ira se concentraba como un rayo en los invasores y en Veto. Corocotta sondeó a Turennia. Ella sí que estaba atenta a él, el rictus mortificado, suplicante, su cuerpo deshonrado arrimado al de su hombre para no derrumbarse. Sekeios no expresaba más que un aplomo imperturbable; recto, muy quieto, como si aquello no fuera con él. Irradiaba una confianza gélida, casi abyecta.

—No eres más que un rebelde, autrigón. Un mentiroso y un insumiso que merece la peor de las condenas. Mereces que te eche a los pies de sus caballos, ver cómo te cortan las manos.

—Corocotta... —gimió Turennia.

—Míralo bien. Ese romano no desea más que castigarte...

—No creo que piense en otra cosa —reconoció el prófugo.

El concano se tomó un instante. Especulaba. Sintió a su espalda el ardor de Bovecio canalizado en los romanos, ajeno al autrigón. Levantó una ceja.

—Y yo no pienso en otra cosa que en arrebatarle las ganas de hacerlo. No pienso darle el menor placer.

Sin dar tiempo a Sekeios a asimilar el apoyo encubierto que le prestaba, lo tomó de la muñeca y la levantó entre sus cabezas.

—¡Ahora es uno de los nuestros! —voceó—. ¡Si te lo quieres llevar, tendrás que venir a por él!

Un deje de presunción matizaba su voz, convencido de lo que decía.

—¡Sekeios! —azuzó a los suyos para que lo secundaran. Sus hombres intercambiaron una ojeada perpleja—. ¡Sekeios!

—¡Sekeios! —clamaron luego—. ¡Sekeios! ¡Sekeios!

Pronto su nombre resonó como un vendaval en las gargantas de los montañeses. Agitaron las lanzas al viento. Las moharras subían y bajaban, se clavaban briosas en el cielo.

Un repentino hormigueo de orgullo recorrió la espalda del cautivo. El caudillo le contagió su pasión. Lo presentaba ahora como un cántabro más ante los romanos y ante su propio pueblo. Sekeios estaba con ellos y con Turennia, hermana del rendido Urbigo.

El gobernador suspiró. Aguardó a que el poblado se silenciara y se enderezó sobre su caballo.

—¡Es tu última oportunidad!

Bovecio se aupó a la empalizada.

—¡Antes moriremos que ser vuestros esclavos!

—¡No hay acuerdo posible, romano! —Ardían los cabellos del caudillo.

Veto se encogió de hombros, desabrido. No pretendía ni esperaba otra cosa que la negativa. Aquello no era más que una farsa. El gobernador jamás se rebajaría a entregar a su rehén, menos aún a plantear alianza alguna de capitulación con quienes tanto sufrimiento había infligido a las legiones. Había asumido el riesgo de acercarse al poblado con un único propósito: asegurarse de que el príncipe Arquio no mentía y comprobar que el autrigón se ocultaba allí.

Volteó su caballo para abrir un espacio junto a Urbigo.

—Si mis palabras no os convencen, quizás esto sí lo haga... —dijo para sí. Reclamó a Arquio y señaló al notable—. Córtale la cabeza.

El corazón del príncipe de Aracillum se detuvo. Un golpe de calor le enrojeció la cara.

—No me pidas eso, g... gran gobernador.

—Córtasela, o perderás la tuya.

Una ráfaga de viento agitó las plumas encarnadas del casco del gobernador. Urbigo se incorporó sobre las rodillas para acatar con valentía su condena. Arquio, trémulo de espanto, desenfundó su espada y se situó junto a él.

—Tumbadlo —dictó Veto.

Umarilo derribó al notable de una patada. Turbantu le clavó una rodilla sobre la espalda para inmovilizarlo. Arquio tanteó el contrafilo, procurando tranquilizarse. Le retemblaban hasta los pelos.

—Mírate —lo repudió el notable—, ahogado en tus miedos entregas a tu propia gente al enemigo.

—¡Calla, viejo!

—Tu padre nunca te aceptó como sucesor porque sabía igual que yo que no habrías sido capaz de guiar ni a una simple piara de cerdos.

—¡¡¡Calla!!!

El príncipe, sin defensas mentales para contrarrestar su fracaso, levantó la espada por encima de su cabeza. El filo fulguró, gris.

Sobre la muralla, Turennia se desvanecía. El poblado rogaba a los dioses por Urbigo.

—No, Urbigo, hermano mío... —sollozó la mujer.

Sekeios enlazó un brazo tras su cintura y con la otra la acogió en su pecho para taparle la cara.

—Es mejor que no lo veas.

Mantenía la introspección del lobo cazador acostumbrado a la muerte, pero en su abdomen se apretaba un nudo de amargura ante el horror que Turennia iba a presenciar. Ella, la mujer a la que amaba desde el día en que la vio por primera vez cuidando de sus heridas. Urbigo, su hermano, iba a morir ante ellos, el montañés que lo acogió cuando todos los demás lo hubieran descuartizado. Una insufrible culpabilidad torturó a Sekeios; en verdad había atraído la desgracia a Turennia y los suyos.

Abajo, Gayo Antistio Veto dio una última orden a Arquio:
–Asegúrate de cortar en dos veces. Que sienta el dolor y que todos lo vean.

Lucio ya ni traducía. Las palabras se desprendían ininteligibles de su boca grasienta.

Urbigo aceptaba su sino con entereza. Él mismo ofreció el cuello para facilitar a Arquio la maniobra.
–A ver si eres capaz de hacerlo tú solo –le retó.

Corocotta no podía asumir el riesgo de abrir las puertas para salvarlo. Cerró los párpados, carcomido por la impotencia, solemne, implorando a Corono y Navia para que acogiesen al notable Urbigo en su morada.

Turennia volvió la cara, los párpados anegados de lágrimas, asolada al verse ante la ejecución de su hermano; anciano, en soledad, indefenso como un conejito frente a un águila. Ni un sonido en las montañas. Urbigo rezaba a sus antepasados, rogaba por Dovidena, por Turennia. La miró por última vez; pálida en la muralla, descompuesta junto a Sekeios. Dedicó al cautivo un gesto de súplica para que cuidase de ella en su ausencia. Arquio cogió aire, se balanceó un poco hacia los lados, estiró el cuerpo y descargó el tajo.

El filo cayó con todo el peso de su frustración sobre el cuello de Urbigo.

¡Chac!

Un corte oblicuo. La cabeza se desplazó a un lado y quedó colgando de una tira de carne. Urbigo se desmoronó, los ojos moviéndose en sus cuencas, la boca abierta en un grito mudo. El cuerpo a medio decapitar pataleaba sobre la hierba ensangrentada.

Umarilo le agarró las piernas para conminar al príncipe al golpe final. Arquio no pudo rematarlo. El puño de la espada se le escurría entre las manos.

Veto suspiró.

–Serás inútil... Acábalo, Turbantu.

–Aparta.

El berón hizo a un lado al príncipe, alzó su arma y lo remató con un corte limpio y certero. La cabeza de Urbigo se desprendió. El gobernador observaba con gravedad militar los estertores del decapitado. Los impulsos menguaron, la pierna derecha se sacudió un par de veces más. Luego se detuvo. Veto repasó con una mueca de deleite los gestos horrorizados de los cántabros. Se detuvo en Sekeios.

Turennia se desgarró la garganta en un aullido de suplicio.

–Urbigo, mi hermano... –Lamentos deshilachados. Turennia se desmayaba. Sekeios tuvo que agacharse para apoyarla contra la empalizada–. Mi hermano, Sekeios, mi pobre hermano...

En la vehemencia fulgurante de una batalla, la muerte se antojaba algo secundario, un acto inevitable que sucedía demasiado rápido, sin tiempo para pensar en la insoportable fugacidad de la vida. La de Urbigo se vivió del modo contrario: la premeditación, el mutismo extremo en torno a ella, la percepción ralentizada del tiempo, el lento caos de confusión e irrealidad, el vacío abierto entre aquella cima y el resto del mundo.

El gobernador había organizado la farsa al detalle y no dio tiempo a ninguna clase de reacción al caudillo: trompeteros romanos bocinaban desde el interior del bosque para anunciar la llegada de una fuerza de socorro.

Corocotta, la cara desfigurada, un volcán al borde de la erupción, reaccionó con un grito de rabia. Él no había nacido para aceptar la derrota. Roma pagaría allí mismo.

–¡Morirás, romano!

Sekeios, viendo al concano fuera de sí, a punto de dar orden de combate y persecución, lo empujó contra el antepecho.

–¡Controla a tus hombres, Corocotta!

–¡¿Qué haces?! ¡Suéltame!

–¡Si abres esas puertas será el fin, es lo que quiere!

–¡No me importa!

–¡Acabarán contigo!

—¡Ahí no hay más que un puñado de bocineros para asustarnos!

—¡Eso no lo sabemos!

—¡Le abriré las tripas!

—¡El romano no es estúpido! ¡Sabía que no me entregarías! ¡Te incita a la pelea para atraparme a mí!

—¡No me importa! —repitió.

Sekeios lo zarandeó.

—¡Piensa, Corocotta! ¡Piensa en el poblado! ¡Te está provocando para que caiga sin lucha! ¡No lo permitas!

Imaginarse vencido en un combate menor, sin la altura de una batalla gloriosa, activó en el caudillo la prudencia que Sekeios trataba de imbuirle. Se golpeó la frente con los puños para expulsar el impulso suicida que lo arrastraba a salir a rebato.

—¡Está bien! —claudicó—, pero ¡no escaparán sin lucha!

Corocotta mandó a los honderos que estorbasen su retirada.

Aupados sobre el antepecho, los guerreros hacían muecas horrendas a la formación romana, que ya retrocedía. Silbaron las pedreras de las hondas y una andanada de glandes cayó sobre los legionarios, que se limitaban a retroceder y protegerse con sus escudos sin perder la posición mientras las bocinas seguían tocando avance a paso redoblado para proclamar que el contingente de auxilio acudía a socorrerlos.

Arquio se había escabullido tras la mula del gaditano Lucio, trotando a la par para alcanzar la protección el carro, el filo de su espada goteando los fluidos calientes de Urbigo.

Los berones Turbantu y Umarilo resguardaban al gobernador, expuesto en un exceso de gallardía al zumbar de las descargas. Urbigo entre ellos, un desecho vaciándose de sangre.

—¡Hay que retroceder! —chillaban.

Veto hizo caracolear su montura y dedicó una última mueca implacable al autrigón.

Sekeios, inmóvil, se la devolvió.

* * *

Aquel mismo día Aracillum se dispuso a preparar las honras fúnebres por el notable Urbigo. Dovidena y Turennia se encargaron de lavar el cadáver descabezado de su hermano con un paño remojado en agua para luego aplicarle aceite de avellanas. Ellas mismas colocaron la cabeza junto al cuerpo y aplicaron el mismo procedimiento. Lo envolvieron en su sago y varios hombres lo depositaron sobre una estera mientras secaban la leña junto a un fuego. Elguismio y los notables custodiaron al difunto toda la noche, sin dejar de evocar.

Llegada el alba, la luz atribulada del amanecer se difundió luctuosa por la vivienda de Urbigo. Las lumbres de los cuernos y los sebos vagaban por las paredes como almas perdidas. La casa estaba muerta. Era un cadáver entre paredes decrépitas. Sekeios pasó la noche en el cobertizo sin poder dormir, oyendo los sollozos de las dos mujeres junto al cadáver. Encontró a Turennia y Dovidena disponiendo en fuentes los alimentos con que habrían de obsequiar a los asistentes a la cremación y al entierro. Las manos temblorosas de Turennia depositaban vasos sobre una bandeja, la cabeza ladeada como si le pesara demasiado, los cabellos desvanecidos sobre un hombro. Sekeios prefirió no decir nada. Salió para asearse en el abrevadero y se ofreció a ayudar en la porquera en la que se procedía al degüello del marrano que completaría la comida fúnebre. Halló el rechazo de los degolladores, le dijeron que se valían solos.

* * *

Todo el Consejo, incluido Virono, asistió a la incineración en el cementerio. El influyente notable no podía permitirse la menor descortesía ante un acontecimiento tan espantoso. Los acompañaban los jefes con sus familias y comitivas guerreras. Corocotta prohibió a Sekeios acudir.

–Mi gente no sabe si aceptarte o abrirte en canal. No quiero revuelos. Aguarda en casa de Urbigo.

Entre ellos quedó la sensación de que se trataba de un castigo encubierto. Sekeios se tragó las ganas de replicar por no armar un alboroto que lo situase en una posición aún más delicada.

Se hizo el silencio en la necrópolis cuando la pira de leña comenzó a arder con el cuerpo inerte de Urbigo sobre ella. Una espesa humareda gris envolvió a los dolientes, ocultando entre jirones al difunto. Sus armas no estaban sobre él. Fue Dovidena quien se opuso a cumplir la tradición.

–Él nunca quiso hacerlo así. Fue un hombre poco común y en vida nunca se guio por las costumbres. Tampoco lo hará en su muerte. No necesitará sus armas en el Más Allá. Respetad su voluntad.

El marido de Dovidena se había sobrepuesto a la enfermedad de sus piernas, dispuesto a acompañarla en su duelo hasta que aquellas le aguantasen. La mano izquierda sobre la cachava, la otra tomándola, afectuosa, del brazo. Un deudo lo ayudaba a mantenerse en pie.

Fue un ritual crematorio sencillo, sin cantos ni danzas. La consideración con el deseo de la familia se impuso a las opiniones discrepantes en torno a la costumbre funeraria de entonar las hazañas y proceder a los preceptivos bailes, tal y como se habían ejecutado en el funeral de Ambato.

Las llamas difundieron el tufo renegrido de la carne quemada. A medida que el cuerpo de Urbigo se extinguía, la claridad del mediodía se fue encapotando de turbaciones. El venerado notable, muerto por la mano del príncipe de Aracillum, matador de su propio padre. Irreales realidades que hundían las certidumbres y socavaban las esperanzas. Cantabria se desmoronaba con la sencillez con que la carne de Urbigo se consumía. Los ojos enrojecidos de Turennia contemplaban entre las llamaradas el perfil ya ilegible de su hermano devorado por el fuego, disipándose en su fragilidad humana. Dovidena contenía la emoción al sentir a su hermana casi desplomada sobre ella. Su pobre Turennia, tan magullada por la vida. Ambas ocultaban sus cabezas con un manto verde oscuro que les llegaba hasta las rodillas. Dovidena le pasó una mano por la cintura por temor a que se desvaneciese. Las otras mujeres del poblado sollozaban con ellas mientras el desconsuelo por ver la desintegración de la estirpe de Urbigo rendía las cabezas conmovidas de los allegados.

Cuando el cuerpo de Urbigo no fue más que su memoria en cenizas, el responsable de la incineración se sirvió de una badilla para recoger sus restos junto con algunos fragmentos óseos que no se habían consumido del todo. Turennia y Dovidena se adelantaron hacia los residuos de la hoguera. Esta última, la mayor, tomó el recogedor y paleó las cenizas y los huesos en el interior de la urna de cerámica que Turennia sostenía de las orejetas. La cerró con la tapa.

Los asistentes caminaron entre las sepulturas alineadas que formaban callejas y se dirigieron al hoyo cuadrado de escasa profundidad excavado en la tierra para depositar a Urbigo. Los asistentes se fueron situando en torno a él, mientras Dovidena asentía y Turennia, arrodillada, entregaba a la tierra la urna con los restos cremados.

Corocotta, las manos unidas sobre el regazo en actitud respetuosa, seguía los movimientos pesados de Turennia, que colocaba el ajuar de Urbigo, una ofrenda que identificaba su estatus y habría de servirle en la otra vida. Dos broches de bronce, un aparejo equino, una coraza metálica en forma de disco, cerámicas... El dolor aturdía sus movimientos. Dovidena la ayudó a finalizar la disposición de los enseres junto a la urna.

Celebraron la comida funeraria y, cuando solo quedaron los huesos, los depositaron también en el hoyo. Turennia no probó bocado a pesar de la insistencia de su hermana, que decidió acompañarla en su ayuno. El estómago de Turennia, encogido de agotamiento, no podía acoger alimento alguno. Tan solo probó un sorbo de *zythos* y derramó el resto junto a la tumba de su hermano. Se procedió a erigir sobre el hoyo un túmulo de piedras planas, apilando unas sobre otras. Cuando el montecillo circular estuvo concluido, varios hombres hincaron con cuidado una laja vertical para señalar la sepultura. El cantero había labrado en el frente una rueda solar con seis pétalos y trazos curvilíneos asociados al paraíso astral.

Al atardecer, bajo la claridad desvaída de un sol desolado tras las cumbres, los asistentes se fueron despidiendo de las hermanas. Cuando solo quedaron ellas y Elguismio, Turennia dejó de fingir entereza y se dejó caer junto a la tumba de su hermano para desgarrar el ocaso con el aullido de su llanto, las palmas de las manos cubriéndose la cara como una niña avergonzada de sí misma.

 –Ay, mi pobre hermano, que me lo ha matado ese desgraciado...

 El sacerdote se orientó hacia el crepúsculo montañés y entonó el canto al sol de los muertos, que habría de aliviar la existencia de Urbigo en el Más Allá.

* * *

Pasaron días sobre días en un Aracillum quebrantado por el sufrimiento y azuzado por el odio. Cantabria era una sociedad guerrera que prefería morir a perder su libertad. Pero el dolor es a veces más poderoso que el valor de los pueblos. Durante aquellas jornadas funestas de lluvia y brumas, el ambiente se volvió más opresivo, más pesadas las armas. Un furor aciago se aposentó en los semblantes, esforzados en aceptar los atroces acontecimientos vividos. La traición de Arquio, la muerte de Urbigo ante las murallas de su poblado, el descubrimiento de la razón por la que Sekeios había acabado en ella, la inconmensurable superioridad con que Roma los bloqueaba... Demasiadas fatalidades seguidas. Incluso el día se había vuelto más tenebroso y difuso, con esa apariencia de vahído que percibe la vista cuando se ha bebido en exceso. Se hablaba de lucha y venganza, de organizarse para encontrar a Arquio y destriparlo, de arrancar la columna al gobernador y enviarla a Roma... Represalias proferidas con el atropello de quienes no saben cómo ejecutarlas.

 Turennia temía por su vientre. Recónditos pinchazos lo atenazaban tras el espanto de presenciar la decapitación de su hermano. Llegó a asegurar que ya no notaba las paraditas del bebé. El desconsuelo de la soledad fraternal, el recuerdo de la violación, la fehaciente posibilidad de que Sekeios falleciera en alguno de los combates y la idea de verse abandonada le provocaban mareos. Dovidena no derramó lágrimas. Era su ruda naturaleza de mujer enérgica y escasa en palabras. Sentía la pena en el estómago y el pecho, tenso y ahogado. Cuidó de Turennia, y Turennia de ella. Sollozaba aquella y tragaba saliva esta, abrazadas junto al telar. Se palpaban la cara la una a la otra para cerciorarse a través del tacto de que aún se tenían.

Dovidena le ofreció irse a vivir con ella y su marido.

–No abandonaré la vivienda de nuestro hermano. Esta casa y su memoria no desaparecerán, no así.

–No quiero que estés sola.

–No lo estaré, Sekeios cuidará de mí.

Sekeios se aisló más aún. Dejó de relacionarse incluso con Turennia. Merodeaba junto a Leal por la casa de Urbigo, por los rincones del poblado, sombrío, tanteando su espada, como si le pasara por la cabeza la idea de sacarla de improviso y atravesar al primero que se le cruzase. La culpa arrastraba sus pasos.

Fue Corocotta quien lo sacó de su ensimismamiento. Lo llamó al chozón para celebrar la ceremonia de lealtad que lo convertiría en su juramentado. El caudillo pasaría a ser su jefe, su patrono. Lo protegería. Sekeios, a cambio, le rendiría su apoyo en todo cuanto le demandase.

La noche había caído sobre el poblado como un manto ominoso. Sekeios aguardaba fuera, junto a la puerta del chozón, cubierto con una túnica blanca ceñida a la cintura por un cinto decorado con una placa de bronce con círculos sogueados; titilaba como una luciérnaga bajo la negrura de un firmamento anegado de oscuridad. Nadie lo acompañaba. Dormía medio Aracillum y el otro medio, apostado en la doble muralla, concentraba toda su atención en los alrededores. Del otro lado de las defensas llegaba el arrullo de un arroyo arrastrándose en su cárcava.

En el interior de la casa tenía lugar el sacrificio de un potrillo. Sekeios pudo oír las fórmulas litúrgicas, los chillidos del animalillo, el tétrico sigilo posterior. Al poco, la puerta se abrió. Elguismio, el oficiante, las manos manchadas de sangre, como en trance, aún apretaba el puño del cuchillo sacrificial.

–Si cruzas esta puerta –dijo–, nunca más volverás a ser el mismo hombre.

Sekeios lo aceptó, y pasó dentro.

El chozón se había transformado en un santuario tenebroso. Su espíritu de recogimiento lo engulló. Sekeios percibió un olor sórdido de procedencia incierta, un aroma lóbrego como a flores marchitas, al agua turbia y putrefacta que las alimentaba. Una sensación sofocante y angustiosa entumecía el ambiente. Habían cubierto los ventanucos con pieles; no había más luz que las tenues llamaradas de dos calaveras de carnero colgadas de las paredes, una a la izquierda y la otra en el lado opuesto. De sus cuencas vacías surgían como gusanos dos mechas de lino encendidas. Cuatro lucecillas proporcionaban una mínima iluminación al cavernoso interior. Intuyó a Corocotta. Apenas sí se veía al concano, insinuado como un fantasma. Aguardaba ante un altar en el que yacía el cuerpo inerte del potrillo con el cuello rajado derramando sangre en una olla, sus ojos negros y vidriosos perdidos en el parachispas, descolgada la lengua. Tras el altar, en los laterales, sobre pedestales, sendos monumentos circulares de madera. Tallada en uno la representación heroica de un dios jinete, dardo en mano, el brazo levantado, listo para lanzarlo contra las fuerzas de la oscuridad; en el otro, dieciséis radios curvos. A un lado y a otro de los monolitos, Bovecio y otros dos devotos, el torso desnudo, apuntaban con sus espadas al suelo. Sujetaban por encima de sus cabezas sus caetras, formando con ellas un fondo celestial de esvásticas, trisqueles, medias lunas... La amalgama de símbolos sugería un siniestro decorado cósmico. Dos estandartes rojos representando la fuerza bélica de los guerreros cántabros completaban el conjunto. Sekeios avanzó hacia el caudillo y se detuvo frente de él. El mazo de hierro de Tokoito, el dios que habría de garantizar la fidelidad entre patrono y conjurado, yacía sobre una piel de macho cabrío, interponiéndose entre ambos. La capa blanca del concano remarcaba su cabellera. Corocotta bajó la vista hacia el arrodillado Sekeios.

–Has ocultado muy bien tus pasos –le reprendió–. De haberme dicho la verdad, te hubiera rajado yo mismo.

Le hablaba con voz comedida, como si decir aquello fuera lo que se esperaba de él, pero no lo pensara.

–Habría sido un error –le contrarió Sekeios–. Te traigo suerte.

El caudillo sonrió, moderado. En aquella atmósfera irracional de continua pérdida, unos y otros se necesitaban. Nunca se reconocerían a la cara la estima mutua, por falta de habilidad para admitir dichas emociones o porque, sencillamente, no lo necesitaban.

Corocotta alzó la cabeza, solemne.

–Mientras yo viva, jamás podrás volver a servir a tu pueblo, autrigón.

–Acepto mi destino.

–¿Juras servirme fielmente siempre que te lo exija?

–Juro.

–¿Juras rendirme tu ayuda para la guerra siempre que te lo mande?

–Juro.

Corocotta se agachó junto a la olla rebosante de sangre. El líquido aún caliente había rebasado el borde y se extendía como una nube oscura sobre la tierra apisonada del suelo. Tomó un cuenco con forma de crisol decorado con tres bandas de motivos geométricos y lo introdujo en la sangre. Tendió el recipiente a Sekeios.

–Bebe, autrigón.

Sekeios cogió el cuenco con ambas manos y sorbió. El espesor de la sangre se deslizó denso y subyugador por su garganta. Se lo devolvió, y el caudillo lo elevó hacia el techo.

–Yo, Corocotta, gran caudillo y jefe supremo de toda Cantabria, juro proteger al autrigón Sekeios y vincularlo a mi círculo inmediato. Testigos son los dioses infernales de las palabras aquí empeñadas. Acudimos a ellos, que no sufren la violencia ni las injurias de los hombres. Caiga su maldición sobre quien de los dos traicione esta sagrada conjura.

Y bebió. Depositó el recipiente junto a la cabeza muerta del potro. Limpió sus manos ensangrentadas con un paño y se aproximó a un baúl abierto situado bajo una de las calaveras que alumbraban el chozón. Contenía una cinta negra desplegada. La prendió por los extremos y volvió ante Sekeios.

–En pie.

Sekeios obedeció con gravedad. Corocotta le tendió la prenda.

–Para luchar a mi lado deberás hacerlo como un cántabro.

El autrigón aceptó la cinta y asintió mostrándole acatamiento. Su patrón proclamó:

–Ahora tu vida me pertenece.

* * *

Aracillum se resistía a sucumbir. El paso de los días apaciguó los temores, las dudas de las jornadas anteriores, la desesperación ante la posibilidad de hundirse. Se habían evaporado como un mal sueño. Eran cántabros libres y lucharían para seguir siéndolo. Su orgullo no toleraba otra opción. A pesar de la escasez de agua en las alturas, la recogida de las continuas lluvias permitía aliviar la sed de humanos y bestias. Por el momento, el ganado y las aves proporcionaban carne y lácteos, y los montañeses, bien nutridos, cargados de ardor, volvían a confiar en que su tenaz rebeldía terminaría con la expulsión del invasor romano. Sus defensas naturales y la doble muralla, la dureza de su gente y la determinación de Corocotta constituían de nuevo un cimiento para la esperanza.

Tras la muerte de Urbigo y el renacimiento de Sekeios como su conjurado, Corocotta intensificó los ataques. Veto había obstaculizado con erizos y destacamentos los puntos más sensibles: sendas, veredas, trochas… Las fuerzas del poblado atacaban aquellas áreas durante la noche, forzando a los legionarios a defenderse en innumerables frentes casi invisibles. Apoyados por el durísimo contingente astur y tropas montañesas del norte, picaban aquí y allá, desde dentro y desde fuera, una y otra vez, como los aguijonazos de una avispa que va inflamando la piel de un gigante.

El gobernador asumía con cierta naturalidad la feroz resistencia indígena; no cabía esperar otra cosa del pueblo cántabro. Su mente hervía de regocijo al conocer, por fin, la situación de Sekeios. Guiado por una suerte de superstición, consideró que, si tras haber liberado al papiro sus desasosiegos, las circunstancias se habían confabulado a su favor, trasladarlas de nuevo le serviría para continuar prosperando en sus aspiraciones.

Sentado frente a su escritorio, a la luz parpadeante de una lucerna ornamentada con la personificación femenina de la Victoria, manifestó de nuevo sus sentimientos:

Envidia ha atendido mis súplicas. El autrigón vive, siempre lo supe. El destino no podía fallarme, no a mí, gobernador de la Tarraconense. La hora de recuperar mi honra se aproxima. Aplastaré primero la resistencia cántabra y después llegará su turno. De nada le servirá implorar a sus dioses, pues su destino está en mis manos, y solo en ellas. Lo mismo aguarda al caudillo Corocotta. Reconozco la valía de su pueblo. Su oposición roza el heroísmo. En mi vida militar he tomado poblados y ciudades de mayor enjundia que este núcleo de montaña, pero no logro recordar ninguna resistencia equiparable por parte de sus oriundos. Rodeados y sin posibilidad de escape, aun sabiéndose derrotados, cuando otros se postrarían rogando clemencia, esta gente se obstina en pelear. Tanto es así que las semanas se suceden sin interrupción en su táctica montaraz. Asaltan y percuten una y otra vez nuestras posiciones con golpes pequeños pero continuados, como un cincel, intentando mellar la solidez de nuestras férreas defensas.

Intuyo que su príncipe Arquio, al traicionarlos, les ha hecho un favor sin quererlo; no imagino peor conmilitón que él. Combatir a su lado debe de ser una pesadilla. No se preocupa de otra cosa que de beber para mantener la cordura. Escondido en el campamento con sus compañeros como una sanguijuela, intenta pasar desapercibido, con la esperanza de obtener algún provecho de la victoria romana. Si yo fuera Corocotta, lo habría despellejado.

Ya hemos entrado en los días más calurosos del verano y los montañeses persisten en su estéril lucha. Son jornadas tan húmedas y tórridas que, cuando el sol del mediodía se desploma plano sobre los campamentos, a los soldados no les queda ni una sombra a la que acogerse. Consumen aceites para protegerse del sol y repelentes de insectos en tal cantidad como hacía tiempo no recordaba. Aunque no lo merezcan, he ordenado al cuerpo médico que se asegure de que los hombres reciben un buen suministro de agua y alimentos saludables para reducir la fatiga.

A pesar de las dificultades, el bloqueo al que he sometido a los cántabros funciona y los soldados, por el momento, no faltan a la disciplina, aunque mis oficiales me informan de que su moral corre el riesgo de resquebrajarse de nuevo. ¡Otra vez! Por lo visto, se ha corrido el rumor de que el autrigón Sekeios, el hombre al que persigo, duplica el poder de Corocotta. El temor a su figura aumenta. Y están esos condenados roedores, que han vuelto a infestar los campamentos. Hay tantos que algunos soldados emplean sus molinos portátiles para aplastarlos en lugar de para triturar su ración diaria de cereal, temiendo que esos bichos la devoren.

Es un mal indicio. No me arriesgaré a una sedición, no ahora que los anhelos de recuperación de mi honra están tan cerca de cumplirse. Humillaré a ese autrigón de la manera más degradante posible. La rebeldía de Aracillum es el último obstáculo que se interpone entre mí y tan glorioso momento.

El relativo optimismo del gobernador, cegado por su obsesión personal por Sekeios, no se correspondía con el grado de pesar que desquiciaba a sus soldados. Algo no iba bien en aquel operativo. El verano amenazaba con disiparse sin alcanzar la culminación del bloqueo. El poblado no capitulaba y empezaban a tener la sensación de que los alimentos se les acabarían antes a ellos que a los montañeses. Su caudillo, Corocotta, tenía que ser a la fuerza sobrenatural. El estigma de sus acciones perduraba y, temiendo enfrentársele cara a cara en alguno de sus golpes de mano, había quien trataba de eludir las obligaciones patrulleras.

–No podremos con él –se lamentaban los más hastiados–, es demasiado poderoso.

–Ese demonio de Corocotta no es humano –se flagelaban otros.

–Y este maldito calor tan pegajoso es aún peor. ¡Moriremos asfixiados!

Con la naturaleza como adversaria, emergían los recuerdos abrasadores de los estíos anteriores, cruzando charcas infestadas por hordas de mosquitos enzarzados sobre el agua, atravesando las turberas anegadas que cubrían los pasos de las montañas, donde las plantas carnívoras se cerraban sobre sus presas como párpados de largas pestañas... Rememorar la angustia acumulada durante los diez años de campaña aumentaba el efecto depresivo de los pensamientos negativos. Ni mantenerlos encerrados, ni el coraje aparentemente renovado por el apoyo de la Segunda legión a la Cuarta proporcionaban una fe definitiva en la victoria. El enlace de ambas legiones había funcionado solo como un largo espejismo, al igual que la euforia de una borrachera degenera en declive. Habían remendado tantas veces su ánimo raído que para imponerse de una vez por todas no les bastaría con ser pacientes hasta que los cántabros, cansados de aguantar, se viniesen abajo. Fallando a tal punto la convicción, los soldados se apresuraban a blandir de nuevo sus talismanes y ofrendaban ante sus figurillas votivas sencillos sacrificios y exvotos con el afán de obtener su protección.

Para disgusto del gobernador, además de aquel permanente estado de congoja, el *princeps* reclamó desde Tarraco noticias sobre la suerte de la campaña. Veto convocó en consejo a sus oficiales. Lo encontraron ante su escritorio, estudiando las cuentas de las pagas de los soldados. Una mueca de desagrado torcía su faz cuadrada.

—La mitad de los soldados no se merecen ni uno solo de los denarios que cobran —dictaminó al ojear los cómputos. Veto enrolló el papiro, se incorporó y, cambiando de tema, apuntó su rotunda nariz hacia su Estado Mayor—. El hambre no es suficiente para derrotar al enemigo. Ha llegado el momento de asaltar la fortaleza.

El legado comandante de la Segunda legión fue el primero en romper el mutismo de los mandos:

—A eso hemos venido, gobernador, a derrotarlos. Sin embargo...

—¿Sin embargo? ¿Ya estáis poniendo mala cara a mis dictados?

—Los soldados tienen prisa por terminar esta guerra y no volver a mencionar el nombre de Cantabria, y eso puede volverse en nuestra contra.

—¿Cómo que en nuestra contra?

–Así es.
–Explícate.
–Si nos precipitamos, corremos el riesgo de cometer errores. Tengamos paciencia, demos más tiempo a la estrategia de desgaste, es la que menos expone a los hombres.
–¿Y qué piensan en la Cuarta legión? –interrogó al legado de aquella.
–Me temo que lo mismo.
El gobernador cruzó las manos a la espalda.
–¿Y tú qué opinas, Casio?
Su segundo se aclaró la garganta.
–Puede que los legados estén en lo cierto; a nuestros soldados les corroen las ansias de abandonar este lugar, y ya sabemos que las ansias son malas en combate. Con nuestra ventaja numérica, si el poblado rechaza un primer ataque, volverán las dudas, los temores, el riesgo a las sublevaciones.
–Sois un atajo de cobardes. Lo que pone nerviosos a los legionarios es tanto esperar. Necesitan pelear cuanto antes o se les oxidará la motivación. Entonces sí que será tarde.
Casio Longino bajó la vista.
–Pensemos también en nosotros, Veto...
–¿En nosotros?
Casio Longino echó una ojeada a los demás en busca de complicidad.
–Si fallamos ante un simple poblado, nuestra carrera política habrá acabado –dijo con tono timorato–. Dejemos que se cansen, el paso del tiempo los rendirá.
El gobernador se puso rojo de indignación. La sangre hacía hervir su oreja.
–¡¿Es eso lo que os preocupa?! ¡¿Vuestra carrera política?!
El silencio de los oficiales respondió por ellos. El gobernador resopló con impaciencia.
–Debería ordenar a los soldados que os flagelasen. No sé para qué os he hecho venir. La reunión ha terminado. Dispondremos el asalto al poblado sin más dilación. Disciplinad a los hombres, no quiero insurrecciones, ni tampoco errores... Si

los hay, yo mismo me encargaré de que lo que menos os importe sea vuestra carrera política.

Los legados de ambas legiones y el resto de oficiales se cuadraron. Veto los congregaba, pero rechazaba cualquier argumento opuesto a sus pretensiones. No dejaba espacio para el disentimiento y enemistarse con el gobernador tampoco les depararía un futuro muy halagüeño.

Tomada la decisión, discutieron sobre la fórmula más efectiva de llevar a cabo el asalto. Valoraron distintas operaciones hasta que en sus bocas merodeó una táctica que nadie tenía redaños para exponer con claridad.

–Quiero saber por qué ponéis esa cara de pasmo –inquirió el gobernador.

Casio Longino, con mucha mesura, insistió en el riesgo implícito del asalto en las condiciones actuales del ejército.

–Quizá si...

–Termina, Casio.

–Quizá si sorprendemos a la retaguardia cántabra con soldados en su plenitud...

–Si lo hacemos, ni siquiera los montañeses de la costa se atreverán a actuar –intervino el primer centurión de la Cuarta para apoyar la idea.

Gayo Antistio Veto apoyó las manos sobre su escritorio.

–Todos fuera menos tú, Casio. –Los oficiales se esfumaron tras el preceptivo saludo marcial. El segundo permaneció frente al gobernador, tieso como una escarpia–. ¿En serio piensas eso?

Veto vio cómo la nuez de su lugarteniente subía y bajaba antes de darle su parecer.

–Si queremos acabar de una vez por todas con esta guerra, no veo otra manera –admitió con la boca encogida como un cono.

–Te estás ablandando, Casio.

–¿Quieres acabar con esto? –Veto no respondió ante lo evidente. Imaginó el poblado arrasado, al autrigón a sus pies–. Pues esta vez hará falta algo diferente para asegurarnos que alcanzamos el objetivo sin errores, tal y como exiges.

–¿Qué hará falta?

El gobernador ya conocía la respuesta.
—Refuerzos.
—¿Pedir refuerzos?
Casio Longino tardó un poco en pronunciar el nombre del *princeps*.
—Augusto aprobará la operación.
Procuró sonar tan firme como pudo.
—¿Qué clase de operación?
Casio Longino se removió un poco para eludir su inspección paralizante.
—Quizá sea el momento de considerar la alternativa que en su día usamos como un engaño en Bérgida...: desembarcar tropas en la retaguardia cántabra.

Un repentino ardor prendió en el estómago del gobernador ante la posibilidad de reclamar apoyo militar al primer ciudadano.
—Eso fue precisamente, un engaño. No veo por qué aprobaría ahora algo así para someter una plaza de tamaño menor, ni veo por qué tengo yo que pasar por la vergüenza de solicitar socorro.
—Puede que sea nuestro último recurso. Quién sabe si un día acabará esta guerra, o ella con nosotros.
—¿Eso piensas? ¿No me crees capaz de ponerle fin?
—Debemos hacerlo antes de que pase el verano —continuó, fingiendo no escuchar—. Después la navegación será imposible.

Al rencor de haber sido acusado por el *princeps* de limitado para localizar al autrigón, sumarle la petición de auxilio podría ser interpretado como otra ineptitud; no ya por Augusto, sino por la propia Roma, una ciudad salvaje en la que la visión de sus hombres más elevados sucumbía con la sencillez con que la estatua de un jefe se sustituía por otra.

Veto aborrecía la opinión de sus oficiales. Pero su imagen sufriría un vilipendio irreparable si su orgullosa negativa de requerir refuerzos desembocaba en un desastre.

Tardó días en tomar la decisión. Jornadas largas e infaustas en las que llegaban a la comandancia un goteo de partes de bajas y heridos, muertos y mutilados. Los legionarios luchaban contra un humo que se deshacía y se compactaba a voluntad. Un enemigo impenetrable. A pesar de la experiencia de Veto y del tiempo que había empleado en la campaña cántabra, la naturaleza irreductible de los montañeses se le hacía difícil de digerir; por eso, antes de aceptar la sugerencia de los oficiales, mandó que le trajeran al príncipe Arquio, para intentar comprender desde una voz oriunda el carácter de aquel pueblo, la razón por la que resistía y Roma se estrellaba.

Sentado frente a una copa de vino, los codos en el escritorio y la barbilla apoyada sobre las manos, escudriñó al indígena de piernas arqueadas que había traicionado a su gente. Lucio los acompañaba con las posaderas sobre un taburete. Veto no ofreció asiento al blendio.

−No hay muchos como tú por estas tierras −dijo.
−¿Como yo?
−Jefes interesados en pactar a cambio de ventajas personales.
−Las ventajas que busco son también para Roma.
−¿Y cómo es eso?
−Roma es el futuro, gobernador −expuso con voz dócil, casi inclinándose ante él−. No hay más que fijarse en el lujo que nos rodea. Solo un pueblo verdaderamente grande puede aspirar a esto.
−¿Y qué hay de tus hermanos? ¿No te importa que mueran?
−M... mis hermanos... −Arquio no supo cómo abordar la pregunta y los nervios volvieron a dificultarle el habla−. Ellos han decidido su destino, yo nada tengo que ver. T... Tendiste tu mano y la rechazaron.
−¿Tanto rencor sientes por tu pueblo?
−¿Rencor? No es rencor, gran gobernador, tan solo...
−Sí que lo es. En Roma también hay individuos de tu ralea, capaces de todo para saciar sus apetencias más vengativas. −Veto dio un sorbo al vino. Vio la sed en los ojos de Arquio, que siguieron el movimiento de la copa desde su mano hasta la mesa−. Percibo tu angustia por echar un trago, la misma ansia que por acabar con... ¿Corocotta?

Arquio se frotaba con los pulgares las yemas de los índices, nervioso. La copa repujada del gobernador, reluciente, repleta del sabroso líquido, a solo unos pasos de su boca, le hizo salivar al imaginar el vino deslizándose por su lengua y su garganta, hasta asentarse en el estómago.

–Corocotta..., sí... Es tan enemigo de Roma como mío.

–¿Enemigo tuyo?

–Se ha apropiado de la voluntad de mi pueblo y no sabe que lo conducirá a su exterminio.

–¿Y tú hubieras podido evitarlo, príncipe?

No escondió el gobernador un deje de ironía. Por muy enemigo de Roma que fuera, Corocotta era mucho jefe como para menospreciarlo.

–Lo que sé es que puedo a... ayudarte, igual que he hecho con ese autrigón. Confía en mí, gobernador, y cuando Cantabria sea vuestra yo serviré a Roma con lealtad infinita.

La inquina de Arquio hacia Corocotta servía a los propósitos del gobernador. Entonces comprendió. Aquel hombrecillo de las clases rectoras blendias era un frustrado vengativo. Eso es lo que lo diferenciaba de sus hermanos, para quienes prevalecía la supervivencia del colectivo por encima del interés individual. Por eso Aracillum resistía. Por eso la Segunda y la Cuarta legión corrían el riesgo de estamparse contra sus muros. Y él no se había dado cuenta, tan obcecado como estaba con Sekeios; pero sus oficiales sí, aunque no tuvieran agallas para decírselo a la cara.

El gobernador apuró el vino.

–Satisfaré tus deseos, príncipe. Acabaré con Corocotta y tú me ayudarás en cuanto yo te diga para conseguirlo... –Se puso en pie–. Y deja ya de tartamudear, por los dioses.

* * *

Gayo Antistio Veto escribió a Augusto con calculada maestría para hacer ver que la conquista era cuestión de poco tiempo más, evitando mencionar el estancamiento y los rumores sobre una insurrección de la Segunda legión. Requirió el envío de suministros y tropas de refuerzo para desarrollar una operación combinada de gran magnitud, con el fin de atacar la retaguardia cántabra y quebrar su resistencia. Quiso justificar la necesidad de una excepcional fuerza militar asegurando que, una vez conquistada Aracillum, su presencia permitiría disuadir a los cántabros de organizar revueltas posteriores. Nada relató sobre el hallazgo de Sekeios.

Augusto dio por sentado que su gobernador no se veía capaz de avanzar, y así se lo hizo saber en su respuesta con el fin de que no pensase que podría engañarlo. En la privacidad secreta de la escritura, el *princeps* se reconocía como un militar de relativa valía, a pesar de los éxitos de sus campañas, debido, según él, a sus enfermedades, pero no toleraría bajo ningún concepto que sus subordinados lo tomasen por un necio. Dejó muy claro que si no se obtenían progresos bien podría deberse al descontento de los hombres, y que pelear con soldados desmoralizados equivalía a combatir con la mitad de hombres. Autorizó así la operación naval. El tiempo de las tretas había acabado. Cuando en Bérgida hizo correr el bulo del desembarco para persuadir a los cántabros de plantear batalla en el llano, Augusto ni siquiera consideraba que en verdad hubiese sido posible efectuarlo. Habría sido un error, algo espontáneo, y sin plazo para organizarlo. La situación ahora era semejante. Mas, a su pesar, se veía en la obligación de proporcionar tales medios al gobernador por temor a un descalabro sin remisión del ejército de Veto. Augusto consideraba, además, que la esperanza de vencer ante un poblado menor era mayor que el miedo a perder, y le mencionó que, tal y como el propio gobernador sugería, semejante operativo tenía justificación si servía para anticiparse a las rebeliones que tras la toma de Aracillum pudieran protagonizar los cántabros. En cualquier caso, le hizo saber que no creía que sirviera más que para intimidarlos, pues, siendo tan indomesticables y adictos a la libertad como eran, el aumento de tropas no los disuadiría de volver a sublevarse. También le recordó que la improvisación no era buena aliada de la eficacia. El transporte naval de tropas y materiales requería tiempo. Era probable que los meses de lluvias y tormentas llegasen a Cantabria antes que ellos, y mientras la campaña se detendría, alargando la carencia de avances en la guerra. Ordenaría con máxima celeridad el envío por mar de una legión completa. La escuadra debería desembarcar antes de que el gran océano se enfureciera y dificultase la navegación, pues la armada romana no se acomodaba bien fuera de las calmas aguas del Mare Nostrum. Aseguró que vencerían a pesar de Neptuno, y lo conminó a realizarle ofrendas y sacrificios para garantizar la buena marcha de la travesía, pues él haría lo propio. No le concedía margen de error: la movilización debía conducir a la culminación exitosa de la campaña y finalizar para los idus de noviembre. Augusto le marcaba un plazo ajustado y categórico. Cerró el despacho con un: «Jove está con nosotros».

***

—Espero que las bellotas tarden en acabarse, haces un pan muy sabroso.

Sekeios contemplaba cómo Turennia se afanaba en la molienda de bellotas con las que producía harina. Ella detuvo el vaivén de la piedra.

—¿Por qué lo has hecho, Sekeios? ¿Por qué has jurado seguir a Corocotta? Tú no querías eso.

La duda no lo cogió desprevenido, hacía días que flotaba traslucida entre los largos silencios en la casa de Urbigo. Sekeios arrastró un taburete y se sentó a su lado, sobrio y tranquilo, como si la esperase. Turennia indagó en su rostro los motivos que lo habían llevado a entregar la vida a un caudillo en el que no creía. Él la tomó de la barbilla, comprensivo. Su mano mostraba las magulladuras causadas por las zarzas en el último enfrentamiento con los romanos. Pasó el dorso por la mejilla para retirarle una lágrima.

—Eres hermosa —le declaró.
—Dime por qué, Sekeios.

El cazador bajó el brazo y observó el vientre de la mujer, abombado bajo el vestido.

–Para protegeros.

–Para eso no necesitas arrodillarte ante Corocotta.

Sekeios suspiró, decaído.

–Llevo tanto tiempo arrodillado que quizá no sepa ya hacer otra cosa.

–Sí que sabes...

–Roma caerá sobre nosotros y nos arrasará. Cuando eso suceda, quiero estar seguro de estar armado y contar con su protección. Puede que eso nos dé una oportunidad, por pequeña que sea.

Turennia se masajeó el abdomen. Los dolores se reducían y el embarazo crecía saludable.

–Las ninfas nos han ofrecido su ayuda –dijo–. No tardaré en parir.

Sekeios pasó los dedos sobre la abultada redondez. Percibió unos golpecitos frágiles y decididos en el interior. Esbozó una sonrisa.

–Nuestro descendiente representa la dignidad de tu pueblo... y mi propia dignidad. Si vive, mi esclavitud habrá tenido algún sentido.

Turennia percibió en el tono de Sekeios el cambio operado en él. Aquel auxiliar autrigón forzado a luchar en el ejército romano, torturado y perseguido por su enemigo cántabro, prendado de una montañesa, había asumido, contra sus propios ideales, la necesidad de luchar para salvaguardar su propia decencia, el respeto por sí mismo y por los seres amados. Una contradicción que guiaba sus actos por un camino paralelo al de la naturaleza de sus convicciones. Los avatares del mundo lo zarandeaban, lo superaban. Su huida hacia la verdadera libertad no existía. No era más que una mordaz quimera.

Turennia acercó su boca a la de él y lo besó. Entrelazaron sus alientos, se respiraron. Después le susurró al oído:

–Creo en nuestro futuro juntos y en el futuro de mi gente: si tú luchas, Sekeios, yo también lucharé contigo.

* * *

Una flota de Aquitania con la Novena legión a bordo fondeó en la mayor bahía de la costa cántabra a finales de verano. Era el mejor puerto natural del territorio montañés para acoger una gran flota, y el mejor comunicado para hacer llegar nuevas tropas y suministros. Acostumbrados a la mansedumbre del Mare Nostrum, los almirantes, capitanes y demás oficiales navales habían acometido con intranquilidad la travesía desde la costa gala por el inmenso océano, tan vasto y abierto, tan sujeto a las mareas y al arrecio repentino de los vientos. Bordearon el litoral y se detuvieron en la vascona Oiasso para estibar los bastimentos requeridos por Gayo Antistio Veto. De cuando en cuando, las borrascas obligaban a echar remos al agua para mantener el rumbo. Los temores se justificaron: una galerna sorprendió al convoy cuando navegaba frente a la desembocadura del río Nerva, en territorio autrigón, al filo ya de Cantabria. Los buitres fueron testigos desde los acantilados del crecer de la marejada, el golpear rabioso del mar contra las rocas, las nubes negras cargadas de tormenta... Naufragó un barco de transporte, que perdió todo su cargamento de cereal y baúles cargados de monedas destinadas al frente cántabro.

La flota de guerra romana sorprendió al enemigo. Los noegos fueron los primeros en advertir los navíos de combate siguiendo la línea de costa, cerca de cincuenta buques para transporte de tropas y carga, en su mayor parte embarcaciones requisadas en la Galia a los santonos, pictones y otros pueblos, junto con algunas liburnas romanas, birremes, naves onerarias y actuarias. El sol se deslizaba a media altura, silueteando de fuego las naves. La estampa naval contrastaba con las amables praderías salpicadas de ganado donde los animales pastaban, ajenos a la locura humana. La mayor población costera, con una perspectiva absoluta del espectacular estuario –la tierra abierta en una gran U abrazando el mar–, asistió impotente desde su cima al impresionante fondeo. Cantabria enmudeció ante la apabullante visión de la escuadra galicoromana apuntando sus proas hacia ella. Las bramaderas zumbaron estrepitosas la desgracia desde las atalayas para alertar al resto de poblaciones. Señales de humo acompañaron el aviso. Los montañeses del litoral realizaron ofrendas sacrificiales a su divinidad marina, un joven dios representado en figurillas de bronce con un collar de media luna ornando el cuello, un delfín en una mano y un tridente en la otra.

Esta vez Corocotta, no albergó dudas:
–Ahora sí es cierto que Roma tomará nuestras costas.

Con semejante ejército al sur y al norte, la histeria se propagó entre los montañeses.
–¡No tendremos dónde ir! ¡No podremos soportar los dos frentes!

Mientras Aracillum discutía a la desesperada, la flota se dispuso a remontar a las tropas por un tramo navegable de la ría para desembarcarlas en el interior, lo más cerca posible del dispositivo de asedio. Barcazas y grandes botes unirremes, patches y esquifes conformaban la escuadra fluvial.

La ciudad costera y los poblados del entorno se apresuraron a guarnecer los márgenes con estacas puntiagudas, tras las que dispusieron varios centenares de hombress. Hubo algunas inocentes intentonas desde las riberas para frenar el avance de los remos con andanadas de dardos incendiarios y tiros de honda.

Los más osados, aún con el espanto restallando en la mirada ante el estruendo de las paladas de aquella maquinaria naval, se lanzaron contra ellos en barcas de mimbre recubierto de cuero, balsas y unas pocas canoas grandes fabricadas con troncos, con la ilusa esperanza de inutilizar sus remos o hacerlos arder con sus lanzas encendidas. Era una triste locura. Con los costados de las embarcaciones bien protegidos, los primitivos botes fueron fácilmente rechazados y hundidos; los montañeses, ahogados.

Los más irreductibles, viendo a los suyos morir en desigual combate, cruzaron el río sobre odres y escudos para intentar socorrerlos. Fue en vano. A tiro del enemigo, sucumbieron también bajo las aguas.

Superados, descompuestos, apabullados por la potencia romana, algunas voces se mostraron favorables a ofrecer paz al enemigo y enviarles rehenes como muestra de obediencia. Una parte de los cántabros de la costa optaron por recogerse en sus fortalezas para no perder más hombres, conscientes de que estaban a punto de ser engullidos en una pinza entre la Novena y las otras dos legiones.

Otros permanecieron en las riberas, para asegurar los vados e intentar impedir que el ejército de ocupación tomara tierra. El desembarco se produjo a unas seis millas del campamento norte de asedio a Aracillum. Acercaron mucho las naves a la orilla, que los romanos ya esperaban sembrada de engaños, y acobardaron con tiros de honda, flechas y artillería a los montañeses apostados en ella. Pretendían asegurarse de que los soldados saltaran al agua con el único embarazo del peso de sus armas y escudos ovales. Necesitaban tiempo suficiente para apiñarse junto a sus estandartes antes de tener que enfrentarse a ellos. Piquetes de caballería trabaron combate con los indígenas, forzándolos a abandonar la ribera y resguardarse en el bosque. Evitaron así que estorbasen la descarga de tropas, bestias y fardaje, y se hicieron con madera para levantar el campamento naval sin la asfixia de tenerlos encima, un recinto para mil quinientos hombres, junto a otra fortificación menor, que protegería el puerto y la flota anclada.

Enemiga de rendirse, Cantabria intentó asaltos nocturnos a los campamentos, llenando sus fosos con fajina. Cargaban unos, corriendo con escurridiza agilidad, y arrojaban lanzas y pedradas, mientras otros echaban el ramaje para intentar superar las zanjas y trepar por ellas. Ataques estériles. Se enfrentaban a un ejército fresco, superior y con la moral intacta.

No pudiendo evitar su presencia, ni apenas magullarlos, las fuerzas indígenas presenciaron con espanto cómo la legión llegada por mar ponteaba el río Atura, avanzaba por las crestas y, en apenas media jornada, enlazaba con las tropas terrestres acuarteladas al norte de Aracillum. Los cántabros de la costa volvieron horrorizados sus cabezas al sur. Observaron desde la lejanía de las cumbres a sus hermanos del poblado blendio, una pequeña mancha grisácea ceñida por un cinturón de campamentos, retenes y fortines; aislada en su estrecha cima, azotada sin compasión por los vientos del noroeste... Y comprendieron que estaban perdidos.

XII

CANTABRA

Turennia mostró los primeros signos del parto. Hubiera podido parir en cualquier lugar a solas y volver con su retoño envuelto, tal y como solían las montañesas, pero ella tuvo que guardar reposo. Las piernas se le habían hinchado como troncos y las continuas náuseas y vómitos apenas le permitían incorporarse. Los dolores alcanzaban una intensidad desmedida, y Turennia se deshacía en sudores bajo la vigilancia cuidadosa de Dovidena y Sekeios, a quienes acompañaba la partera. La mujer palpaba la vagina y le aconsejaba sobre cómo respirar para reducir el calvario. Se preguntaban si la impresión de la llegada de la gran fuerza naval había tenido algo que ver en la acentuación de los síntomas.

Turennia interpretó la derrota en el gesto desalentado de Sekeios.

–No podremos resistir, ¿verdad?

–No pienses en eso.

La mujer, cubierta con pieles, se masajeaba el vientre. Sekeios se arrodilló y le besó el abdomen. Ella introdujo sus dedos entre los cabellos del cazador. Se conmovió al ver la rudeza de su hombre difuminada bajo la ternura de las emociones.

Turennia palidecía con el pasar de las horas. Sus párpados comenzaban a descolgarse por la falta de sueño y las decocciones herbáceas que le administraban no servían para aplacar el tormento y ayudarla a conciliarlo.

–Vas a ser padre, Sekeios –lo felicitó con la voz agotada.

–Vamos a ser padres.

Turennia respondió con una sonrisa quebrada y quiso tranquilizarlo:

–Todo saldrá bien.

El alumbramiento aconteció la tarde siguiente. Se esperaban las complicaciones habituales, asumiendo que el feto podía nacer muerto y la madre dejarse la vida. El parto se alargó más de lo esperado. Dovidena asistió a la partera mientras Sekeios aguardaba fuera, junto a Leal y unos pocos vecinos que tuvieron la gentileza de acercarse para brindarle su consideración. Se oían las voces de las mujeres en el interior, algo agitada la de la hermana, más pausada la de la comadrona. Gritos de Turennia, murmullos... A veces las palabras de Dovidena se aceleraban, nerviosas. De cuando en cuando, Leal olisqueaba entre las rendijas de la puerta y gemía a su nuevo dueño al escuchar los alaridos de Turennia, hasta que una prolongada ausencia de ruidos ensombreció de temores el rostro de Sekeios. La voz de Turennia se había extinguido. El autrigón se tanteaba alterado la cadenilla de la que pendía la vaina de su espada. Al poco, le llegó un susurro como de rezos. Cuando el rumor litúrgico cesó, el silencio se hizo profundo como un abismo. Sus acompañantes aguantaban la respiración con él.

Sekeios resopló aliviado al escuchar el chasquido seco de un par de cachetes y el llanto posterior, arreciando con la alegría de la vida.

Al fin Dovidena abrió la puerta. Destacaban sus ropas manchadas de sangre, como si la hubieran apuñalado.

–Es una niña –informó.

–¿Y Turennia?

Dovidena le franqueó el paso. Sekeios pudo ver en ella el matiz apagado de una angustia.

Se acercó al lecho. Turennia casi ni se mantenía despierta, con su hija sobre el abdomen, envuelta en una sábana de lino limpia y templada al fuego. La partera examinaba la carita rugosa de la recién nacida. Sekeios apretó los labios al comprobar el estado de su mujer. Turennia parecía otra persona. No eran solo las facciones deshechas por el esfuerzo. Había perdido el lustre sonrosado de la piel y era ahora una mancha pálida, exánime, casi cadavérica.

–Ha perdido mucha sangre –explicó la comadrona.
–¿Vivirá?
–Eso solo la diosa Amma lo sabe. –La mujer meneó insegura la cabeza–. De la Diosa Madre dependemos.

Sekeios preguntaba con una aparente falta de cercanía, como si solo quisiera conocer la respuesta, sin implicaciones emocionales. Pero ahí estaba el sentir, oculto en su corazón, resquebrajándolo de terror ante la posibilidad de la pérdida.

–Puede que estuviera dañada por dentro... –sugirió la partera.

Sekeios apretó un puño, turbado al recordar la agresión de Arquio, las patadas en el abdomen mientras Turennia trataba de proteger al bebé. Intentó de reducir la cólera atendiendo a la recién nacida. Sonrió al ver el frágil cuerpecillo de su hija, sus facciones menudas e inocentes, manchadas aún con las costras de las entrañas maternas.

Turennia abrió los párpados brevemente, y contempló a su hombre vestido de negro contrastando con la blanca tez de la pequeña.

–Vuelve a haber vida en esta casa –musitó aquella.
–¿Cómo la llamaremos?

Turennia le cogió una mano y Sekeios acercó un oído a su boca.

–Cantabra.

* * *

Cantabra nació el mismo día en que Gayo Antistio Veto se reunía en el campamento principal con sus oficiales y Marco Valerio, legado al frente de la Novena legión, buen amigo de Augusto y militar con el que Veto andaba enemistado por diferencias sobre el operativo empleado años atrás en los Alpes contra los salasos.

El rostro petrificado de Veto constataba sin disimulos su disconformidad con la designación.

–Salud, gobernador.

–Nuestro *princeps* envía a sus dignidades más cercanas.

A diferencia del resto, Marco Valerio no se veía coaccionado por el aire agrio del gobernador.

–No tanto dignidades como capacitadas legiones. La Novena estuvo entre las que aplastaron y rindieron a Vercingetorige, caudillo de toda la Galia, a quien supongo más bravura que a ese bandido de las montañas al que llaman Corocotta.

Veto le hubiera respondido que el bandido Corocotta se habría orinado en la boca del galo, pero el orgullo de verse superado por el cántabro le mordió la lengua.

–Ese mérito nada tiene que ver contigo.

–Pero sí el de sofocar las rebeliones de los aquitanos y establecer una base naval para ayudar a la conquista de Cantabria y Asturia.

–Incluso los comandantes menos dotados han logrado sofocar algunas –golpeó Veto, mordaz.

–Espero que estés en lo cierto, gobernador, y que se lo demuestres a nuestro *princeps* venciendo a los montañeses. –Si le hubiera clavado a Veto un puñal en la espalda, no le habría dolido más. Marco Valerio sonrió con desdén, enseñándole todos los dientes, grandes y amarillos–. Augusto confía en que tú, como general al mando en Cantabria, cumplirás debidamente sus órdenes.

–Y yo confío en que tú cumplas las mías.

–A eso he venido, no soy más que un legado bajo tu mando.

Marco Valerio hablaba y se movía despacio, casi parsimonioso, desmenuzando cada gesto, cada palabra, cada sílaba, para asegurarse de que Gayo Antistio Veto entendía el mensaje. El gobernador de la Tarraconense se lo quedó mirando mientras el cerebro le explotaba de furia. El legado de la Novena lo ninguneaba sin recato, a pesar de su inferioridad en el rango. La sensación que tenía Veto de que el *princeps* pretendía controlarlo a través de un hombre de sólidos principios como era Marco Valerio emergía entre ellos como un mal agüero.

En la mudez que prosiguió se escucharon chillidos de ratas procedentes de todas partes.

—También confío en que no traigas contigo nuevos problemas —prosiguió Veto.

Aludía al cereal desembarcado junto a la Novena. Llegado el nuevo grano, habían regresado los roedores a los campamentos.

—Si me lo permites, mis hombres se encargarán de construir los hórreos necesarios para almacenar y proteger el cereal. Lo que el *princeps* quiere es que las plagas no sirvan de excusa para no someter a una banda de agricultores y ganaderos.

—Ganaderos y agricultores capaces de hacerlo enfermar.

—Las debilidades de Augusto nada tienen que ver con esos indígenas —contrapuso Marco Valerio, muy severo.

—Las defensas de este poblado son propias de un asentamiento mayor.

—El *princeps* confía en que tres legiones —levantó tres dedos para remarcar la excesiva cantidad de tropas requeridas— sean suficientes para anular las fuerzas cántabras más al norte y superar la resistencia de una fortificación sin puntos avanzados con poco menos de... ¿quinientos o seiscientos montañeses?

—Si el apoyo de la Novena es tan honesto como debe, así será.

Marco Valerio resopló.

—Tan honesto que, además de grano, he traído, por petición del mismo Augusto, una buena provisión de vino para curar el miedo y la diarrea a los hombres de la Segunda y la Cuarta. Sus médicos me lo agradecerán. —Gayo Antistio Veto optó por no decir nada para no alimentar sus provocaciones, y dejó que el legado continuara—. Al *princeps* le preocupa que se acobarden por un ladronzuelo como ese Corocotta.

—Quizá sea algo más que un simple ladronzuelo.

—Creo que a Augusto eso le sonaría a excusa.

—Yo no necesito excusarme...

—No ante mí, que soy un legado a tus órdenes, sino ante él. Si deseas obtener la gloria de la victoria para el *princeps* y para el pueblo romano, esas opiniones de poco servirán.

—No me importa la gloria. Lo único que me importa es la rendición sin condiciones de Cantabria o su aniquilación.

Marco Valerio elevó las cejas y señaló con el mentón la oreja del gobernador.

—¿Y qué hay de ese Sekeios? ¿Te importa tanto como Cantabria?

Jamás un silencio expresó tanto. A Veto se le agolpó la sangre en la cara. Marco Valerio venía muy informado de sus pesares y obsesiones sobre aquel simple auxiliar que le había mutilado la oreja y la honra. El legado no dijo más. Lo había dejado caer con la simple intención de enojarlo. Percibiendo su irritación, Valerio, con la acostumbrada flema del buen orador, habilidad por la que se le estimaba en Roma, solicitó con hipócrita amabilidad que centrasen sus esfuerzos dialécticos en perfilar la misión con que el primer ciudadano los honraba.

El gobernador explicó con acritud que el operativo buscaría expugnar el enclave mediante un asalto masivo al punto más débil de la fortificación indígena: la curva sur de la muralla, en forma de vértice, situada frente al campamento principal. Desarrollaría un ataque completo para obligar a las fuerzas indígenas a dividirse mientras las romanas tomaban la ladera suroeste.

El legado al mando de la Novena no opuso argumentos ni alternativas. Tan solo dijo:

—Recuerda que nuestro *princeps* nos exige la recuperación de las enseñas perdidas.

Y se despidió con un nítido «salve y adiós», dejándolo allí.

***

Roma procedería al fin con su objetivo militar: descoyuntar Aracillum con la tenaza de campamentos. Gayo Antistio Veto se había servido de las indicaciones de Arquio acerca de los puntos débiles del poblado. El montañés no escatimó detalles, sino que informó con minuciosidad sobre las obras de fortificación, la estructura de la fortaleza y el acceso más rápido a la ciudadela. El gobernador recompensó su esfuerzo premiándolo con un ánfora de posca para él y sus *comites*. La bebida había sido fabricada con un vino pasado tan malo que incluso los legionarios, habituados a ella, habrían declinado su consumo. El príncipe se empapó con él las entrañas para apaciguar su creciente nerviosismo ante la inminencia del asalto al poblado, obviando el trato vejatorio que le dispensaba el gobernador con un presente tan ofensivo para alguien de su clase.

–Lucobos así lo quiere –gruñía para consolarse–. Es el precio que he de pagar para ver muerto a Corocotta.

* * *

Sabedores de que el invasor se preparaba para una toma que habría de ser a la fuerza despiadada y cruel, Corocotta, apremiado por Sekeios, decidió reforzar las protecciones del poblado.

–No creerás que esos romanos serán capaces de entrar aquí... –se burló el caudillo en un exceso de confianza.

No es que su conocimiento y sentido común de combatiente no supiesen de la necesidad de hacerlo, pero su desmedida arrogancia lo hacía dudar, hasta que la insistencia del autrigón lo hizo entrar en razón. Debía asumir la rotunda posibilidad de que los asaltantes superaran su infantería y procediesen a un asalto con apoyo artillero, tal y como habían hecho en Bérgida. Mejoró el foso de la muralla exterior con estacas tipo *cervoli*, al uso romano; sobre el vallado del muro tramó ramaje y cornamentas para dificultar la trepa al enemigo; mandó construir junto a los accesos armazones de madera sobre los que erigir torretas, una defensa copiada al enemigo, aunque las indígenas presentaban un aspecto más ligero, más frágil. Y sobre los accesos edificaron puentes dotados con todo tipo de armamento arrojadizo.

Aracillum aguardaba algún aviso luminoso de las fortalezas cercanas a la costa, pero el contacto visual entre cumbres no sirvió de nada. Ni una señal de ataque contra el exterior del bloqueo romano. No tardó en barruntarse la posibilidad de que sus hermanos del litoral no se atrevieran a auxiliarlos, incluso que pensaran pactar con Roma. La sola sospecha los embraveció más aún y descargaron toda su fiereza contra las fuerzas ocupantes antes de que comenzasen las operaciones para la toma y arrasamiento del enclave. Organizaron una continua sucesión de embestidas fulgurantes de pequeños grupos procedentes de Aracillum y los poblados del entorno, amparados por la noche, para intentar romper algún punto de las defensas campamentales. Fue la continuación de una resistencia tan tenaz y despiadada como caótica e inútil. Las fuerzas de Aracillum estaban comandadas por el astur Clutos y Corocotta, siempre apoyado por la luz del fuego negro de Sekeios.

A pesar de su ineficacia, bien rechazados por tropas ligeras, las patrullas y retenes de la Novena legión, a los que habían asignado el control del perímetro, pronto entendieron, como les había ocurrido a la Segunda y Cuarta antes que a ellos, que el cabecilla cántabro no era como el de otras naciones, un mero jefe insumiso. Este era aún peor. El tal Corocotta se había ganado la fama. Aun rechazado una y otra vez, donde otros caudillos se hubieran doblegado y aceptado la rendición, el montañés insistía con el ímpetu incólume de quien cree a ciegas en la victoria final. Aquel ejército de jefes locales y soldurios, hortelanos y ganaderos llamados a las armas, encabezados por un indígena de cabellos rojos y actitud enloquecida que reía como una hiena mientras asesinaba, obligó a los legionarios de la Novena a dar lo mejor de sí mismos.

Pronto los menos experimentados se contagiaron de los comentarios pesarosos de los soldados de la Segunda y la Cuarta acuartelados en Cantabria durante tanto tiempo.

–Un año en esta tierra desgasta lo que dos en otra –lamentaban.

Aracillum habría deseado que aquellas palabras de desasosiego pervirtieran cada boca enemiga. No fue así, y la realidad se impuso al deseo: la diferencia de efectivos y la posibilidad romana de renovarse una y otra vez con hombres de refresco, profesionales veteranos dedicados al oficio de matar durante años, se dejó notar.

Agotados por el empeño inhumano, sabedores de la imposibilidad de romper el asedio, Corocotta detuvo sus acciones y ordenó recogerse en el poblado. Dispuso que los mayores se encerrasen en sus casas para no molestar el movimiento brioso de los hombres y mujeres en edad de combatir. Las montañesas no repudiaban las armas, y querían que a Roma le quedara muy claro. Los contingentes armados suministrados por cada pueblo se ejercitaron por última vez bajo el mando de sus respectivos capitanes y caudillos. Luchas hípicas y maniobras de pequeñas formaciones de infantería, pugilato, carrera, repliegues... El concano esbozó una mueca presuntuosa al constatar que entrenaban con expresión maníaca. No era solo la libertad lo que iba a dirimirse, sino el ansia por evitar la esclavitud para unos e infames suplicios para otros. Aquella perspectiva recrecía tanto su coraje que incluso los niños, más allá de su relativa comprensión de los acontecimientos, alcanzaban las armas a los combatientes. Estaban preparados.

Sekeios se apartó cuanto pudo de aquella vorágine. Ayudó al artillero y al ayudante que iban a operar el escorpión incautado en la gran emboscada, ubicado sobre una torreta que reforzaba el área suroeste, y dio su opinión a Corocotta acerca de las acciones que emprenderían los romanos en unas horas. Después volvió con Turennia. Había pedido al caudillo que le permitiese pasar una última noche con ella. Corocotta accedió, y Sekeios agradeció el detalle poniéndole una mano callada y afectuosa sobre el hombro.

En aquel torbellino de libertad o muerte, el autrigón apenas tuvo tiempo de practicar la covada. El antiquísimo rito se redujo a una única jornada en la que Sekeios ocupó el lecho de Turennia, poniéndose a Cantabra entre las piernas e imitando los efectos del parto, como si estuviera sumido en sus dolores. Reconocía a la hija como suya, buscaba la solidaridad con el trance del alumbramiento y atraía hacia sí las fuerzas maléficas que pudieran afectar a la madre y a la niña. Las mismas que Roma se aprestaba a cernir sobre todos ellos.

Aplacados los ánimos indígenas, perfilada la estrategia de asalto, Gayo Antistio Veto hizo formar durante algunas horas a un par de cohortes delante de los campamentos con el ánimo de inquietar a los nativos. Cuando Sekeios presenció cómo los cuadros formaban en las faldas, no pudo evitar que la espeluznante visión le provocase una dentellada en el abdomen.

Aquella noche los jefes se reunieron en torno al fuego de la asamblea. El interior del edificio comunal hedía a suciedad, a zozobra. El aturdimiento de la guerra, el tiempo dedicado al llanto o a la ira habían relegado el aseo a un pormenor insignificante en sus vidas.

Corocotta, con Clutos a su izquierda y Sekeios a su derecha, tras un enconado debate, se acodó en el muslo para dictar su decisión.

–Combatiremos en las laderas.

Se escucharon soplidos, murmullos. Reflexionaban.

–Mejor sería que asaltásemos su campamento principal en un único ataque con todas nuestras fuerzas –propuso un salaeno.

–¿Con todas nuestras fuerzas? ¿Has visto bien sus barreras? No vamos a desproteger el poblado con un ataque suicida.

Enmudeció el que había hablado y hundió el mentón entre las manos, como si repasara mentalmente la potencia de las defensas romanas. Obstáculos avanzados, estrechas entradas, plataformas equipadas con catapultas, fosos, terraplenes... Y la sofocante superioridad numérica. Un ataque en tromba directo contra los campamentos era tan descabellado como absurdo. La idea se volatilizó en el aire ardiente del edificio, tímida como un susurro.

–No estamos adiestrados para enfrentarnos con ellos cuerpo a cuerpo –intervino Sekeios.

–¿Ah, no?

–Sabes que no, Corocotta. Recuerda Bérgida.

–En Bérgida no estaba yo.

–Yo sí.

—En el bando equivocado.
—Equivocado, pero vencedor.

Corocotta entrecerró los párpados, molesto.

—Se supone que estás aquí para apoyarme.

—Nosotros somos unos cientos, el gobernador cuenta con varias legiones. Eso es lo que quiere, que tu orgullo te ciegue, no lo olvides.

—¿Ves mejor aguardar aquí escondidos?

Sekeios se rascó la frente como si ordenase sus pensamientos y continuó con su desacuerdo.

—¿Has cambiado de opinión? Siempre rehusaste el choque frontal.

—No he cambiado nada. Lucharemos como hemos hecho hasta ahora... —dirigió una mirada retadora hacia algún punto, imaginando la legión de Veto ante él—, y me aseguraré de que el eco de nuestra hazaña haga temblar Roma.

—Sitúa al menos obstáculos en las laderas, eso los frenará.

—No me esconderé tras unas empalizadas. Eso no servirá de nada. Saldremos, pelearemos y nos aprovecharemos de nuestra posición de ventaja en la falda. Nosotros bajaremos, ellos tendrán que ascender.

Jamás lo reconocería abiertamente si no era de forma indirecta con bravuconadas como aquella: quizás el gran caudillo había aceptado la derrota y todo lo que pretendía era caer masacrando a cuantos romanos pudiera en el honor de la lucha cuerpo a cuerpo. Puede que, al fin y al cabo, fuera lo único que en verdad podían hacer según sus creencias. Era un suicidio, pero si había alguna palabra que aquel pueblo no aceptaría era la rendición, y la única que no temía, la muerte.

Sekeios suspiró.

—Si queremos tener una oportunidad, una sola —juntó Sekeios la yema del índice y el pulgar en un pellizco minúsculo—, deberemos mantener la cohesión de nuestros batallones.

—Eso ya me gusta más, autrigón. —Un brillo de estima centelleó en los ojos de Corocotta.

—Si consiguen superarnos y entran...

–No nos superarán...

–Si lo consiguen –continuó Sekeios–, mantenernos juntos supondrá toda la diferencia. Si nuestras formaciones se rompen, deberemos remontar la ladera para defender los muros antes de que sea tarde.

Vadinienses, moroecanos, coniacos... permanecían sombríos por el danzar de las llamas, que alumbraban tumultuosas el centro del edificio, como si de pronto, ingenuos ellos, se hubieran percatado de que el riesgo de verse rebasados por las legiones en batalla abierta fuera real. Nadie era ajeno a esta gran verdad. Cántabros y astures habían servido a Roma como mercenarios en el pasado, conocían sus tácticas, lo que aquella máquina extranjera era capaz de hacer; pero los últimos años de resistencia a la invasión, a pesar de Bérgida, a pesar de la astur Lancia, los había desligado de su memoria.

Clutos se puso en pie. Su cabeza pelada espejeó ante el fuego.

–Todos sabéis cómo cayó nuestra capital. –Se volvió hacia Sekeios–. Este autrigón dice la verdad. Apenas tenemos posibilidades ante el ejército romano. Somos menos, nuestra estrategia no es tan sólida y estamos cansados. –Dirigió entonces su interés hacia el caudillo cántabro–. Pero Corocotta dice también la verdad. Él no participó en Bérgida, y a mí los dioses me permitieron escapar de Lancia para concederme la oportunidad de vengar a mi pueblo. Ahora los dos estamos en Aracillum.

Clutos no se quedaba atrás en motivación. La retórica bélica era una habilidad tan vacía de contenido como persuasiva, basada solo en el valor de la identidad, la grandilocuencia, la veneración al jefe absoluto.

Sekeios bajó la vista, confuso, al tiempo que los otros afirmaban con la cabeza, apretaban los puños y tanteaban sus armas. Los idealizaban no por su fiereza, de la que todos ellos rebosaban, sino por ser capaces de abrir la boca con palabras más contundentes que los demás, y aquella habilidad oral parecía darles la razón. Estaban ciegos, y no se les podía culpar por ello, al menos no entonces. Cuando solo queda la fuerza de los símbolos, la batalla está perdida de antemano. Aunque permite alargar la agonía del enemigo.

* * *

Gayo Antistio Veto se frotó las manos al saber que los montañeses plantearían batalla en las laderas. Los movimientos en el poblado lo evidenciaban: Aracillum preparaba su infantería para enfrentarse a ellos. El gobernador despachó mediante batidores avisos para que apercibiesen a la Novena legión y sus auxiliares, no para participar en el choque, sino para relegarla a funciones de apoyo. Solo la mermada Segunda intervendría en el enfrentamiento. Actuarían como en Bérgida: una vez derrotado y mermado el enemigo fuera del enclave, un ataque artillero concentrado garantizaría la caída del poblado. Ordenó a Marco Valerio sacar un destacamento de infantería y caballería para reforzar los puntos débiles del bloqueo e impedir cualquier intento de huida indígena o auxilio exterior. Le confiaba también el sector noroeste, a los pies de la ciudadela, bien protegido por una sucesión de surcos naturales en su escarpada ladera que dificultaban la aproximación al poblado. La comunicación y coordinación entre campamentos sería primordial para asegurar el éxito de las maniobras. Pero, a pesar de conceder cierto protagonismo a la Novena legión, el gobernador evitaba su intervención en las operaciones de asalto. A sus hombres no les sentó bien la noticia de haberse desplazado desde Aquitania por mar para que las otras legiones se llevasen la gloria mientras ellos vigilaban los collados, las cumbres y las fortificaciones romanas como simples centinelas. No habían desembarcado para dedicarse a vigilar; la suya debía ser una acción directa y definitiva. La decisión apestaba a desprecio y desproporcionado orgullo. Marco Valerio acató la orden escrita sin réplica alguna, deslizando un subrepticio: «Que sirva para obtener la victoria», que Veto recibió con una mueca al vacío, carente de palabras. Tampoco Casio Longino mostró su aprobación a las disposiciones del gobernador de la Tarraconense. Pero ni había redaños para oponerse ni era tiempo de sugerencias. Tocaba encender a los hombres para el asalto. El gobernador le dio una última orden:

–Que dispongan la artillería. Cuando mañana no queden en pie más que unos pocos de esos animales, arrasaremos sus defensas y la población será nuestra.

Después convocó a los centuriones que participarían en la toma del enclave, y solo a estos, con el fin de aleccionar a sus hombres sobre la importancia de que le transmitieran cualquier sospecha acerca del paradero del autrigón. El menor indicio sería compensado con generosidad. Era descabellado prestar atención a este asunto personal, pero a los centuriones no les quedó otra que acatar la exigencia del gobernador, que mandó dibujar copias de su retrato para que lo distribuyeran entre los soldados y memorizasen sus rasgos.

* * *

Atardecía. A la casa del malogrado Urbigo se la tragaban las penumbras. La escasa luz ofrecía sus matices más descorazonadores, trayendo en ella la mortal atmósfera exterior, arrastrando el pensar de que, al amanecer, o quizás aquella misma noche, unos y otros iban a matarse por un trozo de tierra.

Turennia acunaba en los brazos a Cantabra bajo la atención de Dovidena. La pequeña se había dormido, ajena al destino infausto del lugar en el que había visto la luz y en el que conocería la oscuridad de la muerte.

–Siéntate y descansa –le sugirió esta.

Turennia respondió con una mueca incómoda.

–No puedo, hermana. Estoy demasiado nerviosa.

Sekeios, sentado sobre un tocón junto a Leal, afilaba su espada corta con una piedra de bruñir.

–Es mejor que te acuestes –le aconsejó.

Turennia suspiró en tanto su hermana acomodaba el lecho. Aquella le tomó una mano.

–Gracias por atenderme. –Dovidena asintió con un punto de emoción mientras sacudía un poco la zalea para limpiarla de paja–. Has sido una buena hermana, igual que Urbigo fue el mejor hermano que podía esperar.

–He sido y seguiré siéndolo, ¿me entiendes?
–Ve a luchar junto a nuestros hermanos.
–No voy a dejarte.
–El poblado necesita de todos.
–De mí, no.
–Tu marido sí que te necesita.

Dovidena languideció.

–Me temo que ya no...
–¿Por qué dices eso?

Dovidena tragó saliva. Hubo un largo silencio.

–Un hombre enfermo, que ya no puede pelear por su pueblo...
–Tejo...
–Ha preferido que el veneno haga su trabajo y lo libere de su desdicha.

Turennia le acarició una mejilla con afecto.

–Lo siento tanto...
–No lo sientas, hermana. –Dovidena apretaba las mandíbulas para aguantarse el llanto–. Ya está en el Más Allá. Ahora sus piernas vuelven a ser jóvenes y ágiles.

Turennia asintió.

–Es cierto, es afortunado. Nosotras aún vivimos en la desgracia. Si Aracillum cae...
–No vamos a caer, ¿me oyes? –Dovidena sacudió un dedo reprobador.
–El sacerdote dijo que Cantabria se moría.

Sekeios se levantó.

–El sacerdote es solo eso, un sacerdote –interrumpió, contradiciendo su pesimismo con el único ánimo de alentarla–. Y no he conocido a ninguno capaz de predecir con exactitud el futuro.

Se aproximó al jergón. Dovidena se hizo a un lado para concederles intimidad. Sekeios se agachó junto a su hija y Turennia.

—Es mejor que Dovidena se quede contigo —dijo, y revolvió la cabeza a Leal. La enorme perra lamió la mano de su nuevo amo—. Ella también se quedará con vosotras.

Y, como si hubiera entendido sus palabras, Leal reposó la mandíbula en el lecho.

Dovidena observaba a Sekeios, el extranjero que amaba a su hermana, el enemigo de su pueblo que había jurado lealtad al cántabro Corocotta para protegerla. Se tocó la cara, un punto tímida, antes de confesarle:

—Eres un buen hombre.

Sekeios se incorporó.

—Y tú eres una buena mujer.

Dovidena aceptó el reconocimiento, complacida.

—Gracias por pelear por Turennia —continuó la mujer.

—No lo hago por ella —Sekeios bajó la vista hacia Turennia—, sino por mí. —Hizo una pausa—. Porque sin ella me moriría.

Un murmullo lejano de himnos que clamaban victoria revistió de lágrimas aquel rincón de la casa. Lágrimas contenidas en los párpados de Turennia, sollozos aguerridos en Dovidena. Una opresión en el pecho impedía a Sekeios respirar.

Grupos de cántabros entonaban cantos guerreros, y a ellos debían de estar uniéndose más y más montañeses, porque pronto la atmósfera quedó impregnada por el visceral vocerío indígena. Aporrearon la puerta. Abrió Dovidena y dio paso a un muchacho que requería a Sekeios.

—Corocotta pregunta por ti.

Sekeios se echó sobre Turennia, pausado como solía. Le tomó la cara entre las manos. Ella acopló sus facciones a las de su hombre, dejando a Cantabra sobre el pecho, entre ambos. Se besaron para no separarse, adhirieron sus labios como el sol del atardecer se funde con el horizonte violáceo, detenido el tiempo en el roce cálido de la piel, acogidos, embaucados por la esencia voluptuosa de sus cuerpos.

Antes de dejarlo marchar, Turennia tomó un bolsito de lino, desató el extremo fruncido y sacó una de las arracadas que Sekeios le había regalado. La joya pendía engarzada de un cordoncillo de cuero. Se lo entregó para que lo empleara como collar.

–Llévalo contigo, y así me tendrás a tu lado.

Sekeios se volvió para que Turennia se lo anudase a la nuca. El lobo cazador acarició la tierna cabecita de Cantabra y abandonó la casa hacia los cánticos.

* * *

Corocotta había convocado a la población junto al camino que atravesaba Aracillum. El reguero de cabezas apiñadas se perdía entre las casas. Junto a astures, cántabros blendios y concanos, orgenomescos y vadinienses, camaricos y moroecanos... Las élites ecuestres y las clases populares juntas por un fin común. Había entre las hachas espadas y lanzas de los primeros, y las horcas, hocinos y porras de los segundos, muchachos imberbes con la piel aún libre de cicatrices; jóvenes más maduros que se mostraban en su imponente apogeo y veteranos con el cuerpo y la cara tan llenos de marcas y surcos que apenas sí se diferenciaban estas de aquellas. Divididos por unidades, los contingentes enarbolaban sus estandartes. Las enseñas teñidas con tintura escarlata simbolizaban la potencia del dios Corono. Había insignias rematadas por figuras de bronce y otras por cornamentas; esvásticas de brazos rectos y curvos, aspas cruzadas como rayos y ruedas solares…, tantos emblemas, tantos símbolos, tantas divinidades que toda la sociedad cántabra bullía representada por aquellos cientos de guerreros dispuestos a morir si no obtenían su libertad. Y así, formando con sus armas, sus estandartes y sus abundantes cabelleras, parecían invencibles.

Sekeios acudió a la llamada con sus armas autrigonas. Se había situado cerca de los astures, quizás atraído por su condición de extranjeros.

La aparición de Corocotta por un extremo de la senda, sobre un potente caballo hispano de gran alzada, apagó el bullicio. Era un ejemplar elegante y anaranjado, de cola y crines doradas, que destellaba como un lucero en el alba al moverse.

Mermaron los cantos hasta que solo se escuchó el siseo afilado del viento.

El concano recorrió el camino hasta el otro extremo sin prestar atención a su gente. Cabalgaba con el torso desnudo y la piel blanca hacía destacar sus cabellos pelirrojos. Bovecio lo seguía a pie con su hacha de doble hoja en un hombro y un paño grana enrollado sobre el otro. Corocotta rehízo el recorrido hasta detenerse en medio de la calle, no muy lejos de Sekeios. Examinó a sus hombres, a sus mujeres, a los más jóvenes. Había sobre todo entre los primeros dedos amputados, muñones, brazos seccionados por encima del codo… Mutilaciones, secuelas de la guerra que ahora olvidaban para luchar quién sabía si por última vez.

Extendió los brazos a ambos lados.

—¡Esto es todo lo que soy! —comenzó—. ¡Un hombre desnudo frente a sus iguales, enfrentado a este duro trance que nos acecha! ¡No caminamos solos! ¡Asturia está con nosotros! —Clutos y los suyos se removieron, orgullosos. La voz enervada de Corocotta restallaba por toda la cima—. ¡Escojo una y mil veces estar aquí aislado con vosotros a ser pasto de pactos que no conducirían a otra cosa que a la esclavitud! ¡No hay acuerdo que valga con quienes asesinan a nuestros hermanos y arrasan nuestras aldeas! ¡Y creedme cuando os digo que Roma no nos permitiría ninguna rendición honrosa! ¡Por eso para nosotros solo hay un camino: enfrentarnos hasta la muerte a quien no ha venido más que a echarnos de nuestra tierra!

Situado en primera línea, Sekeios advirtió un destello enardecido en los ojos de los cántabros. Aquellas gentes, quizá sin saberlo, vivían sumidas en las tinieblas de la derrota que habría de llegar. Corocotta representaba el resplandor que debían seguir para escapar de ellas.

—¡Nuestro adversario cuenta con un ejército mucho mayor, pero no es más fiero, ni tiene más fe que el nuestro! —Volvió a hinchar su pecho desnudo lleno de costurones—. ¡Es posible que nuestros días toquen a su fin, que sea la consumación de nuestro tiempo como cántabros independientes! Pero una cosa os prometo, hermanos: ¡no sucumbiremos a la tiranía! ¡Moriremos como vivimos, sin bajar jamás la cabeza ante la opresión!

Los defensores de Aracillum apretaban los dientes, emocionados. Corocotta dejó pasar unos instantes para que asimilaran su discurso antes de dar paso a uno de los momentos álgidos que había previsto para motivarlos.

–¡El dios Corono, a quien consagro mi vida, nos concede una posibilidad de victoria! ¡Por eso nos ha enviado a un autrigón para convertirlo en uno de los nuestros!

De pronto las miradas confluyeron en él. Sekeios dudaba de que Corocotta creyese lo que decía. No era más que otra de sus enfervorizadas consignas. El caudillo permaneció callado, observando al cazador, para que adquiriera la relevancia que le suponía. El sol se desplomaba tras las montañas, derramando sombras gélidas sobre el poblado y una ráfaga de viento sacudió los cabellos del autrigón. Sus mechones castaños ondearon como zarpazos. Las facciones rasgadas adquirieron un matiz cruel, sanguinario, salvaje. En el creciente crepúsculo, Corocotta pudo ver las pupilas incandescentes del lobo, su pulsión asesina viva, conjurada su conciencia para cumplir el pacto con él y proteger a su mujer y su hija. Sekeios, el autrigón, traía la banda cántabra enrollada en torno a una mano. Optó por seguirle las intenciones a su patrono: dio un paso adelante, impasible, y desenrolló la cinta. Se retiró los mechones de la cara y se alisó el cabello en las sienes. Se colocó la cinta en la frente y la anudó por encima de la nuca con medida calma para fortalecer el valor del acto.

La tira negra en torno a la cabeza realzaba sus iris verdes, reforzaba su aureola de cazador frío e insensible. Se arrodilló ante el caudillo.

Los hombres no pudieron contenerse. Alimentados por una fe honda y auténtica, desbocados por la pasión, aquellos que tenía el autrigón a su lado se arrancaron en un aullido infernal. El griterío se contagió a todos los congregados. Los fuegos del poblado llamearon fantasmagóricos.

El aullido unánime se transformó en colectiva locura. Aquellos alaridos, más propios de bestias que de seres humanos, debían de escucharse en los campamentos romanos con demoniaca nitidez.

El concano aguardó a que los ánimos se apaciguasen antes de proseguir:

—¡Roma no es más que una nación de cobardes con un ejército que se sirve de máquinas para hacer la guerra! ¡Si han llegado hasta aquí es porque los dioses nos ponen a prueba, no hay gloria sin superar los mayores infortunios! ¡Creen que sucumbiremos a su poder y que serán recordados por nuestra derrota! ¡Lo que no saben es que este poblado, nuestro Aracillum, les causará tanto pavor que nosotros seremos quienes pervivamos en la memoria de las generaciones futuras! —Corocotta descendió de su caballo de un ágil salto. Quiso ponerse a la altura de su gente—. ¡Cuando sus armas nos alcancen, no temáis! ¡Cuando uno de los nuestros caiga, no retrocedáis, que yo estaré a vuestro lado, el primero de todos! ¡No como ese Augusto! —Sacudió con desprecio la mano derecha—. ¡Ese gusano miserable que huye de nuestra tierra y abandona a sus ejércitos! ¡Nosotros, en cambio, no abandonamos la lucha! ¡Hay tanto por lo que luchar, tanto por lo que resistir, tanto que ganar en esta batalla! —Levantó un puño al cielo—. ¡Cantabria depende de nosotros! ¡No la defraudaremos!

Fue entonces cuando Bovecio desenrolló el paño que llevaba al hombro y lo desplegó ante sus hermanos. Era un vexilo romano, rematado con flecos dorados. La enseña de la Segunda legión mostraba el emblema de Capricornio. Habían sustraído el estandarte en un enfrentamiento contra los romanos para deshonra de estos. El soldurio lo arrojó el suelo y lo pisoteó.

El poblado vociferaba, agitaba sus estandartes, zarandeaba sus lanzas, decoradas las moharras con colas de animales. Sekeios no creía en su mensaje, pero voceó como los demás, aturdido por el fervor desbordado que lo rodeaba. Más allá de la razón, más allá de la evidencia, era necesario creer en imposibles. Corocotta se aupó al caballo con felina ligereza, espoleó su montura y trotó de un extremo al otro.

Los himnos de victoria volvieron a sacudir el aire con sus notas. Iniciaron una danza guerrera, pateando la tierra con golpes alternos de los pies, cantando sus hazañas. Había algo de festivo en aquel ritual, de enajenado, como si no fueran conscientes de lo que se les venía encima. Sobre todo, había algo de trascendente porque, sirviese o no en el momento de situarse frente al enemigo, en verdad estaban convencidos de que Aracillum sería recordada para siempre.

XIII
OPPUGNATIO

Rayaba el alba cuando Gayo Antistio Veto recorrió a caballo de un extremo al otro sus filas y enseñas, desplegadas a cien pasos dobles del enemigo. Las unidades más veteranas, combinadas de la Segunda y Cuarta legión, en la zaguera, necesitarían tanto de su mensaje como las de la primera línea; en unas y en otras figuraban hombres quejumbrosos, desesperanzados ante los castigos infligidos por los cántabros a lo largo de la campaña. Aquellos que escudaban su falta de coraje en la impenetrable frondosidad de los bosques, aquellos que habían simulado enfermedades con tal de evitar un encuentro con los indígenas.

Acompañado por su lugarteniente Casio Longino, el gobernador se detuvo frente a sus tropas. Hizo caracolear a su montura muy cerca de los soldados. La bestia resoplaba, sus belfos espumeaban insolentes a un par de palmos de sus caras.

Al contrario que Augusto, Veto no tenía por costumbre prepararse los discursos. Su mando visceral no requería de palabras previas, pero sí que había determinado algo con antelación: ni una sola mención al *princeps*. Que ni siquiera pensaran que el primer ciudadano estaba pendiente de ellos. El gobernador de la Tarraconense les habló así:

—¡Si alguno de vosotros aún tiembla cuando oye el nombre de Corocotta significa que no está preparado para enfrentarse a esa chusma! —voceó—. ¡Si le teméis a él más que a mí, es que he hecho mal mi trabajo! —Guardó silencio unos instantes para ayudar a que los hombres de las primeras filas, los que mejor lo escuchaban, interiorizasen la amenaza velada—. ¡Sabed que estamos a un paso de la victoria, del fin de la guerra en Cantabria! ¡Esa ha de ser vuestra mayor motivación! ¡Yo, Gayo Antistio Veto, gobernador de la Tarraconense, alumbrado por la luz gloriosa de Marte, juro poner fin a Corocotta y su ejército de fantasmas! ¡No quedarán de él ni sus despojos!

Alzaba el gobernador su mano para emitir una última consigna cuando se vio obligado a detenerse al ver que sus soldados se agitaban inquietos por un repentino vocerío. Orientó su caballo hacia el poblado. Todo Aracillum cantaba. Un clamor de voces emergía espectral de entre sus muros, como si lo entonaran desde el inframundo. En el campamento, hasta los caballos y las mulas se removían en las cuadras y abrevaderos. Cantabria volvía a cantar, como la noche anterior, desvelando a los romanos. Casio Longino miró de reojo al gobernador. Veto examinaba a los hombres de las primeras filas, que procuraban disimular el espanto que aquel voceo les provocaba. Solo continuó cuando constató que se concentraban de nuevo en él:

–¡Recordad que cuando todo acabe serán considerados y juzgados en este ejército los méritos de unos y de otros!

No pudo ser más esclarecedor y tajante.

* * *

Arquio, retirado en su tienducha del campamento principal, se había sentado y sostenía un vaso de posca entre las manos. Cerró los párpados al escuchar los himnos de su pueblo. Se puso a canturrear una melodía, procurando ahogar la culpabilidad que resonaba bajo su cráneo. Uno de los hombres de su tropa, que atendía los cantos en el exterior, entró y se acomodó entre los otros tres.

–Están muy encendidos.

–Han de estarlo si quieren sobrevivir –musitó el príncipe.

El otro reflejaba la contrariedad de verse en el lado del conquistador, la vergüenza de haber escapado de su propia gente.

–Me pregunto si...

–¡No te preguntes nada! –interrumpió Arquio–. ¡Estar aquí es lo que nos permitirá obtener un beneficio que ellos se han negado a recibir! ¡Si alguien tiene la culpa de todo esto, es Corocotta!

El *comite* hizo un gesto de disgusto y se sirvió un vaso de posca.

–¿Y vosotros qué pensáis? –preguntó a los otros.

Intercambiaron una ojeada sin saber qué decir.

–Que si nos hubiéramos quedado con los nuestros habríamos muerto para nada –contestó uno.

–Eso pienso yo también –dijo el otro.

El que había preguntado se trasegó la posca y cruzó los brazos, pensativo.

–Supongo que sí.

–Confiad en mí –pidió el príncipe–, cuando todo esto acabe y yo sea una de las voces más importantes para tratar con Roma, sabré compensar vuestra lealtad.

–El gobernador aún no nos ha prometido nada.

–El gobernador cumplirá; si no, ya nos habría crucificado.

–Nada impide que lo haga.

–¿Por qué iba a hacerlo? Lo servimos y él nos protege. Nos quiere aquí, sin exponernos, hasta que haya tomado el poblado.

–Insisto en que...

–¡No insistas! ¡Yo soy el príncipe de Aracillum y me tratará como a un igual!

–De momento los romanos nos invitan a esta bebida que no se toman ni ellos... –Agitó el vaso con sorna.

–¡Solo espera a acabar con Corocotta, estúpido! ¡¿Lo entiendes?! ¡Solo a eso, y entonces me colmará de privilegios y yo los compartiré con vosotros!

El *comite* cerró la boca para no contribuir a la crispación del príncipe.

Arquio se arrebujó en una esquina bajo su manto y se tapó los oídos para no volver a oír sus voces.

* * *

Corocotta no organizó sus batallones de infantería hasta conocer la disposición táctica del enemigo. Roma había dividido su ejército en tres cuerpos, con el fin de que uno combatiera mientras los otros aguardaban. Tres cohortes completas, divididas al tresbolillo en tres líneas de seis centurias cada una, concentraban toda su fuerza frente a la ladera suroeste. Detrás de la primera línea, pequeñas unidades auxiliares de arqueros sirios formaban con poco intervalo. Veto situó además una compañía de caballería númida en el flanco derecho y otra en el costado opuesto.

El ejército romano, destacado en orden de batalla, aguardaba la disposición de los indígenas.

Sekeios, posicionado junto a su patrón sobre el acceso principal, concentraba sus esfuerzos en tasar la potencia rival. Casi siempre había vivido el examen desde el lado romano. Había comprobado su capacidad de destrucción en diferentes enclaves fortificados, el daño que podían causar en poco tiempo, la inevitable cantidad de muertos. Ahora le tocaba sufrirlo en el peor posible, el que podría significar la muerte de las únicas dos personas que daban sentido a su existencia.

Hizo un recuento aproximado de los soldados desplegados:
—Son menos de dos mil…
—Y en breve sus fuerzas serán aún menores… —fanfarroneó Corocotta, desafiante.

La ansiedad enrarecía la atmósfera de la mañana. El sol, velado por la bruma, lucía turbio como una pupila enferma.

La noche anterior, Cantabria sacrificó caballos a la diosa Epona. Los hombres, cubiertos con pieles animales, bebieron su sangre sagrada para adquirir su vigor e ingirieron grandes dosis de licor místico.

Y ahora, roto el embriagador efecto de las bebidas, la desoladora realidad enturbiaba de nuevo los sentidos. Sobre sus cabezas, una bandada de buitres describía círculos, dejándose lamer gozosos por el viento.

—Deberíamos emplear caballería —opinó Clutos.
—Aún no —desestimó Corocotta.

Sekeios, advirtiendo el plan de su patrono, tomó la palabra:

—Si los romanos ven que salimos solo con guerreros a pie, estarán convencidos de su victoria.

—Nuestros jinetes intervendrán cuando ya no lo esperen —concluyó el caudillo.

Clutos levantó la cabeza.

—Que sean los míos.

—¿Son buenos?

—Tanto como los cántabros, si no más.

Rio el montañés, complacido. El orgullo astur era lo que más necesitaba.

—Os acompañará una escuadra de nuestros jinetes —puntualizó.

Clutos y Corocotta se sonrieron, comedidos. Eran como dos astados en el mismo redil, bufando, mostrándose los cuernos sin llegar a cruzarlos, con la inteligencia de los jefes que comprenden la necesidad de hacer frente común y oponerlo al mismo enemigo.

Los jinetes astures se dispusieron a cinchar las sillas de sus caballos. Corocotta cursó la orden:

—Que se preparen los pelotones.

* * *

El concano buscó intimidar al enemigo. Desplegó seis batallones de infantería pesada y ligera por delante del foso, en formaciones de cuña tan alargadas como el hocico de un puerco salvaje; pelotones de cántabros y astures bajo el mando de sus capitanes, dispuestos a chocar frontalmente contra los legionarios. El resto permanecería en el poblado para repeler un posible ataque. No era el objetivo vencer al enemigo, algo imposible, sino derrotar su voluntad, una y otra vez, un choque tras otro, hasta que un motín hiciera comprender a los altos mandos que aquella era una tierra indomable y debían proponer la retirada. Una táctica tan audaz como desesperada. Si algo podía temer el ejército romano era la fiereza de las cargas masivas propias de los pueblos célticos, capaces de desbordar sus líneas. La única opción de los montañeses pasaba por emplear su posición ventajosa en altura y romper sus formaciones para obligarlos a combatir dispersos, ladera arriba, en un terreno incómodo para maniobrar. El posterior apoyo envolvente de la caballería les concedería una posibilidad de expulsarlos.

Gayo Antistio Veto dejó el mando de la batalla a su lugarteniente Casio Longino y decidió seguir sus evoluciones desde una torre fortificada del campamento secundario. Desde su amplia perspectiva de las laderas sur y oeste, el gobernador vio cómo una muesca en la bruma arrojaba tenues cortinas de luz sobre los batallones montañeses, que permanecieron impasibles al reconocer la primera fase de la estrategia romana: un escuadrón de caballería se aproximaba a ellos por un costado de la ladera.

Aracillum rio con desprecio al ver cómo los jinetes númidas, provistos de escudos y jabalinas, se les acercaban con ánimo de provocarlos y sondear hasta dónde estaban dispuestos a llegar. Muy habilidosos los norteafricanos, sin bridas ni silla de montar, solo una estera, su figura seca y extranjera destacaba en aquel entorno verde. Efectuaron un par de pasadas de lado a lado sin llegar a arrojar sus venablos. Los miembros de las clases dirigentes cántabras, diestrísimos montadores, respondieron con injurias ante sus hábiles y exóticas maniobras. De haber sido por arrogancia, hubieran salido con sus potentes caballos celdones para trabar combate cuerpo a cuerpo con aquellos hombres de tez morena y demostrarles que Cantabria no toleraba exhibiciones de jinetes foráneos.

Corocotta, tras su escudo oblongo decorado con dos aspas, llameaba en la punta de uno de los batallones centrales. Se había embadurnado los brazos y la cara con el pigmento rojo que los cántabros extraían de insectos. Apenas sí se le distinguía. Ahora era todo un dios Corono capaz de amedrentar a los enemigos e incendiar a sus guerreros. Sujetaba su cabellera con la banda cántabra, mostrándose ante el enemigo en toda su crudeza. Deslizó resuelto su falcata fuera de la funda. Revisó el filo curvo con mimo. Las brumas se disipaban y el metal adquirió vida propia bajo el disco solar. A su derecha, Bovecio. El soldurio, hacha al hombro, se protegía los pómulos y mandíbulas con un casco dorado cerrado en torno a la cara, tras su escudo oblongo decorado con dos aspas. Una tupida crin negra sujeta a la cimera le caía sobre la espalda. Sekeios, a la izquierda del caudillo, admiró al imponente soldurio. El fuego negro autrigón también impresionaba: las hombreras reforzadas con capas de lino y cuero prensado ensanchaban su torso, aparentando mayor tamaño. Protegía su pecho con un peto y sobre él una coraza circular sujeta a la espalda con bandas de cuero. Había elegido una pieza metálica decorada por una cabeza de lobo, abiertas las fauces, las orejas afiladas como estacas. Resguardando las espinillas a modo de grebas, gruesas polainas de paño sujetas con correas. Su espada corta de doble filo aguardaba inquieta en la diestra. La punta afilada, como una espina, emitió un destello cuando movió un poco la mano para calentar la muñeca. Dovidena le había concedido el honor de blandir en su brazo izquierdo la caetra de Urbigo, ornamentada con tres brazos curvos para honrar su memoria. Completaba el armamento con su pequeño cuchillo. Se había recogido el cabello con una cola de caballo sobre la coronilla, la cinta cántabra en torno a la cabeza cubría su frente para contribuir al halo místico del veterano caudillo.

Sekeios parecía indestructible.

Corocotta le echó un vistazo.

–Si de verdad traes suerte, que sea ahora.

–Por Navia, que así sea.

El concano asintió eufórico al ver a los hombres armados, dando la sensación de ser invulnerables. Comenzaron los batallones indígenas a golpear con las armas las partes metálicas de sus escudos. De la ciudadela surgió pavoroso un son de trompetas y flautas. Los pelotones reaccionaron a la música con un brincar espasmódico sobre la tierra, agitar de armas y enseñas. No por haber presenciado comportamientos similares, de otras naciones incivilizadas, dejaron los romanos de sorprenderse. Había algo horrendo en aquellas gentes de las montañas y sus magias guerreras, en su miríada de emblemas astrales y animales destacando sobre sus cabezas. Unos cuantos, pasados de valentía, se disponían a combatir con un hacha bifaz en cada mano, desprovistos de escudo. Demostraban una rudeza terrorífica a la que los legionarios no se terminaban de acostumbrar. Desconcertados ante el estruendo de los himnos, se miraban unos a otros tras los escudos. Ni siquiera la imposibilidad de la victoria los había rendido. Perderían Aracillum, pero el Imperio lo pagaría dejándose muchas vidas en aquella cima.

Los legionarios se abstuvieron de contrarrestar el efecto intimidatorio del ritual. Si Cantabria arremetía con salvaje estrépito, Roma decidió responder con austeridad profesional. El movimiento enajenado de los pelotones indígenas en cuña contra la quietud inalterable de las formaciones romanas en cuadros convertía la ladera en un atroz espectáculo.

Regresados los jinetes númidas a su posición, un clamor de voces en latín retumbó en la falda. Las crestas transversales de los centuriones, que apercibían a sus hombres para el combate, destacaban entre los cascos de bronce de los soldados.

–¡Atentos! –Se aseguraban de que no se separaran ni un dedo unos de otros–. ¡Avanzad!

Órdenes, trompeteo de cornicines. La primera línea de cuadros comenzó a ascender hacia los batallones seguida, tras un breve intervalo, por la segunda.

El ronquido de los cuernos de la infantería de línea indígena sofocó el rumor belicoso del enemigo avanzando hacia ella.

Sekeios, ajeno a la danza, tomó aire y aseguró bien el puño en torno a la manija metálica para agarre del escudo. Contuvo un soplido ante la sobrecogedora representación de los cuadros moviéndose hacia ellos. En un momento se enfrentarían con la mayor máquina de guerra jamás desarrollada.

–Turennia… –masculló.

A su lado, Corocotta alzaba el brazo y apuntaba con su falcata al cielo.

–¡Juntos, soldurios, juntos hasta la muerte!

La arenga del caudillo saltó de boca en boca, de pelotón en pelotón, trepó por las murallas y reventó en la ciudadela. Aracillum vociferaba enardecida.

Sekeios sentía a su espalda el sincero ardor de los devotos. Las mandíbulas tan prietas que las muelas restallaban hasta el límite de partirse. El pelotón de su derecha, con Clutos en la delantera, agitaba las enseñas astures. El líder astur se frotó la coraza circular ajustada sobre la cota de malla ceñida a la cintura. Sintió bajo las yemas el relieve del metal con forma de jabalí. Sus colmillos se siluetaban afilados como garfios. Clutos, como tantos otros, se había tatuado el rostro con los símbolos de sus dioses. Si algo podía salvar del desastre a los últimos pueblos independientes del norte, más allá de la estrategia, era la emoción. Y aquellos batallones, aquellas gentes rudas de las montañas, ardían con ella como hogueras.

Los batallones se lanzaron a paso ligero sobre el enemigo. Venablos arrojadizos y lanzas largas para luchar cuerpo a cuerpo. Sekeios, concentrado en la centuria a la que se enfrentaban, sentía el peso del escudo en la zurda y la espada en la diestra. Su arma autrigona, recuperada tras la conjura, oscilaba firme en la carrera. Segura y desenvuelta, como si con ella hubiera recuperado parte de su libertad, aunque no fuera la más deseada. Y, con aquella contradicción en mente, se lanzó ladera abajo.

Avanzaban a paso rítmico, muy cerrados, como flechas, sin separarse de sus estandartes. Acostumbrados a correr entre peñas y picachos, ligeros y vivaces, daba la sensación de que en lugar de trotar fluían sobre la falda. Superaron un suave aterrazamiento del terreno cuando las unidades de arqueros del ejército romano se dispusieron para la primera descarga de proyectiles con punta de acero capaces de atravesar armaduras. La visión de los auxiliares sirios con sus túnicas cubriéndoles las piernas, sus cascos agudos y los arcos cortos y curvos apuntando en diagonal al cielo resultaba abrumadora. Las cuerdas pegadas a la cara a punto de liberar la tensión esbozaban una V al tiempo que las facciones se desdibujaban por el esfuerzo. Aguantaron hasta que los pelotones estuvieron en zona de alcance para intentar romper sus formaciones.

—¡Escudos! ¡Levantad escudos!

Las cintas y cascos montañeses alzaron sus escudos sin dejar de progresar. La primera salva de proyectiles zumbó como un avispero, superó a los legionarios y, a media ladera, cayó oblicua sobre los indígenas. La empavesada detuvo la granizada con firmeza. Solo unos pocos se desplomaron al recibir el impacto de los proyectiles filtrados entre los huecos. Corocotta soltó una risotada histérica cuando una flecha de la siguiente descarga rebotó con un chasquido en el canto metálico de su escudo. Sekeios no reía; centrado en los primeros diez hombres de la centuria que formaban una línea de choque compacta, veía cómo los auxiliares sirios, con mucha organización, se retiraban hacia los costados.

Ya se olían unos a otros el sudor, la temblorina del miedo en las rótulas. Encontrarse tan cerca permitió percibir a romanos y cántabros las emociones contenidas en los ojos del contrario, el espanto de tenerse casi encima. Estos opusieron sus lanzas al enemigo. Los nativos intuyeron en las retinas legionarias el terror controlado por la disciplina y el orgullo de pertenecer a sus respectivas unidades; los romanos, la ira desbocada de unos montañeses sin miedo a morir.

Los pelotones arrojaron a la carrera sus venablos contra las bien protegidas unidades romanas, que cerraban escudos sobre escudos.

El corazón de Sekeios dio un vuelco al reconocer las indicaciones de los centuriones:

—¡Lanzad jabalinas!

Sekeios y los otros apretaron los dientes al ver cómo la primera fila de cada unidad abría sus escudos y daba dos pasos para tirar sus lanzas ligeras sobre los batallones.

Un siseo apenas perceptible. La descarga de jabalinas fue devastadora. Los que iban en el extremo y costados contaron con espacio para esquivar la andanada o desviarla con un golpe de sus escudos. Otros no tuvieron tanta suerte. Tras el impacto, las moharras se incrustaban en ellos y el asta doblada sobre la cabeza de hierro los inutilizaba. Arrastrándose por el suelo, incapaces de arrancarse las lanzas, sus portadores terminaban por abandonar los escudos, prestos a abalanzarse sobre los romanos, con el flanco izquierdo descubierto y su indumentaria de combate como única protección.

El segundo chaparrón, de jabalinas pesadas, picoteó más aún la empavesada. Algunas traspasaron de un golpe los escudos ligeros, ensartándose hasta la empuñadura, destrozando los brazos que los sujetaban. Sekeios, muy curtido, supo aliarse con la fortuna y se agachó a tiempo. Ni siquiera así lograron los romanos refrenar la energía desaforada del enemigo. Con gran coraje, las fuerzas indígenas avanzaban sobre los cuerpos de sus hermanos muertos. Cantabria y Asturia devolvieron lanzas por lanzas. Recogieron aquellas jabalinas que no habían alcanzado su objetivo y, viendo las moharras sin doblar, las lanzaron de vuelta sobre los romanos. Las lanzas crujieron al impactar en las protecciones romanas.

Centuriones y *optios* impartieron la siguiente orden:

—¡Posición de combate!

Las formaciones indígenas, ya casi encima, caían sobre ellos como los filos de una sierra. Un legionario de la primera fila notó el calor dramático de sus heces desparramándose ante la cercanía de la muerte.

—¡Que no olviden este día! —Corocotta corría, la boca abierta y la lengua desorbitada, fuera de sí, con la decisión temeraria del líder convencido de su acción.

Los mandos romanos se desgañitaban:

—¡Cuadros cerrados! ¡Cuadros cerrados!

Los legionarios dejaron el espacio mínimo entre ellos, dispuestos a romper la carga enemiga y dispersarla.

—¡Desenvainad gladios!

Asomaron entre los escudos los filos cortos de las espadas romanas.

—¡Júpiter! ¡Júpiter! —clamaron al unísono.

La frente pelada de Clutos bajo el casco de triple cimera decorado de plumas se arrugó rabiosa ante la inminente colisión.

—¡Cargad! —Última orden de los centuriones.

Un rápido vistazo de Sekeios a su izquierda le permitió ver cómo una cuña formada por multitud de mujeres consagradas a la diosa guerrera Reua chocaba contra la pared de escudos de la centuria.

Sekeios, el vello de los brazos y piernas erizado, alzó la caetra para cubrirse el pecho y el cuello. Corocotta levantó su falcata; Bovecio, imparable, elevó su hacha.

—¡Juntos!

Colisionaron los batallones con las centurias a lo largo de la ladera. El colosal estruendo de la infantería pesada al chocar en masa aturdió los tímpanos, tronó entre las cumbres.

El trauma del impacto, la certeza de la muerte a un palmo del cuerpo condujo a una fugaz conmoción en la que los combatientes perdieron el sentido, la conciencia de dónde estaban. Cuando Sekeios comprendió que habían logrado abrir un tajo en la formación, inició su ataque a una velocidad aterradora, aprovechando los huecos entre los escudos enemigos para evitar que recompusiesen las filas. Apuñalaba al modo romano: estocadas voraces a la cara, el torso, a las piernas. Con los romanos rotos hasta la mitad del cuadro, incapaces de protegerse unos a otros, casi ni veían venir a Sekeios. Fugaz como una centella, perforó una cota, traspasó una garganta, abrió en dos un muslo. Dejaron de escucharse los sones cántabros, no se oían ahora más que alaridos, golpes secos, estridencia de metales. Las largas lanzas indígenas para la lucha cuerpo a cuerpo se infiltraban asesinas entre los escudos. Era la acción por instinto, la sinrazón extrema, el caos absoluto.

Haciendo valer la potencia destructora de sus armas, Cantabria estuvo a la altura de su fama bélica.

Pronto fueron evacuados en carros ligeros hasta el valetudo de campaña los primeros romanos con lesiones graves. Las pequeñas tiendas estaban situadas en retaguardia, a buen resguardo de la zona de combate. Apenas hubo heridos leves atendidos en el mismo campo de batalla que pudieran reincorporarse a sus unidades.

Corocotta causaba el estrago que se esperaba de él. Un torbellino rojo descargando su falcata. La espada de hoja curva caía con tal potencia que a cada tajo le seguía la parada endeble de un escudo, el chasquido de un hueso roto, el corte de una extremidad o de una cabeza, la rasgadura de un abdomen que dejaba al descubierto las entrañas. Nada resistía el temple de su hierro.

Todo cuanto golpeaba quedaba destrozado. Ni siquiera los refuerzos contra falcatas incorporadas en escudos y lorigas eran suficientes. Despedazaba sin remisión. Y la eficacia de un arma poco habitual en aquellas latitudes acongojaba aún más a los legionarios de aquella centuria, que habían perdido la cohesión, incapaces de restaurar las líneas y peleaban separados. Corocotta se exponía como un loco, dejando descubierto medio cuerpo cada vez que subía el brazo para descargar un golpe, pero era tal su velocidad al desplazar escudo y espada que o detenía la estocada enemiga o la esquivaba. Cualquier cronista romano hubiera dicho que en verdad emanaba de aquel caudillo un halo de invencibilidad, pues los soldados, horrorizados por su empuje, no lograban aprovechar sus errores defensivos. Las desoladoras hachas de dos filos, golpeando a una o dos manos, volvieron a demostrar su eficacia. Bovecio sobresalía entre la turbulencia. El soldurio alardeaba de una destreza tan arrebatadora como insensata. Había destrozado una rodilla con el canto de su escudo oblongo; luego se había desprendido de él y ahora empleaba el hacha a dos manos abriendo un círculo a su alrededor. Torsos seccionados, mandíbulas desmontadas, piernas cortadas como frágiles ramas. El desconcierto se apoderó de la centuria.

–¡Firmes!

El centurión y el optio se veían superados por la insoportable agresividad indígena. Solo el portaestandarte daba la sensación de permanecer inmóvil junto a su cuadro para procurar garantizar la indivisión de la unidad. La enseña oscilaba en el sitio, zarandeada por el combate.

–¡Cerrad las filas! ¡Cerrad! ¡Cerrad!

Las órdenes de los oficiales no encontraban respuesta en los legionarios. Rota la formación, su disciplina sucumbía a la demencia cántabra. Tanta era la enajenación montañesa que Bovecio, el costado izquierdo descubierto cada vez que hacía fulgurar el hacha doble por encima de su cabeza, sintió cómo una punta de gladio le penetraba bajo las costillas, justo por debajo de la tira cruzada de cuero que sujetaba la coraza circular. Tenía que ocurrir en algún momento. Pero aquel era mucho cuerpo para derribarlo de una sola punzada. Bovecio emitió un alarido sordo, tomó el borde del escudo del romano y arrancó al soldado del sitio. El legionario más cercano no tuvo tiempo de ocupar su lugar para cerrar el paso al titán, y el pelotón indígena acabó por abrir una brecha casi completa en el cuadro. Rota la centuria en dos, con las líneas arqueadas como un cuarto de luna, el batallón encabezado por Corocotta logró su objetivo.

La segunda y la tercera líneas romanas aguardaban inalterables en la zaguera esperando órdenes para sustituir a la que combatía. Casio Longino recorría a caballo la retaguardia de las centurias en choque y arengaba a los suyos con las mejillas crispadas bajo el casco encarrillado.

–¡Mantened la formación! ¡Mantenedla o yo mismo os crucifico!

De cuando en cuando volvía la vista al fortín y resoplaba de terror. Gayo Antistio Veto evaluaba desde allí el desarrollo del enfrentamiento. Su lugarteniente echó un vistazo indeciso al jinete mensajero que lo acompañaba. La pluma atada a su lanza, que lo distinguía, se mantenía a la espera de órdenes. Casio Longino se debatía entre mantener a las seis centurias combatiendo, en espera de que las más sobrepasadas se rehicieran, o sustituirlas por la segunda línea. No era ventajoso el espacio ni contaba con un frente de batalla amplio, donde los romanos se desenvolverían con mayor comodidad. Si tardaba en dar la orden, la segunda línea podría ser barrida por la primera en caso de que aquella incurriera en una repentina y contagiosa desbandada. Y si la enviaba, anularía las órdenes del gobernador, claras y taxativas: «Procura que sean los hombres de la primera línea quienes acaben con los indígenas. A ellos les corresponde devolver el honor al ejército. No toleraré que esos montañeses se rían viendo que se retiran, menos aún que el idiota de Valerio lo haga». Y aquellos eran los que ahora combatían; los que lo avergonzaban y le ponían en un brete ante el legado de la Novena y del propio Augusto. Un castigo estúpido por ineficaz e incoherente, pues estrechaba el mando de su segundo para revertir situaciones comprometidas. Casio Longino volvió a sopesar la evolución de la batalla con la incomodidad de un espectador en un teatro que nada podía hacer más que dejarse sacudir por el drama de los acontecimientos.

Respiró hondo y procuró calmarse. Puede que su desazón fuera exagerada; no todos los batallones indígenas habían obtenido el mismo resultado. Eran los dos encabezados por Corocotta y Clutos los que en verdad los superaban, aquellos de los que no lograba apartar su atención. Los restantes combatían igualados. Las unidades romanas contaban con profesionales experimentados durante años en el oficio de matar; hombres fríos, superiores a sus compañeros más timoratos, que resistían la presión montañesa. Sus centurias se mantenían firmes y, tras los primeros amagos de colapso, los romanos lograron poner en práctica el mecanismo que hacía del ejército romano lo que era, un enemigo casi imbatible en batalla de formaciones compactas: sin resquicios, prieta la sandalia derecha atrás, afirmada la izquierda al frente, bien resguardados tras sus escudos, se defendían y golpeaban con estos. Sin perder la posición, las espadas emergían por entre aquellos como la dentadura de una barracuda y acuchillaban en la cara, en el abdomen, en los muslos... Una y otra vez, una y otra vez, una y otra vez. Los gladios comenzaron a atravesar costillas con la maestría de carniceros. Movimientos cortos, veloces, certeros, de precisión quirúrgica. El maquinal ejército comenzaba a funcionar. Los montañeses caían casi todos por heridas en el costado izquierdo y el corazón seccionado.

Poco a poco la efectividad de la táctica romana se impuso al arrojo indígena. Los rapidísimos nativos necesitaban describir con sus armas movimientos mucho más amplios que los romanos, tanto que el cansancio los iba separando a unos de otros, y los huecos que abrían al levantar los brazos dejaban sus puntos débiles a merced del enemigo. Los pelotones aún trabados en parejo combate con las centurias, al ver a los que flaqueaban, se fueron contagiando de su desunión, batiéndose como cuñas descoordinadas, independientes unas de otras, en tanto las centurias no se perdían de vista entre ellas. Y mientras los montañeses sucumbían a la extenuación, sin efectivos que los reemplazasen, luchando cada uno su propia batalla individual contra el yunque romano, este, cada poco tiempo, se iba refrescando con sustituciones de los legionarios, que a cada señal pasaban a ocupar la primera fila para mantener la presión constante sobre el enemigo. Empapados, entumecidas las articulaciones, los cuerpos y mentes de los nativos se fueron ahogando en un pertinaz desasosiego. Cada vez reculaban más para recuperar aliento y fuerzas. Y en ese momento las centurias, incólumes, avanzaban hacia ellos, y los indígenas volvían a arremeter intentando mantener el equilibrio entre sus conmilitones muertos, desembarazándose de sus escudos para emplearse tan solo con las armas en cargas tan frenéticas como desorganizadas, ya sin formar hocicos ni poder penetrar en el cuadro enemigo. Era el error táctico que Roma aguardaba pacientemente. Las formaciones cántabras, rocoso el aspecto, más frágil la táctica, se desmigaban, y sus guerreros se echaban contra ellas exhaustos, como quien se lanza, ingenuo, sobre un foso punzado de pinchos. Era el momento de masacrarlos.

Corocotta y Clutos seguían manteniendo cierto equilibrio. Los astures se oponían frontalmente con descomunal bravura, pero la centuria que encaraban ya había comenzado a avanzar palmo a palmo y la cuña astur, desmochada, reculaba al mismo ritmo, retirándose casi sin darse cuenta.

Fue entonces, en el umbral de la derrota, cuando roncaron los cuernos indígenas. Aracillum vomitó furiosa dos escuadrones de caballería cántabra y astur: cincuenta jinetes equipados con corazas musculadas, escudos circulares, lanzas y una veintena de dardos a los que acompañaban otros tantos guerreros ligeros montados tras ellos, sobre caballos de talla entre mediana y pequeña, resistentes y desenvueltos en terreno abrupto. Los escuadrones trotaron vivaces por el lado contrario al que acogía el combate y redujeron la velocidad lo justo para que los guerreros saltaran de las monturas con pasmosa agilidad. Habían recibido órdenes de no apoyar a los jinetes, como solía ser su cometido, sino de reforzar los descompuestos pelotones. Casio Longino apenas tuvo tiempo de ver cómo los impetuosos indígenas guiaban a sus celdones y asturcones a golpes de voz y rodillas y envolvían la retaguardia de las centurias con una maniobra de flanqueo, colándose en el espacio entre estas y la segunda línea. Una acción arriesgadísima que propagó la sorpresa y agitación en las tropas que aguardaban detrás. Roma reaccionó movilizando a los númidas para que trabasen combate y a los flecheros sirios para refrenar la acometida. Ya era tarde. Las centurias apenas sí tuvieron tiempo de intuir una estela a su espalda como un rayo de Taranis.

–¡Repeled a los caballos!

Apretados por el frente y la zaguera, las formaciones romanas poco podían hacer. Los tres cuadros que aún mantenían la forma amagaban con bascular. Aprovechando el desconcierto, la infantería cántabra, asistida por los guerreros ligeros, recobró un punto de entereza viendo cómo los legionarios se debatían entre continuar peleando con ellos y contener el acoso de la caballería a su espalda.

Un grupo de jinetes cantabroastures se destacó para atraer el fuego de los arqueros sobre sí. La caballería hacía alarde de tal fugacidad que imposibilitaba apuntarlos con los arcos y, cuando los sirios lo conseguían, los jinetes esquivaban o detenían los proyectiles con singular destreza, permitiendo maniobrar al resto, que acosaba con andanadas de dardos a los legionarios, lanzándolos uno tras otros, tan rápido, tan cerca, con tan horrendos chasquidos en sus impactos que algunos soldados bajaban la guardia, rompían la fila allí donde aún existía y quedaban expuestos a otra descarga. Los venablos iban a las caras, a las piernas, al pecho; perforaban lorigas, abrían carne y órganos con sus extremos endurecidos al fuego. Y entre lanzazo y lanzazo zumbaban pequeñas hachas arrojadizas de doble hoja. Fue una escabechina.

Casio Longino, superado por la imprevista acción de la caballería indígena, asistía al desgaste de las centurias, cuyas retaguardias se desmenuzaban como panecillos. Los que abandonaban la posición huían despavoridos, buscando resguardarse en otras cohortes, contagiando a su paso a los más asustados y a los heridos.

La actuación de la caballería no sirvió a los guerreros montañeses de a pie para vencer, muy mermadas ya sus fuerzas, sino para hacer ver una vez más a Roma que no les bastaría con emplear su superioridad en batalla campal para derrotarlos.

Sekeios pisó el pecho de un legionario tendido en el suelo al que acababa de tumbar y sacó el palmo de espada que había clavado en su garganta. Pudo ver entre la montonera de cascos cómo los jinetes africanos, cántabros y astures se habían enzarzado cuerpo a cuerpo por delante de ellos. Al mismo tiempo, Sekeios miraba cómo Bovecio, que andaba cerca, aún herido, alzaba un escudo romano tomado a un cadáver y desviaba la jabalina que le lanzaba a la cara un númida, que se había escorado demasiado e intentaba regresar a la brega llevándose entretanto a algún montañés por delante. Bovecio asió al jinete de un brazo, cuando este refrenaba y volteaba su montura, y lo arrancó con una sola mano de la grupa. Lo último que vio el africano fue el halcón tatuado en el parche del coloso, su mirada torva aniquilándolo. Bovecio le reventó los ojos, se deshizo de él y se taponó con una mano la herida del costado. Entonces se apercibió de la posición de su patrón: Corocotta se movía como un felino entre los gladios, incapaces de alcanzarlo. Los demás devotos, sin alejarse de él, devolvían muerte por muerte.

Sekeios se apartó unos pasos de la lucha para darse un respiro y vio cómo su pelotón, con Corocotta aún en el centro de la centuria deshecha, se había descolgado y corría el riesgo de dejarse arrastrar por un repliegue romano casi inconsciente que los metería de lleno en el tumulto de la caballería.

El caudillo no se había percatado de que lo que quedaba de los otros pelotones ya se retiraba ladera arriba, pisoteando tanto cuerpos de hermanos como de enemigos.

Sekeios se retiró la sangre de la cara con el antebrazo. Todo él reventaba de dolor, y supo que, bajo las ropas, su cuerpo era una llaga lacerada de hematomas y contusiones.

–¡Atrás! –reclamó–. ¡Retroceded!

Su llamada saltó de boca en boca hasta llegar a oídos del concano. Corocotta, asfixiado, descompuesto por la lucha, dio un paso atrás y dejó que uno de sus soldurios se interpusiera entre él y un legionario que intentaba derribarlo con el escudo. El autrigón y el concano cruzaron las miradas y este comprendió su demanda. Corocotta comprobó en el pelotón de Clutos cómo uno de sus de sus devotos agarraba al astur del hombro, con la misma idea, y cómo este accedía y arrastraba a los suyos falda arriba. No había vergüenza ni deshonra en la retirada. Era, simplemente, la estrategia más lúcida. El ejército romano había sido dañado, y con eso bastaba.

–¡Atrás! –mandó Corocotta.

–¡Replegaos, juntos! –lo ayudó Sekeios.

Asfixiados los legionarios por pelear en pendiente, deshechos por la sorpresa del asalto de caballería, centuriones y optios, escuchando el resuello exhausto de los suyos, no quisieron aventurarse a picar la retaguardia montañesa y hacer degollina de los pelotones que retrocedían ladera arriba. Cedían los montañeses, desvencijados y, aunque los romanos aún permanecían sobre el campo de batalla, de alguna suerte victoriosos, habían sido desarbolados y triturados como un trozo de carne. Trompetearon las bocinas romanas a retirada. El orgullo de los centuriones, el de ser los mejores soldados de la legión, les demandaba terminar el envite exigiendo apiñar los cuadros y abandonar la falda bien formados, con la honra intacta de, al menos, no haber perdido sus enseñas.

XIIII
RECLUTAMIENTO

Mientras Roma se lamía los rasguños, Aracillum elevaba plegarias agradecidas a Navia y a Corono por haberlos socorrido en el combate. Un moderado jolgorio se adueñó del poblado. Con la ladera suroeste embarrada de cadáveres y armamento, las primeras cicatrices eran palpables en su rostro, pero las facciones principales permanecían reconocibles. Astures y cántabros se abrazaron. Su común rebeldía ofrecía resultados, la resistencia era posible. Recogieron los cuerpos en carros, condujeron a los heridos en parihuelas y brindaron por sus hermanas y hermanos perdidos. Los cuervos y los buitres se habían sumado a la algarabía; aquellos picoteando globos oculares, bocas y anos; estos, como auténticos bisturís, buscando las vísceras de montañeses y romanos, guiando las almas de los primeros a su paraíso guerrero, donde el dios supremo Lucobos los recibiría tras la bella muerte en combate. Los caídos en la gloria de anteriores batallas aguardaban, dichosos, su compañía en la morada de los muertos.

Muchos legionarios murieron aquel día. Soldados bien adiestrados y enérgicos, aunque desgastados por el irresoluble encono de los nativos de no entregar las armas. Para unos y para otros, todo había terminado. A los indígenas caídos ya nada les importaba la defensa de su tierra; para los romanos, los planes de Augusto habían dejado de existir.

En Aracillum, niños y mujeres, hombres y ancianos preguntaban por los suyos, y al no hallar respuesta se arrodillaban con el alma sumisa y la cara desencajada. Con el pasar de las horas comprendieron que en aquella falda moribunda se había quedado la mitad de sus vidas. Y entre los supervivientes, algunos sufrían heridas tan profundas que ya creían distinguir el umbral de su nueva morada celestial a la espera de que los dioses los acogieran.

–Creo que Bovecio morirá.

La remediadora que atendía al tremendo soldurio fue lapidaria cuando le expuso su estado a Corocotta.

–No recuerdo haberle dado permiso para abandonarme –rechazó el caudillo.

Bovecio, tumbado sobre un lecho, con la herida obstruida con un paño impregnado de sangre y humedades de sus entrañas, contrajo los músculos de la cara.

–No hagas caso, esto no es más que una punzada, yo conozco mi cuerpo mejor que ella –quiso tranquilizar el soldurio a su patrón.

Lo acompañaba su hacha, magullado el mango de muescas, como un fiel amante. Le habían restañado las heridas con preparados de masa de antimonio. Las pócimas de yerbas, las cocciones de raíces, los macerados de vísceras animales y reptiles podrían o no bastar para salvarlo. La remediadora le dedicó sus ensalmos. Tampoco había posibilidad de sacarlo a los caminos y exponerlo a la espera de que alguien les ofreciese mejor consejo para su curación. Estaba en manos de la suerte.

Echada ya la noche, recogidos los muertos, quemaron sus cuerpos y sus pertenencias en piras gigantes. Lanzas y espadas, escudos y sagos, torques y brazaletes... Todo cuanto pudieron recuperar fue devorado por las llamas para que sus propietarios no viajasen desnudos al más allá. Las lenguas infernales convirtieron la cima en una corona humeante.

Nadie discutía lo adecuado de la celebración, nadie salvo Sekeios, que no participó de ella. Se ocultó en casa de Urbigo, al cobijo del amor de Turennia. Su mujer, su hija y Dovidena estaban bien.

El impacto de la guerra había trastocado el organismo de Turennia, incapaz de verter una gota de leche de sus pechos, y ante el llanto insistente de la pequeña le proporcionaba leche de cabra en un vaso de cerámica con la boca en forma de canalillo. Entre los largos silencios debidos a la conmoción, escuchaban el gimoteo alegre del exterior de quienes habían perdido a algún familiar en la «bella muerte» de la guerra.

Apenas se dijeron nada. Turennia y Sekeios se observaban, gesticulaban incómodos, se ponían una mano encima con el ánimo de decirse sin palabras que se adoraban. Leal los vigilaba con ademán protector.

Sekeios, sentado sobre el suelo, las piernas cruzadas, se llevó un paño a la sien izquierda al sentir el calor de una supuración. El corte transversal de un filo de gladio recibido en la lucha le había abierto media cara hasta el pómulo. Tenía el hueso hinchado y el destrozo acentuaba su mohín sombrío. Más certero, el impacto le habría atravesado la cabeza. Llegó a insinuar, quizá por insuflar aliento a Turennia, que era la cinta cántabra en la frente la que lo había salvado.

Sekeios apestaba a sangre, a cuero y a metal. Le dolían todas las articulaciones, desgastadas por el combate y el paso de los años. Sostenía en la otra mano un proyectil de honda. Había hallado la canica de plomo entre los restos de los legionarios mientras ayudaba a entrar los cadáveres en el poblado. Abrió la mano y le echó una ojeada a la inscripción tallada en latín. Suspiró pesaroso al reconocer los signos, que había aprendido a interpretar gracias a varios compañeros del ejército.

Se acercó a Turennia para mostrarle la canica.

–Algunos soldados romanos usan su munición como amuleto –explicó. La mujer, sentada sobre un tocón con Cantabra en brazos, contempló las grafías ininteligibles y levantó la cabeza hacia Sekeios. Su hombre la escrutaba con el semblante alicaído del que no espera más que la inminente derrota–. «Escóndete bien» –leyó este.

–¿Eso dice? –terció Dovidena.

El autrigón le entregó la piedra y se retiró a un costado para revisar sus armas, envueltas en un lienzo sobre un arcón.

–Vamos a ver muchos como este –dijo.

–¿Tú crees? –preguntó Turennia con un deje de necesaria ingenuidad.

Sekeios, una rodilla hincada en el suelo, afianzó la tira de cuero que revestía la empuñadura de su espada. Solo había mostrado uno de los proyectiles de los que disponía. Ocultó a las mujeres el otro glande que también había recogido de entre los cadáveres. En este, escrito en lengua céltica para asegurarse de que lo entendería, el mensaje era aún más desesperanzador: «Autrigón, Veto». No había duda, se dirigían a él. Vendría a capturarlo con los medios y hombres necesarios.

—No tardarán en volver —aseguró—, y esta vez será definitivo.

Fue una sentencia rotunda. No había ninguna esperanza en su voz. Verbalizaba lo que su rictus grave insinuaba desde hacía días.

—No te creo.

Sekeios se acercó a Turennia.

—Huiremos —le dijo.

—¿Huiremos?

—Cuando haya cumplido con Corocotta, escaparemos con nuestra hija.

—¿Marchar a dónde? —inquirió Dovidena.

—Fuera del poblado.

Sekeios contestó a Turennia en lugar de a su hermana, como si hubiera sido aquella quien preguntara.

—¡Piensa en tu hija! ¿Qué harán solas en el bosque?

—En ella pienso.

—¡Quizá nos dejen vivir!

—Sí permanece aquí, las matarán, o algo peor.

—¡No, no lo harán! —quiso engañarse Dovidena. Se había aferrado a Turennia, que asistía ausente a la discusión, acunando a Cantabra en brazos, siseándole canturreos, sobrepasada por los acontecimientos.

—Sí que lo harán, te lo aseguro.

—¡La niña no sobrevivirá ahí fuera! —insistió Dovidena.

Sekeios apretó los dientes. Un pinchazo furioso le encogió las tripas. Se encaró con ella.

—Tú puedes quedarte. Turennia y la niña vendrán conmigo.

Su cara casi desfigurada reflejaba la certeza de haber vivido infinidad de ocasiones la crueldad de la venganza romana.

–¡No sabes lo que haces!

–Basta, Dovidena –se involucró Turennia en la conversación–. Sekeios tiene razón, y yo quiero huir con él. Al menos tendremos una oportunidad.

Dovidena soltó el brazo de su hermana y se retiró resoplando, llevándose luego una mano a la boca.

–¿Y a dónde iréis?

El gesto de Turennia se avivó.

–Querrás decir que a dónde vamos.

–Yo me quedo, Turennia.

–¡No puedes hacer eso!

–Claro que puedo, y lo haré.

–¿Estás loca?

Dovidena se enderezó con orgullo.

–Hace años que las armas de Urbigo no tienen otro uso que coger polvo.

Turennia cerró los párpados, acatando su decisión. Conocía a su hermana, tan dada a la arrogancia montañesa y a cumplir con ella. Sekeios asintió con respeto ante el sacrificio al que se exponía.

–El gobernador dejará una guarnición aquí y avanzarán hacia la costa –continuó–. Puede que entonces tengamos una ocasión para sortear sus patrullas sin ser vistos.

–¿Estás seguro? –preguntó Dovidena.

Sekeios ignoró la pregunta y se arrodilló ante Turennia.

–Escúchame bien: Gayo Antistio Veto vendrá a por mí, estoy seguro, y ya sabemos de lo que es capaz. Has de prepararlo todo, ropa, alimento..., lo que necesitemos para mantenernos con vida. –Turennia seguía muy atenta sus palabras–. Debo cumplir con mi juramento, y cuando los romanos inicien el asalto yo estaré al lado de Corocotta. Pero el poblado caerá, no lo dudes, y cuando eso suceda vendré a por vosotras. –Tomó una mano de Turennia entre las suyas–. Ten todo preparado.

–Yo la ayudaré –se prestó Dovidena.

Sekeios se lo agradeció con una mueca. Notó los labios tirantes y resecos por la sed. Fue a por agua y cuando se hubo saciado les hizo una última petición.

—No olvidéis pedir a los dioses para que la ciudadela resista el tiempo suficiente, o todo este plan no serán más que palabras, porque ya habremos muerto.

* * *

Marco Valerio se presentó sin aviso previo ante Gayo Antistio Veto en el campamento principal. Esta vez el legado de la Novena no se anduvo con verbos intermedios:

—¡Has fracasado! ¡Tu incompetencia impide el éxito de la campaña!

Los oficiales de ambos rodeaban el escritorio del gobernador, sobre el que se desplegaba, iluminado con palmatorias, un mapa de la operación de bloqueo al enclave. Veto evitaba encontrarse con la mirada de Marco Valerio. Estudiaba el trazo que representaba la cima de Aracillum, mientras el legado lo examinaba a él.

—Esos montañeses han soportado tu penoso ataque y te han expulsado con unos pocos caballos —continuó Valerio—. ¡Por Marte! Una banda de burros que vive en cabañas, ¿lo entiendes?

—¿A qué has venido?

Valerio ignoró la pregunta y prosiguió con el desmenuce:

—Tengo entendido que incluso atiendes las sugerencias de uno de ellos, un borracho, un tal príncipe Arquio. ¿Cómo es posible que te sirvas de uno de los suyos para un fin tan elevado como este?

—Ese hombre será de ayuda.

—¿De ayuda para qué? ¿En qué va a ayudar un tipejo que bebe más él solo que toda una centuria?

—Termina lo que hayas venido a decir y fuera de mi vista.

—¿Por qué no lo traes para que yo lo conozca? Me corroe la curiosidad por ver el aspecto que tiene tu principal consejero. ¡Cómo se puede ser tan necio!

—Te estás sobrepasando...

–Aún se me nubla la vista cuando pienso que enviaste a tus hombres más temerosos al combate para castigarlos. –El de la Novena, la nariz congestionada por el ambiente, casi gangoseaba–. No sé qué soporto menos, si la impudicia o este puto clima. ¿Se puede emplear una estrategia más estúpida? Debiste emplear caballería celtíbera, no númida, y disponerla bien para proteger a las centurias; debiste situarte tras tus hombres para darles confianza y no esconderte en un fortín... Y, sobre todo, debiste permitir que pelease la Novena. Ni siquiera te has molestado en ocultar tu orden de combate al enemigo. Mira, si no, a Publio Carisio en Asturia. Él sí ha cumplido su objetivo sin mácula. Sus legiones se dirigen hacia el noroeste para completar la conquista, mientras que tú sigues aquí detenido por un poblacho. Tus legionarios ya no confían en ti. Roma entera sabrá que fueron tus peores hombres los que se vinieron abajo como muchachos asustados ante su primera hembra.

–Tú no eres nadie para darme lecciones...

La mandíbula del gobernador temblaba de rabia. Ya no evitaba a Valerio. Se había erguido como un poste y lo acribillaba con ojos asesinos.

Marco Valerio buscó expresiones conniventes entre los hombres de Veto. Se detuvo en Casio Longino. El lugarteniente del gobernador ni respiraba. Valerio captó sus diferencias con la avidez de un investigador en busca de pruebas y se apresuró a sacarles provecho, sin apartar la atención del gobernador:

–Puede que tu segundo, Casio Longino, no piense lo mismo...

El aludido tragó saliva e intentó zafarse del brete como pudo:

–No soy yo quien puede dar una respuesta justa.

Marco Valerio meneó la cabeza. Una sonrisilla aviesa asomó a sus labios.

–Reconozco, Veto, tu absoluta valía para espantar a tus hombres solo con mirarlos. –Se retiró de la mesa y les dio la espalda–. No temas, Casio, es el divino Augusto a través de mí quien demanda conocer tu opinión.

Casio Longino tuvo la sensación de que el ambiente se oscurecía a su alrededor. Su estómago se agitó al oír la mano del gobernador golpeando con un repiqueteo sobre el escritorio. Echó una ojeada insegura a su superior, en espera de alguna señal que lo indujese a pensar que aceptaría la participación total de la Novena. Al no hallarlo, se aclaró la garganta.

–Generales, servimos todos al mismo fin. Nuestras legiones han aplastado naciones más grandes e importantes que esta. Existen dificultades, no lo niego, pero si mantenemos la calma, tarde o temprano esos montañeses serán arrasados.

Marco Valerio levantó las cejas, conforme, como si ya hubiera obtenido de Casio Longino lo que deseaba: ponerlo, si no en contra del gobernador, al menos no a su favor. El legado de la Novena volvió al escritorio y continuó incidiendo sobre Veto como un martillo:

–Un general verdaderamente preocupado por sus hombres habría estado con ellos para asegurarse de que no desfallecerían, les habría dicho que era el día y la hora de recoger el fruto de tantos empeños. –Emitió un suspiro–. Hoy mismo escribiré a nuestro *princeps* Augusto para informarlo del despilfarro de medios y hombres que ha supuesto el desembarco de la Novena.

La ira estalló en la cara del gobernador. Sorteó a sus hombres, rodeó la mesa con decisión y fue a por él. Le sacaba media cabeza y daba la impresión de que iba a descuartizarlo.

–Te aseguro que no enviarás ningún despacho, desgraciado.

Fuera de la tienda, una quietud plomiza se había apoderado del campamento. Hombres y bestias arrastraban el murmullo de su actividad, infausto, apagado.

Marco Valerio señaló a un costado con el pulgar.

–¿Oyes eso? –preguntó–. Es el sonido de la derrota. Tus hombres se sienten muertos y tu actitud no conduce a nada más que al enfado de tus oficiales. –Señaló en dirección a la fortaleza blendia–. En cambio, los míos están deseando comerse vivos a esos jodidos revoltosos y marcharse cuanto antes de aquí.

–¡Tus hombres harán lo que yo diga!

–¡Augusto exige la inmediata culminación de la campaña!

—¡A Augusto y a ti que os coman los cerdos!

Cesó la trifulca y callaron todos, estupefactos. Hablaba en serio. No era una bravuconada impetuosa vomitada para llenarse la boca en el ardor de la disputa. Aumentó de golpe la temperatura en el pabellón y los oficiales se restregaron alarmados las manos ante la gravedad de las ofensas.

Marco Valerio indicó a su secretario que se acercara. El liberto, oculto entre los otros, le entregó un estuche. Valerio desentrelazó con medido suspense las cintas y extrajo un rollo de papiro, que desplegó con la misma parsimonia. Era un despacho con la letra del *princeps*, escrito en griego para evitar que el enemigo conociese sus planes en caso de ser interceptado. Su sello de Capricornio con cola de tritón, esfera universal y bastón marcaba contundente la misiva. Se la mostró al gobernador sin dejar que la cogiera con sus propias manos. Valerio disponía de la misiva desde el desembarco y esta le daba potestad para tomar la iniciativa en caso de que las acciones del gobernador no ofrecieran los resultados deseados.

—Tras el ataque artillero, yo dirigiré la Novena en el asalto a los muros —dictó.

Lo había dicho despacio, muy serio y marcial, con medida sobriedad para que las palabras calasen bien en la mente de su adversario. El gobernador intentó mantener el semblante inerme tras recibir las disposiciones del primer ciudadano a través de un inferior, pero los músculos se le habían tensado y revelaban que el golpe le había hecho daño. Gayo Antistio Veto apenas escuchaba. Las venas y arterias de todo su cuerpo estaban a punto de reventar. Descubrir que Augusto no confiaba en él, ni siquiera tras aprobar la operación de desembarco, y tener que soportar que un legado bajo su mando le impartiera instrucciones acabó de desquiciarlo.

—¡Has embrujado a Augusto con tu lengua larga de orador! —explotó.

—¡Tú eres el inepto que se ha puesto en ridículo ante él y ante todos!

—¿Inepto?

El ínfimo autocontrol que aún le quedaba al gobernador de la Tarraconense para no recurrir a la violencia se derrumbó. Lo agarró de una de las tiras de cuero de las hombreras y lo zarandeó. El movimiento sobresaltó a los militares. Marco Valerio no debía de imaginar que llegaría a ponerle una mano encima, y sintió que el estómago se le subía a la boca. Respiró hondo y dejó que se le recolocaran los órganos. Verlo así, por un instante, coaccionado, sirvió al gobernador para arrebatarle la autoridad de la conversación:

–Si vuelvo a verte, siquiera de lejos, lo próximo que sabrá de ti nuestro *princeps* es que tu cráneo vaciado me sirvió de letrina. –Veto liberó a Valerio de un empujón–. ¡Fuera de aquí!

Los oficiales se miraron unos a otros. Eran todos miembros del ejército romano con un objetivo común, a pesar de la distancia dialéctica que separaba a sus superiores.

Marco Valerio recompuso su postura, altanero:

–Más te vale decidir con acierto tu próximo paso, o tu futuro en Roma habrá acabado.

El legado de la Novena se esfumó con los suyos dejando tras de sí el olor rancio de la tirantez. Casio Longino y los demás permanecieron petrificados. El gobernador los expulsó con un exabrupto, que aquel recibió con alivio al verse escapar de la tienda.

* * *

Gayo Antistio Veto necesitaba la victoria sobre Cantabria. No solo por el aplauso de Roma, sino por cerrar con el autrigón la vasta herida en su orgullo. No existía otro camino para aliviar el dolor: Sekeios debía morir ante él, y Augusto se tragaría la soberbia de haberlo considerado un incompetente para atrapar a un simple auxiliar hispano perdido en terreno enemigo. Solo un asalto exitoso lo acercaría a su objetivo personal y nada ni nadie le haría abandonar su búsqueda. Aun así, se tomó su tiempo antes de doblegar la operación a las injerencias de Marco Valerio. Si su sometimiento obedecía a plegarse a términos dictados por Augusto de forma tan deshonrosa, que al menos le costase al legado tanta rabia como a él. Dejó pasar las horas, para irritación de este, tiempo en el que le llegó el rumor de que sus propios legionarios deseaban la intervención de la Novena y en el que adquirió conciencia de que los altos mandos le recortaban cada vez más las palabras. Desde Casio Longino hasta el centurión principal, todos se limitaban a tratarlo con poco más que agrios pero cuidadosos monosílabos de obediencia. Quizá su actitud únicamente conducía a la exasperación de los oficiales. Puede que la obsesión por atrapar al autrigón le hiciera perder el juicio y acabase por debilitar su poder. El mandato de obtener indicios sobre su paradero chirriaba en aquella campaña como un gozne oxidado; los legionarios bastante tenían con batirse, y a ellos los nativos les parecían todos iguales: unos animales rudos y desgreñados. Pero la sed de riqueza obra milagros y la abundante recompensa que el gobernador prometía estimuló las ganas de ofrecerle señales. Pronto afloraron indicios acerca de la supuesta localización de Sekeios. Algunos aseguraban haberlo visto peleando junto a Corocotta, otros haberse enfrentado a él y haberlo herido. Todas las conjeturas sonaban huecas, a carroñeros oportunistas que dirían cualquier cosa con tal de obtener alguna compensación.

Con el ánimo disgustado ante las invenciones de los soldados, Veto dedicó la jornada siguiente a escoger a una pareja de rastreadores profesionales para darle caza tras el asalto; auxiliares de naciones experimentadas en la vida montaraz que sirvieran en su ejército, especializados en tácticas de rastreo y persecución de fugitivos. Debían ofrecer un manejo aceptable del latín y hablar un dialecto celta lo más parecido posible al de Turbantu y Umarilo para garantizar que se entenderían con un mínimo de fluidez. Engrosarían la compañía, además de ellos, Bastugitas y Tarkunbiur, otros dos berones de su guardia, individuos más jóvenes y fuertes, más rápidos que la presa. Lucio, el gaditano, cumpliría para el gobernador sus habituales funciones de traducción. Veto no dejaba ningún detalle al azar. Sekeios había resultado ser demasiado escurridizo. Ahora no se le escaparía.

Los rastreadores elegidos fueron Liteno y Kaukirino, dos pelendones celtíberos emparentados con pueblos del norte peninsular, como los cántabros y autrigones, con quienes también compartían suficientes vocablos como para comunicarse con cierta desenvoltura. Eran veteranos de ademanes sobrios, mal encarados, auxiliares de fama contrastada, según le informaron, con el olfato tan afilado como un aguijón, capaces de sobrevivir sin armas, sin agua y sin comida durante días y cazar a un oso con sus propias manos. Exageraciones que favorecían una cacería propicia.

Se reunió con ellos bajo el altar de los estandartes y les informó de sus intenciones.

—Cercaremos a un solo hombre cuando la toma haya concluido.

No podría huir, si es que seguía con vida tras la conquista de la fortaleza. Ellos no intervendrían en el asalto a Aracillum, se mantendrían al margen, frescos y dispuestos, sin separarse de él, hasta recibir la orden de capturarlo.

El gobernador caminaba ante ellos, despacio y caviloso, las manos a la espalda, acompasado con el vaivén atemorizante de su capa. Dos esclavos ilirios que terminaban de impermeabilizar su tienda con aceite aguzaban el oído intentando captar alguna información con la que chismorrear.

—Nada de sabuesos —advirtió—; son ruidosos e impulsivos. Quiero que ese hombre sufra, que viva con la incertidumbre de no saber si estamos encima de él.

El gobernador adelantó a los dos rastreadores una cuantiosa suma en sal y denarios de plata pura. Cuando culminasen la operación les concedería tierras en sus territorios. Después envío despachos a los campamentos para que redoblasen el control de los pasos y barreras acordonando los bosques con soldados desplegados en una táctica de montería. Un escenario cerrado en el que ni una rata podría saltarse los cordones sin ser vista.

Gayo Antistio Veto mantuvo un último encuentro en el pretorio con Arquio. Un esclavo sirvió un poco de vino bético en la copa del gobernador. Hacía más de un día que el príncipe había agotado su provisión de posca y aquel decidió que no bebiera más hasta finalizada la toma de Aracillum. Lo quería con la cabeza despejada.

Veto, sentado a su escritorio como solía, con Lucio a un lado, probó un sorbo. Arquio siguió con atención el movimiento reposado de la copa ascendiendo hasta los labios, el rumor de la tráquea al ingerir el áspero contenido, la satisfacción descrita en la faz del romano. El príncipe se humedeció los labios, sediento. Nunca había pasado más de un día sin beber y Veto lo torturaba con la abstinencia.

–Un vino excelente –valoró el gobernador. Dejó la copa y enlazó los dedos sobre la mesa–. Sé que esperas tu momento, príncipe. El fin de Corocotta y su patética resistencia están cerca.

–Cuando eso suceda, yo estaré para servirte.

–Eso ocurrirá dentro de poco.

Arquio inclinó la cabeza con sumisión.

–¿Y q... qué puedo hacer mientras tanto?

–Cuando superemos vuestras defensas, vendrás conmigo y me guiarás hasta ese autrigón. Tú mejor que nadie sabrás dónde puede ocultarse.

–Eso será si no cae.

–No caerá, te lo aseguro. Fortuna, Envidia y el destino me reservan el momento de tenerlo cara a cara.

La ansiedad del príncipe aumentó. Se restregó las manos, angustiado al imaginarse de vuelta en el poblado, vencido o no, rodeado por los suyos.

–Para serte de ayuda necesitaré sentirme bien.

Una sobria sonrisa se elevó en el rostro cuadrado del gobernador. Apuntó con el narigón a la copa.

–¿Es esto lo que quieres?

–Mojar la l... lengua al menos, gobernador...

–Cumple con tu cometido y podrás beber hasta reventar.

–Si no bebo...

–Si no bebes, ¿qué?

–No sé si podré aguantar...

El gobernador se levantó y apoyó los puños sobre la mesa. Su sombra se proyectó sobre el príncipe.

—Debes aguantar...
—Lo haré... —balbució.
—Mejor será, por tu propio bien...

* * *

Alboreaba cuando Cantabria comprobó que la obstinación romana, si no superaba a la suya, sí la igualaba. Organizada la cacería, el gobernador de la Tarraconense apercibió a las unidades especializadas en el ataque a distancia para disponer el asalto final sobre Aracillum. Arqueros sirios y pequeños contingentes de honderos baleares y artilleros encordaban, revisaban y aparejaban su armamento. Los isleños trabajaban las piedras, les daban forma de glande, tallaban inscripciones, pulían erizos de mar fosilizados para acentuar su forma esférica, perforaban los proyectiles para que silbaran y aterrorizasen al enemigo.

Escorpiones, balistas, carrobalistas... Los legionarios mostraban su satisfacción con las piezas de artillería: eran más ligeras, más potentes, más precisas. Catapultas de torsión y tensión ligeras cuyos mecanismos y cuerdas fabricadas con tendones animales se esmeraban en inspeccionar. Comprobaban los bolaños de las máquinas lanzapiedras, los astiles de los dardos, las flechas mayores para asegurarse de que las cuerdas reforzaban el punto de inserción de las puntas de hierro. Recintos muchísimo mayores, como Bérgida, se habían venido abajo ante aquellas armas. Aracillum no podría resistir. El uso de artillería resultaba fundamental para causar destrozos en el interior de la fortaleza, barrer a los defensores y permitir que la infantería pesada lograse aproximarse lo suficiente hasta las defensas del enclave. Las primeras descargas de artillería y arqueros tendrían como objetivo causar el caos y la desesperanza en el interior del poblado. Comprobar el poder de destrucción de su maquinaria haría tambalear la más sagaz de las resistencias.

Gayo Antistio Veto, subido a una de las torres de la puerta decumana del campamento principal, observó la extensión del campamento y el diabólico hormigueo de soldados, armamento y materiales inflamables que iban y venían cumpliendo las órdenes bajo el vocerío implacable de los oficiales y suboficiales de las distintas unidades de la Novena. Legionarios, jinetes y auxiliares de infantería verificaban sus equipos, reparaban el armamento dañado en anteriores contiendas, acarreaban municiones, practicaban maniobras... Un pequeño contingente ejercía el lanzamiento de jabalinas contra cabezas de carneros atadas a postes. Más allá, siguiendo la línea de cumbres, la población fortificada de Aracillum, aislada como un bastión en medio del territorio enemigo, sucumbía al mismo trajín.

Veto dispuso artillería y tropas en la falda suroeste, cuyo ataque debía terminar definitivamente con la oposición del núcleo.

Los campamentos del norte aceleraban también sus movimientos. El gobernador, a su pesar, había confiado al legado de la Novena legión el mando del asalto para la primera fase de aproximación al muro con el fin de facilitar el posterior acceso de los legionarios que vendrían detrás.

–Conviene que la Novena disponga unidades combinadas de regulares y auxiliares de infantería ligera –propuso Casio Longino en el pretorio.

–Solo los indispensables –dictó Veto–. Son los soldados regulares los que han defraudado a Roma.

Su lugarteniente carraspeó.

–Pero son los de la Novena los que combatirán, no puede decirse que la hayan defraudado aún...

–La Novena llevará el peso inicial del ataque, pero los hombres de la Segunda y la Cuarta también intervendrán.

Casio Longino se pasó una mano por la cara.

–¿No completarán el asalto los de la Novena?

–Es a los hombres de la Segunda y la Cuarta a los que corresponde recuperar el honor perdido de su gobernador y del pueblo romano.

–¿Lo sabe Marco Valerio?

Veto esbozó una mueca altanera.

–A veces me parece que estás más de su parte que de la mía.

–Yo jamás osaría...

–Lo informaré cuando yo lo estime, no cuando él quiera.

Casio Longino deambulaba por el cuartel con la expresión demudada por la incredulidad. Pensaba en la absurda vanidad del gobernador, en su orgullo vulnerado ante la presión de Valerio, en cómo las emociones se imponían al sentido común y volvían a arriesgar la operación empleando hombres desgastados, soldados con menos posibilidades de triunfar. Miró de reojo su media oreja y se preguntó si realmente estaba en sus cabales.

–No quiero saber lo que pasará si esto no sale bien... –dijo.

–No necesitas saber nada, Casio, solo debes atender las órdenes y hacerlas cumplir.

El silencio cauteloso de su segundo delató su desacuerdo.

–¿En qué momento intervendrán? –preguntó.

Las unidades de la Segunda y la Cuarta solo tomarían parte cuando lo más difícil estuviera hecho, una vez que los hombres de la Novena hubieran accedido al interior de la fortificación. Olía a pataleta del gobernador para sentirse mejor, a necesidad de enfurecer a Marco Valerio, de dejarle claro quién mandaba, de ponerlo en aprietos, mortificarlo, sin llegar a asfixiarlo.

Cuando las disposiciones llegaron al legado de la Novena, este les restó importancia:

–Ese estúpido se comporta como un chiquillo al que le han quitado su juguete –se burló, jactancioso–. Mientras sean mis soldados los primeros en entrar, todo irá bien.

La actuación crucial de la Novena era la operación convenida desde un inicio, el motivo para autorizar el desembarco, y al fin, con zancadillas del gobernador o sin ellas, se ponía en marcha. Los cuatro mil hombres de la Novena más sus auxiliares determinarían de una vez por todas el signo del bloqueo.

Habían dispuesto los garfios de derruir empalizadas, reforzado los pontones para asegurar su resistencia al trasponer el foso, puesto a prueba los peldaños y largueros de las escalas de mano... Esta vez no fracasarían.

Marco Valerio ocultó una cohorte en la foresta, más allá de la ladera oeste, y se aseguró de que los indígenas lo vieran. Una estratagema para entretenerlos, sin otro objetivo que inquietarlos sin saber si actuaría o no. Gayo Antistio Veto lo consideró públicamente una estupidez propia de un ingenuo al que se le daba mejor batallar en un mapa y soltar la lengua que comandar una legión sobre terreno real.

Fuera por molestarlo o porque ya lo tenía decidido, el gobernador determinó que un nuevo tipo de soldados sí que entraría en combate de verdad: los molosos, perros de guerra adiestrados para destrozar al enemigo. Su orden a los perreros fue muy precisa:

–Que no coman en todo el día.

* * *

Sekeios no necesitó conocer las intenciones de los romanos. Eran tantas las veces que había presenciado y participado de sus maniobras que solo con escuchar los voraces ladridos resonando entre los montes supo que se avecinaba la catástrofe.

–Esta vez no podremos aguantar –masculló.

Más que en sus palabras, Corocotta leyó en sus labios la debacle.

–Alegra esa cara, autrigón, o empezaré a pensar que lo único que me traes son problemas.

Sekeios amagó una sonrisa. Comunicar su parecer, aunque hubiera sido en voz baja, lo alivió, como si el hecho de admitirlo ante su patrono restara dramatismo a la tortura que el poblado blendio estaba a punto de sufrir. Lo sondeó con un rastro de aprecio en la mirada y le reconoció que había conducido a su pueblo a una resistencia que Roma jamás olvidaría. Sus cabellos rojos llameaban como el primer día y continuaba comportándose como un témpano de fuego, hermético a la derrota. Nada había cambiado en el cántabro. Junto a él, Bovecio. Contra el pronóstico de la remediadora, que no confiaba en que sus artes y oraciones pudieran asegurar su salvación, el soldurio había sobrevivido y recuperado el vigor como por milagro. El odio al invasor y el amor a la libertad y a su patrón habían ejercido como los mejores remedios. Exteriorizaba la misma sensación incólume y decidida de su caudillo. Observando a su alrededor el proceder animoso de aquellos hombres y mujeres vecinos de su tierra, afanados en la defensa de su modo de vida, Sekeios comprendió que era cierto lo que se decía de los cántabros: lo único que en verdad los atormentaba era no poder morir luchando, a ninguno le importaba sucumbir. Por eso hacía días que había visto a los más viejos preparando sus pócimas de tejo, el veneno herbáceo en forma de bayas rojas tomado del mítico árbol. La visión de los montañeses en cooperación con los astures lo conmovió. Sekeios puso una mano sobre el hombro del concano.

–Envidio a tu pueblo –admitió.

–Mientes fatal –rio Corocotta, entre complacido e irónico al escuchar aquella confesión tan poco propia de un hombre enemigo de la esclavitud de la guerra y del patronazgo.

Puede que Sekeios no sintiera de verdad aquello, que no alcanzase a ser envidia, pero había en sus palabras algo de realidad. Esa gente peleaba por su libertad, el mayor de los bienes abstractos que un ser humano puede poseer. Luchaban por ella como grupo, igual que él lo hacía como individuo. Sus aspiraciones eran semejantes, con aspectos en común, suficientes para que un rastro de connivencia lo motivase a combatir a su lado más allá del compromiso de su conjura hacia Corocotta y la protección de Cantabra y Turennia.

Sekeios bajó el brazo.

–Antes de caer nosotros, caerán muchos de ellos –aseguró.

En ese instante, Corocotta alargó una mano y le mostró un proyectil de honda. Sekeios leyó la inscripción: «Autrigón, Veto».

–Estoy seguro de que tú también has visto alguno –dijo. Sekeios no respondió–. Su gobernador debe de haber hecho tallar unos cuantos. –Corocotta mudó el peso de una cadera a la otra–. Has de saber que quien persigue a uno de los nuestros nos persigue a todos.

Sekeios agradeció la complicidad con una inclinación de cabeza.

La garganta de Bovecio emitió un ronquido de satisfacción. Dio un paso al frente y apoyó el extremó de su hacha doble en el suelo.

–Mi patrón no puede contar con un mejor guerrero que tú –se sinceró.

Sekeios reveló una mueca de estima. Quién sabe si el soldurio decía la verdad o solo buscaba encender su coraje. Fuera cierto o no, el autrigón detestaba que se le anudase la garganta y la emoción le ascendiese a los párpados. Lo hacía sentir débil como una pluma.

* * *

Arrebolados como hogueras tras admitir sus sentimientos, tan poco habituados a entregarse al ardor que provoca una palabra de afecto pronunciada a tiempo, Sekeios y Corocotta, juramentado y patrono, tasaron y colaboraron en los trabajos defensivos; administrando instrucciones este, ayudando a acarrear materiales aquel, sobre todo a los más mayores, tan debilitados sus huesos por el peso de los años como aguerridas sus maneras. El caudillo requería a toda la población útil, también a los más pequeños, para que ayudasen a aparejar dardos y piedras, pelotas de sebo y pez derretida, grandes cantos rodados traídos de los lechos de los ríos y bolas de cocinar que depositaban en recipientes cerámicos para ser transportados y empleados como proyectiles.

Fue más allá y dispuso que todos los perros del poblado acompañasen a la gente armada. Grandes o pequeños, fieros o calmos, sus fauces representarían otro escalón más que Roma debería sobrepasar. Leal no intervendría. Corocotta accedió a la petición de Sekeios de que le permitiera permanecer junto a Turennia y Cantabra.

–Espero no echarla de menos –objetó.

Sekeios evadió la observación y echaron a andar juntos hacia la torreta que albergaba el escorpión, de frente a la explanada suroeste. Permanecía guarecido tras unos paneles de madera para que los romanos no pudieran verlo desde fuera. Varias capas de centones de cuero mojado buscaban proteger la estructura y el artefacto de la artillería romana. Comprobaron que sus servidores se movían en torno a él con decisión, listos para emplearlo en el momento preciso. Corocotta animó a los dos hombres.

–Esta máquina sí que nos hará falta.

* * *

En el declinar de la jornada, las sombras de las viviendas se arrastraban sobre la cima. Con ellas se arrimó la noche enrevesada de estrellas, cuerpos celestes parpadeando negros en la ciénaga del firmamento. El resplandor de los campamentos palpitaba en la tenebrosa naturaleza.

Corocotta salió a caminar por el poblado. El cielo medio despejado propició que la temperatura descendiese, pero él no sintió nada. Andaba con la túnica sin entallar a la cintura, desprovisto de armas, con la soledad de sus pensamientos por toda compañía, dejando que sus pasos lo guiasen inconscientes. Bajo la bóveda cósmica, la cumbre poblada de cabañas se ahogaba en sus temores y tribulaciones. Merodeó errático entre las sombras de las casas y los talleres, bordeó la muralla y las torretas. En el reposo de la noche callada, los humos de los hogares se filtraban sinuosos como espectros a través de las techumbres. Las humildes viviendas se habían transformado en altares donde sus moradores suplicaban desde las entrañas del alma para que su irreductible valor se viera recompensado. En las cuadras, los caballos rebufaban nerviosos mientras el doblar reposado de un cencerro inundaba la noche de aflicciones. El gran caudillo escuchó su llanto penitente y prendió en su espíritu el ascua de la duda. Peligraba la vieja Cantabria heredada de sus antepasados.

Poco a poco algunas nubes se acercaban a Aracillum anunciando una llovizna. Una brisa gélida zumbó y trajo consigo aromas de paja húmeda que al concano le olieron amargas. Había algo diferente en el aire, un olor umbrío, un olor funesto, como si la atmósfera se hubiera espesado de penas.

Recobró la voluntad de sus pies y, guiado por la lucecilla de un sebo, abandonó el poblado bajo la respetuosa actitud de los centinelas para dirigirse al santuario de la Diosa Madre. Amma lo recibió en su altarcillo, tétrico y mal alumbrado. Quizá la desazón había hecho que su guardiana se olvidara de mantener todas las palmatorias encendidas en torno a ella. El tuétano que las alimentaba se había consumido, y ahora Amma resultaba más menuda que de costumbre, con sus formas más vagas, más tenues, menos poderosas. Ya no olía al perfume de las hojas ardiendo a los pies del altar. Tan solo unos rescoldos enrojecían levemente su base. Vislumbró a la santona encogida en una esquina, junto a una luz. Su enjuta silueta, acoquinada como un viejo saco agujerado e inservible, tiritaba bajo el grueso camisón oscuro que la cubría hasta los pies. Había perdido el influjo de su intimidad sagrada. Ni siquiera el blanco de sus ojos, que despuntaba en la penumbra, preservaba el menor atisbo de divinidad. La guardiana alzó su candil al adivinar la llegada del concano. Corocotta dejó a los lados los pocillos en los que la guardiana ubicaba los exvotos para no entorpecer el acceso a los visitantes. No traía otra ofrenda que a sí mismo.

La santona asistió muda al culto del caudillo, postrado ante la representación de la diosa, musitando ruegos y salmodias, un canturreo lóbrego, un murmullo descorazonado a ella, a Navia, a Corono y a todos los dioses. Era el mismo hombre insolente que borboteaba como lava en la batalla, el mismo montañés capaz de aterrar a las legiones con solo pronunciar su nombre, el mismo cabecilla mítico que había contribuido a unir a buena parte de Cantabria para contener a Roma durante años. Pero verlo en aquel pequeño templo despojado de luces, con la cabeza gacha como un condenado a muerte, lo humanizaba. Solo al ponerse en pie, notó Corocotta que las rodillas no lo sustentaban bien. Se vio tentado de agarrarse al altar, pero la mirada de la santona lo reprimió. La incertidumbre en las piernas lo atravesó como un rayo. Se dirigió hacia un lateral para apoyarse en la pared. Le sorprendió el frío desolador que emitía la piedra. Apartó la mano y, al ganar la entrada del chamizo, se volvió hacia la guardiana. Seguía allí, arrumbada en la esquina; lo escuchaba, muda, desde el blanco de sus ojos, que se encedía y se apagaba a cada pestañeo de sus párpados para retirarse las lágrimas.

Regresó al chozón entrada la madrugada y se acostó entre sus soldurios. Sekeios estaba con ellos. No quiso ni pudo negarse a la intención de Corocotta de que se les uniera para hacer comunión y afrontar el último trance. Supo que no dormía. Escuchó su respiración agitada en el lento transcurrir de la noche, el revuelo del manto al darse la vuelta una y otra vez, el peso de la responsabilidad que caía sobre él como una losa.

Sekeios tampoco logró conciliar el sueño. Roma era una abominación y había venido a por ellos.

Y así una Aracillum herida de muerte, arrebujada en sus sagos y mantos, aguardó a que los dioses decidieran cómo habría de ser su final.

XV
EXPUGNATIO

No hubo alborotos en toda la noche, ni los perros ladraron. Tan solo gemía tétrico el silbido helador del viento, el ulular de las aves nocturnas. Roma, Cantabria y Asturia apretaban los dientes ante las proporciones del asalto al pequeño enclave. Los nativos no apartaban la vista del hilo de luz mortecina que perfilaba la mañana. Una luna escarlata, a ras de cima, asomaba en el amanecer. El dios infernal Luna, la divinidad sin nombre que iluminaba el cielo nocturno, territorio natural de los espíritus y los demonios, había perdido su poder y escapaba hacia la luz del día, buscando el cobijo del naciente dominador diurno, el Sol. Dos iris astrales asistían a la hecatombe. Los cántabros supieron que algo no iba bien. Pronto murmuraron que aquel era mal presagio, que Cantabria caería, tal y como había asegurado tiempo atrás Elguismio, el sacerdote.

Con el transcurrir del tiempo, escuadrones de nubes comenzaron a desplomar sus sombras sobre las laderas. Aracillum perdió la esperanza de vislumbrar alguna señal de socorro procedente de las cumbres del norte. Sus nieblas se mantuvieron apagadas, lejanas, ausentes.

Olía a espesa humedad, a verdusco desconsuelo.

Sekeios, encaramado al antepecho del muro oeste, torció el gesto ante la visión del ejército romano rodeando la mayor parte del asentamiento cántabro. Las máquinas acechaban, dispuestas; los soldados, formados. Los legionarios, ordenados tras las catapultas, servidas por pequeños equipos de un tirador y dos o tres operarios por pieza para protegerlo y apoyarlo, habían ajustado el ángulo de tiro y la potencia.

Fue un horror escuchar cómo disponían los mecanismos para el disparo: el golpeteo metálico de las correderas al estirar las cuerdas con los cabrestantes, el siseo de los dardos al ser colocados en los canales de tiro. Una mortífera sucesión de ruidos tormentosos de los escorpiones acrecentado por el traqueteo de las balistas.

Sekeios constató que los romanos avanzarían por el centro y los flancos, separadas las unidades unas de otras para facilitar acciones de apoyo en caso de rechazo indígena. Roma buscaría dividir sus fuerzas. Echó un vistazo para comprobar la disposición de sus compañeros. Corocotta había decidido que los contingentes de los diferentes pueblos ocupasen todo el perímetro. El caudillo y sus soldurios protegerían la parte más débil, de cara al campamento principal, la zona más poblada de armamento romano. Todos debían prestar especial atención a las rampas de acceso noroeste y a las puertas y portillos de la fortificación. Salvo unos pocos centinelas resguardados tras el antepecho, el grueso de la tropa indígena aguardaba al cobijo de la muralla. Sus vallados no podrían soportar el fuego artillero y no valía la pena exponerse a las andanadas con el único ánimo de impresionar al enemigo plagándolo de gente armada.

El autrigón dirigió su atención hacia la ciudadela. Los tejados recortados en el contraluz se precisaban afilados como hojas de hacha. Bajo uno de ellos, Turennia recitaría liturgias en favor de un desenlace favorable. La casa de Urbigo continuaba siendo el mejor lugar en el que guarecerse, lo más alejado posible del ataque romano y con mayores posibilidades de huida. Habían reforzado su interior con tablazones a modo de tejadillos acolchados con lino y cuero con los que podían cubrirse de los impactos de la artillería.

Sekeios tanteaba los casquillos de su espada corta, que pendía del tahalí, la caetra suspendida sobre la espalda. Recorrió con la vista el amplio espacio entre el campamento principal y el secundario e imaginó a Veto siguiendo las evoluciones del cerco.

–Sé que vienes a por mí –susurró, y endureció el gesto.

Nada más quedaba por decir. Las tácticas habían sido dictadas; los ejércitos, aleccionados. Muchos romanos y nativos derramarían la vida en aquella cumbre, su único bien verdadero. Individuos que amaban a alguien, un alguien que esperaría compungido su regreso, aun sin saber que jamás volverían. Quizá los muertos fueran recordados y venerados por su pueblo en homenajes de piedra o epopeyas, pero ya no estarían para verlo. No serían más que cenizas depositadas en la urna del olvido.

Los ejércitos se sondearon cautelosos un instante más.

El disco solar ya flameaba por levante. Un soplo de viento sacudió con virulencia la hojarasca del otoño. El crepitar de las hojas secas fue lo último que se oyó antes de que las bocinas romanas dieran voz a la orden del gobernador Gayo Antistio Veto: «¡Arrasad el poblado!».

El corazón de Aracillum se detuvo.

Chasquidos simultáneos de tormenta. Primeras salvas.

Los bolaños y los dardos impactaron a velocidad infernal contra la muralla y el parapeto de madera. Era tal la fuerza de los proyectiles de hierro que rompían el aire y trazaban una sucesión de estelas incandescentes entre los puestos artilleros y el poblado. La red de chispazos sobrecogía, y solo con el diabólico fragor de las municiones al granizar contra las defensas los sitiados ya creían que la montaña se derrumbaba. Algunas flechas se incrustaban entre los huecos de los sillares y otras caían a tierra con las puntas dobladas. Corocotta, al resguardo del grueso muro, echó la vista atrás y comprobó cómo los bolaños sobrepasaban sus cabezas y agujereaban las paredes terrizas de las viviendas y sus frágiles cubiertas. El griterío horrorizado de la gente inundó sus oídos.

Espantosos crujidos, gritos desgarradores.

Durante parte de la mañana, Roma atacó a intervalos con el mismo frenesí. Gayo Antistio Veto rebajó la intensidad durante unas horas para evaluar los resultados, y por la tarde ordenó un nuevo ataque, aún más despiadado, para sembrar el máximo pavor y desconcierto. Aumentó la presión con bolaños y proyectiles incendiarios tipo falárica y *malleolus,* dirigidos, tal y como habían previsto, para cebarse en la débil esquina del sector sur, con el objetivo de incendiar su puerta y la estructura defensiva de madera sobre ella. El monte se impregnó de un olor espeso a combustible. Aceites, resinas y betunes empapaban los copos de estopa sujetos a las municiones con ganchos y celdas, materiales adecuados para evitar que se apagasen las llamas. Los contingentes especializados en artillería de fuego se aproximaron al poblado para disparar con mayor precisión. La temperatura aumentó, como si la cumbre se hubiera aupado hasta el sol, y Corocotta y los suyos se vieron obligados a abandonar la posición para no morir abrasados. Al poco, el acceso sur ardía y el humo borboteaba en columnas como víboras negras.

Cántabros y astures nada podían hacer hasta el cese de la artillería. Sekeios, al cubierto bajo su caetra, vio cómo un pedrusco pasaba zumbando sobre sus cabezas y caía a plomo sobre un tejado. La casa expulsó una bocanada de polvo y astillas.

–Turennia... –masculló.

Los romanos disparaban algunos proyectiles con menos tensión para que describiesen una parábola y cayeran dentro del poblado. La parte baja se transformó en un infierno. El voraz bisbiseo de los proyectiles de las catapultas acrecentaba el desconcierto de una población que suplicaba agua, tierra y mantos para sofocar las llamas. Aprisionadas en las corralizas y los apriscos, las bestias bufaban y se golpeaban unas a otras al ver a su alrededor cómo sus dueños huían como pollos descabezados, ennegrecidos los rostros de tiznones, tosiendo al inhalar los tóxicos combustibles. Los tableros en brasa viva de un corrallillo de cabras tronaron al venirse abajo, sepultándolas. Repulsivos puñados de culebras que se habían colado allí para hacer sus nidos entre la paja huían seseando junto a un hervidero de chirriantes roedores.

Aquella estrecha cumbre era el fin de la esperanza, el fin de la razón, el fin del mundo.

Temblaba Sekeios ante la constatación de sus vaticinios. Se debatió entre continuar junto a los defensores o correr hacia la casa de Urbigo. Pudo más su obligación de lealtad con Corocotta. Más allá, el caudillo refulgía. Se había demudado, abstraído, como en otra realidad. Brillaba diabólica la cólera en sus ojos.

Y así, ante unos asediados que nada podían hacer para repeler el batir de la artillería, la infantería de la Novena legión inició la aproximación para el asalto.

Corocotta volvió en sí.

—¡Al muro!

Sekeios siguió al concano. Soldurios y guerreros, hombres y mujeres, se desplegaron a lo largo de la muralla. Las torretas defensivas, envueltas con gruesas capas de cuero endurecido, habían soportado el embate artillero. Bien nutridas de armamento, se apercibían para repeler el ataque. Una hilera de unidades menores desplegadas en línea con intervalos se adelantaban hacia el enclave. Tras ellos, otra segunda línea de soldados regulares. Auxiliares de infantería ligera armada con venablos, flecheros y honderos protegidos tras plúteos curvos de madera y pieles avanzaban intercalados entre los mismos. Los romanos venían equipados con pontones para salvar el foso. Los cántabros y los astures gesticulaban, provocadores, para que se arrimaran más.

Marco Valerio trotaba en la retaguardia, recorriendo sus líneas y las envalentonaba haciéndoles ver que el enemigo, por poco valeroso, renunciaba a enfrentarse directamente con ellos y buscaba ampararse, cobarde, en la defensa de su posición. Y que nada debían temer, porque murallas más altas habían escalado y aquella era poco más que una cerca.

—¡Por Marte que subo yo mismo! —los alentaba.

Temiendo perder a su general, los soldados no flaqueaban ni un paso. Distaban solo treinta cuando los legionarios lanzaron sus jabalinas contra el vallado, forzando a los defensores a cubrirse y agacharse.

—¡Testudos!

Los soldados solaparon sus escudos unos con otros, cubriendo cabezas y frente. Apiñados, muy compactos bajo los herméticos caparazones, escucharon a sus mandos advertirles de que la muralla de Aracillum se poblaba de armamento.

Los testudos ganaban muy despacio el último repecho ladera arriba. La fortaleza ya los aguardaba con cantos rodados, hondas, dardos... Cantabria y Asturia devolverían piedra por piedra, jabalina por jabalina, muerte por muerte.

Con la intención de abatir a los defensores y ayudar a los legionarios a afianzarse al pie del muro, las tropas auxiliares romanas arrojaron sucesivas andanadas contra el parapeto. Un avispero se vino encima de los indígenas. Flechería, lanzas, pelotas. Las destructivas canicas de plomo resplandecían como luciérnagas granas al rozar el aire. Algunas se estrellaron contra el vallado; pero otras esferas, casi invisibles de tan pequeñas, se colaron entre los escudos indígenas, reventando globos oculares y quebrantando cráneos.

Sekeios notó el rebote de un par de glandes contra su caetra. Su corazón batía como un tambor.

−¡Es la hora, hermanos! −Corocotta y Clutos exaltaban a los suyos.

Bocinazos de un lado y de otro, rechinar de dientes, vocerío de órdenes y valor se cruzaban con garra en ambas lenguas.

Las torretas y el muro devolvieron la rociada contra los plúteos y los caparazones de legionarios. Zumbaron los hondazos, los dardos se deslizaron sobre la curvatura de los escudos romanos, incapaces de alcanzar a las formaciones romanas, a las que no detuvo el repicar de los impactos. Ya tiraban los pontones y empezaban a pasar el foso, muy estrechados para no caer sobre los pinchos del fondo: ramas puntiagudas habían sido enraizadas en tierra listas para acribillar a quien perdiera el equilibrio. Al mismo tiempo, dos unidades se esforzaban en subir por las angostas rampas oeste y noroeste hacia sendos accesos.

Con los legionarios ya muy arrimados a las barreras, el momento de poner en marcha el primero de los recibimientos había llegado. Sekeios se volvió hacia la torreta del escorpión y aspeó los brazos varias veces. Los servidores de la catapulta, encerrados en el interior de la plataforma, levantaron los paneles picoteados de proyectiles que enmascaraban el mortífero ingenio.

−¡¡¡Ahora, vamos, disparad!!! −los apremió Sekeios.

El escorpión cabeceó, apuntó a la unidad más cercana y chasqueó el primer tiro. El dardo crujió al atravesar un escudo y traspasar de pecho a espalda a su portador, derribándolo y desequilibrando a los de su columna. El desconcierto se adueñó del grupo, que no esperaba enfrentarse a sus propias máquinas de guerra, y amagaron con separarse como un reguero de ratas. Prietos los dientes bajo los cascos, el caparazón se resquebrajaba. La fuerza indígena había sorprendió a los romanos. Cantabria cruzaba fuego con fuego.

–¡¡En su sitio, todos en su sitio!! –gritaba al centurión, intentando rehacerlos.

Sekeios escuchó los mecanismos del escorpión mientras los operadores cargaban otro proyectil con toda la rapidez de que eran capaces. La risa maniática de Corocotta se elevó, eufórica, sobre el zurriagazo del siguiente flechazo, pero Sekeios sabía que la eficacia de la catapulta se limitaba a frenar a aquellos legionarios, nada más. Las otras unidades continuaban ilesas. Corrió hacia una de estas, se metió entre dos montañeses y alzó el brazo derecho dispuesto a descargar un lanzazo en cuanto los testudos formasen en *fastigiata* y levantaran una pendiente de escudos.

Los cornicines tocaron la orden. Las primeras filas legionarias se mantuvieron verticales mientras las otras se inclinaban escalonadamente hasta que la última se apoyó sobre las rodillas componiendo entre todos una rampa.

Hubo un instante de duda en los que venían en segunda línea para trepar sobre sus compañeros: la visión tan cercana de los soldurios con sus cascos cornamentados y sus penachos resultaba estremecedora. Bovecio, protegido por el escudo de un hermano, tiró a dos manos una piedra enorme sobre una de los testudos. Era tal su poderío físico que la potencia del lanzamiento abrió una brecha en el centro de la unidad. Uno de los soldados se vino abajo y dejó hueco suficiente para que el dardo de Sekeios, junto a Bovecio, traspasase el muslo del que formaba en la siguiente fila. Chilló el soldado mientras el talud de escudos agujereado intentaba recomponerse. Bovecio se agachó a por otro canto, pero la desventaja que implicaba su imponente estatura, dejándolo muy expuesto sobre el vallado, le jugó mala fortuna: cuando se preparaba para arrojar una nueva roca, en el intervalo entre subir los brazos y lanzarla, un disparo de honda le restalló sobre una ceja, donde el casco cerrado no lo protegía del todo.

Corocotta asistió al derribó del coloso; vio cómo caía de espaldas desde lo alto del muro sobre el paseo de ronda.

—¡Bovecio!

Donde otro hubiera huido despavorido, el soldurio se levantó como si nada y se echó una mano a la cara. Era un corte profundo. La sangre se le escurría entre los dedos. Bramó furioso y subió por la rampilla a grandes zancadas; retiró de un empujón al que había ocupado su lugar, agarró un pedrusco con una mano y lo lanzó sobre el testudo.

Sekeios se deshacía en sudores por el esfuerzo y el horrendo calor que emanaba de la zona sur del poblado, en llamas, consumiéndose a su espalda. Agachado bajo el parapeto tras descargar otro dardo, protegida la cara y el hombro izquierdo por su caetra, emitió un soplido de asombro ante la irreductible fortaleza y determinación del soldurio. Estaba acostumbrado a combatir junto a guerreros durísimos, animales capaces de soportar atrocidades; Bovecio los superaba a todos. Perdido un ojo, herido en un costado, y puede que ahora con el cráneo roto, continuaba defendiendo el poblado como un toro. Su penacho de crin oscilaba insuperablemente.

Así combatían todos. Los cántabros, con el amor demente por su libertad; los astures, arremetiendo e insultando con los matices de su habla, defendiendo su parte con la misma rabia con que lo harían en un poblado de la propia Asturia. Corocotta no solo peleaba desde el muro. La cabeza roja como una antorcha subía y bajaba de las torretas, daba instrucciones, pregonaba exaltado entre lo militar y lo patrio... Y carcajeaba con su risa salvaje de hiena.

A pesar del ardor indígena, al ser tantos los legionarios que refrenar, los romanos lograron abatir y enganchar las primeras escalas y trabar los garfios de derruir vallados en las tablazones y varas del antepecho. Otros empleaban ganchos para debilitar la cara exterior de la muralla y desmontar sus bloques de arenisca, trabados sin mortero. Pero lo que era ventaja para los conquistadores por disponer de tantos medios, lo era también para los montañeses al tenerlos tan cerca y poder reventarles la cabeza, sin errar el golpe al primero que se asomase.

Fue el mismo Bovecio el mejor ejemplo de lo que comenzó a ocurrir a lo largo de las laderas: tomó con ambas manos el casco de un soldado que surgía al otro lado del vallado y le estampó tal cabezazo que al infeliz se le salieron las blanduras por la nariz. Cayó a plomo, arrastrando al legionario que lo seguía, y fue engullido por el foso estacado de ramas.

En lugar de sus propias manos, otros hombres y mujeres empleaban horcas con las que derribaban a los legionarios o los arrancaban de los peldaños. Los niños y los mayores se servían de pelotas de arcilla como munición. Todo servía para dispensar una memorable bienvenida al ejército del Imperio romano.

Sekeios notó a su derecha el calor de una olla de bronce. Calderos y vasijas de manteca humeaban sobre el antepecho. El olor hirviente de la grasa derretida le provocó un escalofrío. Infiernos líquidos cayeron en cascadas sobre las pendientes de escudos y los que ya subían por ellas. A pesar de venir muy cerrados, la manteca licuada se filtraba entre las protecciones. La tarde se abrasó de aullidos inhumanos. Los testudos, sólidos hacía un instante, eran ahora tortugas a las que se les quemaba el caparazón entre volutas de humo. Las unidades más dañadas tendían a dispersarse y los hombres, encorvados de dolor, saltaban en el sitio, golpeándose con las manos como si pretendieran arrancarse la piel. Solos y desprotegidos, los dardos indígenas acabaron con ellos.

Pero ni era tanto el aceite que tenían aparejado los montañeses ni tan frágil el orgullo de la Novena. En vista de la acogida cántabra, sus tropas auxiliares tomaron la iniciativa, encimando a los defensores y aumentando al máximo la presión para limpiar las barreras y ayudar a los regulares a acoplarse.

–¡Reagrupaos!

El resultado no tardó en hacerse notar, y los soldados que no habían sido abrasados por el aceite se arrejuntaron y encerraron bajo la coraza de escudos, facilitando que los escaladores continuasen progresando.

–¡Demostrad de qué está hecha la Novena!

Los centuriones aludían a su identidad para endurecer a las formaciones legionarias. Fallar no era admisible. No volverían a pasar por ese trance. Tras los escudos, los hombres apretaron los dientes y los brazos dispuestos a hacer estallar toda su brutalidad profesional.

Cantabria no podía más que demorar un final ineludible. Divididos, corriendo de un extremo a otro de la fortificación, debilitando unas partes y estorbándose en otras para hacer piña, la entereza montañesa no era infinita, y no aguantó más. El agotamiento comenzó a agarrotar sus extremidades, a quemar sus pulmones, hasta que la voraz presión de la Novena terminó de apisonar sus esperanzas. Los primeros romanos superaban el antepecho, asentaban pie en lo alto del muro y se enzarzaban con ellos. Hombres motivados, deseosos de demostrar a Gayo Antistio Veto que su negativa inicial de emplearlos había sido un menosprecio que le harían tragar. Y los de la Segunda y Cuarta legión, que esperaban en unidades combinadas más atrás de las dos líneas de la Novena, heridos en su vanidad castrense, olvidado como por ensalmo el recuerdo traicionero de las encerronas cántabras, se recrecieron viendo que los de Marco Valerio no vacilaban un paso.

Cantabria se transformó en drama.

Los centuriones, como muestra de su inenarrable valía, dando la espalda al enemigo, ofrecían su brazo a los que venían detrás para ayudarlos a trepar, golpeando con fuerza en el pecho a los legionarios más jóvenes.

Su valentía motivaba a los hombres, que ya se congregaban muralla arriba al tiempo que otros saltaban a la ronda y procuraban abrirse camino hacia las puertas para abrirlas desde dentro. El bronce de sus cascos fulguraba violento. Ni los astures de Clutos, ni los abnegados soldurios, ni siguiera el gran Corocotta, con la cara desencajada como un demente mientras mataba, podían contrarrestar semejante fuerza invasora. Fuera ya de sí, enardecidos por la locura, algunos montañeses abandonaron la protección del vallado para tirarse al exterior como chuzos sobre los testudos y apuñalarlos entre los huecos, con la fútil idea de dividirlos. Los caparazones se los tragaron y los acuchillaron.

Las torretas y puentes no daban abasto para proteger las puertas y, al poco, los asaltantes consiguieron abrir uno de los portillos y prenderle fuego.

Vulnerada Aracillum, desvanecida toda esperanza, la espada curva de Corocotta acabó de separar una cabeza de su cuerpo y voceó:

–¡A la ciudadela!

Los demás líderes repitieron la orden antes de abandonar el muro para atrincherarse y cerrar espacios en la cima del poblado.

Grupos de romanos e indígenas sin formar combatían dispersos. Otros legionarios intentaban componer pequeños cuadros y avanzar contra los montañeses que, en su retroceso hacia la ciudadela, se volvían para arrojarles sus venablos. Roma, sabedora de que la insumisión del poblado llegaría hasta el último suspiro de sus fuerzas, venía preparada con sus propias armas de mano, manubalistas cargadas al hombro por artilleros para el tiro a corta distancia. Pero donde otras naciones sucumbirían al pánico y se arrodillarían ante el trauma de ver a los legionarios entrando en su población con semejantes artilugios, cántabros y astures no se atribularon. No habría capitulación ni entrega de las armas. Si Roma combatía con semejantes ingenios, los montañeses respondían con inigualable destreza al interceptar los proyectiles con sus caetras. Movían sus brazos izquierdos con la rapidez de cobras, y los artilleros, entre carga y carga, imprecaban ante el hábil espectáculo defensivo de los indígenas. No todos tuvieron la misma pericia. A pesar de la solidez de sus escudos, la potencia de las descargas más cercanas atravesaba sus nervios trenzados y desplazaba a los guerreros varios pasos. Otros ni siquiera tuvieron el freno de sus caetras, porque los proyectiles volaban tan rápido que no llegaban a divisarlos y solo comprendían que les habían alcanzado al verse las entrañas ensartadas.

Los más locos, abrazando la muerte, preferían sucumbir allí mismo y se lanzaban en solitario contra los romanos.

Con la parte baja del enclave ganado, Roma lanzó su arma definitiva. Sekeios escuchó los ladridos voraces de los perros molosos. Aquello no era solo una operación militar. El asalto venía cargado de rabia y odio. No harían prisioneros ni buscarían botín ni se apiadarían de las mujeres, ni las de edades más tiernas. Entraban con todo, dispuestos a arrasar hasta al último de ellos. Era tal la crueldad que aquello no respondía más que al afán de venganza. Cantabria pagaba su arrogancia. No dejarían una piedra en pie, el menor recuerdo de su existencia.

Los perreros liberaron los collares de ahorque con los que ataban en corto a sus fieras. Su propósito: la total exterminación del cabecilla cántabro Corocotta.

* * *

Cerca de la torreta del escorpión, Sekeios dudaba. La orden de su patrón era clara, pero su impulso de permanecer cerca del muro para refrenar la avalancha romana era un estorbo, a contracorriente contra el tropel de guerreros. A su alrededor las castas de pastoreo y caza de Cantabria se mataban a dentelladas con los perros molosos de Roma.

Los ladridos repercutían atronadores en los oídos de Sekeios a la vez que resonaban estridentes las bocinas cántabras y decenas de hombres y mujeres corrían por delante de él para reagruparse frente a la ciudadela. Sekeios acababa de desembarazarse de un legionario con una cuchillada a la cara. Había sentido su rencor romano y comprendió que por muchos que matara nada detendría el resentimiento del invasor. Enfundó su espada y se adelantó hacia la torreta. Sekeios jadeó al comprobar que nadie manejaba ya el escorpión. El artillero yacía tendido sobre la máquina con la frente abierta por una pedrada. Justo al emprender su carrera hacia la cima, chocó con alguien, y la colisión los hizo caer. Sekeios reconoció al muchacho que lo había zancadilleado meses atrás, cuando una pandilla de jóvenes exaltados por los intereses de Virono lo había rodeado. Sudaba de terror.

El autrigón lo agarró del brazo
–Ahora sí que harás algo útil para ayudar a tu pueblo –le recriminó, casi compasivo.

Tiró de él, remontaron la rampilla hasta la torreta del escorpión y treparon por la escalerilla antes de que los romanos accedieran a ella. El muchacho se dejó llevar. Sekeios retiró el cadáver desplomado sobre el artefacto. Su ayudante yacía a un lado con el pecho atravesado por una flecha siria.

El autrigón se quedó paralizado al comprobar la catastrófica estampa de Aracillum desde la panorámica que le concedía la torreta. Un torrente de soldados entraban por todas partes, rebasando cadáveres indígenas. El monolito del dios supremo Lucobos fue derrocado. Un grupo enlazaba cuerdas para tirar de él y el ídolo se desplazó hacia adelante, al principio tan lentamente que un soldado que le daba la espalda para jalear la hazaña no tuvo tiempo de retirarse y ver cómo la escultura se vencía sobre el zócalo con repentina rapidez. Su cuerpo pétreo se desplomaba sobre él aplastándolo con estrépito.

Aunque sus predicciones se hubieran cumplido, Sekeios aún tenía algo que decir. Inflamados por el ansia de una rápida victoria, los legionarios no repararon en su presencia. El autrigón dejó su caetra a un lado y comprobó que una flecha de cabeza cuadrangular aguardaba feroz en el canal de tiro del escorpión.

–Escúchame bien –se dirigió al muchacho–, acércame esas flechas, y no te detengas.

Señalaba al cesto situado a un costado de la pequeña catapulta. El joven cántabro asintió.

Sekeios actuó como tantas veces había visto hacer a los romanos: hizo oscilar el escorpión y apuntó hacia la espalda de uno de los cuadros que avanzaba, despacio pero imparable, hacia la ciudadela. Unos veinte pasos. A semejante distancia, ni los dioses soportarían una descarga del escorpión. Se inclinó sobre la máquina, cerró un ojo y apuntó a la formación. Contuvo el aliento antes de accionar el disparador. El proyectil cruzó el aire como un halcón. La flecha perforó la espalda de un legionario y le reventó la coraza de anillas, y sus órganos. La punta ensangrentada asomaba de su pecho.

—¡Otro!

El muchacho obedeció veloz a la demanda del autrigón, pero la espiga del proyectil se le escurrió entre las manos.

—¡Vamos, aprisa!

Sekeios consiguió colocar la flecha en el canal, girar la manivela del trinquete y apuntar de nuevo a los restos del cuadro. Restos, porque la caída del soldado hizo que los de atrás, desatendiendo su organización, se volvieran hacia la torreta.

Un nuevo zurriagazo, y otro romano se desplomó con las costillas agujereadas. Sekeios tuvo tiempo de destrozarle la cara a un tercero. Su joven ayudante no atendió a la demanda de una nueva flecha, paralizado al ver que los legionarios corrían hacia ellos para darles muerte.

Sekeios apartó al muchacho de la catapulta.

—Corre a la ciudadela y ayuda a tus hermanos. Demuestra a ese Augusto que Cantabria jamás será suya.

No se lo tuvo que repetir. El zagal saltó por el costado opuesto de la plataforma y desapareció carrera arriba entre las sombras enrojecidas del atardecer. Sekeios se asomó por su lado. Eran soldados de la Cuarta legión. Fuera de sí, enardecidos por el inminente triunfo, varios se aventuraban hacia la torreta para darle caza mientras los de abajo les impelían a gritos a que lo despedazasen, desobedeciendo las órdenes de su centurión:

—¡Volved a la formación!

El autrigón recibió con un cuchillazo al primer insensato que puso una mano en el tablón superior. Le dejó los dedos pegados a la madera. Los otros vieron cómo el cuerpo caía y chocaba contra la tierra. Se lo pensaron dos veces antes de continuar. Sekeios recuperó su escudo y se escabulló por el mismo lado que el joven montañés; descendió los tablones cruzados, saltó el último tramo hasta el suelo con habilidad y se orientó hacia la ciudadela.

En torno a él, podía ver la pavorosa imagen de la caballería celtíbera entrando por las puertas para ayudar a la infantería romana; auxiliares de a pie acudían también en su apoyo con armamento ligero, y cántabros y astures luchaban enzarzados con los legionarios bajo la cerca que protegía la ciudadela. El resto de montañeses, atrincherados en su interior, se disponían a matar y morir. Cabreros, ovejeros y agricultores, mujeres y hombres, viejos y niños, armados con sus hoces, sus horcas, sus cayados...

Sekeios soltó una bocanada, superado. No había nada que hacer. Respiró hondo y, cuando ceñía el puño de su espada para entregarse a la lucha en la cima junto a su patrono para buscar a Turennia, un centurión, con una temeridad impropia de su rango, se abalanzó sobre él. Sekeios viró la cintura al intuir que alguien le tiraba una estocada a la cara. Encogido como una fiera, caetra en la zurda, sus ojos se clarearon fantasmales ante el romano.

—¡Tú eres el autrigón!

La idea de Veto de difundir su retrato para que los hombres lo reconociesen había funcionado. No le quedaba otra opción que detenerse a pelear. El centurión llevaba el pecho plagado de condecoraciones que exhibían su experiencia y valor. La coraza con el lobo indígena del autrigón se enfrentaba a los medallones del oficial; la cinta cántabra en la frente ante la cresta transversal del centurión. Una lucha de titanes.

Sekeios adoptó posición de combate, un poco encorvado, flexionadas las rodillas, separados los pies. El romano afirmó su postura, las piernas separadas a la altura de los hombros. Desprovisto de escudo, iba armado con gladio y pugio. Controlaron el resuello, demostrándose el uno al otro su veteranía.

Sekeios hizo girar la espada en la mano con un movimiento de muñeca. Ni siquiera se tantearon. El lobo se arrancó hacia él con un golpe seco a la cara interior del muslo. El otro se anticipó al ataque y saltó hacia atrás, manteniendo el equilibrio. La maniobra defensiva del centurión buscaba desestabilizar a su oponente y romper su guardia. Lo consiguió. Sekeios tratabilló y entonces la espada del romano se fue de frente hacia su cuello. Sekeios alzó la caetra para desviar la embestida. Sintió el filo del metal como un hilo helado rozándole la carótida. Se hizo a un lado y mantuvo la guardia larga. Viendo titubear al lobo, el centurión, que peleaba en el uno contra uno con plante de gladiador, se dispuso a arrollarlo. Sekeios avanzó con un golpe doble: escudo a izquierda y una puntada de la espada al abdomen. El romano dio un paso atrás y desvió la acometida con el filo del gladio. Sekeios retrocedió ante el tajo oblicuo con que contraatacaba el otro. El borde del gladio rebotó en las hombreras reforzadas del autrigón; el romano insistió, velocísimo, con otra punzada a los muslos. Sekeios levantó la pierna derecha, trabó el embate con la polaina enrollada en su espinilla y aprovechó que el romano retrocedía para arremeter con el escudo contra su brazo armado, imposibilitando que lo moviera. El centurión apenas lo vio venir y, al ponerse de costado para esquivarlo, el autrigón le incrustó el borde de la caetra en el ángulo entre el brazo y el antebrazo. Doblegado por el dolor, se tiró al suelo y giró sobre sí mismo, mientras intentaba sacar su pugio de la vaina. Sekeios no le dio tiempo a reaccionar. Saltó sobre él, le estampó una rodilla en el pecho y le metió dos palmos de hierro en la garganta. La boca del centurión expulsó un chorro de sangre. Sus ojos de espanto se ensartaron frenéticos en los del indígena. Lo último que vieron antes de perder el brillo de la vida fueron los rasgos lupinos de su asesino limpiándose con la mano la sangre que le había salpicado la cara.

Resolló Sekeios, agotado por la intensidad de la lucha, y corrió atropelladamente hacia la ciudadela esquivando a todo luchador, fuera romano o montañés. La cima aún resistía. Era la hora de cumplir con su patrón y de huir con Turennia y Cantabra, si aún vivían, quién sabe a dónde.

XVI
EXTERMINATIO

Una sensación gélida atravesó el brazo de Corocotta y detuvo el percutir incansable de su falcata. Era el mismo frío horrendo que lo había sorprendido al apoyarse en la pared del santuario de la diosa Amma. Por un instante, fue incapaz de golpear. Sus soldurios describían un círculo en torno a él, resguardándolo del alud romano que se les echaba encima para exterminarlo. El caudillo comprendió que había reculado instintivamente, sin saber cómo, alejándose de la lucha.

Se revisó el cuerpo, apenas algunos rasguños y contusiones en los brazos, unos pocos roces en el peto de cuero, una profunda muesca en la barbilla. Encharcado en sangre, su rostro pigmentado parecía un cráter en erupción.

Incluso en el peor trance, volvía a demostrarse inalcanzable para los legionarios. Pero algo no iba bien. No era la claridad de la derrota, ni el saber que la resistencia sería inútil por mucho que la prolongaran. Era algo más aterrador que solo le atañía a él. Quizá la sombra de una duda pavorosa, una conciencia repentina de saber que arrastrar a su pueblo a una guerra sin posibilidad de pactos solo los había condenado a su exterminio. Una rotunda verdad que adquiría una forma espantosa en su mente. Bajó el brazo derecho y miró el filo ensangrentado de su espada curva, el escudo en el izquierdo como un bloque de plomo decaído de tanto esfuerzo. Le pareció que su brillo se había debilitado, que el metal había adquirido un tono mortecino. Dio otro paso atrás.

Escuchó ladridos a su alrededor; atisbó la forma terrible de los molosos intentado abrirse paso entre la madeja de piernas. Delante de él, un hacha de doble hoja abría en dos la cabeza de uno de ellos y la mandíbula robusta del animal saltaba despedida. Bovecio, un mosaico de despojos legionarios, continuaba aniquilando rivales. El ojo parcheado, la indumentaria, las manos teñidas de sangre... Ni siquiera una veta de color metálico quedaba visible en el doble filo de su hacha. La mole cántabra refulgía.

El coloso, viéndolo apartado, intentó reanimarlo.
–¡Corocotta!
–Mi fiel Bovecio...

La turba de perros se acercaba, arreciaban sus ladridos. Las órdenes cursadas por el ejército romano eran muy precisas: Corocotta debía morir de la forma más cruel posible. Rebajar al gran caudillo a alimento para perros. Roma se llevaría sus restos y lo festejaría con las mayores chanzas.

Dos de sus soldurios cayeron ante él, y las decenas que guerreros que quedaban apenas lograban cerrar los espacios. La visión de sus devotos muriendo renovó su furia. Su brazo recuperó el ardor; su falcata, el brillo. Pero ya era tarde. Uno de los molosos había rebasado la línea defensiva y entrado en el círculo. Un estremecimiento atravesó a Corocotta al reparar en el aspecto físico del can, de un pelaje oscuro, detenido a su lado. Musculoso como un león, enorme la cabeza, corto el hocico, potentísimas las mandíbulas como dos tenazas. Habían recubierto su cuerpo con una armadura de placas de cuero reforzada con cuchillas para causar estragos entre el enemigo. Un casquete del mismo material protegía su cabeza. Al cuello, un collar con púas metálicas. Aquel perro tenía la mirada negra y opaca. Lo contemplaba con aterradora inexpresividad, como si degustase el momento. Corocotta percibió la maldad escrutándolo a través de sus pupilas ensanchadas. Ni siquiera abría las fauces. Un gruñido reverberaba en su garganta. El concano flexionó las rodillas con el escudo oblongo por delante. Sus nudillos crujieron al apretarse en torno a la empuñadura.

El animal ladró y saltó a por él. Corocotta desvió la dentellada con un brutal golpe de su escudo. El moloso gimió y se revolvió para volver a cargar. Esta vez el caudillo devolvió el ataque, lanzándose al suelo al tiempo que describía una segada y el filo curvo se llevaba los pies delanteros del animal desde las cuartillas. El moloso aulló mientras intentaba sostenerse sobre los muñones. Corocotta iba a incorporarse para rematarlo cuando un dolor insoportable en el muslo derecho se lo impidió. Otro moloso había sobrepasado a sus hombres y su dentadura se le había anclado en la carne como una cadena de ganchos. Intentaba herirlo con su espada cuando otra dentellada le trituró la mano. Gritó el caudillo. Un segundo moloso llegó y ahora ambos tironeaban para despedazarlo. Derribado en tierra, incapaz de defenderse, el corazón le reventaba con cada latido. Intentó quitarse de encima al primero a golpes de escudo mientras la quijada del otro le desgarraba la mano y comenzaba a trepar por el antebrazo. La muñequera de lino y cuero apenas soportaba la presión de las mandíbulas.

En el desconcierto creyó ver el casco astado de Bovecio agitándose a un lado y a otro. Otros dos molosos revestidos de púas entraron como arietes en el círculo y se abalanzaron sobre él. Corocotta no se rindió ni siquiera cuando una de aquellos pinchos le abrió un tajo en la mejilla como el cuerno de un toro. Soltó la falcata y se llevó la mano destrozada al orificio. La sangre caliente se le colaba entre los dedos. Intentó inútilmente ponerse en pie.

Una mano enorme le dio esperanza. Bovecio arrancó de él a uno de los perros y le golpeó la testa hasta que dejó de moverse. Al siguiente le separó los cuartos traseros del cuerpo de un hachazo. El tercero de ellos liberó al caudillo para vengar a los de su raza. El filo del hacha lo detuvo en seco.

Corocotta logró arrodillarse y volvió a llevarse una mano al destrozo en la cara; el cuerpo se le humedecía de fluido rojo.

Bovecio se adelantó hacia él para ayudarlo. El caudillo despreció su auxilio:

—¡Qué haces! ¡Vuelve al combate!

El coloso berreó de cólera y cumplió, fiel, la orden de su patrono. Sus astas embistieron a los legionarios y abrió un espacio con su arma de doble hoja en torno a él.

Corocotta jadeaba. En la boca, el sabor metálico de la sangre. Las hemorragias internas buscaban escapar por cualquier orificio. Se apoyó en su escudo para levantarse, no lo consiguió. Arrugó la cara y volvió a intentarlo cuando una fugaz silueta negra vino hacia él.

Sekeios, evitando la lucha, había cruzado entre los cascos y penachos soltando alguna cuchillada de por medio. Entregado a su juramento, hincó una rodilla sin descuidar su espalda. Corocotta rompió a reír al verlo.

–¡Llegas tarde, autrigón!

Tosió y un bolo sanguinolento se derramó por su barbilla. Sekeios repasó su cuerpo. El concano se desangraba por el rostro, por las costillas, por los muslos. Los molosos habían desgarrado su carne por tantas partes y era tanta la sangre que manaba de sus destrozos que se ahogaba en ella. Traspasado de heridas, palideciendo como un fuelle pinchado que se desinfla irremediablemente, Corocotta aún mantenía un hilo de entereza, aquella que lo había convertido en un caudillo idolatrado y seguido por la Cantabria mayoritaria que se negaba al sometimiento.

–Te he abandonado... –murmuró Sekeios compungido.

Escucharon alrededor un vocerío de vítores. Roma se sabía a punto de exterminar al temido cabecilla montañés y ya lo celebraba. Los legionarios empujaban a los soldurios, reduciendo paso a paso la amplitud del corro en torno a ellos.

Corocotta se incorporó constreñido por el dolor. Agarró a Sekeios de una de las tiras de la coraza y acercó la cara a la suya.

–¡Aún puedes hacer algo por mí! –Apenas sí se le entendía entre el enjambre de gritos y ladridos, rechinar de metales y vibrar de escudos. Sekeios asintió–. ¡Salva a tu hija y a tu mujer! ¡Ellas son cántabras, y mientras quede vivo uno de nosotros Roma no habrá vencido! –Sekeios sacudió la cabeza, confundido–. ¡¿No era eso lo que querías?! –insistió Corocotta.

–¡He venido a por ti!

–¡Ya estoy perdido, estúpido!

–¡No te dejaré!

–¡Sálvalas y será nuestra victoria! ¿Me oyes? ¡Y sálvate tú, Sekeios, que ese romano no te encuentre jamás! ¡Ve a por tu libertad!

El autrigón lo miró fijamente, con aprecio y compasión. Era la primera vez que Corocotta pronunciaba su nombre. Desfallecía ante él el hombre que lo había mantenido con vida cuando los otros lo hubieran destripado sin vacilar. La única esperanza del pueblo cántabro se desvanecía como una nube cobriza en el atardecer, sin que él pudiera evitarlo.

Echó una ojeada veloz en derredor. El cerco se ceñía sobre ellos. Bovecio y los demás no podrían contener a los romanos mucho más tiempo.

–¡No puedo dejarte aquí, Corocotta!

–¡No me dis..., discutas! –Corocotta se ahogaba entre esputos de sangre–. ¡No eres mi devoto, no te exijo morir! ¡Ya has cumplido conmigo! ¡Corre a por tu libertad o te mato yo mismo!

La amenaza, tan conmovedora como absurda por no poder el caudillo cumplirla, le anudó la garganta a Sekeios, inmovilizado por la frustración.

–¡Ayúdame a levantarme!

Sekeios le pasó una mano por la espalda y tiró de él, pero el concano se desmoronó. Distinguió el éxtasis en sus pupilas. Deseaba morir en glorioso combate sin entregar el poblado, dejando en manos de un foráneo su último deseo: que los romanos no acabaran con todos ellos.

Iba a procurar levantarlo de nuevo cuando un clamor de cuernos vibró procedente de la parte más alta de la ciudadela. Era la indicación empleada para avisar de socorro externo. Señales luminosas del norte avisaban de que fuerzas de auxilio embestirían el bloqueo. Sekeios al fin consiguió ponerlo en pie.

–¡Malditos cobardes! ¡Nos hacían falta antes! –renegó Corocotta.

Vibraba la tristeza en las pupilas del autrigón.

–Gracias –se despidió.

Las cejas puntiagudas de Corocotta se curvaron, sus ojos se prendieron de llamas. Sekeios comprendió que el concano moriría como había vivido.

Los devotos cedían.

—¡Que te vayas ya!

Sekeios se escurrió entre empellones.

Corocotta no conocía el llanto, no había crecido con él, pero la pena de ver marchar para siempre la figura negra a la que atribuía una suerte ya desvanecida, el último hombre al que dirigiría unas palabras, le endureció la garganta. La insoportable carga de aquel sentimiento acabó de incendiarlo.

Con la diestra desfigurada e inútil, se desembarazó del escudo y empuñó con la zurda su falcata. Levantó la cabeza, apenas sostenido por el golpe de energía frenética que recorría su mente.

—Pagaré con mi vida la lealtad de mi pueblo.

Bovecio y los otros soldurios se vinieron abajo.

Molosos y legionarios se abrieron paso entre ellos para lanzarse contra el cabecilla montañés y darle la peor muerte. El final de la vida del caudillo Corocotta fue una conmovedora acción, de la que solo son capaces los individuos con un espíritu superior. Su cabeza flamígera fulguró. Estiró los labios y mostró al enemigo los dientes, su mueca de hiena brillando en la faz escarlata de Corono. Sus iris, encendidos con las brasas de un odio primitivo e irracional. Corocotta condujo su luz postrera hacia la espada curva. El filo destelló al describir media luna y caer de extremo a extremo sobre el primer romano que se abalanzaba sobre él. Le abrió la cara en dos mitades.

Tuvieron que echársele encima todas las legiones con sus perros acorazados de cuchillas para rendirlo.

Se oyó su risa salvaje por última vez. El cabello rojo desapareció bajo la turba.

XVII
SALVAJE

Desde la torre levantada en el campamento secundario, Gayo Antistio Veto observaba cómo Aracillum era ahora un ascua humeante. Sus pupilas refulgían como dos zafiros rojos ante el lejano panorama de los suyos combatiendo en la cima de la montaña y al pie de las barreras. La intolerable temperatura hacía tremolar el extremo sur del poblado. Elevó la vista hacia la borrasca negra y grumosa que se concentraba veloz sobre las cumbres, rebasándolas y alcanzando al poco la fortaleza montañesa. La luz del ocaso adquiría matices de un morado funesto. La temperatura descendía con rapidez. El gobernador de la Tarraconense se recogió en su manto mientras el repentino contraste le enrojecía las mejillas.

Hizo llamar a Arquio. Escoltado por dos legionarios, junto con Lucio el gaditano, ascendió a la torre y se situó, acobardado, un paso por detrás del gobernador. Venía hecho un colgajo, con el cuello encorvado y el semblante entumecido.

Veto se relamió al escuchar tras de sí los pasos indecisos del príncipe.

—Mira lo que hemos hecho de tu poblado...

Arquio contemplaba el resplandor de las lenguas de fuego, incapaz de asumir el horrendo drama de la cumbre vomitando columnas de humo negro y espeso, el tufo a quemado, el crujido enfurecido y rugoso de las llamas... Su poblado se consumía; y con él, su gente. La confusión del príncipe aumentaba su necesidad de beber. Un solo vaso de posca le había concedido el gobernador, eso era todo, tras constatar que el blendio podría perder el juicio.

Gayo Antistio Veto alzó la cabeza con aire satisfecho.
–Tus hermanos del norte llegan tarde. –Se recreó–. Nuestros campamentos de retaguardia los harán pedazos. No quedará ni uno vivo; y si alguno queda, será esclavizado. –Arquio echó una mano a la barandilla para no caer. La voz robusta del gobernador no permitía el más mínimo chispazo de esperanza. Los informes recién traídos por los jinetes mensajeros eran claros: la fuerza indígena de socorro se había estrellado contra el ejército romano sin posibilidad de regreso a sus posiciones. Sería una masacre–. El tuyo es un pueblo iluso, príncipe... –prosiguió Veto–, solo Cantabria es responsable de su aniquilación. Pudo pactar y lo desechó, tú mismo lo dijiste. Ahora tienes ante ti la consecuencia de su obstinación.

Arquio aspiró con fuerza para no ahogarse. Una temblorina incontrolable hacía vibrar sus extremidades. Su inquina natural hacia el género humano no lograba contrarrestar el decaimiento al que le sometía asistir a la desaparición de Aracillum. Ni siquiera sus trincheras emocionales para responsabilizar a cualquier otro de sus fracasos lograban reprimir el estupor. Roma habría acabado con ellos de igual manera, pero la irrefutable evidencia de que él había contribuido a una destrucción aún más dolorosa le quebrantaba el ánimo.

Se mantuvieron un tiempo callados mientras en el interior del poblado la caballería y los legionarios peleaban decididos, ganando el terreno palmo a palmo, ciñendo más y más la ciudadela, luchando para aferrarse a la cerca, superarla y finalizar el asalto.

Gayo Antistio Veto se removió excitado bajo la coraza musculada. Orientó su estampa militar hacia Arquio y lo apuntó con un dedo a la cara.

–Ha llegado la hora de que me lleves hasta ese autrigón –dijo, y descendió de la torre.

El príncipe permaneció allí acobardado, encogido sobre sí mismo, escuchando el murmullo de los rastreadores que ultimaban detalles junto al gobernador, hasta que el distante trompeteo de las bocinas romanas anunció la inminente toma de la ciudadela.

* * *

Sekeios no quiso mirar atrás. Prefirió no guardar en su memoria la visión del sacrificio de Corocotta y el último grito de guerra del caudillo antes de apagarse, la estampa de sus devotos desmoralizados ante la consumación de la catástrofe y la caída del coloso Bovecio. Su hacha moribunda, sus crines, su cornamenta de toro desplomándose como una torre para que su cuerpo recibiera las puñaladas de los legionarios junto a su amado jefe, sacrificándose, fiel a la conjura con su patrono, que le exigía morir, muerto ya bajo los cadáveres de los demás soldurios.

La conmoción lo embargaba. Una vorágine de emociones se descontroló en su organismo al comprender el significado de la desgracia. Sekeios sintió ganas de llorar y de vomitar. Pero, sobre todo, sintió ganas de matar. Un poco más allá yacía Clutos, el jefe astur, tirado como una piltrafa sobre un abrevadero, la cabeza sumergida en el agua. Su cuerpo había sido pisoteado por los caballos, reventado como un odre de vino, pinchado de heridas que derramaban riachuelos de sangre sobre la tierra. Ni siquiera le quedaron soldurios que murieran a su lado.

El instinto mortal se acrecentaba con el correr de los acontecimientos. Corocotta estaba en lo cierto: era un asesino, y jamás podría escapar de eso. Él era el último de sus guerreros, y se llenó de entereza para dar cumplimiento al postrer mandato de su patrón. Entregarse a su causa individual: huir con Turennia y su hija para buscar la libertad.

Sekeios asistió al colapso de la ciudadela. Los romanos habían desalojado a los defensores de la cerca y arrancaban las maderas con sus garfios. Las tablas se quebraban con un ruido aberrante. El autrigón saltó la valla en medio del caos sin detenerse a asumir la devastación. Verlo lo desgastaría demasiado como para continuar. Incluso el casi impracticable escarpe de la ladera norte, despoblado de guerreros que lo defendieran, servía de entrada a los romanos, que trepaban apoyados en clavos de escalar y se colaban en la ciudadela entre gritos y vítores.

El ambiente se había impregnado con una masa fétida de sangre, orín y heces. Los legionarios arrasaban con hachas y zapapicos las casas y construcciones, echaban abajo las puertas, sacaban de los pelos a las mujeres mayores y a las mozas. Estas y aquellas se arrancaban las ropas y se agarraban los senos descubiertos. Era tal la depravación de su venganza que ni siquiera las violaban. Las despedazaban, directamente. Algunas, de tan extenuadas, ya sin aire en los pulmones, les ofrecían el pecho para dejarse matar y acabar con el sufrimiento. Ninguna suplicó por su vida.

Las hubo más afortunadas, montañesas que prefirieron matarse ellas y a sus hijos en la intimidad de su amor antes que sucumbir a fuerza de tormentos.

Sekeios quiso llevarse las manos a los oídos para ahogar la insufrible letanía de llantos y chillidos. Sonidos horripilantes que de tan estrambóticos eran inhumanos.

En su carrera hacia la casa de Urbigo, se cruzó con niños y enfermos sentados en el suelo, conmocionados, anulada cualquier posibilidad de reaccionar. Unos y otros se asían a sus colgantes con forma de rayo, con imágenes de hachas dobles, de brazos curvos… Sus amuletos nada podrían hacer contra el pragmatismo de la represalia romana. El notable Virono estaba entre ellos, desamparado de toda esperanza, entregándose a su fin de rodillas, junto con sus ambiciones pactistas, mientras recitaba al cielo arrebujado de nubarrones horrendas maldiciones que habrían de caer sobre los hijos de quienes los invadían.

Sekeios perdió el aliento al cruzarse con un matrimonio de ancianos, acurrucados uno a la vera del otro bajo el alero de su vivienda, apoyada la frente de la mujer sobre la del hombre. Se besaron y se dieron de beber él a ella, ella a él, el cocimiento de tejo que los conduciría a la otra vida.

El tacto metálico de la arracada en la garganta se hizo más palpable en la piel de Sekeios.

–Turennia…

La ciudadela se mantenía aún a salvo del fuego. Dirigió la vista al sur. Sus ojos irritados por la humareda vislumbraron la noche que, bermeja, alumbraba a los cántabros que intentaban cerrar huecos ante la avalancha de romanos que trasponían la cerca, luchando espalda contra espalda para defender la posición. Una lucha carente de todo sentido. Pero aquella sinrazón rebosaba razón: no rendirse ante quienes no los iban más que a despellejar.

Incluso en las mayores atrocidades, en ese sinsentido natural del comportamiento humano que lo lleva a la destrucción del que no siente como él, hubo destellos para el respeto militar. Unos pocos legionarios, conmovidos por la heroica resistencia del enclave, se detenían para presenciar el drama de los cántabros resistiendo como titanes, sosteniendo la cima de su montaña del castigo infligido por las legiones de Roma, ya sin Corocotta al frente, hasta el instante previo a morir. Otras naciones briosas en el combate se arrastraban apocadas al caer en el fango de la derrota. Aquella, no.

Sekeios sacudió la cabeza para olvidarse de toda aquella gente, parte ya de la Historia, y ganó el último repecho hasta la casa de Urbigo.

* * *

Gayo Antistio Veto, el casco encarrillado encuadrándole la cara, entró en Aracillum junto a Arquio y el resto de la partida de caza cuando estuvieron seguros de que apenas hallarían oposición. El gobernador tosió y meneó la mano para espantar el humo, eufórico ante la bacanal de viviendas destrozadas, talleres desmigados y cadáveres desentrañados. Cuerpos de mujeres y hombres y niños y animales obstaculizaban el paso. Grupos de legionarios daban muerte a los pocos que aún se aferraban a la lucha agónica fuera de la ciudadela. Algunos molosos ladraban y arrancaban su carne a mordiscos.

–Que se desahoguen –dijo–, se lo han ganado.

Detrás de él, Arquio volvía la cabeza a todas partes, la espada temblequeándole en la mano. Vio a una joven con el abdomen abierto y las tripas desparramadas. Un feto pendía de su vientre.

A su derecha, soldados romanos echaban a una fogata a los niños malheridos para que se quemaran vivos. Una mujer se arrodilló ante el gobernador. Blandía un cuchillo. Se abrió el antebrazo izquierdo desde el arranque del codo hasta la muñeca con tal serenidad que el propio Gayo Antistio Veto elevó la cejas, admirado.

–Orgullosos hasta el final –reconoció con un rastro de ironía.

–Toda la culpa es de ese Sekeios... –farfulló Arquio–. Él me obligó a irme con Roma.

Su voz surgía como de una caverna, regurgitada con la aspereza del rencor. Lucio traducía.

–¿Qué dices, príncipe...? –preguntó Veto.

Arquio apuntó con la barbilla a la ciudadela, allá donde asomaban los tejados en la parte más alta.

–Si sigue en el poblado, lo encontrarás allí.

–¿Estás seguro?

El príncipe encaminó sus pasos ladinos hacia allí, sin responder.

* * *

Sekeios alcanzó la casa de Urbigo. Ojeó entre las rendijas de la puerta antes de entrar. No percibió movimiento en el interior.

–¡Abrid! –llamó.

Nadie acudió, y el ruido a su alrededor apenas permitía escuchar voces concretas. Cogió carrerilla y embistió la puerta con el hombro. Saltó en pedazos el pasador de palo, los goznes de cuerdas crujieron, la puerta rebotó contra una alacena. Se asomó sigiloso; ni un movimiento al otro lado. Entró del todo, cerró la puerta tras de sí y frunció las cejas ante la quietud estentórea de la vivienda, el lúgubre silencio. Ni siquiera las palmatorias y velones permanecían encendidos para poder orientarse, como si los hubieran apagado a propósito. El resplandor fogoso del exterior que entraba por los ventanucos era lo único que aportaba dentro algo de luz rojiza. Aquel espacio rectangular olía a incertidumbre.

Inspeccionó con avidez entre las penumbras sin hallar rastro de actividad humana. Sobre su cabeza, el tejado de la casa era un añico abierto al cielo negruzco por el impacto de un bolaño.

–¿Turennia?

No hubo respuesta, salvo un ladrido de Leal procedente del fondo.

La perra salió a recibirlo. Traía las orejas plegadas y la cola entre las patas. Sekeios enfundó su arma y se colgó el escudo a la espalda. Cruzó la casa a zancadas y se asomó al otro lado de la pared medianera. Dovidena alzó la vista al ver su sombra negra ante ella. Lo intuyó demacrado por los estigmas de la lucha, los ronchones de sangre, el hedor vivo del combate que emanaba de él. Sentada en un taburete, acunaba a Cantabra. La pequeña, aturdida por el estruendo y los gritos de afuera, ni lloraba. Sekeios distinguió los rasgos de la mujer.

–Sekeios –lo saludó lúgubre.

Turennia yacía en el catre. Las curvas de su cuerpo encogido, como si le dolieran el estómago, se siluetaban femeninas. Sekeios se agachó y tiró de su mano.

–¡Levanta, Turennia, no podemos esperar!

Turennia pesaba demasiado y Sekeios tuvo que hacer un esfuerzo superior al que esperaba para moverla. No pudo con ella. El cuerpo se desplomó. Sus brazos y su cabeza golpearon el suelo al descolgarse sobre el borde del jergón.

El corazón de Sekeios se detuvo. Turennia estaba fría como el mármol. Un sudor tempestuoso lo empapó como si lo exprimieran desde dentro. Solo entonces supo interpretar el pesar descrito en la faz de Dovidena.

–Quiso morir con dignidad –dijo.

Sekeios dio un paso atrás. La hermana escuchó la respiración entrecortada del autrigón, sus pulmones aprisionados bajo las costillas.

–No...

Dovidena vio cómo la barbilla del hombre se arrugaba, cómo bajaba los brazos y hasta el escudo a la espalda se descolgaba de pena. Sekeios se hundió de rodillas y miró a Turennia.

Creyó ver una brizna de amor en sus ojos tras el tono ceniciento de la muerte. Salvo aquel destello de aparente vida, ella ya se había ido. A su lado, un cuenco de barro con algo de líquido. El maldito tejo había terminado con su existencia.

–¿Por qué...?

–Porque te amaba, Sekeios. Mi hermana estaba rota de heridas por dentro, sangraba más de lo que imaginas y pidió a la remediadora que la ayudara a disimularlo. No quería que sufrieses por ella. Turennia sabía que habría sido un lastre para ti y para vuestra hija. No habría soportado ser la causante de vuestra muerte.

Sekeios se llevó una mano a la cara y se apretó la mandíbula, con los dedos crispados. La conmoción no le permitió responder más que con un sollozo, un gemido silbando al pasar estrechado por su garganta. Reparó en las piernas dobladas de Turennia y cogió una sonora bocanada al caer en la cuenta de que una mancha de sangre se extendía por la túnica a la altura de la vulva y el abdomen. La dureza del parto, las entrañas rotas por los abusos de Arquio... En verdad no habría podido resistir ahí fuera.

–No quiero estar solo, Turennia, no me abandones...

Sekeios, los párpados brumosos de lágrimas, le tomó la cabeza con ambas manos y la besó en la frente. Todavía olía a ella, a su esencia floral, al recuerdo de la primera vez que se le acercó para cuidarlo. Deslizó sus dedos sobre los pómulos, sobre sus labios ya vacíos de color. Gélida como el hielo del Vindio. Se empapó de su agonía antes de dejarla partir al encuentro de su hermano Urbigo. Depositó la cabeza sobre el jergón y dirigió con delicadeza sus brazos junto al pecho para que su amor reposase con decoro, como si durmiera, simplemente.

Dovidena tragó saliva, emocionada ante aquel hombre rendido, roto junto a su hermana. Allí, oculto en la vivienda donde habían unido sus cuerpos y gestado a Cantabra. Lo que fue un templo de entrega mutua era ahora un túmulo funerario consagrado a la pérdida. La muerte se reía de Sekeios. Espantosa. Irreversible. La mujer alargó una mano; contenía la otra arracada de

Turennia. No necesitó explicar el deseo con que su hermana se lo había entregado. Los dedos desfallecidos de Sekeios tomaron el cuarto creciente y el racimo de esferas doradas y lo apretaron contra su pecho. Luego lo unió al que pendía del cordón en su cuello.

Gritos en el exterior alertaron de la entrada de más romanos en la ciudadela.

—¡Sekeios, tenéis que marcharos ya!

El hombre alzó la vista hacia Dovidena y se incorporó muy despacio, ajeno al miedo que la atenazaba.

La hermana de Turennia, que acogía en su seno el bultito de Cantabra, lo arrebujó antes de despedirse. Sorbió por la nariz, anegada de tristeza, y le echó su aliento para calentarle la frente. Los pelillos de la niña se agitaron.

—Mi niña... —Sekeios asistía encorvado como un árbol viejo a la despedida entre tía e hija—. Tú la cuidarás, ¿verdad, Sekeios?

—¿Y qué harás tú, Dovidena?

La mujer se enderezó con orgullo.

—Hubiera sido un error quemar las armas de Urbigo.

Al otro lado de la medianera reposaba su espada sin gavilanes.

Sekeios asintió. El sacrificio al que se exponía Dovidena le devolvió un rescoldo de furia. La mujer le ofreció el cuerpecito de su hija envuelto en un hato de lienzo.

—Vive, Sekeios, vive para que Turennia siga viviendo. Vive y que esta niña lleve consigo el nombre de nuestro pueblo.

El padre tomó a su bebé y lo acurrucó bajo la barbilla. Corocotta, Turennia, Dovidena..., le encomendaban una responsabilidad tan emotiva como decorazonadora. Cabeceó, resignado, incapaz de asegurar que pudiera cumplir con lo que le pedía.

Dovidena le entregó aprisa una talega de cuero. La mochila contenía un pellejo de leche de cabra para la pequeña, dos medios quesos y varias tortas de harina de bellota. Suficiente para unos tres días. Sekeios se lo echó a la espalda. Leal se restregó contra sus polainas para hacerle ver que se marcharía con él.

–Turennia seguiría viva si yo no hubiera llegado hasta aquí –lamentó.
–Es el tejo el que se la ha llevado. Tú le diste esperanza, una nueva vida… ¡No pienses en eso ahora, y vete!
–No, no ha sido el tejo...
Aparecía en su mente la imagen de Arquio y el gobernador.
–¡No hay tiempo, Sekeios! –Dovidena corrió a abrir el portillo que había en un lateral de la casa–. ¡Vamos, por aquí!
El autrigón se adelantó hacia ella, la niña pegada a su coraza. El fulgor de la guerra se filtraba insaciable a través del recuadro. Más allá, la selva.
Sekeios se había quedado muy quieto. Dovidena se percató de que un cambio se operaba en el interior del hombre. Su respiración se volvía más honda y decidida, sus iris glaucos parecieron recubrirse de una membrana blanquecina. Presintió la llegada de sus perseguidores.
El lobo cazador adquirió conciencia del peso metálico de sus armas.
Salvaje.
–Paciencia –murmuró–, no tardaréis en encontrarme…

XVIII
VAELICO

El berón Umarilo abrió la puerta de una patada. Accedió él primero junto a los otros tres guardias del gobernador. Después, la estampa de Gayo Antistio Veto se silueteó marcial en el vano. Entro en la casa, impertérrito, con Lucio pegado a su espalda y Arquio tras él. Dovidena los esperaba en pie al fondo de la casa. Blandía la vieja espada de su hermano.
El príncipe sorteó al grupo y se fue hacia ella:
–¿¡Dónde está!?
La mujer ignoró la pregunta. Gayo Antistio Veto repasó la casa, el corazón exaltado ante la idea de encontrar allí a Sekeios. Aún hedía a guerrero, al rastro mortífero de los animales entregados a la lucha.
El gobernador se retiró el casco y se acuclilló para comprobar unos cuajarones de sangre en el suelo de tierra. Eran recientes.
–Ha estado aquí –afirmó.
Dovidena alzó la cabeza.
–Nunca los encontrarás. –Sonrió al ver cómo el príncipe palidecía, las pupilas ensanchadas fijas en él. Le dedicó sus últimas palabras–: Tú morirás antes de que acabe esta guerra.
No dio tiempo a Arquio para digerir su mensaje. Se arrancó del sitio y lo atacó con la espada en alto. Arquio se apartó de un salto, buscando el amparo de los berones, que cercaron a la montañesa contra la pared. Veto, enrojecido de impotencia por la ausencia del autrigón, abandonó la vivienda con flema de general romano para que el aire le refrescase la cara.

Fueron sus oídos los que le narraron la muerte de Dovidena: el jadeo de los hombres contenido en los pulmones; los silbidos de las espadas atravesando el pecho de la mujer, la espalda, las costillas; el golpe de su cuerpo al caer...

Salieron todos, salvo Arquio. El príncipe necesitaba indagar en aquel espacio en el que había forzado a Turennia. Escupió sobre el cuerpo desangrado de Dovidena, que aún daba espasmos, y husmeó como un perro hambriento entre los destrozos provocados por el asalto. Sus piernas arqueadas lo guiaron al otro lado de la pared medianera, donde se hallaba el camastro de Turennia. Allí perdió el resuello y la ínfima cordura al descubrir el resultado de sus acciones.

Al abandonar la vivienda, un rastro de confusión le demudaba la cara. El cadáver de Turennia, encogido como si durmiera, se reflejaba en el iris de su memoria.

Gayo Antistio Veto se encajaba el casco en la cabeza.

–Es la segunda vez que me engañas.

–Debía de estar en algún lugar d... de la ciudadela.

–¿Debía de estar?

–Sí, debía...

Arquio hablaba descentrado. La muerte de Turennia lo había confundido. No le había concedido una última oportunidad para insultarlo, para vejarla, para engrandecerse con la falsa sensación de poder que le provocaba su humillación.

Los rastreadores pelendones Kaukirino y Liteno, tras examinar los alrededores la casa, se reunieron con Veto y el príncipe. Los cuatro berones se cuidaban de la seguridad de Lucio y del gobernador ciñéndolos en un corro.

–Ha estado aquí –anunció Liteno.

–No estáis aquí para informarme sobre lo que ya sé. Lo que quiero es que lo capturéis.

–Solo ha sido suerte, gobernador –dijo Kaukirino con la suficiencia del experto–. Pronto se le acabará.

Kaukirino tenía la mandíbula tan ancha y la cabeza tan grande que sus ojillos negros embutidos en ella lo hacían parecer una lechuza explorando la noche. El pelendón repasaba con las yemas de los dedos el cordón que rodeaba su cuello. Falanges de meñiques componían el macabro collar. Liteno, en cambio, mostraba orgulloso sus trofeos de caza tatuados en los brazos en forma de calaveras. Sus macabros méritos impresionaban. Tendió las manos, grandes y toscas, hacia el gobernador, que tasaba sus mejillas chupadas carentes de buena parte de la dentadura.

—Estas manos han dado caza a grupos de asesinos que harían temblar al mejor centurión con solo mirarlos —aseguró.

—Ese autrigón es muy valioso para mí. Estoy seguro de que engrosarás tu lista de trofeos.

Liteno asintió, complaciente.

—Dalo por hecho, gobernador.

—Dijo que nunca los encontraríamos... —interrumpió Arquio con voz misteriosa.

—¿De qué hablas? —interrogó Veto.

—Dovidena no hablaba solo de encontrarlo a él. Ese autrigón n... no está solo...

—¿Cómo lo sabes?

—Ha escapado con su hijo. Solo puede ser eso...

Arquio se expresaba con certeza, como si conociera la incógnita sin que nadie se la hubiese desvelado, salvo Dovidena. La rabia la había conducido a la imprudencia. Si Turennia estaba muerta, el plural «nunca los encontrarás» empleado por su hermana solo podía referirse al fruto del amor entre ambos, ese con que lo había torturado el día que la quebrantó.

—Entonces no irá demasiado lejos —intervino Kaukirino.

Liteno sugirió iniciar la búsqueda la jornada siguiente, cuando el día los ayudase con los primeros indicios para la localización del fugitivo.

Veto auscultaba tras las pupilas del príncipe. Un relumbre de convicción alumbraba su interior.

—Príncipe Arquio, más vale que estés en lo cierto. No tendrás una tercera ocasión para equivocarte.

* * *

Sekeios y Leal habían logrado burlar la llegada de la partida de rastreo tras escabullirse por el portillo. Encontraron cobijo bajo el alero de una vivienda muy cercana, un estrecho pasillo desde el que centrar la mente en valorar el siguiente paso. El dios Taranis se alió con él. Enfurecido por la derrota, arrancó de los nubarrones un repentino chaparrón, una cortina que difuminaba la presencia de Sekeios y Leal, agachados tras una pila de leña. Los chuzos de lluvia repicaban ensordecedores contra la techumbre, encubriendo el llanto de la pequeña Cantabra. En torno a ellos, los estertores de la lucha, el clamor de soldados entrando sedientos en las casas para enfrentarse a los últimos montañeses vivos. Vio salir de una a un legionario con la cabeza de un guerrero colgando de su boca. Sostenía las greñas entre los dientes, y a cada paso la cabeza se balanceaba como si aún estuviera viva. La matanza romana finalizaba. Saturados los soldados de tanta venganza, vagabundeaban dispersos entre los cadáveres como carroñeros cebados de tanto comer. Volvían unos hacia la parte baja del poblado, otros merodeaban sin rumbo por la cima, como borrachos, dando muerte a los indígenas que se removían moribundos sobre el barrizal de sangre. Aquel estado de aparente modorra era la ocasión que Sekeios necesitaba para tomar distancia con sus perseguidores.

 Un legionario herido en el cuello fue el único que detectó su sombra negra encarando a la carrera el extremo norte de la cima, dispuesto a saltar la cerca que protegía la ciudadela, reventada por los soldados. Sekeios se asomó a la insondable ladera, afianzó el pie sobre un destrozo abierto en la valla y se coló por él. El cuerpecito de su hija colgaba del hatillo al pecho, la caetra, a la espalda, la talega cruzada a un costado. Se cuidó de no engancharse en los maderos sin desprender la mano de su boquita más que lo justo para evitar que su llanto llegase a los romanos. Leal lo seguía.

 Afrontó el despeñadero arrastrándose entre la vegetación y el fango, casi a ciegas, descendiendo bajo el aguacero todo lo rápido que pudo, superando las terrazas del terreno, apretando las mandíbulas al intentar no clavarse en el ramaje demasiado expuesto, hasta que la poderosa oscuridad que contrastaba con el resplandor del poblado lo engulló. Escuchaba el paso trotón de Leal a su espalda, los resbalones, los gemidos al engancharse con las zarzas. Sekeios se ayudaba con una mano mientras con el brazo protegía a Cantabra, apretándola contra sí.

Fue casi al finalizar el descenso, donde la ladera se amansaba y permitía fijar los pasos, cuando fue consciente del dolor. Una sensación precisa y puntiaguda de la carne rasgada. Luego, el ardor que se extendía como una llamarada. La rama afilada de un arbusto se le había metido como una flecha en el dorso de la mano, aquella con la que cubría la cara de Cantabra. Recobró el aliento y sacudió la cabeza. El calor de la sangre le empapaba la extremidad, pero no se alteró. Aquello era una minucia comparado con la carga que aplastaba su mente, el peso del recuerdo reciente de Turennia.

Echó la vista atrás. Intuyo a su lado la sombra blanca de Leal. Sus gimoteos se cruzaron con el llanto entrecortado de la niña, sobresaltada por el zarandeo del descenso. Sekeios la arrulló con palabras sosegadas hasta que se silenció. Luego palpó sus armas y pertenencias. Apretó los párpados y masculló una maldición; el zurrón se le había abierto y no quedaba nada más que el pellejo de leche para la niña, un par de tortas y medio queso. El resto se había perdido en la ladera.

Sekeios se incorporó, embadurnado de barro, y contempló el extremo de la cima. Desde abajo se elevaba recortándose como la proa de una embarcación. Taranis había descargado toda su furia y ahora una sutil lluvia permitía escuchar los lamentos desahuciados de los últimos pobladores, voces quejumbrosas que se elevaban al cielo como si procedieran de las entrañas de la tierra. Para Sekeios fue solo como un silbido del viento, impreciso e impersonal, como si nada hubiera oído.

Masajeó la papada de Leal y se arrimó a su orejota:
—Cuida de mí, y yo cuidaré de ti.

El animal correspondió su afecto con un bostezo cariñoso.

Al amparo de la selva, aguzando la vista para adaptarla a la oscuridad, Sekeios continuó descendiendo con la única compañía de la claridad ominosa del poblado, abriéndose camino hacia las brañas, donde el terreno llaneaba. Necesitaba alejarse lo suficiente para disponer de tiempo y ventaja con los que conjeturar su plan, y buscaba evitar las zonas con presencia romana, procurando seguir en paralelo la senda indígena que a su izquierda conectaba la línea de cumbres de norte a sur. Escampaba, y la nívea claridad de la luna asomando entre los claros del cielo plateó el bosque. Aliviado por la compañía de «la luz de los muertos», continuó distanciándose de los restos de Aracillum, cruzando riachuelos y enfangándose las botas, orientándose por el olfato de Leal y el suyo propio, siguiendo las trochas abiertas por los ciervos, jabalíes, lobos..., hasta que distinguió la sombra de una ligera elevación, un altozano en una serrezuela en dirección noreste que se perfilaba como un buen lugar para ocultarse aquella noche y evaluar el terreno desde lo alto. Remontó el altillo hasta llegar a un pequeño calvero en torno al cual las copas negras y frondosas de los árboles habían contenido la lluvia, permitiendo que la tierra bajo sus pies se mantuviese practicable.

Se sirvió de hojas poco húmedas y dispuso un lecho sobre el que depositó el bultito envuelto en paños claros que era Cantabra. La niñita tiritaba como una hojilla. Sekeios, habituado ya a la oscuridad, intuyó los rasgos inocentes de la pequeña entre las telas. Leal se acurrucó a su lado para procurarle calor y compañía.

–Manténmela con vida, por favor –le rogó Sekeios.

Su sentido de cazador le había servido bien. El lugar le ofrecía un roble moribundo, de enorme diámetro, torcido como un garfio, con una abertura oval suficiente para acogerlos. Sorteó las raíces que reptaban sobre la tierra y tanteó con su espada la rugosa cavidad interior para asegurarse de su buen cobijo. Tenía forma de seno y no encontró nidos de serpientes ni lombrices. La certeza de la hipotermia en el bosque le hizo estremecerse. Maldijo al comprobar que Dovidena se había olvidado de proveer la talega con pedernal y hierbas secas. Desprendió con el extremo de su cuchillo curvo una buena provisión de tiras de madera extraídas de la corteza del roble y reunió musgo medio seco a los pies del árbol, con cuidado de no empaparlo con la sangre que derramaba su mano herida. Penetró en la cavidad y dejó a un lado su espada y su caetra. Se liberó de la coraza y las hombreras para manejarse con más comodidad y después encaró la entrada para fabricar una base con parte de las tiras. Partió las otras y formó un cono ahuecado sobre aquella. Luego hizo rollos entre las manos con el musgo y los friccionó con avidez para transmitirles calor. Los introdujo bajo el cono, situó la punta de la espada dentro y con una piedra lisa raspó el filo arriba y abajo sin parar. Saltaban chispas, pero lograr prender el musgo. Volvió a insistir, sin detenerse, sintiendo como el calor atenazaba rápidamente sus brazos, exhaustos de pelear, casi inoperantes. No sería fácil encender un fuego en ese ambiente. Descansó un instante para coger aire y calmarse, y repitió la operación con nuevas fuerzas, hasta que un chispazo prendió la base vegetal. Sekeios se apresuró a ahuecar las manos en torno a las hebras incandescentes para evitar que se apagasen. Sopló muy suave y su rostro se iluminó. Colocó musgo sobre musgo procurando no asfixiar las incipientes llamitas y se mantuvo expectante hasta que las cortezas prendieron en una fogatilla.

Sekeios resopló y se dejó caer a un lado. El humo salía borboteando por los agujeros que, por viejo y herido, presentaba el roble en la corteza, evitando intoxicar el interior. La cavidad enrojecida por el crepitar del fuego lo acogió como un útero. La savia chisporroteaba y un calor vivo y agradable hizo hormiguear su cuerpo en contraste con la húmeda gelidez exterior. Introdujo a Cantabra y Leal. La niña agradeció la temperatura y abrió los ojitos, tan inocentes, tan dispersos, atenta a las formas cóncavas que adivinaba a su alrededor.

El fuego permitió al autrigón examinar con detenimiento la herida de su mano. Estaba abierta y se le veían los huesos. No cerraría por sí misma y podría infectarse. Salió y regresó con un bolo de légamo. Pegó la plasta a su lado, desenfundó el cuchillo curvo y calentó el extremo en la fogata hasta que el hierro se enrojeció. Respiró rápido varias veces y aplicó el metal. La carne chisporroteó. Tiró el arma e introdujo el dorso de un golpe en el barro hasta que su frescor atenuó la quemazón. Después rasgó con los dientes una hila de lino del hatillo que envolvía a su pequeña, se lio la mano con ella y la anudó sobre la palma.

Envueltos en el olor a quemado de la carne cauterizada, Sekeios no permitió que el palpitar de la herida lo entorpeciese. Fabricó sobre la entrada un chamizo con ramas, helechos y arbustos para guarecerse mejor de las inclemencias y las bestias. Se desembarazó del sagos empapado, lo retorció para liberarlo del agua y lo estiró todo lo que pudo sobre el lecho del tronco para secarlo al fuego.

Después rebuscó en el zurrón y extrajo el pellejo de leche de cabra y una torta de pan. Compartió la torta con Leal y dio de beber a su hija. El alimento satisfizo a la pequeña, que nada más terminar se durmió profundamente. Apenas quedaban provisiones para un día, dos como mucho si las administraba bien. El problema no era ese, podría mantenerse recolectando raíces, plantas y frutos, porque no tendría tiempo ni concentración para cazar animales. Lo complicado sería conseguir que su pequeña lograse sobrevivir en aquel bosque umbrío y aterido. La niña había tiritado en los brazos todo el trayecto y sabía que sus opciones eran mínimas. Un pensamiento cruzó su mente: mantenerla con vida en aquel entorno hostil era un autoengaño, una ilusión propia de un ingenuo. Su huida no tendría ningún sentido si ella se moría.

Aun preparado para la cacería que su imaginación barruntaba, era solo un ser humano acorralado por el entorno, consternado por los dramáticos acontecimientos que le había tocado vivir. Sekeios bufó intentado expulsar sus tenebrosas ideas y alimentó la fogata con tiras de corteza. Al ver a su pequeña descansando y a Leal enroscada junto a ella como un manto, con las orejas enhiestas como clavos, decidió, fatigado como estaba, permitirse un breve reposo. Se acomodó bajo el tejadillo vegetal que había levantado sobre la entrada y sintió un reconfortante picor en la piel al contacto con el calor de la lumbre.

Se concentró en su entorno. Los ojos frondosos del sotobosque acechaban al intruso. Enredaderas. Matorral. Fronda exuberante. La pegajosa humedad del monte alto, el hábitat idóneo para que la vegetación se embrolle y se propague como un manto ominoso. Sekeios se acurrucó sin intención de dormirse, pendiente de los animales nocturnos. No le fue difícil. Lo atenazaba la crispación arrebujada en las tripas como un bichejo; la respiración excitada, el temblor que entumecía sus extremidades. Incluso los esfínteres se le aflojaban.

Sacudió la cabeza y atendió los rumores del bosque. Por primera vez desde que se había detenido fue consciente de los sonidos vírgenes de la tierra: un zorro que chilla, el graznido tétrico de las aves nocturnas, el ronroneo de los roedores; el rumor incierto y penetrante de la vegetación y el siseo desasosegado del viento. En la pureza vegetal, la naturaleza se escuchaba aumentada. El propio bosque impenetrable se le hacía aún más denso y embarullado, y al mismo tiempo opresivamente espacioso, demasiado para un hombre abandonado y desvalido por la pérdida.

Era la abrumadora soledad. Saber que estaba definitivamente solo. No le quedaba más compañera que su propia conciencia, su pensamiento, el otro yo que le hablaba a cada momento, a veces fiel, con frecuencia torturadora. Corocotta no había sido su amigo, pero había representado lo más semejante a uno, aunque de modo interesado, en aquel mundo hostil donde la vida se esfumaba con la rapidez con que se aplasta a un insecto de un manotazo. Tampoco existían ya Urbigo, ni Bovecio, ni Dovidena, ni otros hombres y mujeres con quienes, sin haber llegado a intimar, sin siquiera haber intercambiado una palabra, le habían dedicado alguna manifestación de simpatía, alguna inclinación de cabeza amable. Todo aquello se había extinguido para siempre.

Y Turennia, Turennia, Turennia...

Se llevó las manos a la cara, incapaz de asimilar cuanto le había ocurrido. A pesar de aquello, Sekeios había cambiado. Oprimido por los pensamientos, su expresión se había vuelto más estática, menos humana, como si las facciones hubieran mutado para transformarse en las de un lobo. La alteración de un cerebro colapsado por los acontecimientos y el convencimiento pleno e inamovible de la necesidad de revancha le proporcionaban la fortaleza necesaria para actuar contra sus motivaciones naturales de huida y libertad. No había raciocinio en su proceder, solo pulsión, pero tampoco tenía más oportunidades en aquel contexto: morir o matar. Como los montañeses. Puede que todos aquellos cántabros, dispuestos a perder la vida antes que vivirla arrodillados, tuvieran algo de razón en su cerrada lucha, incluso en detrimento de los planteamientos aperturistas de Urbigo, que valoraba con visión moderada la posibilidad de un pacto con Roma beneficioso para todos que les permitiría seguir viviendo, y que Sekeios había acogido con agrado. Todo era cuestión de perspectiva y de las circunstancias del momento. Y las suyas eran acabar con sus perseguidores, consciente de que la vida de su hija pendía de una hebra en medio de aquella insensatez. Una locura.

Sekeios conocía bien aquellos parajes. Había recorrido las inmediaciones innumerables veces en las salidas guerreras de Corocotta, y su instinto de montero, siempre activo, le había servido para reconocer las trochas, las veredas y los caminos. Aquello le concedía alguna ventaja de anticipación sobre Veto y sus hombres, desconocedores del terreno que pisaban, por muy bien adiestrados que estuvieran en la búsqueda de pistas humanas. A Sekeios no le atravesaban calambres de temor, no existía duda sobre lo que se disponía a hacer. El cazador se había apoderado de su voluntad. Quizás ahora fuese mejor así, sumergirse en la irreflexión y el caos. Él era un lobo, un depredador sin manada, sombrío y solitario.

Arquio, Gayo Antistio Veto y los rastreadores eran las presas en su cazadero.

JORNADA I

El halo tenue de los campamentos y de Aracillum palpitaba bajo la noche cerrada. El monte hedía a quemado, un tufo seco y necroso tan fuerte que obligaba a taparse la nariz. A aquellas horas, los legionarios se entregaban al arrasamiento total de la población. Las órdenes del gobernador eran taxativas: limpiar y adecuar el terreno, edificar un barracón para dejar una guarnición de tres centurias y ampliar y fortificar la plaza con una tercera muralla. Resultaba fundamental mantener el control sobre el enclave conquistado y sus vías de acceso. Con la llegada del invierno, parte del ejército se replegaría antes de reemprender la marcha para finalizar la invasión de Cantabria.

Gayo Antistio Veto no logró conciliar el sueño hasta bien entrada la madrugada. Era demasiada la incertidumbre sobre la situación de Sekeios y la necesidad de desfogar la tensión acumulada por la ardua campaña. Al menos le complacía saber de las enseñas romanas recuperadas de los cántabros. El colofón se lo trajeron sus soldados en forma de triunfo: la cabeza de Corocotta. Le habían cortado las orejas y la nariz, le habían sacado los ojos y habían llenado sus cuencas vacías con orín, y ahora se la obsequiaban descompuesta en una bandeja. No corrió mejor suerte su cuerpo. Despellejado como un animal, rompieron sus huesos y mancillaron sus restos con insultos, pisotones y quemaduras.

Ya nada quedaba del gran caudillo que había torturado a las legiones durante años, salvo la memoria que consigo guardasen los supervivientes.

* * *

Tempraneaba la sierra en sus cumbres brumosas. Las luces soñolientas del clarear permitieron calibrar la atrocidad perpetrada apenas horas antes. Aracillum era un amasijo, una visión irreal revuelta de miseria. Donde hubo viviendas humeaban desechos; donde se guardó ganado apestaban animales calcinados; donde se reunieron seres humanos no permanecía más que el vacío sordo de su ausencia. Ejércitos alados de aves carroñeras arrebañaban las carcasas de sus cuerpos, ya evisceradas de tanto arrancarles el alimento a picotazos. Ajenos a la destrucción, los contadores responsables de administrar el botín anotaban todos los efectos sustraídos al enemigo.

Aún hedían groseros los materiales inflamables de guerra cuando el gobernador, con las ojeras colgando como bolsas por el poco reposar, recibió la visita de un centurión. Anunciaba que uno de sus soldados, atendido de una herida en el cuello, disponía de información sobre el auxiliar autrigón al que perseguía.

–¿Estás seguro?

–Parece convencido de lo que dice.

Antistio Veto lo apremió para que lo llevara a su presencia.

La entrada del gobernador con andares apresurados en el área de tiendas destinada a los heridos provocó el natural cuchicheo entre los soldados y el cuerpo de médicos de campaña y sus ayudantes. Unos se preguntaban qué aceleraba sus pasos a lo largo del corredor central; otros criticaban que sus oídos pasasen insolidarios a los sollozos de los impedidos, las quejas de los cojos, los gritos de los lisiados... Veto no se inmutó cuando una sierra gruñó exasperante al cortar una tibia. Los más jóvenes perdían el sentido viéndose los muñones aún tiernos cosidos en un gurruño de su propia piel. Los desahuciados tendidos en angarillas lo seguían con las pupilas veladas del que está a punto de morir. El jefe sanitario lo saludó castrense al cruzarse con él y prosiguió con su ronda.

Entró en la tienda que le indicaba el centurión. Una mesilla con instrumental de cirujano articulaba el pequeño espacio. Pinzas, espátulas, tablillas para quebraduras, agujas, horcas... Le señaló al legionario, tendido sobre un lecho de sacos de paja junto a otros dos heridos. A uno lo habían cosido con tanto hilo que parecía un remiendo. Atiborrado de centáurea para ayudar a cicatrizar los costurones, apenas sí logró abrir un poco los párpados al intuir la presencia del gobernador. El otro, con los brazos entablillados, fingió no enterarse de su llegada, actuando somnoliento como si le hubieran administrado beleño para aletargarle el dolor.

Un auxiliar médico, cubierto con un mandil lamparoneado de cuajarones, se interesaba por el estado del legionario al que el gobernador había venido a ver cuando su sombra marcial se proyectó sobre ellos como un nubarrón.

–Déjanos –ordenó.

El sanitario se esfumó con su botiquín. El herido dejó el vaso metálico del que bebía y el cuenco con aceitunas que le servían de alimento, y se incorporó tan rápido que parecía haber recobrado de golpe toda la vitalidad. Saludó marcial al gobernador. Tenía la piel aún pálida por la pérdida de sangre y el cuello vendado hasta la barbilla. Sintió cómo los puntos se le estiraban bajo el apósito. El cuello de la túnica de lana sin mangas que cubría su cuerpo presentaba manchurrones de su propia sangre.

–Habla, soldado.

–Yo lo he visto, señor.

–¿Dónde?

–Escapó por la ladera norte.

–¿Solo?

–Un perro grande y blanco lo seguía.

–¿Llevaba algo con él?

–Iba armado.

–Quiero decir que si te pareció cargado con algo más, aparte de sus armas.

–Diría que la colgaba una bolsa del cuello.

–¿Alguna otra cosa?

–Nada, señor. Solo que pegó un saltó y se marchó con el chucho.

El soldado sonó veraz. Tenía que ser él. No eran pruebas contundentes, pero la descripción coincidía con la hipótesis de Arquio, quien luego confirmó que Urbigo poseía una perra con esas características.

Veto prohibió hasta su regreso movimientos de soldados en toda el área bloqueada. Los rastreadores pretendían evitar indicios erróneos que los despistasen, y el terreno ya estaba muy maltratado por la acción de las legiones en sus salidas y entradas de los campamentos para tomar Aracillum. Ordenó que un nutrido contingente de soldados se internara en los bosques para establecer un cordón doble con el que reforzar más aún el control de los pasos y barreras. La presa, aislada, no podría huir; por mucho que se desplazase de un lugar a otro, se movería siempre en un entorno limitado. Sería para el gobernador como un juego en un gran circo romano.

* * *

Liteno y Kaukirino realizaron un primer reconocimiento en altura de la zona boscosa desde el punto en el que el legionario herido en el cuello afirmaba haber visto al autrigón. Aparentes huellas humanas y caninas se marcaban deformes en el lodo.
–Se alejará de los caminos, pero no los perderá de vista –valoró el primero.
–El terreno y las dudas lo debilitarán –agregó el otro pelendón–. No tardaremos en caer sobre él.
Gayo Antistio Veto aprobó el equipamiento de caza que emplearían ambos rastreadores: además de cuchillos largos, porras de madera semejantes a las de los centuriones, un lazo de captura para sujetar el cuello del preso y los habituales dardos indígenas cruzados a la espalda. Un macuto con otros pertrechos completaba el material. Herramientas elegidas y fabricadas por ellos mismos según sus gustos y experiencia en el oficio.
El gobernador dejó a Casio Longino al mando, exhortándolo a no dar explicaciones sobre su expedición, que habría de ser breve y satisfactoria. Habían vencido y no iba a permitir que Marco Valerio lo avasallara con preguntas y desconfianzas.
–Regresaré pronto –concluyó–. Me verás con ese infame autrigón arrastrándose a mis pies.
Su lugarteniente renegó contra el gobernador al ver cómo abandonaba la placidez victoriosa del campamento y se adentraba en la selva guiado por su obsesión. Avanzaron hacia el norte y se orientaron ligeramente hacia el este hasta dar con un calvero en el hayedo que consideraron como posible punto en el que el autrigón, tras descender por la falda, habría decidido qué rumbo tomar. Tardaron en llegar el doble de lo que a Liteno y Kaukirino les habría costado hacerlo solos, habituados a moverse con desparpajo entre la fronda, no muy convencidos al ver en el extremo opuesto de la breve columna al orondo Lucio, que reso-

plaba a cada paso junto a la mula que cargaba el bagaje de la cuadrilla. Tampoco el caminar torpe de Arquio les agradaba. El príncipe de Aracillum se movía indeciso, como si desconociera sus propios paisajes, con la mente obnubilada por la desazón que le provocaba la abstinencia y el recuerdo culpable de haber favorecido la extinción de su pueblo.

El gobernador había cambiado el brillo de sus atavíos por un uniforme más moderado; se cubría con un ropón grueso de lana con capucha. A pesar de la falta de esplendor de la prenda, Veto irradiaba la misma autoridad bajo ella que si vistiera el manto de general y el casco empenachado. El resto se abrigaba con gruesas túnicas y sagos.

Liteno y Kaukirino hicieron un aparte parta intercambiar ideas. Luego se las expusieron al gobernador.

–Acamparemos aquí –dijo el primero–. Nos dividiremos y avanzaremos, con este punto como referencia para regresar.

–Bien –aprobó el romano–. Yo iré contigo.

–Como desees.

Kaukirino trató con el príncipe de Aracillum:

–Tú te vienes conmigo.

Arquio se limitó a asentir con sumisión.

Determinaron cubrir la misma distancia en tramos de ida y vuelta al punto de partida, abarcando toda un área, en forma de flabelo, desde el oeste hasta el este, para no extraviar el camino. Si el autrigón había dejado algún indicio, por mínimo que fuese, los rastreadores lo encontrarían. La estrategia: ponerle cerco hasta limitar al mínimo su capacidad de movimiento. Entonces, lo atraparían.

* * *

Sekeios no aguardó al amanecer. Debía adelantarse a sus perseguidores. El cielo se había despejado y el relente de la madrugada, desprendiéndose perezoso de la vegetación, hacía resplandecer el bosque. Fuera los haces de luna se filtraban entre la fronda. Había dejado que el fuego del refugio se extinguiera y no lo volvió a encender. En la penumbra imprecisa de la noche, se retiró con pausa, como en un ritual, la cinta cántabra que aún llevaba ceñida a la frente. Sintió que la cabellera se desprendía, suelta y salvaje. Ató la banda al cinto, tomó a tientas una porción de fango y la amasó con ceniza de la hoguera. Cerró los párpados, se aplicó el emplasto por la cara y friccionó lentamente hasta dejarla cubierta por una costra. Tuvo cuidado de no rozarse el tajo abierto hasta el pómulo. El hueso hinchado bajo la postilla le dolía horrores.

Sus rasgos, ahora invisibles, se fundieron con la oscuridad. Leal, aún enroscada en torno a Cantabra para traspasarle su calor, levantó la testa cuando su amo salió de la cavidad para estirar los músculos. Sekeios fabricó un juego de pequeños dardos con ramas y afiló los extremos con la espada. Se agachó bajo el tejadillo del refugio, dejó la caetra dentro del roble para no embarazar sus movimientos y ojeó la enorme silueta de Leal y la forma escueta de su hija en el interior del útero.

—Cuídala, Leal, cuida de ella —pidió—, no tardaré en volver...

Las pupilas de la perra titilaban serenas. Escuchó el roce de su pelaje al ovillarse más aún alrededor de la pequeña. La naturaleza de su raza no era obedecer, sino proteger, aun desoyendo las órdenes de su amo. Aunque aquello no era una orden, sino una solicitud, casi un ruego de amigo, y debió de captar el matiz.

Sekeios tomó sus armas y se alejó unos pasos hasta encontrar un hueco en la espesura que le proporcionaba una perspectiva total de la luna reinando en el firmamento, ofreciéndose en su luminoso misterio. Se sentó sobre las nalgas y apoyó las manos en el suelo en actitud lupina. Silabeó el nombre de Vaelico.

—A ti me encomiendo, dios del lobo.

Sus rasgos sombreados por el gris de la costra cabecearon hacia al cielo lechoso encrespado de ramas. El sago negro le caía sobre la espalda como el pelambre de una bestia. Su figura destacaba entre los árboles, recortada en el contraluz lunar.

El hombre lobo emitió un aullido provocador. Un breve silencio matizado de rumores boscosos. Sus oídos aguardaron, atentos, hasta que sus hermanos lobos respondieron en coro a la llamada. El ulular infernal congeló el ambiente como una capa de hielo.

* * *

La partida del gobernador era la más numerosa, encabezada por el pelendón Liteno y los berones Turbantu y Bastugitas, que guardaban más a Lucio que al propio Veto, a requerimiento de este, pues avanzaba como un pesado fardo.

Arquio también frenaba la marcha del grupo de Kaukirino. El príncipe caminaba entre el pelendón y el berón Tarkunbiur, sin saber muy bien a quién pegarse más, si a este o al veterano Umarilo, que cerraba la cuadrilla. Arquio había perdido su condición de montañés. Aquellos bosques, sus bosques, ahora le resultaban ajenos. Se le hacían más enmarañados, más tétricos, como si las ramas y los tallos leñosos recubiertos de musgo se retorcieran en un grito mudo. Sumidos en la densidad boscosa, la luz matinal se entrecruzaba con las sombras, esbozando una prisión de claroscuros de la que no podía escapar.

Solo con escuchar sus pasos inconstantes tras de sí, Kaukirino supo que el terror atenazaba al cántabro. El pelendón, circunspecto, abría camino con una espada ancha y curva como una hoz fabricada para retirar con eficacia la vegetación allí donde se cerraba demasiado. Cada treinta pasos se detenía y grababa en los troncos marcas a cuchillo para trazar las rutas. En ocasiones, trepaba a un árbol y ubicaba puntos de referencia. Permanecía allá arriba quieto y callado como una lechuza, para que su mente trabajase en armar todas las imágenes que iba registrando, trazando un mapa mental de la zona.

Concluida la primera pasada, emprendieron el regreso en paralelo para cubrir la zona a lo ancho hasta el punto de encuentro. Fue a medio camino cuando Kaukirino se detuvo en seco. El joven berón Tarkunbiur posó los dedos sobre los discos decorativos del pomo de su espada.

–¿Qué pasa?

–Silencio.

Arquio y Umarilo observaban la espalda del pelendón, los dardos cruzados en ella, que tenían frente a ellos. Kaukirino examinaba un pequeño claro punteado de setas blancas con el sombrero desplegado como una sombrilla. Más allá, la foresta volvía a estrecharse. Se tanteaban el collar de falanges con los dedos velludos de su zurda mientras con la otra mano describía un movimiento para indicar a los demás que no lo siguieran. Se adelantó un poco, hasta alcanzar el centro del calvero, y se acuclilló. Retiró las hojas muertas, levantó con cuidado la capa vegetal y observó los cordoncillos blancos entrelazados que dan como fruto los hongos. Estaban aplastados. Una huella humana reblandecida se hundía sobre ellos. Paso firme, pesado, adulto. Untó dos dedos en la huella y se los llevó a la nariz. El olor ácido alertó su olfato. Alzó la vista.

–Ha estado aquí, no hace mucho –concluyó.

Un aguijoneo de temor atravesó la espina dorsal de Arquio. El aire se detuvo entre las ramas de los árboles; los animalillos del bosque se ocultaron en sus madrigueras, los urogallos callaron su voz áspera en los cantaderos.

–¿Cómo lo sabes?

–Orín como de lobo...

–¿Orín de lobo?

–Está marcando el territorio –lo dijo muy despacio para hacerse entender por los otros.

Arquio conocía de sobra el comportamiento lupino de los guerreros consagrados a Vaelico, pero el temor le hacía preguntar, como si fuera nuevo para él.

–¿C... Cómo que está marcando el territorio?

–Ese hombre no tiene ninguna intención de escapar.

–¿Cómo dices?

–Que nos está buscando él a nosotros.

Un calambre en el estómago hizo que Arquio se llevara la mano al abdomen. La presa no huía. Kaukirino lo comprendió enseguida. Se frotó la cara punteada de barba, ribeteada de marcas pálidas de combate.

—Hay que informar al gobernador –sugirió Umarilo.
—Aún no.
—¿Qué dices?
—Ahí. –Kaukirino señalaba un matojo. El berón afiló la vista, incapaz de percibir más que una marabunta de hojas carnosas–. Ha seguido esa dirección.

El punto en el que la vegetación se encerraba mostraba a los ojos avispados del rastreador una posición revuelta, tallos quebrados propios del zarandeo de un cuerpo al pasar. Poco más allá, cruzado sobre el terreno, un tronco cubierto de verdín cortaba el camino.

—Yo no veo nada –intervino Tarkunbiur.

Kaukirino se aproximó con cautela al matojo y revolvió las hojas. Una hebra de tejido negro pendía de una de las ramas.

—No está lejos.

Levantó la vista hacia las copas semidesnudas del otoño. Se tomó su tiempo en tasar la arboleda, de pie, encorvado, incluso agachado para comprobar todos los ángulos posibles; y, a medida que lo hacía, su mano se diriga hacia la empuñadura de su cuchillo para deslizar levemente la hoja fuera de la funda.

—Entonces sigamos su rastro –propuso Umarilo.

—No ha abandonado el suelo –Kaukirino hablaba para sí.

El príncipe había seguido el movimiento de la mano del pelendón hacia su arma. Iba a decir algo cuando un grito inhumano de dolor le hizo respingar. Los cuatro intercambiaron una mirada. Una pareja de rechonchos camachuelos que picoteaban hayucos sobre una rama aleteó, asustada, antes de alzar el vuelo.

—¡Vámonos de aquí! –exclamó Arquio.

Kaukirino continuaba absorto en su evaluación, como una fiera intentando percibir lo que le acecha.

—Te asustas demasiado fácil, príncipe –dijo.

—Escuchad –interrumpió Umarilo–, el gobernador no quiere errores. Tenemos que encontrar a un hombre, nada más. Acabemos con nuestro trabajo y volvamos pronto a emborracharnos a los cuarteles.

–Tiene razón, vamos a por él –se envalentonó Tarkunbiur–, nosotros somos cuatro y él solo es uno.
–Nada de eso –rechazó el pelendón.
Tarkunbiur rezongó. La sangre le ardía en las venas ante la posibilidad de ser él mismo quien llevara al autrigón ante el gobernador. La ansiedad no le permitía estarse quieto, y sus pasos lo colocaron inconscientes junto a un espeso helechal a su izquierda. Iba a proferir una blasfemia cuando un movimiento fugaz desvió la atención de los otros hacia las plantas. El berón apenas tuvo tiempo de escuchar el sonido sigiloso de la espesura al revolverse. Los helechos se echaron sobre él, le inmovilizaron el brazo a la espalda y una espada corta autrigona se deslizó sobre su cuello.

XIX
PERÍMETRO

Tardaron en asumir que dos ojos verdes en una costra grisácea los observaban por detrás del joven guardia berón. Sekeios aferraba con decisión el mango, el nudo metálico de la empuñadura que se incrustaba en la palma de su mano.

Sin su séquito guardándole las espaldas, Arquio notó que los esfínteres se le aflojaban. Kaukirino no se inmutó. Echó una ojeada instintiva a su alrededor, calibrando la ruta que habría seguido su presa hasta situarse ahí. Sekeios también lo estimaba a él, su equipamiento, su aspecto. El collar de falanges.

—¿Un disfraz de helechos? —inquirió el pelendón con mucho cuajo—, ¿eso es todo lo que tienes para amenazarnos?

Ganaba tiempo para valorar los talentos del autrigón. Se había cubierto hábilmente con una túnica de helechos adherida a la ropa con cordajes elaborados de corteza y se había camuflado como un reptil en la fronda. El vaho emergía de su nariz con cada exhalación.

Tarkunbiur, en cambio, había dejado de respirar. Sekeios hendió un poco la espada en su carne imberbe.

—Solo quiero al gobernador y al montañés que te acompaña.

Kaukirino miró de reojo al aludido. Había entendido bien las palabras del autrigón, pronunciadas con mucha pausa para asegurarse de que captaba el mensaje. El príncipe asistía al enfrentamiento paralizado, estático como un tronco más del paisaje.

El pelendón soltó una carcajada.

—Te lo entregaría, pero me gusta terminar el trabajo por el que se me paga.

—No creo que el gobernador te pague por mantenerlo vivo.
—Ya sabes lo que dicen: Roma no paga a traidores. —Entrecerró los párpados–. Te aseguro que no me arriesgaré a perder ni una sola moneda.

El rastreador hablaba al tiempo que su mano se movía lentamente hacia el extremo inferior de uno de los dardos cruzados a la espalda.

Sekeios se percató, y Tarkunbiur notó cómo el filo helado de la espada presionaba su nuez. Temblaba, por la tentación de volverse para intentar herir a su captor

—No lo hagas, aún eres joven para morir.
—Y tú demasiado viejo para seguir vivo...

A pesar de la gallardía, el corazón del berón redoblaba como un tambor.

—Entrégame al príncipe cántabro, y viviréis.

Kaukirino volvió a reír y alzó las cejas con desprecio.

—Te estimas demasiado, autrigón —se burló con media sonrisa.

—No voy a repetirlo.

Unos pasos más allá, Umarilo, que había respondido con un rápido desenvaine, se debatía entre socorrer a su compañero o aguardar la resolución del pelendón. Kaukirino sondeó la faz gris del autrigón y buscó presionarlo.

—Mientras estamos aquí puede que los otros ya hayan encontrado tu guarida...

Bajo la costra, los párpados de Sekeios se estrecharon como dos grietas blanquecinas, justo cuando Tarkunbiur, empujado por la insensatez, intentó zafarse y propinarle un empujón. Fue su último error. El autrigón hendió su cuello con un corte súbito. La carne se abrió como una loncha. Su víctima solo comprendió que se moría cuando el calor rojo de la sangre le empapó el pecho. Se tapó la yugular con la mano y cayó de frente.

—Dile al gobernador que lo espero...

Kaukirino mantuvo la flema, pero ya no sonreía. Sekeios se esfumó en el boscaje como una nube mientras Umarilo emprendía una carrera tras él.

—¡Te mataré, cabrón!
—¡No lo hagas! —lo refrenó el rastreador.
—Pero ¡¿qué dices?!
—¡Piensa! ¿Crees que habrá dejado el camino limpio de trampas para que lo persigamos?
—¿Cómo lo sabes?
—¡Es lo que yo haría!
—¡Estupideces!

Umarilo contempló el cadáver de Tarkunbiur desangrándose a sus pies. El rumor de la huida del autrigón a través de la selva se disipaba. Se giró hacia la vegetación; luego hacia Arquio, impedido por el terror. Regresó al lado de Kaukirino. El pelendón se encogió de hombros y se colgó la hoz al cinto.

—Ve tú si quieres. —Cejó—. Yo no me arriesgaré.

Umarilo se golpeó la frente, admitiendo furioso el consejo del rastreador. Sekeios no era una presa más. Las presas se escabullen, si acaso se vuelven un instante para enfrentarse a su depredador, pero enseguida reanudan su escape. Esta, no. Y no era más que un único hombre en inferioridad, pero los había encontrado primero a ellos, un grupo numeroso, más bullicioso, más fácil de localizar.

Arquio se secó la frente bañada en sudor. Hubiera matado a cualquiera por un trago con el que aplacar el temblor de sus manos.

—¿Y ahora qué? —interrogó a Kaukirino.
—Para estar acostumbrado a mandar, preguntas demasiado.
—¡Se supone que tú sabes de esto!

El pelendón deslizó la punta de la lengua por los labios, huraño.

—Se acabó la búsqueda, príncipe... —contestó con ironía—. Volvemos al punto de encuentro.

* * *

De vuelta al calvero, Arquio, Umarilo y Kaukirino asistían junto al gobernador y los otros a los aullidos del pelendón Liteno. Le habían quitado la bota derecha, que presentaba un orificio en el empeine. Su pie descalzo era una llaga bajo el vendaje que le había aplicado el veterano Turbantu. Lucio y Bastugitas le mantenían la pierna en alto para evitar que la sangre subiera y así controlar la hemorragia. El gaditano rebufaba de sofoco, el berón renegaba por la mala suerte de su amigo Tarkunbiur, de cuya muerte acababan de ser informados. Turbantu, habituado a tratar heridas de guerra, sabía que el recorrido de Liteno con ellos había terminado. La estaca, un trozo de madera de cinco dedos, le había atravesado la planta del pie.

–Necesita un cirujano, o le quedará el pie hecho un saturnal.

Kaukirino se inclinó, las manos sobre las rodillas, ante el otro rastreador.

–¿No viste la trampa? –preguntó casi acusador.

–¡Ese sarnoso la ocultó demasiado bien!

Turbantu le aplicó un segundo vendaje sin retirar el primero. Liteno masculló una maldición al sentir el dolor en el hueso fracturado. Había perdido el color, y el talante iracundo que Gayo Antistio Veto le mostraba le impedía recuperarlo.

Sekeios había sembrado a trechos el terreno con varias hoyas de escasa profundidad en las zonas donde consideraba que cruzaría la partida del gobernador. Enraizados en ellas, hileras de espolones de rama afilados a espada, las más duras que encontró. Aseguró las púas con tierra para que no se movieran y camufló los fosos con matas. Eran indetectables.

–Y tú, Kaukirino –interrogó el gobernador–, ¿cómo es posible que no vieras al fugitivo?

–Ha tenido suerte –se excusó.

Arquio, sentado sobre un peñasco, se llevó las manos a la cabeza.

–¿Suerte? ¡Hemos estado a punto de morir!

–Habla por ti..., príncipe.

–¡¿No te preocupa lo que nos ha hecho?!

–¿Preocuparme? Ahora ya sabemos que nos enfrentamos a un cazador que conoce estos terrenos. Sabemos más de él que antes, eso nos ayudará.

—El perro de C... Corocotta le enseñó bien nuestros secretos...

—Basta de charla —bufó Veto—. Uno de mis guardias ha muerto, y este rastreador ya no es útil para mi propósito.

Kaukirino cruzó los brazos, altanero.

—Liteno, no, pero yo, sí.

—¿Qué quieres decir? —escupió el aludido, intentando incorporarse.

—El único problema —prosiguió Kaukirino— es que ese autrigón que tanto deseas encontrar también desea encontrarte a ti, y no contábamos con eso.

El gobernador se aproximaba a él.

—Ya os advertí que era un tipo peligroso.

—Me ha engañado una vez —confesó Kaukirino—, no habrá una segunda.

—No la habría si no se te hubiese escapado.

—No se me escapó, gobernador. No se trata de una presa cualquiera; ese hombre sabe lo que se hace y es peligroso, como dices. Perseguirlo sin saber lo que nos esperaba tras los helechos hubiera sido un error.

Miraron a Liteno, superado por la astucia del autrigón. La elocuente visión del rastreador herido los acalló.

La tarde de otoño se cernía sobre la cuadrilla, confundiendo las siluetas del bosque. Una liebre parda corrió ante ellos y se detuvo a husmear cerca de Liteno, las orejotas enhiestas. Umarilo lanzó con rabia su cuchillo contra el animalito. Aún le quemaba la frustración de no haber podido emplearlo contra Sekeios.

—Esta noche cenaremos buena carne —sonrió avieso.

Pelada y eviscerada la liebre, chasqueó su lasca de pedernal con una placa metálica para encender un fuego en el centro de un círculo de piedras mientras los otros dos guardias berones, Turbantu y Bastugitas, dispusieron a las clavijas para tensar y alzar la pequeña tienda del gobernador.

Cenaron en torno a la hoguera, abstraídos en sus pensamientos, un caldo de huesos de jamón, tajadas de liebre y raciones de pan con tocino acompañadas de *zythos,* con el único murmullo de los lamentos de Liteno y el corretear incierto de unos lirones grises alarmados por su presencia. Arquio apenas probó bocado. Pidió de beber, pero el gobernador le negó el trago. El príncipe parecía un andrajo. La humedad montañesa le apelmazaba el cabello y la dejadez provocada por la angustia lo despreocupaba de un mínimo aseo. Torcido de temor y desconfianza, contemplaba la actividad de sus acompañantes como si se desarrollara al otro lado de una cortina, extraña para él, desierta de significado. Mientras los veía engullir, se imaginaba metiendo la cabeza en una olla rebosante de *zythos,* el líquido le inundaba placenteramente la garganta y el estómago. Pensaba en esto y en algo más. Alguna suerte de idea que se contoneaba como una nebulosa en lo profundo de sus iris. Pensaba y cavilaba, sin que los otros le prestasen la menor atención. Como si no estuviera.

Cuando hubieron satisfecho su apetito, Gayo Antistio Veto y Kaukirino intercambiaron algunas frases un poco separados de los otros.

—Daré caza a ese tipejo, gobernador. Tenlo por seguro. No es nadie, solo ha tenido suerte.

—No habrá más oportunidades. Ahora solo quedas tú; si vuelves a fallarme...

—No fallaré.

Establecieron un perímetro de cordajes y cencerros sujetos a las ramas a diferentes alturas para evitar sorpresas durante la noche.

—No pasará ni un gusano sin que nos enteremos —garantizó el pelendón. Una mueca de confianza se expandió en su cara de lechuza.

—Haréis turnos de vigilancia de dos en dos —decretó el gobernador.

Kaukirino se ofreció para el primer turno junto a uno de los berones. Bastugitas corrió a incorporarse, ávido de participar y vengar a Tarkunbiur.

Arquio se recogió en su manto junto a la hoguera, hurtándose a la vista de los otros, atento al cuchicheo de sus conversaciones por si lograba captar alguna insinuación negativa acerca de él. Aullaron los valles, y el príncipe se estremeció. Los lobos acechaban la noche. Elevó la vista hacia la masa arbórea, negra e insondable, con el mohín turbado del que se pregunta dónde y cuándo volverá a sobrevenir el peligro.

* * *

Cuando Sekeios regresó a su guarida con las manos aún manchadas de la sangre del guardia berón Tarkunbiur, encontró a Leal tal y como la había dejado: acurrucada en torno a su hija con la mirada vigilando la entrada. Había protegido a Cantabra con la diligencia y fidelidad de un soldurio. Su gran tamaño, sus gruñidos agresivos y sus potentes mandíbulas mantenían alejadas a las bestias del bosque. Sekeios no detectó en los alrededores más improntas animales que las pequeñas heces alargadas y nudosas, aún blandas, de un erizo.

El cazador se lavó las manos y apaciguó la sed con el agua perezosa acumulada en las hojas del roble; después aseó a la niña y la alimentó con un poco de leche de cabra, bien conservada gracias a la baja temperatura. Se sentó bajo el tejadillo, tomó a Cantabra en brazos para acunarla y darle su calor y la acercó a su rostro embadurnado. De pronto tuvo la sensación de que había dejado de moverse. Su estómago se encogió. La agitó levemente con un dedo. La pequeñina soltó una tosecita y dibujó una mueca que a la vista del cazador semejó una sonrisa. Sekeios respiró aliviado. Un nudo volvió a enternecerle la garganta. Apretó las mandíbulas para disminuir la debilidad que aquel sentimiento le causaba. Era aún tan chiquita, tan delicada y vulnerable... Ella era su prioridad. Antes se dejaría matar diez veces que fallarle. Aunque no se engañó: su fragilidad, la falta de un hogar, la carencia de alimentos..., cualquier cosa acabaría con ella y ningún esfuerzo bastaría para salvarla.

Cuando su estomaguito saciado la indujo al sueño, Sekeios acostó a Cantabra en el útero del roble y encendió una fogatilla en su interior para calentarla. Volvió a acomodarse bajo el tejadillo, alzó la vista y contempló el atardecer, que se desprendía ladino sobre los árboles. Leal se aposentó a su lado. Sekeios le pasó una mano por las orejas, suaves, peludas.

–Ya son dos menos... –le susurró.

Leal gimió como si comprendiese. Sekeios compartió con su compañera media porción de queso. No era lo más adecuado para su organismo, pero no disponía de nada mejor. Devoraron la cuña partida en dos y con ello se acabaron las provisiones. En adelante deberían sustentarse de los frutos del bosque o del tuétano de los huesos, si es que había tiempo para ello. Tarde o temprano, el cerco romano se estrecharía sobre él.

El efecto de la comida aposentada en su estómago y el cansancio lo amodorraron. De no haber sido por la excitación y el rencor que lo mantenían vivo, se habría dejado hipnotizar por el rumor trascendente del bosque, el embaucador lamento de las aves, el crepitar de las ramas mecidas por el viento, la berrea del ciervo, que llenaba el campo con sus bramidos... Con gusto hubiera cerrado los párpados y se habría dejado morir de pena.

Desechó las lamentaciones e imploró a Vaelico para que le procurase suerte en la nueva acción que había planeado.

* * *

Declinaba la jornada cuando el lobo cazador se internó en el bosque, dispuesto a cazar una víbora. Sekeios había renovado la masa de ceniza y barro que encubría su cara en el paisaje y se movía entre las sombras, discreto como la noche. No tardó en hallar un escondrijo de serpientes. Ante la ausencia de sol, los bichos acababan de regresar a su guarida bajo un peñasco podrido. Aún se enroscaban unas con otras cuando apartó la piedra con el pie, bien protegido el empeine con la polaina. Separó a una víbora con el borde de un palo mientras intentaba huir, luego se encogió y se hinchó para mostrarse más grande. Sekeios, con la serenidad relativa de la experiencia, enganchó su cola con las manos y aprisionó la cabeza con el extremo ramificado del palo. Un buen ejemplar de un brazo de largo con la cabeza plana como una suela, las pupilas negras y horizontales excavadas en el iris dorado. La echó al zurrón y cerró fuertemente el cordón de cuero antes de guiarse hacia el punto de reunión de la cuadrilla romana, blandiendo su espada para evitar el ruido de llevarla a la cintura. Tres cuartos de luna prendida en una noche de nubes tétricas plateaban su camino.

* * *

Sekeios aguardó a que sus perseguidores se entregasen al descanso en torno al fuego y a que el hilo de luz en el interior de la tienda del gobernador se extinguiese. Junto a ella, la sombra tosca de la mula atada a un estacón meneaba las largas orejas. El lobo cazador había asistido inmóvil, inanimado como una roca tras un zarzal, a la colocación de los cencerros. Tuvo que adaptar su plan a tal circunstancia. Hubiera preferido reptar hasta la tienda del gobernador e introducir la víbora en su interior sin ser visto. Esa era su idea inicial, pero no importaba. Cuando solo quedaron Kaukirino y Bastugitas, dedicó un rato a comprobar lo que hacían y aguardó al instante propicio para desarrollar su ataque. Siempre hay un punto débil, en algún momento alguien comete un error; igual que los legionarios de un campamento: tarde o temprano alguno se duerme mientras monta guardia. El pelendón, circunspecto, iba de un lado a otro del claro, bordeándolo, cruzándolo, deteniéndose ante la negrura forestal, con el oído afinado pendiente del tintineo de los cencerros. Algún leve canturreo metálico sin consecuencias, animales que se acercan y al rozar el perímetro acordonado corren asustados hasta que se desvanece el susurro airado de la vegetación al agitarse. Más confiado, sentado sobre la hierba, el joven Bastugitas, cubierto por su capa para conservar el calor, entretenía lo que le había quedado de hambre masticando bellotas tostadas y de cuando en cuando echaba una ojeada en derredor. Uno ojos brillantes chispeaban en la fronda observando a la manada humana guarnecida por las armas y el fuego. Hizo eco el rugido prolongado de un gato montañés, parecido al gruñido de un perro, algo más agudo y arisco. Una pieza de tamaño considerable.

El frío nocturno se metía hasta los huesos y el berón echó ramaje a la hoguera para avivar las llamas.

–Cómo odio a esos animales –dijo. Echó un trago de agua y se palpó la vejiga–. Voy a mear.

Kaukirino echó un vistazo a los bultos envueltos en sus mantos, que roncaban cerca de la lumbre, y aprobó con un bufido. Tan solo Liteno, tumbado, permanecía despierto pendiente de la nada, incapaz de dormir por el dolor de la herida y la frustración de su error.

Bastugitas se acercó a la vegetación y se sacó el miembro por debajo de la túnica. Quedaba demasiado lejos de Sekeios, a unos seis pasos a su derecha. El berón le proporcionaba la oportunidad de ejecutar su idea. Golpearía y se evaporaría en la selva jugando con el temor del grupo a las posibles trampas ocultas que los persuadirían de perseguirlo. Sekeios estaba decidido a acabar con todos, quería que cayeran uno a uno para aterrorizarlos. Si tenía suerte, puede que eso los empujase a abandonar. Quizá fuera su única posibilidad real de salir con vida de aquel asedio personal.

Había sacado a la víbora del zurrón y le sostenía la cabeza con tres dedos, obligando a la serpiente a mantener la boca abierta. Su tacto escamoso en las yemas y el roce sinuoso de la cola al sesear lo mantenían aún más concentrado. Al menor despiste, el bicho se revolvería contra él para inocularle su veneno. Podría haberse decidido por algo menos arriesgado y más práctico, como un lanzazo al que tuviera más cerca; pero buscaba una maniobra retorcida, un acto que los perturbara más aún, que les mostrara a las claras su absoluta indefensión ante él. Envenenar se ofrecía como una opción más que apropiada.

Debía moverse y hacer ruido para atraer al berón. A pesar de la agitación interior, Sekeios mantuvo la calma hipnótica del cazador que se mueve una sola vez, en el momento decisivo para caer sobre su presa. Atisbó entre la maleza cómo se echaba un poco hacia atrás para chorrear la hierba a gusto y luego se sacudía el pene, esparciendo las últimas gotas. Dejó que se vaciase. Cuando volvía a enjaulársela, Sekeios arrastró un pie sobre la hojarasca para llamar su atención. Al principio Bastugitas no hizo más caso que un vistazo furtivo. La insistencia del ruido lo empujó a aproximarse hacia su origen.

–Como sea otro puto gato, le arranco la cola... –protestó.

–Déjate de juegos –le advirtió Kaukirino.

Sekeios continuó restregando la suela hasta que el berón estuvo casi delante él. El fuerte contraste entre la zona alumbrada por el fuego y la oscuridad del bosque lo ennegrecía aún más. Bastugitas había desenfundado su espada, lista para atravesar al insistente animalejo con cuidado de no rozar el cordaje. Aguzó la vista y bajó su arma para tantear con ella la hojarasca.

–Vamos, sal de ahí... No voy a hacerte nada...

Sekeios acalló su respiración. Ese era el instante más peligroso, el instante en el que el cazador más debía aguantar la tensión para mantener el pulso, aquel en el que el corazón se empeñaba en galopar y su mente curtida trabajaba para dominarlo y no cometer los errores propios de la ansiedad. Instantes interminables.

Bastugitas no acababa de dar con el gato. Iba a retirarse, cuando el bisbiseo repentino del vipérido aceleró el palpitar de su corazón. Apenas sí tuvo tiempo de intuir la costra negra del cazador, vigilándolo fijamente desde la penumbra. Luego un pequeño hocico redondeado que se abalanzaba contra él y el calor helado y rápido de la mordedura en la cara, justo por debajo del pómulo. Sin tiempo para esquivarla.

–¡Quitádmela!

Los bultos de los otros se alborotaron.

–¿¡Qué pasa!?

Arquio se echó las manos a la cabeza al ver cómo el guardia berón corría hacia él con el rumbo perdido, sujetando la víbora entre los puños mientras intentaba arrancársela de la cara. La serpiente le había hincado los colmillos ganchudos hasta las encías y vaciaba el veneno de sus glándulas en el tejido humano.

Los hombres se irguieron en posición de combate, entre el tintineo de las armas, mirando a un lado y a otro.

—¡Atentos todos!
Nadie se paró a pensar en un ataque de Sekeios, ninguno presenció cómo el autrigón se desvanecía como una bruma. Cuando la serpiente terminó de inocular su toxina, liberó la presión y Bastugitas logró quitársela de encima. El bicho cayó hecho una S sobre la hierba. Aun acostumbrado a ellas y a la sacralidad que ostentaban para su pueblo, Arquio se arrastró sobre las nalgas al ver zigzaguear sus escamas ante él, mientras y su cola amarillenta se perdía culebreando en las penumbras. Mugía la mula, tiraba de la correa para intentar arrancarla del estacón y huir.

El berón cayó de rodillas a su lado, se arañaba los pómulos y gritaba como un verraco a punto de morir descuartizado. Arquio intuyó la sombra alargada de Gayo Antistio Veto adelantándose hacia ellos y se incorporó, al tiempo que los otros hacían corro al herido. Excepto Kaukirino, que examinaba el lugar en el que Bastugitas había sido atacado.

El berón se había echado al suelo y se revolvía de dolor.
—¡Sujetadlo!
Umarilo y Lucio obedecieron la recomendación de Turbantu y lo inmovilizaron por las extremidades. Dos pequeños orificios en la piel punteados de sangre se le marcaban en el pómulo.
—¿Qué era? —preguntó Umarilo.
—Una víbora.
—¿Muy venenosa?
—No sé si morirá, pero lo va a pasar mal seguro...
Turbantu limpió la herida con agua, aplicó su boca a los orificios y comenzó a succionar y escupir.
—Te la ha echado encima, ¿verdad? —inquirió Kaukirino.
Bastugitas afirmó con un gruñido.
El gobernador se había alejado y calculaba la situación.
—Está ahí... —dijo.
Kaukirino se unió a él. Oteó la espesura.
—Nos va a joder a todos —farfulló Liteno.
Turbantu preparó un emplasto con hojas de convólvulo y lo aplicó sobre la herida.

—¡La cara, me quema!

Las facciones de Bastugitas se deformaban por el terror. Eran los primeros síntomas del veneno. En el poco tiempo que Turbantu había empleado para la operación, la zona de la picadura había comenzado a inflamarse y enrojecerse.

Gayo Antistio Veto ya no escuchaba sus chillidos. Vuelto hacia la selva, buscaba en la insondable masa arbórea. Le llegaron ahuecadas y distantes las palabras «cálmate» y «beleño». Tarbantu se disponía a preparar una decocción con una pequeña dosis de aquella hierba con la que sedar al berón antes de que su propio pánico lo matase.

El gobernador exclamó a la noche:

—¡¿Esto es todo lo que sabes hacer?! ¡Da la cara, tú y yo solos, autrigón! —El reclamo de un mochuelo fue cuanto halló por respuesta—. ¡Entrégate, autrigón! —continuó—. ¡Entrégate y vivirás! ¡Si no lo haces, no saldrás vivo de estos bosques! ¡¿Me oyes?! —Ahuecó una mano a modo de embudo y se la llevó a la boca—. ¡Piensa en tu hijo! ¡Lo que le haré pasar no será nada comparado con lo que te haga a ti! ¡Lo juro por los dioses, que me lleven al averno si no cumplo!

Arquio deambulaba y se tiraba de los pelos.

—¿C... Cómo vamos a encontrarlo? —se cuestionó en voz alta—. Quizá debamos dejarlo escapar...

—¿Escapar? —Los ojos de Veto se salían de las cuencas. Se adelantó hacia él, lo agarró del pescuezo como a un pollo y lo obligó a arrodillarse junto a Bastugitas—. Escúchame bien, gusano, si vuelves a lloriquear te ataré desnudo a un árbol para que te destripen los lobos.

El príncipe de Aracillum se echó la mano a la boca y contuvo un vómito.

—Por mi vida que lo encontraremos —dijo Kaukirino—, no pasará de mañana.

El gobernador liberó a Arquio y se encaró con el rastreador.

—Por tu vida, te lo aseguro.

JORNADA II

La llegada del alborecer no sirvió más que para que unos vislumbraran en los otros un gesto de extrema seriedad. Sobre todo en Bastugitas. El berón despertó con media cara inflada como un pan en un horno. Se había alterado tanto su fisonomía que parecía a punto de estallar. Y el efecto físico de la ponzoña ni siquiera había alcanzado su cénit.

–¿Sobrevivirá? –preguntó Veto a Turbantu.

Este dudó un poco.

–Imagino que sí... Cuando le salgan las ampollas y se le amorate la cara, veremos...

Examinó el párpado izquierdo de su compañero, una bola de carne apretada en torno a las pestañas. Revisó el apósito y colocó uno nuevo. Bastugitas rogaba auxilio al veterano berón con el ojo bueno. Su expresión demudada por la angustia movió a este a dedicarle un guiño para hacerle ver que saldría de aquella. El beleño lo había relajado lo suficiente y la agonía de los dolores y pinchazos se había reducido hasta un límite tal vez soportable.

La desmedida confianza de Liteno y Kaukirino se había amansado en un solo día, y ya ninguno alardeaba de sus conquistas. El primero se había puesto en pie con la ayuda de Lucio y empleaba su lanza como bastón. Apoyó los dedos. El suplicio se irradió desde la perforación del empeine hasta el tobillo. Contrajo las mejillas y se sintió desdichado por no poder continuar.

Por primera vez, Kaukirino, de naturaleza metódica y reservada, refunfuñaba mientras inspeccionar el lugar en el que supuestamente Sekeios había permanecido oculto con la víbora. Descubrió improntas de su actividad, escasas pero evidentes: el rastro de las huellas, la posición de las zarzas... Había pasado mucho tiempo en el apostadero sin que se hubieran dado cuenta. Su habilidad para desenvolverse en el mismo terreno que ellos igualaba su coraje, su odio o lo que quiera que lo moviese.

De espaldas al grupo, el pelendón se tironeaba del collar de huesos, absorto en una niebla espesa que difuminaba la vege-

tación como si le hubieran echado un velo encima. Imposible ver nada más allá de unos pasos.
—Aguardaremos a que se disipe —sugirió. Hablaba con la voz ronca por la humedad.
—No aguardaremos a nada —se opuso Veto—. Ese hombre caerá hoy.
Una mueca de desaprobación se elevó en las cejas de Kaukirino, pero los resultados de las primeras horas de búsqueda no invitaban a discutir los dictados del gobernador.
—Como quieras —dijo, y se alejó para disponer sus pertrechos de caza.
El gobernador de la Tarraconense se puso a merodear en torno a Liteno, y este leyó en su proceder que pretendía dejarlo allí con Bastugitas y la mula sin perder tiempo en llevarlos a los campamentos. El rastreador se adelantó a sus intenciones.
—Nos quedaremos, no queremos ser un estorbo.
Habló también por Bastugitas, sin esperar al parecer del joven berón, que ni se enteró de la decisión, adormecido como estaba, casi en trance.
—Por supuesto que os quedaréis —confirmó Veto con aspereza, y se alejó.
Arquio se había apartado y hacía sus necesidades acuclillado junto a la maleza; mientras, los otros se lavaban la cara y las manos con el agua de los odres cargados en la mula. No había abierto la boca desde que las primeras luces se filtraron entre las copas de los árboles y lo desvelaron, y apenas había tomado una porción de torta con miel de encina cocinada por Turbantu, porque un peso le oprimía el vientre y le ahogaba el apetito. Las papadas de Lucio, el gaditano, dieron buena cuenta de su ración. Arquio se limpió las nalgas con hojas de roble mojadas, tapó sus excrementos con otras pocas y balbuceó que estaba listo para marchar. Poco caso le hicieron, algún gruñido neutro al percibir su presencia. Un silencio de indiferencia lo rodeaba. Se fijó en Kaukirino, en su proceder molesto, revisando su armamento y herramientas con movimientos hoscos. Las palabras del gobernador habían herido su orgullo y, cosa de más importancia, ame-

nazaban su vida. Y con ello las cavilaciones de la noche anterior adquirieron la consistencia de una oportunidad en la mente del príncipe de Aracillum.

Con su postura encorvada de buitre y andar errante, procurando que no se le notara, se encaminó hacia el rastreador. Al llegar a su altura, se le arrimó a la oreja.

–Escucha, Kaukirino, la obstinación del gobernador nos acabará m... matando a todos –le susurró.

–Por mí no lo digas, príncipe tartaja.

–¿Es que no lo ves? Ya no escucha tus consejos.

Kaukirino siguió a lo suyo, terminando de fijarse el cinto.

–Si volvemos a fallar, nos colgará de un árbol –insistió Arquio.

Kaukirino se encogió de hombros. No soportaba el acento cerrado de aquel cántabro, la aspereza en su pronunciación, ni siquiera cuando las palabras eran bien similares a las de la lengua pelendona.

–No me importaría verte colgado de esa rama.

–¿Prefieres jugarte la vida por él? Su estúpida v... venganza no es asunto nuestro.

–Tú lo que tienes es miedo.

–¿Y tú no?

–Nadie se me ha escapado jamás. Y no será esta la primera vez.

–Este juego suyo no tiene sentido, deberíamos abandonarlo y que salde él solo sus cuentas c... con ese autrigón.

–Tú puedes marcharte cuando quieras, no me necesitas a mí.

Arquio se enderezó, mordiéndose los labios de impaciencia, rebuscando otros razonamientos. La idea de convencer al pelendón de abandonar a su suerte al gobernador para salvar la vida había resultado demasiado inocente. Kaukirino era un mercenario puro y debía tratarlo como tal. Un cosquilleo de emoción recorrió su espina dorsal al concebir una propuesta más sólida.

–¿Y si yo te ofreciera más ganancia que el romano?

Kaukirino lo miró de arriba abajo.

–¿Más que el gobernador?

No disimuló su tono de mofa, pero su avaricia decidió por él y lo miró, quieto, para prestar mayor atención.

–Ayúdame a acabar con él y te entregaré todas las riquezas de mi familia.

–¿Qué familia? Estarán todos muertos.

–No quienes pactaron con Roma –rebatió el cántabro–. Tengo parientes que lo hicieron por obligación. L... les encantará saber que me ayudaste a acabar con su gobernador.

Kaukirino esperó a que Gayo Antistio Veto dejara de vocear, apremiando a emprender la marcha.

–El gobernador me ofrece una bolsa más que buena, tanto que hasta podría retirarme. ¿Puedes igualar eso?

–Puedo superarlo. Tendrás tantos sacos de oro astur que necesitarás una recua de bueyes para llevarlos.

–¿Astur?

–Tenemos los mejores tratos con nuestros vecinos.

Arquio sonaba convincente como un comerciante fenicio y el tartamudeo se desvanecía. Su habilidad para la manipulación alcanzaba el punto álgido.

Kaukirino bajó la vista y se toqueteó el collar de falanges con aire dubitativo. Sopesaba la promesa. Arquio rebuscó en su bolsita de cuero prendida del cinto y le tendió el colgante romano que Turennia había rechazado el día que la ultrajó.

–Aquí tienes el primer pago.

Los ojos de lechuza del pelendón se deslumbraron como dos soles ante la pureza de la pieza.

–¿De dónde la has sacado?

–¿Suficiente para empezar?

Kaukirino se la arrebató y la guardó en el macuto.

Arquio se frotaba las manos, incapaz de ocultar su ansiedad. El pelendón elevó las cejas.

–Me molesta trabajar para un cobarde como tú –dijo–, pero aún me revienta más jugarme el pellejo por ese romano. –Kaukirino se echó el macuto a la espalda–. ¿Qué es lo que quieres hacer?

–Tenemos que traicionarlo. Abandonarlo aquí, mejor si es muerto. Piensa cómo hacerlo.

El pelendón acercó su ancha cara a la del príncipe.

–Ándate con ojo, montañés –se despidió–. No eres más que un flojo. Si veo que dudas, si me entero de que me has mentido y no te queda más familia que este colgante, lo que haga contigo el gobernador será el menor de tus problemas...

Se distanció de Arquio. El cántabro se sintió de pronto recuperado. Henchido el pecho ante la vía de escape que se abría ante él, se alejó con el caminar enérgico del mercader que acaba de cerrar un buen trato. El amanecer se le hizo de pronto menos espeso, más luminoso. Creyó incluso que podría pasar días sin probar ni una gota de alcohol.

La cuadrilla, un grupo mermado en unas horas por la destreza de un solo hombre, terminaba de hacer recuento de provisiones y recogía sus bastimentos, lista para continuar la cacería.

Gayo Antistio Veto, gobernador de la Tarraconense, juró antes de partir, arrodillado en su tienda con una figurilla de la diosa Envidia prieta entre los dedos, que habría de ser aquella la jornada en la que los dioses y los hombres presenciarían la recuperación de su honor perdido.

Salió al exterior con resolución.

–¡En marcha!

XX
MANADA

Sekeios, apoyado sobre las rodillas a unos pasos del viejo roble, se friccionó la barbilla con las uñas, meditabundo, al comprobar que las huellas eran de un oso. Anchas y grandes, con las uñas bien marcadas. Una cría. Sin rastro de improntas de mayor tamaño. Aquello le hizo fruncir el ceño. No era una zona habitual para semejantes bestias. Quizás el osezno se había alejado de su madre, o esta había muerto y rondaba en busca de alimento. Ya había notado alterada a Leal a su regreso, ladrándole, caracoleando para guiarlo hacia el refugio. Era probable que ambos animales solo hubieran llegado a tantearse.

Alboreaba la jornada y Cantabra, en el interior de la guarida, lloraba por el hambre, la suciedad y el frío. Aquello inquietó aún más a Sekeios. Las rachas heladas sacudían las copas de los árboles anunciando el otoño de montaña. La baja temperatura nocturna había arreciado aquella noche y el relente brillaba sobre la vegetación. Otro golpe de ventisca se abatió sobre la serrezuela, trayendo consigo nubes gruesas. Sekeios se llevó a su hija hasta el pecho. La niña tiritaba y su piel reseca se había descolorido hasta la palidez. Se debilitaba, tal vez había enfermado. Leal se tumbó a su vera, las orejas plegadas, y emitió un gemido. Se olía algo.

–Esta niña se me muere... –murmuró Sekeios.

Friccionó su carita suavemente con el índice y el corazón para intentar que recuperase el rubor. Los dedos le temblaban de desesperación.

El lobo cazador cuidaba de su cría, el lobo sin manada. Sekeios suministró a su hija la última ración de leche que tenía.

Cantabra apuró el líquido y, cuando su padre le acariciaba una mejilla, con el desconsuelo de saber que no aguantaría mucho más, la pequeña vomitó todo el alimento. Se asustó y rompió a llorar otra vez. Sekeios le dio la vuelta, azorado, y le dio unos toquecitos en la espalda, como había visto hacer a las mujeres de su poblado, para ayudarla a expulsar los restos del vómito y evitar la asfixia.

Ya no podía proporcionarle más que agua para intentar que no se deshidratase. La pena y la rabia le encogieron el corazón. El olor degradante del vómito y de la orina que empapaban a su hija se le metió en los pulmones como una cuchillada.

Sekeios se apoyó en el tronco; un latigazo restalló en su cerebro. Las secuelas del estrés, la tristeza y la excitación no le habían permitido reposar en las últimas horas y su visión y reflejos se resentían. Comprendió que necesitaba descansar, que el cuerpo le exigía dejarse vencer por el sueño, aunque solo fuera un rato, sabedor de que Leal los mantendría a salvo. Se permitió apenas una cabezada con su hija en brazos, acunándola hasta que calmó su llanto y se durmió.

* * *

La angustia, el dolor del tajo en la cara y el repicar de un picamaderos lo despertaron. Supo que no había pasado mucho tiempo, porque la luz boscosa apenas había variado de posición. Dejó con cuidado el cuerpecito en el útero del roble, y se desperezó, haciendo crujir el cuello y las extremidades.

Se distanció un poco y valoró la zona. Aquel ya no era un lugar seguro. La presencia del osezno podría atraer a otras bestias más peligrosas, y el grupo del gobernador, quizá tan desbordado por la eficacia de sus acciones como soliviantado por ellas, acabaría dando con él. Solo era cuestión de tiempo.

No se molestó en disimular los restos de su presencia en el refugio. Tan evidentes eran que no por mucho ocultarlas evitaría que un rastreador experimentado se apercibiese de ellas, y aquel pelendón lo era. Lo había comprobado en su tensa pasividad, en su apostura confiada. A poco que el orgullo le picase, no se detendría hasta encontrarlo.

Antes de partir, Leal y él acallaron el hambre con una somera dieta de bellotas dulces. La naturaleza de la perra soportaba bien los embates del clima y el entorno, pero su tamaño le exigía una alimentación que aquellas circunstancias no le proporcionaban, y su instinto la llevaba a husmear en los zarzales en busca de restos animales que llevarse a los morros. No halló más que insectos acorazados menudeando entre el lecho boscoso, huesecillos de aves, restos de un nido caído de una rama, una oruga que se encogía y estiraba para huir de la nariz carnosa y húmeda que lo olisqueaba... Sekeios procuró que no se acercara mucho a ellos ni a las piedras, para evitar picaduras de reptiles o insectos. Después fabricó un canastillo con ramas y tallos, lo afianzó con firmeza al cuello de Leal y depositó a la niña en el hueco. Ahora el cazador tenía las manos libres para usar sus armas. Aseguró el nudo de la tira de lino que rodeaba la mano lesionada. Se deshizo de la coraza y las hombreras, que ocultó entre unas zarzas, recogió su armamento, se colgó el escudo a la espalda y emprendió la marcha.

Abandonó el altozano y se orientó en dirección norte, dejando al este las pendientes escarpadas de la serrezuela, desde la que se dominaba al amplio valle surcado por la corriente del río Atura, donde los salmones en su remonte se miden con las aguas bravas. Buscaba alcanzar alguno de sus afluentes. Un curso de agua y alguna cueva en la que guarecerse se le ofrecían como opciones razonables para un nuevo refugio en el que descansar y alimentarse bien. Su prioridad era ganar tiempo y obtener la energía suficiente para continuar matando.

Superado el pliegue de la serrezuela, el terreno se rejuvenecía, se suavizaba en un descenso ligero por lomas de jugosa hierba. No encontró ganado paciendo en la braña. Una soledad incómoda perturbaba aquel paraje hasta que una manada de caballos salvajes emergió cabalgando libres en la pradera. Entrenados en la montaña, galopaban con el mismo arrojo y habilidad con la que se movían entre riscos y peñas. Algunas liebres corretearon fugaces ante la presencia del extraño. Sekeios asumió el riesgo de bordear el prado huyendo de la densidad boscosa para apretar el paso y obtener ventaja sobre sus perseguidores, quedando más a la vista de ellos y de las patrullas romanas que estarían controlando el bloqueo.

Salvó la braña sin incidentes y pronto volvió a atraerlo la fragosidad de las montañas cántabras. Un valle angosto e insondable lo aguardaba, con sus laderas envueltas por un bosque caduco erizado de fresnos y alisos, robles y avellanos. Descendió sus faldas escalonadas y no tardó en hallar el discurrir de los cursos fluviales. Vadeó tímidos riachuelos y regatos con pie cuidadoso para no resbalar en el verdín de las rocas. Alcanzó un arroyo y siguió su curso esterado de hojas muertas entre líquenes y troncos tapizados de musgo. Con frecuencia la foresta se enredaba tanto que ni pelados los árboles podía ver más allá del ramaje.

Se detuvo en un punto en el que la corriente se bifurcaba caprichosa y un ramal de agua se adentraba en el bosque hacia el norte. Allí el arroyo se arrastraba quejumbroso. Leal ladró en esa dirección, como si su olfato le indicara que darían con el resguardo apropiado. El lobo cazador acarició la cabeza de su compañero, y confirmó con un sonido de su garganta que sus sentidos le sugerían lo mismo.

El arroyo venía crecido y los cantos rodados del fondo tremolaban espumosos bajo el correr de las aguas. La corriente le alcanzaba hasta las rodillas. Cruzó sobre las piedras, los brazos extendidos para mantener el equilibrio, previniéndose de la violencia disimulada de la naturaleza, que aguarda escondida en una mala pisada, en un resbalón. Leal alzaba la testa cuanto podía, procurando evitar que las aguas lamiesen la parte inferior del canastillo que protegía a la niñita. Cruzado el curso, se adentraron en el bosque de ribera siguiendo un sendero poco definido manchado de matorrales. En su profundidad, la naturaleza se mostró ante ellos desnuda y cruel. Encontraron los restos devorados de un rebeco. Sus pequeños cuernos negruzcos no le habían servido de nada para defenderse. Yacía despedazado con las tripas abiertas hasta las ingles. Un perro carroñero se había introducido por el hueco de la carcasa y escarbaba con el hocico en busca de jirones de carne aún pegados a los huesos del astado. La llegada del humano y de Leal lo espantaron. Sekeios inspeccionó los alrededores y no tardó en encontrar, hundidas en el barro, las huellas de los depredadores. Lobos, sin duda. Las manos y los pies grandes, las uñas afiladas, la almohadilla y los cuatro dedos muy marcados... El caminar recto, no embarullado como el de los perros. Sekeios halló cerca otros indicios determinantes: las heces de la manada, que había rondado durante días al animal. Algunas casi negras, propias del festín inicial de vísceras y sangre; otras claras y con pelo, las habituales cuando ya queda poca carne que arrancar a la víctima. Un trozo de pezuña asomaba en una de las cagarrutas. Sekeios se habían adentrado con su hija en el territorio de una manada. Sintió de improviso un frío atroz cuando el bosque se alborotó con una racha ventosa. La fronda se agitó como si percibiese la presencia de los asesinos.

Dejó atrás los restos del rebeco y, acompañado por el gorgoteo irregular de la corriente y el rumor verdoso del bosque, recorrió un tramo del sendero, hasta que sus oídos aislaron a su derecha el lejano canturreo de un torrente. Abandonó la difusa vereda y permitió que sus tímpanos lo guiaran falda arriba. La ascensión se complicó en el último trecho, cuando más cerca rugía la cascada, y tuvo que sortear enormes rocas y árboles caídos por viejos. Resollaban Sekeios y Leal mientras trepaban con paciencia, procurando no resbalar sobre las piedras y el musgo. Cantabra lloraba en el canastillo, asustada por los zarandeos. Al finalizar la subida, el bosque se abrió y Sekeios alzó la vista hacia el churrón; un salto de agua de la altura de unos doce hombres se precipitaba frente a él en dos corrientes blancas sobre una pared de roca. Rebotaban en los breves salientes, dispersándose en flujos menores, como una cabellera. Acaudalada por las lluvias del otoño, el churrón formaba una poza amplia y cristalina, de escaso fondo, decorada de anfibios. El estanque se aliviaba por un riachuelo que se desfiguraba travieso entre piedras. La hermosura y el ronroneo espumoso de la cascada deslumbraban los sentidos de Sekeios. Fue en aquel momento de suspensión de su desdicha cuando creyó ver entre la vegetación a una joven semidesnuda que, sujetando una cántara entre las manos, vertía su agua transparente y sanadora en el estanque. La muchacha alzó la vista y le sonrió. Cautivado por su luminosidad, Sekeios suspiró. No podía ser otra cosa que una señal favorable. La naturaleza y los dioses se confabulaban con él.

—Vaelico... —susurró.

El dios lobo le mostró otro designio propicio: en el correr infinito del tiempo, las aguas de la poza habían erosionado la roca blanda, abriendo en ella una oquedad que lo invitaba a cobijarse bajo su techo. Ataecina, diosa de las profundidades y las cuevas, le concedía un lugar para el descanso.

* * *

No sería fácil asesinar al gobernador sin levantar sospechas de la autoría.

—Yo quiero verlo muerto ya —se había quejado el príncipe a Kaukirino.

—No seas estúpido. El gobernador debe seguir confiando en mí. Solo hay que encontrar el momento oportuno. Tú ve pensando en lo que me tendrás que pagar, el resto es asunto mío.

Arquio aceptó las disposiciones de Kaukirino para acabar con él, porque tampoco le quedaba otra: continuarían con la búsqueda de Sekeios presentándole nuevos indicios y guiándolo hacia una zona lo más accidentada posible, como una sima o cualquier otra de muy difícil paso, donde cualquier traspiés sería de lo más común. Allí se las arreglarían para que el romano perdiera el pie y la vida. Otra cuestión sería escapar de Kaukirino por no poder hacer efectivo el pago de la supuesta riqueza familiar que le había ofrecido, y de la cual, en verdad, carecía. Lo había engañado, y el pelendón buscaría cobrarse venganza. Ya pensaría en ello. Ahora solo importaba escapar de Veto.

Kaukirino continuó operando con aparente normalidad y la partida dio con la primera guarida de Sekeios al mediodía. La advertencia del gobernador había afinado hasta el límite las capacidades de rastreo del pelendón, que no erró en ninguno de sus exámenes. De las heces y pelos de corzos, jabalíes o zorros pasó a detectar únicamente los restos del autrigón y de su perra montañesa. Pisadas, un jirón del sago enganchado en la rama de una zarza, excrementos de aspecto humano que no llevarían más que unas pocas horas... Improntas demasiado nítidas que evidenciaban los primeros síntomas de cansancio y descuidos de su presa. Los pelos largos y claros de cánido que Leal dejaba a su paso y sus huellas fueron la señal definitiva para constatar que se encontraban muy cerca. Era tan notorio todo que, aunque Kaukirino hubiese querido conducir al romano por otro sitio, no habría podido.

Rompió a reír al descubrir los residuos de su presencia en el viejo roble. La hoguera y el tejadillo desmenuzado, la hierba aplastada por las pisadas y el manchurrón de vómito infantil en la hierba. El lugar apestaba.

–Un hombre ingenioso –reconoció–, y un padre agobiado...

Sus pupilas llamearon pérfidas al imaginar a aquel hombre, angustiado, intentando aguantar con un bebé a cuestas. No lo haría por mucho más tiempo.

Los otros, salvo Arquio, permanecían algo alejados del refugio, vigilando los alrededores, ajenos a las elucubraciones del pelendón. Las tripas del cántabro se crispaban cada vez que alguien aludía favorablemente a las habilidades del autrigón.

Kaukirino sacó la cabeza del interior del árbol. Llevaba unas migajas de queso en la mano, que tendió al gobernador.

–Ya dije que daríamos con él.

Lucio se apresuró a traducir.

–Aún no hemos dado con él.

–Pronto, gobernador...

La confianza del rastreador se había recrecido. Toqueteaba ansioso su collar de trofeos, restregaba con ahínco la suela de la bota contra la tierra y, sobre todo, sonreía como si la más absoluta felicidad lo invadiese. Se deshacía de gozo ante la recobrada eficacia de su trabajo y las riquezas con que el cántabro habría de recompensarle llegado el momento.

La respiración impaciente de Gayo Antistio Veto lo incitó a explicar la dirección por la que debían continuar.

–Por aquí –anunció.

Kaukirino señalaba hacia el norte. Frente a él, un poco más allá, una hilera de huellas bípedas, bien definidas, se hundían en una franja de tierra enfangada. Juntas, de pasos cortos y caminar cansado. A la par discurrían evidentes las cuatro pezuñas de un perro grande.

* * *

La divinidad fascinante de aquel paraje perdido en las entrañas del bosque alivió a Sekeios. Había dejado el canastillo con Cantabra sobre una roca plana para que la tibieza del sol velado por una capa nubosa la temple con su luz natural.

Debía procurar sustento a su pequeña; pero, para cuidar bien de ella, él mismo necesitaba antes una pizca de descanso. Se desnudó y se alejó para bañarse. Ahuecó las manos y se lavó en la poza cabello, cuello y pecho. Allí, desprovisto de sus ropas y armas, solo con las bracas y las polainas, acuclillado sobre una piedra, se silueteaba salvaje, en absoluta comunión con el entorno. El baño cristalino atenuó los hedores de su cuerpo. Una pequeña nutria se había asomado al borde de la poza y hociqueaba el agua con sus bigotes en busca de algún sapo, salamandra o cualquier otro bichejo de agua desprevenido. De cuando en cuando volvía la cabeza hacia el intruso humano, y luego regresaba a sus tareas de pesca.

Envuelto por la enigmática naturaleza, Sekeios se dejó secar al aire mientras friccionaba sus extremidades para entrar en calor. Dejó a su hija al cuidado de Leal y se dispuso a inspeccionar la oquedad abierta en la roca, las ropas y armas en los brazos. Accedió hasta la parte más alejada del remanso, en un escalón natural de la pared inalcanzable para las aguas, por no ser aún tiempo de gruesas precipitaciones ni deshielos. Sería un buen refugio.

Una rana croaba a intervalos cerca de él. Los anfibios también se ofrecerían como una digna dieta en tales circunstancias. Una libélula pasó aleteando a su lado, las últimas de la estación antes de sucumbir al frío. El espectáculo desbordante de la feraz fauna paliaba por instantes las emociones opresoras de sus circunstancias, como si no fueran más que un mal sueño. Nada de aquello debería ser real, nadie debería perseguirlo por la selva cántabra en busca de una venganza equivocada ante un suceso accidental al que se había visto forzado por salvaguardar su dignidad y su libertad, palabras huecas en la disciplina militar.

La propia Leal se mostraba obnubilada: chapoteaba juguetona en la orilla de la poza, pateaba larvas, se sacudía el pelaje para desprenderse el agua... Iba y venía de un lado a otro con la cola meneándose alegre como un renacuajo. Se adentró en la oquedad de la pared para saludar a su amo, restregándose afectuosa contra sus piernas, la lengua rosada descolgada entre los colmillos.

El cansancio, la euforia fatigosa, como si estuvieran bebidos, los desconectaba del entorno. El rugido somnífero del churrón todo lo envolvía. Sekeios le masajeaba el cuello y Leal se dejaba hacer y resoplaba con afecto.

Abandonándose al gozo repentino que experimentaban, el tiempo se sucedió sin que fueran conscientes del peligro que se cernía afuera: el hocico de un oso pardo derramaba sus babas sobre el diminuto cuerpecillo de Cantabra.

XXI

NAVE

Leal se apartó de su dueño, la cola erizada como un escorpión, y corrió fuera de la oquedad. Algo había captado su oído. Sekeios, distendido como estaba, aún no comprendía.

Ocurrió todo muy rápido. Bramó el oso al descubrir al otro animal viniéndose hacia él. El pardo era un ejemplar muy oscuro, fortísimo, adulto. Su nariz carnosa se removió para olfatear al enemigo. La naturaleza más feroz y descontrolada de Leal prendió como una antorcha al ver a la mole negra sobre el minúsculo envoltorio que acogía a Cantabra. La diferencia de tamaño no lo intimidaba. El gran can, imponente, había aumentado de tamaño, abría las fauces y mostraba los dientes. Las babas rabiosas se desprendían a goterones de los colmillos. La perra de montaña no entendía de estrategias ni necesitaba órdenes para proteger a la pequeña. Lucharía hasta la muerte como un soldurio para protegerla.

El pardo cabeceó al percatarse de que Leal encaraba su costado para estrellarse contra él y apartarlo de la niña. La perra embistió los cuartos delanteros del oso, buscando desgarrarlo a dentelladas. La bestia parda reculó con pasmosa agilidad y describió un quiebro con el que eludió a su oponente. Los pedruscos vibraban bajo sus manos. Leal esquivó las garras y volvió al choque. Esta vez el oso también cargó, colisionaron sus cuerpos y la diferencia de fortaleza desplazó a la perra. Al momento, el oso, soltó un zarpazo al hocico y las uñas corvas le desgarraron la quijada. El can gimió del dolor.

Fue el barullo en el exterior lo que hizo salir a Sekeios armado. Pudo ver la cavidad oral de Leal abierta en dos, la carne de la mandíbula colgando como un trapo sobre el pelaje amarillento. Sekeios perdió el aliento al ver a la descomunal bestia y el canastillo inocente de su hija sobre la piedra al alcance de sus zarpas. El lobo cazador se tensó como el tendón de un arco sirio; bombeó su corazón, exaltado, para irrigar de sangre hasta el último músculo de su cuerpo. El tremendo oso pardo volvió a bramar al distinguir al hombre, enrojecido de terror. Leal, destrozada, se volvió hacia su amo. Sus ojos caninos reflejaron la imagen del ser humano del que tanto se había encariñado nada más olerlo por primera vez. El amo lo miraba a ella y a su hija. Un gemido moribundo de despedida, un gruñido repentino de furia animal. Leal aprovechó que la presencia de Sekeios había despistado un instante a su enemigo para escorarse hacia la roca plana e intentar sostener entre las fauces destrozadas el canastillo con Cantabra dentro. Apenas tuvo tiempo más que de arrastrarlo hasta una hendidura entre dos peñas. Tuvo el coraje de dar la espalda a la bestia para proteger con su cuerpo a la chiquitina. Intento volverse para estrellarse con él por última vez y ahuyentarlo, pero la debilidad venció al valor. El pardo se echó encima de Leal, aplastándola con sus garras. Sus colmillos le trituraron el cuello. La zarandeó sobre las piedras con tal ligereza que la perra se antojaba una pluma.

Sekeios desfalleció al escuchar el crujido de sus costillas. Nada podía hacer por ella. Le echó una última mirada llena de compasión. Su cuerpo desahuciado, inerte, apenas ofrecía ya un impulso en las pezuñas.

No había tiempo para lamentos. Cantabra reaccionó con un llanto al revuelo que acontecía junto a ella. El oso se deshizo de un manotazo del cuerpo muerto de Leal.

–¡Eh, eh, eh!

Sekeios llamó su atención agitando los brazos para alejarlo de su hija. El oso se volvió hacia él. Al ver frente a sí al humano, se alzó sobre sus patas traseras para olisquearlo. Sekeios comprobó con espanto que le sacaba dos cabezas. El cazador se quedó muy quieto, intentando ignorarlo para que no se alterase más. Nada mediaba entre la bestia y el humano. Salir corriendo no era una opción ante la rapidez del animal. La respiración de Sekeios se aceleró aún más. Su sentido del tacto se concentró en el puño de la espada. Si el oso lo embestía, emplearla sería su única opción.

La bestia emitió un alarido y volvió a apoyarse con un estruendo sobre las manos.

Los ojos claros de Sekeios se desviaron hasta Cantabra. Los lloros de la niña arreciaban y el pardo dirigió su atención hacia ella. Sus bracitos se agitaban en el canastillo.

El animal amagaba un ataque, estiraba los belfos, desencajaba la mandíbula inferior hasta el tope para oponer sus cuatro colmillos, gruesos y puntiagudos, al lloriqueo del bultito. Las orejas del oso se plegaron sobre la cabeza, el tupido pelo de su lomo se erizó. Meneó la cabezota a los lados e hizo chasquear los dientes.

Ya no había tiempo. Cantabra estaba en manos de la suerte. Por rápido que Sekeios corriese hacia el pardo, este solo necesitaría un instante para aplastarla. No había otra que intentarlo. Sekeios se arrancó hacia él como un torbellino, desquiciándose la garganta en un grito arrebatado. El pardo agachó la testa, listo para pisotear a la niña. Todo o nada.

El animal pareció de pronto atemorizado. A media carrera de Sekeios, el oso cambió su orientación y lanzó un zarpazo hacia un enemigo invisible. Algo lo inquietaba. Sekeios se detuvo. Lo que su vista aún no encontraba se lo descubrió el oído.

Un lobo aulló entre el ruido del churrón con un canto largo que se volvía más agudo o más grave por momentos.

Un movimiento en altura desveló al cazador el origen del aullido; junto a lo alto de la cascada el lobo, con el cuerpo y la cabeza estirados hacia el cielo, finalizaba su clamar. Bajó la testa. Sus ojos oblicuos, amarillentos como dos soles asesinos, se detuvieron en ellos. Era un espécimen imponente. El macho jefe de una manada. Tenía el hocico manchado de sangre, las orejas erguidas como clavos, los potentes cuartos delanteros fijos en la roca como columnas de granito. Al poco, la hembra alfa asomó a su lado; de talla un poco menor, tenía la misma figura asesina. Habría al menos otros dos o tres lobos merodeando. Entonces todo adquirió sentido. No era normal que un oso se acercase tanto a un humano. Solían moverse por zonas más elevadas. O buscaba comida desesperado o huía de algo. La manada lo había encontrado. La estrategia de grupo para abatir grandes presas funcionaba. Una manada tan decidida como para atreverse con un botín de semejante envergadura solo podía estar guiada por Vaelico.

Aterrado el pardo al verse descubierto por los lobos, lanzó otro zarpazo al vacío para ahuyentar a los líderes de la manada. Instinto inútil. Más ojos lupinos flotaron escondidos entre las matas y arbustos, observando encendidos como brasas. Uno, dos…, cuatro lobos ocultos, aliados con el paisaje como una parte más de él.

Una mezcla de alivio y desaliento se apoderó de Sekeios. La manada había refrenado al pardo, pero aquel temible coloso atemorizado haría cualquier cosa para subsistir. Y quién sabe cómo reaccionarían los lobos al descubrir el inesperado y jugoso botín oculto en el canastillo.

* * *

Las rodillas de Arquio flaquearon al escuchar el eco del aullido. Procedía de algún punto más allá del follaje. Kaukirino los había guiado hasta la carcasa del rebeco devorado, donde ya se oía el rumor del churrón.

–Es zona de loberas –balbuceó el príncipe–. Evitamos venir p… por aquí.

El pelendón volaba entre la foresta y a los otros ya les dolían hasta las suelas.

Gayo Antistio Veto no se dejó intimidar por los ruidos salvajes de la naturaleza e intentaba seguirle el paso, delante del desdichado Lucio, que jadeaba por culpa de semejante ritmo.

—¿Estás seguro de que este es el camino? —preguntó el gobernador, por detrás del pelendón, que ya echaba pie ladera arriba siguiendo las huellas humanas y caninas.

—Está muy cerca ya...

Esta vez el rastro se manifestaba ante él con la claridad de un amanecer despejado; las huellas recientes de cuatro y cinco dedos de las patas posteriores y anteriores y una almohadilla en el centro siempre a la par de las huellas bípedas. Los sentidos del pelendón continuaban estimulados entre la ofensa de autrigón, el temor al gobernador y la deslumbrante retribución prometida por el príncipe Arquio. La insistencia tenía premio y ahora, al fin, la presa se lo ponía fácil: huía en busca de un lugar apartado en el que recuperarse y volver a atacar, pero esta vez no le darían tiempo. Aquella suerte de plan vengativo de Sekeios no era más que una estúpida quimera. Una cosa era aventurarse a llevar a término una idea amparada por el odio y otra ser capaz de ejecutarla más allá de la sinrazón de las pasiones. Sekeios estaba perdido.

Los perseguidores se adentraron en la impenetrable fronda, estimulados por el empuje del rastreador. Remontaron la ladera con tal rapidez que perdieron pie varias ocasiones al deslizarse sus botas sobre el verdín de las piedras.

—Más despacio, o nos mataremos —masculló Veto.

Arquio, la sangre helada en las venas, apretaba los dientes e intentaba hacer señas a Kaukirino para hacerle ver que aquel lugar resultaba idóneo para que el gobernador sufriera un accidente. Bastaría con ofrecerle una mano para trepar por las piedras más grandes y resbaladizas y dejarlo caer con disimulo. Se abriría la cabeza.

Kaukirino, fuera de sí, no escuchaba más que sus propios pasos ascendiendo vertiginosos pendiente arriba, sin atender atrás, atento a no ser él quien patinase.

Jadeaban los hombres arrastrados por el ritmo del pelendón, y solo se frenaron donde el espacio se abría indeciso permitiéndoles entrever el churrón y lo que acontecía en la poza.

La respiración de Gayo Antistio Veto se detuvo al presenciar entre la vegetación a un gran oso pardo, que gruñía mientras un hombre paralizado lo observaba. Era el autrigón, tenía que serlo.

* * *

Sekeios no dudó. Puede que los lobos siguieran al oso y desviasen el peligro de su hija. O puede que no, que la bestia descargase su miedo en la pequeña. No se arriesgaría a confiar la vida de Cantabra al azar. Aprovechando la confusión del pardo por la llegada de los enviados de Vaelico, recuperó sus dardos y espada, se situó a su lado y le descargó una lanzada. La punta penetró por el costado y el oso bramó y viró para enfrentarse a él.

Con todo que perder ante un rival que lo aventajaba, Sekeios se fue a por él como si intentara montar un caballo salvaje. Saltó sobre el lomo y le asestó una granizada de cuchilladas bajo la quijada. Puede que así huyera y que los lobos lo siguiesen.

¡Chac, chac, chac...!

El pardo se revolvía como un demonio para quitárselo de encima. No le fue difícil. Sekeios salió despedido y el impacto de sus huesos se escuchó nítidamente al chocar con las piedras de la poza. El gran pardo, traspasado de cuchilladas, con un dardo incrustado, emitió un gruñido feroz contra su adversario. Sekeios no se movía. Los lobos aguardaban con inteligencia el desgaste de su víctima. El humano les hacía el trabajo sucio.

El gobernador y los otros permanecían ocultos a cierta distancia, con los dedos merodeando sus armas. Veto resopló al saber que podía perder al fugitivo sin él mediar en su fin. El destino le reservó su oportunidad: Sekeios se incorporaba con pesadez, doblado de dolor.

El pardo se olvidó de Sekeios y volteó el cuerpo en actitud de abandonar el lugar.

Viendo tan cerca al autrigón, el gobernador no aguantó más.

–Vamos –murmuró.
–El animal huirá si nos ve juntos –añadió Kaukirino. El pelendón tampoco era capaz de controlar los nervios por tener su objetivo a solo unos pasos.

Veto no buscaba su aprobación, ya se le había adelantado y remontaba el último repecho hacia la poza, las venas del cuello hinchadas, los rasgos deformados por el rencor.

–¡Autrigón!

Sekeios reconoció la voz del gobernador. Guiado por la angustia, olvidando toda precaución, las prisas del gobernador impidieron a Kaukirino darse cuenta del motivo por el que el oso aparentaba marchar. La manada de lobos. Los asesinos, astutos, emboscados, perfilaban medio corro en torno al pardo. La presencia inesperada del grupo humano los sobresaltó. La hembra abrió los belfos y exhibió sus encías carnosas y amoratadas, sus dientes como picachos. El gobernador perdió el aliento al ver la cabeza grande y robusta de la loba, las pequeñas orejas triangulares, su mirada amarilla y oblicua pendiente de él. Cuatro lobos jóvenes y los dos cabecillas. Todos de buena alzada. El pelaje grisáceo, las colas oscuras afilando las grupas. Arquio se había quedado detrás, el calor ácido del orín escurriéndosele por la entrepierna.

Las garras curvas del oso zumbaron disuasorias al verse rodeado por la jauría de colmillos y lanzas. Fue un visto y no visto. Kaukirino vareó unas zarzas con un venablo para ahuyentar a la manada. Una decisión infame, pues fue el pardo el que reaccionó, considerando que el hombre lo amenazaba. El oso corrió hacia él y el pelendón intentó escapar ladera abajo.

–¡No corras!

El consejo de Umarilo no sirvió de nada. Los demás se dispersaron en busca de alguna zona elevada que dificultara un ataque contra ellos. Los propios lobos se espantaron y volvieron grupas para ver a recaudo cómo el rastreador pelendón tropezaba con una raíz y caía de bruces sobre los matojos. No tuvo oportunidad de defenderse: las fauces del animal se atenazaron en torno a su hombro. Arrastró su cuerpo unos pasos. Abandonado por sus compañeros, Kaukirino se rompía la garganta a gritos a tiempo que alzaba una mano implorando ayuda. Logró asir un pedrusco y golpeó la cabeza del animal sin parar, una y otra vez, una y otra vez... El zarandeo al que lo sometía la bestia no le permitió acertarle en la nariz, que por sensible quizá lo hubiera hecho retroceder. Y, cuanto más atizaba el humano, más arremetía el oso. El dardo que le había clavado Sekeios oscilaba con brusquedad. Todo acabó con un mordisco mortal en el cuello. El horrible berrido del pelendón al sentir los colmillos abriéndose camino dentro de su organismo hizo que Turbantu y Umarilo se mirasen entre ellos, y al luego gobernador, como si esperaran alguna orden de este para socorrerlo. Blandían sus venablos y piedras dispuestos a arrojarlos. Veto se lo impidió.

Puede que el animal, debilitado, se diera por satisfecho con la pieza, descendiera en busca de una salida y los lobos marcharan tras él. Despedazada la parte superior del hombro y el cuello de Kaukirino, la bestia se retorcía y gruñía con las garras clavadas en su pecho. El pelendón pataleaba indefenso. Poco a poco, los movimientos de sus extremidades se debilitaron. El animal giró su cuerpo de un manotazo y atacó la espalda, hasta romper sus vértebras. Kaukirino acometió un último intento de arrastrarse en alguna dirección mientras se echaba una mano al destrozo del cuello. No había nada que hacer. El animal no le dio alternativa: escucharon cómo su mandíbula se cerraba en torno a la cabeza y le destrozaba el cráneo. El crujido del rostro triturado acabó con él. Y una última dentellada, como si se ensañara, le arrancó la nuca. Los pequeños ojos oscuros del pardo se dirigieron hacia los otros humanos, petrificados por el pánico sobre unas grandes rocas. Una tira de carne de Kaukirino punteada de mechones de pelo colgaba de los incisivos inferiores. Arquio, subido a una peña con la boca hecha un embudo, contemplaba el cadáver despedazado. Su plan para terminar con Antistio Veto murió con él. El gobernador acertó; el pardo, machacado por la lucha y las heridas, liberó a su presa y agachó la cabeza, gruñendo con el hocico entreabierto. Su respiración rumorosa espantaba la hojarasca. Los derrames de sangre de las cuchilladas de Sekeios le apelmazaban el pelaje. Buscó a los lobos, falsamente esfumados entre las matas con el oportunismo de su astucia natural.

Unos y otros se habían olvidado de Sekeios. Todos sus sentidos se centraban en la huida que el oso iniciaba siguiendo el curso del regato que desaguaba la poza. El autrigón había llevado a Cantabra hasta la oquedad y se había acurrucado junto a ella, rendido a la evidencia, asistiendo con calma resignada al fin de su lucha. Solo entonces comprendió que el extremo cansancio lo había hecho equivocarse. El lugar lo guarecía por cerrado, pero imposibilitaba su escape. Sekeios intuyó que los lobos abandonaban la espesura para perseguir al pardo y darle muerte más abajo. La cabeza redondeada del líder de la manada permaneció unos instantes más, atenta a Sekeios, con la mirada inerte emitiendo su influjo amarillo sobre él. Sekeios lo vio partir entre el agitar de matorrales en tanto los de la cuadrilla se buscaban unos a otros para reubicarse en el terreno. Las piernas arqueadas de Arquio fueron las últimas en incorporarse al grupo.

Un mutismo repentino se apoderó del bosque. Los animalillos y las alimañas, los matorrales y los fresnos, las divinidades de las aguas y las manifestaciones de los dioses se ahogaron en la poza del odio humano. La propia fronda, de natural susurrante, callaba. Sekeios dirigía la espada corta contra ellos, un cordón de hombres que formaban media luna para cortarle la salida. Gayo Antistio Veto, gobernador de la Tarraconense, se había adelantado; Arquio, príncipe de Aracillum, aguardaba por detrás de los dos berones. Solo ellos quedaban con vida de una jauría mermada por un solo hombre en apenas dos días. Al menos les había plantado cara. Descifró en sus caras deseosas de arrancarle las tripas que les había inyectado el miedo. Pero todo había terminado, y él era el perdedor. Qué otra cosa cabía esperar. Quizá los dioses así lo querían, o puede que los últimos meses de su vida hubieran sido un absurdo. Habría sido más fácil cumplir la orden del gobernador en Bérgida y asesinar a los ancianos cántabros. Dos muertos más como todos los otros caídos bajo su espada en la batalla. Se habría ahorrado muchos sufrimientos. A veces es mejor no pensar, someterte a tu destino con resignación sin razonar más allá. No hacerse preguntas evita respuestas ingratas. Para qué cuestionarse los derroteros de la propia vida, si exige un esfuerzo demasiado grande. Mejor es entregar el rumbo de la existencia a las manos de aquellos más desenvueltos para trazarlo. Que carguen ellos con la responsabilidad del éxito o el fracaso. La libertad tenía un precio demasiado alto: el sufrimiento de los suyos.

Pero entonces habría dejado de ser él mismo para convertirse en la sombra de otros...

Su determinación, su negativa a someterse había logrado que todo un gobernador de Roma se entregase a su captura. Y si él solo, un humilde cazador de Autrigonia doblegado a Roma que combatía como mercenario cuando su pueblo se lo exigía, había provocado tal reacción, significaba que el ser humano tenía la posibilidad de decidir por sí mismo, como individuo, al menos en parte, sin tolerar injerencias. Quizás el viaje a la libertad no llegase nunca a su destino, quizá la libertad era comenzar el trayecto, solo eso.

Quizás haberse negado ya lo había hecho libre.

Sekeios, roto su cuerpo, descompuesto su espíritu, parecía aceptar su sino. Dejó caer el arma. La punta de la espada tintineó al golpear sobre las piedras. El hierro perdió su brillo. El pequeño cuchillo curvo, sobre la indumentaria guerrera, pareció esfumarse. Se acentuaban las sombras en la cavidad. Las hiedras que afloraban de las grietas de la pared se recrecían como barbas descuidadas.

Sekeios distinguió una sonrisa victoriosa en la faz de Gayo Antistio Veto. Estudió al auxiliar hispano, vencido junto a la pequeña pegada a su pecho. Su torso tachonado de marcas, cicatrices y hendiduras, el tajo en la cara, postrado ante él como un caudillo derrotado, como el ser inferior que era.

–El círculo se ha cerrado, autrigón.

–Para ambos.

Hablaban alto, casi voceando, para escucharse por encima del churrón.

Lucio traducía. Aunque postrado ante él, Sekeios mantenía intacta la dignidad, esbozada en su gesto serio.

–Debiste entregarte en Aracillum.

–Hiciste matar a Urbigo sin que pudiera defenderse.

–¿El notable?

Sekeios no contestó.

–Me has perseguido por una desgracia que pudiste evitar –dijo.

–Fuiste tú quien me cortó la oreja.

–Solo me defendí.

–Solo tenías que cumplir lo que te ordenaba. No tenías que pensar por ti mismo.

Gayo Antistio Veto se llevó un dedo a la media oreja para que Sekeios apreciara el alcance del estropicio. Luego cruzó las manos a la espalda.

–Pensar por mí mismo... –repitió Sekeios.

–No debí hacer caso a Augusto cuando llegaste al Vindio junto a Corocotta. Tendría que haberos atravesado a los dos.

–Hiciste lo que te ordenaron, como tú me exigías a mí.

Los dientes del gobernador rechinaron al verse en el espejo de su propia contradicción.

–Me congratula decirte que ya no quedan ni las cenizas del caudillo.

La imagen fugaz de Corocotta despedazado por los romanos cruzó la mente de Sekeios. Sabiéndose perdido, consciente de que ya ninguna palabra aplacaría la ira del gobernador, dejó a la niña en el canastillo y se incorporó para situarse a su altura e intercambiar rencor por rencor.

–Volvería a desobedecer. –Veto tasó con displicencia al autrigón. Su osadía lo irritaba–. Tú no me odias por lo que te hice –confesó Sekeios–, me odias porque soy libre.

La boca del gobernador se tornó una arruga furiosa.

–Eso lo resolveré enseguida.

—La muerte me hará aún más libre.
—¿Y la de tu bebé? ¿Esa también?
Un pinchazo de nerviosismo encogió el estómago de Sekeios, pero no dejó que trasluciera.
—Ni siquiera fuiste capaz de vencer a los montañeses tú solo. Han tenido que enviarte refuerzos, a ti, el gobernador de la Tarraconense.
Sekeios acertó de pleno con su ataque. Veto se agitó y mudó el peso de una cadera a la otra.
—Roma siempre vence, bien lo sabes.
—Todo un gobernador de Roma perdido en los bosques de Cantabria para dar caza a un miserable auxiliar. Tu nación se avergonzará de ti siempre.
Gayo Antistio Veto controló el impulso de abofetearlo y se apartó, las manos aún a la espalda, manteniendo la elegancia ante sus guardias.
—Los rangos carecen de importancia —mintió—. La victoria de Roma es lo único que importa, algo que un miserable como tú no puede comprender.
Dañar la autoestima del gobernador servía como desahogo, pero no para encontrar la salvación de su hija, lo único en lo que debía pensar. Sekeios recuperó a su pequeña, desplegó los bordes del lienzo que la arropaba y se la tendió al gobernador para que la viera desnuda, con la esperanza de escarbar un resquicio de piedad. La tripita abultada, las extremidades tiernas y diminutas meneándose con la pureza de la inocencia. Su boquita regurgitaba. Veto reparó en la rajita femenina que asomaba ingenua entre las piernas.
—Así que es una hembra...
—Para que la victoria de Roma sea completa, demuestra su grandeza como hace con los pueblos que se le rinden: te entrego mi vida a cambio de la suya.
—Tú me humillaste, autrigón.
—De eso no tiene culpa mi hija.
—No te esfuerces, parece ya medio muerta.
—Aún puede salvarse, si tú lo permites.

—¿Prefieres que crezca esclavizada con el peor dómine que le encuentre? Créeme, es mejor que muera ahora.

—Tómala —insistió Sekeios. Viendo que el gobernador, impasible, despreciaba el ofrecimiento, dejó a su pequeña sobre la fría piedra. Bajó la cabeza y extendió los brazos al frente—. Aquí tienes mi cuerpo, gobernador. Haz con él lo que quieras, pero déjala vivir. Tu victoria será completa.

Se entregaba a la muerte sin oposición, pero su tono era desafiante, carente de sometimiento. No bajó la vista ni una sola vez, se mantenía firme a cada palabra. Era la misma expresión retadora de aquella lejana noche en Bérgida. Protegía a su pequeña a modo de intercambio y, si el gobernador no aceptaba lucharía hasta el final y moriría con ella en brazos.

Gayo Antistio Veto intuyó que una sombra se situaba junto a él. Viendo a Sekeios doblegado, Arquio asentía ladino. Sekeios, ahora un hombre inerme, sin escapatoria, ya no representaba un peligro, y el falso aplomo del príncipe de Aracillum, la postura grandilocuente y elitista que acostumbraba a exhibir ante los débiles cuando sentía las espaldas bien cubiertas, le hicieron recobrar la compostura, como el buitre que planea decidido sobre la carroña.

—No es más que escoria, gobernador —intervino—, no lo escuches.

Sekeios dirigió su atención hacia él y sus facciones se endurecieron. Una vena serpenteaba palpitante de odio en su frente. Arquio le dedicó una sonrisa. Los labios entornados, secos como pellejos, permitieron ver su dentadura amarillenta e irregular.

—Mata a los dos —incitó al gobernador.

Veto cerró los párpados al escuchar aquella apestosa voz; le provocaba un malestar en el pecho.

—¿Quieres verlos muertos?

—Tanto como tú, gobernador.

—Eres un hombre decidido, digno del gobierno de tu pueblo. —Arquio ni escuchaba, arrebatado ante la posibilidad de aniquilar a Sekeios y a su hija, paladeando su inminente ejecución—.

Como amigo del pueblo romano, te concedo el honor de vivir este momento –anunció Veto con afectada solemnidad.
—Acepto el honor que me ofrece el pueblo romano.
El gobernador mantuvo la espera unos instantes.
—Tendrás el privilegio de matarlos tú mismo, príncipe de Aracillum.
La mandíbula de Arquio se desencajó lentamente, como si le hubieran colgado un peso de la barbilla. Su voz palideció.
—G... Gobernador...
—Cuando te concedí el honor de acabar con el notable Urbigo no respondiste como se espera de alguien de tu rango.
La inquina del romano hacia Arquio resplandecía tenebrosa. Asqueados por la costosa búsqueda y la sensación de rechazo que aquel hombre les causaba, hubo un murmullo de mofa entre Turbantu y Umarilo. Aquello prometía.
El gobernador cerraba inconscientemente los dedos de las manos. Arquio lo irritaba por sus inseguridades; Sekeios, por su arrojo. Se tomó unos momentos. Tras meses de infructuosa búsqueda, con la presa al fin a su merced, no había necesidad de precipitarse en la forma de darle muerte.
Veto calibraba al autrigón. Tras los pliegues del hatillo asomaban los bracitos de Cantabra. Escuchó a su derecha la respiración miserable de Arquio, que parecía mermado bajo el peso de la angustia. Veto comprendió que sucedía algo entre el cántabro y el autrigón, algo insufrible e irracional. Puede que incluso el odio entre el príncipe y Sekeios se hubiera acrecentado tanto en todo aquel tiempo que, como poco, igualara el que él mismo sentía por el auxiliar hispano. Desconocía toda la historia, pero eso daba igual. Existía un barro al que podía exprimir todo el fango a su favor y darse el gusto de socavar a Arquio al tiempo que acababa con el causante de su deshonra. Demasiado jugoso como para dejarlo pasar.
Una mueca atroz fue adquiriendo forma en la cara del gobernador. Había algo enigmático en ella, en la forma de restregarse los labios, uno contra otro, con fruición, sopesando la manera de infligir la mayor humillación posible.

—Que sea la diosa Fortuna la que decida si tu hija ha de seguir viviendo.

El gobernador rebuscó en su *loculus*. Una pieza metálica iluminó la cavidad. El colgante de oro con la moneda áurea que Arquio había entregado a Kaukirino relumbraba sobre la palma de su mano.

Gayo Antistio Veto, sumido en la más plena dicha, escuchó las ropas del príncipe rozándose entre ellas, estremeciéndose de terror al verse descubierto de una manera tan sutil. Había traicionado al gobernador, y Kaukirino lo había traicionado a él en algún momento. No logró articular ni un simple gemido.

Veto mostraba al autrigón la moneda. En el anverso, la cabeza de Jano; en el reverso, la proa de una embarcación.

—La suerte de tu hija en una cabeza o nave. Si pierdes, tú y ella moriréis; si aciertas, solo tu hija vivirá. —El gobernador elevó una ceja para llenar de suspense el final de su decisión—... Y el príncipe de Aracillum será también condenado.

El aludido sufrió un espasmo.

—¿Condenado? ¿¡Condenado a qué!?

Veto declinó responder. Se intuía un rastro de peregrina crueldad en aquella idea. Títeres a su antojo, Sekeios y Arquio serían arrastrados a los pies de su capricho. Un hormigueo pleno de satisfacción ronroneaba en su abdomen. Viciosos los romanos al juego y las apuestas, decidiría sobre la vida de una niña de teta según el arbitrio de un metal de dos caras.

El gobernador atisbó en Sekeios un vestigio de interés.

—No tienes nada que perder —continuó—. Tú morirás igualmente y mi venganza se verá cumplida, pero tu hija tendrá una posibilidad. ¿No es eso lo que quieres?

Era el mismo tono displicente, imperativo y cruel que empleaba al mando, ahora con un deje de regocijo ante la negociación con un hombre que, en realidad, no tenía alternativa.

Sekeios se pasó una mano por las mejillas. Consideraba en serio la propuesta.

—Jura por tu honor de general que, si acierto, mi hija vivirá.

—Supongo que sí...
—Júralo —insistió Sekeios.
Veto meneó una mano en el aire y concluyó con un mohín afirmativo. Sekeios asintió.
No había otra que transigir con el juego. Estaba en sus manos y, por minúscula que fuera, si el gobernador decía la verdad, su hija viviría y él moriría con la satisfacción de pensar que habría cumplido el último deseo de Turennia.
Turbantu y Umarilo gesticulaban con deleite. Tras la agitación de la cacería, la pérdida de sus compañeros y el enfrentamiento con la manada de lobos y el pardo, asistían al fin a un momento lúdico con el que desfogarse gracias al plan urdido con cierto refinamiento por el gobernador. Nada los perdía más que una apuesta, y, si a ello se le unía el gozo de dar tormento al autrigón y al apestado príncipe de Aracillum de una sola vez, la diversión estaba garantizada. Ya se habían acercado a este último para desarmarlo y evitar cualquier reacción impulsiva contra el gobernador.
—Elige —ofreció Veto a Sekeios.
—¡Es absurdo! —bramó Arquio.
—Silencio.
—¡Acaba con él y deja que te explique!
—Elige, autrigón. —Sekeios contemplaba la moneda, dorada y reluciente, sujeta por el pulgar y el índice del gobernador, a unos palmos de su cara. Sus miradas se cruzaron por encima de ella—. Vamos, autrigón, la vida de tu hija está en tus manos. Ni siquiera depende de mí. Es más de lo que mereces.
Lucio transmitía con voz alterada la sucesión de locuras.
Sekeios bajó la vista de nuevo hacia la moneda. La indecisión dio tiempo a que Turbantu se arrimase a su compañero Umarilo con una propuesta.
—Te juego media paga a que sale cabeza —apostó en voz baja.
—¿Media paga? ¿Tú estás bien?
—Eso he dicho.
Umarilo, tentado, se atusó las greñas.
—Mucho apuestas.

—¿Tienes miedo?

Umarilo detuvo sus dedos en el hoyuelo del mentón oculto bajo la barba, estimando la conveniencia de jugarse el estipendio. Envalentonado por la pulsión indomable de tan suculento beneficio, echó el resto:

—La próxima paga y una cabra cuando regresemos a Beronia.

—¿Una cabra también?

—No me digas que por una cabra ahora te echas atrás. Además, el botín de esta puta guerra te la compensará.

—O a ti, si pierdes.

Rio entre dientes Umarilo. Le había dado la vuelta al asunto.

—¿Significa que aceptas?

—Acepto.

Enredados en su propio entretenimiento, se relamían por el morbo como dos leones lengüeteándose el hocico antes de hincar el diente. El gobernador, los párpados entornados y una mueca retorcida de dicha entre los labios, aguardaba la respuesta. Sekeios atendía a los dos berones que cuchicheaban detrás de él, aviesos.

—Decide, autrigón, cabeza o nave. —Sekeios dudaba—. Decide ahora o retiraré mi oferta.

Veto acercó más la moneda para apremiarlo.

Sekeios abrió un poco la boca. La punta de la lengua ascendió tensa hasta el paladar. El sonido de una N cobraba forma en su garganta. El espumeo del salto de agua dejó de sonar para que escucharan la respuesta.

—¡Dilo!

Si hubiera seguido el impulso de su cuerpo, Sekeios se habría lanzado contra el gobernador y le habría arrancado la cara a mordiscos.

—Nave —escupió al fin, y liberó la tensión contenida en el pecho.

La suerte estaba echada.

—Se equivoca —rezongó Turbantu. Lo dijo en voz alta, como si Sekeios no estuviera presente, ajeno al dolor de la pérdida de una hija.

—Sea nave para ti —finalizó Veto.
Se retiró y colocó el colgante sobre la palma con la cabeza de Jano hacia arriba. Muequeó diabólico y aguardó unos instantes antes de lanzarla al aire, sin desprender su atención de Sekeios. La moneda giró frente a los dos como una peonza. El metal tintineó al chocar contra las piedras redondeadas que cubrían el lecho de la caverna. El borde quedó visible en el hueco entre dos guijarros. Turbantu y Umarilo se inclinaron ligeramente, intentado conocer el resultado. El cuerpo negro y acorazado de un escarabajo pateaba curioso en torno al colgante. Movió las antenas y continuó su camino entre los cantos.
El gobernador junto las manos sobre el regazo.
—Príncipe, ¿por qué no nos informas?
Arquio había perdido el color. Umarilo lo empujó para que se aproximara a la moneda. Este cayó sobre las manos, a cuatro patas, con los pelos desaliñados y los ojos evitando a la moneda. La pieza refulgía como si pretendiese llamar su atención.
—Cabeza, ya verás —dijo Turbantu.
Las uñas roñosas de Arquio extrajeron la moneda de entre las piedras y la guio un poco hacia el gobernador sin cambiar la posición en la que había caído. Veto y Sekeios se escudriñaban con mucha flema. Lucio se frotaba la cara, nervioso. Los dos berones, con los labios abiertos, sin articular sonido alguno, no apartaban la vista del príncipe de Aracillum. Umarilo se comía un puño de emoción.
—¡Vamos, habla!
—¡Eso, espabila! —exclamó Turbantu.
Arquio no respiraba.
—H... Hablemos un momento, gobernador... —rogó.
—No quiero hablar. Lo que quiero es saber qué dice la moneda.
Los ojos de Arquio reflejaban curvos la proa de la nave. No se atrevió a pronunciarlo, ni falta que hizo. Soltó el colgante e intentó escabullirse.
Turbantu, furioso, detuvo su carrera con un puñetazo certero a la mandíbula.

—¡Media paga y una cabra! —se carcajeó por lo bajo Umarilo.

Arquio sacudió la cabeza, aturdido. Sekeios respiró aliviado. Veto meneó la cabeza.

—Fortuna ha velado por tu hija. —Se volvió hacia sus hombres y levantó las cejas, sin necesidad de expresar lo que ordenaba.

Turbantu remató al príncipe de una patada en las costillas. Umarilo se situó tras Sekeios para acordonarlo por las muñecas a la espalda. El lobo cazador no opuso resistencia.

—Cumple tu palabra, gobernador —exigió.

—Llevadlos fuera.

—Deja que me despida de ella.

El gobernador concedió la gracia y Sekeios se acuclilló junto al hatillo. No pudo ver bien su carita tapada entre los pliegues.

—Vive, hija, por ti... y por tu madre.

Jamás le costó tanto articular unas pocas sílabas. Débiles pero enteras, desfallecidas pero orgullosas. Seguido por Umarilo, abandonó el lugar con la tristeza asomando a los párpados. Una mueca de victoria se dibujó en las mejillas del gobernador. La emoción del juego le había proporcionado un intenso disfrute, el placer de acabar con los dos hombres que más detestaba en medio de aquella masa arbórea, espesa y asfixiante.

Con una rodilla sobre la espalda de Arquio, tirado en el suelo, Turbantu lo inmovilizaba, para luego ponerlo en pie y sacarlo a rastras.

—¡Esto no es lo que pactamos! ¿¡Qué vas a hacer conmigo!?

El gobernador se adelantó y le dio una palmada en la cara para animarlo.

—¿Tan ingenuo eres para pensar que ese pelendón perdería el favor de un gobernador romano a cambio de tu ofrecimiento? ¿Pensabas que no me lo contaría? Eres aún más estúpido de lo que imaginaba.

—¡Fu... Fue idea suya!

Veto encogió los hombros, irónico, ante el ridículo argumento del cántabro.

—Relájate, príncipe, peores suplicios he dictado.

Arquio se revolvió en el sitio. Intentaba inútilmente desasirse del cordón que le aprisionaba las manos.
—¿Suplicios? ¡¿Qué suplicios!?
Veto mandó situar al autrigón y al cántabro el uno frente del otro y se dio una pausa para ahondar en su sufrimiento.
—Mezencio —anunció.
—Mezencio... —repitió Umarilo un punto asombrado.
Esta vez Lucio no tradujo. Resopló casi piadoso al imaginar la tortura. Más rápido y fácil sería rajarle el cuello, pero el gobernador prefería derretirse de gusto con exquisiteces.
Veto se frotó las manos.
—Autrigón, tu valentía bien merece que veas lo que espera al príncipe de Aracillum. —Entrecerró los párpados—. No hace falta que digas nada. Puedo sentirlo... Te alegras más que yo de verlo morir.
—¡Gobernador, por los dioses!
—Turbantu, llévalo hasta el muerto.
—Si a él le hago lo que vas a ver, autrigón, imagina lo que dispondré para ti.
Superado por el terror, Arquio se dejó llevar hasta el cadáver despedazado de Kaukirino como el condenado que acepta su destino. Sin posibilidad de zafarse, el corazón le reventaba bajo el pecho. Sus venas y sus arterias se habían colapsado y caminaba blanco como un paño de lino. Los músculos no le respondían bien, caminaba quebrado como un tullido. Umarilo lo asía un brazo para que no cayera.
—Muere con el pecho al frente, montañés, sé digno por una vez —le susurró al oído entre el sarcasmo y la indulgencia—. Me has hecho ganar un buen dinero y no quiero que te tomes esto a malas.
Al ver el cuerpo reventado del pelendón Kaukirino a sus pies, Arquio reconoció el suplicio.
—No...
Lo atarían vivo al cadáver, boca con boca, buscando primero la tortura mental de la repugnancia. Sabedor por experiencia de que el condenado reaccionaría violentamente por última vez

al verse morir, Umarilo se adelantó y le aplicó un severo zurriagazo en la nuca con un venablo. Derribado junto a Kaukirino, medio inconsciente, Arquio escuchó distante lo que decía Turbantu, que se había acercado para ayudar a su compañero.

—¿Lo desnudamos?

—Mejor vestido, no vaya a ser que coja frío...

Umarilo retiraba las ropas de Kaukirino mientras Turbantu preparaba cuerda para unir el cuerpo de Arquio al del rastreador.

Sekeios asistía al tormento con ademán grave, frío como el metal. Pudo arrancarse contra el gobernador e intentar la huida. Lo descartó. Quizás el gobernador había mentido y acabaría también con Cantabra tras darle muerte, aunque existía la posibilidad de que haber apelado a su honor de romano de rango permitiese a su pequeña sobrevivir.

Umarilo y Turbantu finalizaban los preparativos. Refunfuñando aún por el resquemor de haber perdido la apuesta, este se volvió hacia el gobernador.

—¿Le arrancamos los párpados para que lo vea mejor?

—Lo que gustes.

Veto permitía que Turbantu se resarciera discurriendo ideas a cuál más salvaje. Arrancarle los pelos, cortarle los tendones de las manos, mutilarle los genitales... No encontraba límite para humillarlo. Umarilo lo detuvo.

—No seas rencoroso; si lo destripamos, morirá antes de tiempo. Deja que disfrute vivo sus últimas horas.

Cuando Arquio espabilaba, ya sentía los nudos estrechándose en torno a él. Le habían quitado las botas y la soga lo estrangulaba desde los tobillos hasta la nuca, dolorida por el varazo.

—¡Soltadme!

Lloraba el príncipe de Aracillum. Su frente tocaba la del muerto, su nariz se aplastaba contra el pómulo, la boca pegada a los morros helados del pelendón. La sangre, las mucosas del cadáver y los fluidos que manaban de los destrozos resbalaban repugnantes sobre su piel. Sus ojos horrendos, velados, lo miraban fijamente. Adherido al rastreador, Arquio bullía inmóvil sobre sí mismo como una sardina que no logra escapar de la red.

El gobernador se plantó junto al montañés traidor a su pueblo.

–Irás notando cómo el muerto se enfría más y más.

–Gobernador... –apenas sí se le entendía–, haré lo..., lo que me pidas, lo que quieras...

–Ya lo estás haciendo.

–¡¡Por favor!!

–Este aún tardará en pudrirse. –Veto señaló con el narigón a Kaukirino–. Pero da igual, no tardarán los carroñeros en llegar, y aún te encontrarán vivo cuando empiecen a comerte. Primero los ojos, después la boca y la nariz. Te harán tanto daño que desearás estar muerto.

–¡¡¡Gobernadoooooooor!!!

La muerte psicológica para desquiciarlo continuó un poco más.

–Y si sobrevives a los carroñeros, aunque ya no tengas cara, este cadáver se descompondrá y los gusanos que salgan de su boca entraran en la tuya. Morirás contaminado.

Arquio gritó más y más, y su aliento rebotó caliente en la cara despedazada de Kaukirino. Gritó y gritó hasta despellejarse la garganta entre gruñidos, como de un verraco, y chillidos agudos como de pájaros enloquecidos en jaulas.

Gayo Antistio Veto aborrecía tanto a aquel cántabro engreído, que aparentaba ostentar una posición demasiado grande, que no pudo evitar palmear de satisfacción, con más bullicio del que su sobriedad marcial solía. Se quedó absorto, preguntándose morboso qué pensamientos martirizarían al blendio dándose cuenta de que vivía el final de su vida. Y no era más que el primer bocado del festín. Sekeios aguardaba impertérrito su castigo.

Arquio se apaciguó. Puede que hubiera perdido el sentido, nadie se molestó en comprobarlo, pero el volumen de sus lamentos se redujo hasta que solo se oyó un hilo gutural, como un silbido, que salía sin cesar de su garganta. Sus pupilas, dilatadas por el miedo como dos medallones, se habían suspendido en la nada. Una hebra de baba resbalaba por su barbilla.

–Se ha vuelto loco –conjeturó Turbantu.
Umarilo se encogió de hombros.
–Me da que ya lo estaba.
Terminada la función, el ansia los centró en la pieza principal. Sekeios, el cazador autrigón, mercenario auxiliar del ejército romano en sus guerras contra cántabros y astures que había mutilado al gobernador de la Tarraconense ante sus soldados, levantó la cabeza a la espera de su condena. No aparentaba otra flaqueza que la súplica del padre por la vida de su hija.

El gobernador se hurtó a la vista de su víctima colocándose tras ella.

–Diría que te he hecho un favor terminando con ese –consideró–. ¿Qué te hizo?

–Acabemos ya con esto.

–Lo he visto en tu cara, el odio, el deleite mientras lo ataban...

–Yo me dejo matar y tú cumples tu palabra de general; con eso basta.

–Vamos, dímelo, autrigón... –le hablaba despacio, susurrante, como para camelarlo–, dímelo y tu hija vivirá. Será esclava en mi casa, haré con ella lo que me apetezca y satisfará cuanto yo quiera... Y el día que tenga entendimiento, yo mismo le contaré cómo murió su padre. Tu hija vivirá, sí, desde luego...

Lucio descifraba los mensajes imitando el tono y ritmo de Veto lo mejor que podía. Una sacudida recorrió el espinazo de Sekeios al imaginar el futuro negro de su niña en manos de un vicioso romano. Quizá salvarla sería aún peor que dejarla morir.

Gayo Antistio Veto gozaba atrayendo imágenes detestables.

Perdida la escasa credibilidad del gobernador, el lobo cazador regresó a Sekeios. Lo golpeó donde más dolía.

–Recuerda Bérgida, gobernador. Los cántabros también salieron al llano porque te menospreciaban. No eras nadie para ellos comparado con Augusto, y cerca estuvieron de demostrarlo.

El mohín de Veto mudó del regodeo a la cólera.

–Como quieras...

Algo mutó en su mente retorcida. Sekeios no pudo, ni quiso, evitar una mueca de ironía.

—En Aracillum te tenían por cobarde —continuó—, estaban seguros de vencerte. Solo la llegada de vuestro ejército de refresco pudo con ellos.

Veto procuraba a duras penas mantener un porte de superioridad y autocontrol.

—Atadlo a un árbol, ¡vamos!

No hizo falta que lo guiaran. Él mismo se condujo hacia un castaño y colocó la espalda desnuda contra el tronco. Los berones le ataron el cuello, el abdomen, las rodillas, las muñecas y los tobillos, y apretaron sañudos las sogas hasta casi fracturarle los huesos. Sekeios apretó los dientes sin emitir un gemido. Se había recluido en sí mismo para que el gobernador no detectará en él la menor muestra de desazón. No le concedería ese placer. Silabeaba fórmulas rituales que procurasen la protección de su hija para que la rueda incierta del futuro desbaratase los planes del romano.

El nombre de Turennia se esbozó en los labios agrietados de Sekeios mientras veía como los dos guardias calentaban las articulaciones para separarle las extremidades con sus cuchillos. Fijó la vista en el cielo enmarañado de vegetación.

—Perdóname, no soy más que un hombre. He hecho todo lo que he podido... —se disculpó.

La soga en torno al cuello apenas le dejaba hablar. Dijo en su lengua céltica, como si orara, circunspecto, sosegado. Lucio no se molestó en transmitir al gobernador su letanía. Cantabra se unió al pesar de su padre y comenzó a llorar.

—Morirás, autrigón, lentamente, como el príncipe, pero con más dolor. Qué vergüenza para un guerrero.

—No podrías darme mejor muerte, romano.

El semblante del gobernador se ensombreció más aún. El coraje de Sekeios lo empujaba a idear los peores tormentos para su final. Tenía que anularlo por completo.

El llanto desgarrado de Cantabra irritaba los oídos del gobernador.

—Sí que puedo... —dijo, perverso.
Turbantu y Umarilo se dispusieron a comenzar la escabechina.
—¿Empezamos? —preguntó este al gobernador.
Veto alzó una mano para detenerlos. Pensaba en otra cosa.
—Trae a la niña —solicitó a Lucio.
El gaditano se acercó torpón con el hatillo entre los brazos. Su cuerpo riguroso y flácido reducía el tamaño de la pequeña. El gobernador introdujo un dedo en los pliegues del lienzo para ver mejor su carita. Se tapó la nariz por la peste a vómito y desechos.
—Ya que este autrigón es incapaz de obedecer órdenes, quizá su hija sí lo haga... —Lucio esperaba alguna instrucción—. Primero le pediremos que se calle.
El gaditano levantó las cejas, contrariado.
—No sé cómo hacerlo —se disculpó.
—Inténtalo... —Lucio la hizo brincar en sus brazos con nula maña, acrecentando el agobio de la chiquitina. El gobernador asintió—. Es como su padre, una rebelde.
Las extremidades de Sekeios se tensaron bajo las cuerdas. Lucio se enjugó el sudor de las mejillas sin saber qué más hacer.
—Puede que si me alejo se calle... —Se le ocurrió.
—Esta niña es sangre de tu sangre, autrigón, no hay duda. Gente propensa a la indisciplina a la que hay que aplastar. Morirá hoy, aquí, contigo.
Su inquina superaba la sinrazón.
El cabello de Sekeios se erizó. Deslizó la vista hacia el cinto de Turbantu con la imposible idea de quitarle el cuchillo y ensartar la cabeza del gobernador.
—¡¡¡Déjala vivir!!! —gritó.
Ya no rogaba, lo amenazaba. El lagrimeo de Cantabra se agravó con los gritos.
—Tu derrota será absoluta, autrigón.
—¡¡¡Te mataré!!!
—Lucio, mete la cabeza de la niña en la poza y haz que se calle.

—¡¡¡Noooo!!!

Sekeios había enrojecido de ira, las venas del cuello hinchadas como cordones. Llegó al límite de sus fuerzas y las cuerdas rasgaron su piel de heridas. Parecía a punto de estallar.

Lucio miraba al estanque y al churrón pensándose si lo de ahogarla iba en serio. Intentó serenarla con inútiles tarareos. Turbantu y Umarilo torcían el gesto, los filos de sus cuchillos prestos a seccionar las muñecas del autrigón hasta dejarle dos muñones.

—Gobernador, yo... —empezó a decir Lucio.

—Al agua, he dicho.

—Es solo un bebé...

—¡Ahora!

Lucio tragó saliva y se encaminó despacio hacia la poza, sabedor de que si no lo hacía sería él quien terminase en el fondo con las tripas abiertas de una cuchillada. Le temblaban las canillas ante la idea de sumergir aquel cuerpecito en el agua. Los ojitos de Cantabra se movían delirantes de miedo por el alboroto, sin saber lo que le aguardaba.

—Calla de una vez, por Rumina... —le suplicó.

La invocación a la diosa protectora de los lactantes no funcionó.

El gaditano se arrodilló con pesadez al borde de la poza. Sus formas grasientas ocultaban a Cantabra, sujeta contra su pecho.

—Piensa en tu hija y en su sufrimiento cuando te falle la vista, piensa que no has podido salvarla.

Veto se recreaba con semejante manjar. Las dificultades habían merecido la pena; culminaba su venganza, la recuperación de su honra, con un dramatismo que no había alcanzado a soñar. Sekeios había perdido el habla. No le quedaba más que presenciar la tragedia de las tragedias. Quiso morirse antes de verlo. Su vida había sido un fracaso. Esclavo de las élites, prisionero de guerra, causante de la muerte de Turennia y de su hija...

—No lo hagas...

Lucio acompañaba con lágrimas propias a las de la niña. Se inclinó y depositó su cuerpito en las frías aguas de la poza.

Sumergió las nalgas y la espalda primero, muy poco a poco, en un último gesto de humanidad para procurarle una inmersión serena.

El estrépito del llanto se apagó.

—No... —balbució el padre.

Gayo Antistio Veto escuchó el lamento de Sekeios a su espalda. Cerró los párpados y dejó escapar una escueta carcajada. Su dicha era completa. Se giró con un brazo en alto para dar la orden a los berones, abrió de nuevo los ojos y se quedó así, con él levantado, a medio gesticular. Su mente lo engañaba por alguna fatalidad de hechizo maléfico. Se negó a creer lo que veía llegar junto al regato.

XXII

INFAMIA

Marco Valerio se masajeaba los pómulos para ocultar una mueca de satisfacción. Augusto no sonreía. Su médico acababa de ayudarlo a descender de la litera y el dolor de las articulaciones al regresar a la montaña se había recrudecido. Sus rodillas renqueaban a cada fricción como goznes mal engrasados. Los esclavos porteadores jadeaban, agobiados en el largo y estrecho séquito militar que acompañaba al primer ciudadano, tras salvar los innumerables accidentes del terreno.

Lucio se apresuró a apartar de la poza a Cantabra. La pequeña aún respiraba. Sus lágrimas se habían entrecortado al tocar el agua, que le había llegado hasta la barbilla. El gaditano carcajeó pueril para sí, se puso en pie y la apretó contra su rollizo y acogedor pecho.

Augusto, luciendo inmaculado su uniforme de combate, encaminó sus rizos rubios hacia Sekeios. No fiándose de Lucio, acudió con su intérprete griego para posibilitar el diálogo con el hombre atado al árbol.

—Así que este es el famoso autrigón que ha desquiciado a mi gobernador.

Con aparente calma, examinaba al hombre semidesnudo y derruido frente a él. Sekeios permaneció inmutable ante el *princeps*. Más allá, Cantabra aún vivía. Era su único pensamiento Turbantu y Umarilo habían envainado sus hierros a la velocidad de las centellas y asistían cabizbajos a la reunión. Augusto frunció el ceño.

—Encuentro algo familiar en él... —dijo, e hizo una seña hacia donde se encontraba Lucio—. ¿Y ese bebé... es?

—Mi hija —contestó Sekeios con voz turbada.
—¿Tan pequeño? ¿Y cómo es eso?
—Han ocurrido muchas cosas en este tiempo.
—Apoyar a los cántabros, se me ocurre.
—Me he defendido, y ahora la defiendo a ella.
—Defenderse, eso está bien.

Augusto se acercó a la pequeña indígena, evitando mostar cualquier interés en Veto. Lucio corrió a mostrársela. El *princeps* le dedicó un vistazo de pasada. Tasaba las reacciones del gobernador, que había perdido su talante autoritario. El estómago se le había subido a la boca. La inesperada presencia del primer ciudadano atravesando las entrañas de Cantabria solo para entrevistarse con él hedía profundamente, como una herida mortal.

—*Princeps*... —lo saludo con rigidez.
—Gobernador...

Augusto lo sometía ahora a un medido examen con su mirada sobrenatural capaz de detener el mundo.

—Me honras con tu presencia, pero me preocupa que arriesgues tu salud viniendo hasta aquí.

—Mi salud se resiente cuando, en lugar de ser recibido en el pretorio por mi gobernador, encuentro que ha abandonado sus obligaciones militares para irse de cacería privada. Por suerte, aún existen romanos fiables, como tu segundo, Casio Longino, que ha tenido la prudencia de mandar que te siguieran y la sabiduría para informarme a mi llegada... Oh, no pongas esa cara, querido Veto. Casio sabe que es a mí a quien en primera y última instancia debe rendir cuentas, no a ti. Y debo decir que parecía bastante enfadado por tu excursión.

Gayo Antistio Veto tragó saliva, esforzándose inútilmente por mantener relajados los músculos de la cara mientras buscaba la forma de justificar sus acciones.

—Aracillum ha sido tomada, Augusto, y he dado orden de establecer una guarnición. Esta cacería no es más que el colofón del poder de Roma.

El *princeps* fingió no escucharlo y echó una ojeada al grotesco entorno.

–Un perro destripado, un hombre despedazado con otro atado a él... –Augusto arrugó la barbilla, disconforme. Aún caía un hilo de baba de la boca de Arquio, que había perdido toda cordura y runruneaba soniquetes como de chiflado. Veto aprovechó que el *princeps* había fijado su atención en otras cosas para clavar sus ojos en Marco Valerio. El legado de la Novena se revisaba los callos de las manos con afectado disimulo, burlándose de él–. El desembarco de la Novena ha sido un éxito, tal y como predijiste, Marco –afirmó Augusto.

–Así es, Augusto.

–Marco Valerio, un romano responsable, se ha hecho una vez más acreedor de mi confianza.

El tono moderado de Augusto se había endurecido, y de su cuerpo brotaba ahora una voz imperativa, casi explosiva

–Sabes mejor que nadie... –Dio una vuelta completa sobre sí mismo y apuntó a todos con el dedo, como si los acusara–. ¡Todos sabéis que no soporto este clima! ¡No hay nada en la tierra que me siente peor!

–No hay razón para seguir aquí, Augusto –intentó aplacarlo el gobernador–. Volvamos y preparemos tu regreso a Tarraco.

–No he venido por gusto –continuó el *princeps*–. Me han llegado rumores.

–¿Rumores?

–Infamias contra el centinela del Estado.

–Enemigos de nuestra patria.

–Y de mi divinidad.

–¿Quién podría?

–Eso mismo me pregunté yo.

–¿Qué clase de rumores? –intentó sonsacar de nuevo el gobernador–. ¿De quién?

–Maledicencias de lo más jocoso y otras florituras del lenguaje que exigían un viaje urgente, tanto que las pezuñas de los caballos aún echan chispas. –Las aletas de la nariz de Augusto se inflaban–. He hecho tal cantidad de relevos en las postas que ni recuerdo cuántas. Y mis nalgas..., mis nalgas al rojo vivo y estos pinchazos en la espalda...

Levantó un dedo y su secretario emergió presto de entre el séquito para entregarle un rollo de papiro.

Veto atendía a los movimientos pausados de Augusto deslizando ceremoniosamente el papel en torno a la varilla. Guio el índice a través de la primera columna de texto y seleccionó un fragmento:

–«A Augusto y a ti que os coman los cerdos». –Volvió la cara escrita hacia el gobernador. Firmaba Marco Valerio Mesala Corvino. Finas gotas de lluvia empezaron a caer del cielo. El papel se punteaba gris–. Si gustas, puedo leerte otros ejemplos.

Veto reaccionó:

–¿Das más credibilidad a un desertor político que a tu gobernador?

–Como mínimo, la misma.

–Ese hombre estuvo implicado en la muerte de Julio César.

Veto señalaba a Marco Valerio, con el dedo rígido como un estilete.

–Eso no es cierto –cortó tajante el aludido–. Me encontraba fuera de Roma.

–¡Eso no demuestra nada!

–Ya lo creo que sí.

–¿Cómo confiar en un prefecto de Roma que dimite de su cargo por su ineptitud para el gobierno?

–¿Ineptitud? Es el ejercicio del poder lo que me disgustaba. Otros realmente ineptos seguro que se hubieran aferrado a él...

–¡Silencio! –exigió Augusto.

Veto siguió hostigando.

–Ese hombre atacó tu campamento en Filipos, dirigiendo parte del ejército de Bruto.

Gayo Antistio Veto arañaba en el pasado político y militar entre Valerio y Augusto, en los bandos formados tras el asesinato de César para hacerse con el poder, en el intercambio de intereses en aquel tiempo confuso e impulsivo de guerra entre romanos.

–¿Cómo puedes tú decir eso? Tú, que entregaste a Bruto la recaudación de Siria. Tú, que también luchaste en su bando en Filipos. ¿Se puede ser más cínico?

—Mi reconciliación con Augusto fue sincera.
—Está claro que no tanto como la mía.
—¡Silencio he dicho! ¡Silencio!
Augusto interrumpió las acusaciones cortando el aire con las dos manos.
—Si no me crees, *princeps,* que lo jure por el gran Dios Supremo.
El primer ciudadano se asfixiaba de ira.
—Esta humedad se me hace insoportable... Acércate, Marco. —Aquello igualaba un poco las cosas. Augusto no se había dejado manipular por Veto, pero la señal de alarma se había encendido. El legado de la Novena se unió a ellos. Se había vestido también para la ocasión con sus mejores galas militares, como si fuera a recibir una condecoración. A su lado, el gobernador tufaba a cochambre. Marco Valerio aguardó las instrucciones de Augusto—. Legado —dijo—, está en juego algo más que la reputación del gobernador de la Tarraconense.
—Mis hombres corroborarán lo que digo en ese despacho.
—No quiero que lo hagan tus hombres, sino tú.
Marco Valerio asintió con solemnidad. Hábil en la oratoria, se dio un tiempo para atraer la atención de los espectadores, pero, sobre todo, para ufanarse ante Veto por haber logrado que Augusto regresase al frente tras informarlo de sus desmanes. Se agachó y tomó del lecho un guijarro de aspecto marmóreo. Le retiró unas motas de cieno y cerró el puño sobre él. Antes de comenzar, observó a los presentes. Lucio, con la niña en brazos; los berones, petrificados junto al autrigón, ni siquiera pestañeaban. Oteaban a la nada como quien contempla una noche cerrada sin estrellas. Sekeios asistía a la escena con gesto decaído, sin saber qué desalentador futuro aguardaría a su hija tras la disputa entre los romanos.
—¡Yo, Marco Valerio Mesala Corvino, juro por el gran Dios, eterno y omnipotente, juro por Júpiter, el único y verdadero Dios, que cuanto en esta carta afirmo es veraz y limpio de toda falsedad! —pronunció con su voz poderosa de orador, como si declamase en un teatro y las palabras adquirían un matiz de viveza,

de certera verdad–. ¡Porque si hubiera falacia en lo que digo, me suceda a mí lo que a esta piedra, ahogada ahora en estas aguas hasta el fin de los días! ¡Por Júpiter, el padre auxiliador, lo juro!

Marco Valerio arrojó la piedra a la poza. El guijarro se hundió con una salpicada. Había elegido una fórmula con peso, digna de la seriedad que requería el compromiso.

–Así lo has declarado y así ha de ser –concluyó Augusto en tanto volvía a enrollar el papiro.

Veto se mantuvo firme, como los corruptos que, cuanto más acorralados se saben más vocean su inocencia, como si pudieran así espantar la evidencia o creerse sus propias mentiras.

–Me tranquiliza saber que Júpiter ha sido testigo de tus falacias –refutó.

–El juramento es sagrado. Si descubro que miente, su suerte será la misma que la tuya –aseveró Augusto.

–Un juramento sin jueces ni altar no es juramento.

–Yo soy el altar y los jueces.

–Ni siquiera ha hecho un ritual digno.

–¡Calla, desvergonzado!

El gobernador empleaba cualquier artimaña que pudiera desmontar las afirmaciones del legado de la Novena. Y cuanto más las empleaba, más se ridiculizaba y más se alteraba el *princeps*.

–No confíes en los amigos de la delación –insistió.

–¡Tanta insistencia no hace sino probar lo que dice!

Veto decidió callar. Por primera vez en muchos años los esfínteres se le aflojaban por el temor, como cuando se aproximaba a sus primeras batallas. Ya no se divertía con su juego de tortura, ya no aniquilaba con su rango la voluntad de quienes tenía alrededor. Estaba solo.

–La suerte del destino está sellada –zanjó el primer ciudadano.

Suerte. Buscada o sin buscar, la palabra que definía el destino de todo ser humano. La de Gayo Antistio Veto se tambaleaba como las columnas de un templo se quiebran durante un terremoto. El desprecio popular, el juicio del Senado, las dudas del primer ciudadano... La deshonra y la vergüenza eternas.

Augusto se desentendió de él y fue hacia Sekeios.

–Desatadlo.

Umarilo y Turbantu se abalanzaron sobre el preso para cortar la soga con los mismos cuchillos con que iban a descuartizarlo.

Princeps y mercenario se estimaron, mientras este se masajeaba las muñecas doloridas.

–¿Y tú qué dices, autrigón? ¿He de premiar al auxiliar que me ha permitido descubrir las bajezas del gobernador?

–Yo no he descubierto nada.

–No seas modesto. Lo irritaste y lo desviaste de su única misión en esta campaña. Un romano tan frágil no es merecedor de sus cargos y propiedades.

Hablaba bien alto para que Veto lo oyera, escorándose inconscientemente hacia su izquierda, cargando todo el peso del mensaje en el verdadero destinatario. La vertiente más vil, tirana y vengativa de Augusto se apoderaba de su discurso. La expresión maniaca de su juventud triunviral en los años de asesinatos sistemáticos, a veces caprichosos, contra sus enemigos políticos restallaba de nuevo, desfigurando sus rasgos agraciados.

–Lo herí en la cara.

–Designios de los dioses.

–Fue un accidente, *princeps* –añadió Sekeios sereno, más por explicar que por esperar algún provecho.

–Perdonable. Llevas contigo la suerte. También la mía. Lo sé porque he soñado que una paloma me traía un mensaje. –Hizo una pausa–. ¿Quieres saber que decía? –Sekeios asintió. Augusto elevó una ceja–. Que el perseguido en las montañas derribaría a la tormenta, que un autrigón contribuiría a la victoria de Roma.

–¿Cómo es eso posible? –inquirió Sekeios con desazón. La suerte que tanto se esforzó Corocotta en atribuirle para la causa cántabra había favorecido, según el *princeps,* al enemigo romano.

–Confundiendo a un comandante incapaz para que otro lograse finalizar la campaña. No tengo dudas de que has influido en mi decisión de enviar un ejército de refresco. Y aquí estás, ante Augusto, que te mira a los ojos agradecido.

Gayo Antistio Veto sentía rebullir su sangre como un torrente. Las venas, las arterias... Todo su cuerpo hormigueaba al escuchar los disparates de Augusto. Estaba convencido de su interpretación del sueño, y, tan supersticioso como era, nadie se habría esforzado en discutírselo por no llevarle la contraria.

–Dime qué quieres a cambio –ofreció.

Sekeios contestó sin pensarlo:

–Que mi hija viva.

–¿Quién quería matarla?

–Pregúntaselo a él.

Augusto se volvió hacia el gobernador.

–¿Ibas a matar a la niña?

–Juré que no lo haría.

–¿Juraste tú? –Augusto rio sin estridencias, elegante, incisivo–. Un juramento tan válido como el de Marco Valerio, imagino.

La credibilidad del gobernador se escurría en goterones acumulados entre el narigón y el labio.

–Yo cumplo mis palabras, siempre.

Augusto señaló la poza con el mentón.

–Imagino entonces que deseabas que la pequeña tomase un baño...

El *princeps* volvió a dirigirse al autrigón mientras el rostro de Veto se descomponía al verse burlado.

–¿Y qué hay de ti? Porque supongo que querrás vivir.

–Acordé con tu gobernador que yo moriría si dejaba viva a mi hija.

Augusto se puso muy serio.

–Te sobra valor, lo que le falta a muchos de los míos.

El primer ciudadano se encogió de hombros y cabeceó hacia Arquio.

–¿Y quién es ese atado a un muerto? Parece un montañés.

Sekeios suspiró antes de responder:

–Un traidor a su pueblo...

El *princeps* escrutó en el cariz cansado del autrigón al percibir en su voz que detestaba a aquel cántabro.

—Entonces atado es como debe estar. —Augusto se giró hacia el gobernador y endureció el tono—. Roma nada quiere con traidores.

El manto ominoso de la muerte acabó de posarse sobre el príncipe de Aracillum.

La tarde se cargaba de brumas, menguaba la luz, las hachas del séquito se encendían a lo largo de la columna.

—Prended al gobernador —requirió Augusto.

Gayo Antistio Veto acogió la orden, altanero, dejándose escoltar por la guardia vascona del *princeps* sin que tuvieran que ponerle una mano encima. Se detuvo un instante junto a Marco Valerio para dedicarle un gesto horrendo de repulsa eterna. Esta vez el legado no se reprimió. Sonrió con desdén, mostrando todos los dientes, grandes y amarillos. Era el rostro de la satisfacción.

—Hasta para el ansia de venganza conviene ser paciente, gobernador —se despidió—. Apresúrate despacio, como dice nuestro noble Augusto. Al final, todo llega...

El *princeps* se palpaba las rodillas. Luego comprobó las yemas de sus dedos. Se amorataban por el frío.

—Vámonos ya de esta tierra horrorosa antes de que caiga una tormenta, por Júpiter, que ya ha sido nombrado hoy demasiadas veces.

* * *

El campamento principal al norte de Aracillum era un vocerío de soldados celebrando la gran victoria sobre el férreo enclave blendio, como si acabaran de conquistar el Universo. Augusto, el dios, fue recibido con loas al guardián del Imperio, alabanzas, sacrificios, extraordinarios augurios... El *princeps* las acogió con la sincera y rotunda emoción del que sabe que sus subordinados se postran satisfechos para comer de su mano. La ocasión demandaba moderar su habitual austeridad; mandó organizar un solemne banquete en su honor con ostras de Gallaecia como manjar principal, que se dispuso a degustar junto a sus oficiales. En el valetudo, los heridos menos perjudicados recuperaron el ánimo. Se oró por los compañeros caídos en combate y se elevaron peticiones a las divinidades para que los mutilados no perecieran. Por una vez, la ingrata vida del soldado romano adquirió sentido. Se disipaban las penurias con que los había azotado la impenetrable niebla cántabra.

Aquella guerra, encarrilada, aún no había terminado. Roma sabía que estallarían sublevaciones e importantes focos de resistencia, pero la conquista total del territorio peninsular ya se oteaba en el horizonte. Los alzamientos serían aplastados y el mundo conocido y el futuro cambiarían con ello.

Nadie se acordó de Gayo Antistio Veto. La animadversión que su mando visceral había provocado en los hombres encontró el olvido como pago. En sus mentes y en sus conversaciones solo encontraba acomodo el recuerdo aún ardoroso del caudillo Corocotta, de su encomiable furia, que aún les producía escalofríos; del salvajismo sin igual de los guerreros cántabros y astures, de sus hombres y sus mujeres, de sus hijos. Los más abiertos a reconocerlo coincidían en que quizá no volverían a enfrentarse a un pueblo tan duro y tenaz.

De quien sí se hablaba era del tal Sekeios, el auxiliar autrigón de infantería que había escapado y combatido del lado cántabro.

Sekeios se mantuvo retirado en una tienda dispuesta solo para él, según había ordenado Augusto. Rehusó encontrarse con otros mercenarios de su propio pueblo. Prefería estar solo. El *princeps* quiso ser complaciente y dispuso que una nodriza de la impedimenta civil atendiera a su pequeña los días necesarios hasta que recobrase la salud. Sekeios aprovechó para descansar, alimentarse bien y asearse.

Cuando el reposo le devolvió el aspecto y el nervio del cazador vigoroso que era, se encontró preparado. Solicitó audiencia con el primer ciudadano.

–Quiero marcharme a mi tierra, *princeps* Augusto.
–Me pregunto qué habría sido de Cantabria sin mi sueño.
–Habría caído igualmente.

La integridad del autrigón le provocaba ganas de reír. Sería más inteligente agarrarse a sus predicciones para engrandecer su figura mística de hombre portador de la suerte. Pero no, aquel mercenario autrigón decía lo que pensaba y tenía la fortuna de que lo que pensaba resultaba conveniente para los designios de Augusto.

–Marcha entonces.

Le puso una condición: que contase a su gente que él, Augusto, primer ciudadano de Roma, tan poderoso como magnánimo, lo había perdonado. Que Roma guarda a las naciones amigas y en retribución respeta sus costumbres y las civiliza. El *princeps* sabía que el autrigón no la cumpliría, no al menos en los términos que dictaba. Sekeios se comprometió, taciturno como solía.

Le entregaron nuevas ropas y recuperó sus armas. Solo quiso quedarse el pequeño cuchillo curvo como herramienta de subsistencia. Un escuadrón de caballería escogida por el propio Augusto de entre su guardia de vascones calagurritanos acompañó a Sekeios fuera del bloqueo militar y lo condujo hasta el interior del territorio autrigón.

Al verlo sobre la yegua que le habían proporcionado, tan desprovisto de armamento, con su hija en el cómodo canasto que pendía del costado del animal, el que estaba al mando le ofreció un par de sus venablos.

–No los necesito.

–¿Estás seguro?

–Esta es mi tierra, y dicen que la suerte me acompaña. Que sea para no volver a usarlos.

–Acepta esto al menos. –El guardia le entregó un *loculus* cilíndrico de cerámica rematado en forma de cono por donde se introducían las monedas. La hucha pesaba–. Un regalo muy romano de nuestro *princeps*. Si empleas bien su contenido, no tendrás que volver a trabajar.

–Prefiero estar ocupado.

–Entonces que sirva para el futuro de tu hija. –Sekeios inclinó la cabeza en señal de agradecimiento, y el vascón devolvió el gesto con sobriedad–. Hay algo más –dijo, y le entregó una pequeña tablilla de madera del tamaño de una mano plegada en dos caras. Sekeios la abrió y descubrió que contenía un texto escrito en latín y los símbolos de Augusto–. El *princeps* se cuida de ti. Guárdala bien y muéstrala a las guarniciones que controlan tu tierra si tienes algún problema. Te será útil dentro de los territorios romanos.

–Espero no tener que usarla.

–Tú no, pero quién sabe tu hija.

Sekeios envolvió el documento en lino y lo guardó en el zurrón, junto al *loculus*.

Los jinetes volvieron grupas. Sekeios los vio alejarse hasta que el golpeteo de los cascos se apagó en la lejanía. Achuchó a su chiquitina cosquilleándole la barriguita. Cantabra había recobrado el color de la piel y le mostraba alegre las encías sonrosadas.

–Lo hemos logrado, Turennia.

Al fin la pequeña descansaba, cándida, sin saber qué le depararía el futuro. Sekeios desenlazó el cordón del collar en torno a su cuello, del que ahora pendían las dos arracadas de Turennia, y lo depositó junto a los piececitos de su hija. Palmeó el pescuezo del animal y emprendió la marcha. Por primera vez se percató de que el olor a quemado de Aracillum se había disipado hacía leguas. Cresteó al ritmo dócil de la yegua sobre la cumbre en que lo habían liberado, dejando a los lados la niebla acurrucada en los valles. La franja costera de Autrigonia no quedaba lejos. Reconocía la zona, pronto hallaría aldeas de los suyos. Era una mañana limpia y despejada y de cuando en cuando ahuecaba una mano para echarse sombra sobre la frente y contemplar las sucesiones de colinas del noreste, sinuosas como senos, más amables, menos abruptas. No se detuvo hasta alcanzar un altar de piedra sobre el que se levantaba un mojón con forma de disco en el que destacaba labrada una esvástica de brazos curvos entre anillos concéntricos. Delimitaba la linde de las tierras bajo dominio de su pueblo. A sus pies, el amplio valle verde de su niñez y juventud se desplegaba, surcado por el estuario del Nerva. El gran río se ensanchaba manso hasta derramarse en la lejana línea azulada del mar. El sol le arrancaba hermosas chispas y resplandores vertiginosos. La brisa traía consigo efluvios marinos. Respiró profundo y dejó que el aire salobre entrase en sus pulmones como una oleada de luz. Hacía tiempo que Sekeios no se deleitaba con un paisaje tan nítido, tan perfilado y cálido; hacía mucho que su pulso no latía sosegado. El dolor de las magulladuras, de las laceraciones y de los golpes se reducía veloz, como si una curandera le hubiera dedicado sus mejores ensalmos.

Se volvió hacia el país de los montañeses por última vez. Allá quedaban en el foso del pasado el eco denigrante de Arquio y Gayo Antistio Veto, el recuerdo mítico del gran caudillo Corocotta y la memoria imperecedera del amor por Turennia. Esta vez la emoción de un llanto encogido en el pecho no lo debilitó. Acarició la carita risueña de Cantabra y se encaminó hacia la libertad, bajo el sol esperanzado del otoño.

NOTA DEL AUTOR

El *Bellum Cantabricum*, iniciado en el 29 a. C., no terminó oficialmente hasta el año 19 a. C. Tras la toma de Aracillum, el ejército romano aún tuvo que sudar sangre para domesticar por completo el territorio montañés. Sabemos que en torno al año 24 a. C., recién cerradas las puertas del templo de Jano para indicar el fin de la contienda, Roma afrontó nuevas rebeliones, como la emboscada tendida por una coalición de cántabros y astures que masacraron a un importante número de legionarios tras engañar al legado Lucio Emilio Lépido. Este respondió arrasando los campos indígenas, quemando algunos poblados y cortando las manos a los guerreros capturados. En el año 22, un nuevo levantamiento astur contra el cruel Publio Carisio fue secundado por los cántabros. El nuevo legado, Cayo Furnio, sofocó la rebelión. Se trata del heroico episodio que finaliza con el asedio romano al monte Medulio. La proporción del mismo es indicativa de cuán férrea fue la resistencia indígena a la dominación romana, aun en sus últimos momentos: las fuerzas montañesas fueron rodeadas con un foso de 23 kilómetros, muy parecido al empleado por Julio César para sitiar y someter la ciudad gala de Alesia. Según el historiador romano Floro:

> [...] avanzaron los romanos por todas partes a un mismo tiempo, y aquellos bárbaros, al ver llegado el fin de su resistencia, obstinadamente se dan muerte con el fuego y con el hierro, en medio de una comida, con un veneno que allí se extrae común-

mente del tejo, librándose así, la mayor parte, de la esclavitud que a una gente hasta entonces indómita parecía más intolerable que la muerte.

Por último, en el año 19 a. C., una nueva revuelta finalizó con la llegada del reputado general Marco Vipsanio Agripa, que disciplinó a sus propios hombres y recurrió a la más extrema violencia y represión contra los cántabros en edad militar, aplastando de forma absoluta su obstinada oposición.

No sería hasta ese mismo año cuando Augusto pudo al fin cerrar de forma definitiva las puertas del templo de Jano. Con todo, después de dicha fecha, existen noticias de una sublevación cántabra en el año 16 a. C. y de otros alzamientos puntuales hasta los tiempos del emperador Nerón.

La actuación de Roma en este conflicto puede considerarse un genocidio, señal de que para la potencia mediterránea fue verdaderamente terrible.

* * *

Tan complejas como fueron para los romanos las guerras cántabras fue para mí afrontar esta novela desde el punto de vista de la investigación histórica. La razón es que, hasta hace poco más de veinte años, los datos eran realmente escasos, cuando no confusos, contradictorios o puramente hipotéticos. Incluso se llegó a negar su existencia. Por eso, escribirla era no solo un reto, sino «el reto». Una novela es literatura, ficción, pero era obligado reconstruir de forma veraz un mundo extinto y oculto bajo toneladas de siglos y desinformación. Un desafío apasionante.

El principal motivo para la ausencia de datos sobre el *Bellum Cantabricum* es la pérdida de parte de la obra *Ab Urbe Condita*, de Tito Livio. El historiador, al servicio de Augusto, tenía que narrar este hecho bélico de forma pormenorizada, pues fue primordial para aumentar el prestigio del *princeps*. A partir del libro 135 lo explicaba con detalle, pero nada ha llegado hasta nosotros. Tampoco disponemos de la autobiografía del propio Augusto, también extraviada, en la que estos acontecimientos debieron de tener un importante tratamiento. Esto ha hecho que las guerras cántabras hayan ocupado un lugar menor en la historiografía. Sin embargo, la atención que prestaron otros historiadores muy posteriores a la obra de Livio –principalmente Floro, Orosio y Dion Casio–, nos dan una idea de la relevancia que tuvo la contienda para la historia de Roma. El problema es que sus aportaciones son resúmenes, muy alejados del nivel de detalle de Tito Livio, lo cual realmente complica conocerla y comprenderla en profundidad. Lo que parece claro es que tuvo un gran impacto en los romanos contemporáneos, como queda de manifiesto en la colosal enciclopedia *Geografía*, de Estrabón, que se hace eco en sus descripciones etnográficas sobre los pueblos del norte peninsular. Otra muestra de la trascendencia y preocupación que causó la encontramos en los poemas de Quinto Horacio Flaco, coetáneo de Augusto, que alude en diferentes ocasiones a su dificultad, atendiendo a la fiereza de los cántabros y al riesgo de la presencia del mismo *princeps* en el frente.

Sin embargo, el natural empeño humano por desvelar nuestro pasado no puede detenerse. A lo largo del siglo XX, historiadores, arqueólogos e investigadores de diferentes nacionalidades han trabajado para arrojar luz sobre la oscuridad del *Bellum Cantabricum*. Se ha funcionado con variadas teorías y especulaciones que, si bien en diferentes casos pudieron ser más o menos acertadas, normalmente carecían de base científica en la que apoyarse.

Por fortuna, las últimas dos décadas han sido determinantes. Los arqueólogos han comenzado a encontrar las necesarias evidencias científicas que demuestran la existencia de estos hechos. Hemos pasado de ignorar por completo el teatro de operaciones y de carecer de toda identificación topográfica, a esbozar los primeros trazos del mapa de la lucha gracias al hallazgo de poblados fortificados de la Edad del Hierro, campamentos romanos, vestigios de defensas, pruebas epigráficas y numismáticas... Muchísimo queda aún por descubrir, y parte de lo desvelado deberá ser revisado a medida que progresen las excavaciones, pero la ciencia transita por el buen camino.

No debemos olvidar los ecos urbanos de la guerra cantábrica, que dan también testimonio de su envergadura. Emerita Augusta –la actual Mérida– y Cesaraugusta –hoy en día Zaragoza– fueron fundadas para alojar a los veteranos licenciados, que también se asentaron en otros lugares como Córdoba. Como no puede ser de otro modo, tengamos presente la fundación del Portus Victorae Iuliobrigensium, el puerto de la Victoria –Santander–, en cuya bahía con mucha probabilidad tuvo lugar el desembarco de la legión venida de Aquitania.

Al acabar la guerra, el senado dedicó a Augusto el conocido Ara Pacis Augustae, monumento que conmemora sus victorias sobre galos e hispanos. Tal fue su huella en la historia peninsular y europea.

Por otro lado, quisiera destacar, por pura pasión como amante del pasado, la magnitud de las localizaciones de las guerras cántabras que los arqueólogos han conseguido «desenterrar». Bérgida, enclave que posiblemente se corresponda con Monte Bernorio (Villarén de Valdivia, Palencia), es una de las ciudades fortificadas de la Edad del Hierro más importantes de Europa, tanto por su tamaño –es el enclave más grande del norte peninsular y del continente– como por los restos encontrados. A unos dos kilómetros se eleva el alto de El Castillejo, el vasto cerro amesetado en el que se asentó el campamento romano conocido más grande de Europa. El conjunto arqueológico representa uno de los yacimientos más notables del continente, no sólo por sus dimensiones sino por los hechos ocurridos en relación con la toma y destrucción de Bérgida.

El episodio del Vindio nos plantea otro grandioso y sugerente escenario. Sobrecoge la idea de unos cántabros refugiados en las alturas de algún punto cercano a los duros y gélidos Picos de Europa. Lamentablemente, su ubicación sigue siendo un misterio, aunque las investigaciones apuntan a que pudo situarse en el entorno de Peña Prieta (macizo de Fuentes Carrionas, Cantabria). En este ámbito geográfico de la comarca de Liébana encontramos también dos campamentos romanos –Castro Negro y Robadoiro– relacionados con Peña Prieta. Constituyen el conjunto campamental de máxima altitud de la Península Ibérica y el segundo de Europa; otro dato más que avala la espectacularidad y la determinación militar con que Roma tuvo que enfrentarse a la población nativa.

No menos impresionante resulta el asentamiento conocido como Aracillum, lugar principal de la acción en la novela, que pudo corresponderse con la cumbre de La Espina del Gállego (Sierra del Escudo), entre otras posibilidades. Sea o no el Aracillum mencionado en las fuentes clásicas, los avances en los trabajos desarrollados en la fortificación indígena y los campamentos circundantes revelan que en dicha cima tuvo lugar un enfrentamiento bélico fundamental para la conquista de las alturas y valles interiores de Cantabria. En el momento de su descubrimiento, la Espina del Gállego fue el único teatro de operaciones de montaña conocido de la época romana.

Ignoramos también la ubicación del Monte Medulio antes mencionado, que pudo ubicarse en algún punto entre Asturias y Cantabria. Quizás en la Sierra de Peña Sagra, también en la comarca de Liébana.

Queda claro que aún hay mucho por descubrir, y seguramente nunca sepamos todo sobre el *Bellum Cantabricum*. Por fortuna, las excavaciones siguen su curso y la «fotografía» de la guerra adquiere cada año mayor nitidez. Estoy seguro de que el futuro próximo nos deparará sorprendentes descubrimientos que ayudarán a situar en el atlas de la historia estos dramáticos pero primordiales hechos de indudable valor que determinaron el destino de Hispania y de Europa. Proteger y fomentar el conocimiento de este tesoro nos permitirá entender mejor la vida de los que nos precedieron. Considero que su «musealización» ayudaría a conseguirlo, pues se convertiría en un motor económico para fomentar la actividad turística y el disfrute del público, como ya se hace en el Parque Arqueológico de la Batalla de Varo, en Alemania, relacionado con el desastre romano de Teutoburgo; o en el Parque Arqueológico de Alesia, en Francia. El interés de la ciudadanía en las guerras cántabras existe y es creciente. Aprovechémoslo. Sirva como muestra el evento sobre las mismas que cada verano se celebra en la localidad de Los Corrales de Buelna (guerrascantabras.net).

DRAMATIS PERSONAE

Los personajes indicados con un asterisco (*) son reales.

Personajes principales y secundarios.

Ambato: regulo principal de los blendios, uno de los *populi* de Cantabria. Padre de Arquio, con quien tiene fricciones.
Arquio: príncipe de los blendios. Hijo de Ambato. Aspira a suceder a su padre en el gobierno de su *populus*. Enemistado con Sekeios y Corocotta, y obsesionado por conseguir el amor de Turennia.
Augusto*: primer ciudadano de Roma. Dirige al ejército romano en su lucha de conquista contra cántabros y astures.
Bastugitas: un joven berón de la guardia del gobernador Gayo Antistio Veto.
Bovecio: un colosal soldurio de Corocotta.
Cantabra: hija de Turennia y Sekeios.
Casio Longino: lugarteniente del gobernador Gayo Antistio Veto.
Clutos: caudillo astur que acude con sus guerreros en ayuda de los cántabros.
Corocotta*: caudillo concano al frente de la resistencia cántabra. Las fuentes clásicas, que lo tachan de bandido, no dejan claro si participó en las guerras. Queda invitado el lector más curioso a indagar sobre esta cuestión.
Dovidena: hermana de Turennia y Urbigo, que ejerce como guardiana de Aracillum.
Elguismio: un antiguo jefe, responsable del sacerdocio en Aracillum.

Gayo Antistio Veto*: gobernador de la Tarraconense, general al mando del frente cántabro y segundo de Augusto. Obsesionado con capturar a Sekeios.

Kaukirino: mercenario pelendón con habilidades para el rastreo. Es contratado por Gayo Antistio Veto para localizar y apresar a Sekeios.

Leal: perra guardiana de Urbigo que se encariña de Sekeios.

Liteno: otro mercenario pelendón contratado por Gayo Antistio Veto para el mismo fin que Kaukirino.

Lucio: comerciante gaditano que ejerce como traductor del gobernador para que pueda comunicarse con las gentes de los pueblos fronterizos del norte.

Marcelo*: sobrino de Augusto. Joven tribuno destinado en el frente cántabro para ampliar su formación militar.

Marco Valerio*: legado de la novena legión, enviado por Augusto para desembarcar en la retaguardia cántabra y vigilar las acciones de Gayo Antistio Veto.

Sekeios: auxiliar autrigón del ejército romano que lucha en el frente cántabro, perseguido por el gobernador Gayo Antistio Veto. Se enamora de la cántabra Turennia. Mantiene una relación de respeto con el caudillo Corocotta, y de disputa con el príncipe Arquio.

Tarkunbiur: otro joven berón de la guardia del gobernador Gayo Antistio Veto.

Tiberio*: hijo adoptivo de Augusto que, al igual que Marcelo, se desempeña como tribuno en el frente cántabro para mejorar su formación militar.

Turbantu: veterano miembro de la guardia berona del gobernador Gayo Antistio Veto.

Turennia: hermana de Urbigo y Dovidena. Enamorada del autrigón Sekeios. Mantiene una complicada relación con el príncipe Arquio.

Umarilo: otro veterano de la guardia berona del gobernador Gayo Antistio Veto.

Urbigo: respetado notable de Aracillum que traba amistad con el autrigón Sekeios. Hermano de Turennia y Dovidena.

Virono: influyente y manipulador notable de Aracillum empeñado en ir contra Sekeios y desestabilizar el gobierno del poblado.

GLOSARIO GEOGRÁFICO

Aracillum: no se conoce la ubicación de esta fortaleza indígena, que inicialmente se asoció a la cumbre de La Espina del Gállego (Sierra del Escudo, Cantabria). Investigaciones posteriores se inclinan más a favor de los yacimientos de La Loma (Santibañez de la Peña, Palencia) o Santa Marina, en Monte Ornedo (Valdeolea, Cantabria) como posibles emplazamientos, entre otras posibilidades.

Astura: el actual río Esla.

Atura: el actual río Pas.

Bellunte: el actual río Besaya.

Bérgida: se desconoce la localización de este importante asentamiento prerromano. Las investigaciones más recientes lo sitúan en Monte Bernorio (Villarén de Valdivia, Palencia) o en La Loma (Santibáñez de la Peña, Palencia).

Brigaecium: ciudad astur para la que se proponen como posibles localizaciones la Dehesa de Morales de las Cuevas (Fuentes de Ropel, Zamora) y Valderas (León).

Cabo Céltico: Finisterre.

Ebusus: la actual Ibiza.

Fuentes Tamáricas: Velilla del río Carrión (Palencia). También conocidas como Fuente de la Reana, es un manantial situado en los antiguos dominios de los cántabros tamáricos. Debido a la intermitencia natural de su flujo, para aquellas gentes inexplicable, era lugar sagrado para el culto. Las consideraban oraculares.

Hiberus flumen: El actual río Ebro.

Lancia: la capital astur, identificada con el castro de Villasabariego (León) y con el de Las Labradas (Arrabalde, Zamora). Es posible que existieran dos Lancias; la primera, asociada a Villasabariego, y la segunda, a Las Labradas. Esta última parece estar más sólidamente relacionada con la Lancia de las Guerras Cántabras, según describen las fuentes clásicas.

Nerva: río que podría corresponderse con la actual ría del Nervión.

Noega: ciudad astur que pudo ubicarse en la Campa Torres de Gijón. Otras hipótesis lo sitúan en Ribadesella, Nueva o Villaviciosa.

Oiasso: ciudad vascona que se corresponde con la actual Irún.

Vindio: el monte Vindio (del celta *vindos*, que significa «blanco») ha sido tradicionalmente asociado a los Picos de Europa. Las investigaciones más recientes lo sitúan en el entorno del pico de Peña Prieta (macizo de Fuentes Carrionas, Cantabria).

BIBLIOGRAFÍA

A continuación, se citan las obras, monografías y trabajos más significativos estudiados para ayudar a la elaboración de esta novela. He dejado fuera aquellas fuentes documentales examinadas para la obtención de informaciones muy concretas, pero no consultadas en profundidad.

ÁLVAREZ MARTÍNEZ, Valentín, David GONZÁLEZ ÁLVAREZ, Jesús Ignacio JIMÉNEZ CHARRO y Andrés MENÉNDEZ BLANCO, *Nuevas evidencias de la presencia militar romana en el extremo occidental de la Cordillera Cantábrica*, Gallaecia, Universidad de Santiago de Compostela, Santiago de Compostela, 2010.

ANGLIM, SIMON, Phyllis G. JESTICE; Rob S. RICE, Scott M. RUSCH y John SERRATI, *Técnicas bélicas del mundo antiguo (3000 a. C. - 500 d. C.). Equipamiento, técnicas y tácticas de combate*, Libsa, Madrid, 2006.

ANNEO FLORO, Lucio, *Epítome (Compendio de la Historia Romana)*, Gredos, Barcelona, 2000.

BELLÓN RUIZ, Juan Pedro; Francisco CABEZA GÓMEZ, Manuel MOLINOS MOLINOS, Carmen RUEDA GALÁN y Arturo RUIZ, *Baecula. Arqueología de una batalla*, Desperta Ferro, Madrid, 2013.

BOLADO DEL CASTILLO, Rafael, Enrique GUTIÉRREZ CUENCA y José Ángel HIERRO GÁRATE, *Las guerras cántabras (Cántabros, origen de un pueblo)*, Los Cántabros, Santander, 2012.

CASIO, Dion, *Historia Romana*, Gredos, Madrid, 2004.

Coello Fernández, Ángeles y Marián Ferro Garrido, «El ejército romano en Hispania», en *Historia Antigua de la Península Ibérica*.

Domíguez Solera, Santiago David, Alis Serna Gancedo y Jesús Francisco Torres-Martínez, *El ataque y destrucción del oppidum de Monte Bernorio (Villarén, Palencia) y el establecimiento del castellum romano*, Habis, Universidad de Sevilla, Sevilla, 2011.

Emborujo Salgado, Amalia, Estíbaliz Ortiz de Urbina, Juan Antonio Santos Velasco, *Reconstrucción paleogeográfica de autrigones, caristios y várdulos*, Universidad Complutense, Madrid, 1989.

Etxebarría Mirones, Txomin, *Cántabros, autrigones y romanos en relación a Las Encartaciones, Cantabria y Las Merindades*, Txomin Etxebarria, Basauri, 2006.

Fernández Acebo, Virgilio, Antxoka Martínez Velasco y Mariano Luis Serna Gancedo, *Castros y castra en Cantabria*, Santander, Acanto, 2010.

Fernández Ibáñez, Carmelo: *Las armas del enemigo. Militaria romana de metal en la guerra cantábrica de Augusto (Las guerras astur-cántabras)*, KRK Ediciones, Gijón, 2016.

—, Eduardo Peralta Labrador y Rubén Sáez Abad, *Proyectiles de catapulta romana procedentes de la fortificación de «La Espina del Gállego» (Cantabria). Estudio y tratamiento de conservación*, Sautuola, Santander, 2009.

Fernández Ibáñez, Marcelo: «Restos del armamento de la Legio IIII Macedónica hallados en su campamento de Herrera de Pisuerga», en *Revista Gladius*, CSIC, Madrid, 2010.

Cayo Julio César, *Comentarios de la guerra de las Galias y de la guerra civil*, Sarpe, Madrid, 1985.

García-Gelabert Pérez, M.ª Paz: *Estudio del armamento prerromano en la Península Ibérica a través de los textos clásicos*, UNED, Madrid, 1989.

Goldsworthy, Adrian, *Augusto. De revolucionario a emperador*, La esfera de los libros, Madrid, 2014.

González Echegaray, Joaquín: *Las guerras cántabras en las fuentes*, Fundación Marcelino Botín, Santander, 1999.

GUHL, E. y W. KONER, *Los romanos: su vida y costumbres*, Edimat, Madrid, 1998.

GUTIÉRREZ CUENCA, Enrique, José Ángel HIERRO GÁRATE y Eduardo PERALTA LABRADOR, *Las monedas de los campamentos romanos de campaña de las guerras cántabras del asedio de La Loma, Castillejo y El Alambre*, Lucentum, Universidad de Alicante, Alicante, 2011.

MARTÍNEZ VELASCO, Antxoka, Cristina PÉREZ FARRACES y Jesús Francisco TORRES-MARTÍNEZ, «Los proyectiles de artillería romana en el oppidum de Monte Bernorio (Villarén, Palencia) y las campañas de Augusto en la primera fase de la guerra cantábrica», en *Revista Gladius*, CSIC, Madrid, 2013.

MARTINO, Eutimio, *Roma contra cántabros y astures*, Cultural Norte, Eujoa, 2012.

MORENO MARÍN, Iván: *Los barcos de guerra del* Mare Nostrum*: la* Classis *romana*, Universidad de La Rioja, Logroño, 2016.

OROSIO, Paulo, *Historias contra los paganos*, Prensas Universitarias de Zaragoza, Zaragoza, 2008.

ORTIZ DE URBINA, Estíbaliz, *Autrigones, caristios, várdulos, berones. Contribuciones historiográficas (1983-2003) relativas a su evolución en época prerromana y romana*, Eusko Ikaskuntza, San Sebastián, 2005.

PARZINGER, Hermann, Ignacio RUIZ VÉLEZ y Rosa SANZ SERRANO, *Arqueología de los autrigones, señores de la Bureba*, Ayuntamiento de Briviesca, Burgos, 2012.

PERALTA LABRADOR, Eduardo, *El asedio romano del castro de La Espina del Gállego (Cantabria) y el problema de Aracelium*, Complutum, Universidad Complutense, Madrid, 1999.

—, «Los campamentos romanos de campaña *(Castra aestiva)*. Evidencias científicas y carencias académicas», en *Nivel cero*, Santander, 2002.

—, *Los cántabros antes de Roma*, Real Academia de la Historia, Madrid, 2003.

— y Carmelo FERNÁNDEZ IBÁÑEZ, *Proyectiles incendiarios* (malleoli) *utilizados en el asedio romano al poblado indígena de La Loma (Palencia, España)*, Instrumentum, Chauvigny, 2016.

PITILLAS SALAÑER, Eduardo, *Los soldados del ejército romano durante la etapa del Alto Imperio. Sus componentes más básicos: el ciudadano-soldado (legionario) y el soldado auxiliar*, Universidad de Oviedo, Oviedo, 2017.

ROLDÁN HERVÁS, José Manuel, *El ejército de la República romana*, Arco Libros, Madrid, 2008.

SÁEZ ABAD, Rubén, *La poliorcética en el mundo antiguo*, Universidad Complutense de Madrid, Madrid, 2004.

SANTOS YANGUAS, Narciso, *El final de las guerras astur-cántabras y la desmilitarización del ejército romano en territorio de los astures*, UNED, Madrid, 2004.

SEGISAMO: asentamiento turmogo cerca del cual Augusto estableció su campamento base para iniciar la invasión de Cantabria. La ciudad indígena se ubicaba seguramente en el cerro Castarreño (Olmillos de Sasamón, Burgos), mientras que el campamento se situó en la actual Sasamón (Burgos).

SUETONIO, Gayo, *Augusto. Vida del divino. Vida de los doce césares*, Gredos, Madrid, 2020.

VICENTE GONZÁLEZ, José Luis, *Bellum Asturicum. Una hipótesis ajustada a la historiografía romana y al marco arqueológico y geográfico de la comarca de Los Valles de Benavente y su entorno*, Brigecio, Benavente, 2009.

WILKES, John: *El ejército romano*, Akal, Madrid, 1990.

YBARRA Y BERGÉ, Javier de, *Lo romano en Vizcaya*, Eusko Ikaskuntza, San Sebastián, 2003.

AGRADECIMIENTOS

Escribir es un oficio solitario. Una tarea que requiere mucho tiempo de reclusión y paciencia, como el buen alfarero necesita para modelar su vasija. Un tiempo en el que el autor vive sumido en su mundo narrativo. Uno está solo ante su novela, sí; pero no todo puede hacerlo solo. Normalmente necesita el concurso de terceros para poder redondear la historia que está contando. Por eso quiero dedicar este espacio a todos aquellos que, de un modo u otro, han participado en ella. Empiezo por Ramón Alcaraz García, mi Atenodoro literario, el maestro que me enseña la profesión de escritor. Sin sus enseñanzas no sería el escritor que soy o pretendo ser. Quiero sentirme siempre un aprendiz para seguir mejorando. Doy las gracias a Taira, mi pareja, mi compañera de viaje por la vida. Ella es siempre la primera lectora de mis escritos, y vive con casi la misma pasión que yo mis historias. A mis hermanos Jesús y Luis, siempre ilusionados con cada novela, deseosos de saber sobre ellas. A Adrián Martín Ceregido, Loli Fernández Lázaro, Iñaki Uriarte Arambilet y Joseba Iraola Mendizábal (no necesariamente por este orden), que, además de amigos de letras y cultura, fueron los exigentes e inconformistas cuatro primeros lectores que tuvo el manuscrito antes de someterlo a la revisión final. Os agradezco vuestras sugerencias, compañeros, y el tiempo dedicado, que no es poco. Y a ti, Loli, por partida doble. Gracias por tus maravillosas ilustraciones de los principales personajes.

Es imprescindible nombrar, como no, a aquellos profesionales del ámbito académico que tuvieron la gentileza de atender mis consultas y brindarme su tiempo desinteresadamente: José Ángel Hierro Gárate, historiador y arqueólogo cántabro, que contestó con dedicación todas y cada uno de mis preguntas relacionadas con diferentes aspectos del *Bellum Cantabricum*. Puedo asegurar que no fueron pocas. He disfrutado mucho con todo lo que me explicó. Mi agradecimiento también para José María de la Peña Rubio, ornitólogo del Blue Nature Birding and Nature Tours, con quien traté sobre el comportamiento de los buitres y los cuervos. Y es que otorgar sensación de vida y realismo a una historia de ficción exige adquirir conocimientos que uno no imagina que necesitará cuando se embarca en ella.

No quiero cerrar este apartado sin mencionar a todos aquellos arqueólogos, historiadores e investigadores que buscan incansablemente la verdad científica –en ocasiones con escasos recursos y trabas de todo tipo–, en aras de conocer nuestro pasado con la mayor veracidad posible. Sus nombres figuran en la bibliografía. Como he dicho antes, es gracias a ellos que ha comenzado a esclarecerse este episodio de la historia que fue la guerra cantábrica. Sus trabajos han sido fundamentales para que yo pueda abordar esta novela.

Cito para terminar al escritor albaceteño Francisco Calvo por su aportación a la novela con este fragmento, fruto de un concurso que celebré en Facebook: «Y se volvió. Pero para el otro fue solo como un silbido del viento, impreciso e impersonal, y siguió su camino como si nada hubiera oído». Su adaptación a la novela fue la siguiente: «Para Sekeios fue solo como un silbido del viento, impreciso e impersonal, como si nada hubiera oído».

Y gracias a ti, querido lector, por acercarte a esta novela, que ahora es tan tuya como mía. Si la has disfrutado, si te ha hecho un poco feliz, tú me lo habrás hecho a mí también.

Esta edición de *Bellum cantabricum*,
de José Manuel Aparicio,
se terminó de imprimir en Liberdúplex
el 17 de septiembre de 2020